DU MÊME AUTEUR

ORHAN PAMUK

LE MUSÉE
DE L'INNOCENCE

roman

Traduit du turc
par Valérie Gay-Aksoy

GALLIMARD

La traduction de cet ouvrage a bénéficié du soutien financier du ministère de la Culture et du Tourisme de la république de Turquie, dans le cadre du programme TEDA.

Titre original :

MASUMİYET MÜZESİ

À Rüya

C'étaient des gens assez innocents pour croire que le délit de pauvreté pouvait être oublié en gagnant de l'argent.

CELÂL SALIK,
Carnets

Si un homme traversait le Paradis en songe, qu'il reçût une fleur comme preuve de son passage, et qu'à son réveil il trouvât cette fleur dans ses mains… que dire alors ?

SAMUEL TAYLOR COLERIDGE,
Carnets

Je commençai par regarder les petits bibelots posés sur la table, les lotions et les objets de toilette dont elle se servait. Je les saisis et les observai. Je tournai et retournai sa petite montre dans ma main. Je regardai ensuite sa garde-robe. Où s'amoncelaient tant d'atours et de vêtements… Ces choses parachevant toute femme me procurèrent un sentiment d'effroyable solitude, de compassion, l'impression et le désir d'être à elle.

AHMED HAMDI TANPINAR,
Carnets

1

Le moment le plus heureux de ma vie

C'était le moment le plus heureux de ma vie, je ne le savais pas. Aurais-je pu préserver ce bonheur, les choses auraient-elles évolué autrement si je l'avais su? Oui, si j'avais pu comprendre que je vivais là le moment le plus heureux de mon existence, jamais je n'aurais laissé échapper ce bonheur. Ce merveilleux moment en or qui me comblait d'une profonde félicité n'avait peut-être duré que quelques secondes, mais ce bonheur m'avait paru durer des heures, des années. Le lundi 26 mai 1975, vers trois heures moins le quart, un instant semblait s'être soustrait à l'emprise du temps, aux lois du monde et de l'attraction terrestre, de même que nous semblions libérés de la faute, du péché, du châtiment et du remords. J'avais embrassé l'épaule de Füsun, en sueur à cause de la chaleur et de nos ébats, je l'avais doucement enlacée par-derrière, pénétrée et, tandis que je lui mordillais légèrement l'oreille gauche, la boucle passée à son lobe s'en échappa; elle resta longtemps comme suspendue dans les airs, puis finit par tomber. Tout à notre bonheur, nous n'avions pas prêté attention à cette boucle d'oreille dont je n'avais pas noté la forme ce jour-là, et nous avions continué à nous embrasser.

Dehors, le ciel était limpide, comme il sait l'être les jours de printemps à Istanbul. Dans les rues, la chaleur faisait transpirer les Stambouliotes qui ne s'étaient toujours pas départis de leurs habitudes hivernales, mais la fraîcheur restait encore tapie à l'intérieur des bâtiments, des magasins, sous les frondaisons des tilleuls et des marronniers. Une fraîcheur semblable s'exhalait du matelas à l'odeur de moisissure sur lequel nous nous aimions, heureux comme des enfants oublieux de tout. Chargée d'effluves marins et embaumant le tilleul, une brise printanière s'engouffra par l'entre-bâillement de la porte-fenêtre du balcon, souleva les voilages et les laissa doucement retomber sur notre dos, faisant frissonner nos deux corps nus. Du lit où nous étions couchés, dans la chambre du fond de cet appartement situé au deuxième étage, nous apercevions le jardin à l'arrière de l'immeuble et les enfants qui jouaient au football sous la chaleur de mai en s'invectivant copieusement. Remarquant que les grossièretés dont ils se bombardaient repro-duisaient mot pour mot ce que nous étions en train de faire, nous interrompîmes un instant nos ébats amoureux, nous regardâmes dans les yeux et échangeâmes un sourire. Mais notre bonheur était si grand et si profond que, de même que nous avions oublié cette boucle d'oreille, nous oubliâmes aussitôt le clin d'œil facétieux que la vie nous adressait depuis le jardin.

Lorsque nous nous retrouvâmes le lendemain, Füsun me dit qu'elle avait perdu une de ses boucles. En réalité, après son départ, je l'avais vue entre les draps bleus — elle avait à son extrémité un pendentif portant son initiale — et au lieu de la mettre de côté, un étrange instinct m'avait poussé à la glisser dans la poche de ma veste pour éviter de l'égarer. « Elle est là, ma chérie », lançai-je en fouillant dans la poche droite de ma veste suspendue au dossier de la chaise. Non, elle n'y était pas. Pendant un instant, j'eus comme un mauvais pressentiment, l'impression de voir se profiler une catastrophe, mais je me rappelai aussitôt que le matin, au vu de la chaleur, j'avais changé de veste.

— Elle est restée dans la poche de mon autre veste.

— S'il te plaît, rapporte-la-moi demain, n'oublie pas, répondit Füsun en ouvrant de grands yeux, c'est très important pour moi.

— Bien.

Âgée de dix-huit ans, Füsun était une cousine éloignée, une parente pauvre dont j'avais quasiment oublié l'existence jusqu'à il y avait un mois. J'avais trente ans et je m'apprêtais à me fiancer puis me marier avec Sibel, que tout le monde trouvait parfaite pour moi.

2

La boutique Şanzelize

Le concours de circonstances qui changerait le cours de ma vie avait commencé un mois plus tôt, le 27 avril 1975, à la vue d'un sac de la célèbre marque Jenny Colon dans une vitrine. Légèrement ivres et très heureux, ma future fiancée et moi marchions dans l'avenue Valikonağı, en savourant la fraîcheur d'un soir de printemps. Nous avions dîné au Fuaye, un restaurant chic qui venait d'ouvrir à Nişantaşı, et tout au long du repas, nous avions parlé à mes parents de la préparation de nos fiançailles : on les célébrerait à la mi-juin pour que Nurcihan, l'amie avec qui Sibel avait fait ses études au lycée Notre-Dame de Sion et à Paris, puisse venir de la capitale française. Sibel avait depuis longtemps commandé sa robe chez İpek İsmet, le couturier le plus couru et le plus cher d'Istanbul à l'époque. Ce soir-là, la question de savoir comment seraient façonnées les perles que donnerait ma mère pour la robe donna lieu au premier débat entre elles. Mon futur beau-père voulait que les fiançailles de sa fille unique soient aussi fastueuses que le mariage, une idée que partageait entièrement ma mère. De son côté, mon père était très heureux d'avoir pour belle-fille quelqu'un qui avait fait la Sorbonne — à cette époque, les bourgeois stambouliotes disaient de toutes les filles qui faisaient des études à Paris qu'elles sortaient de la Sorbonne.

En la raccompagnant chez elle après le dîner, la main sur son épaule, je la serrais amoureusement contre moi et pensais avec fierté combien j'étais chanceux et heureux quand Sibel s'était écriée : « Ah, quel joli sac ! » Bien que j'eusse la tête embrumée par le vin, je pris bonne note du magasin et partis l'acheter dès le

15

lendemain midi. En réalité, je n'étais pas de ces hommes naturellement galants et raffinés qui couvrent les femmes de cadeaux et
s'emparent du moindre prétexte pour leur envoyer des fleurs ; mais
sans doute désirais-je en être un aussi. À cette époque, pour tromper
leur ennui, les riches et oisives Stambouliotes occidentalisées des
quartiers tels que Şişli, Nişantaşı ou Bebek ouvraient non pas des
galeries d'art mais des boutiques où elles essayaient de vendre à
d'autres femmes aussi riches et désœuvrées qu'elles, et à des prix
absurdement élevés, des robes « à la mode » qu'elles faisaient
confectionner en copiant les modèles dans des revues d'importation
comme *Elle* ou *Vogue*, ainsi que des vêtements et des accessoires de
contrefaçon qu'elles rapportaient dans des valises de Paris et Milan.
Lorsque, des années plus tard, je retrouvai Şenay Hanım, la propriétaire de la boutique Şanzelize, elle me rappela que, à l'instar de
Füsun, elle nous était très lointainement apparentée du côté de ma
mère. Le fait qu'elle finisse par me céder tous les vestiges liés à la
boutique et à Füsun — y compris l'enseigne suspendue au-dessus
de la porte — sans me demander les raisons de mon excessive
curiosité pour tous ces vieux objets me fit sentir que certains épisodes insolites de notre histoire étaient connus non seulement de
Şenay Hanım mais de bien plus de gens que je ne l'imaginais.

Le lendemain, vers midi et demi, j'entrai dans la boutique Şanzelize et les deux battants de la clochette de chameau en bronze
suspendue à la porte émirent un tintement qui fait encore s'accélérer mon cœur aujourd'hui. En cette période printanière, dans la
chaleur de midi, l'intérieur du magasin était plongé dans une fraîche pénombre. Tout d'abord, je crus qu'il n'y avait personne. Ce
n'est qu'ensuite que j'aperçus Füsun. Encore ébloui par le soleil,
j'essayais de m'accoutumer à l'obscurité régnante ; mais, pour
quelque étrange raison, mon cœur se gonflait comme une vague
gigantesque prête à s'abattre sur le rivage.

— Je voudrais acheter le sac exposé en vitrine.

Très belle, pensai-je, très séduisante.

— Le sac à main Jenny Colon couleur crème ?

Quand nos regards se croisèrent, je la reconnus d'emblée.

— Celui qui est en vitrine, sur le mannequin, murmurai-je,
comme dans un rêve.

16

— Je vois, répondit-elle en se dirigeant vers la vitrine.

Elle se déchaussa lestement et, posant son pied gauche aux ongles soigneusement vernis en rouge sur le bas de la vitrine, elle s'étira vers le mannequin. Je contemplai d'abord sa chaussure jaune à talon restée au sol et m'attardai longuement sur ses très belles jambes, déjà bronzées alors que nous n'étions même pas au mois de mai.

La longueur de ses jambes faisait paraître plus courte sa jupe jaune à fleurs et en dentelle. Elle prit le sac, passa derrière le comptoir et, de ses longs doigts habiles, l'air mystérieux et extrêmement sérieux, comme si elle dévoilait un secret, elle me montra le compartiment central zippé (il s'en échappa des amas de papiers de rembourrage couleur crème), les deux petites poches (elles étaient vides) et un recoin caché d'où sortirent une carte « Jenny Colon » et des instructions d'entretien. Nos yeux se rencontrèrent un instant.

— Bonjour, Füsun. Comme tu as grandi ! Tu ne m'as sans doute pas reconnu.

— Si, je vous ai tout de suite reconnu, Kemal Ağabey. Mais voyant que vous ne me reconnaissiez pas, je ne voulais pas être importune.

Un silence se fit. Je gardai les yeux fixés à l'intérieur du sac, à l'endroit qu'elle m'avait indiqué peu avant. Sa beauté, sa robe trop courte pour l'époque ou autre chose encore me dérangeait, et je n'étais pas naturel.

— Alors, qu'est-ce que tu fais de beau ?

— Je prépare les examens d'entrée à l'université. Et je viens chaque jour au magasin. Ça me permet de rencontrer du monde.

— Très bien. Bon, combien vaut ce sac ?

Fronçant les sourcils, elle déchiffra le prix inscrit à la main sur la petite étiquette collée dessous :

— Mille cinq cents lires. (Cette somme équivalait, à l'époque, à six mois de salaire d'un jeune fonctionnaire.) Mais je suis sûre que Şenay Hanım vous fera un prix. Elle est rentrée chez elle pour le déjeuner. Elle fait la sieste, je ne peux pas téléphoner pour le lui demander. Mais si vous repassez en fin de journée…

— Ce n'est pas grave, dis-je, et avec un geste que par la suite, dans notre lieu de rendez-vous secret, Füsun imiterait bien des fois en forçant le trait, je sortis mon portefeuille de la poche arrière de mon pantalon et comptai les billets humides.

Avec autant d'application que de maladresse, Füsun enveloppa le sac dans une feuille de papier et le mit dans une pochette plastique. Durant tout ce temps, elle savait que j'observais ses longs bras couleur de miel, ses gestes rapides et gracieux. Elle me tendit poliment le sac et me remercia.

— Mes respects à Tante Nesibe et à ton père (sur le moment, le nom de Tarık Bey m'échappait).

Je m'interrompis un instant : mon fantôme était sorti de moi-même et embrassait Füsun dans un coin de paradis. Je marchai rapidement vers la porte. Cette vision était absurde, et Füsun n'était d'ailleurs pas si belle que cela. La clochette de la porte tinta, j'entendis un canari chanter. Je sortis dans la rue, la chaleur m'était agréable. J'étais content de mon cadeau, j'aimais Sibel. Je décidai d'oublier la boutique et Füsun.

3

Parents éloignés

J'abordai pourtant le sujet au dîner ; je racontai à ma mère qu'en achetant un sac à Sibel, j'avais rencontré Füsun, notre parente éloignée.

— Ah, effectivement, la fille de Nesibe travaille là-bas, dans la boutique de Şenay, c'est malheureux ! dit ma mère. Désormais, ils ne viennent même plus nous voir pour les fêtes. Ce concours de beauté a été une calamité. Je passe chaque jour devant la boutique mais je n'ai jamais l'idée ni l'envie d'aller dire bonjour à cette pauvre gamine. Pourtant, je l'aimais beaucoup quand elle était petite. Nesibe l'amenait de temps à autre quand elle venait faire de la couture à la maison. Je lui sortais vos jouets du placard et elle s'amusait gentiment pendant que sa mère cousait. La mère de Nesibe, votre défunte tante Mihriver, était aussi quelqu'un de bien.

— Elles sont quoi pour nous, exactement ?

Comme mon père regardait la télévision et ne nous écoutait pas, ma mère me raconta, en enjolivant, que son père (c'est-à-dire mon grand-père Ethem Kemal), qui était né la même année qu'Atatürk et avait usé ses fonds de culotte sur les bancs de l'école primaire Şemsi Efendi en même temps que le fondateur de la République — comme on peut le voir ici, sur la première des photos que j'ai retrouvées des années plus tard —, mon grand-père, donc, bien avant d'épouser ma grand-mère, alors qu'il était âgé de vingt-trois ans à peine, avait été marié une première fois. Ma mère m'expliqua que, d'origine bosniaque, cette pauvre femme (c'est-à-dire l'arrière-grand-mère de Füsun) était morte pendant la guerre des Balkans, au moment de l'évacuation d'Edirne. Elle n'avait pas eu

19

d'enfants de mon grand-père Ethem Kemal, mais avait une fille du nom de Mihriver, née d'un premier mariage avec un cheikh désargenté alors qu'« elle n'était encore qu'une enfant », selon l'expression de ma mère. Tante Mihriver (la grand-mère maternelle de Füsun), qui avait été élevée par des gens bizarres, et sa fille Nesibe (la mère de Füsun) étaient à considérer non pas comme de la famille mais des membres par alliance, avait-elle toujours insisté, bien qu'elle voulût qu'on les appelât « tantes ». Mais lors de leurs dernières visites à l'occasion des fêtes, ma mère (son nom est Vecihe) avait fait preuve d'une extrême froideur envers les femmes de cette branche très éloignée de la famille qui habitait une ruelle de Teşvikiye et vivotait dans la pauvreté. La raison de cette distance, c'est que ma mère était furieuse que Tante Nesibe ait accepté sans broncher que Füsun, alors âgée de seize ans et élève au lycée de jeunes filles de Nişantaşı, participe à un concours de beauté deux ans auparavant, et l'y ait même encouragée, d'après ce que nous apprendrions par la suite ; les ragots qui couraient sur leur compte montrant que Tante Nesibe, à qui elle avait témoigné son soutien et son affection à une époque, tirait fierté d'une affaire dont elle aurait dû avoir honte, elle leur avait tourné le dos.

Or, Tante Nesibe aimait et estimait énormément ma mère, son aînée de vingt ans, qui l'avait soutenue dans sa jeunesse, quand Tante Nesibe passait de maison en maison pour offrir ses services de couturière dans les quartiers chics.

— Elles étaient d'une pauvreté ! dit ma mère.

Mais, par peur d'exagérer, elle s'empressa d'ajouter :

— Enfin, leur situation n'avait rien d'exceptionnel. En ce temps-là, toute la Turquie était pauvre.

À cette époque, ma mère recommandait Tante Nesibe à toutes ses amies en leur disant que c'était quelqu'un de très bien, qui plus est excellente couturière, et une fois par an (parfois deux), elle la faisait venir chez nous afin de coudre une robe pour une réception ou un mariage.

Comme la plupart du temps j'étais à l'école lorsqu'elle venait à la maison, je ne la voyais pas. À la fin de l'été 1956, alors qu'il lui fallait de toute urgence une robe pour un mariage, ma mère avait demandé à Nesibe de venir à Suadiye, dans notre résidence d'été.

À l'étage, dans la petite pièce du fond d'où, entre les branches des palmiers, on pouvait voir les barques, les bateaux à moteur et les enfants qui s'amusaient à plonger de l'embarcadère, au milieu d'un fatras de ciseaux, d'aiguilles, de mètres, de dés, de chutes de tissus et de dentelles sorties de la boîte à couture de Nesibe arborant un paysage d'Istanbul peint à la main, toutes deux étaient restées jusqu'au milieu de la nuit à coudre avec la machine Singer de ma mère, en se plaignant de la chaleur, des moustiques et du peu de temps qu'il leur restait pour achever leur ouvrage, en s'amusant et plaisantant comme deux sœurs très attachées l'une à l'autre. Je me souviens du cuisinier Bekri qui n'arrêtait pas d'apporter des verres de citronnade dans cette petite pièce qui sentait le chaud et le velours, parce que Nesibe, alors enceinte et âgée de vingt ans, en mourait constamment d'envie ; de ma mère qui, lorsque nous étions tous à table, disait au cuisinier, sur un ton mi-sérieux, mi-plaisantant, qu'il fallait tout de suite donner à une femme enceinte ce qu'elle avait envie de manger, sinon son enfant serait affreux ; et je me souviens d'avoir regardé avec curiosité le ventre légèrement proéminent de Tante Nesibe. Sans doute est-ce la première fois que j'eus cons-cience de l'existence de Füsun, mais personne ne savait encore si ce serait une fille ou un garçon.

— Sans rien dire à son mari, Nesibe a inscrit sa fille à ce concours de beauté en trichant sur son âge, dit ma mère que la colère reprenait à mesure qu'elle se rappelait les faits. Dieu merci, elle n'a pas gagné, et elles ont évité la honte et le ridicule. Si à l'école ils s'en étaient rendu compte, ils auraient même pu la ren-voyer. Elle a terminé le lycée, mais je ne pense pas qu'elle pour-suive sérieusement plus loin. Maintenant qu'on ne les voit même plus pour les fêtes, comment veux-tu qu'on sache ce qu'elles deviennent… Les filles qui participent aux concours de beauté dans ce pays, tout le monde sait bien de quel genre elles sont. Comment s'est-elle comportée avec toi ?

Ma mère suggérait par là que Füsun avait commencé à coucher avec les hommes. J'avais déjà entendu de semblables commérages par mes copains de Nişantaşı volontiers coureurs, au moment où la photo de Füsun et des gagnantes de la première étape éliminatoire avait été publiée dans le *Milliyet*, mais je n'avais pas voulu paraître m'intéresser à un sujet aussi embarrassant. Un silence se fit entre nous.

— Méfie-toi, dit ma mère en agitant l'index devant moi, l'air énigmatique. Tu vas bientôt te fiancer avec une fille très belle, très bien, et pourvue de rares qualités ! Tiens, montre-moi donc le sac que tu lui as trouvé. Mümtaz ! Regarde donc, Kemal a acheté un sac à Sibel !

— Ah bon ? dit mon père.

Comme s'il avait vu le sac, l'avait apprécié et se réjouissait sincèrement du bonheur de son fils et de sa future fiancée, une expression de joie se peignit sur son visage, mais pas un instant il n'avait quitté la télévision des yeux.

4

L'amour au bureau

Sur l'écran qui captivait mon père était diffusée l'audacieuse publicité pour « Meltem, le premier soda aux fruits de Turquie » que mon ami Zaim avait lancé sur le marché turc. Je l'observai attentivement, et elle me plut. Grâce au capital de son père, un entrepreneur qui, à l'instar du mien, s'était beaucoup enrichi ces dix dernières années, Zaim avait investi dans de nouvelles et hardies entreprises. Je désirais vivement que mon ami réussisse dans ses affaires, et il m'arrivait de le conseiller.

J'étais rentré d'Amérique où j'avais étudié le management, j'avais fini mon service militaire ; mon père voulait que j'aie autant de responsabilités que mon frère aîné dans la direction de l'entreprise qui prenait de l'expansion et les nouvelles filiales, c'est pourquoi il m'avait nommé directeur général de la société de distribution et d'export Satsat, implantée à Harbiye. Satsat disposait d'un gros budget et dégageait beaucoup de bénéfices, mais c'était moins dû à ma gestion qu'à un jeu d'écritures comptables par lequel les profits des autres fabriques et sociétés étaient reversés sur les comptes de Satsat. Je passais mes journées à la jouer humble face au personnel à la tête duquel j'avais été propulsé parce que j'étais le fils du patron, et à apprendre les arcanes du métier auprès des doyens de l'entreprise tous âgés de vingt ou trente ans de plus que moi et des vénérables employées à forte poitrine de l'âge de ma mère.

En fin d'après-midi, quand tout le monde avait quitté les lieux et que ma promise venait me rejoindre à Harbiye, dans le vieux bâtiment de Satsat qui tremblait comme une feuille à chaque passage

— et il en passait beaucoup — de trolleybus et de bus municipaux flapis et harassés par leurs nombreuses années de service, Sibel et moi faisions l'amour dans le bureau du directeur général. Malgré toute la modernité dont elle se targuait, ses propos sur le féminisme et les droits de la femme appris en Europe, l'image que Sibel se faisait des secrétaires n'était guère différente de celle qu'en avait ma mère. « Ne faisons pas l'amour ici, protestait-elle parfois, j'ai l'impression d'être une secrétaire ! » Mais la cause essentielle de sa retenue lorsque nous batifolions sur le canapé en cuir du bureau provenait évidemment de sa peur d'avoir des relations sexuelles avant le mariage, une peur que partageaient toutes les filles turques à cette époque.

En ces années-là, les jeunes filles issues de la petite et moyenne bourgeoisie occidentalisée et ayant séjourné en Europe commençaient tout juste — les exemples se comptaient sur les doigts de la main — à briser le tabou de « la virginité » et à coucher avec leur petit ami avant de se marier. Sibel se flattait parfois d'être l'une de ces « courageuses » ; onze mois plus tôt, elle avait couché avec moi. (Cela commençait à faire, il était temps de nous marier à présent !)

Mais tandis que j'essaie, après toutes ces années, de relater mon histoire le plus sincèrement possible, je ne voudrais pas exagérer le courage de ma petite amie ni prendre à la légère la contrainte sexuelle qui pesait alors sur les femmes. Car ce n'est que lorsqu'elle comprit que mes intentions étaient « sérieuses », autrement dit, lorsqu'elle fut convaincue que j'étais « quelqu'un de confiance » et absolument certaine que je l'épouserais que Sibel se donna à moi. En homme responsable, honnête et droit, je comptais naturellement me marier avec elle, j'en avais d'ailleurs très envie ; mais si tel n'avait pas été le cas, j'aurais été tenu de m'exécuter parce qu'elle m'avait « donné sa virginité ». Cette obligation faisait de l'ombre à un autre sentiment dont nous tirions fierté l'un et l'autre : avoir fait l'amour avant de nous marier nous donnait l'illusion que nous étions « libres et modernes » (des termes que nous n'aurions évidemment jamais utilisés pour nous qualifier), mais cela nous rapprochait.

Je sentais une ombre semblable devant les allusions de plus en plus pressantes de Sibel à la nécessité de nous marier au plus tôt.

Nous connaissions cependant des moments de grand bonheur dans ce bureau qui abritait nos ébats amoureux. Tous deux enlacés dans l'obscurité avec, au-dehors, le brouhaha des bus et de la circulation automobile sur l'avenue Halaskârgazi, je me souviens d'avoir pensé que j'étais le plus chanceux et le plus heureux des hommes, et que ce bonheur durerait ainsi jusqu'à la fin de ma vie. Une fois, après l'amour, alors que je secouais la cendre de ma cigarette dans ce cendrier portant le logo de Satsat, assise à moitié nue sur le siège de ma secrétaire Zeynep Hanım, cliquant sur les touches de la machine à écrire et pouffant de rire, Sibel s'était amusée à imiter « la secrétaire blonde et stupide », personnage cliché incontournable de toutes les blagues, les caricatures et les revues humoristiques de l'époque.

5

Le Fuaye

Le Fuaye, dont j'expose ici un menu illustré, un prospectus, des serviettes et une pochette d'allumettes que j'ai réussi à retrouver après plusieurs années, fut durant une courte période l'un des restaurants de style européen (imitation française) le plus prisé par la poignée de riches Stambouliotes (« la société », selon le terme consacré par les chroniqueurs mondains) résidant dans les quartiers de Beyoğlu, Şişli ou Nişantaşı. Cherchant à donner à leurs clients l'impression qu'ils se trouvaient dans une capitale européenne, ces restaurants préféraient de loin des noms comme Fuaye, Escalier ou Kulis qui nous rappelaient que nous étions dans une ville en marge de l'Occident, à de prestigieuses et pompeuses appellations telles que Royal, Ambassador ou Majestik. Avec la préférence affichée des nouveaux riches de la génération suivante pour la cuisine de leur grand-mère, on vit se multiplier des restaurants alliant luxe et tradition comme Hanedan, Sultan, Hünkar, Pacha et Vizir, et le Fuaye fut relégué dans l'oubli.

Le lendemain de l'achat du sac, alors que Sibel et moi dînions au Fuaye, je lui lançai :

— Et si nous nous retrouvions dans l'immeuble Merhamet, ce serait mieux, non ? L'appartement de ma mère donne sur un joli jardin à l'arrière.

— C'est parce que tu penses qu'après nos fiançailles nous allons tarder à nous marier et à nous installer chez nous ?

— Mais non, pas du tout.

— Je n'ai plus envie de te retrouver en cachette comme une maîtresse dans des appartements clandestins.

— Tu as raison.

— Comment t'est venue cette idée de nous retrouver là-bas ?

— Oublie, répondis-je, et, jetant un œil sur la salle comble et animée, je sortis le sac que je cachais dans une pochette plastique.

— Qu'est-ce que c'est ? demanda Sibel en devinant qu'il s'agissait d'un cadeau.

— Une surprise ! Ouvre, regarde.

— C'est vrai ?

À mesure qu'elle déballait le sac de son paquet, la joie enfantine qui s'était peinte sur son visage laissa place à une expression interrogatrice puis à une déception qu'elle s'efforça de masquer.

— Tu te rappelles, c'est celui que tu as repéré dans une vitrine l'autre soir, quand je te raccompagnais chez toi.

— Oui, tu es adorable.

— Je suis content que ça te fasse plaisir. Et il ira très bien avec ta tenue de fiançailles.

— Malheureusement, j'ai depuis longtemps choisi le sac que je prendrai ce jour-là, dit Sibel. Oh, ne sois pas triste ! Tu m'as fait un très joli cadeau, c'est très gentil de ta part… Bon, écoute, je vais te le dire, juste pour que tu ne te désoles pas. Sache que je ne pourrai pas le mettre à mon bras le jour des fiançailles, parce que ce sac est un faux !

— Comment cela ?

— Ce n'est pas un vrai Jenny Colon, mon cher Kemal. C'est une imitation.

— Comment le sais-tu ?

— Ça saute immédiatement aux yeux. Regarde un peu la façon dont ils ont cousu la signature de la marque sur le cuir. Compare maintenant avec le vrai Jenny Colon que j'ai acheté à Paris. Alors, comment sont les coutures ? Ce n'est pas pour rien que c'est la plus grande marque, en France et dans le monde. Ils n'utiliseraient jamais ce fil bon marché…

En observant les coutures de l'authentique sac Jenny Colon, je m'interrogeai un instant sur ce qui motivait le sentiment de victoire que je percevais chez ma future fiancée. Elle était la fille d'un ambassadeur à la retraite sans le sou, qui avait vendu les derniers terrains de son grand-père pacha, donc une « fille de fonctionnaire » en quelque sorte, et cela générait parfois chez Sibel un sentiment de malaise et d'insécurité. Lorsque ce genre d'inquiétude l'envahissait, elle évoquait les talents de pianiste de sa grand-mère paternelle, les services rendus au pays par son grand-père durant la guerre d'Indépendance ou les liens de son grand-père maternel avec le sultan Abdülhamid; et moi, touché par la gêne et l'embarras de Sibel, je ne l'en aimais que davantage. Au début des années 1970, grâce à l'essor de l'industrie textile et de l'exportation ainsi qu'à l'accroissement de la population d'Istanbul, qui s'était multipliée par trois, en ville et plus particulièrement dans nos quartiers, le prix des terrains était monté en flèche. Les sociétés de mon père avaient beaucoup prospéré ces dix dernières années, le patrimoine familial avait quintuplé. Notre fortune s'étant bâtie en trois générations sur le commerce du textile, comme le laissait entendre notre patronyme, Basmacı [1], j'étais considérablement vexé de découvrir que ce sac fabriqué en Europe était un « faux ».

Voyant que ma bonne humeur s'était envolée, Sibel me caressa la main.

— Combien l'as-tu payé? demanda-t-elle.

— Mille cinq cents lires. Si tu n'en veux pas, demain j'irai l'échanger.

— Ne l'échange surtout pas et demande à être remboursé. Parce qu'on t'a sacrément arnaqué.

— Mais... la propriétaire de la boutique, Şenay Hanım, est une de nos parentes éloignées! m'exclamai-je en haussant les sourcils de stupéfaction.

Sibel reprit son sac dans lequel je farfouillais distraitement, perdu dans mes pensées.

— Mon chéri, tu as beau être très instruit, intelligent et cultivé, tu es incapable de comprendre les ruses dont les femmes sont capables pour t'embobiner, dit-elle en me souriant tendrement.

1. Basmacı : fabricant ou marchand de tissu imprimé. *(N.d.T.)*

6

Les larmes de Füsun

À midi le lendemain, la même pochette plastique à la main avec le sac à l'intérieur, je me rendis à la boutique Şanzelize. La sonnette tinta et je crus d'abord qu'il n'y avait personne dans le magasin, qui me frappa à nouveau par sa fraîcheur et son obscurité. Dans la semi-pénombre régnante, tout était plongé dans un épais et mystérieux silence quand le chant du canari sembla rompre l'enchantement. Entre un paravent et les pétales d'un grand cyclamen en pot, j'aperçus la silhouette de Füsun, aux côtés d'une grosse cliente qui essayait des vêtements. Aujourd'hui, Füsun portait un chemisier en tissu imprimé de chatoyants motifs de jacinthes, de feuilles et de fleurs sauvages qui lui allait à ravir. Elle sourit avec douceur en me voyant...

— Tu as l'air occupée, dis-je en indiquant du regard la cabine d'essayage.

— Nous avons bientôt terminé, me souffla-t-elle sur un ton de connivence.

Le canari sautait constamment d'un perchoir à l'autre dans sa cage. Mes yeux s'arrêtèrent sur divers accessoires importés d'Europe et des revues de mode empilées dans un coin, mais mon esprit rechignait à se concentrer sur quoi que ce soit. J'étais de nouveau frappé par la stupéfiante réalité que je voulais nier ou banaliser : en la regardant, j'avais l'impression de voir une figure familière, une personne qui m'était parfaitement connue. Elle me ressemblait. Quand j'étais petit, moi aussi j'avais les cheveux aussi bruns et ondulés que l'étaient les siens dans son enfance et, comme ceux de Füsun, ils étaient devenus raides au fil des ans. C'est comme s'il m'était extrêmement facile de la comprendre, de me mettre à sa place. Sa chemise imprimée faisait davantage ressortir l'aspect naturel de son teint, la blondeur de ses cheveux colorés. Je me souvins avec un pincement au cœur de ce que disaient d'elle mes amis qui la traitaient de « starlette tout droit sortie de *Playboy* ». Pouvait-elle avoir couché avec eux ? Rends le sac, récupère ton argent et va-t'en. Tu vas te fiancer avec une fille formidable, me dis-je. Je regardais dehors, vers la place de Nişantaşı, mais l'image de Füsun, telle une apparition onirique, ne tarda pas à se refléter sur la vitre.

Lorsque la cliente ressortit en soufflant et soupirant de la cabine d'essayage avant de quitter la boutique sans avoir rien acheté, Füsun commença à replier et ranger les vêtements.

— Je vous ai aperçus hier dans la rue, dit-elle en se fendant d'un large sourire.

Je remarquai alors que ses lèvres étaient fardées de rose. Misslyn était une marque de rouge à lèvres de production locale, bon marché et très populaire à l'époque, mais sur elle, cela faisait un drôle d'effet.

— Quand cela ?

— En début de soirée. Vous étiez avec Sibel Hanım. J'étais sur le trottoir d'en face. Vous alliez dîner ?

— Oui.

— Vous allez très bien ensemble ! dit-elle, à l'instar de certaines personnes âgées qui se réjouissent du bonheur des plus jeunes.

Je ne lui demandai pas comment elle connaissait Sibel.

— J'aurais une petite requête à te faire, dis-je en sortant le sac, quelque peu honteux et embarrassé. Je voudrais le rendre.

— Très bien, pas de souci. En échange, je peux vous proposer cette élégante paire de gants, ou ce chapeau que nous venons juste de recevoir de Paris. Le sac n'a pas plu à Sibel Hanım ?

— C'est que… Je ne voulais pas l'échanger, répliquai-je, confus. Je préférerais être remboursé.

Je vis la stupéfaction, presque la peur, se peindre sur son visage.

— Pour quelle raison ? demanda-t-elle.

— Ce sac ne serait pas un vrai Jenny Colon, mais une contrefaçon, soufflai-je.

30

— Comment cela ?

— Personnellement, je n'y connais pas grand-chose, répondis-je en plein désarroi.

— Impossible ! Ici, c'est une maison de qualité, répliqua-t-elle sèchement. Vous voulez votre argent tout de suite ?

— Oui !

Une expression de profonde douleur apparut sur son visage. Mon Dieu, pensai-je, j'aurais mieux fait de jeter ce sac à la poubelle et de dire à Sibel qu'on me l'avait remboursé !

— Écoute, cela n'a rien à voir avec Şenay Hanım ni avec toi. Mais en Turquie, nous sommes les champions pour copier et contrefaire tout ce qui est à la mode en Europe, dis-je en essayant de sourire. Pour moi — aurais-je dû dire « pour nous » ? —, un sac est un sac, du moment qu'il est utile et va bien à une femme, peu importent sa marque, son authenticité ou qui l'a fabriqué…

Mais elle pas plus que moi ne semblait convaincue par mes propos.

— Non, non, je vais vous le rembourser, insista-t-elle, butée, tandis que je gardais les yeux fixés devant moi, résigné à mon sort et honteux de ma grossièreté.

Bien que ma confusion fût à son comble, je sentis que Füsun ne faisait pas ce qu'elle devait et que quelque chose ne tournait pas rond. Plantée devant la caisse, elle la regardait sans pouvoir s'en approcher, comme s'il s'agissait d'un objet magique empli de djinns. En voyant se crisper les traits de son visage devenu cramoisi et les larmes lui monter aux yeux, je m'affolai et fis deux pas dans sa direction.

Elle se mit tout doucement à pleurer. Je ne sais plus trop comment cela se produisit, mais je me retrouvai en train de la serrer dans mes bras. Elle posa la tête contre ma poitrine et continua à sangloter.

— Excuse-moi, Füsun, murmurai-je, en lui caressant le front et ses doux cheveux. S'il te plaît, oublie ça. Ce n'est rien d'autre qu'un sac imitation, après tout.

Elle renifla comme un enfant, hoqueta une ou deux fois et se remit à pleurer. Toucher ses longs et jolis bras, sentir son corps, sa poitrine et la tenir ainsi contre moi me donnait le vertige : peut-être était-ce pour me cacher à moi-même le désir que j'éprouvais à son contact que je me berçai de l'illusion de la connaître depuis des années et que nous étions très proches l'un de l'autre. C'était ma douce, ma triste et jolie sœur au cœur inconsolable ! À un moment, sans doute parce que je savais que nous avions un lien de parenté éloignée, en raison de la longueur de ses bras et de ses jambes, de la finesse de son ossature et de la gracilité de ses épaules, j'eus l'impression que nous nous ressemblions physiquement. Si j'avais été une fille et si j'avais eu douze ans de moins, j'aurais eu un corps semblable au sien.

— Ce n'est pas si grave, dis-je en caressant ses cheveux blonds.

— Je ne peux pas ouvrir la caisse et vous rendre votre argent, expliqua-t-elle. Parce que Şenay Hanım la verrouille et garde la clef quand elle rentre déjeuner. Ça m'insupporte.

Elle se remit à pleurer. Je caressais doucement et tendrement ses beaux cheveux.

— Je travaille ici pour passer le temps et rencontrer des gens, pas pour l'argent, dit-elle entre deux sanglots.

— On peut aussi travailler pour gagner de l'argent, répondis-je froidement, stupidement.

— Oui, dit-elle comme une gosse désemparée. Mon père est un professeur à la retraite… Il y a deux semaines, j'ai eu dix-huit ans, je ne voulais pas être un poids pour eux.

Effrayé par l'animal sexuel qui s'éveillait en moi, je retirai la main de sa chevelure. Elle aussi comprit aussitôt, se reprit et nous nous écartâmes l'un de l'autre.

— S'il vous plaît, ne dites à personne que j'ai pleuré, dit-elle après s'être frotté les yeux.

— Promis, je le jure, nous sommes des confidents, Füsun… (Je la vis sourire.) Pour l'instant, je laisse le sac et je repasserai plus tard pour me le faire rembourser.

— Laissez le sac si vous voulez, mais pour l'argent, ce serait mieux que vous ne reveniez pas, dit-elle. Şenay Hanım soutiendra mordicus que ce n'est pas une imitation et vous vous ferez incendier.

— Dans ce cas, échangeons-le contre autre chose.

— Non, je ne saurais l'accepter à présent, répliqua-t-elle en jouant les grandes dames offensées.

32

— Cela n'a aucune importance, je t'assure.

— Mais pour moi, cela en a, dit-elle avec détermination. Dès que Şenay Hanım sera de retour, je lui demanderai l'argent du sac.

— Je ne veux pas que cette femme te tourmente davantage, répondis-je.

— Non, j'ai trouvé une solution, dit-elle en esquissant un vague sourire. Je dirai que vous rendez le sac parce que Sibel Hanım a déjà le même. Cela vous va?

— Bonne idée, je dirai la même chose à Şenay Hanım.

— Ne lui en parlez surtout pas, répondit-elle vivement, parce qu'elle cherchera tout de suite à connaître le fin mot de l'histoire. Et ne venez plus dans la boutique. C'est moi qui remettrai l'argent à Tante Vecihe.

— Gardons-nous de mêler ma mère à cette affaire, elle est beaucoup trop curieuse.

— Où dois-je vous déposer l'argent, alors? demanda Füsun en haussant les sourcils.

— Ma mère a un appartement dans l'immeuble Merhamet, au 131 avenue Teşvikiye. Avant de partir aux États-Unis, je m'enfermais là-bas pour potasser mes cours et écouter de la musique. C'est un bel endroit qui donne sur un jardin à l'arrière… Maintenant encore je vais y travailler un peu l'après-midi, entre deux et quatre heures.

— Bon, eh bien, je vous apporterai votre argent là-bas. Quel est le numéro de l'appartement?

— Quatre, répondis-je, murmurant presque.

De plus en plus atones, quelques mots parvinrent encore à franchir le seuil de mes lèvres :

— Deuxième étage. Au revoir.

Parce qu'il avait immédiatement appréhendé la situation, mon cœur s'était mis à battre follement. Avant de sortir, je rassemblai tout mon courage et lui lançai un dernier regard, comme si tout était normal. À peine dehors, alors que des rêves de bonheur se mêlaient au sentiment de honte et de culpabilité qui m'étreignait, je commençai à voir les trottoirs de Nişantaşı devenir complètement jaunes, comme par magie. Mes pas m'entraînèrent à l'ombre, sous les stores et les auvents à rayures bleues et blanches déployés au-dessus des devantures des magasins pour les protéger du soleil ; dans une vitrine, une carafe jaune attira mon attention et voici que j'entrai impulsivement pour l'acheter. Contrairement au sort réservé aux autres objets achetés sur un coup de tête, cette carafe jaune resta durant près de vingt ans sur la table de mes parents, puis de ma mère et moi, sans soulever le moindre débat. Chaque fois que j'empoignais l'anse de cette carafe jaune, je me rappelais les jours qui marquèrent le début du malheur dans lequel la vie m'avait précipité et dont les regards affligés et désapprobateurs de ma mère me faisaient silencieusement reproche le soir au dîner.

En rentrant à la maison, j'embrassai ma mère, contente et surprise de me voir ici en début d'après-midi. Je lui montrai la carafe en disant que je l'avais achetée comme ça, sur un coup de cœur, et lui demandai dans la foulée de me donner la clef de l'appartement de l'immeuble Merhamet :

— Parfois, il y a tellement de monde au bureau que je n'arrive pas à me concentrer. Je serai peut-être plus au calme là-bas. Quand j'étais jeune, c'était parfait pour travailler.

— Ce doit être un vrai nid à poussière, me répondit ma mère, mais elle fila tout de suite dans sa chambre pour me rapporter la clef de la porte de l'immeuble et celle de l'appartement attachées à un ruban rouge.

— Tu te souviens du vase rouge à fleurs en céramique de Kütahya ? demanda-t-elle en me tendant les clefs. Je n'arrive pas à remettre la main dessus. Peut-être que je l'ai emporté là-bas, tu veux bien regarder ? Et ne travaille pas autant… Si votre père a travaillé toute sa vie, c'est pour que ses enfants puissent être heureux et prendre un peu de bon temps. Va te promener avec Sibel, profitez du printemps, amusez-vous.

En me remettant les clefs, « Fais attention », dit-elle avec un regard énigmatique. Au-delà d'une simple recommandation de prudence parce qu'elle me confiait les clefs, ce regard, que je lui connaissais bien depuis mon enfance, faisait allusion à un danger plus vague et plus sournois qui viendrait de l'existence.

7

L'immeuble Merhamet

Ma mère avait acheté cet appartement vingt ans plus tôt, en partie pour faire un investissement, en partie pour disposer d'un lieu où venir s'isoler et se reposer de temps en temps ; mais elle avait rapidement commencé à l'utiliser comme dépotoir pour les vieilles affaires qu'elle jugeait passées de mode ou les objets récents dont elle s'était lassée sitôt après les avoir achetés. Quand j'étais enfant, je trouvais très amusant le nom de cet immeuble dont j'affectionnais particulièrement le jardin ombragé de hauts cyprès et de marronniers où les gamins jouaient au football, et j'aimais bien l'histoire de ce nom que ma mère prenait plaisir à raconter.

En 1934, après qu'Atatürk eut imposé à toute la nation de prendre un patronyme, nombre d'immeubles de construction récente à Istanbul commencèrent à se voir attribuer des noms de famille. Une pratique justifiée quand on sait que l'appellation et la numérotation des rues n'étaient guère cohérentes à l'époque et que les membres des familles riches vivaient tous ensemble dans ces immeubles, comme au temps des grands *konak* de la période ottomane. (Les riches familles dont je parlerai dans mon histoire étaient nombreuses à posséder un immeuble portant leur nom.) Une autre tendance de l'époque consistait à baptiser ces immeubles de termes évoquant de hauts principes moraux et de grandes valeurs ; mais selon ma mère, la plupart de ceux qui affublaient les bâtiments qu'ils avaient fait construire de noms comme « Liberté », « Vertu » ou « Gracieuse Bonté » avaient passé leur vie à bafouer ces valeurs. L'immeuble Merhamet (Miséricorde) avait été construit pendant la Première Guerre mondiale par un vieux riche à la conscience tourmentée tirant sa fortune du commerce du sucre sur le marché noir. Voyant que l'homme projetait de confier l'immeuble à une fondation et d'en distribuer les revenus aux pauvres, ses deux fils (l'une de ses filles était dans ma classe) s'étaient employés à prouver que leur père était sénile et, rapport médical à l'appui, l'avaient placé dans un asile avant de mettre la main sur cet immeuble dont ils conservèrent pourtant le drôle de nom.

Le lendemain, mercredi 30 avril 1975, entre deux et quatre heures, j'attendis Füsun dans l'appartement de l'immeuble Merhamet, mais elle ne vint pas. J'en conçus un peu de dépit, cela me perturba ; de retour au bureau, j'éprouvais un profond mal-être. Le surlendemain, je retournai dans l'appartement comme pour y calmer mon inquiétude. Mais Füsun ne vint toujours pas. Dans les pièces à l'atmosphère confinée où ma mère avait relégué d'anciens vases, des vêtements et une ribambelle d'affaires livrés à la poussière, je regardai une à une les photos prises maladroitement par mon père, me remémorant une foule de souvenirs de mon enfance et de mon adolescence que je ne me rappelais même pas avoir oubliés, et c'est comme si la force de ces objets apaisait mon angoisse.

Le jour suivant, en déjeunant avec Abdülkerim, un représentant de Satsat à Kayseri (et mon ami du service militaire), au restaurant Hacı Arif de Beyoğlu, je repensai avec honte que je m'étais rendu deux jours coup sur coup dans cet appartement vide pour y attendre Füsun en vain. Dans un sursaut d'orgueil, je pris la décision de l'effacer de mon esprit, elle, le faux sac, tout... Mais vingt minutes plus tard, je jetai de nouveau un coup d'œil à ma montre et, imaginant que Füsun se dirigeait peut-être vers l'immeuble Merhamet pour me rapporter l'argent, je m'excusai auprès d'Abdülkerim en prétextant une obligation, terminai rapidement mon repas et partis en courant vers l'appartement.

Vingt minutes après, Füsun sonna à la porte. Disons que la personne qui sonnait devait être Füsun. En allant vers l'entrée, je me souvins que, cette nuit-là, j'avais rêvé que je lui ouvrais la porte.

Elle avait un parapluie à la main, les cheveux mouillés, et elle portait une robe jaune à petits pois.

36

— Tiens, je pensais que tu m'avais oublié. Entre.

— Je ne veux pas vous déranger, dit-elle. Je vous rends l'argent et je file.

Elle me tendait une enveloppe usagée à l'en-tête du « Cours Excellence » que je fis mine d'ignorer. Je la pris par les épaules, l'attirai à l'intérieur et refermai la porte.

— Il tombe des cordes, lançai-je au hasard, car je ne m'étais même pas rendu compte qu'il pleuvait. Assieds-toi un instant, le temps que ça se calme, ne va pas te tremper pour rien. Je prépare du thé, ça te réchauffera.

Je disparus dans la cuisine. Quand j'en revins, Füsun regardait les vieilles affaires de ma mère, les antiquités, les bibelots, les pendules pleines de poussière, les boîtes à chapeau et toutes sortes de babioles. Afin de la mettre à l'aise, je lui expliquai en agrémentant mon récit de plaisantes anecdotes que ma mère était une chineuse hors pair et que, après s'être entichée quelque temps de ces objets récupérés ou achetés avec enthousiasme dans des brocantes, les boutiques à la mode de Nişantaşı et de Beyoğlu, dans de vieux *konak* de pachas, des *yalı* à moitié détruits par des incendies, des maisons de derviches à l'abandon et moult magasins à l'occasion de ses voyages en Europe, elle les expédiait ici et les oubliait totalement. J'ouvrais les placards sentant la poussière et la naphtaline et lui montrais les monceaux de tissus, le tricycle avec lequel tous deux avions joué dans notre enfance (ma mère distribuait nos anciennes affaires aux membres les moins argentés de la parentèle), un pot de chambre, le fameux vase rouge à fleurs en céramique de Kütahya que ma mère m'avait demandé de chercher, et les piles de boîtes à chapeau.

Un sucrier en cristal nous rappela les anciens repas de fête en famille. Ces matins-là, quand Füsun venait nous rendre visite avec ses parents, c'est dans ce sucrier qu'on leur offrait des friandises : un assortiment de bonbons, de pâtes d'amande, de loukoums et de sucettes à la noix de coco en forme de tête de lion.

— Une fois, pour une fête du sacrifice, nous sommes sortis dans la rue tous les deux et nous avons fait un tour en voiture, dit Füsun, les yeux brillants.

— Tu étais encore une enfant à cette époque, répondis-je en me remémorant cette promenade. Maintenant, tu es une jeune fille, très belle et très séduisante.

— Merci. Bon, je dois y aller.

— Tu n'as pas encore bu ton thé. Et il pleut toujours autant.

Je l'entraînai vers la porte-fenêtre du balcon et entrouvris le voilage. Elle regarda dehors avec intérêt, comme le font les enfants qui viennent pour la première fois dans une maison, avec cette curiosité intacte de jeune personne dont la fraîcheur n'a pas encore été flétrie par les affres de la vie. Je regardai avec désir son cou, le velouté de sa peau qui rendait ses joues si attrayantes, les innombrables petits grains de beauté disséminés sur sa nuque (ma grand-mère maternelle n'avait-elle pas un énorme grain de beauté au même endroit?) et qui, de loin, ne se remarquaient pas. Comme si elle eût appartenu à un autre, ma main se tendit vers sa chevelure et se referma sur sa barrette, décorée de quatre fleurs de verveine.

— Tu as les cheveux trempés.

— Vous n'avez dit à personne que j'ai pleuré dans la boutique?

— Non. Mais je me suis demandé pourquoi tu pleurais.

— Pourquoi donc?

— J'ai beaucoup pensé à toi, dis-je. Tu es très belle, très différente. Je me rappelle très bien la mignonne petite fille brune que tu étais. Mais jamais je n'aurais imaginé que tu deviennes si belle.

Esquissant à peine un sourire comme le font les filles belles, bien éduquées et habituées aux compliments, elle haussa les sourcils d'un air soupçonneux. Un silence se fit. Elle s'éloigna d'un pas. Je changeai de sujet :

— Qu'a dit Şenay Hanım pour le sac?

— Elle s'est énervée mais voyant que vous aviez rapporté le sac et désiriez être remboursé, elle a préféré ne pas s'appesantir sur la question. Moi aussi, je voulais oublier cette histoire. Je pense qu'elle savait très bien que ce sac était une imitation. Elle ignore que je suis venue ici. Je lui ai dit que vous étiez repassé aux alentours de midi récupérer votre argent. Il faut que je parte, maintenant.

— Pas avant d'avoir bu ton thé.

Je le lui apportai de la cuisine. Je l'observai souffler doucement pour le refroidir, le boire à petites gorgées précipitées. Avec un sentiment mêlé d'admiration et de pudique retenue, de tendresse et de joie… ma main se mut d'elle-même et lui caressa les cheveux. J'avançai ma tête vers son visage et, voyant qu'elle ne reculait pas, je l'embrassai sur le coin des lèvres. Elle rougit comme un coquelicot. Ses deux mains étant occupées par sa tasse de thé bouillant, elle n'avait pu me repousser. Elle était en colère contre moi, mais troublée aussi, je le sentis.

— J'aime beaucoup embrasser, dit-elle fièrement. Mais pour l'instant, avec vous, il n'en est pas question.

— Tu as beaucoup embrassé ? demandai-je d'un ton qui se voulait, sans succès, enfantin.

— Oui, bien sûr. Mais c'est tout.

Avec un regard qui me fit bien sentir que les hommes étaient hélas tous les mêmes, elle promena une dernière fois les yeux sur la pièce encombrée d'objets, sur les draps bleus du lit que — preuve de mes mauvaises intentions — j'avais volontairement laissé à moitié fait, ou à moitié défait. Je constatai qu'elle avait saisi la situation ; mais, par honte sans doute, aucune idée susceptible de prolonger le jeu ne me vint à l'esprit.

Mes yeux tombèrent sur ce fez pour touristes que j'avais ressorti du fond d'un placard et posé sur la table basse pour faire joli. Je remarquai qu'elle y avait laissé l'enveloppe avec l'argent. Elle savait que je l'avais vue mais elle jugea bon de le dire :

— J'ai laissé l'enveloppe là-bas.

— Tu ne peux pas partir avant d'avoir terminé ton thé.

— Je suis en retard, répondit-elle, mais elle ne bougea pas.

En buvant notre thé, nous parlâmes de la famille, de notre enfance, de nos souvenirs communs sans épingler personne ni médire de quiconque. Elles avaient toujours craint ma mère, pour laquelle la sienne disait avoir beaucoup de respect, mais quand Füsun était enfant, c'est quand même ma mère qui s'en était le plus occupée : les jours de couture, elle lui sortait nos jouets, le chien et la poule mécaniques que Füsun aimait et avait peur de casser ; chaque année, jusqu'à cette histoire de concours de beauté, elle lui envoyait des cadeaux d'anniversaire qu'elle chargeait le chauffeur Çetin Efendi de lui apporter : il y avait par exemple un kaléidoscope que Füsun conservait encore… En lui achetant un vêtement, ma mère prévoyait toujours deux tailles de plus. C'est ainsi que Füsun avait reçu une jupe écossaise qu'elle n'avait pu mettre qu'un an après ; elle l'aimait tellement que, par la suite, même si ce n'était plus la mode, elle avait continué à la porter en minijupe. Je lui dis l'avoir aperçue une fois dans Nişantaşı avec cette jupe. Mais le sujet abordant la finesse de sa taille et la beauté de ses jambes, nous passâmes immédiatement à autre chose. Il y avait un oncle Süreyya qui était un peu fêlé. Chaque fois qu'il revenait d'Allemagne, il rendait rituellement visite à toutes les branches de la famille, dont les liens étaient en train de se relâcher, si bien que, grâce à lui, tout le monde avait des nouvelles les uns des autres.

— Le matin de cette fête du sacrifice où nous étions partis ensemble nous promener en voiture, Oncle Süreyya aussi était là, dit Füsun, envahie par l'émotion.

Elle enfila rapidement son imperméable et se mit en quête de son parapluie. Elle ne pouvait le trouver car, au cours de mes allers-retours à la cuisine, je l'avais discrètement glissé derrière l'armoire à glace de l'entrée.

— Tu ne te souviens pas où tu l'as mis ? dis-je en cherchant avec plus d'ardeur qu'elle encore.

— Je l'avais laissé ici, dit-elle en montrant candidement l'armoire.

Tandis que nous cherchions dans tout l'appartement en regardant jusqu'aux recoins les plus improbables, je lui demandai ce qu'elle faisait durant son « temps libre », selon l'expression favorite de la presse magazine. L'année précédente, comme elle n'avait pas obtenu assez de points pour intégrer la filière de son choix, elle n'avait pas pu s'inscrire à l'université. Maintenant, quand elle ne travaillait pas à la boutique Şanzelize, elle allait au Cours Excellence pour préparer les examens d'entrée à l'université. Et vu qu'il ne lui restait plus qu'un mois et demi, elle travaillait beaucoup.

— Tu veux quelle fac ?

— Je ne sais pas, dit-elle un peu honteuse. En réalité, j'aimerais faire le conservatoire et devenir comédienne.

— Ces cours privés sont une perte de temps, leur seul but, c'est de gagner de l'argent. Si tu as du mal avec certaines matières, tu n'as qu'à venir ici. Je m'y enferme tous les après-midi pour travailler. Je pourrai rapidement t'expliquer, surtout les maths.

— Vous donnez des cours de maths à d'autres filles, aussi ? demanda-t-elle d'un air ironique.

— Il n'y a pas d'autres filles.

— Sibel Hanım passe dans notre boutique de temps en temps. C'est une très belle femme. Vous vous mariez quand ?

— On doit se fiancer dans un mois et demi. Ça t'irait, ce parapluie ?

Je lui montrai l'ombrelle que ma mère avait achetée à Nice. Elle répondit qu'elle ne retournerait certainement pas à la boutique avec ce parapluie à la main. De plus, elle voulait partir d'ici à présent et cela n'avait aucune importance qu'on retrouve son parapluie ou pas. D'ailleurs, la pluie s'était arrêtée. Lorsqu'elle fut sur le seuil, je sentis avec affolement que je ne la reverrais plus.

— S'il te plaît, reviens une fois, juste pour le thé.

— Ne le prenez pas mal, Kemal Ağabey, mais je ne veux pas. Vous savez bien que je ne reviendrai pas. Ne vous inquiétez pas, je ne dirai à personne que vous m'avez embrassée.

— Et le parapluie ?

— Il est à Şenay Hanım, mais il n'a qu'à rester là, répondit-elle, et d'un mouvement rapide mais non dépourvu d'émotion, elle m'embrassa sur la joue et s'en alla.

8

Le premier soda turc aux fruits

J'expose ici les réclames dans les journaux, les films publicitaires pour Meltem, le premier soda aux fruits de fabrication turque, ainsi que la gamme de ses produits — fraise, pêche, orange et cerise — évoquant l'atmosphère joyeuse, heureuse et détendue de cette époque. Ce soir-là, pour fêter la sortie du soda Meltem, Zaim donnait une grande réception à Ayaspaşa, dans son appartement avec vue. Nous devions nous y retrouver avec tout un groupe d'amis. Sibel était contente de fréquenter mon cercle de la jeunesse dorée ; elle était très heureuse des promenades en bateau privé sur le Bosphore, des surprises-parties d'anniversaire, de nos sorties en boîte de nuit, de nos balades nocturnes en voiture dans les rues d'Istanbul, elle aimait la plupart de mes amis mais elle n'avait guère d'affection pour Zaim. Elle le trouvait flambeur, coureur et un tantinet « vulgaire » ; faire venir des danseuses du ventre à la fin des soirées qu'il donnait pour une « animation surprise », allumer les cigarettes des filles en sortant son briquet avec l'emblème *Playboy*, elle trouvait cela d'un « commun » ! Elle n'appréciait pas du tout qu'il sorte avec de petites artistes, des mannequins (métier douteux qui faisait tout juste son apparition en Turquie) simplement parce qu'elles couchaient avant le mariage mais qu'il n'épouserait jamais, et elle trouvait irresponsable qu'il noue des relations qui ne mèneraient à rien avec des filles bien. C'est la raison pour laquelle je fus fort étonné par la déception de Sibel quand je lui annonçai au téléphone que je ne pourrais pas aller à la soirée, que je ne me sentais pas bien et n'étais pas en état de sortir.

— Le mannequin allemand qui joue dans la publicité du soda Meltem et qu'on voit dans les journaux devait venir! dit Sibel.

— Tu m'as toujours dit que Zaim était un mauvais exemple pour moi.

— Tu dois être vraiment malade pour ne pas aller à la fête de Zaim, je me fais du souci maintenant. Je passe te voir?

— Ce n'est pas la peine. Ma mère et Fatma Hanım veillent sur moi. Il n'y paraîtra plus rien d'ici demain.

Allongé tout habillé sur mon lit, je pensais à Füsun et je pris la décision de ne plus jamais la revoir et de l'effacer de ma vie.

9

F

Le lendemain, le 3 mai 1975 à deux heures et demie, Füsun se présenta à l'immeuble Merhamet et fit l'amour avec moi en « allant jusqu'au bout » pour la première fois de sa vie. Ce jour-là, ce n'est pas le rêve de la retrouver qui m'avait poussé à venir dans l'appartement. Maintenant que, des années plus tard, je mets en récit les pensées et les émotions qui étaient les miennes à l'époque, il me semble que ces derniers mots pourraient ne pas être tout à fait exacts, mais à ce moment-là, l'éventualité de sa visite ne m'avait vraiment pas effleuré l'esprit. J'avais simplement envie de rester seul, avec les paroles que Füsun avait prononcées la veille, les objets me rappelant mon enfance, les antiquités de ma mère, les vieilles pendules, le tricycle, l'étrange lumière de cet appartement plongé dans la pénombre, l'odeur de poussière et d'ancienneté qui s'en exhalait, et de rester là à contempler le jardin à l'arrière… Ce devait être cela qui m'avait une nouvelle fois attiré ici. Je voulais me repasser le film de notre dernière entrevue, la revivre en pensée, laver les verres, ranger la tasse dans laquelle Füsun avait bu son thé, mettre un peu d'ordre dans les vieilleries de ma mère et oublier mon infamie… En rangeant les affaires, je tombai sur une photographie prise par mon père. On y voyait le lit de la chambre du fond, la fenêtre, le jardin, et je pus constater que cette pièce n'avait pas changé depuis des années. Quand on sonna à la porte, je me rappelle avoir pensé que c'était ma mère.

— Je suis venue chercher le parapluie, dit Füsun.

Elle restait sur le seuil.

— Entre donc, lui dis-je.

Elle hésita un instant. Puis, sentant sans doute qu'il serait inconvenant de rester plantée sur le palier, elle entra. Je refermai la porte derrière elle. Elle portait une ceinture blanche à grosse boucle qui la faisait paraître encore plus mince et une robe rose foncé avec des boutons blancs qui lui allait à merveille. Dans mon adolescence, j'avais la faiblesse de penser que le meilleur moyen pour être à l'aise avec les filles que je trouvais belles et mystérieuses, c'était d'être franc et sincère. À trente ans, je croyais m'être débarrassé de cette naïve illusion, mais je me trompais.

— Ton parapluie est là, lançai-je aussitôt en m'étirant pour l'extraire de derrière l'armoire à glace, sans même me demander pourquoi je ne l'en avais pas ressorti plus tôt.

— Comment a-t-il atterri ici ?

— Il n'a pas atterri là tout seul. En fait, c'est moi qui l'ai caché hier, pour que tu ne partes pas tout de suite.

Elle hésita un instant, ne sachant si elle devait en rire ou se fâcher. Je la pris par la main et, sous prétexte de préparer du thé, je l'entraînai vers la cuisine, qui baignait dans une pénombre humide et empoussiérée. Là, tout se passa très vite ; incapables de nous retenir, nous commençâmes à nous embrasser. Nos baisers ne tardèrent pas à se faire beaucoup plus longs et plus enflammés. Elle s'y livrait avec une telle ardeur, elle fermait les yeux et se pendait si fort à mon cou que je sentis que nous pourrions aller « jusqu'au bout ».

Chose parfaitement impossible, vu qu'elle était vierge. Mais pendant que nous nous embrassions, j'eus un instant la certitude que Füsun avait pris une des décisions les plus importantes de sa vie et que, si elle était venue aujourd'hui, c'était pour « aller jusqu'au bout » avec moi. Mais on ne voit cela que dans les films étrangers. Ici, en Turquie, il me paraissait étrange qu'une fille décide de but en blanc de faire une chose pareille. Mais peut-être n'était-elle pas vierge…

Toujours suspendus à nos lèvres, nous sortîmes de la cuisine, nous assîmes au bord du lit et, sans manières mais sans que nos regards se croisent, nous enlevâmes quasiment tous nos vêtements et nous glissâmes sous la couverture. Elle était trop épaisse et me piquait la peau, comme quand j'étais petit, si bien que, au bout d'un moment, je rejetai cette couverture qui laissa apparaître notre semi-nudité. Nous étions tous deux en nage, mais comme rassérénés. Un rayon de soleil mordoré filtrait à travers les rideaux tirés, accentuant encore le hâle de sa peau. Que Füsun puisse elle aussi regarder mon corps comme je le faisais du sien, fixer les yeux sur mon membre dressé, le contempler calmement, sans s'émouvoir outre mesure, avec un désir mêlé d'un vague sentiment de tendresse, éveilla en moi le soupçon jaloux qu'elle avait déjà vu d'autres hommes nus, dans d'autres lits, sur des canapés ou des banquettes arrière de voiture.

Nous nous laissâmes porter par la musique qui naissait tout naturellement de ce jeu du plaisir et du désir qui devrait logiquement être vécu, je pense, dans toute histoire d'amour. Mais après quelques instants, à travers l'anxiété que nous lisions dans les yeux l'un de l'autre, il apparut que nous pensions tous deux à la tâche délicate dont nous devions nous acquitter.

Füsun enleva ses boucles d'oreilles (dont j'expose l'une d'elles comme la première pièce de notre musée) et les posa avec précaution sur la table, telle une fille myope au dernier degré retirant méticuleusement ses lunettes avant d'aller se baigner dans la mer. Le sens du devoir qui imprégnait ses gestes me donnait à penser que nous pourrions pour la première fois aller jusqu'au bout. À cette époque, les jeunes portaient souvent des bracelets, des gourmettes et des colliers avec l'initiale de leur prénom ; je ne fis pas attention aux boucles d'oreilles. La détermination avec laquelle Füsun, déjà presque entièrement nue, enleva sa petite culotte me confortait dans l'idée qu'elle ferait l'amour jusqu'au bout. En effet, les filles qui désiraient maintenir une limite gardaient leurs sous-vêtements.

J'embrassai ses épaules à la senteur d'amande, effleurai avec ma langue la peau veloutée de son cou trempé de sueur et tressaillis à la vue de ses seins, d'un ton plus clair que le hâle naturel de son teint méditerranéen, quand bien même la saison des bains de soleil n'avait pas encore commencé. Les professeurs de lycée qui éprouveraient quelque inquiétude à faire lire à leurs élèves ce passage de notre roman peuvent leur proposer de sauter cette page. Le visiteur du musée est prié, quant à lui, de contempler les objets offerts à sa

46

curiosité et de se contenter d'imaginer ce que je me devais d'accomplir ; d'abord pour Füsun, qui me regardait avec des yeux sombres et apeurés ; ensuite pour nous et assez peu, finalement, pour mon propre plaisir. Nous semblions l'un comme l'autre nous appliquer avec la meilleure volonté du monde à surmonter une difficulté qui nous était imposée par la vie. C'est pourquoi je ne jugeai pas étrange que, les yeux rivés sur les miens, elle ne me réponde pas quand, pesant sur elle et la forçant, je lui demandai entre deux mots doux : « Ça te fait mal, ma chérie ? » Je ne me formalisai pas de son silence car je sentais tout son corps parcouru d'un profond et fragile frémissement (imaginez un champ de tournesols ondulant légèrement sous le vent) et, du point où je m'étais le plus approché, je le percevais comme s'il se fût agi de ma propre douleur.

À son regard, qu'elle détournait de moi et dirigeait parfois vers le bas de son corps avec une attention médicale, je compris qu'elle s'écoutait et désirait vivre seule la chose qu'elle expérimentait pour la première fois, cette étape décisive désormais irrémédiablement franchie. Afin de pouvoir mener à son terme ce que j'étais en train de faire et ressortir soulagé de ce voyage difficile, il me fallait penser égoïstement à mon plaisir. C'est ainsi que, de façon instinctive, nous découvrîmes que pour éprouver avec plus d'intensité les plaisirs qui nous lieraient l'un à l'autre, nous devions d'abord les vivre pour nous-mêmes ; nous nous étreignions avec force, avec fureur, et parallèlement, nous commencions à nous utiliser mutuellement pour notre propre plaisir. Je percevais dans les doigts de Füsun sur mon dos quelque chose de semblable à la peur de la mort ressentie par l'innocente fillette myope qui, craignant soudain de se noyer alors qu'elle apprend à nager, se raccroche de toutes ses forces à son père accouru à son secours. Dix jours plus tard, quand je lui demandai quel était le film qui défilait dans sa tête à ce moment-là, « Je voyais un champ de tournesols », répondit-elle en fermant les yeux et se serrant contre moi.

Ce jour-là, à l'heure où nous faisions l'amour pour la première fois, les enfants dont les joyeux piaillements, les cris et les invectives accompagneraient désormais constamment nos ébats jouaient déjà au ballon en hurlant des insultes dans le vieux jardin du *konak* en ruine de Hayrettin Pacha. Quand leur clameur se tut un instant, hormis quelques cris timides de Füsun et deux ou trois gémissements de bonheur qui m'échappèrent, un incroyable silence tomba dans la chambre. De loin nous parvenaient les sifflets des agents de la circulation sur la place de Nişantaşı, les klaxons des voitures et des bruits de marteau ; un enfant lança un coup de pied dans une boîte de conserve, une mouette poussa un cri, une tasse se brisa, le feuillage des platanes bruissa sous l'effet d'un vent presque imperceptible.

Allongés enlacés dans le silence, nous tentions de nous ôter de l'esprit les draps tachés de sang, nos vêtements jetés pêle-mêle et notre nudité — tous ces détails gênants, tous ces rituels primitifs que les anthropologues aiment tant analyser et classifier. Füsun pleura en silence. Elle ne prêta guère l'oreille à mes paroles de réconfort. Elle déclara que jamais elle n'oublierait cela, versa encore quelques larmes puis se tut.

Comme la vie me pousserait plus tard à devenir l'anthropologue de mon propre vécu, loin de moi l'idée de mépriser ces personnages passionnés qui tentent de donner du sens à leur existence et à la nôtre en exposant des objets, des ustensiles de cuisine et des outils rapportés de lointains pays. Mais prêter une attention excessive aux traces et aux objets de notre « premier rapport amoureux » risque d'empêcher de comprendre les profonds sentiments de tendresse et de reconnaissance qui grandissaient entre nous. C'est pourquoi, afin de montrer l'amoureuse délicatesse avec laquelle ma petite amie de dix-huit ans caressait ma peau de trentenaire alors que nous étions allongés enlacés en silence, j'expose ici le mouchoir en coton à fleurs qui, ce jour-là, était resté soigneusement plié au fond de son sac. Ce petit encrier de cristal et le porteplume de ma mère que Füsun trouva plus tard sur la table en fumant une cigarette puissent-ils également être le signe de la finesse des sentiments et de la tendre sollicitude qu'il y avait entre nous. Je laisse de même le soin à ce gros ceinturon en cuir et à large boucle comme le voulait la mode de l'époque — l'orgueil tout masculin avec lequel je l'enfilai généra en moi un sentiment de culpabilité — de dire combien il nous fut difficile d'abandonner notre tenue d'Adam et Ève, de nous rhabiller et d'avoir à promener nos yeux sur ce vieux monde sale !

Avant que Füsun ne sorte, je lui dis qu'elle devrait beaucoup travailler durant ce mois et demi si elle voulait entrer à l'université.

— Tu as peur que je reste vendeuse toute ma vie ? demanda-t-elle en souriant.

— Bien sûr que non... Mais j'aimerais te faire travailler avant tes examens. Nous pourrions le faire ici. Tu étudies avec quels livres ? Mathématiques classiques ou modernes ?

— Au lycée, c'étaient les maths classiques. Mais au cours, ils nous enseignent les deux. Parce qu'elles occupent la même place dans les QCM. Et j'ai autant de mal avec les uns qu'avec les autres.

Nous convînmes de nous retrouver le lendemain au même endroit pour lui faire travailler ses maths. Dès qu'elle fut repartie, je me rendis chez un bouquiniste de Nişantaşı pour me procurer les manuels qu'elle utilisait au cours et au lycée. De retour au bureau, je les feuilletai rapidement en fumant une cigarette et constatai que je pourrais réellement l'aider. Le fait de m'imaginer enseigner les mathématiques à Füsun allégea aussitôt le fardeau psychologique que je sentais peser sur moi ce jour-là, laissant uniquement place à un bonheur extrême et à une étrange fierté. Je sentais ce bonheur palpiter comme une douleur dans mon cou, mon nez, sur ma peau, et l'orgueil que je ne pouvais me cacher suscitait en moi une sorte de jubilation. Un coin de mon esprit était sans cesse occupé par l'idée que Füsun et moi nous retrouverions et ferions encore l'amour de nombreuses fois dans l'immeuble Merhamet. Mais je compris que cela ne serait possible qu'à condition de faire comme s'il ne se passait rien d'extraordinaire dans ma vie.

10

Lumières de la ville et bonheur

Le soir, Yeşim, une amie de lycée de Sibel, fêtait ses fiançailles au Pera Palace. Tout le monde devait y être, je m'y rendis aussi. Sibel portait une robe en lamé argent et une étole en maille, elle était très heureuse et, pensant que ces fiançailles seraient un exemple pour les nôtres, elle s'intéressait à tout, discutait avec tous et souriait constamment.

Quand le fils d'Oncle Süreyya dont j'oubliais toujours le nom me présenta Inge, le mannequin allemand qui jouait dans les films publicitaires pour le soda Meltem, j'avais déjà bu deux rakis et me sentais plus à mon aise.

— Comment trouvez-vous la Turquie? lui demandai-je en anglais.

— J'ai seulement vu Istanbul, répondit Inge. J'ai été très étonnée, c'est très différent de ce à quoi je m'attendais.

— Qu'est-ce que vous imaginiez?

Nous nous regardâmes un instant sans rien dire. C'était une femme intelligente. Elle avait vite appris que le moindre mot de travers pouvait facilement vexer les Turcs et, avec un sourire, elle s'empressa de lancer dans un turc approximatif le slogan du soda Meltem :

— Vous le méritez bien!

— En une semaine, vous êtes devenue une célébrité dans tout le pays, qu'est-ce que ça vous fait?

— Les agents de police, les chauffeurs de taxi, tout le monde me reconnaît dans la rue, dit-elle en se réjouissant comme un enfant. L'autre jour, un vendeur de ballons m'a interpellée et m'en

50

a offert un en disant : « Vous le méritez bien. » Dans un pays où il n'y a qu'une chaîne de télévision, il est facile d'accéder à la notoriété.

Se rendait-elle compte que son intention de faire preuve de modestie devenait méprisante ?

— Combien y a-t-il de chaînes en Allemagne ?

Comprenant qu'elle avait commis un impair, elle se sentit embarrassée. Quant à ma repartie, elle était parfaitement superflue.

— Chaque jour en allant au travail, j'ai le plaisir de voir votre portrait affiché en grand sur la façade d'un immeuble, dis-je.

— Ah, effectivement, dans le domaine publicitaire, les Turcs sont beaucoup plus en avance que les Européens.

Ces paroles me firent un tel plaisir que j'oubliai un instant qu'elles avaient été prononcées par pure politesse. Je cherchai Zaim du regard dans la foule joyeuse et animée. Il était un peu plus loin, en train de discuter avec Sibel. Je me plus à penser qu'ils pourraient devenir amis. J'éprouvai un profond bonheur dont je me souviens encore, même après tant d'années : Sibel avait affublé Zaim d'un sobriquet ; entre nous, elle l'appelait « Vous le méritez bien Zaim ». Ce slogan de la campagne publicitaire pour les sodas Meltem était selon elle d'un égoïsme et d'une désinvolture parfaitement abjects dans un pays aussi pauvre et meurtri que la Turquie, où tant de jeunes s'entretuaient parce qu'ils étaient de gauche ou de droite.

Un air printanier fleurant le tilleul entrait par les portes-fenêtres du grand balcon. En contrebas, les lumières de la ville se reflétaient dans la Corne d'Or ; tout semblait empreint de beauté, même les quartiers pauvres et les *gecekondu* s'étirant du côté de Kasımpaşa. J'éprouvais le sentiment que j'avais une vie très heureuse et, surtout, que cela ne faisait que préfigurer le bonheur encore plus grand qui m'attendait. Ce que j'avais vécu aujourd'hui avec Füsun pesait de tout son poids et me troublait l'esprit, mais nous avons tous nos secrets, nos peurs et nos tourments, pensai-je. Qui sait combien de personnes, parmi les hôtes de cette soirée très distinguée, dissimulaient drames et blessures psychologiques, mais dans la foule, au milieu des amis et après deux verres, les problèmes qui nous torturaient apparaissaient soudain terriblement dérisoires et passagers.

— Tu vois le type nerveux là-bas, dit Sibel, c'est Suphi le Givré. Il est connu pour récupérer et amonceler toutes les boîtes d'allumettes qu'il trouve. Il a des pièces remplies de boîtes d'allumettes, à ce qu'il paraît. On dit que ça lui a pris quand sa femme l'a quitté. Pour nos fiançailles, ce serait bien que les serveurs portent des costumes un peu plus classe, tu ne crois pas ? Pourquoi bois-tu autant, ce soir ? Ah, il faut que je te raconte !

— Quoi ?

— Mehmet aime beaucoup le mannequin allemand, il ne la quitte pas d'une semelle et Zaim est très jaloux. Ah, tu sais, cet homme, là, le fils de ton oncle Süreyya… Lui aussi est parent avec Yeşim… Quelque chose te tracasse ? Quelque chose dont tu ne veux pas me parler ?

— Non, je n'ai rien, je suis même très heureux.

Elle me dit de douces paroles, je m'en souviens encore aujourd'hui. Sibel était enjouée, intelligente et affectueuse, et je savais que je me sentirais bien à ses côtés, pas seulement pour quelque temps mais ma vie durant. Après l'avoir raccompagnée chez elle tard dans la soirée, je marchai très longuement dans les rues sombres et désertes en pensant à Füsun. Ce qui m'obsédait et me tourmentait à l'extrême, c'était autant qu'elle couche avec moi pour la première fois que sa détermination à le faire. Pas une seconde elle n'avait minaudé ou tergiversé, et même en se déshabillant, elle n'avait pas montré la moindre indécision.

À la maison, le salon était vide. Certaines nuits où mon père n'arrivait pas à dormir, je le trouvais assis en pyjama dans le salon ; j'aimais bavarder avec lui avant d'aller me coucher. Mais à présent, ma mère et lui dormaient à poings fermés, le bruit de leur respiration et de leurs ronflements me parvenait de leur chambre à coucher. Je descendis encore un raki et fumai une dernière cigarette. Mais une fois au lit, je ne pus trouver immédiatement le sommeil. Les images de la scène d'amour avec Füsun défilaient devant mes yeux et se mêlaient aux détails de la fête de fiançailles…

11

La fête du sacrifice

Entre veille et sommeil, je repensai à Oncle Süreyya ainsi qu'à son fils, un cousin éloigné dont j'oubliais constamment le nom et que j'avais aperçu aux fiançailles de Yeşim. Le jour où Füsun et moi étions partis faire un tour en voiture, au temps où sa famille venait encore nous rendre visite pour les fêtes, Oncle Süreyya était chez nous, lui aussi. Alors que je me tournais dans mon lit pour tenter de trouver le sommeil, certaines images de cette matinée de fête du sacrifice plombée par la grisaille et le froid défilèrent devant mes yeux, comme dans un rêve, comme un souvenir à la fois familier et étrange : je me souvins du tricycle, je me souvins que Füsun et moi avions marché dans les rues, assisté en silence au sacrifice d'un mouton puis fait une balade en voiture. Le lendemain, lorsque nous nous retrouvâmes dans l'immeuble Merhamet, je lui demandai de me rafraîchir la mémoire.

— C'est nous qui avions rapporté le vélo, dit Füsun qui se souvenait de tout beaucoup mieux que moi. Ton frère et toi ne vous en serviez plus, alors ta mère me l'avait donné quelques années plus tôt. Mais comme ce vélo était devenu trop petit pour moi aussi, ma mère avait profité des fêtes pour le rapporter ce jour-là.

— Ensuite, la mienne a dû l'entreposer ici, complétai-je. Oncle Süreyya aussi était chez nous ce jour-là, je m'en souviens à présent...

— Parce que c'est lui qui avait réclamé des liqueurs !

Füsun avait gardé un souvenir très précis de notre balade en voiture improvisée. Cette promenade, dont les détails me revenaient en mémoire à mesure qu'elle m'en parlait, je désire ici en faire le récit. Füsun avait douze ans, et moi vingt-quatre. Le 27 février 1969 était le premier jour du Kurban Bayramı. Comme tous les matins de fête, une joyeuse foule de parents proches et éloignés — hommes en costume cravate et dames bien habillées — était réunie dans notre appartement de Nişantaşı et attendait l'heure du déjeuner. On n'arrêtait pas de sonner, il arrivait sans cesse de nouveaux invités ; par exemple ma jeune tante, son mari au crâne dégarni et leurs enfants, bien mis et le regard inquisiteur ; tout le monde se levait, on échangeait des poignées de main et des embrassades, on repoussait les chaises ; Fatma Hanım et moi présentions des sucreries aux invités quand, soudain, mon père m'attira dans un coin avec mon frère aîné.

— Dites, les enfants, votre oncle Süreyya n'arrête pas de demander pourquoi il n'y a pas de liqueurs. Que l'un de vous deux aille donc en acheter chez Alaaddin.

À cette époque déjà, comme mon père abusait parfois un peu de la bouteille, ma mère avait proscrit la tradition consistant à offrir des liqueurs de menthe et de fraise dans des petits verres en cristal disposés sur un plateau en argent. C'est pour la santé de mon père qu'elle avait pris cette décision. Mais deux ans plus tôt, quand Oncle Süreyya s'était mis à entonner le même refrain, ma mère, pensant clore définitivement le sujet, lui avait rétorqué : « Depuis quand boit-on de l'alcool pendant les fêtes religieuses ? », ce qui avait provoqué entre elle et notre oncle, laïc et kémaliste convaincu, un interminable débat sur la religion, la civilisation, l'Europe et la République.

— Lequel se dévoue ? demanda mon père, en tirant un billet de dix lires de la liasse de petites coupures qu'il était spécialement allé chercher à la banque afin de les distribuer aux enfants, aux concierges et aux gardiens qui, à chaque fête, venaient lui embrasser la main.

— Kemal ! dit mon grand frère.

— Osman ! lançai-je simultanément.

— Allez, mon petit, vas-y, me dit mon père. Mais n'en dis rien à ta mère pour l'instant...

En passant la porte, j'aperçus Füsun.

— Tu m'accompagnes chez l'épicier ?

C'était une gamine maigre de douze ans, aux jambes comme des baguettes, et fille d'une parente éloignée. Hormis sa proprette tenue du dimanche, les petits rubans blancs noués en ailes de papillon sur ses tresses noires et brillantes, elle n'avait rien de particulièrement remarquable. Les questions anodines que j'avais posées à cette petite fille dans l'ascenseur, Füsun me les rappela des années plus tard : Tu es en quelle classe ? (première année de collège), dans quelle école ? (Lycée pour filles de Nişantaşı), que veux-tu faire plus tard ? (silence !).

Une fois dans la rue, nous avions à peine fait quelques mètres dans le froid que, sur le terrain boueux d'à côté, autour du tilleul, je vis un petit attroupement de gens s'apprêtant à égorger un mouton. Aujourd'hui, jamais je ne laisserais Füsun approcher ; je penserais que ce spectacle n'est guère recommandable pour une fillette de son âge.

Mais poussé par la curiosité, et le manque de jugeote, je m'avançai. Notre cuisinier Bekri Efendi et notre concierge Saim Efendi avaient couché sur le flanc un mouton enduit de henné et attaché par les pattes. Un homme en tablier et armé d'un grand couteau de boucher se tenait près de lui, mais l'animal ne cessant de se débattre, il ne pouvait œuvrer. Exhalant de la buée à chacun de leurs efforts, le cuisinier et le concierge parvinrent à l'immobiliser. Le boucher l'empoigna par le museau, lui renversa brutalement la tête en arrière et posa son long couteau sur son cou blanc. Un silence se fit. « *Allah akbar, Allah akbar* », s'écria le boucher. Faisant jouer sa lame d'avant en arrière pour ajuster son appui, d'un geste rapide, il lui trancha la gorge. Dès que le boucher retira son couteau, un sang rouge, épais, jaillit à flots. Le mouton était pris de soubresauts et rendait l'âme sous nos yeux. Rien, personne ne bougeait. Soudain, une bourrasque de vent se mit à bruire à travers les branches dépouillées du tilleul. Le boucher orienta la tête du mouton vers la cavité préalablement creusée dans le sol afin que s'y écoule le sang.

Un peu en retrait, j'aperçus des gamins curieux à la mine grave et renfrognée, le chauffeur Çetin Efendi, un vieillard marmonnant des prières. Silencieuse, Füsun me tenait par la manche de ma veste. Le mouton était encore traversé de spasmes mais c'étaient là ses derniers frémissements. L'homme qui nettoyait son couteau sur son tablier n'était autre que Kazım, le boucher établi près du commissariat. Je ne l'avais pas tout de suite reconnu. En croisant le regard du cuisinier Bekri, je compris qu'il s'agissait de notre mouton, celui que nous avions acheté pour la fête et laissé attaché depuis une semaine derrière l'immeuble.

— Allez! On y va, dis-je à Füsun.

Après avoir regagné l'asphalte, nous marchâmes sans souffler mot. Est-ce parce que j'avais passivement autorisé la fillette à être témoin d'une chose pareille que je me sentais si mal? J'éprouvais un sentiment de culpabilité que je n'arrivais pas vraiment à m'expliquer.

Ni ma mère ni mon père n'étaient dévots. Jamais je ne les avais vus faire la prière ni le jeûne du ramadan. Comme nombre de couples ayant connu les premières années de la République, leur attitude envers la religion tenait davantage de l'indifférence que de l'irrespect. Une indifférence qu'ils expliquaient — comme la plupart de leurs amis et connaissances — par leur républicanisme laïc et leur amour pour Atatürk. Malgré cela, à l'instar de beaucoup de familles bourgeoises et laïques de Nişantaşı, à chaque fête du sacrifice, mes parents faisaient tuer un mouton et distribuaient comme il se doit la viande aux pauvres. Cependant, ni mon père ni personne dans la famille n'entendait choisir, tuer et découper le mouton; c'est au cuisinier et au concierge qu'on laissait le soin de distribuer la viande et la peau. Comme eux, je ne m'étais jamais intéressé à l'abattage rituel auquel on procédait chaque année sur le terrain vague d'à côté.

Füsun et moi marchions sans rien dire vers le magasin d'Alaaddin; devant la mosquée de Teşvikiye, un vent froid se mit à souffler et je frissonnai, comme sous l'effet de ma propre inquiétude.

— Tu as eu peur tout à l'heure? Nous n'aurions pas dû regarder...

— Pauvre mouton, dit-elle.

— Tu sais pourquoi on sacrifie un mouton, n'est-ce pas?

— Un jour, quand nous irons au paradis, c'est ce mouton qui nous fera traverser le pont Sirat.

56

Cette interprétation du sacrifice était celle des enfants et des illettrés.

— D'accord, mais l'histoire a aussi un début, dis-je d'un ton professoral, tu le connais ?

— Non.

— Abraham n'avait pas d'enfants. Il priait et suppliait Dieu de lui en accorder un. « Mon Dieu, donne-moi un enfant, je ferai tout ce que tu veux. » Finalement, ses prières furent exaucées et il lui naquit un fils du nom d'Ismaël. Abraham ne se tenait plus de joie, le monde lui appartenait ! Il adorait son fils. Chaque jour, il le couvrait de caresses et de baisers, et chaque jour, il remerciait Dieu et lui rendait gloire. Une nuit, Dieu lui apparut en rêve et lui dit : « Sacrifie-moi ton fils[1]. »

— Pourquoi ?

— Écoute la suite… Abraham obéit à l'ordre de Dieu. Il sortit son couteau, il s'apprêtait à égorger son fils quand, tout à coup, un bélier apparut.

— Pourquoi ?

— Dieu avait eu pitié d'Abraham. Il lui avait envoyé un bélier pour qu'il l'immole à la place de son fils adoré. Parce que Dieu avait vu qu'Abraham lui obéissait.

— Si Dieu n'avait pas envoyé de bélier, Abraham aurait vraiment immolé son fils ? demanda Füsun.

— Oui, dis-je, mal à l'aise. Mais comme Dieu était certain qu'Abraham le ferait, il a envoyé un bélier pour lui épargner ce chagrin. Parce que l'attitude de son serviteur lui a plu.

Qu'un père puisse accepter de sacrifier le fils qu'il aimait par-dessus tout, je voyais bien que je n'arrivais pas à le faire comprendre à une fillette de douze ans. Devant mon incapacité à lui expliquer le sacrifice, mon anxiété se mua en agacement.

— Zut, le magasin d'Alaaddin est fermé ! m'écriai-je. Allons voir chez Nurettin.

Nous poussâmes jusqu'à la place de Nişantaşı. Nurettin, le marchand de tabac et de journaux, était fermé lui aussi. Nous revînmes sur nos pas. Alors que nous marchions en silence dans les rues, je

---

1. Selon les traditions juive et chrétienne, c'est le second fils d'Abraham, Isaac, qui a failli être sacrifié, et non Ismaël. *(N.d.T.)*

trouvai une interprétation de l'histoire d'Abraham qui pourrait plaire à Füsun :

— Naturellement, Abraham ne savait pas au départ qu'un bélier se substituerait à son fils, dis-je. Mais sa foi et son amour de Dieu étaient si grands que, au fond, il pressentait que rien de mal ne pourrait venir de Lui. Si on aime quelqu'un, si on l'aime au point de donner pour lui ce qu'on a de plus précieux, on sait qu'on n'a rien de mal à redouter de sa part. C'est cela, le sacrifice. Quelles sont les personnes que tu aimes le plus au monde ?

— Ma mère, mon père…

Nous croisâmes le chauffeur Çetin sur le trottoir.

— Çetin Efendi, mon père m'a chargé d'acheter des liqueurs. Tout est fermé à Nişantaşı, tu veux bien nous emmener jusqu'à Taksim ? Ensuite, on pourrait peut-être se promener un peu.

— Moi aussi, je viens ? demanda Füsun.

Nous nous assîmes tous deux sur la banquette arrière de la Chevrolet 56 couleur lie-de-vin appartenant à mon père. Çetin Efendi s'engagea sur les chaussées pavées et cabossées. Füsun regardait par la vitre. Nous rejoignîmes Dolmabahçe par Maçka. Hormis quelques passants endimanchés, les rues étaient vides. Mais à hauteur du stade de Dolmabahçe, un peu en retrait de la route, nous aperçûmes un petit groupe de gens occupés à tuer un mouton.

— Çetin Efendi, pour l'amour du ciel, explique à cette petite pourquoi on sacrifie des moutons. Je n'ai pas réussi.

— Oh, que dites-vous là, Kemal Bey ! répondit le chauffeur.

Mais il ne bouda pas son plaisir de montrer qu'il était plus au fait que nous sur la question :

— Nous offrons un sacrifice à Dieu pour qu'il voie que nous lui sommes aussi fidèlement attachés qu'Abraham. Sacrifier un mouton veut dire que nous sommes prêts à lui sacrifier ce que nous avons de plus précieux. Notre amour de Dieu est si grand, petite demoiselle, que pour lui nous sommes prêts à tout donner, même ce que nous aimons le plus. Sans espérer de contrepartie.

— N'y a-t-il pas le paradis à la clef ? demandai-je par malice.

— C'est Dieu qui en décide… On le saura le jour du Jugement dernier. Mais ce n'est pas dans le but de mériter le paradis que nous sacrifions un mouton. Nous le faisons par amour de Dieu, sans rien attendre en retour.

— Eh bé, tu es calé en religion, Çetin Efendi.

— Oh, je vous en prie, Kemal Bey, vous en savez tout autant. D'ailleurs, on n'a pas besoin de mosquée ou de religion pour savoir cela : quand on aime, on ne compte pas. La chose qui a le plus de valeur pour nous et à laquelle nous tenons comme à la prunelle de nos yeux, nous la donnons sans condition à quelqu'un pour la simple raison que nous l'aimons.

— Mais à ce moment-là, la personne pour qui nous avons consenti ce sacrifice le vit mal, rétorquai-je. Elle se sent redevable et pense qu'on attend quelque chose en échange.

— Dieu est grand, continua Çetin Efendi. Dieu voit tout, Dieu sait tout… Et il comprend aussi que nous l'aimons sans rien attendre en retour. Nul ne peut tricher avec Dieu.

— Il y a un magasin ouvert ici, dis-je. Arrête-toi, Çetin Efendi, je sais qu'on y trouve de la liqueur.

En une minute, Füsun et moi avions acheté les fameuses liqueurs à la menthe et à la fraise de la régie des alcools — une bouteille de chaque — et rejoint la voiture.

— Çetin Efendi, dis-je, nous avons le temps, emmène-nous faire un petit tour.

Des années plus tard, Füsun me rappela presque tout ce dont nous avions parlé au cours de cette longue balade en voiture. Quant à moi, le souvenir le plus net que je gardais de cette froide et grise matinée de fête du sacrifice, c'est qu'Istanbul avait des airs d'abattoir. Dès les premières heures du jour, aussi bien dans les quartiers déshérités, les terrains vagues des ruelles, les ruines d'incendies que dans les grandes avenues des quartiers les plus riches de la ville, on avait égorgé des dizaines de milliers de moutons. Par endroits, les pavés et les trottoirs étaient trempés de sang. Tandis que la voiture descendait des côtes, franchissait des ponts et avançait à travers un dédale de rues tortueuses, nous voyions des moutons dépecés, fraîchement égorgés ou déjà découpés en quartiers. Nous traversâmes la Corne d'Or par le pont Atatürk. Malgré l'atmosphère de fête, les drapeaux et les foules bien habillées, la ville était triste et fatiguée. Au niveau de l'aqueduc de Valens, nous bifurquâmes sur Fatih. Là, on vendait des moutons teintés de henné et parqués dans un terrain vague.

— Eux aussi seront sacrifiés ? demanda Füsun.

— Peut-être pas tous, petite demoiselle, répondit Çetin Efendi. Il est presque midi et ils n'ont pas encore trouvé preneur... S'il ne vient pas de clients avant la fin de la fête, ils en réchapperont. Mais dans ce cas, les marchands de bestiaux les vendront aux bouchers.

— On n'a qu'à les acheter, comme ça, on leur sauvera la vie, dit Füsun, toute pimpante dans son élégant manteau rouge.

Elle me sourit et s'enhardit à me faire un clin d'œil :

— On enlèvera les moutons à l'homme qui voulait sacrifier son enfant, d'accord ?

— D'accord, répondis-je.

— Vous êtes très intelligente, mademoiselle, dit Çetin Efendi. En réalité, Abraham ne voulait absolument pas sacrifier son fils. Mais c'était un ordre, un ordre émanant de Dieu. Si nous n'obéissons pas à Dieu, c'est le chaos, le monde court à la catastrophe... Le monde est fondé sur l'amour. Et le fondement de l'amour, c'est l'amour de Dieu.

— Mais l'enfant dont le père veut le sacrifier, comment peut-il comprendre cela ? demandai-je.

Nos regards se croisèrent un instant dans le rétroviseur.

— Kemal Bey, dit Çetin Efendi, je sais que vous et votre père parlez ainsi pour me taquiner et me faire bisquer. Votre père a beaucoup d'affection pour moi et j'éprouve un grand respect envers lui. Je ne me vexe jamais de ses plaisanteries. Et je ne me vexerai pas plus des vôtres. Pour vous répondre, je prendrai un exemple. Vous avez vu le film *Abraham* ?

— Non.

— Ce n'est pas tellement votre genre de films, naturellement. Mais il faut absolument y aller et emmener la demoiselle, vous verrez, on ne s'ennuie pas... C'est Ekrem Güçlü qui joue le rôle d'Abraham. Femme, belle-mère, enfants, nous sommes tous allés le voir en famille et on a pleuré comme des fontaines. Quand Abraham s'empare de son couteau et regarde son fils... Quand Ismaël lui dit, comme il est écrit dans le Saint Coran : « Père, si tel est l'ordre de Dieu, tu dois t'y soumettre ! »... et quand le bélier appa-

60

raît pour être sacrifié à sa place, c'est toute la salle qui s'est mise à pleurer de joie. Quand nous offrons à un être que nous aimons ce que nous avons de plus précieux sans rien attendre en retour, alors, le monde devient beau, c'est pour cela que nous pleurions, petite demoiselle.

Je me souviens parfaitement de notre trajet : de Fatih, nous avons pris la direction d'Edirnekapı puis bifurqué à droite pour redescendre jusqu'à la Corne d'Or en longeant les remparts. En traversant les quartiers pauvres disséminés le long des murailles en ruine, un long moment durant, personne ne rompit le silence qui s'était installé dans la voiture. Dans les potagers nichés entre les vestiges des murs d'enceinte, les parcelles de terrain où fabriques et ateliers construits de bric et de broc entassaient leurs détritus, leurs bidons vides et leurs déchets, nous apercevions des cadavres et des restes de mouton — peau, cornes, viscères —, mais dans les quartiers pauvres, aux alentours des maisons en bois à la peinture écaillée, pour quelque étrange raison, l'atmosphère semblait davantage à la fête qu'au sacrifice. Un petit parc d'attractions avec manèges et balançoires, des enfants achetant des guimauves avec l'argent de leurs étrennes, petits drapeaux turcs pointant comme des cornes à l'avant des autobus... je me rappelle le regard plein d'optimisme avec lequel Füsun et moi contemplions toutes ces vues que, plus tard, je collectionnerais avec passion à travers photos et cartes postales.

En gravissant la côte de Şişhane, nous vîmes des tas de gens au milieu de la chaussée ; la circulation était bouchée. Je crus un moment qu'il s'agissait d'une autre manifestation festive mais quand notre voiture fendit la foule qui s'écartait sur son passage, nous nous retrouvâmes tout près des victimes d'une collision survenue quelques instants plus tôt. Un camion dont les freins avaient lâché avait quitté la voie et percuté de plein fouet une voiture, qui s'était encastrée sous l'énorme véhicule.

— Grand Dieu ! s'écria Çetin Efendi. Ne regardez surtout pas, mademoiselle.

À bord de la voiture à l'avant complètement écrasé, nous distinguâmes vaguement les passagers qui remuaient doucement la tête, au seuil de l'agonie. Je n'ai jamais oublié le crépitement des bris de verre sous nos roues ni le silence qui suivit. En sortant de la côte, nous filâmes à travers les rues désertes pour rejoindre Taksim puis Nişantaşı, comme si nous fuyions la mort.

— Bon sang, mais où étiez-vous donc passés? demanda mon père. On commençait à s'inquiéter. Vous les avez trouvées, ces liqueurs?

— Elles sont dans la cuisine! répondis-je.

Le salon exhalait une odeur de parfum, d'eau de Cologne et de tapis. Je me fondis dans la foule familiale et oubliai la petite Füsun.

12

S'embrasser sur les lèvres

Le lendemain, quand Füsun et moi nous retrouvâmes dans l'après-midi, nous évoquâmes à nouveau cette promenade, lors d'une fête du sacrifice six ans plus tôt. Puis, laissant là nos souvenirs, nous nous embrassâmes longuement, et nous fîmes l'amour. Sa peau couleur miel parcourue de frissons sous la caresse du vent printanier qui soufflait à travers les rideaux en charriant des senteurs de tilleul, sa façon de fermer les yeux et de se serrer de toutes ses forces contre moi comme on s'accrocherait à une bouée de sauvetage me laissaient étourdi, incapable de percevoir ni même d'imaginer un sens plus profond à ce que je vivais. Pour ne pas plonger dans des abîmes de culpabilité et de perplexité, pour ne pas m'enfoncer plus avant dans ces régions dangereuses où l'amour risquait de trouver son terreau, je compris qu'il me fallait rejoindre la communauté des hommes.

Après avoir encore revu Füsun trois fois, samedi matin, quand mon frère aîné me téléphona pour me proposer d'assister au match entre Giresunspor et Fenerbahçe qui, selon ses dires, serait probablement proclamé champion dans l'après-midi, j'acceptai son invitation. Je fus heureux de constater que le stade Dolmabahçe de mon enfance, désormais devenu stade İnönü, n'avait guère changé en vingt ans. Hormis sa nouvelle appellation, le seul changement notable, c'était la tentative de planter du gazon sur le terrain, comme en Europe. Mais ce gazon n'ayant pris que dans les coins, l'aire de jeu ressemblait à un crâne dégarni n'ayant plus que quelques cheveux sur les tempes et la nuque. Exactement comme vingt ans plus tôt au milieu des années 1950, dès que les joueurs épuisés approchaient de la ligne de touche — surtout les défenseurs sans renommée —, les spectateurs aisés des tribunes numérotées se mettaient à vociférer et à les injurier (« Bougez-vous, bande de pédés anémiques! »), tels des citoyens romains se déchaînant en invectives contre des gladiateurs. Quant aux spectateurs enragés des gradins en placement libre, une foule essentiellement composée de chômeurs, de pauvres et d'étudiants, ils entonnaient tous en chœur des insultes du même acabit, avec le plaisir et l'espoir de faire entendre leur colère et leur voix. Comme cela serait confirmé dans les pages « Sport » des journaux du lendemain, le match était facile et quand Fenerbahçe marquait un but, je me retrouvais comme tout le monde debout en train de hurler. Dans cette ambiance festive, collective et communautaire, au milieu de cette foule d'hommes qui, aussi bien dans les tribunes que sur le terrain, ne cessaient de s'embrasser et de se congratuler, il y avait quelque chose qui me dérobait à mon sentiment de culpabilité et transmutait mes peurs en fierté. Mais dans les moments plus calmes du jeu, alors que chacun des trente mille spectateurs pouvait entendre taper dans le ballon, je tournais la tête vers les tribunes ouvertes derrière lesquelles on apercevait le Bosphore, je regardais passer un vieux navire soviétique devant le palais de Dolmabahçe et pensais à Füsun. Qu'elle me choisisse et se donne à moi avec cette détermination ne laissait pas de me troubler. J'avais constamment devant les yeux la longueur de son cou, la courbe si particulière au creux de son ventre, le doute et la sincérité que parfois je sentais poindre simultanément dans son regard, la franchise quelque peu mélancolique avec laquelle elle m'observait quand nous étions couchés et nos longs échanges de baisers.

— C'est le fait de te fiancer qui te rend si songeur? demanda mon frère.

— Oui.

— Tu es très amoureux d'elle?

— Naturellement.

Avec un sourire entendu, mi-moqueur, mi-affectueux, mon frère détourna les yeux vers le ballon qui ne cessait de tourner au centre du terrain. Il avait à la main un cigare de marque Marmara — habitude qu'il avait prise depuis deux ans et qu'il considérait comme

64

un signe d'originalité — et durant tout le match, le léger vent qui soufflait depuis la tour de Léandre, en agitant doucement les grandes bannières aux couleurs des équipes et les petits drapeaux rouges placés aux angles de la surface de jeu, rabattait avec une telle insistance la fumée de son cigare de mon côté que, comme autrefois avec les cigarettes de mon père, j'avais les yeux qui piquaient et pleuraient.

— Le mariage te fera du bien, dit mon grand frère sans détacher son regard du ballon. Vous ferez tout de suite des enfants. Qu'il n'y ait pas trop d'écart entre eux, ils seront copains avec les nôtres. Sibel est une fille sensée et raisonnable, elle a les pieds sur terre. Toi, tu as un peu la tête dans les nuages, elle équilibrera ton côté coureur et dissipé. J'espère que tu n'épuiseras pas sa patience, comme tu l'as fait avec les autres. Hé, l'arbitre, c'est une faute, ça !

Quand Fenerbahçe marqua pour la deuxième fois, nous bondîmes tous en hurlant « Buuut » avant de tomber dans les bras les uns des autres et de nous embrasser. Le match une fois terminé, Kadri la Cuve, un ancien copain de régiment de mon père, quelques hommes d'affaires amateurs de football et un avocat se joignirent à nous. Au milieu de la foule qui redescendait la côte à grands cris, nous nous rendîmes à l'hôtel Divan où, discutant football et politique, nous bûmes du raki. Moi, je pensais à Füsun.

— Tu as la tête ailleurs, Kemal, me dit Kadri Bey. Probablement que le football ne te passionne pas autant que ton frère.

— Si, mais ces dernières années…

— Kemal adore le foot, Kadri Bey, mais ils ne font pas bien les passes, dit mon frère d'un ton moqueur.

— En réalité, je peux citer par cœur les noms des footballeurs de Fenerbahçe en 1959, répondis-je. Özcan, Nedim, Basri, Akgün, Naci, Avni, Mikro Mustafa, Can, Yüksel, Lefter, Ergun.

— Seracettin aussi jouait dans cette équipe… dit Kadri la Cuve. Tu l'as oublié.

— Non, il n'y était pas.

Le débat se prolongea et, comme toujours dans ce genre de situation, on en vint aux paris. En 1959, Seracettin jouait-il dans l'équipe de Fenerbahçe ou pas ? Kadri la Cuve et moi campions sur nos positions. Celui qui perdrait offrirait le restaurant à tout le groupe de buveurs de raki attablé au Divan.

De retour à Nişantaşı, je me séparai des autres. Dans l'appartement de l'immeuble Merhamet, il y avait une boîte où je conservais les images de footballeurs qu'on trouvait à une époque dans les emballages de chewing-gums. Ma mère avait tout relégué ici en même temps que nos vieux jouets. Si je parvenais à mettre la main sur cette boîte contenant les images de footballeurs et d'artistes dont mon frère et moi faisions la collection quand nous étions enfants, je savais que je gagnerais mon pari.

Mais à peine entré dans l'appartement, je compris que j'y étais venu pour me souvenir des heures passées avec Füsun. Je contemplai un instant le lit en désordre où nous faisions l'amour, le cendrier plein de mégots et les verres de thé qui traînaient au chevet. Les vieilles affaires que ma mère avait entassées dans la chambre, les boîtes, les pendules arrêtées, les ustensiles de cuisine, l'encombrante toile cirée, l'odeur de rouille et de poussière s'étaient déjà amalgamés aux ombres de cette pièce dans mon esprit, pour se transformer en un petit coin de paradis. La nuit commençait à tomber mais les cris et les insultes des gamins qui jouaient au football retentissaient encore à l'extérieur.

Ce jour-là, le 10 mai 1975, je retrouvai la fameuse boîte en fer où je conservais les images d'artistes glissées dans les chewing-gums Zambo ; elle se trouvait bien dans l'appartement de l'immeuble Merhamet, mais elle était vide. Ces images que verraient les visiteurs du musée, ce n'est que plus tard que je les récupérai auprès de Hıfzı Bey, à l'époque où je fréquentais les malheureux collectionneurs d'Istanbul qui se gelaient dans des chambres devenues de vrais capharnaüms. Par ailleurs, en regardant la collection des années après, je me souvins d'avoir lié connaissance avec certains acteurs comme Ekrem Güçlü (qui tenait le rôle d'Abraham) dans le bar où se retrouvaient les gens de cinéma. C'est par tous ces épisodes, autant que par les objets que j'expose, que s'acheminera mon histoire. Même alors, j'avais déjà compris que cette chambre magique dont je sentais vibrer la présence à travers les vieux objets et l'atmosphère imprégnée du bonheur des baisers échangés avec Füsun tiendrait une place importante dans ma vie.

Comme la plupart des gens à l'époque où se déroule mon histoire, la première fois que j'avais vu deux personnes s'embrasser sur la bouche, c'était au cinéma. J'avais été fort troublé par cette chose qui ne laissait pas de m'intriguer et que toute ma vie j'aurais envie de faire avec une jolie fille. Durant mes trente ans d'existence, excepté une ou deux fois en Amérique, je n'avais jamais vu de couples s'embrasser sur la bouche ailleurs qu'au cinéma. À cet âge comme dans mon enfance, les salles de cinéma m'apparaissaient comme des lieux où nous allions regarder les autres s'embrasser. L'histoire n'était qu'un prétexte. Et quand Füsun et moi nous embrassions, je sentais qu'elle imitait les baisers qu'elle avait vus dans les films.

J'aimerais dire quelque chose concernant mes baisers avec Füsun. Autant par souci de faire sentir la gravité dont est empreinte la dimension sexuelle de mon histoire que par celui de la préserver de la frivolité, de la banalité et de la trivialité : je pensais que le goût sucré de la bouche de Füsun venait des chewing-gums Zambo qu'elle mâchait. Quand nous nous embrassions, c'était désormais pour notre propre plaisir, et non plus seulement par provocation, pour nous tester ou exprimer notre attirance réciproque comme les premières fois ; et à force de nous y livrer, cet exercice devenait pour tous deux un étonnant terrain d'exploration. À mesure que nous nous embrassions, nous découvrions que les souvenirs de chacun de nos longs baisers précédents tenaient un rôle aussi grand que nos bouches humides et nos langues qui s'enhardissaient mutuellement. Ainsi, c'est d'abord elle que j'embrassais, puis elle dans mes souvenirs, puis elle entraperçue le temps d'ouvrir et de refermer les yeux, puis elle comme image rémanente sous mes paupières ; mais au bout d'un moment, d'autres images lui ressemblant venaient se mêler à ces réminiscences si bien que, à embrasser toute cette foule en même temps, je me trouvais beaucoup plus viril et je l'embrassais comme si j'eusse été un autre homme ; le plaisir que je prenais aux mouvements de ses lèvres charnues et enfantines, de sa langue mutine et pleine de désir dans ma bouche augmentait à mesure que j'étais en proie à la confusion et assailli par de nouvelles pensées (« C'est une enfant », me soufflait l'une d'elles, « Oui, une enfant très femme », rectifiait l'autre), et que

Füsun et moi nous démultipliions en une foule de personnages et de reflets. À travers ces premiers longs baisers et les détails de ces rituels amoureux qui se développeraient peu à peu entre nous, je percevais les signes précurseurs d'une connaissance, d'un bonheur d'un genre nouveau pour moi, je sentais s'entrouvrir la porte d'un paradis rarement accessible en ce bas monde. Nos baisers semblaient nous ouvrir non seulement les portes d'un plaisir sensuel et d'un désir sexuel croissants mais également celles d'un Temps immense qui nous aspirait vers ses espaces infinis, hors des après-midi de printemps que nous étions en train de vivre.

Pouvais-je tomber amoureux d'elle ? J'éprouvais un profond bonheur, et je me rongeais les sangs. La confusion de mon esprit était le signe que je risquais de m'enferrer dans une impasse : que je prenne ce bonheur au sérieux et je m'engageais sur une mauvaise pente, que je le prenne à la légère, et je sombrais dans la trivialité. Ce soir-là, Osman, sa femme Berrin et leurs enfants vinrent dîner à la maison pour voir mes parents. Durant le repas, je me rappelle avoir pensé à Füsun et à nos baisers.

Le lendemain, à midi, j'allai au cinéma. Non pas que j'aie spécialement eu envie de voir un film mais j'avais besoin de rester seul ; je ne me sentais guère en état de déjeuner au restaurant de Pangaltı où nous avions nos habitudes comme les autres commerçants, en compagnie des vieux comptables de Satsat et des grosses secrétaires débordantes d'affection, qui aimaient tant me rappeler combien j'étais adorable quand j'étais petit. Penser à Füsun et à nos baisers, fébrile d'impatience en attendant deux heures et passer le repas dans le vacarme, à plaisanter, entouré de mes employés, avec lesquels je m'efforçais de tenir à la fois le rôle d'ami et de « patron humble et modeste », cela me pesait.

Dans le film que j'étais allé voir sur la foi d'une affiche annonçant une semaine Hitchcock — je l'avais aperçue alors que je regardais distraitement les vitrines de l'avenue Cumhuriyet en déambulant dans Osmanbey — il y avait aussi une scène de baiser avec Grace Kelly. La cigarette que je fumai à l'entracte, la lampe de poche de l'ouvreur et les glaces « Alaska Frigo » — retrouvées et exposées des années plus tard dans mon musée en mémoire des femmes au foyer et des élèves paresseux qui séchaient les cours pour se rendre aux séances en matinée — représentent le besoin de solitude et le désir d'embrasser qui me tenaillaient dans mon adolescence. Après la chaleur printanière qui régnait au-dehors, j'appréciais la fraîcheur de la salle, son atmosphère confinée aux relents d'humidité, les chuchotements de quelques cinéphiles, je contemplais les ombres portées des épais rideaux de velours et, laissant vagabonder mon regard dans le noir, je me plongeais dans mes rêveries ; dans un coin de ma tête, je savais que j'allais bientôt retrouver Füsun et cette idée se répandait comme le bonheur dans tout mon être. Une fois sorti du cinéma, tandis que je marchais en direction de l'avenue Teşvikiye pour me rendre vers notre lieu de rendez-vous, à travers les petites rues chaotiques d'Osmanbey foisonnant de magasins de tissus, de cafés, de quincailliers, d'ateliers de confection et de teinturiers, je me souviens d'avoir pensé que cette rencontre devait être la dernière.

D'abord, je lui faisais sérieusement travailler les mathématiques. Ses longs cheveux qui balayaient le papier, sa main qui se promenait nerveusement sur la table, la gomme à l'extrémité de son crayon à papier mâchouillé qui entrait comme la pointe d'un sein entre ses lèvres roses, le contact de son bras nu contre le mien, tout cela me faisait perdre la tête mais je restais maître de moi-même. Dès que Füsun commençait à résoudre une équation, une expression de fierté se peignait sur son visage, elle soufflait rapidement la fumée de sa cigarette (droit devant elle ou parfois dans ma figure) et, me lançant des regards en coin pour voir si j'avais remarqué avec quelle rapidité elle avait triomphé du problème, elle faisait une erreur d'addition qui venait tout mettre par terre. Constatant que les réponses qu'elle avait trouvées ne correspondaient à aucune des alternatives proposées dans les énoncés a, b, c, d et e, elle s'attristait puis cherchait à se justifier en s'abritant derrière des excuses : « Ce n'est pas par bêtise mais par manque d'attention ! » Afin qu'elle ne le refasse plus, je lui répliquais d'un ton pédant que l'attention aussi participait de l'intelligence ; je lui soumettais un nouveau problème et suivais la progression ingénieuse de la pointe de son crayon, qui sautillait sur le papier tel un moineau affamé donnant de vifs coups de bec ; je l'observais tortiller ses cheveux et réfléchir en silence, je m'émerveillais de la facilité avec laquelle

elle parvenait à résoudre une équation et assistais avec inquiétude à la montée en moi de la même impatience, de la même fébrile agitation. Sur ces entrefaites, nous commencions à échanger de longs baisers, puis nous faisions l'amour. Virginité, honte, culpabilité… nous sentions peser sur nous ce genre de choses, nous le remarquions dans nos gestes. Mais dans les yeux de Füsun, je voyais qu'elle prenait plaisir à la sexualité et qu'elle était fascinée par la découverte de ces plaisirs qui l'intriguaient depuis des années. Elle explorait doucement tout ce qui se passait, avec une curiosité et un vertige semblables à ceux du voyageur aventureux qui, après avoir affronté des mers démontées, subi mille souffrances, parvient enfin, blessé et en sang, à toucher les rives du continent lointain dont les légendes alimentaient depuis toujours ses rêves et qui pose un regard fasciné sur chaque arbre, chaque pierre, chaque fleur, chaque source, goûte à chaque fruit avec autant d'enthousiasme que de circonspection.

Hormis l'instrument de plaisir le plus évident de l'homme, mon corps ou le corps masculin en général n'était pas ce qui suscitait le plus l'intérêt de Füsun. Sa curiosité et son enthousiasme étaient essentiellement dirigés vers elle-même, vers son propre corps et sa propre volupté. Le mien, mes bras, ma bouche, mes doigts lui étaient nécessaires pour déceler les points du plaisir, en elle et sur sa peau veloutée. À mesure que s'ouvrait l'éventail des possibles dans ce nouveau territoire de sensations où je devais parfois montrer le chemin, Füsun allait de surprise en surprise ; tournant son regard alangui sur elle-même, elle observait avec stupéfaction, et parfois avec un cri de bonheur, le surgissement et la progression d'une nouvelle onde de plaisir qui s'amplifiait d'elle-même et se propageait comme un frisson dans ses veines, sa nuque, sa tête ; ensuite, elle attendait à nouveau que je lui vienne en aide. « Refaisle, s'il te plaît, fais-le encore une fois ! » murmurait-elle à plusieurs reprises.

J'étais très heureux. Mais il ne s'agissait pas d'un bonheur qui pouvait s'appréhender par la raison ; c'était quelque chose qui s'était inscrit dans mes sens et imprimé sur ma peau ; quelque chose que par la suite, dans le quotidien le plus banal, je me rappelais en le ressentant dans la nuque alors que je répondais au téléphone, au bas de la colonne vertébrale en grimpant les escaliers quatre à quatre, ou au bout des mamelons en consultant le menu dans un restaurant de Taksim avec Sibel, avec qui je projetais de me fiancer dans quatre semaines. Cette émotion qui, tel un parfum, me collait toute la journée à la peau, j'oubliais parfois qu'elle m'était donnée par Füsun et, quand je faisais l'amour à la sauvette avec Sibel à l'heure où tout le monde avait quitté le bureau — comme cela se produisit plusieurs fois —, j'avais l'impression de vivre le même grand bonheur, unique et monolithique.

13

Amour, audace, modernité

Un soir où nous étions allés au Fuaye, Sibel m'avait offert ce flacon de Spleen, un parfum qu'elle avait acheté à Paris et que j'expose ici. Bien que je n'aime pas du tout me parfumer, un matin, je m'en étais un peu vaporisé sur le cou, par simple curiosité. Après l'amour, Füsun m'en fit la remarque.

— C'est Sibel Hanım qui t'a offert ce parfum?

— Non. C'est moi qui l'ai acheté.

— Pour plaire à Sibel?

— Non, pour te plaire à toi.

— Vous couchez ensemble, évidemment.

— Non.

— Ne mens pas, s'il te plaît, dit Füsun.

Une expression soucieuse se peignit sur son visage en sueur.

—Je trouverais cela normal. Tu fais aussi l'amour avec elle, n'est-ce pas? demanda-t-elle en plantant son regard dans le mien, telle une mère prenant un enfant par la douceur pour lui faire avouer la vérité.

— Non.

— Crois bien que le mensonge est encore plus blessant pour moi. Dis-moi la vérité, s'il te plaît. Pourquoi ne couchez-vous pas ensemble, alors?

— Sibel et moi nous sommes rencontrés l'été dernier à Suadiye, expliquai-je à Füsun en la serrant dans mes bras. Comme notre maison de Nişantaşı est vide pendant l'été, c'est là que nous allions. À l'automne, Sibel est partie pour Paris. Et en hiver, je suis allé la voir plusieurs fois.

— En avion?

— Oui. Au mois de décembre, quand Sibel a quitté l'université et est rentrée de France pour se marier avec moi, nous avons commencé à nous retrouver dans la résidence de Suadiye. Mais en hiver, cette maison est tellement froide que le plaisir de faire l'amour s'est rapidement envolé, continuai-je.

— Vous avez fait une pause en attendant de trouver une maison plus chaude?

— Il y a deux mois, au début de mars, nous avons de nouveau passé une nuit à Suadiye. Il faisait très froid. Quand nous avons allumé la cheminée, la maison s'est retrouvée complètement enfumée et nous nous sommes disputés. Là-dessus, Sibel a attrapé une bonne grippe. Elle avait de la fièvre et a dû garder le lit une semaine. Nous n'avions aucune envie de retourner dans cette maison pour y faire l'amour.

— Lequel de vous deux n'a pas voulu? demanda Füsun. Elle ou toi?

Ses traits semblaient tourmentés par une curiosité chagrine. La tendresse avec laquelle elle insistait jusque-là pour connaître la vérité céda la place à un regard presque implorant : « Mens-moi, s'il te plaît, et ne m'afflige pas davantage! »

— Je crois que Sibel est d'avis que moins elle fera l'amour avec moi avant le mariage, plus j'accorderai de valeur à nos fiançailles, à notre union et même à sa personne.

— Mais tu dis que vous couchiez ensemble avant.

— Tu ne comprends pas. Le problème, ce n'est pas la première fois.

— Non, c'est vrai, dit Füsun en baissant la voix.

— Sibel m'a montré combien elle m'aimait et me faisait confiance. Mais l'idée de faire l'amour avant le mariage la dérange encore… Je comprends. Elle a beau avoir étudié en Europe, elle n'est pas aussi audacieuse et moderne que toi…

Un long silence se fit. Ayant réfléchi des années durant au sens de ce silence, je pense être en mesure à présent de résumer la question de manière rationnelle et pondérée : la dernière phrase que j'avais dite à Füsun signifiait également autre chose. Pour expliquer que Sibel couche avec moi avant le mariage, j'avais invoqué l'amour et la confiance alors que pour Füsun qui faisait de même, j'avais employé les termes d'audace et de modernité. Ces mots, qui se voulaient un compliment et dont je me mordrais long-temps les doigts, pouvaient donner à penser que je n'étais tenu d'éprouver aucune sorte de responsabilité ou d'attachement envers Füsun qui couchait avec moi parce qu'elle était « audacieuse et moderne ». Et vu qu'elle était « moderne », coucher avec un homme avant le mariage et ne pas être vierge pour sa nuit de noces n'étaient pas un poids pour elle... à l'instar des Européennes qui hantaient les imaginaires ou de ces créatures légendaires dont on disait qu'elles arpentaient les rues d'Istanbul. Or, ces mots, je les avais prononcés en toute bonne foi, croyant qu'ils plairaient à Füsun.

Tandis que ces pensées me traversaient l'esprit, même si, dans ce silence, ce n'était pas sous une forme aussi explicite, je gardais les yeux rivés sur les arbres qui ondoyaient lentement sous le vent. Pendant que nous discutions allongés dans le lit après avoir fait l'amour, nous regardions les arbres du jardin par la fenêtre, les immeubles qui apparaissaient derrière les feuillages et les corbeaux qui voletaient de-ci de-là entre les branches.

— En réalité, je ne suis ni moderne ni audacieuse ! lança Füsun un long moment plus tard.

Mettant ces propos sur le compte du malaise qu'avait fait naître chez elle ce grave sujet, voire de l'humilité, je ne m'y attardai pas davantage.

— Une femme peut être éperdument amoureuse d'un homme pendant des années sans jamais coucher avec lui... prit-elle soin d'ajouter.

— Naturellement, dis-je.

Puis le silence retomba.

— Vous ne faites donc plus du tout l'amour en ce moment ? Pourquoi n'amènes-tu pas Sibel Hanım ici ?

— Parce que cette idée ne nous a jamais effleuré l'esprit, répondis-je, l'air sincèrement étonné de ne pas y avoir pensé plus tôt. C'est à cause de toi que j'ai repensé à cet endroit où je venais m'enfermer pour étudier ou écouter de la musique avec des amis.

— D'accord, je te crois, dit Füsun en dardant sur moi son regard matois. Mais tu mens sur d'autres points, est-ce que je me trompe ? Je ne veux pas que tu me dises des mensonges. Je ne te crois pas une seconde quand tu dis que tu ne couches pas avec elle en ce moment. Jure-le-moi.

— Je te jure que je ne couche pas avec elle en ce moment, répondis-je en l'enlaçant.

— Et vous pensez reprendre quand ? Cet été, au moment où tes parents iront à Suadiye ? Ils y vont quand ? Réponds-moi franchement, je ne te poserai pas d'autre question.

— Ils partiront à Suadiye après les fiançailles, murmurai-je, penaud.

— Tu es sûr de ne pas me raconter de mensonges ?

— Oui.

— Réfléchis un peu, si tu veux.

Je fis mine de réfléchir. Pendant ce temps, Füsun jouait avec mon permis de conduire, qu'elle avait pris dans ma poche.

— Ethem Bey. Moi aussi, j'ai un deuxième prénom, dit-elle. Bon, ça y est, tu as réfléchi ?

— Oui. Je ne t'ai pas dit un seul mensonge.

— Maintenant, ou ces derniers jours ?

— Jamais… répondis-je. Nous sommes dans un endroit où il n'est pas nécessaire de nous mentir.

— Comment cela ?

Je lui expliquai que, entre nous, il n'y avait aucune relation de travail ni d'intérêt et que même si c'était à l'insu de tous, nous vivions les sentiments humains les plus purs et les plus essentiels, avec une sincérité qui ne laissait aucune place au mensonge.

— Je suis certaine que tu me mens, dit Füsun.

— L'estime que tu as pour moi a fait long feu.

— J'aurais voulu que tu me mentes, au fond… Parce qu'on ne ment que lorsqu'on redoute de perdre quelque chose.

— Évidemment que je mens… à ton sujet, mais pas à toi. Dorénavant, je pourrai aussi te mentir si tu y tiens. On se revoit demain, d'accord ?

— D'accord ! dit Füsun.

Je la serrai de toutes mes forces contre moi et enfouis mon nez dans son cou. Chaque fois que j'aspirais son odeur mêlée d'effluves marins, de caramel brûlé et de biscuit à la cuiller, j'étais envahi par une vague de bonheur et d'optimisme ; cependant, les heures que je passais avec Füsun ne changeaient rien au cours de ma vie. Peut-être cela tenait-il au fait que ce bonheur et cette joie me paraissaient tout naturels. Mais ce n'était nullement parce que, comme tous les hommes turcs, je m'imaginais constamment dans mon bon droit, voire perpétuellement en butte à l'injustice. C'est comme si je n'avais pas encore pleinement pris conscience de ce que je vivais.

Reste que j'avais déjà commencé à sentir s'ouvrir dans mon âme quelques-unes de ces failles et de ces blessures qui peuvent plonger certains hommes dans une noire solitude et un profond désespoir jusqu'à la fin de leur vie. Désormais, chaque soir avant d'aller me coucher, je sortais la bouteille de raki du réfrigérateur, me servais un verre et le sirotais tout seul en regardant dehors. Les fenêtres des chambres à coucher de notre appartement situé au dernier étage d'un haut immeuble face à la mosquée de Teşvikiye donnaient sur celles des chambres de nombreuses familles semblables à la nôtre ; depuis mon enfance, dès que j'entrais dans l'obscurité de ma chambre et me mettais à regarder l'intérieur des autres appartements, je trouvais une certaine sérénité intérieure.

Ces soirs-là, pendant que je contemplais les lumières de Nişantaşı, il m'arrivait souvent de penser que je ne devais surtout pas tomber amoureux de Füsun si je voulais que ma vie, belle et heureuse, suive tranquillement son cours habituel. Pour cela, je sentais qu'il fallait que je garde mes distances vis-à-vis de son amitié, de ses soucis, de son humour et de son humanité. Ce qui ne présentait guère de difficultés, vu le peu de temps que nous laissaient les cours de mathématiques et nos ébats. Quand, après nos heures de délices amoureuses, je la voyais se rhabiller en vitesse et quitter l'appartement, je me disais parfois que Füsun aussi montrait le même zèle pour ne pas « s'accrocher » à moi. J'insiste encore sur le bonheur extrême qui était le nôtre et le plaisir que nous prenions à ces instants d'une extraordinaire douceur, car ils sont d'une importance cruciale pour comprendre mon histoire.

Le désir insatiable de vivre et revivre ces moments de volupté et l'accoutumance à ces plaisirs sont assurément le carburant essentiel de mon récit. Des années durant, chaque fois que je me remémo-

76

rais ces incomparables moments d'amour afin de comprendre ce qui m'attachait encore à elle, ce sont non pas des idées logiques mais des instantanés de nos scènes d'amour qui ressurgissaient devant mes yeux : par exemple, ma bouche s'emparant du somptueux sein gauche de la belle Füsun assise sur mes genoux... Ou moi me perdant dans la contemplation des sublimes courbes de son dos, tandis que les gouttes de sueur qui perlaient sur mon front et mon menton coulaient sur son cou... ou bien, après un cri de plaisir, ses yeux qui s'ouvraient l'espace d'un instant... ou encore, l'expression qui se peignait sur son visage à l'acmé du plaisir...

Mais ces images, comme je le constaterais par la suite, étaient seulement des visions provocantes et non la cause de mon bonheur et de ma volupté... Longtemps après, en cherchant à comprendre pourquoi j'étais si amoureux d'elle, j'essayai de me remémorer non seulement nos ébats sexuels mais aussi la chambre où nous nous retrouvions, les alentours et les choses les plus ordinaires. Parfois, l'un des gros corbeaux du jardin de derrière se posait sur la rambarde métallique du balcon et nous observait en silence. Un corbeau semblable à ceux qui venaient se percher sur notre balcon quand j'étais enfant. « Allez, dors, disait ma mère. Tu vois, le corbeau te surveille », et cela me faisait peur. Et il y en avait un dont Füsun avait peur aussi.

La poussière et le froid qui régnait dans la pièce certains jours, et d'autres, l'état défraîchi, la saleté, les ombres des draps et de nos corps, le vacarme qui provenait de la vie à l'extérieur, de la circulation, des éternels chantiers, des cris des vendeurs ambulants et maintes autres choses encore, nous donnaient à sentir que faire l'amour relevait non pas de l'univers des rêves mais du monde réel. Parfois, nous entendions retentir une sirène de bateau du côté de Dolmabahçe et de Beşiktaş, et ensemble nous essayions de deviner quel type de bateau c'était. À mesure que nos rapports se faisaient plus libres et plus sincères à chacune de nos rencontres, je m'apercevais que non seulement ce monde réel et les aspects sexuellement très attirants mais aussi certains détails physiques incongrus tels que marques, boutons, duvets disgracieux ou taches sombres sur le corps de Füsun constituaient une source de bonheur à mes yeux.

Hormis la jubilation enfantine et le plaisir illimité que nous avions à coucher ensemble, qu'est-ce qui me liait à elle ? Pourquoi pouvais-je faire l'amour de façon si sincère avec elle ? Qu'est-ce qui faisait naître l'amour ? Étaient-ce ce plaisir et ce désir constamment renouvelés ou bien autre chose encore, qui engendrait et alimentait ce désir réciproque ? Durant l'heureuse époque où Füsun et moi nous retrouvions chaque jour en secret pour faire l'amour, je ne me posais jamais ces questions et, comme un enfant lâché dans un magasin de bonbons, je ne faisais que me repaître de douceurs et me gorger de sucreries.

14

Rues, ponts, ruelles en pente
et places d'Istanbul

Lors de nos conversations, Füsun ayant déclaré à propos d'un professeur de lycée qu'elle aimait bien : « Il n'est pas comme les autres hommes ! », je lui avais demandé ce qu'elle entendait par là mais n'avais pas obtenu de réponse. Deux jours plus tard, je lui demandai à nouveau ce qu'elle voulait dire par ces mots : « être comme les autres hommes ».

— Je sais que tu poses sérieusement cette question, dit Füsun. Et je veux te répondre tout aussi sérieusement. J'y vais ?

— Naturellement… Pourquoi te lèves-tu ?

— Parce que je ne tiens pas à être toute nue quand je te raconterai ces choses-là.

— Moi aussi, je dois m'habiller ? demandai-je, et face à son silence, je m'exécutai.

Ces paquets de cigarettes, le cendrier en céramique de Kütahya que j'avais ressorti du fond d'un placard et emporté dans la chambre, ce verre et cette tasse à thé (celle de Füsun), le coquillage qu'elle ne cessait de triturer nerveusement en racontant les faits par le menu, je les expose ici afin qu'ils reflètent l'atmosphère lourde, pesante et accablante qui régnait alors dans la pièce ; quant aux barrettes à cheveux fantaisie de Füsun, elles ont pour but de rappeler que toutes ces histoires étaient arrivées à une enfant.

Füsun commença son récit avec le propriétaire d'une petite boutique de la rue Kuyulu Bostan qui faisait office à la fois de bureau de tabac, de papeterie et de marchand de jouets. Cet Oncle Vicelard était un ami de son père ; ils jouaient parfois ensemble au trictrac. Entre huit et douze ans, chaque fois que son père — surtout l'été — envoyait Füsun acheter des cigarettes, des sodas ou de la bière, Oncle Vicelard se débrouillait pour la retenir dans le magasin, « Je n'ai pas de monnaie, attends un peu, je vais te donner un soda », et, profitant d'un moment où il n'y avait personne, il s'emparait du moindre prétexte pour la tripoter (« Tu es trempée de sueur, dis-moi »).

Entre dix et douze ans, il y eut aussi un Voisin de Merde à Moustache qui venait une ou deux fois par semaine passer la soirée chez eux avec sa grosse dondon. Pendant que toute la compagnie écoutait la radio, bavardait, buvait du thé et mangeait des petits gâteaux, ce grand homme mince, très apprécié de son père, posait discrètement la main sur la taille, l'épaule, les hanches ou les jambes de Füsun et la laissait traîner comme si de rien n'était, si bien qu'elle ne savait comment l'interpréter et que nul ne remarquait quoi que ce soit. Parfois, tel un fruit mûr se détachant d'une branche et tombant directement dans un panier, sa main atterrissait « comme par inadvertance » sur la cuisse de Füsun et là, moite et tremblante, elle remuait doucement pour chercher son chemin, à la manière d'un crabe remontant le long de ses jambes jusqu'à l'aine, et Füsun n'osait bouger, tétanisée. Pendant ce temps, l'homme buvait tranquillement son thé de l'autre main et poursuivait la discussion.

Quand son père jouait aux cartes avec ses amis et que la petite Füsun âgée de dix ans se faisait rabrouer parce qu'elle voulait s'asseoir sur ses genoux (« Attends, ma fille, tu vois bien que je suis occupé »), son compagnon de jeu, Lourdingue Bey, lui disait : « Viens donc par là, tu me porteras chance. » Puis, la hissant sur ses genoux, il la cajolait et la caressait d'une manière rien moins qu'innocente, comme Füsun le comprendrait plus tard.

Les rues d'Istanbul, les ponts, les ruelles en pente, les cinémas, les autobus, les places populeuses et les endroits déserts grouillaient de Lourdingues Bey, d'Oncles Vicelards et de Voisins de Merde à Moustache qui s'animaient comme de sombres fantômes dans son imagination mais ne suscitaient en elle aucune haine particulière (« peut-être parce que aucun d'eux ne m'a vraiment traumatisée »). Ce qui la surprenait, en revanche, c'est que son père n'ait jamais remarqué que, une fois sur deux, les amis qu'il invitait à la maison se transformaient rapidement en Tontons aux mains baladeuses et la coinçaient dans le couloir ou la cuisine pour la tripoter. Vers treize ans, elle avait commencé à penser qu'être une bonne fille consistait sans doute à se laisser peloter par cette sournoise bande de Vicelards et de Lourdingues sans récriminer. À cette époque, le jour où le lycéen qui était amoureux d'elle (un amour dont Füsun n'avait pas à se plaindre cette fois) avait écrit « je t'aime » dans la rue, juste en face de chez elle, son père l'avait entraînée jusqu'à la fenêtre en la tirant par l'oreille et lui avait donné une bonne gifle en lui montrant l'inscription. Comme toutes les jeunes Stambouliotes jolies et bien faites, elle avait appris qu'il valait mieux éviter de passer par les parcs, les terrains vagues et les petites rues à l'écart des grands axes où elle était tombée sur toutes sortes d'Oncles Infâmes qui montraient soudain leur zizi.

Une autre raison pour laquelle ces outrages à la pudeur n'avaient pas entaché son optimisme à l'égard de la vie, c'est que, selon les lois obscures de la même petite musique secrète, les hommes étaient aussi prompts à exhiber leurs fragilités. Elle était toujours suivie par une horde de types l'ayant aperçue dans la rue, rencontrée à la porte de l'école, à l'entrée du cinéma ou dans l'autobus. Parfois, certains ne la lâchaient pas d'une semelle pendant des mois ; de son côté, elle faisait mine de ne pas les avoir remarqués, et n'avait jamais pris aucun d'eux en pitié (la question de la compassion, c'est moi qui la posai). Mais ses soupirants n'avaient pas tous la patience ni la politesse de jouer les amoureux transis : au bout d'un moment, ils commençaient par l'aborder (« Vous êtes très belle, je peux vous accompagner ? » « Je voudrais vous demander quelque chose, excusez-moi, vous êtes sourde ou quoi ? » etc.), puis ils se mettaient en colère et finissaient par lui tenir des propos orduriers et par l'insulter. Les uns se baladaient par deux, les autres ramenaient de nouveaux copains pour leur montrer la fille qu'ils suivaient depuis des jours et avoir leur avis, d'autres encore la talonnaient en ricanant entre eux, quelques-uns essayaient de lui remettre des lettres ou des cadeaux et certains versaient des larmes. Depuis que l'un de ses poursuivants l'avait bousculée et avait tenté de l'embrasser de force, elle ne leur fonçait plus dessus comme à une période. À quatorze ans, maintenant qu'elle avait compris les intentions et les stratagèmes des « autres hommes », peut-être ne se laissait-elle plus tripoter sans s'en rendre compte ni embobiner aussi facilement qu'avant, mais chaque jour, dans les rues de la ville, ils étaient foule à déployer des trésors d'imagination pour trouver le moyen de toucher, frôler, pincer, serrer, pousser par-derrière, etc. Ceux qui tendaient le bras par la vitre de leur voiture pour vous toucher au passage sur le trottoir, ceux qui faisaient mine de perdre l'équilibre dans les escaliers pour se rattraper à vous, ceux qui essayaient de vous embrasser de force dans l'ascenseur ou ceux qui vous effleuraient sciemment les doigts en vous rendant la monnaie, plus rien ne l'étonnait désormais.

Tout homme qui entretient une liaison secrète avec une jolie femme se voit obligé d'écouter des tas d'histoires — parfois en éprouvant de la jalousie et la plupart du temps en affichant un sourire de pitié méprisante — sur toutes sortes de types tournant autour de sa petite amie et se cramponnant à ses basques.

Au Cours Excellence, il y avait un gentil garçon de son âge, beau, doux et affable. Il lui proposait constamment d'aller au cinéma ou au jardin de thé d'à côté, et dès qu'il la voyait, il restait de longues minutes sans pouvoir décrocher un mot, paralysé par le trac. Un jour, constatant que Füsun n'avait pas de stylo, il lui avait offert un Bic et avait été enchanté de la voir s'en servir pour prendre ses notes de cours.

Dans ce même établissement d'enseignement privé, il y avait un « directeur » aux cheveux toujours passés à la brillantine, un homme taciturne, nerveux et énervant. Usant de n'importe quel prétexte pour convoquer Füsun dans son bureau — « Il manque des pièces dans ton dossier », « Une de tes feuilles de réponse est introuvable » —, il l'entretenait du sens de la vie, de la beauté d'Istanbul, des poèmes qui venaient de paraître ; n'obtenant de Füsun aucune réaction susceptible de l'encourager, il lui tournait le dos et, les yeux rivés sur la fenêtre, « Tu peux sortir », grinçait-il d'une voix rauque, l'air de proférer une insulte.

Quant à la ribambelle de ceux qui s'amourachaient de Füsun dès qu'ils passaient la porte de la boutique Şanzelize — il y avait même une femme parmi eux — et à qui Şenay Hanım vendait quantité de vêtements, de parures et d'objets à offrir, elle ne voulait pas en parler. Devant mon insistance, elle accepta de me décrire le plus

82

« comique » d'entre eux : il s'agissait d'un homme dans la cinquantaine, un petit gros à la moustache en brosse, très riche et toujours tiré à quatre épingles. La bouche en cœur, il discutait avec Şenay Hanım en plaçant de longues phrases en français au milieu de la conversation, quant au sillage de son parfum, Citron, le canari de Füsun, en était incommodé au plus haut point !

Parmi les nombreux éventuels futurs gendres que sa mère lui présentait « l'air de rien », Füsun avait eu le béguin pour un homme sortant un peu du lot mais plus intéressé par sa personne que par le mariage, ils s'étaient vus plusieurs fois et même embrassés. L'année précédente, un garçon du Robert College qu'elle avait rencontré au Palais des sports et des expositions en assistant au concours de musique inter-lycées était tombé raide dingue amoureux. Il venait la chercher à l'école, ils se voyaient tous les jours et s'étaient embrassés deux ou trois fois. Oui, elle était sortie à un moment avec Hilmi le Bâtard, mais elle ne l'avait pas embrassé. Parce que la seule idée qu'il avait en tête, c'était de mettre les filles dans son lit. Elle avait éprouvé quelque chose pour le présentateur du concours de beauté, le chanteur Hakan Serinkan, en raison non pas de sa célébrité mais de la gentillesse qu'il lui avait témoignée dans les coulisses alors que tout le monde complotait et la dénigrait ouvertement, et parce qu'il lui soufflait à l'avance les questions (et les réponses) des tests d'intelligence et de culture générale qu'il poserait sur scène et dont les autres filles avaient une peur bleue. Par la suite, elle n'avait plus répondu aux appels téléphoniques insistants de ce chanteur à l'ancienne, et sa mère le lui avait d'ailleurs interdit. Comme elle imputait — à juste titre — l'expression de mon visage à la jalousie et croyait, avec une logique qui m'étonne encore, que ce célèbre présentateur en était l'unique raison, elle m'expliqua avec sollicitude mais avec un égal plaisir que, à partir de seize ans, elle n'était tombée amoureuse de personne d'autre. Bien qu'elle appréciât qu'on parle constamment d'amour dans les revues, à la télévision et dans les chansons, elle ne trouvait pas honnête cette façon de s'en gargariser à tout bout de champ et elle pensait que beaucoup de gens qui n'étaient pas amoureux s'exagéraient leurs sentiments pour se rendre intéressants. Pour elle, aimer, c'était prendre tous les risques et donner notre vie pour quelqu'un, oui, l'amour était une chose de cet ordre. Mais dans la vie, cela ne se produisait qu'une seule fois.

— T'est-il déjà arrivé d'éprouver un sentiment proche de cela ? demandai-je en m'allongeant près d'elle.

— Pas vraiment, répondit-elle avant de réfléchir encore un peu.

Puis, soucieuse de faire preuve d'une scrupuleuse honnêteté, elle me parla d'une personne.

Cet homme, dont Füsun avait senti qu'elle pourrait l'aimer parce qu'il éprouvait pour elle une passion frisant l'obsession, était un riche homme d'affaires, très beau et « bien évidemment marié ». En début de soirée, après la fermeture du magasin, il venait la prendre avec sa Mustang à l'angle de la rue Akkavak. Ils se garaient sur le parking près de la tour de l'Horloge de Dolmabahçe, où l'on pouvait boire du thé et contempler le Bosphore sans quitter son véhicule, ou bien sur l'esplanade du Palais des sports et des expositions ; dans l'obscurité de la voiture, parfois sous la pluie, ils s'embrassaient longuement et, oubliant qu'il était marié, cet homme de trente-cinq ans proposait à Füsun de l'épouser. Peut-être aurais-je pu, comme elle le souhaitait, réprimer ma jalousie et sourire avec indulgence de l'état de son soupirant, mais quand en plus de la marque de sa voiture, du travail qu'il faisait et de ses grands yeux verts elle me révéla son nom, je fus envahi par une folle jalousie qui me laissa abasourdi. Celui que Füsun appelait Turgay était un riche négociant en textile, « une relation de travail et un ami de la famille » que mon père, mon frère aîné et moi voyions très régulièrement. Ce bel homme à la taille élancée, qui donnait une impression de robustesse et respirait la santé, je l'avais souvent croisé dans les rues de Nişantaşı, en compagnie de sa femme et de ses enfants, offrant l'image du parfait bonheur familial. Est-ce en raison du respect que j'éprouvais envers l'attachement de Turgay Bey à sa famille, son caractère travailleur, consciencieux, honnête et droit que je cédai à une si forte jalousie ? Füsun me raconta que, les premiers temps, pour lui « mettre la main dessus », cet homme était venu à la boutique Şanzelize presque chaque jour durant des mois et qu'il faisait énormément d'achats, en guise de pots-de-vin à Şenay Hanım qui n'était pas dupe de la situation.

84

Sous la pression de sa patronne qui l'exhortait à ne pas « vexer ce client si distingué », Füsun avait accepté ses cadeaux puis, une fois certaine de son amour, « par curiosité », elle avait commencé à le retrouver et même éprouvé « une étrange sympathie » à son égard. Un jour de neige, toujours sur l'insistance de Şenay Hanım, afin de donner un coup de main à l'une de ses amies qui venait d'ouvrir une boutique à Bebek, Füsun et lui étaient partis ensemble en voiture et au retour, après avoir dîné à Ortaköy, « ce débauché de fabricant de tissu » qui avait un peu forcé sur le raki voulut à tout prix, sous prétexte de prendre un café, l'emmener dans sa garçonnière située dans une petite rue de Şişli. Comme Füsun refusait sa proposition, « cet homme sensible et raffiné » avait carrément passé les bornes. D'abord, il s'était mis à lui promettre monts et merveilles, « Je t'offrirai tout ce que tu voudras », puis conduisant la Mustang sur des terrains vagues à la lisière de quartiers périphériques, il avait voulu l'embrasser comme il le faisait d'habitude et, devant les refus de Füsun, il avait tenté de la posséder de force.

— En même temps, il disait qu'il me donnerait de l'argent, ajouta-t-elle. Le lendemain soir, après la fermeture, je ne suis pas allée le retrouver. Le surlendemain, il est venu à la boutique ; soit il avait oublié ce qu'il avait fait, soit il ne voulait pas s'en souvenir. Il a imploré, supplié, et pour me rappeler les bons moments que nous avions vécus, il m'a même offert une Mustang miniature qu'il a laissée à Şenay Hanım. Mais je ne suis plus jamais remontée dans sa voiture. En réalité, j'aurais dû lui dire de ne plus revenir. Mais je n'ai pas pu, parce que j'étais touchée de le voir amoureux de moi au point de tout oublier comme un enfant. Peut-être parce qu'il me faisait de la peine, je ne sais pas. Il venait tous les jours, il faisait beaucoup d'achats qui réjouissaient Şenay Hanım, il commandait des choses pour sa femme, et s'il arrivait à m'attraper dans un coin, il me regardait avec ses yeux verts embués de larmes, il suppliait : « Reprenons tout comme avant, je passerai te chercher tous les soirs, nous irons nous promener en voiture, je ne te demanderai rien de plus. » Après t'avoir rencontré, j'ai commencé à fuir dans la pièce du fond dès que je le voyais entrer dans le magasin. Il ne passe que rarement désormais.

— Cet hiver, quand vous vous embrassiez dans sa voiture, pourquoi n'es-tu pas allée jusqu'au bout avec lui ?

— Je n'avais pas encore dix-huit ans à ce moment-là, répondit Füsun en fronçant les sourcils, l'air sérieux. Je les ai eus le 12 avril, deux semaines avant de te rencontrer dans la boutique.

Si le symptôme principal de l'amour est d'avoir l'esprit constamment occupé par l'être aimé ou la personne sur laquelle on a jeté son dévolu, j'étais sur le point de tomber amoureux de Füsun. Cependant, le froid rationaliste qui était en moi me disait que c'est à cause des autres hommes que Füsun hantait mes pensées. Quant à l'objection selon laquelle la jalousie est également un symptôme important de l'amour, ma logique s'empressait de répondre qu'il s'agissait d'une jalousie passagère : il me suffirait sans doute d'un ou deux jours pour m'habituer à la liste des « autres hommes » que Füsun avait embrassés et n'éprouver que mépris pour ces hommes qui, au final, n'avaient pu aller au-delà. Mais en faisant l'amour avec elle ce jour-là, je fus surpris de voir que j'agissais davantage sous l'impulsion de la possessivité que de l'habituel bonheur sexuel mêlé de jeu, de curiosité et d'enfantine jubilation, et que tous mes gestes pour lui faire sentir mes désirs étaient empreints d'une brusquerie impérieuse.

15

Quelques déplaisantes réalités anthropologiques

« Possessivité » : maintenant que le mot est lâché, je voudrais revenir sur un thème constitutif de mon récit et fort bien connu de certains de nos lecteurs et visiteurs. Mais en supposant que certains autres éprouvent des difficultés à comprendre ce sujet — notamment ceux des générations ultérieures, qui se rendraient dans notre musée après 2100, par exemple — il me faut ici, sans crainte de me répéter, énoncer quelques déplaisantes données d'ordre « anthropologique ».

En l'an 1975 après Jésus-Christ selon le calendrier solaire, dans les Balkans, au Moyen-Orient, au sud et à l'ouest du bassin méditerranéen, centrés autour d'Istanbul, la « virginité » des jeunes filles demeurait un précieux trésor qu'il fallait préserver jusqu'au mariage. Les jeunes filles se mariant de plus en plus tard conséquemment aux mouvements dits de modernisation et d'occidentalisation, et plus encore au processus d'urbanisation, dans certains quartiers d'Istanbul, ce trésor avait insensiblement commencé à perdre de sa valeur pratique. Les partisans de l'occidentalisation croyaient avec optimisme que la modernisation, inséparable à leurs yeux du processus de civilisation, finirait par reléguer cette mentalité et ce sujet dans l'oubli. Mais en ces années-là, même dans les milieux les plus riches et les plus occidentalisés d'Istanbul, faire l'amour « en allant jusqu'au bout » avec un autre homme avant de se marier avait des conséquences significatives pour une jeune fille :

a) La plus légère était l'obligation de se marier, décision que, de toute façon, les jeunes avaient déjà prise au préalable, comme je le raconte dans mon histoire avec Sibel. Même si ce cas de figure était encore rare, les relations sexuelles avant le mariage entre jeunes personnes jugées « sérieuses » et acceptées par la société, parce que fiancées ou en voie de légaliser leur union, bénéficiaient d'une certaine tolérance. Les jeunes femmes bien éduquées de la classe supérieure se plaisaient à expliquer que si elles couchaient avec le candidat au rôle de futur époux avant le mariage, c'était moins parce qu'elles lui faisaient confiance que parce qu'elles étaient assez libres et modernes pour ne pas se soucier de la coutume.

b) Dans les situations où l'union n'était pas fondée sur cette confiance ni reconnue par la société, si jamais une jeune fille était incapable de « se retenir » et perdait sa virginité — parce que l'homme l'avait forcée, à cause de la violence de la passion, de l'alcool, par bêtise, par excès d'audace ou autres raisons courantes —, pour sauvegarder la dignité de la jeune fille, l'homme était obligé de l'épouser, conformément à la conception traditionnelle de l'honneur. C'est à la suite d'un tel incident, et avec la peur d'en avoir toute sa vie des remords, qu'Ahmet, le frère de mon ami d'enfance Mehmet, avait épousé Sevda, avec qui il était très heureux à présent.

c) Si jamais l'homme se défilait et que la fille avait moins de dix-huit ans, le père de cette dernière voyait rouge et engageait un procès contre le scélérat pour l'obliger à épouser sa fille. Ces procès étaient parfois suivis par la presse, qui publiait les photos de la « fille séduite », comme disaient alors les journaux, mais pour qu'on ne puisse la reconnaître dans cette situation déshonorante, ses yeux étaient cachés par une épaisse bande noire. Vu qu'on utilisait ces mêmes bandes noires sur les photos de prostituées arrêtées par la police, de femmes convaincues d'adultère ou victimes de viol, lire le journal à cette époque en Turquie donnait l'impression de se retrouver dans un bal masqué où toutes les femmes dissimulaient le haut de leur visage derrière un loup noir. Hormis les chanteuses, les actrices et les candidates de concours de beauté, considérées comme des filles « légères », il était très rare de publier des photos de femmes turques dont les yeux n'étaient pas occultés par une bande ; dans les publicités, la préférence allait aux visages étrangers et aux femmes non musulmanes.

d) Comme il était inconcevable qu'une jeune fille vierge et raisonnable se compromette dans ce genre de situations et « se livre » à quelqu'un n'ayant pas l'intention de l'épouser, on pensait couramment que celle qui cédait à un homme sans promesse ni espoir de mariage n'avait pas toute sa tête. Le thème de la fille « salie » et dépouillée de son « précieux trésor » après avoir été endormie par le somnifère versé dans sa citronnade au cours d'une « innocente » surprise-partie était souvent traité dans les films turcs de l'époque, qui faisaient les délices du public ; visant à servir d'exemple moral, ces histoires pathétiques et mélodramatiques à souhait se terminaient toujours de la même façon : les filles bien mouraient et les mauvaises tombaient dans la prostitution.

e) Que le désir sexuel puisse être à la source de leur égarement, on le comprenait sans doute. Mais une fille attachée aux plaisirs de la chair, de façon assez viscérale et spontanée pour faire fi de coutumes au nom desquelles on allait jusqu'à s'entretuer, passait à la fois pour une créature surnaturelle et un danger pour le candidat au mariage qui, plus tard, risquait d'être trompé pour la simple raison que sa femme était incapable de résister à l'appel du plaisir. Une fois, un copain de régiment extrêmement conservateur m'avait raconté, un peu honteux et plus encore pétri de remords, qu'il s'était séparé de sa petite amie « parce qu'ils avaient beaucoup fait l'amour avant le mariage » (quand bien même aucun d'eux n'avait couché avec d'autres).

f) Malgré les règles strictes imposées aux filles et les blâmes encourus par celles qui les piétinaient — sanctions allant de la mise à l'écart de la société jusqu'à l'assassinat —, la conviction que les rues grouillaient de jeunes femmes qui couchaient avant le mariage pour le plaisir était étonnamment répandue parmi les jeunes citadins, notamment dans la population issue de l'immigration provinciale, dans les milieux modestes ou de la petite bourgeoisie. Cette croyance, que les sciences sociales qualifieraient de « légende urbaine », était tellement ancrée dans les esprits et admise sans discussion — à l'image de la croyance au Père Noël chez les petits Occidentaux — que les jeunes gens modernes et occidentalisés vivant dans des quartiers relativement aisés d'Istanbul, comme Taksim, Beyoğlu, Şişli, Nişantaşı et Bebek, y adhéraient volontiers, surtout dans les périodes de fort appétit sexuel. Il semblait admis par tous que ces femmes légendaires capables de coucher avant le mariage juste pour le plaisir « comme les Européennes » vivaient dans des endroits tels que Nişantaşı où se déroule notre histoire, qu'elles n'avaient jamais la tête couverte et se promenaient en minijupe. Quant à mes amis, tous fils d'industriels comme Hilmi le Bâtard, ils les imaginaient comme des créatures ambitieuses et prêtes à tout pour approcher les gosses de riches et monter dans leur Mercedes ; les samedis soir, lorsqu'ils s'étaient bien échauffés après avoir bu quelques bières, ils partaient chasser la gazelle et ratissaient toute la ville en voiture, scrutant chaque rue, chaque avenue, chaque trottoir dans l'espoir d'en croiser une. Une nuit d'hiver dix ans plus tôt, Hilmi le Bâtard et moi — j'avais alors vingt ans — avions passé des heures à tourner ainsi dans les rues d'Istanbul avec la Mercedes de son père en quête de ce genre de filles, et n'ayant pas aperçu un seul jupon, ni court ni long, nous avions terminé la soirée dans un hôtel de luxe de Bebek ; après avoir donné beaucoup d'argent à leur maquereau, nous avions embarqué dans les chambres du haut deux filles de joie qui faisaient la danse du ventre pour les touristes et de gros types pleins aux as. Peu m'importe que le lecteur des heureux siècles à venir me blâme. Mais j'aimerais défendre mon ami : malgré son côté mâle un peu rustaud, Hilmi ne prenait pas chaque fille en minijupe pour l'une de ces mythiques créatures qui couchaient pour le plaisir. Au contraire, il n'hésitait pas à voler au secours de celles qui se faisaient suivre et harceler dans la rue sous prétexte qu'elles étaient en minijupe, maquillées et teintes en blond, et, au besoin, à jouer des pieds et des poings contre de jeunes traîne-savates à moustache « pour leur apprendre la galanterie et les bonnes manières ».

90

Ces remarques anthropologiques, les lecteurs attentifs auront senti que je les ai placées ici pour prendre de la distance vis-à-vis de la jalousie que les histoires d'amour de Füsun avaient suscitée en moi. À l'encontre de Turgay Bey, surtout. Ma jalousie envers ce célèbre industriel qui habitait Nişantaşı, tout comme moi, me paraissait explicable et naturelle. Et je pensais qu'elle serait passagère.

16

Jalousie

Le soir, après que Füsun m'eut fait le récit circonstancié de la passion de Turgay Bey à son égard, dans l'ancien *yalı* d'Anadolu Hisarı où Sibel et ses parents habitaient pendant l'été, à un moment après le dîner, j'allai m'asseoir aux côtés de ma future fiancée.

— Tu as beaucoup trop bu ce soir, mon chéri, me fit-elle remarquer. Y a-t-il quelque chose qui te déplaise dans l'organisation des fiançailles ?

— Finalement, je suis très content qu'on les célèbre au Hilton, répondis-je. En réalité, c'est surtout ma mère qui tenait à inviter autant de monde. Elle est ravie…

— Alors, qu'est-ce qui ne va pas ?

— Rien… Fais voir la liste des invités…

— Ta mère l'a donnée à la mienne, répondit Sibel.

Tandis que je me levais de mon siège pour aller m'asseoir auprès de ma future belle-mère, l'ancienne bâtisse se mit à trembler et à grincer de toutes ses lattes à chacun de mes pas.

— Madame, me serait-il possible de jeter un œil sur la liste des invités, s'il vous plaît ?

— Naturellement, mon enfant…

Bien que je voie double à cause du raki, je trouvai immédiatement le nom de Turgay Bey, le barrai avec le stylo-bille que ma mère avait laissé puis, cédant à la douce impulsion qui surgissait en moi au même moment, j'inscrivis à la place le nom de Füsun et celui de sa mère ainsi que leur adresse rue Kuyulu Bostan. En rendant le papier à ma future belle-mère, je lui dis tout bas :

— Madame, ma mère l'ignore, mais le monsieur dont j'ai rayé

le nom a beau être un ami de la famille pour qui nous avons beaucoup d'estime, récemment, par cupidité et en toute connaissance de cause, il nous a joué un très, très vilain tour dans une importante affaire de bobines de fil.

— Les amis ne sont plus ce qu'ils étaient, Kemal Bey, répondit-elle en plissant les yeux d'un air docte. J'espère que les personnes que vous avez inscrites à la place ne vous causeront pas de peine. Combien sont-elles ?

— Ce sont des parents éloignés du côté de ma mère : un professeur d'histoire, sa femme qui a travaillé des années comme couturière et leur jolie fille de dix-huit ans.

— Oh, très bien ! s'exclama-t-elle. Il y a tellement de jeunes gens parmi les invités que nous nous inquiétions justement de l'absence de jolies filles pour danser avec eux.

Sur le chemin du retour, à moitié somnolent dans la Chevrolet modèle 56 de mon père conduite par Çetin Efendi, je contemplais les grandes avenues à l'aspect anarchique et plongées comme chaque nuit dans l'obscurité ; la beauté des vieux murs lézardés couverts de slogans politiques, de lichens et de moisissures ; les lumières des bateaux des lignes maritimes urbaines qui illuminaient les embarcadères, les recoins sombres, la cime des platanes centenaires et les rétroviseurs ; j'écoutais en même temps le léger ronflement de mon père assoupi sur la banquette arrière, bercé et brimbalé par le tressautement du véhicule sur les pavés.

Quant à ma mère, elle était enchantée que tout se passe selon ses vœux. En regagnant la voiture, fidèle à son habitude, elle y était aussitôt allée de ses remarques et commentaires, comme chaque fois que nous rentrions tous ensemble d'une visite.

— Oui, ce sont vraiment des gens très bien, très corrects, très honnêtes et d'une grande droiture. D'une modestie, en plus, d'une courtoisie ! Quant à leur *yalı*, mon Dieu, il est dans un état à faire peur ! Quel dommage. Qu'on ne me dise pas que c'est par manque de moyens, je n'y croirais pas. Mais n'interprète pas mal mes propos, mon fils, je ne pense pas qu'à Istanbul tu puisses tomber sur une fille aussi mignonne, aussi gentille et avisée que Sibel.

Après avoir laissé mes parents devant l'immeuble, j'eus envie de marcher un peu. Je me proposai de passer devant la boutique d'Alaaddin où, dans mon enfance, ma mère, mon grand frère et moi achetions des jouets de pacotille produits localement, des chocolats, des balles, des pistolets en plastique, des billes, des cartes à jouer, des chewing-gums avec des images, des romans illustrés et une foule d'autres choses. Le magasin était ouvert. Alaaddin avait décroché les journaux qu'il exposait sur une corde enroulée autour du tronc du marronnier en face de sa vitrine et était en train d'éteindre les lumières quand, avec une bonhomie à laquelle je ne m'attendais pas, il m'invita à entrer. Il fut assez généreux de son temps pour m'autoriser à farfouiller entre les paquets de journaux qui seraient rendus quand ceux du lendemain arriveraient à cinq heures, jusqu'à ce que je me décide à acheter cette petite poupée bon marché. Je calculai qu'il me restait encore quinze heures avant de l'offrir à Füsun et oublier ma jalousie dans ses bras, et pour la première fois, je souffris de ne pouvoir lui téléphoner.

Ce que j'éprouvais était cuisant et pénétrant comme le remords. Que faisait-elle en ce moment ? Mes pas me conduisirent dans la direction opposée à chez moi. En entrant dans la rue Kuyulu Bostan, je passai devant le café où mes amis de jeunesse se réunissaient pour écouter la radio et jouer aux cartes et longeai la cour de l'école où nous jouions au football. Bien que j'aie la tête embrumée, mon moi rationnel n'avait pas encore succombé aux vapeurs de l'alcool : C'est le père de Füsun qui ouvrira la porte et il y aura un scandale, me disait-il. Je continuai jusqu'à ce que j'aperçoive leur logis. En voyant de la lumière aux fenêtres de l'étage que jouxtait un grand marronnier, je sentis mon cœur accélérer.

Ce tableau, que j'ai commandé afin de l'exposer plus tard dans ce coin de notre musée et pour lequel j'ai demandé à l'artiste de travailler les détails avec une grande minutie, reflète remarquablement bien la coloration orangée que prenaient les fenêtres sous l'éclat des lampes allumées à l'intérieur du foyer de Füsun, le scintillement du marronnier sous la clarté de la lune brillant derrière les branches, la profondeur du ciel bleu nuit sur lequel se découpaient les cheminées et les toits de Nişantaşı… Mais réussit-il à rendre palpable, pour le visiteur, le sentiment de jalousie que j'éprouvais en regardant ce paysage ?

Tandis que je contemplais ce tableau, à travers les brumes de l'alcool, ma raison me déclarait sans fard que si j'étais venu ici par cette nuit de clair de lune, c'était autant dans l'espoir de voir Füsun, de l'embrasser et de lui parler que par désir de m'assurer qu'elle n'était avec personne d'autre. Car maintenant que le pas était franchi, elle pouvait très bien se demander comment c'était avec les autres et désirer tenter l'expérience avec l'un des nombreux soupirants dont elle m'avait égrené la liste. L'attachement de Füsun aux plaisirs des sens, avec la sincère jubilation d'un enfant venant d'acquérir un nouveau et merveilleux jouet, sa faculté (que j'avais rarement rencontrée chez d'autres femmes) à se donner tout entière pendant l'amour nourrissaient en moi une jalousie croissante. Je ne me rappelle pas pendant combien de temps je restai là-bas, à regarder leurs fenêtres. Mais un long moment plus tard, la petite poupée que je comptais lui offrir à la main, je rentrai chez moi et me couchai.

Le lendemain matin en allant au travail, je repensai à tous mes faits et gestes de la veille ainsi qu'aux proportions qu'avait prises cette jalousie dont je n'arrivais pas à délester mon cœur. Ce serait une catastrophe que je craque pour de bon. Inge, le mannequin qui s'affichait en train de boire du soda Meltem et me regardait d'un œil coquin depuis la façade latérale d'un immeuble, me mit en garde. Une bonne façon de désamorcer la passion avant qu'elle n'atteigne de sérieuses proportions serait peut-être de m'ouvrir de mon secret à mes amis les plus proches, comme Zaim, Mehmet ou Hilmi, et d'en rire avec eux. Mais conscient qu'ils aimaient beaucoup Sibel et me jugeaient gâté par le sort, je doutais fort qu'ils puissent m'aider et écouter sans jalousie le récit de mes aventures avec Füsun que tous, je le savais, trouvaient très séduisante. De plus, je sentais que, le sujet à peine abordé, je serais incapable de dissimuler la violence de ce que j'éprouvais. J'aurais très vite envie de mettre l'humour et l'ironie de côté pour en parler avec une honnêteté plus en accord avec la sincérité et l'authenticité de Füsun, et mes amis comprendraient aussitôt que j'étais sacrément mordu. Ainsi, pendant que les fenêtres du bureau vibraient au passage des autobus pour Maçka et Levent que ma mère, mon frère et moi empruntions dans mon enfance pour rentrer de Tünel, je dus me rendre à l'évidence que, pour l'heure, je ne pouvais pas faire grand-chose afin d'éviter que mes sentiments à l'égard de Füsun ne mettent trop à mal le mariage heureux auquel je me destinais. Je parvins à la conclusion que le mieux était encore de laisser les choses suivre leur cours, de savourer sans affolement les plaisirs et les bonheurs que m'offrait généreusement la vie.

17

Désormais ma vie est liée à la tienne

Dans l'immeuble Merhamet, voyant que Füsun avait dix minutes de retard à notre rendez-vous, j'oubliai aussitôt mes résolutions. Les yeux constamment rivés sur la montre que m'avait offerte Sibel et le réveille-matin de marque Nacar que Füsun aimait bien agiter pour en faire tinter les pièces du mécanisme, je me mis à scruter l'avenue Teşvikiye à travers les rideaux, à tourner en rond en faisant grincer les lattes du plancher et à me focaliser sur Turgay Bey. Peu après, n'y tenant plus, je me précipitai dehors.

Surveillant attentivement les deux côtés de la rue pour ne pas rater Füsun au cas où elle arriverait en sens inverse, je marchai de l'avenue Teşvikiye jusqu'à la boutique Şanzelize. Mais Füsun n'y était pas.

— Kemal Bey, que puis-je pour vous ? dit Şenay Hanım.

— Sibel Hanım et moi avons finalement décidé d'acheter ce sac Jenny Colon.

— Vous avez donc changé d'avis ? demanda-t-elle, un sourire ironique au coin des lèvres.

Cependant, ce sourire ne dura pas. Car si je pouvais éprouver de l'embarras à cause de Füsun, de son côté, elle avait à rougir de vendre sciemment des produits de contrefaçon. Nous gardâmes tous deux le silence. Avec une lenteur qui me mit au supplice, elle descendit le faux sac Jenny Colon du mannequin en vitrine et, en boutiquière expérimentée qui ne saurait vendre quoi que ce soit sans l'avoir nettoyé, elle souffla soigneusement pour en retirer la poussière. Pendant ce temps, je m'occupais du canari, mais Citron ne semblait guère en train ce jour-là.

Au moment où je m'apprêtais à ressortir après avoir réglé mon achat :

— Puisque désormais vous nous faites confiance, j'espère que vous honorerez plus souvent notre boutique de votre présence, me lança Şenay Hanım, prenant visiblement plaisir à tenir un double langage.

— Naturellement.

Si jamais je ne faisais pas suffisamment d'achats, insinuerait-elle deux ou trois choses à Sibel qui passait de temps à autre au magasin ? Ce qui me navrait, c'était moins de tomber peu à peu dans les filets de cette femme que de me livrer à ce genre de petits calculs. J'imaginai Füsun arriver à l'immeuble Merhamet pendant que j'étais dans la boutique et repartir en ne me trouvant pas. En cette limpide journée de printemps, les rues fourmillaient de maîtresses de maison faisant leurs courses, de jeunes filles en jupe courte et maladroitement juchées sur des chaussures à talons hauts et semelles compensées à la nouvelle mode, de collégiens et de lycéens séchant les cours pour leurs derniers jours d'école. Tout en cherchant Füsun des yeux, je regardais les Gitanes qui vendaient des fleurs, le vendeur de cigarettes américaines de contrebande qu'on disait être un policier en civil et la foule habituelle de Nişantaşı.

Sur ces entrefaites, un camion-citerne arborant l'inscription « Hayat — Eau pure » passa en trombe et Füsun apparut derrière lui.

— Où étais-tu ? nous écriâmes-nous en chœur et, tout heureux, nous nous sourîmes.

— La sorcière est restée dans le magasin à la pause de midi. Elle m'a envoyée en plus dans la boutique d'une amie. Je suis arrivée en retard, tu n'étais pas là.

— Je m'inquiétais, je suis passé à la boutique et j'ai acheté le sac, en souvenir.

Füsun portait les boucles d'oreilles dont l'une constitue la première des pièces exposées dans notre musée. Nous repartîmes ensemble par la rue Emlak, plus calme que l'avenue Valikonağı. Nous venions juste de dépasser l'immeuble où se trouvaient les cabinets d'un dentiste où ma mère m'emmenait quand j'étais petit et d'un pédiatre dont je n'avais jamais oublié la rudesse avec laquelle il m'avait fourré une cuiller froide dans la bouche, quand, soudain, nous aperçûmes un attroupement vers le bas de la côte. Des gens se précipitaient dans cette direction et d'autres revenaient vers nous, le visage décomposé, bouleversés par ce qu'ils avaient vu.

Un accident venait de se produire, la route était fermée. Le camion-citerne « Hayat — Eau pure » que j'avais vu passer peu avant s'était déporté sur la voie de gauche et avait embouti un *dolmuş*[1]. Le chauffeur du camion dont les freins avaient lâché fumait une cigarette sur le bord de la chaussée, les mains tremblantes. L'avant du *dolmuş* Teşvikiye-Taksim, un minibus à nez plat de marque Plymouth datant des années 1940, avait été pulvérisé par le poids lourd. Seul le taximètre avait résisté. Parmi la foule de curieux dont le nombre ne faisait qu'augmenter, au milieu des bris de glace et des fragments de tôle écrasée, je distinguai le corps ensanglanté d'une femme coincée sur le siège avant et je compris qu'il s'agissait de la brune que j'avais vue sortir de la boutique Şanzelize quelques instants plus tôt. Le sol était jonché d'éclats de verre. « Allons-y », dis-je à Füsun en la prenant par le bras. Mais elle ne s'en soucia pas. Elle restait là, silencieuse, comme fascinée, les yeux fixés sur le corps de la femme écrasée dans le véhicule.

Devant l'affluence croissante, comme le risque de croiser une connaissance m'angoissait davantage que la vue de la femme mourante (oui, elle devait être morte à présent), nous nous éloignâmes du lieu du drame, où arrivait enfin une voiture de police. Tandis que nous remontions en silence la rue du commissariat en direction de l'immeuble Merhamet, nous nous approchions à grands pas de ce que j'ai décrit au début de mon livre comme « le moment le plus heureux de ma vie ».

Dans la fraîcheur de la cage d'escalier, j'enlaçai Füsun et l'embrassai sur la bouche. En entrant dans l'appartement, je l'embrassai à nouveau mais il y avait de la retenue sur ses lèvres habiles et je la sentais sur la réserve.

— J'ai quelque chose à te dire, lança-t-elle.

---

1. Littéralement, « plein, rempli ». Taxi collectif qui ne part que lorsque toutes les places sont occupées. *(N.d.T.)*

— Je t'écoute.

— Mais j'ai peur que tu ne prennes pas mes paroles au sérieux ou que tu ne réagisses pas de la bonne façon.

— Fais-moi confiance.

— Justement, je ne sais pas si je devrais, mais je vais le dire quand même.

Sur son visage se peignait l'expression déterminée de celui qui sait que la flèche est décochée et que, désormais, il lui sera impossible de dissimuler davantage ce qu'il a sur le cœur.

— Si tu le prends mal, j'en mourrai, ajouta-t-elle.

— Oublie cet accident, ma chérie, et parle-moi, s'il te plaît.

Elle se mit à pleurer doucement, comme elle l'avait fait le jour où elle n'avait pu me rembourser le sac dans la boutique Şanzelize. Puis ses sanglots se transformèrent en la voix rageuse de l'enfant en colère contre une injustice.

— Je suis tombée amoureuse de toi. Je suis tombée gravement amoureuse de toi !

Sa voix était à la fois accusatrice et, curieusement, pleine de tendresse.

— Je pense à toi toute la journée. Je pense à toi du matin au soir, continua-t-elle, et, cachant son visage dans ses mains, elle pleura.

J'avoue que ma première réaction fut de sourire idiotement. Mais je me retins de le faire. Qui plus est, cachant ma joie extrême, je pris une mine attendrie et fronçai les sourcils. C'était l'un des moments les plus authentiques et les plus intenses de mon existence, mais il y avait quelque chose d'artificiel dans ma manière d'être.

— Moi aussi, je t'aime beaucoup.

J'avais beau être parfaitement sincère, mes paroles n'avaient pas la force ni l'authenticité des siennes. Füsun avait été la première à les prononcer. Et comme je parlais après elle, mes mots d'amour, si véridiques fussent-ils, semblaient empreints d'une touche de consolation, de gentillesse, et sonnaient comme une imitation. Le pire, c'est que même si j'avais été encore plus amoureux de Füsun qu'elle ne l'était de moi (éventualité fort probable), vu qu'elle avait été la première à faire l'aveu de son amour et des proportions effrayantes qu'il avait prises, c'est elle qui avait perdu la partie.

« L'expert en amour » dont je ne voulais même pas savoir de quelle façon ni au gré de quelles frasques je m'étais attaché la personne me claironnait la bonne nouvelle : comme l'inexpérimentée Füsun se comportait avec plus de sincérité que moi, c'est elle qui avait perdu. Ce qui m'amenait à conclure que les tourments et les obsessions qu'avait générés en moi la jalousie touchaient désormais à leur fin.

Fondant à nouveau en pleurs, elle tira de sa poche un mouchoir tout froissé qu'elle porta à son nez d'un air enfantin. Je me blottis contre elle, et tout en caressant son cou, ses épaules au toucher d'un incroyable velouté, je lui dis que c'était un comble pour une jolie fille comme elle de verser tant de larmes parce qu'elle était amoureuse, alors que tout le monde était à ses pieds.

— Les jolies filles ne tombent-elles jamais amoureuses ? dit Füsun au milieu de ses larmes. Puisque tu es si bien informé sur tout, dis-moi alors…

— Quoi ?

— Que va-t-il se passer maintenant ?

Elle dardait sur moi un regard insistant, qui cherchait à me signifier que c'était là le fond du sujet, qu'elle ne se laisserait pas mystifier par mes belles paroles et que ma réponse était d'une grande importance.

Je n'avais pas de réponse à donner. Mais cela, je ne l'ai compris que des années plus tard, maintenant que je me remémore les faits. Sur l'instant, sentant que les questions de ce genre s'immisceraient entre nous, je fus envahi par une anxiété dont je la tenais secrètement pour responsable, et je commençai à l'embrasser.

Entre désir et désarroi, elle s'abandonna à mes baisers. Elle me demanda si c'était cela la réponse à sa question. « Oui, c'est cela », dis-je. « Ne devions-nous pas d'abord travailler les mathématiques ? » demanda-t-elle. En guise de réponse, je l'embrassai, et elle m'embrassa aussi. Comparé à l'embarras dans lequel nous avait plongés la situation, s'enlacer, s'embrasser était beaucoup plus vrai, plus authentique, irrigué par l'irrésistible puissance de l'instant présent. À mesure que Füsun se dépouillait de ses vêtements, la jeune fille sombre qui se désespérait d'être tombée amoureuse cédait peu à peu la place à une femme épanouie, pleine de vie, prête à se fondre dans l'amour et le bonheur sexuel. C'est ainsi que nous commençâmes à vivre ce que j'appelle le moment le plus heureux de ma vie.

En réalité, nul ne sait lorsqu'il le vit qu'il s'agit là du moment le plus heureux de sa vie. Lors de grands moments d'allégresse, certains peuvent sans doute penser et (fréquemment) affirmer en toute bonne foi que c'est « maintenant » qu'ils vivent ce moment en or de leur existence. Cependant, dans un coin de leur tête, ils croient qu'ils vivront encore un nouveau bonheur, plus grand, plus beau que celui-ci. Car de même que personne (notamment dans son jeune âge) ne pourrait poursuivre sa vie en pensant que dorénavant tout ira de mal en pis, quiconque ayant connu un bonheur assez grand pour se dire que c'était le moment le plus heureux de sa vie reste assez optimiste pour envisager un bel avenir.

Mais les jours où nous sentons que notre vie, tel un roman, a désormais atteint sa forme finale, nous sommes en mesure de distinguer, comme je le fais à présent, lequel de ces moments fut le plus heureux. Quant à expliquer pourquoi notre choix s'est précisément fixé sur cet instant parmi tous ceux que nous avons vécus, cela exige nécessairement de raconter notre vie et, fatalement, de la transformer en roman. Mais quand nous désignons le moment le plus heureux de notre existence, nous savons pertinemment qu'il appartient à un passé depuis longtemps révolu, et c'est la raison pour laquelle il nous fait souffrir. La seule chose qui puisse nous rendre cette souffrance tolérable, c'est de posséder un objet datant de ce moment en or. Ces vestiges conservent les souvenirs, les couleurs, la texture et les plaisirs visuels de ces instants de bonheur absolu, bien plus fidèlement que les personnes qui nous les ont fait vivre.

Quelque part au milieu de nos longs ébats amoureux, alors que tous deux étions à bout de souffle et au bord de défaillir, tandis que j'embrassais son épaule en sueur, mordillais son cou et son oreille gauche après l'avoir légèrement enlacée par-derrière et pénétrée, autrement dit au moment le plus heureux de ma vie, la boucle d'oreille dont je n'avais pas noté la forme quitta le joli lobe de Füsun et tomba dans les draps bleus.

Quiconque s'intéresse un tant soit peu aux grandes civilisations et aux musées sait que toute la connaissance de la civilisation occidentale dont l'influence est dominante dans le monde repose sur les musées, et que les authentiques collectionneurs qui en sont à l'origine ne soupçonnaient généralement pas l'impact de ce qu'ils faisaient lorsqu'ils rassemblaient leurs premières pièces. Ces pièces qui constitueraient ensuite le fonds de grandes collections et seraient exposées, dûment classées et cataloguées (les premiers catalogues étaient les encyclopédies), les collectionneurs dans l'âme ne les avaient pour la plupart même pas remarquées.

Quand s'acheva ce que je nomme le moment le plus heureux de ma vie et que vint l'heure de nous séparer, la fameuse boucle d'oreille était cachée entre nous dans les replis des draps et Füsun fixa son regard dans le mien.

— Désormais ma vie est liée à la tienne, dit-elle à voix basse.

Cela me plut et m'effraya en même temps.

Le lendemain, il faisait à nouveau très chaud. Quand nous nous retrouvâmes dans l'immeuble Merhamet, je perçus dans les yeux de Füsun autant d'espoir que de crainte.

— L'une des boucles d'oreilles que je portais hier a disparu, dit-elle après m'avoir embrassé.

— Elle est là, ma chérie, lançai-je en fouillant dans la poche droite de ma veste suspendue au dossier de la chaise.

Non, elle n'y était pas. Pendant un instant, j'eus comme un mauvais pressentiment, l'impression de voir se profiler une catastrophe, mais je me rappelai aussitôt que le matin, au vu de la chaleur, j'avais changé de veste.

— Elle est restée dans la poche de mon autre veste.

— S'il te plaît, rapporte-la-moi demain, n'oublie pas, répondit Füsun en ouvrant de grands yeux, c'est très important pour moi.

18

L'histoire de Belkıs

L'accident occupait une place importante dans tous les journaux. Füsun ne les avait pas lus, mais Şenay Hanım en avait tellement parlé toute la matinée qu'elle avait l'impression que certaines habitantes de Nişantaşı étaient passées à la boutique uniquement pour discuter de la femme qui avait péri dans l'accident...

— Demain, Şenay Hanım fermera le magasin à midi afin que je puisse également aller à l'enterrement, dit Füsun. Elle agit comme si nous avions tous eu de l'affection pour cette femme, mais ce n'est pas le cas...

— Elle était comment?

— C'était effectivement une cliente assidue. Mais, sous prétexte de les essayer, elle prenait les robes les plus chères que nous venions de recevoir de Paris ou d'Italie, et après les avoir portées dans de grandes soirées, elle les rapportait en disant que ça n'allait pas. Comme cette robe aurait du mal à se vendre maintenant que tout le monde l'avait vue sur elle, Şenay Hanım ne décolérait pas contre cette femme, à qui elle reprochait par ailleurs d'avoir un comportement exécrable et de constamment marchander. Elle ne l'aimait pas et ne ratait jamais une occasion de lui casser du sucre sur le dos, mais compte tenu de ses nombreuses relations, elle ne pouvait se permettre de l'envoyer promener. Tu la connaissais, toi?

— Non. Mais à une époque, c'était la petite copine d'un de mes amis, répondis-je.

Comme je me réservais le plaisir de raconter cette histoire à Sibel — je pensais que cela serait beaucoup plus plaisant avec elle — je me sentis hypocrite. Or, jusqu'à il y avait une semaine, à peine, je ne m'affligeais guère de taire certains faits ou même de mentir à Füsun ; le mensonge m'apparaissait comme un amusant et inévitable corollaire de ce genre de liaison secrète. Tandis que je réfléchissais à un moyen de lui raconter cette histoire au prix de quelques coupes et de quelques travestissements, je compris une fois de plus que c'était impossible. Füsun sentant que je lui cachais quelque chose, je finis par dire :

— C'est une bien triste histoire. Comme cette femme couchait avec beaucoup d'hommes, elle était terriblement méprisée.

J'avais lancé cette phrase comme ça, sans réfléchir, et elle ne reflétait en rien le fond de ma pensée. Un silence se fit.

— Ne t'inquiète pas, souffla Füsun dans un murmure. Je ne coucherai avec personne d'autre que toi jusqu'à la fin de ma vie.

Revenu à Satsat, je ressentis une grande sérénité et travaillai sans relâche, avec cœur, avec ardeur et, pour la première fois depuis longtemps, j'éprouvai du plaisir à gagner de l'argent. Riant et plaisantant de temps à autre avec Kenan, un nouvel employé plein de zèle et un peu plus jeune que moi, nous épluchâmes la centaine de noms qui figuraient sur la liste de nos débiteurs.

— Kemal Bey, que fait-on de Cömert Eliaçık [1] ? me demanda Kenan en riant et haussant un sourcil amusé.

— Nous allons lui ouvrir davantage la main. Que veux-tu, il est destiné à perdre avec un nom pareil.

En fin d'après-midi, sur le chemin du retour, je marchai à l'ombre des platanes de Nişantaşı qui avaient passablement reverdi, humant l'odeur de tilleul qui s'exhalait des jardins des anciens *konak* de pacha encore épargnés par les incendies. À la vue des conducteurs qui klaxonnaient rageusement dans les bouchons, je sentis que j'étais content de ma vie, que mes tourments amoureux et ma crise de jalousie avaient pris fin, et que tout était rentré dans l'ordre. Une fois à la maison, je pris une douche. En sortant une chemise propre et repassée de l'armoire, je repensai à la boucle d'oreille et, ne la trouvant pas dans la poche de la veste où je pensais l'avoir laissée la veille, je me mis à fouiller les tiroirs, les

---

1. Cömert : prénom signifiant « généreux », et le patronyme Eliaçık : « main ouverte ». *(N.d.T.)*

armoires ainsi que le vide-poche où Fatma Hanım déposait les boutons arrachés, les baleines de col, les briquets et les pièces de monnaie qui traînaient dans mes poches. Elle n'y était pas.

— Fatma Hanım, appelai-je tout bas. Tu n'aurais pas vu une boucle d'oreille dans les parages ?

La grande pièce claire, qui avait été la chambre à coucher de mon frère jusqu'à ce qu'il se marie, embaumait la lavande et les vapeurs de repassage. Pendant que Fatma Hanım rangeait soigneusement les mouchoirs, les chemises et les serviettes qu'elle avait repassés dans l'après-midi, elle me répliqua qu'elle n'avait rien vu qui ressemble de près ou de loin à une boucle d'oreille. De la panière où s'amoncelait un tas de chaussettes en vrac, elle en sortit une qui m'appartenait et l'exhiba sous mon nez, comme elle l'aurait fait d'un chaton pris en faute.

— Regarde ça, Kazmatırnak[1] ! me dit-elle en employant l'un des surnoms dont elle m'affublait quand j'étais petit. Si tu ne coupes pas tes ongles de pieds, tu n'auras plus une seule chaussette qui ne soit pas trouée. Enfin, ce que j'en dis... Ce n'est plus moi qui les repriserai désormais...

— Très bien.

Dans le coin du salon donnant sur l'avenue Teşvikiye, assis sur une chaise et vêtu d'un tablier blanc immaculé, mon père se faisait couper les cheveux par le barbier Basri. Dans la diagonale, installée à sa place habituelle, ma mère leur racontait quelque chose.

— Viens, je rapporte les derniers ragots, dit-elle en me voyant.

Au mot « ragots », Basri suspendit un instant le mouvement de ses ciseaux. Ayant jusque-là conservé un visage grave et fait mine de ne pas entendre ce que disait ma mère, il se fendit d'un large et long sourire qui découvrit sa forte dentition.

— À quel sujet ?

— Il paraît que le fils cadet des Lerzan veut devenir coureur automobile, mais comme son père n'est pas d'accord...

— Je sais. Il a mis en pièces la Mercedes de son père. Ensuite, il a appelé la police en disant que la voiture avait été volée.

---

1. Nom composé du verbe *kazmak*, « trouer », et du nom *tırnak*, « ongle » : « Ongle troueur ». *(N.d.T.)*

— Et ce qu'a fait Şaziment pour marier sa fille au fils des Karahan, tu es au courant? Attends, où vas-tu?

— Je ne serai pas là pour le dîner. Je dois passer prendre Sibel, nous sommes invités à une soirée.

— Va le dire à Bekri, qu'il ne mette pas à cuire les rougets pour rien. Aujourd'hui, il est allé jusqu'au marché aux poissons de Beyoğlu exprès pour toi. Promets au moins de venir déjeuner demain.

— Promis!

Les fins cheveux blancs de mon père tombaient mèche par mèche sur le parquet, hors du tapis dont on avait replié une extrémité pour ne pas le salir.

Je sortis la voiture du garage. En roulant dans les rues pavées, j'allumai la radio et tapotai du bout des doigts en rythme sur le volant. Une heure après, j'avais traversé le pont du Bosphore et atteint Anadolu Hisarı. En m'entendant klaxonner, Sibel sortit en courant du *yalı*. Pendant le trajet, je lui dis que la femme qui était morte la veille dans l'accident de la rue Emlak était l'ancienne petite amie de Zaim (« Vous le méritez bien Zaim? » demanda Sibel en souriant), et je commençai mon récit.

— Son nom était Belkıs, elle était un peu plus âgée que moi, elle devait avoir trente-deux ou trente-trois ans. Elle était issue d'une famille pauvre et lorsqu'elle commença à fréquenter la bonne société, pour la dénigrer, ses ennemis racontaient que sa mère portait le foulard. Vers la fin des années 1950, alors qu'elle était au lycée, elle avait fait la connaissance d'un garçon de son âge à l'occasion des cérémonies du 19 mai[1], et ils étaient tombés amoureux. Ce garçon du nom de Faris était le fils cadet des Kaptanoğlu, une famille d'armateurs qui comptait parmi les plus riches d'Istanbul à l'époque. L'histoire d'amour entre ce fils de nantis et cette fille pauvre tout droit sortie d'un mélodrame dura des années. La passion entre ces deux lycéens était si violente, ou bien ils étaient si insensés, que non contents de coucher ensemble avant le mariage, ils ne le cachaient pas à leur entourage. Évidemment, la suite logique aurait été qu'ils se marient, mais la famille du garçon vit la chose d'un mauvais œil et s'y opposa, accusant cette fille sans fortune d'être allée « jusqu'au bout » pour mettre le grappin

---

1. Commémoration d'Atatürk et Fête de la jeunesse et des sports. *(N.d.T.)*

sur leur fils, et fulminant que tout le monde soit au courant. Le garçon n'était pas de taille à défier la famille pour épouser sa dulcinée envers et contre tout, il n'en avait ni la force morale ni personnellement les moyens financiers. En guise de compromis, la famille les expédia tous deux en Europe sans les marier. Trois ans plus tard, usé par la drogue et le désespoir, le garçon mourut à Paris. Au lieu de partir avec un Français et de tourner définitivement le dos à la Turquie, comme c'est si souvent le cas dans ce genre de situations, Belkıs rentra à Istanbul et, multipliant les liaisons avec des hommes riches, elle se lança dans une vie amoureuse trépidante qui faisait pâlir d'envie toutes les femmes de la société. Après Faris, son amant fut Sabih l'Ours… Après l'avoir quitté, elle eut une aventure avec le fils aîné des Demirbağ, qui souffrait d'une blessure amoureuse. Étant donné que Rıfkı, son amant suivant, était aussi en proie aux affres d'une déception amoureuse, les hommes de la société la surnommaient en riant « l'Ange de la consolation », et tous rêvaient d'avoir une aventure avec elle. Quant aux riches femmes mariées qui n'avaient jamais couché avec un autre homme que leur mari, ou qui avaient tout au plus connu une liaison cachée et éphémère obscurcie par la honte et la peur, elles crevaient de jalousie et n'avaient qu'une envie, c'était de noyer cette Belkıs qui collectionnait ouvertement les relations avec tous les célibataires en vue de l'époque, et avait aussi pas mal d'histoires, je pense, avec des hommes mariés et des amants secrets. Mais comme elle n'avait pas les moyens de prendre suffisamment soin de sa personne, on peut supposer que le jour où cette femme verrait sa beauté se faner approchait à grands pas. Cet accident a été une délivrance pour elle.

— Avec tous les hommes qu'elle a connus, je m'étonne qu'il n'y en ait pas eu un seul pour l'épouser, dit Sibel. Ce qui veut dire que personne n'a été assez amoureux d'elle pour lui passer la bague au doigt.

— En réalité, les hommes sont terriblement amoureux de femmes comme elle. Mais le mariage, c'est autre chose. Si Belkıs avait pu épouser le fils des Kaptanoğlu avant de coucher avec lui, on aurait vite oublié qu'elle était d'origine pauvre. Ou si elle avait été issue d'une famille fortunée, on aurait fermé les yeux sur le fait qu'elle n'était pas vierge au moment du mariage. Comme elle ne respectait pas les règles auxquelles tout le monde se conformait et qu'elle menait une vie légère et tapageuse, toutes les femmes de la bonne société l'appelaient « la Putain de la consolation ». Mais peut-être devrions-nous éprouver du respect pour cette femme qui a su aimer corps et âme et se donner sans réserve à son premier amour de jeunesse.

— Tu en éprouves, toi ? demanda Sibel.

— Non, elle m'était antipathique.

La réception dont j'ai oublié à quelle occasion elle était donnée se tenait à Suadiye, sur la longue jetée bétonnée d'une villa au bord de la mer. Verre à la main, une soixantaine de personnes parlaient presque en murmurant et s'observaient discrètement pour voir qui était là. Je sentis la majorité des femmes mécontentes de la longueur de leur jupe : une grande partie de celles qui portaient des jupes courtes étaient complexées par leurs jambes, trop petites ou trop grosses. C'est pourquoi, au premier coup d'œil, elles avaient toutes l'air d'entraîneuses nerveuses et inexpérimentées. Une canalisation déversait ses eaux usées dans la mer près de l'endroit où étaient amarrées les barques, et l'odeur qui en émanait se répandait au milieu de la foule, parmi laquelle circulaient les serveurs en gants blancs.

Face aux questions insistantes d'une femme d'âge mûr mais pétillante, un « médecin de l'âme » qui venait tout juste de rentrer des États-Unis et d'ouvrir un cabinet, et qui m'avait tendu sa toute nouvelle carte de visite à peine avions-nous fait connaissance, donna sa définition de l'amour à la foule qui se pressait autour de lui : on appelait « amour » ce sentiment dispensateur de bonheur selon lequel un individu désirait constamment coucher avec la même personne et refusait les nombreuses occasions qui se présentaient à lui. Une dame, m'ayant présenté sa jolie fille de dix-huit ans, entama une discussion sur les possibilités qu'avait cette dernière de poursuivre ses études ailleurs que dans les universités turques sans cesse boycottées pour raisons politiques. Si l'on en était venu à aborder ce sujet, c'était par le biais des articles consacrés par la presse du jour à la longue vie « carcérale » qui débutait pour les ouvriers de l'imprimerie chargée d'éditer le livret des questions d'examen d'entrée à l'université afin d'éviter qu'il ne soit volé.

Plus tard, le grand et séduisant Zaim, au menton carré et aux beaux yeux, apparut sur la jetée en compagnie du mannequin allemand Inge, aussi grande et mince que lui. Si la beauté du couple suscitait l'envie, l'apparence de la blonde Inge aux yeux bleus, au teint blanc et aux longues jambes fines provoquait un pincement au cœur chez les femmes de la société stambouliote. Elles avaient beau s'échiner à se décolorer en blond, à s'épiler les sourcils et à courir les boutiques pour se sentir plus européennes qu'elles ne l'étaient, force était de constater que, de par leur teint et leur morphologie, elles ne pourraient rivaliser avec l'Allemande. Quant à moi, j'étais moins intéressé par le côté nordique de cette femme que par son visage, ses lèvres et son sourire qui m'étaient aussi familiers que ceux d'une vieille amie. J'aimais croiser Inge chaque matin dans les pages du journal et sur la façade latérale d'un immeuble de Harbiye quand je me rendais au travail. Un attroupement ne tarda pas à se former autour de sa personne.

Sur le chemin du retour, rompant le silence qui régnait dans la voiture, Sibel déclara :

— Effectivement, « Vous le méritez bien Zaim » a beaucoup de qualités. Mais comme s'il ne suffisait pas qu'il l'emploie dans ses réclames, tu trouves ça bien qu'il affiche sa relation avec ce mannequin allemand de quatrième catégorie, du genre à coucher avec des cheiks arabes ?

— Il est fort probable qu'elle nourrisse les mêmes sentiments amicaux à notre égard et ne voie aucune différence entre les Turcs et des cheiks arabes. Reste que le soda Meltem se vend plutôt bien pour l'instant. Zaim soutient que les Turcs prennent davantage plaisir à consommer un produit turc lorsqu'ils savent que ce même produit est apprécié par les Occidentaux.

— Chez le coiffeur, j'ai vu que le magazine *Haftasonu* avait publié une photo de cette femme et de Zaim dans les pages illustrées du milieu et leur avait aussi consacré une interview. Il y a même une photo très vulgaire où elle apparaît à moitié nue.

Nous gardâmes le silence. Puis, au bout d'un moment, je dis en riant :

110

— Il y avait un type un peu timide et taillé comme une armoire à glace… Tu sais, celui qui lui expliquait avec ses quelques mots d'allemand qu'elle était très élégante dans la publicité et qui gardait tout le temps les yeux sur ses cheveux pour éviter de les plonger dans son décolleté… Eh bien, c'était Sabih l'Ours, le deuxième amant de Belkıs.

Mais, tandis que la voiture passait rapidement sous le pont du Bosphore plongé dans le brouillard, Sibel dormait.

19

L'enterrement

Le lendemain, en sortant de Satsat à midi, je rentrai à pied à la maison où je déjeunai comme promis avec ma mère de rougets frits à la poêle. Tandis que, d'un côté, le nez dans notre assiette, nous nous activions avec une application de chirurgien à trier la délicate peau rosée et les fines arêtes quasi translucides des poissons, de l'autre, nous faisions la revue des préparatifs de fiançailles et des « dernières nouvelles » (comme disait ma mère). Avec ceux qui souhaitaient vivement être invités et que nous ne pouvions décemment décevoir, la liste des convives avait déjà atteint deux cent trente personnes ; c'est pourquoi le maître d'hôtel du Hilton avait d'ores et déjà entamé des négociations avec des collègues d'autres grands hôtels et des importateurs de boissons alcoolisées de sa connaissance afin que nous ne manquions pas d'« alcools étrangers » (notion fétiche) le jour J. Les couturiers très prisés de la haute société comme İpek İsmet, Şaziye, Şermin le Gaucher et Madam Mualla, amis et concurrents de la mère de Füsun à une époque, étaient dès à présent débordés de commandes et les apprentis travaillaient jusqu'au matin pour tenir les délais. Mon père était souffrant et dormait dans la chambre. Ma mère était d'avis que son état actuel de prostration venait moins d'un problème de santé que d'une indisposition morale, mais elle ignorait ce qui pouvait l'abattre à ce point juste au moment où son fils s'apprêtait à se fiancer et, pensant que j'en saurais davantage, elle cherchait à me tirer les vers du nez. Quand le cuisinier Bekri vint servir le riz pilaf aux vermicelles dont il fallait absolument manger pour faire glisser le poisson — une règle immuable et incontournable depuis mon enfance —, ma mère

112

prit soudain un air endeuillé, comme pour réfréner un enjouement qu'elle craignait de voir attribué au poisson.

— J'ai beaucoup de peine pour cette pauvre femme, dit-elle avec une sincère tristesse. Elle en a vu de toutes les couleurs. Elle a beaucoup vécu et s'est attiré beaucoup de jalousies. En réalité, c'était quelqu'un de très bien.

Sans même expliquer de qui elle parlait, ma mère me raconta que des années plus tôt, à Uludağ, ils s'étaient liés d'amitié avec « elle » et son petit ami de l'époque, Demir, le fils aîné des Demirbağ ; mon père et Demir en jouant aux cartes, ma mère et Belkıs en tricotant et buvant du thé jusque bien après minuit dans le « bar rustique de l'hôtel ».

— La malheureuse a beaucoup souffert, de la pauvreté d'abord, ensuite à cause des hommes, dit ma mère, et se tournant vers Fatma Hanım : Servez-nous le café sur le balcon. Nous suivrons les funérailles.

Le salon et le balcon du vaste appartement, où j'avais passé toute ma vie hormis mes années en Amérique, donnaient sur la cour de la mosquée Teşvikiye d'où partaient chaque jour un ou deux cortèges funéraires, si bien que, dans mon enfance, les funérailles étaient un spectacle à ne pas manquer, un agréable divertissement que nous avions découvert en même temps que les effrayants mystères de la mort. La mosquée, où étaient prononcés les sermons funèbres lors des obsèques non seulement des membres de riches familles stambouliotes mais aussi de célèbres hommes politiques, de pachas, de journalistes, de chanteurs et d'artistes, était le vénérable point de départ du « dernier voyage » des cercueils transportés sur les épaules d'un pas lent jusqu'à la place de Nişantaşı, au son de la *Marche funèbre* de Mozart, jouée par la fanfare militaire ou municipale selon le rang du défunt. Petits, mon frère et moi chargions un lourd traversin sur nos épaules et, entraînant dans notre sillage le cuisinier Bekri Efendi, Fatma Hanım, le chauffeur Çetin et les autres, nous chantions la *Marche funèbre* et déambulions le long des couloirs, oscillant légèrement comme le cortège des fidèles. Juste avant les obsèques de Premiers ministres, de grandes fortunes et de stars de la chanson dont la mort occupait tout le pays, il arrivait souvent que quelqu'un vienne sonner à la porte en disant : « Je passais dans le quartier, j'en ai profité pour faire un saut. » Ma mère ne rabrouait jamais ces visiteurs impromptus mais, derrière leur dos, elle disait qu'ils étaient venus non pas pour nous voir mais pour suivre les funérailles, ce qui nous donnait le sentiment que la cérémonie était davantage célébrée pour le plaisir du spectacle que pour rendre un dernier hommage au défunt et faire de sa mort une leçon de vie.

Dès que nous nous fûmes assis autour de la petite table du balcon, ma mère me dit : « Passe ici, si tu veux, tu verras mieux ! » Mais remarquant que mon visage avait soudain pâli et affichait une expression aux antipodes du plaisir de contempler la foule qui se pressait à l'enterrement, elle interpréta cela de travers :

— Tu sais, ce n'est pas parce que ton père est couché à côté que je ne vais pas à l'enterrement de cette femme que je plains tant. Simplement, je crois que je ne supporterais pas de voir des types comme Rıfkı ou Samim jouer la comédie et cacher leurs yeux derrière leurs lunettes noires, pour dissimuler non pas leurs larmes mais le fait qu'ils ne pleurent pas. Et puis de là, on voit beaucoup mieux. Qu'est-ce que tu as ?

— Rien, je vais bien.

À peine avais-je aperçu Füsun parmi les femmes voilées, les dames de la société coiffées d'un élégant foulard multicolore à la mode qui s'étaient spontanément regroupées à l'ombre, près de la grande porte donnant sur l'avenue Teşvikiye, sur les marches qui descendaient vers la cour où se trouvait le cercueil, mon cœur s'était mis à battre comme un fou. Elle avait mis un foulard orangé. À vol d'oiseau, il devait y avoir soixante-dix, quatre-vingts mètres entre nous. Mais de là où j'étais, je pouvais non seulement deviner mais sentir le souffle de sa respiration, le froncement de ses sourcils, le léger voile de sueur dont s'irisait sa peau veloutée sous la chaleur qui régnait en ce début d'après-midi et, sous l'effet de l'ennui croissant qui l'envahissait au milieu de cette foule de femmes à la tête couverte, le petit mouvement de ses incisives sur sa lèvre inférieure du côté gauche ainsi que le balancement de son corps gracile d'une jambe sur l'autre. Depuis le balcon, avec le même sentiment d'impuissance que dans un rêve, j'avais envie de crier et d'agiter la main dans sa direction, mais aucun son ne sortait de ma bouche et mon cœur continuait à battre à tout rompre.

114

— Maman, je vais y aller.

— Mais qu'as-tu donc? Tu es pâle comme un linge.

Je descendis et observai Füsun de loin. Elle était aux côtés de Şenay Hanım. Tout en prêtant l'oreille à la conversation entre cette dernière et une dame élégante, mais courtaude et râblée, elle enroulait distraitement autour de son doigt une extrémité de son foulard, dont les pointes maladroitement nouées sous son menton pendaient vers le bas. Ce foulard lui conférait une beauté altière et sacrée. Le prêche du vendredi diffusé dans la cour et jusque dans la rue par des haut-parleurs était absolument incompréhensible, à cause du mauvais réglage du son; seuls surnageaient quelques mots rappelant que ce sermon était la dernière étape avant le repos éternel et le nom d'Allah, fréquemment et abruptement martelé comme pour faire peur à tout le monde. De temps à autre, certains venaient se mêler à la foule en se pressant comme s'ils étaient en retard à une réception, et tandis que toutes les têtes se tournaient vers eux, on épinglait aussitôt à leur col une petite photo en noir et blanc de la défunte. Füsun observait avec attention tous ces échanges de salutations, de poignées de main, d'accolades, d'embrassades consolatrices et de questions sur la santé des uns et des autres.

Comme tout le monde, elle arborait aussi un portrait de feu Belkıs. L'usage consistant à épingler une photo du défunt sur le revers des vêtements de la communauté s'était développé dans les cérémonies d'enterrement faisant suite aux nombreux assassinats politiques perpétrés à cette époque, usage que la bourgeoisie stambouliote avait rapidement adopté. Ces portraits (j'en expose ici une petite collection retrouvée des années plus tard), que les gens de la bonne société affublés de lunettes noires, endeuillés mais néanmoins heureux, épinglaient sur leur col à l'instar des militants de droite et de gauche, octroyaient à de banales funérailles aux airs de divertissante réception une touche de grandeur, de dignité, d'idéal, de grande cause méritant qu'on lui offre sa vie. À l'imitation de la couleur du deuil en Occident et cernée par un épais cadre noir, la photographie de Belkıs avait également donné aux faire-part de décès parus dans la presse la gravité d'un avis annonçant l'assassinat d'une personnalité politique.

Je quittai les lieux sans croiser le regard de personne et, une fois dans l'immeuble Merhamet, je commençai à attendre Füsun avec impatience. Je regardais sans cesse ma montre. Quelque temps plus tard, quand, sans réfléchir, d'un geste machinal, j'entrouvris les rideaux poussiéreux constamment tenus fermés devant la fenêtre donnant sur l'avenue Teşvikiye, je vis passer le corbillard qui transportait le cercueil de la défunte Belkıs et roulait au pas.

Durant tout le temps où je le regardai s'éloigner, l'idée que certaines personnes passaient leur existence à souffrir à cause de la pauvreté, de leur inconséquence, du mépris dont elles étaient l'objet ou autres disgrâces me traversa l'esprit et disparut avec la même lenteur que le véhicule. Depuis l'âge de vingt ans, j'avais le sentiment qu'une carapace invisible me protégeait contre toutes sortes de catastrophes et d'afflictions. D'un autre côté, ce même sentiment me faisait pressentir que trop m'occuper des malheurs des autres risquait de percer ma carapace et de me rendre à mon tour malheureux.

20

Les deux conditions de Füsun

Füsun arriva tard. J'en étais agacé, mais elle l'était encore plus que moi. D'un ton qui ressemblait moins à une excuse qu'à une accusation, elle expliqua qu'elle avait rencontré son amie Ceyda. Son parfum flottait encore sur elle. Toutes deux s'étaient connues pendant le concours de beauté. Elle aussi victime de manigances, Ceyda avait fini troisième. Mais à présent, elle était très heureuse parce qu'elle sortait avec le fils des Sedirci et que c'était un garçon sérieux, ils pensaient se marier.

— C'est drôlement bien, non ? s'exclama Füsun en me regardant au fond des yeux, avec une sincérité désarmante.

J'approuvais d'un signe de tête quand elle déclara qu'il y avait cependant un problème. Comme le fils Sedirci était extrêmement sérieux, il ne voulait pas que Ceyda travaille comme modèle.

— Par exemple, c'est bientôt l'été et elle est censée faire une publicité pour des balancelles de jardin. Mais son copain est très dur et très conservateur. Alors il lui interdit de tourner une publicité pour une balancelle couverte de deux personnes, sans parler de porter une minijupe, et même avec des vêtements décents, il ne veut pas. Or, Ceyda a suivi les cours de mannequinat. Elle a déjà des photos publiées dans les journaux. La société commerciale est d'accord pour prendre un mannequin turc, mais son copain ne veut pas.

— Dis-lui que ce type va bientôt l'enfermer pour de bon.

— Ça fait longtemps que Ceyda est prête à se marier et à tenir le rôle de maîtresse de maison, s'énerva Füsun, stupéfaite que je ne comprenne pas de quoi il était question. Mais si cet homme n'était pas sérieux ? C'est cela qui l'inquiète. Nous devons nous retrouver pour en parler. À quoi reconnaît-on qu'un homme est sérieux, d'après toi ?

— Je ne sais pas.

— Tu le sais très bien.

— Je ne connais pas les rupins conservateurs provinciaux, répondis-je. Allez, regardons un peu tes devoirs.

— Je t'avertis, je n'en ai fait aucun, d'accord ? Tu as retrouvé ma boucle d'oreille ?

Si je ne m'étais contrôlé, ma première réaction eût été semblable à celle des conducteurs en état d'ébriété arrêtés par la police : « en toute bonne foi », ils se mettent à fouiller dans leurs poches, leur sacoche et la boîte à gants, bien qu'ils sachent pertinemment qu'ils n'ont pas leur permis sur eux.

— Non, ma chérie, je n'ai pas retrouvé ta boucle d'oreille à la maison, dis-je simplement. Mais elle finira bien par ressurgir quelque part, ne t'inquiète pas.

— Ça commence à bien faire, je m'en vais et je ne reviendrai plus !

Ses gestes fébriles, l'expression de chagrin qui se peignit sur son visage pendant qu'elle cherchait son sac et ses affaires trahissaient sa détermination. Tel un vigile gardant l'entrée d'un bar, je me dressai devant la porte. Je l'implorai de rester, je lui débitai des flots de paroles (toutes étaient vraies) pour lui dire combien j'étais amoureux d'elle et, peu à peu, au sourire de satisfaction qui étirait doucement ses lèvres, à ses sourcils qui se haussaient légèrement avec une tendresse qu'elle essayait de cacher, je compris qu'elle se radoucissait.

— Soit, je ne pars pas, dit-elle. Mais à deux conditions. Dis-moi d'abord quelle est la personne que tu aimes le plus au monde…

Devinant d'emblée que j'avais l'esprit embrouillé et que je serais incapable de répondre Sibel ou Füsun, elle précisa :

— Ça peut être un nom d'homme…

— Mon père.

— Très bien. Voici ma première condition. Jure-moi sur la tête de ton père que tu ne me mentiras plus jamais.

— Je le jure.

118

— Pas comme ça. Tu dois répéter toute la phrase.

— Je jure sur la tête de mon père que je ne te mentirai plus jamais.

— C'est bien. Tu l'as dit sans ciller.

— Quelle est ta deuxième condition ?

Mais avant qu'elle n'énonce cette deuxième condition, nous nous embrassâmes et commençâmes à faire l'amour avec bonheur. Pendant que nous nous aimions de toutes nos forces, sous l'effet de l'ivresse amoureuse, nous avions tous deux l'impression d'aborder un pays imaginaire. L'univers insolite qui s'ouvrait devant nous prenait dans mon esprit l'apparence d'étranges planètes, de romantiques paysages d'îles rocheuses et désertes, de photographies de la surface de la Lune. Alors que nous parlions une nouvelle fois de notre sentiment d'être partis dans d'autres contrées, Füsun me décrivit sa propre vision : un jardin ombragé et très arboré, une fenêtre donnant sur ce jardin et la mer en arrière-plan, une colline peinte en jaune par les tournesols ondoyant sous le vent. Ces paysages s'animaient devant nos yeux à l'instant où nous étions le plus proches dans nos ébats amoureux (exactement comme à ce moment-là) — par exemple, quand je tenais son sein à la pointe dressée dans ma bouche, ou quand Füsun enfouissait son nez entre mon cou et mon épaule et m'enlaçait de toutes ses forces. Nous lisions dans nos yeux que cette stupéfiante proximité nous avait fait ressentir quelque chose que nous n'avions jamais connu jusqu'à présent.

— Je t'annonce maintenant ma deuxième condition, dit Füsun avec la joie succédant à l'exultation amoureuse. En même temps que la boucle d'oreille, tu devras un jour me rapporter ce vélo d'enfant et venir dîner chez mes parents.

— Naturellement, répondis-je aussitôt, avec la légèreté succédant à l'amour. Mais qu'est-ce qu'on leur dira ?

— Tu peux très bien avoir croisé une de tes parentes dans la rue et avoir demandé des nouvelles de son père et sa mère, non ? Et pourquoi cette dernière ne t'aurait-elle pas invité ? Ou bien, un jour que tu m'as vue en passant au magasin, tu as eu envie de revoir également mes parents. Tu peux aussi faire travailler les maths à une cousine avant ses examens d'entrée à l'université, non ?

— Je ne manquerai pas de venir dîner et de te rapporter ta boucle d'oreille. Promis. Mais ne parlons à personne de ces cours de mathématiques.

— Pourquoi ?

— Tu es très belle. Ils comprendraient aussitôt que nous sommes amants.

— C'est-à-dire qu'un garçon et une fille ne pourraient pas rester ensemble dans une même pièce sans rien faire, comme les Européens ?

— Si, naturellement… Mais ici, nous sommes en Turquie et tout le monde penserait que les exercices auxquels ils se livrent n'ont rien à voir avec les mathématiques. Sachant cela, la fille demanderait que la porte reste ouverte afin que son honneur ne soit pas entaché. Le garçon se dirait que si la fille accepte de rester de longs moments seule avec lui dans une chambre, c'est qu'elle attend qu'il saisisse la balle au bond, et s'il était resté sage jusque-là, par crainte que sa virilité ne soit mise en doute, il commencerait les travaux d'approche. Au bout de quelque temps, ils seraient obsédés par la chose à laquelle ils croient que tout le monde s'adonne et auraient envie de passer à l'acte. Même s'ils ne couchaient pas ensemble, ils éprouveraient un sentiment de culpabilité et se rendraient compte qu'ils auraient du mal à rester davantage dans cette chambre sans craquer.

Il se fit un silence. La tête sur l'oreiller, nous gardions les yeux fixés sur le paysage environnant constitué par le tuyau du radiateur, l'orifice percé dans le mur pour le conduit du poêle et désormais fermé par un couvercle, la tringle, le rideau, les angles à la jonction des murs et du plafond, les fissures, les écailles de peinture et la poussière. Ce décor, je l'ai reconstitué des années plus tard avec tous ses détails, afin que le visiteur de notre musée ressente lui aussi ce silence.

21

L'histoire de mon père : les boucles
d'oreilles en perle

Neuf jours avant les fiançailles, par un jeudi ensoleillé du début du mois de juin, mon père et moi déjeunâmes au restaurant Abdullah Efendi d'Emirğan, et ce long moment passé ensemble, je sus d'emblée que jamais je ne l'oublierais. Mon père, dont l'humeur sombre et maussade d'alors ne laissait pas d'affliger ma mère, m'avait proposé de manger en tête à tête avant mes fiançailles, histoire de me donner quelques conseils. Dans la Chevrolet 56 conduite par Çetin Efendi — le chauffeur de mon père depuis mon enfance —, tandis que je l'écoutais me dispenser ses recommandations sur la vie (je ne devais pas confondre amis et collègues de travail, etc.) et me pliais de bonne grâce à cette sorte de cérémonie préparatoire aux fiançailles, une part de mon esprit restait vagabonde, absorbée par les paysages du Bosphore qui défilaient, la beauté des vieux bateaux des lignes maritimes sillonnant le courant et les ombres des bosquets qui, même à midi, plongeaient les *yalı* dans la pénombre. De plus, alors que l'odeur de la mer et des pins s'engouffrait par les vitres ouvertes, au lieu de me mettre en garde contre la paresse, la débauche et les songes creux ou de me rappeler mes devoirs et mes responsabilités comme il le faisait quand j'étais enfant, mon père m'entretenait des beautés de la vie, de sa brièveté, de ce don de Dieu dont il fallait savoir savourer chaque instant. J'expose ici le buste en plâtre que, sur les instances d'un ami, mon père avait fait réaliser dix ans plus tôt — à l'époque où notre famille avait soudain connu une grande prospérité grâce à l'exportation textile — par un sculpteur enseignant à l'Académie des beaux-arts du nom de Somtaş Yontunç [1] (un patronyme que lui avait attribué Atatürk). La moustache en plastique, c'est moi qui l'ai ajoutée, par colère envers notre sculpteur académique qui avait jugé bon d'affiner la moustache de mon père pour le faire paraître plus occidental qu'il n'était. Petit, lorsque ma facétieuse moquerie m'attirait ses réprimandes, j'observais le tremblement de ses moustaches pendant qu'il me grondait. À présent, le discours qu'il me tenait sur le risque de passer à côté des beautés de la vie à tant travailler, je l'interprétais comme l'expression de sa satisfaction quant aux nouveautés que j'avais introduites à Satsat et dans d'autres sociétés. Quand mon père déclara que c'était à moi, en réalité, qu'il revenait de m'occuper de certaines affaires convoitées depuis des années par mon frère aîné, je lui répondis que, désormais, j'y consentais volontiers, mon frère nous ayant occasionné pas mal de préjudices par son comportement timoré et conservateur sur bien des points, et je vis sourire d'aise non seulement mon père mais le chauffeur Çetin.

Le restaurant Abdullah Efendi était jadis situé à Beyoğlu, sur l'avenue principale, près de la mosquée Ağa ; à cette époque, tous les gens célèbres et fortunés qui sortaient ou allaient au cinéma dans Beyoğlu venaient y déjeuner. Mais quelques années plus tôt — quand la majorité de sa clientèle eut acquis une voiture —, le restaurant avait déménagé dans une petite ferme sur les hauteurs d'Emirğan d'où l'on voyait au loin le Bosphore. À peine entré dans le restaurant, mon père prit une mine enjouée et salua un à un les serveurs qu'il connaissait depuis des années, d'autres restaurants ou de l'ancien Abdullah Efendi. Il balaya la grande salle du regard pour voir s'il ne s'y trouvait pas quelque personne de sa connaissance parmi les clients. Tandis que le maître d'hôtel nous conduisait à notre place, mon père s'arrêta à l'une des tables, fit un signe de la main à une autre et à une troisième, il badina gentiment avec la vieille dame attablée avec sa jolie fille et qui se répandait en exclamations en constatant combien j'avais grandi, combien je ressemblais à mon père et combien j'étais devenu beau garçon. *Börek*, bonite… mon père commanda immédiatement quelques

1. Somtaş : pierre massive. Yontunç : contraction de la racine verbale : yon- (sculpter) et du nom tunç : bronze. *(N.d.T.)*

mezze et du raki pour deux au maître d'hôtel qui, après m'avoir appelé « petit Bey » toute mon enfance, était tout naturellement passé à « Kemal Bey » pour s'adresser à moi.

— Tu en prends aussi, n'est-ce pas ? me demanda mon père. Tu peux fumer, si tu veux, ajouta-t-il, semblant oublier que, à notre grand soulagement à tous deux, nous avions déjà réglé cette question à mon retour d'Amérique. Apportez un cendrier à Kemal Bey, lança-t-il à l'un des garçons.

Tandis qu'il humait les petites tomates cultivées dans la serre du restaurant et buvait son raki à grands traits, je sentis qu'il avait quelque chose en tête mais ne savait par quel bout l'aborder. À un moment, nous regardâmes tous deux par la fenêtre et aperçûmes Çetin Efendi en train de discuter plus loin avec les autres chauffeurs qui attendaient devant la porte.

— Sache que Çetin est quelqu'un de grande valeur, dit mon père, l'air d'exprimer ses dernières volontés.

— Je sais.

— Je ne sais si tu le sais mais... Ne te moque jamais des histoires religieuses qu'il raconte à tout bout de champ. C'est un homme honnête et droit. Un humain digne de ce nom, un seigneur. Il est comme ça depuis vingt ans. Si un jour il m'arrivait quelque chose, ne l'écarte surtout pas. Et ne fais pas comme les nouveaux riches qui changent de voiture comme de chemise. La Chevrolet est très bien... Ici, c'est la Turquie... quand l'État a interdit l'importation de nouvelles marques étrangères, tout Istanbul s'est transformé en musée de vieilles voitures américaines datant de dix ans... Qu'à cela ne tienne, c'est encore ici qu'on trouve les meilleurs garagistes.

— J'ai grandi dans cette voiture, papa. Ne t'inquiète pas.

— Bravo, dit mon père.

Maintenant qu'il avait pris ce ton testamentaire, il pouvait enfin aborder le sujet principal :

— Sibel est une chic fille, une personne d'une rare qualité, dit-il.

Mais ce n'était pas encore le sujet essentiel.

— Tu es conscient que ce n'est pas le genre de filles qu'on trouve à chaque coin de rue, n'est-ce pas ? Il ne faut jamais faire de mal à une femme, surtout à une fleur aussi délicate, traite-la toujours avec les plus grands égards.

Une expression étrange et timide se dessina soudain sur son visage. Il se mit à parler avec impatience, comme s'il s'emportait contre quelque chose :

— Te rappelles-tu cette jolie fille ? Tu nous as vus ensemble, une fois, à Beşiktaş… Quelle a été ta première impression en la voyant ?

— Quelle fille ?

Mon père s'irrita :

— Enfin, tu sais bien… Il y a dix ans, tu m'as vu assis avec une très belle jeune fille dans le parc Barbaros de Beşiktaş.

— Non, papa, je ne m'en souviens pas.

— Comment cela, tu ne t'en souviens pas ? Enfin, mon fils… Nos regards se sont croisés. Il y avait une très belle fille près de moi…

— Et que s'est-il passé, après ?

— Après, tu as poliment détourné les yeux pour ne pas plonger ton père dans l'embarras. Tu t'en souviens ?

— Non, je ne m'en souviens pas.

— Mais si, tu nous as vus !

Je n'avais aucun souvenir d'une telle rencontre et j'avais un mal fou à le démontrer à mon père. À l'issue d'une longue et éprouvante discussion, nous en vînmes à la conclusion que je les avais peut-être vus, en effet, mais que j'avais tout fait pour l'oublier — ce en quoi j'avais parfaitement réussi — ou que, dans leur affolement, ils avaient peut-être cru que je les avais aperçus. C'est ainsi que nous parvînmes enfin à entrer dans le vif du sujet.

— Cette fille a été ma maîtresse pendant onze ans, elle était très belle, déclara mon père, résumant fièrement en une seule phrase les deux éléments les plus importants.

Le fait que je n'aie pu contempler de mes propres yeux la beauté de cette femme, dont je compris qu'il songeait depuis longtemps à me parler, ou pire, que je n'en aie pas gardé le moindre souvenir, lui causait un certain désagrément. D'un geste, il sortit de sa poche une petite photo noir et blanc : celle d'une très jeune femme, brune et triste, sur le pont arrière d'un bateau des lignes maritimes urbaines à Karaköy.

— C'est elle, dit-il. La photo a été prise l'année où nous nous sommes rencontrés. Dommage qu'elle soit si triste, on ne voit pas à quel point elle était belle. Tu t'en souviens, maintenant?

Je gardai le silence. Je ne supportais pas que mon père me parle de ses maîtresses, si « anciennes » soient-elles. Mais j'étais incapable de dire ce qui m'agaçait autant.

— Écoute-moi bien, ne répète surtout pas à ton frère ce que je vais te raconter, dit mon père en remettant la photo dans sa poche. C'est une mule, il ne comprendrait pas. Toi, tu as vu l'Amérique et je ne te confie rien qui puisse te mettre mal à l'aise. On est d'accord?

— Naturellement, papa.

— Écoute, alors, dit mon père, et, prenant une petite gorgée de raki, il commença son récit.

Il avait rencontré la belle « il y a dix-sept ans de cela, en janvier 1958, un jour de neige » et sa beauté, empreinte de pureté et d'innocence, l'avait profondément bouleversé. Elle travaillait à Satsat, une entreprise que mon père venait tout juste de fonder. D'abord professionnelle et amicale, leur relation avait rapidement pris un tour beaucoup plus « sérieux et sentimental », malgré leurs vingt-sept ans d'écart. Pressée par mon père d'arrêter de travailler, elle avait quitté Satsat un an après le début de sa liaison avec son beau patron (je calculai que mon père avait alors quarante-sept ans). Toujours sur ses injonctions, elle n'avait pas cherché de travail ailleurs. Mon père lui avait acheté un appartement à Beşiktaş, où elle avait commencé à vivre en caressant le rêve secret qu'un jour ils se marieraient.

— Elle avait beaucoup de cœur, elle était très intelligente, très tendre, c'était vraiment quelqu'un de bien, dit mon père. Elle ne ressemblait en rien aux autres femmes. J'ai eu plusieurs aventures, mais jamais je n'ai été aussi amoureux. Me marier avec elle, j'y ai beaucoup pensé, mon fils... Mais ta mère, et vous... que seriez-vous devenus...

Nous nous tûmes un instant.

— Comprends-moi bien, mon enfant... Je ne suis pas en train de te dire que je me suis sacrifié pour vous, pas du tout. En réalité, c'est surtout elle qui désirait se marier. Je l'ai fait lanterner des années. Je ne pouvais pas vivre sans elle, je souffrais comme un fou dès que je ne la voyais pas. Je n'ai jamais pu en parler, ni à toi

125

ni à quiconque. Et puis, un jour, elle m'a demandé de faire un choix. Soit je quittais ta mère et me mariais avec elle, soit c'est elle qui me quittait. Sers-toi un raki.

— Et ensuite, que s'est-il passé?

— Voyant que je ne me séparais toujours pas de ta mère, de vous, reprit-il après un silence, elle a rompu.

Cet aveu l'avait épuisé mais soulagé. Et il fut encore plus soulagé lorsque, après m'avoir regardé, il comprit qu'il pouvait continuer.

— Je souffrais le martyre. Ton frère aîné s'était marié, toi, tu étais en Amérique. Je tâchais évidemment de cacher mon état à ta mère. Souffrir tout seul en secret, comme un réprouvé qui tire sa peine dans son coin, ne faisait qu'aggraver ma douleur. Bien sûr, comme pour les autres maîtresses, ta mère l'avait senti; elle avait compris que c'était sérieux et ne soufflait mot. À la maison, avec ta mère, Bekri et Fatma, nous vivions comme dans un hôtel en essayant de conserver les apparences d'une vie de famille. Ma souffrance ne se calmait pas, je voyais le moment où j'allais devenir fou, mais j'étais incapable de franchir le pas. Durant cette période, elle aussi (mon père me cachait son nom) était très affligée; elle m'a dit qu'un ingénieur lui avait proposé de l'épouser, et que si je ne me décidais pas, elle accepterait. Mais je n'ai pas pris la chose au sérieux… J'étais le premier homme avec qui elle avait eu une relation. Elle n'en voudra pas d'autre, elle bluffe, pensais-je. Et dès que j'envisageais les choses autrement et cédais à l'affolement, de toute façon, je ne pouvais rien faire. C'est pourquoi j'essayais de ne plus y penser. Un été, nous étions tous partis ensemble à la foire d'Izmir, Çetin était au volant… Au retour, j'ai entendu dire qu'elle s'était mariée, je n'y ai pas cru. Je me suis dit qu'elle avait fait courir cette nouvelle pour me blesser et faire pression sur moi. Chaque fois que je lui proposais de nous voir et de parler, elle refusait, elle ne répondait plus au téléphone. Elle avait vendu l'appartement que je lui avais acheté et déménagé je ne sais où. Est-ce qu'elle s'était réellement mariée, est-ce qu'elle avait des enfants, qui était cet ingénieur, que faisait-elle… pendant quatre ans, je n'ai posé aucune question à personne. J'avais peur de raviver ma douleur si je l'apprenais, mais de ne rien savoir m'était insupportable. Cela me mettait à la torture de l'imaginer vivre quelque part dans Istanbul, lire les mêmes nouvelles que moi dans les journaux, regarder les mêmes programmes à la télévision et de ne pouvoir la voir. J'étais en proie au sentiment que la vie était absurde et ne valait pas la peine d'être vécue. Ne le prends pas mal, mon fils, je suis évidemment très fier de vous, des usines, de ta mère... Mais cette souffrance-là, c'était autre chose.

Vu qu'il en parlait au passé, je devinais que cette histoire était bel et bien terminée et que mon père, d'une certaine façon, était soulagé. Mais je ne sais pourquoi, cela me déplaisait.

— Finalement, un après-midi, j'ai tout de même succombé à la curiosité et téléphoné à sa mère. Elle savait parfaitement qui j'étais mais elle n'a pas reconnu ma voix. Je me suis fait passer pour le mari d'une camarade de lycée de sa fille. Dans l'espoir de l'avoir au bout du fil, j'ai raconté que mon épouse était souffrante et demandait que sa fille vienne lui rendre visite à l'hôpital. Sa mère m'a répondu : « Ma fille est morte », et elle s'est mise à pleurer. Elle était morte d'un cancer ! Et pour ne pas fondre en larmes à mon tour, j'ai immédiatement raccroché. Je ne m'y attendais absolument pas mais j'ai tout de suite su que c'était la vérité. Elle ne s'était donc pas mariée avec un ingénieur ou je ne sais qui... Comme la vie est terrible, comme tout est absurde !

En voyant couler ses larmes, je me sentis totalement démuni. Je comprenais mon père, mais en même temps, j'étais en colère contre lui. Plus j'essayais de réfléchir à l'histoire qu'il venait de me raconter, plus mon esprit s'embrouillait et ma souffrance augmentait, à l'image des « primitifs incapables de réfléchir à leurs tabous », comme disaient les anciens anthropologues.

— Bref... reprit mon père après un court silence. Si je voulais te voir aujourd'hui, ce n'est certainement pas pour te raconter mes misères ni te faire de la peine, mon fils. Tu vas bientôt te fiancer et te marier, je tenais à ce que tu sois au courant de cette douloureuse histoire et que tu connaisses un peu mieux ton père, mais je voulais aussi te parler de quelque chose d'autre. Tu comprends ?

— De quoi ?

— J'ai beaucoup de remords à présent, dit mon père. Je regrette énormément de ne pas lui avoir fait assez de compliments, de ne pas lui avoir répété des milliers de fois combien elle avait de la valeur et était une fille bien. Elle avait un cœur d'or, elle était d'une humilité, d'une intelligence, d'une beauté… Il n'y avait rien en elle de cette manie qu'ont les jolies femmes de chez nous de se prévaloir de leurs attraits, de les mettre en avant et de s'en glorifier comme s'il s'agissait de quelque chose qu'elles ont créé de leurs mains ; elle n'avait pas le désir d'être constamment flattée et complimentée. Même après toutes ces années, tu vois, je souffre autant de l'avoir perdue que de ne pas avoir su la traiter comme elle le méritait. Sache, mon fils, qu'il faut savoir traiter une femme avec égards, au bon moment, avant qu'il ne soit trop tard.

Tandis qu'il prononçait ces derniers mots avec un air solennel, mon père sortit de sa poche une petite boîte à bijoux au velours râpé.

— À l'époque où nous étions partis tous ensemble en voiture à la foire d'Izmir, au retour, je lui avais acheté cela pour qu'elle ne soit pas fâchée contre moi, pour me faire pardonner… je n'ai malheureusement pas pu lui donner.

Mon père ouvrit la boîte.

— Les boucles d'oreilles lui allaient très bien. Celles-ci sont en perle et d'une grande valeur. Des années durant, je les ai cachées dans un coin secret. Je ne voudrais pas que ta mère tombe dessus après ma disparition. Prends-les. J'ai beaucoup réfléchi, et je pense que ces boucles iront très bien à Sibel.

— Papa, Sibel n'est pas une maîtresse secrète, c'est ma future femme, opposai-je, tout en jetant un œil à l'intérieur de la boîte qu'il me tendait.

— Peu importe, dit mon père. Tu ne diras rien de l'histoire de ces boucles à Sibel, voilà tout. Ainsi, tu te souviendras de moi quand elle les portera. Tu te rappelleras les conseils que je t'ai donnés aujourd'hui. Tu te conduiras bien avec cette jolie fille… Certains hommes se comportent comme des mufles, et ils en sont fiers. Ne fais surtout pas comme eux. Tiens-toi-le pour dit, ne t'ôte jamais ces paroles de l'esprit.

Il referma la boîte et, avec un geste hérité des pachas ottomans, il la déposa dans le creux de ma main et la pressa dans ma paume comme s'il me remettait un pourboire.

— Apporte-nous donc un peu de raki et des glaçons, lança-t-il au garçon.

Puis, se tournant vers moi :

— Quelle belle journée, n'est-ce pas ? Et quel beau jardin. Ça sent le tilleul et le printemps.

Je passai l'heure suivante à expliquer à mon père que j'avais un rendez-vous que je ne pouvais annuler et qu'il serait absolument déplacé que ce soit le grand patron en personne qui téléphone à Satsat pour le décommander.

— Tu en as appris des choses en Amérique, dit-il, bravo.

Soucieux de ne pas décevoir mon père, je buvais un dernier verre avec lui ; en même temps, je surveillais ma montre car je ne voulais pas être en retard — aujourd'hui surtout — à mon rendez-vous avec Füsun.

— Attends, mon fils. Restons encore un peu. C'est si agréable de discuter à cœur ouvert entre père et fils. Maintenant, tu vas te marier, tu vas partir et tu oublieras ton vieux père !

— Papa, je comprends très bien ce que tu as enduré et jamais je n'oublierai les précieux conseils que tu m'as donnés, dis-je en me levant.

Avec l'âge, dans les moments de forte émotion, des tremblements agitaient le coin de ses lèvres. Il me prit la main et la serra de toutes ses forces. Lorsque je serrai la sienne avec la même intensité, des larmes jaillirent aussitôt de ses yeux, comme si j'avais pressé une éponge cachée derrière ses joues.

Mais mon père se ressaisit immédiatement et, d'une voix tonitruante, il demanda l'addition. Sur le chemin du retour, il s'endormit dans la voiture que Çetin conduisait souplement et sans à-coups.

Une fois dans l'immeuble Merhamet, mon indécision ne dura pas. Dès que Füsun arriva, après avoir échangé de longs baisers avec elle et lui avoir expliqué que je sentais l'alcool parce que j'avais déjeuné avec mon père, je sortis la boîte en velours de ma poche.

— Ouvre, regarde.

Füsun ouvrit la boîte avec précaution.

— Ce n'est pas ma boucle d'oreille, dit-elle. Celles-ci sont en perle, elles valent très cher.

— Elles te plaisent ?

— Où est ma boucle ?

— Ta boucle d'oreille s'est d'abord carapatée je ne sais où, et puis, un beau matin, je l'ai vue ressurgir au chevet de mon lit, elle avait en plus amené sa copine. Je les ai mises dans cette boîte en velours pour les remettre à leur propriétaire.

— Je ne suis pas une enfant, dit Füsun. Ce n'est pas ma boucle.

— Sous forme de revenante, si, je pense que c'est la tienne, ma chérie.

— Je veux ma boucle à moi !

— Mais c'est un cadeau pour toi…

— Je ne pourrais même pas les mettre… Tout le monde me demandera d'où elles viennent…

— Eh bien, ne les mets pas, dans ce cas. Mais ne refuse pas mon cadeau.

— Mais tu me donnes ça à la place de ma boucle… Si tu ne l'avais pas perdue, tu ne m'aurais pas apporté celles-ci. L'as-tu vraiment perdue ? Va savoir, je me demande bien ce que tu en as fait.

— Elle ressortira sûrement d'un placard un de ces jours.

— Un de ces jours… dit Füsun. Comme tu dis cela tranquillement… comme tu es désinvolte… Quand ? Combien de temps vais-je devoir attendre ?

— Pas longtemps, répondis-je, soucieux de ne pas gâcher l'instant. Ce jour-là, je prendrai aussi ce fameux tricycle, et le soir, je viendrai rendre visite à tes parents.

— J'attendrai, alors, dit Füsun.

Nous nous embrassâmes.

— Tu empestes l'alcool.

Mais je continuai à l'embrasser et lorsque nous commençâmes à faire l'amour, tous nos soucis s'envolèrent et je laissai là les boucles d'oreilles que mon père avait achetées à sa maîtresse.

22

La main de Rahmi Efendi

À l'approche du jour des fiançailles, la multitude de choses que j'avais à régler ne me laissait guère le temps de me pencher sur mes tourments amoureux. Au club, auprès de mes amis d'enfance dont les pères étaient amis avec le mien, je cherchais conseil sur les moyens de me procurer le champagne et les alcools européens dont nous avions besoin pour la soirée du Hilton, et je me souviens d'avoir eu de longues discussions avec eux à ce sujet. À l'intention des visiteurs qui déambuleront bien des années plus tard dans notre musée, il me faut rappeler que, à l'époque, l'importation d'alcools étrangers en Turquie était sous le contrôle sévère et jaloux de l'État, mais comme l'État n'avait pas les moyens d'allouer des devises aux importateurs, il entrait très peu de champagne, de whisky et d'alcool étranger par voie légale dans le pays. Cependant, les traiteurs des quartiers huppés, les magasins écoulant des produits de contrebande, les bars des hôtels de luxe et les milliers de vendeurs de billets de tombola qui arpentaient les trottoirs de la ville avec leur sac empli de jetons ne manquaient jamais de champagne, de whisky et de cigarettes américaines provenant du trafic clandestin. Quiconque donnait une grande réception comme la mienne était dans l'obligation de trouver par lui-même les alcools européens qu'il se devait de proposer à ses invités et de les confier à l'hôtel. Les chefs-barmen, qui se connaissaient presque tous entre eux, se prêtaient toujours main-forte dans ce genre de situations ; en s'envoyant mutuellement des bouteilles, ils permettaient à ces soirées d'une ampleur exceptionnelle de se dérouler sans encombre. Après la fête, les rédacteurs des rubriques « Société » des journaux traitaient également de ce sujet et ne manquaient jamais de préciser dans quelle mesure les alcools étaient « authentiquement étrangers » ou arrivaient tout droit d'Ankara. Je devais donc rester vigilant.

Quant aux moments où j'étais fatigué de ces démarches… un coup de téléphone de Sibel et nous allions visiter l'un de ces nouveaux appartements avec vue à Bebek, sur les flancs d'Arnavutköy ou les hauteurs d'Etiler. Je commençais à prendre autant de plaisir qu'elle à imaginer notre future vie dans ces appartements en travaux qui sentaient encore le plâtre et l'enduit, à décider quelle pièce serait la chambre à coucher et quelle autre la salle à manger, à débattre de l'emplacement idéal du grand canapé que nous avions vu chez un marchand de meubles de Nişantaşı pour profiter au mieux de la vue sur le Bosphore. Dans les soirées auxquelles nous nous rendions, Sibel aimait beaucoup discuter avec nos amis des appartements que nous avions vus, des nouveaux coins que nous avions découverts, de leurs avantages et de leurs inconvénients, et échanger avec les autres sur nos projets de vie. Éprouvant un étrange sentiment de gêne, je préférais pour ma part changer de sujet et parler avec Zaim du succès du soda Meltem, des matchs de football et des lieux qui venaient d'ouvrir pour l'été. Le bonheur caché que je vivais avec Füsun m'avait rendu quelque peu taciturne dans les réunions entre amis, et j'appréciais de plus en plus de me mettre en retrait pour observer ce qui se passait. Une tristesse m'envahissait peu à peu, mais je n'en avais pas encore clairement conscience. C'est seulement maintenant que je peux le voir, après que tant d'années se sont écoulées. À cette époque, j'avais tout au plus remarqué que j'étais devenu silencieux.

— Tu ne parles pas beaucoup, ces derniers temps, me dit Sibel, une nuit où je la raccompagnais chez elle en voiture.

— Ah bon ?

— Ça fait une demi-heure que nous n'avons pas décroché un mot.

— J'ai déjeuné avec mon père dernièrement, tu sais… Ça m'a fichu un coup. À l'entendre parler, on dirait quelqu'un qui se prépare à la mort.

Le vendredi 6 juin, c'est-à-dire huit jours avant les fiançailles et neuf jours avant les examens d'entrée à l'université, à bord de la Chevrolet conduite par Çetin, mon père, mon frère et moi allâmes rendre une visite de condoléances à une famille habitant entre Beyoğlu et Tophane, un peu plus bas que le hammam de Çukurcuma. Le défunt était un vieil employé originaire de Malatya qui travaillait aux côtés de mon père depuis que ce dernier avait commencé son activité. Cet homme charmant et au physique imposant faisait partie de l'histoire de la société ; les souvenirs que j'en avais remontaient à l'époque où il travaillait comme factotum dans le bureau de mon père. Quelques années plus tôt, il s'était fait broyer une main dans une machine de l'usine et portait une prothèse. Après l'accident, mon père avait pris à son service ce zélé ouvrier qu'il aimait beaucoup, et c'est ainsi que nous avions fait sa connaissance. Comme il était affable et d'une extrême gentillesse, Rahmi Efendi avait transformé cette prothèse de main qui nous effrayait tant les premiers temps en un jouet à notre intention quand nous fûmes un peu plus grands. Durant toute une période, chaque fois que nous allions voir mon père au bureau, nous passions un moment à regarder et manipuler cette main artificielle. Une fois, mon frère et moi avions observé Rahmi Efendi étaler son petit tapis dans un des bureaux vides, poser sa prothèse dans un coin et faire sa prière.

Il avait deux fils, aussi gentils et costauds que lui. Chacun d'eux embrassa la main de mon père. Dès qu'elle le vit, l'épouse de Rahmi Efendi, teint rose, replète, fatiguée et meurtrie, se mit à pleurer en essuyant ses larmes du coin de son foulard. Avec une spontanéité dont ni mon frère ni moi ne fûmes capables, mon père la consola, serra les deux garçons dans ses bras, les embrassa et, avec une surprenante rapidité, il parvint à établir une communication de cœur et d'âme avec les autres personnes présentes dans la maison. Mon frère et moi fûmes soudain envahis par une vague de culpabilité ; tandis qu'il tenait des propos pontifiants, j'abordai le chapitre des souvenirs.

Dans ce genre de situations, les paroles, les attitudes, la réalité de notre douleur, même si elle est intense, comptent moins que notre capacité à nous mettre au diapason de l'atmosphère ambiante. Parfois, je me dis que si l'on apprécie tant la cigarette, ce n'est pas à cause de la puissance de la nicotine mais parce qu'elle nous procure aisément le sentiment de faire quelque chose de significatif dans ce monde vain et absurde. Mon père, mon frère et moi prîmes chacun une cigarette du paquet de Maltepe que nous tendait le fils aîné du défunt, nous l'allumâmes à la flamme de l'allumette qu'il tenait habilement devant nous et, croisant tous trois les jambes en même temps, nous commençâmes à fumer, comme si nous nous attelions à la chose la plus sérieuse du monde.

Là où les Européens accrocheraient un tableau, un kilim était tendu sur le mur. Peut-être à cause du goût différent de la Maltepe, je cédai à l'illusion — me semble-t-il — que je pensais à quelque chose de profond concernant l'existence. Le problème fondamental, c'est le bonheur. Certains sont heureux et d'autres n'y parviennent pas. Naturellement, la majorité se situe quelque part entre les deux. J'étais très heureux à cette époque, mais je ne voulais pas le voir. Je pense à présent que mon refus de voir ce bonheur était peut-être le meilleur moyen de le conserver. Mais si je ne remarquais pas le bonheur qui était le mien, c'était moins par désir de le protéger que par crainte de l'infortune qui se profilait, par peur de perdre Füsun. Était-ce cela qui me rendait à la fois si taciturne et susceptible ?

À un moment, en regardant les objets qui meublaient cette pièce, petite, pauvre mais d'une propreté irréprochable (il y avait un baromètre et une inscription « Bismillah » suspendus au mur, deux objets décoratifs très à la mode dans les années 1950), je crus que j'allais me mettre à pleurer de concert avec la femme de Rahmi Efendi. Un napperon au crochet fait main ornait la télévision, et sur le napperon, un bibelot représentant un chien endormi. J'eus l'impression que lui aussi allait se mettre à pleurer. En regardant ce chien, pour quelque étrange raison, je me sentis mieux. Je me souviens de m'être fait la réflexion et, ensuite, d'avoir pensé à Füsun.

23

Silence

À mesure qu'approchait le jour des fiançailles, les silences entre Füsun et moi prenaient de plus en plus d'ampleur ; peu à peu, nos rencontres quotidiennes qui duraient au minimum deux heures et nos ébats qui augmentaient chaque jour d'intensité étaient empoisonnés par ces silences.

— Ma mère a reçu l'invitation pour les fiançailles, dit-elle une fois. Elle est ravie, mon père dit que nous devons absolument y aller et ils veulent que je vienne aussi. Heureusement que j'ai mes examens d'entrée à l'université le lendemain, comme ça, je n'aurai pas à faire semblant d'être malade.

— C'est ma mère qui a envoyé l'invitation, dis-je. Ne viens surtout pas. D'ailleurs, je n'ai aucune envie d'y aller moi non plus.

J'aurais aimé que Füsun me réponde vertement, j'aurais aimé qu'elle dise : « Eh bien n'y va pas », mais elle ne souffla mot. Plus le jour des fiançailles approchait, plus nous transpirions en faisant l'amour. Comme des amoureux après une longue séparation, nous nous enlacions de façon à ne laisser aucun espace entre nos corps. Parfois nous restions sans bouger, sans parler, à contempler le voilage doucement agité par le souffle du vent qui s'immisçait par la porte ouverte.

Jusqu'aux fiançailles, chaque jour à la même heure, nous nous retrouvâmes dans l'immeuble Merhamet et nous fîmes l'amour avec ardeur. De même que nous ne parlions absolument pas de notre situation, du fait que j'allais me fiancer ou de ce qu'il adviendrait par la suite, nous évitions soigneusement d'aborder tout ce qui pourrait nous y faire penser. Cela nous avait entraînés vers le silence. Les cris et les injures des enfants qui jouaient au football nous parvenaient de l'extérieur. Les premiers temps, nous ne parlions pas non plus de l'avenir de notre relation, mais nous discutions de tout et de rien, des parents que nous avions en commun, des ragots ordinaires de Nişantaşı, des tristes sires, nous riions et nous nous amusions. Mais cette bonne humeur avait rapidement pris fin et ce constat nous causait du chagrin. Nous savions que c'était le début de la perte du bonheur. Mais au lieu de nous éloigner l'un de l'autre, ce pénible sentiment nous liait d'une étrange façon.

Je me surprenais à rêver que je continuais à voir Füsun de temps à autre après les fiançailles. Le fantasme (l'illusion, devrais-je dire) d'un paradis où toute chose poursuivrait son cours immuable se transmuait peu à peu en une supposition raisonnable. Pendant que nous faisions l'amour avec fougue et frénésie, je tenais le raisonnement selon lequel Füsun ne pourrait me quitter. En réalité, il s'agissait davantage d'un sentiment que d'un raisonnement logique. Je me livrais à ce genre de conjectures sans me l'avouer. Parallèlement, une partie de mon esprit essayait de deviner, à travers ses paroles et ses gestes, ce qu'elle pensait. Comme Füsun en était parfaitement consciente, elle ne me donnait aucun indice, et les silences duraient encore plus longtemps. Elle aussi m'observait et faisait sans grand espoir certaines suppositions. Nous passions parfois de longs moments à nous scruter mutuellement, tels des espions ayant toujours l'œil aux aguets pour tâcher d'obtenir davantage d'informations. J'expose ici, sans commentaire aucun, la culotte blanche, les socquettes blanches et les ballerines en plastique blanc cassé que portait Füsun, en symbole de ces instants lourds de tristesse et de silence.

Le jour des fiançailles arriva et déjoua tous les pronostics. Ce jour-là, il me fallut d'abord régler un imprévu concernant les alcools (un vendeur refusait de laisser les bouteilles de champagne et de whisky tant qu'il ne serait pas payé argent comptant), je partis ensuite à Taksim où j'avalai un hamburger et un *ayran* au snack Atlantique de mon enfance, et je me rendis chez notre ancien coiffeur barbier, Cevat le Bavard. Il avait transféré sa boutique de Nişantaşı à Beyoğlu vers la fin des années 1960, nous nous étions

136

trouvé un autre barbier dans le quartier, Basri ; mais lorsque j'étais dans les parages et que j'avais envie de me distraire avec ses plaisanteries, j'allais me faire raser dans son échoppe de la rue de la mosquée Aşa. Cevat fut très heureux d'apprendre que je me fiançais ce jour-là, et il me fit un rasage de luxe. Il employa (avec parcimonie) une mousse à raser de marque d'importation, un après-rasage dont il disait qu'il était sans parfum et s'occupa avec le plus grand soin de tous les poils de mon visage. Je regagnai Nişantaşı à pied et me rendis dans l'immeuble Merhamet.

Füsun arriva à l'heure habituelle. Quelques jours plus tôt, je lui avais vaguement suggéré qu'il vaudrait mieux ne pas nous voir le samedi, étant donné qu'elle avait ses examens le lendemain ; de son côté, elle avait déclaré que, après avoir tant bûché, elle désirait se détendre un peu le dernier jour. Sous prétexte qu'elle avait des examens, cela faisait d'ailleurs deux jours qu'elle n'avait pas mis les pieds à la boutique Şanzelize. À peine arrivée, elle alla aussitôt s'asseoir devant la table et alluma une cigarette.

— J'ai la tête tellement pleine de toi que plus rien ne rentre, ni les maths ni quoi que ce soit, dit-elle avec ironie.

Comme si ce qu'elle venait de dire était complètement idiot, comme s'il s'agissait d'une réplique cliché tout droit sortie d'un film, elle éclata de rire et se mit à rougir comme une pivoine.

Si elle n'avait pas tant rougi et ne s'était sentie si mal, j'aurais essayé de tourner les choses à la plaisanterie. Nous aurions fait mine d'ignorer que je me fiançais le soir même. Mais il n'en fut rien. Nous éprouvions tous deux une profonde, véhémente et insupportable tristesse. Nous comprîmes que faire l'amour était la seule façon d'échapper à cette tristesse que ni l'humour, ni les paroles, ni la tentative de la partager ne parviendrait à dissiper ou atténuer. Mais cette tristesse pesa de tout son poids et freina nos ébats. À un moment, Füsun s'allongea sur le lit comme un malade mettant son corps au repos et sembla observer les nuages de tristesse amoncelés au-dessus de sa tête ; je m'allongeai à ses côtés et contemplai avec elle le plafond. Les enfants qui jouaient au football étaient silencieux, on entendait seulement les rebonds du ballon. Ensuite, les oiseaux se turent aussi, et il se fit un profond silence. La sirène d'un bateau nous parvint de très loin, puis celle d'un autre.

Ensuite, nous partageâmes un whisky dans un verre ayant appartenu à Ethem Kemal — mon grand-père et, pour Füsun, le deuxième mari de son arrière-grand-mère — et commençâmes à nous embrasser. Tandis que j'écris tout cela, je sens que je dois me garder d'attrister davantage les curieux que mon histoire intéresse : un roman n'a pas besoin d'être triste sous prétexte que ses héros le sont. Comme d'habitude, nous passâmes quelque temps à nous distraire avec les objets qui se trouvaient dans la chambre, les anciennes robes, les vieux chapeaux et les bibelots de ma mère. Et comme toujours, nous nous embrassions fort bien. Parce que nous avions tous deux beaucoup progressé. Et au lieu de vous assommer avec notre tristesse, je préfère vous dire que la bouche de Füsun semblait se fondre dans la mienne. Durant nos séances de baisers de plus en plus longues, un liquide doux comme du miel s'accumulait dans l'énorme grotte formée par nos bouches réunies, un filet coulait parfois de la commissure de nos lèvres jusqu'à notre menton, une contrée enchanteresse relevant du monde du rêve et que seul un naïf optimisme était capable d'imaginer apparaissait peu à peu devant nos yeux et, à travers le kaléidoscope de notre esprit, nous contemplions ce chatoyant pays comme si c'était le paradis. Parfois, tel un oiseau gourmet saisissant délicatement une figue dans son bec, l'un de nous aspirait la lèvre inférieure ou supérieure de l'autre en la tétant légèrement et, l'emprisonnant comme une proie entre ses dents, il semblait dire : « Désormais tu es à ma merci ! » ; après avoir observé avec patience et délectation les mésaventures de sa lèvre captive, effleuré les troublantes saveurs que distillait sa position d'assujettissement, entrevu au même instant combien il serait voluptueux d'abandonner non seulement ses lèvres mais tout son corps au bon vouloir de l'être aimé, et pressenti pour la première fois de sa vie que ce territoire à mi-chemin entre tendresse et capitulation correspondait aux zones les plus profondes et les plus obscures de l'amour, l'autre lui rendait la pareille, et au moment où nos langues qui s'agitaient avec impatience dans nos bouches parvenaient à se frayer un passage entre nos dents et se retrouvaient enfin, elles nous rappelaient l'aspect suave de l'amour, moins lié à la violence qu'à la douceur.

Après notre longue étreinte amoureuse, nous nous assoupîmes.

138

Quand la légère brise aux senteurs de tilleul qui soufflait par la porte-fenêtre du balcon souleva les voilages et les laissa retomber sur nos visages comme une caresse de soie, nous nous éveillâmes en sursaut.

— J'ai rêvé que j'étais dans un champ de tournesols, dit Füsun. Ils ondulaient d'une étrange manière sous le vent. Je ne sais pourquoi, mais c'était effrayant. J'avais envie de crier, mais je n'y arrivais pas.

— N'aie pas peur, répondis-je, je suis là.

Comment nous parvînmes à nous tirer du lit, à nous habiller et nous approcher de la porte, je n'en parlerai pas. Après lui avoir fait quelques recommandations — reste calme pendant l'examen, n'oublie pas ta carte d'inscription, tout se passera bien, tu réussiras —, je prononçai la phrase que j'avais ressassée des milliers de fois depuis des jours, en m'efforçant de paraître naturel.

— On se revoit demain à la même heure, d'accord ?

— D'accord ! répondit Füsun en détournant les yeux.

Avec amour, je la regardai s'éloigner et je compris que les fiançailles se dérouleraient à merveille.

24

Fête de fiançailles

Ces cartes postales représentant l'hôtel Hilton d'Istanbul, je les ai dénichées une vingtaine d'années après l'époque dont je retrace l'histoire lorsque, pour les besoins du musée de l'Innocence, j'ai commencé à me lier d'amitié avec les collectionneurs les plus réputés d'Istanbul et à me balader dans les marchés aux puces (et les petits musées) de la ville et d'Europe. Quand le célèbre collectionneur Halit Bey le Malade m'autorisa enfin après de longs marchandages à toucher et regarder de près l'une de ces cartes postales, la façade familière de l'hôtel, d'un style international résolument moderniste, me rappela non seulement la soirée des fiançailles mais toute mon enfance. J'avais dix ans quand, fébriles d'excitation, mes parents s'étaient rendus à la soirée d'inauguration de l'hôtel Hilton à laquelle assistaient Terry Moore, une star américaine depuis longtemps oubliée, ainsi que toute la bonne société stambouliote ; ensuite, s'habituant rapidement à cet endroit qu'on apercevait de nos fenêtres et qui tranchait avec la vieille silhouette fatiguée d'Istanbul, ils avaient pris l'habitude d'y passer à chaque occasion. C'est là que, grands amateurs de danse orientale, les représentants des sociétés étrangères qui se fournissaient auprès de mon père descendaient à chacun de leurs séjours. Les dimanches soir où nous y allions en famille pour déguster cette chose géniale qu'on appelle « hamburger » et qu'on ne trouvait encore dans nul autre restaurant de Turquie, mon frère et moi étions fascinés par les cordelettes dorées, les épaulettes et les boutons scintillants de la livrée rouge vif du portier aux épaisses bacchantes. En ces années-là, nombre de nouveautés occidentales étaient d'abord testées au

Hilton, et les grands journaux avaient tous un correspondant sur place. Si jamais l'un de ses tailleurs préférés se salissait, c'est à la blanchisserie du Hilton que ma mère le faisait porter, de même que c'est dans la pâtisserie du lobby qu'elle aimait prendre le thé avec ses amies. Nombre de gens dans notre entourage amical et familial avaient organisé leurs noces dans l'immense salle de bal au sous-sol. Et nous avions tous opté pour la même solution lorsqu'il devint évident que le vieux *yalı* de ma future belle-mère à Anadolu Hisarı ne serait guère approprié pour y célébrer nos fiançailles. Par ailleurs, il est à noter que dès son ouverture le Hilton fut l'un des rares établissements civilisés d'Istanbul à donner des chambres à de riches messieurs distingués et à des dames intrépides sans demander leurs livrets de famille.

Çetin Efendi nous laissa de bonne heure, ma mère, mon père et moi, devant la porte à tambour précédée d'un grand auvent ondulé ressemblant à un tapis volant.

— Il nous reste encore une demi-heure, dit mon père avec l'enjouement qui était le sien chaque fois qu'il entrait dans cet hôtel. Allons nous asseoir et buvons quelque chose en attendant.

Nous nous installâmes dans un coin stratégique du lobby et commandâmes d'emblée deux rakis et un thé pour ma mère auprès du vieux serveur à qui mon père demanda aussitôt de ses nouvelles en le reconnaissant. Nous prenions plaisir à regarder la foule qui circulait en cette fin d'après-midi dans l'hôtel ainsi que les invités dont le passage se faisait plus fréquent à mesure que l'heure approchait, nous remémorant ainsi l'ancien temps. Dissimulés par les larges feuilles des cyclamens derrière lesquels nous étions assis, nous pouvions observer à loisir le joyeux cortège des convives, connaissances et membres de la famille qui, tous sur leur trente et un, défilaient devant nous sans nous voir.

— Ah, c'est fou ce que la fille de Rezzan a grandi, elle est devenue très mignonne, disait ma mère. Il faudrait interdire la minijupe à celles qui n'ont pas les jambes faites pour en porter, assenait-elle ensuite en regardant quelqu'un d'autre, les sourcils froncés. Ce n'est pas nous, ce sont eux qui ont placé la famille Pamuk à une table de derrière, c'est dommage ! répondait-elle à mon père, puis, montrant de nouveaux invités : Mon Dieu, Fazıla

Hanım a pris un sacré coup de vieux… La pauvre, elle qui était si belle… quand on voit ce qu'elle est devenue… Ils auraient mieux fait de la laisser à la maison et de nous épargner ce triste spectacle… Tiens, celles-ci avec le foulard sont des parentes de Sibel du côté de sa mère… Hicabi Bey… il avait une femme en or et il l'a quittée, elle et leurs deux enfants, pour épouser cette fille d'une vulgarité… autant dire que j'ai tiré un trait sur lui… Regarde ça, il a fallu que le coiffeur Nevzat coiffe Zümrüt de la même façon que moi, à croire qu'il l'a fait exprès… Qui sont ces deux-là ? Vous ne trouvez pas que le mari et la femme ressemblent à un renard avec leur nez, leur attitude et même leurs vêtements ?… Tu as de l'argent sur toi, mon fils ?

— Comme si c'était le moment de lui demander cela ! s'étonna mon père.

— Il est arrivé en courant à la maison et s'est changé tellement vite qu'on avait davantage l'impression qu'il repartait au club qu'à ses fiançailles. Tu as pris de l'argent, mon petit Kemal ?

— Oui.

— Bon. Et tiens-toi droit en marchant, s'il te plaît. Tous les regards seront braqués sur toi… Allez, il est temps d'y aller.

Mon père fit un geste au serveur pour lui signifier qu'il reprendrait un « simple » avant de me consulter du regard et d'en commander aussi un pour moi, toujours en indiquant la mesure avec la main.

— Je croyais que tu en avais fini avec ta tristesse et tes angoisses, lui dit ma mère. Que se passe-t-il encore ?

— Je n'ai pas le droit de boire et de m'amuser pour les fiançailles de mon fils ? rétorqua mon père.

— Ah, mais quelle beauté ! s'exclama ma mère en voyant Sibel. La robe tombe à merveille, et avec les perles, c'est tout simplement superbe. De toute façon, elle pourrait porter n'importe quoi, tout lui va à ravir… Elle est d'une élégance folle dans cette robe, n'est-ce pas ? Quelle fille adorable ! Mon fils, j'espère que tu es conscient de la chance que tu as !

Sibel étreignit deux de ses jolies camarades qui étaient passées devant nous un peu plus tôt. Éloignant délicatement la longue et fine cigarette qu'elles venaient d'allumer, les filles s'embrassèrent sans s'effleurer de leurs lèvres rouges et brillantes avec mille précautions pour ne pas abîmer leur maquillage, leur coiffure et leur robe puis, contemplant mutuellement leur tenue, elles se montrèrent en riant leurs colliers et leurs bracelets.

— Tout être doué d'intelligence sait que la vie est une belle chose et que le bonheur est le but de l'existence, dit mon père en regardant ces trois jolies filles. Mais comment peut-on expliquer que seuls les imbéciles soient heureux ?

— Mümtaz, c'est l'un des plus beaux jours de sa vie, pourquoi lui tiens-tu ce genre de propos ? intervint ma mère, et, se tournant vers moi : Allez, mon garçon, qu'attends-tu donc pour rejoindre Sibel ? Sois toujours à ses côtés, partage chacun de ses bonheurs !

J'abandonnai mon verre, sortis de derrière les pots de fleurs et, tandis que j'avançais vers le groupe des filles, je vis le visage de Sibel s'illuminer d'un magnifique sourire.

— Te voilà, toi, lui dis-je en l'embrassant.

Après que Sibel m'eut présenté ses amies, nous nous tournâmes vers la grande porte à tambour de l'hôtel et regardâmes l'arrivée des invités.

— Tu es très belle, ma chérie, lui murmurai-je à l'oreille. Tu es divine.

— Toi aussi, tu es très beau… Mais ne restons pas là.

Nous restâmes quand même, non que j'y tienne spécialement, mais Sibel était très heureuse d'être l'objet des regards admiratifs de la foule des convives, connus ou inconnus, qui passaient la porte à tambour vers laquelle nous jetions fréquemment les yeux ainsi que des quelques touristes élégamment vêtus présents dans le lobby.

À présent que, tant d'années après les faits, je me remémore chacune des personnes qui entraient par la porte à tambour, je me rends compte à quel point les riches Stambouliotes occidentalisés constituaient à cette époque un microcosme où tout le monde se connaissait et était informé des potins au sujet des uns et des autres : la bru de la famille Halis — de riches négociants en savon et huile d'olive d'Ayvalık avec qui ma mère s'était liée d'amitié lorsqu'elle nous emmenait, mon frère et moi, jouer au parc de Maçka avec nos pelles et nos seaux —, au menton prognathe comme toute la famille (signe d'un mariage consanguin !) et accompagnée de ses fils au menton encore plus long... Kadri la Cuve, le copain de régiment de mon père avec lequel j'allais voir des matchs de foot, ancien gardien de but et importateur de voitures, suivi de ses filles resplendissant de mille feux avec leur arsenal de boucles d'oreilles, de bagues, de bracelets et de colliers... Le fils de l'ancien président de la République, une grosse pointure du commerce mêlé à des affaires de corruption, accompagné de son élégante épouse... Le Dr Barbut qui avait opéré des amygdales tous les gens de la bonne société, opération très « à la mode » quand j'étais enfant, et dont la vue de sa sacoche et de son manteau en poil de chameau suffisait à nous plonger dans la terreur, moi et des centaines de gosses...

— Sibel a toujours ses amygdales, dis-je au docteur qui m'embrassait affectueusement.

— Désormais, la médecine dispose de méthodes bien plus modernes pour effrayer les jolies filles et les faire marcher droit ! répliqua-t-il, répétant une de ses plaisanteries coutumières.

En voyant passer le bel Harun Bey, le représentant de Siemens en Turquie, je craignis que ma mère ne l'aperçoive et ne se mette en colère. Cet homme d'apparence calme et mature qu'elle traitait de « brute » et de « sans vergogne » avait épousé en troisièmes noces sa propre belle-fille (c'est-à-dire la fille de sa deuxième femme) sans se soucier de la réprobation générale de la haute société, qui criait à la honte et au scandale ; un état de fait qu'il avait rapidement réussi à faire admettre grâce à son doux sourire et à son attitude impavide qui inspiraient confiance. Lorsqu'il s'avéra que Sibel et moi avions chacun de notre côté été camarades de classe à l'école primaire avec Alptekin et Asena, le fils aîné et la fille cadette de Cüneyt Bey et son épouse Feyzan, cette découverte nous plut tellement que nous décidâmes aussitôt de nous revoir très vite tous les quatre. Cüneyt Bey était quelqu'un que mon père appréciait beaucoup et c'est davantage par jalousie que pour des raisons morales qu'il critiquait cet homme qui était d'un seul coup passé du secteur du prêt à intérêt à celui de l'industrie en rachetant pour une bouchée de pain les biens et les usines des Juifs et des Grecs envoyés en camp de travail pour ne pas avoir pu payer l'impôt sur la fortune

144

auquel l'État avait assujetti les minorités pendant la Seconde Guerre mondiale.

— On descend maintenant ? demandai-je.

— Tu es très beau, mais tiens-toi droit, me dit Sibel, répétant sans le savoir les paroles de ma mère.

Le cuisinier Bekri Efendi, Fatma Hanım, le concierge Saim Efendi, sa femme Macide et leurs enfants passèrent la porte l'un après l'autre ; tout timides et guindés dans leurs beaux vêtements, ils défilèrent devant Sibel pour lui serrer la main. Fatma Hanım et Macide avaient adapté l'élégant foulard que ma mère leur avait rapporté de Paris en le nouant à leur manière autour de leur tête. Leurs fils en costume-cravate et au visage boutonneux regardèrent Sibel du coin de l'œil, mais avec admiration. Ensuite, nous aperçûmes un ami de mon père, Fasih Fahir, et sa femme Zarife. Malgré toute l'amitié qu'il avait pour lui, mon père n'appréciait guère qu'il soit franc-maçon ; à la maison, il déblatérait contre eux, les qualifiait de secrète « machine à privilèges et à piston » dans le monde du travail, lisait avec attention les listes de francs-maçons turcs publiées par les maisons d'édition antisémites en laissant fuser des exclamations de stupeur et, avant chaque visite de Fasih, il retirait des rayons de sa bibliothèque des livres portant des titres tels que *La Face cachée de la franc-maçonnerie* ou *Moi, ancien franc-maçon*.

Tout de suite derrière lui apparut la célèbre Luxe Şermin, unique mère maquerelle d'Istanbul (si ce n'est de tout le monde musulman) et fort bien connue de toute la société. En voyant son visage familier, je crus un moment qu'elle était l'une des personnes invitées à nos fiançailles. Son éternelle écharpe violette au cou (symbole de sa profession servant également à dissimuler une blessure au couteau) et à ses côtés, l'une de « ses jolies filles » perchée sur de très hauts talons, elle passa la porte à l'instar des autres convives et se dirigea vers la pâtisserie. Par le Grand Club, Sibel connaissait très bien Faruk le Rat — il portait de drôles de lunettes, et comme sa mère était amie avec la mienne, nous étions devenus des copains d'anniversaire dans notre prime enfance — et les fils de Maruf, un riche négociant en tabac, avec qui je jouais au parc parce que nos nounous étaient copines.

Le vieux et gros Melikhan, l'ancien ministre des Affaires étrangères, qui devait nous passer l'alliance au doigt, entra par la porte à tambour en compagnie de mon futur beau-père. En voyant Sibel qu'il connaissait depuis qu'elle était petite, il la prit dans ses bras, l'embrassa et, après m'avoir toisé du regard, il se tourna de nouveau vers elle :

— Ma foi, il est plutôt beau garçon. Enchanté, jeune homme, dit-il en me serrant la main.

Les amies de Sibel s'approchaient en souriant. L'œil goguenard, avec cette liberté de ton propre aux vieillards et toujours accueillie avec indulgence, il se répandit en compliments sur leurs robes, leurs jupes, leurs bijoux et leurs coiffures, les embrassa sur les joues puis se dirigea vers la salle du bas sans se départir de son air suffisant et satisfait.

— Je ne peux pas le sentir, ce sale type, dit mon père en s'engageant à son tour dans l'escalier.

— Ne commence pas, pour l'amour du ciel ! l'interrompit ma mère. Fais attention aux marches.

— C'est bon, je ne suis pas aveugle.

À la vue du jardin fourmillant de monde et du panorama qu'il offrait sur le Bosphore, Üsküdar et la tour de Léandre au-delà du palais de Dolmabahçe, mon père retrouva son entrain et sa bonne humeur. Je lui pris le bras puis, au milieu des serveurs qui circulaient avec leurs plateaux garnis de canapés colorés, nous commençâmes à saluer les invités, à échanger des bises, des embrassades et à prendre des nouvelles des uns et des autres.

— Mümtaz Bey, votre fils est votre portrait craché… J'ai l'impression de vous revoir quand vous étiez jeune.

— Mais je suis encore jeune, chère madame, répondit mon père. Excusez-moi, je ne vous remets pas, vous êtes… ?

Puis, se tournant vers moi :

— Arrête de me tenir par le bras comme si j'étais impotent, murmura-t-il doucement.

Je m'éclipsai discrètement. Le jardin était tout illuminé et rempli de jolies filles. Il me plaisait de voir que la plupart d'entre elles avaient aux pieds d'élégantes chaussures ouvertes à hauts talons et qu'elles s'étaient soigneusement verni les ongles en rouge pompier ; que certaines portaient des jupes longues, des robes très décolletées découvrant les bras et les épaules et se sentaient à l'aise parce qu'on ne voyait pas leurs jambes. Tout comme Sibel, nombre de jeunes femmes tenaient de petits sacs à main brillants à fermoir en métal.

Peu après, Sibel m'entraîna par la main et me présenta des gens de sa famille, des camarades d'enfance et d'école et des tas d'amis que je n'avais jamais vus.

— Kemal, je vais te présenter quelqu'un qui te plaira beaucoup, disait-elle chaque fois.

Et tandis qu'elle faisait l'éloge de cette personne avec, selon moi, un air quelque peu formel malgré toute sa sincérité et son enthousiasme, la joie se peignait sur son visage. Ce qui lui inspirait cette profonde joie tenait probablement au fait que tout se passait exactement comme prévu. De même que, à force de travail, chaque perle, chaque pli et chaque ruban de sa robe avait trouvé sa place pour épouser comme il fallait les courbes de son joli corps, le constat que cette soirée se déroulait comme elle l'avait rêvé et programmé depuis des mois était pour elle le signe que l'heureuse vie dans laquelle elle se projetait se réaliserait jusqu'au moindre détail conformément à ses souhaits. C'est pourquoi elle accueillait avec joie chaque instant, chaque nouveau visage et chaque personne qui l'embrassait et la serrait dans ses bras comme autant de motifs de bonheur. Parfois, elle venait se blottir contre moi et, d'un geste maternel, elle chassait de mes épaules un cheveu ou une poussière en se servant de ses doigts comme d'une pince à épiler.

Lorsque je parvenais à relever la tête et à porter le regard au-delà de toutes les personnes avec qui j'échangeais poignées de main, embrassades et plaisanteries, je voyais que l'ambiance était beaucoup plus détendue, que l'alcool avait peu à peu commencé à produire son effet sur les invités et que les rires retentissaient de plus en plus fort dans la foule constamment sillonnée par le ballet des serveurs avec leurs plateaux. Toutes les femmes affichaient une grande élégance et un maquillage très appuyé. Beaucoup d'entre elles paraissaient avoir froid dans leurs robes légères, moulantes et assez décolletées. Tels des enfants guindés dans leurs habits de fête, les hommes portaient pour la plupart un costume blanc strictement boutonné ainsi qu'une large cravate à gros motifs rappelant la mode hippie datant de trois ou quatre ans, qui pouvait paraître exagérément colorée aux yeux du commun. Pas mal de riches Turcs d'âge mûr n'avaient visiblement pas entendu — ou pas voulu croire — que la vogue des rouflaquettes, cheveux longs et chaussures à talons était révolue depuis quelques années. Les favoris noirs qu'on laissait pousser plus qu'il ne fallait et qu'on gardait larges aux extrémités sous prétexte que c'était la mode, la traditionnelle moustache noire, les cheveux noirs et longs… le tout donnait aux visages masculins, surtout aux plus jeunes, un air passablement ténébreux. C'est peut-être pourquoi presque tous les hommes ayant plus de la quarantaine se plaquaient les quelques cheveux qu'il leur restait à la brillantine. Charriés par un léger vent printanier, les effluves mêlés de brillantine, de divers parfums masculins, de senteurs capiteuses exhalées par les femmes, de la fumée des cigarettes que tout le monde fumait sans trop les savourer et des odeurs de friture s'échappant des cuisines me rappelaient les réceptions données par mes parents quand j'étais enfant; la musique d'ascenseur entonnée entre humour et sérieux par l'orchestre Les Feuilles d'Argent afin de chauffer peu à peu l'ambiance pour la soirée me soufflait à l'oreille que j'étais heureux.

Las d'attendre debout, les plus âgés et ceux qui avaient faim commençaient à s'installer à leur place — aidés en cela par les enfants qui s'amusaient et couraient entre les tables (« Grand-mère, j'ai trouvé notre table ! — Où ça ? Ne cours pas comme ça, tu vas tomber ! ») — quand, avec l'habileté du diplomate et de l'homme politique, l'ancien ministre des Affaires étrangères me prit par le bras et m'entraîna à l'écart pour m'entretenir longuement de Sibel (une fille d'une élégance, d'une finesse incroyables, et qu'il connaissait depuis sa plus tendre enfance) et de sa famille (des gens d'une grande culture et d'un commerce fort agréable), sans manquer d'agrémenter son récit de souvenirs personnels.

— C'est une de ces anciennes familles comme on n'en trouve plus, Kemal Bey. Vous qui êtes dans le monde des affaires, vous le savez mieux que moi. Nous sommes envahis par des provinciaux fraîchement enrichis, des parvenus dont les femmes et les filles portent le foulard. Dernièrement encore, à Beyoğlu, j'ai vu un type qui promenait comme les Arabes ses deux femmes en tcharchaf noir derrière lui et leur faisait manger des glaces... Bon, dis-moi, es-tu fermement décidé à épouser cette fille et à être heureux avec elle jusqu'à la fin de ta vie?

— Je le suis, monsieur.

La note humoristique que j'avais mise dans ma réponse suscita chez l'ancien ministre une déception qui ne m'échappa pas.

— Les fiançailles ne peuvent se rompre, reprit-il. Autrement dit, le nom de cette fille sera lié au tien jusqu'à la fin de ta vie. Tu as bien réfléchi?

La foule se mit à faire cercle autour de nous.

— C'est tout réfléchi.

— Je vais donc vous fiancer sur-le-champ afin que nous puissions passer à table. Mets-toi par ici...

Sentir qu'il ne m'aimait pas ne m'enleva rien de ma bonne humeur. L'ancien ministre relata tout d'abord un souvenir de son service militaire à la multitude des invités qui s'étaient massés autour de nous. Laissant entendre que la Turquie et lui-même étaient très pauvres quarante ans auparavant, il poursuivit en racontant avec sensibilité comment, à cette même époque, lui et sa défunte épouse s'étaient fiancés sans tambour ni trompette, de la façon la plus sobre qui soit. Il vanta les mérites de Sibel et de sa famille. Il n'y avait guère d'humour dans son récit mais tous, y compris les serveurs qui regardaient de loin avec leurs plateaux à la main, l'écoutaient en souriant, se pâmant presque, comme s'il racontait une histoire on ne peut plus distrayante. Le silence se fit un instant lorsque l'adorable Hülya, une fillette de dix ans aux dents de lapin que Sibel aimait beaucoup et qui lui vouait une immense admiration, apporta sur un plateau en argent les bagues que j'expose ici. Sibel, moi et le ministre nous emmêlâmes les pinceaux — nous d'émotion, lui de confusion —, incapables de retrouver au doigt de quelle main devaient être passés les anneaux. Alors que certains invités, qui n'attendaient d'ailleurs que l'occasion de rire, nous criaient : « Ce n'est pas ce doigt, l'autre main! », et qu'un joyeux tumulte commençait à s'élever dans la foule aussi turbulente qu'une horde d'écoliers, les bagues finirent par trouver leur place; le ministre coupa le ruban qui les reliait et des salves d'applaudissements éclatèrent avec le bruit d'un subit envol de pigeons. J'avais beau m'y être préparé, de voir tant de gens que je connaissais depuis toujours nous applaudir en souriant avec joie, je fus aussi ému qu'un enfant. Mais ce n'était pas cela qui faisait palpiter mon cœur.

Quelque part dans la foule, un peu en retrait, j'avais aperçu Füsun entre ses parents. Une profonde joie m'envahit. Tandis que j'embrassais Sibel sur les joues, enlaçais ma mère, mon père et mon frère aussitôt venus nous rejoindre pour nous féliciter, j'étais parfaitement conscient de la raison de mon enthousiasme mais je pensais pouvoir le cacher non seulement aux autres mais à moi-même. Notre table était tout près de la piste de danse. Avant de m'installer pour le dîner, je vis que Füsun et ses parents étaient assis tout au fond, à une table près de celle des employés de Satsat.

— Vous êtes très heureux tous les deux, dit Berrin, la femme de mon frère.

— Mais épuisés… répondit Sibel. Et ce ne sont que les fiançailles, ça promet pour le mariage…

— Ce jour-là aussi vous serez très heureux, répondit Berrin.

— C'est quoi le bonheur pour toi ? lui demandai-je.

— Oh, dans quels sujets vas-tu nous entraîner !

Elle fit mine de réfléchir un instant à ce qu'était son propre bonheur mais comme le malaise qu'elle en éprouvait supportait à peine la plaisanterie, elle sourit d'un air gêné. Au milieu des joyeuses exclamations des convives à qui l'on servait enfin le repas, du cliquetis des couverts et des mélodies de l'orchestre, nous entendîmes tous deux en même temps la voix perçante de mon frère en train de raconter quelque chose à quelqu'un.

— La famille, les enfants, quand tu dois gérer toute la smala… dit Berrin. Même si tu n'es pas heureuse, même dans les pires moments (elle indiqua un instant mon frère des yeux), tu fais comme si tu l'étais. Quand on baigne dans cette ambiance familiale, tous les ennuis se dissolvent et disparaissent. Faites rapidement des enfants, vous aussi. Faites-en plein, comme les paysans.

— De quoi parlez-vous ? dit mon frère. De qui donc médisez-vous ?

— Je leur disais de faire des enfants, dit Berrin. Tu penses qu'ils devraient en avoir combien ?

150

Personne ne me regardait et je vidai d'un trait la moitié de mon verre de raki.

Peu après, Berrin se pencha à mon oreille :

— Qui sont cet homme et cette jolie fille assis en bout de table ?

— C'est Nurcihan, la meilleure amie de Sibel, une copine de lycée et de France. Sibel a fait exprès de la placer à côté de mon ami Mehmet. Elle aimerait bien que ça marche entre eux.

— Il n'y a guère de progrès, jusqu'ici ! s'exclama Berrin.

Je lui racontai que Sibel avait pour Nurcihan un attachement fait de tendresse et d'admiration ; lorsqu'elles étudiaient ensemble à Paris, Nurcihan avait connu des Français et même couché avec eux (autant d'histoires que Sibel m'avait racontées avec dégoût), elle s'était installée avec eux en cachette de sa riche famille d'Istanbul, mais ces aventures s'étant soldées par de cuisants déboires et l'influence de Sibel aidant, elle désirait rentrer à Istanbul à présent.

— Mais pour cela, ajoutai-je, il faudrait qu'elle tombe amoureuse de quelqu'un à qui elle accorde de la valeur, du même niveau qu'elle, qui ne se préoccupe pas de son passé en France et de ses anciens amants.

— Franchement, une telle idylle semble bien loin de s'amorcer, murmura Berrin en souriant. La famille de Mehmet est dans quelle branche ?

— Ils sont riches. Son père est un entrepreneur en bâtiment réputé.

Lorsque Berrin haussa le sourcil gauche d'un air hautain et suspicieux, je lui expliquai que Mehmet, que je connaissais depuis le Robert College, était un ami digne de confiance, un type bien, honnête et droit ; certes, sa famille était très religieuse et conservatrice, mais cela faisait des années qu'il s'opposait à l'idée de se marier par intermédiaire ou à ce que sa mère voilée s'emploie à lui chercher une femme — même stambouliote et d'un niveau d'instruction élevé — et préférait épouser une fille qu'il rencontrerait par lui-même.

— Sauf que pour l'instant ça n'a marché avec aucune des filles modernes avec qui il a noué relation.

— Ça ne peut pas marcher, c'est évident, dit Berrin d'un air très docte.

— Pourquoi cela?

— Regarde un peu son genre… dit Berrin. Il semble tout droit sorti d'Anatolie, et avec un type comme lui, les filles préfèrent se marier par intermédiaire. Parce que en circulant et en se comportant trop librement, elles auraient peur qu'il les prenne secrètement pour des putains.

— Mehmet n'a pas cette mentalité…

— Mais vu la famille et la région d'où il vient, il est forcément comme ça. Les filles intelligentes regardent moins ce qu'il pense lui que sa famille et son milieu, n'est-ce pas?

— C'est vrai, tu as raison, dis-je. Ces mêmes filles intelligentes craignant d'approcher Mehmet malgré son sérieux, et dont je tairai le nom, sont plus à l'aise et plus libres avec d'autres hommes, même si elles ne sont pas certaines de leurs intentions de se marier.

— C'est exactement ce que je te disais! s'exclama fièrement Berrin. Dans ce pays, il y a tellement d'hommes qui méprisent plus tard leurs femmes sous prétexte qu'elles n'ont pas assez gardé leurs distances avant le mariage. Je vais te dire autre chose : en réalité, ton ami Mehmet n'est sûrement jamais tombé amoureux d'aucune de celles qui n'ont su l'approcher. Sinon, elles l'auraient compris et se seraient comportées autrement avec lui. Naturellement, je ne dis pas qu'elles auraient couché, mais elles auraient adopté une approche susceptible de déboucher sur le mariage.

— Mais vu que ces filles étaient par trop réservées, peureuses et conservatrices, comment Mehmet aurait-il pu tomber amoureux? C'est un peu comme l'histoire de la poule et de l'œuf…

— C'est faux, dit Berrin. Nul besoin de coucher ensemble pour tomber amoureux. L'amour, c'est *Medjoun et Leïla*.

— Mmmh…

— Que se passe-t-il, racontez-nous, dit mon frère de l'autre bout de la table. Qui couche avec qui?

Berrin lança à son mari un regard signifiant : « Il y a des enfants! » et me murmura à l'oreille :

— La question, c'est pourquoi ton ami Mehmet apparemment doux comme un agneau et bardé de bonnes intentions n'a jamais réussi à tomber amoureux d'aucune des filles qu'il a cherché à connaître.

152

J'eus presque envie de dire à Berrin dont l'intelligence forçait mon respect que Mehmet était un inconditionnel des maisons de rendez-vous. Il avait des « filles » à qui il rendait tout le temps visite dans quatre ou cinq maisons closes à Sıraselviler, Cihangir, Bebek et Nişantaşı. Parallèlement à ses tentatives pour nouer sur son lieu de travail des relations sentimentales qui ne débouchaient jamais sur rien avec des jeunes filles de vingt ans, encore vierges et sortant tout juste du lycée, il passait toutes ses nuits dans ces luxueuses maisons à vivre jusqu'au matin des heures torrides avec des filles qui imitaient les actrices occidentales ; lorsqu'il avait trop bu, il laissait échapper qu'il n'avait pas assez d'argent pour payer les filles ou qu'il était trop fatigué pour rassembler ses esprits, mais lorsque nous sortions d'une soirée privée au milieu de la nuit, au lieu de rentrer chez lui où son père armé d'un chapelet et sa mère et ses sœurs coiffées d'un foulard jeûnaient tous ensemble pour le ramadan, il nous faussait compagnie pour se rendre dans l'une de ces maisons de rendez-vous de Cihangir ou de Bebek.

— Tu bois beaucoup, ce soir, dit Berrin. Ne bois pas autant. Il y a beaucoup de monde, tous les regards sont sur vous...

— Bien, répondis-je, et lui souriant, je levai mon verre.

— Regarde un peu l'attitude sérieuse et responsable d'Osman, et regarde-toi... Comment deux frères peuvent-ils être aussi différents ?

— Ne t'y fie pas, répondis-je. Nous nous ressemblons beaucoup. Et dorénavant, je serai encore plus sérieux et responsable qu'Osman.

— En réalité, moi aussi trop de sérieux m'ennuie... commença Berrin. Est-ce que tu m'écoutes ?

— Hein ? Oui, j'écoute.

— Alors répète ce que j'ai dit pour voir !

— Tu as dit que l'amour doit être comme dans les vieux contes, comme *Medjoun et Leïla*.

— Non, tu n'as rien écouté, dit Berrin en souriant.

Cependant, une expression d'inquiétude flottait sur ses traits. Je me tournai vers Sibel pour voir si elle avait remarqué mon état, mais elle était occupée à discuter avec Mehmet et Nurcihan.

Une partie de mon esprit était constamment occupée par Füsun ; pendant que je parlais avec Berrin, je la sentais assise quelque part derrière mon dos, je pensais sans cesse à elle... Tout honteux, j'essayai de le cacher, à moi et aux autres, mais hélas, comme vous pouvez le constater, je n'y parvenais pas. Autant être honnête envers le lecteur.

Je me levai de table, sous un quelconque prétexte dont je ne me souviens pas. J'avais besoin d'apercevoir Füsun, même de loin. Je jetai un coup d'œil vers le fond de la salle mais ne l'y trouvai pas. Il y avait un monde fou et, comme toujours, tous parlaient à tue-tête en même temps. Les enfants qui jouaient à cache-cache entre les tables poussaient aussi des cris. Ajoutés à cela la musique et le bruit des couverts dans les assiettes, il régnait un intense brouhaha dans lequel je m'enfonçais avec l'espoir d'apercevoir Füsun quelque part.

— Mon cher Kemal, toutes mes félicitations, entendis-je. Il y aura aussi de la danse du ventre, n'est-ce pas ?

C'était Selim le Snob, installé à la table des Zaim, et je ris comme s'il venait de faire une bonne plaisanterie.

— Vous avez fait un très bon choix, Kemal Bey, me dit une tante pleine d'optimisme. Vous ne m'avez pas reconnue. Je connais votre mère de...

Mais avant qu'elle n'ait le temps de me dire d'où elle connaissait ma mère, un serveur chargé d'un plateau passa entre nous en me poussant sur le côté, et lorsque je me redressai, la femme était loin.

— Montre-moi ta bague de fiançailles ! dit un enfant en m'agrippant la main.

— Tu n'as pas honte ! s'écria sa grosse maman en le tirant vivement par le bras.

Tandis qu'elle levait la main sur lui, l'enfant, rompu à l'exercice, s'écarta d'un bond pour éviter la gifle.

— Assieds-toi là ! cria-t-elle. Excusez-moi... Toutes nos félicitations.

Le visage cramoisi à force de rire, une dame que je ne connaissais pas recouvra soudain son sérieux en croisant mon regard. Son mari se présenta : il était de la famille de Sibel, mais nous avions fait notre service militaire ensemble à Amasya. M'assiérais-je quelques instants avec eux ? Je concentrai toute mon attention sur les tables du fond pour voir Füsun, mais je ne la trouvais pas. Elle semblait s'être mystérieusement évaporée. J'éprouvai une intense douleur. Une affliction jusque-là inconnue se répandait dans tout mon corps.

— Vous cherchez quelqu'un ?

— Ma fiancée m'attend, mais je vais boire un verre avec vous...

Tout réjouis, ils poussèrent immédiatement les chaises pour me faire de la place. Non, je ne voulais ni assiette ni couverts, juste un peu de raki.

— Mon cher Kemal, tu connais Erçetin Pacha ?

— Ah, oui, répondis-je alors que je n'arrivais pas à le remettre.

— Je suis le mari de la fille de la tante du père de Sibel, jeune homme ! dit modestement le pacha. Félicitations.

— Excusez-moi, pacha, vous êtes habillé en civil, je ne vous avais pas reconnu. Sibel parle de vous avec beaucoup de respect.

En réalité, quand Sibel s'était rendue des années plus tôt dans la résidence d'été d'une cousine éloignée à Heybeliada, elle m'avait raconté qu'elle avait été séduite par un bel officier de marine. Quant à moi, pensant qu'il s'agissait d'un de ces importants militaires avec qui toute famille riche se devait d'entretenir de bonnes relations afin de s'assurer des appuis dans ses rapports avec l'État, ses demandes de report du service militaire et autres démarches nécessitant du piston, je n'avais pas écouté l'histoire avec attention. Maintenant, mû par un étrange instinct de flatterie, j'avais envie de lui dire quelque chose du genre : « Pacha, quand donc l'armée s'emparera-t-elle du gouvernement ? Avec tous ces communistes et cette immigration, le pays court à la catastrophe... », mais malgré les brumes de l'alcool, je sentais bien qu'ils me jugeraient ivre et irrespectueux. À un moment, comme si j'étais dans un rêve, je me levai instinctivement et aperçus Füsun de loin.

— Bien, je dois y aller ! m'excusai-je auprès de la tablée.

Comme chaque fois que j'étais trop imbibé, je me sentais le fantôme de moi-même.

Füsun avait regagné sa place à la table du fond. Elle portait une robe à bretelles. Ses épaules étaient nues et respiraient la santé.

Elle était allée chez le coiffeur. Elle était très belle. Le simple fait de la voir, ne serait-ce que de loin, m'emplissait de joie et d'émotion.

Elle faisait mine de ne pas m'avoir vu. La famille Pamuk était assise à la quatrième des sept tables qui nous séparaient. Je me glissai de ce côté et échangeai deux ou trois mots avec les frères Aydın et Gündüz Pamuk, qui avaient travaillé un temps avec mon père. Mon attention allait à la table de Füsun. J'avais tout de suite remarqué que les employés de Satsat étaient assis à celle d'à côté et que le jeune et ambitieux Kenan avait comme tout le monde les yeux rivés sur Füsun et déjà lié conversation avec elle.

Comme nombre de riches familles ayant perdu une bonne part de leur fortune dans de mauvais investissements, les Pamuk s'étaient repliés sur eux-mêmes et se sentaient mal à l'aise face aux nouveaux riches. Hormis son impatience, sa nervosité et le sourire ironique qu'il s'efforçait d'afficher, je ne perçus rien de notable chez le jeune Orhan, âgé de vingt-trois ans, qui fumait cigarette sur cigarette, assis avec sa jolie mère, son père, son frère aîné, son oncle et ses cousins.

Je quittai l'ennuyeuse tablée des Pamuk et me dirigeai tout droit vers Füsun. Comment décrire le bonheur qui se peignit sur son visage lorsque, ne pouvant feindre de ne pas m'avoir vu, elle remarqua que j'approchais hardiment, avec amour? Le rouge lui monta d'un seul coup aux joues, apportant un merveilleux éclat à son teint mat et rosé. Je lus dans le regard de sa mère que Füsun lui avait tout raconté. Je serrai la main rêche de Tante Nesibe puis celle de son père — qui lui n'avait l'air au courant de rien —, aussi longue, fine et déliée que celle de sa fille. Quand vint le tour de ma beauté, je lui pris la main et me penchai vers elle pour l'embrasser sur les deux joues, me remémorant avec délice les sensations de bonheur et de plaisir nichées dans son cou et les zones érogènes sous les oreilles. Le « Pourquoi es-tu venue? » qui ne cessait de me tourner dans la tête s'était aussitôt transformé en « C'est bien que tu sois venue! ». Ses yeux étaient légèrement maquillés et ses lèvres fardées de rose. Tout comme le parfum qu'elle avait mis, cela la rendait différente et plus féminine. À voir ses yeux rougis et gonflés, je déduisais qu'elle avait pleuré en rentrant chez elle après

156

m'avoir quitté en fin d'après-midi quand s'afficha sur son visage une expression de grande dame, sûre d'elle et déterminée.

— Kemal Bey, je connais bien Sibel Hanım et je vous félicite vivement pour votre choix, dit-elle avec aplomb.

— Ah, je vous remercie.

— Kemal Bey, dit en même temps sa mère. Malgré tout ce que vous avez à faire, vous avez quand même trouvé le temps de faire travailler les mathématiques à ma fille, soyez béni !

— Son examen a bien lieu demain, n'est-ce pas ? répondis-je. Il vaudrait mieux qu'elle rentre tôt ce soir.

— Je comprends que vous vous inquiétiez, dit sa mère. Mais vos leçons l'ont beaucoup fatiguée. Autorisez-la à s'amuser un peu ce soir.

Je souris à Füsun avec la tendresse attentionnée d'un professeur. Avec le bruit de la foule et la musique, il semblait que personne ne nous entendait. Dans les regards que Füsun lançait à sa mère, je vis la colère qui perçait parfois quand nous étions ensemble dans l'immeuble Merhamet ; je jetai un dernier coup d'œil sur son beau et profond décolleté, sur ses magnifiques épaules et ses bras de petite fille. En m'éloignant, je sentais le bonheur monter en moi comme une énorme vague qui allait s'abattre sur tout mon avenir.

L'orchestre jouait *Une soirée sur le Bosphore*, une reprise de *It's Now or Never*. Si je n'avais pas cru que le pur bonheur dans ce monde était seulement d'enlacer quelqu'un et de le faire sien « maintenant », j'aurais aimé dire de cet instant que c'était « le moment le plus heureux de ma vie ». Car je comprenais aux paroles de sa mère et aux regards furieux et blessés de Füsun qu'elle ne romprait pas et que même sa mère y consentait, à certaines conditions. Si je me comportais avec beaucoup de prudence et de précaution et parvenais à lui faire sentir combien je l'aimais, Füsun serait incapable de couper les liens avec moi, aussi longtemps que je vivrais ! Ce qui signifiait que Dieu m'accordait, alors que je n'avais que trente ans, sans souffrance et presque sans contrepartie, de vivre un bonheur réservé à quelques rares élus — bonheur auquel avaient à peine goûté mon père et mes oncles alors qu'ils avaient déjà la cinquantaine et après avoir subi maints tourments —, c'est-à-dire la chance de pouvoir vivre une profonde histoire d'amour en secret avec une belle fille sauvage pendant que je partagerais tous les plaisirs d'une vie de famille heureuse avec une jolie femme éduquée, cultivée, raisonnable. Bien que je ne sois pas du tout religieux, la foule joyeuse qui s'était alors rassemblée dans le jardin du Hilton, les lumières du Bosphore qui apparaissaient entre les lampions et les feuillages des platanes et le ciel bleu marine se gravèrent dans ma mémoire comme une carte postale de bonheur envoyée par Dieu.

— Où étais-tu ? me demanda Sibel.

Elle était partie à ma recherche.

— Je m'inquiétais. Berrin m'a dit que tu as un peu forcé sur l'alcool. Tu vas bien, chéri ?

— C'est vrai, j'ai un peu abusé, mais ça va mieux maintenant. Mon seul problème, c'est un excès de bonheur.

— Moi aussi, je suis très heureuse, mais nous avons un souci.

— Quoi ?

— Ça ne marche pas entre Nurcihan et Mehmet.

— Si ça ne marche pas, tant pis. Nous, nous sommes très heureux.

— Non, ce n'est pas ça. Ils le veulent tous les deux. S'ils s'ouvraient un peu l'un à l'autre, je suis certaine qu'ils se marieraient tout de suite. Mais ils sont coincés... Et j'ai peur que l'occasion ne leur passe sous le nez.

Je regardai Mehmet de loin. Il n'arrivait absolument pas à intéresser Nurcihan et, comme il s'en rendait compte, il se renfrognait et devenait encore plus maladroit.

J'indiquai à Sibel une petite table de service chargée de piles d'assiettes.

— Asseyons-nous un peu ici, proposai-je. Peut-être avons-nous trop tardé pour Mehmet... Peut-être qu'il n'a plus la possibilité à présent de se marier avec une fille bien et jolie.

— Pourquoi ?

J'expliquai à Sibel qui ouvrait de grands yeux emplis de curiosité et de crainte que Mehmet ne trouverait pas son bonheur ailleurs que dans des chambres parfumées et éclairées de lampes rouges. Je commandai un raki au serveur qui se présenta aussitôt.

158

— Tu as l'air de très bien connaître ces maisons ! dit Sibel. Tu y allais avec lui avant de me fréquenter ?

— Je t'aime tant, répondis-je, en posant ma main sur la sienne et sans me soucier du garçon qui garda un instant les yeux rivés sur nos alliances. Mais Mehmet doit se demander s'il pourra jamais tomber amoureux d'une fille bien. C'est pour cela qu'il est bougon.

— Ah, quel dommage ! dit Sibel. C'est à cause des filles qui l'ont repoussé…

— Le problème, c'est qu'il leur fait peur… Les filles ont raison d'être prudentes… Si l'homme avec qui elles couchent ne les épousait pas ? Qu'est-ce qu'elles deviendraient ?

— Elles le savent, dit Sibel.

— Elles savent quoi ?

— Si on peut faire confiance à un homme ou pas.

— Ce n'est pas si simple. Nombre de filles sont rongées par cette question. Ou alors elles couchent, mais sans plaisir, tant elles ont peur… Y en a-t-il qui soient assez téméraires pour s'en ficher, je ne sais pas. Si Mehmet n'avait pas écouté en bavant d'envie les histoires de liberté sexuelle en Europe, coucher avec une fille avant le mariage au nom de la modernité et de la civilisation ne l'aurait pas travaillé à ce point. Il aurait pu faire un très heureux mariage avec une fille bien amoureuse de lui. Maintenant, regarde-le se tortiller à côté de Nurcihan…

— Il sait que Nurcihan a couché avec des hommes en Europe… Cela à la fois l'attire et lui fait peur… dit Sibel. Il faut l'aider.

Les Feuilles d'Argent jouaient une de leurs compositions, *Bonheur*. La sentimentalité de la musique m'émut. Je sentais avec douleur et bonheur dans mes veines l'amour que j'avais pour Füsun, et je racontais d'un air bonhomme à Sibel que dans cent ans la Turquie se serait probablement modernisée, et tout le monde pourrait être heureux et faire l'amour comme promis dans le paradis sans se soucier de la virginité et du qu'en-dira-t-on. Mais en attendant ce jour, on continuerait à subir les souffrances de l'amour et de la sexualité.

— Non, non, dit ma jolie fiancée au cœur si bon en me prenant la main. Ils seront bientôt aussi heureux que nous le sommes aujourd'hui. Parce qu'il faut absolument que nous mariions Mehmet et Nurcihan.

— D'accord, mais comment ?

— À peine fiancés et déjà isolés dans leur coin ?

C'était un gros homme que je ne connaissais pas.

— Puis-je m'asseoir, Kemal Bey ?

Sans attendre notre réponse, il s'empara d'une chaise et la posa à côté de nous. Il avait la quarantaine, un œillet blanc à la boutonnière, et s'était aspergé d'un capiteux parfum féminin, sucré, à vous donner la nausée.

— Si la belle-fille et le gendre se retirent et murmurent dans un coin, la fête perd toute sa saveur.

— Nous ne sommes pas encore mariés, répondis-je. On vient juste de se fiancer.

— Mais tout le monde dit que ces fiançailles sont plus splendides que les plus belles noces, Kemal Bey. À quel autre endroit que le Hilton pensez-vous pour le mariage ?

— Excusez-moi, à qui ai-je l'honneur ?

— C'est à moi de m'excuser, Kemal Bey, vous avez raison. Nous autres écrivains croyons que tout le monde nous connaît. Je m'appelle Süreyya Sabir. Vous devez avoir vu mon nom de plume dans le journal *Akşam* : Beyaz Karanfil [1].

— Ah, tout Istanbul lit vos potins sur la société, dit Sibel. Je croyais que vous étiez une femme, vous vous y connaissez si bien en mode et en vêtements.

— Qui vous a invité ? demandai-je étourdiment.

— Je vous remercie, Sibel Hanım. Mais en Europe, on sait que les hommes à l'âme raffinée comprennent très bien la mode. Kemal Bey, la loi de la presse turque, à condition de montrer la carte de presse que voici, autorise les journalistes à participer aux réunions ouvertes au public. Et chaque réunion annoncée par voie d'invitation est « ouverte au public », selon la législation. Cependant, je ne suis jamais allé à une soirée où je n'étais pas invité. Et je suis ici ce soir sur l'invitation de Madame votre mère. En personne moderne, elle donne de l'importance à ce que vous appelez les potins de la société, autrement dit les informations sociales, et elle

1. Œillet blanc. *(N.d.T.)*

m'invite souvent à ses réceptions. Il y a une telle confiance entre nous que lorsque je ne peux pas me rendre à certaines réceptions, votre mère me fait le compte rendu au téléphone et je le rapporte tel quel. Parce que — comme vous, ma chère enfant — elle fait attention à tout, et elle ne me donne jamais d'informations erronées. Dans ma rubrique, il n'y a jamais eu une seule erreur, Kemal Bey.

— Vous avez mal compris Kemal, murmura Sibel.

— À l'instant même, certaines personnes mal intentionnées disaient que tout ce qu'on trouve de whisky et de champagne de contrebande était ici… Notre pays a un problème de devises, nous n'avons pas de devises pour faire fonctionner les usines et acheter du mazout ! Certains, par jalousie et animosité contre la fortune, pourraient vouloir écrire dans les journaux : « D'où provient l'alcool de contrebande ? » et entacher cette belle soirée, Kemal Bey. Si vous vous comportez aussi mal avec eux que vous l'avez fait avec moi, ils écriront bien pis encore, croyez-moi… Non, je ne veux pas vous faire de la peine. Je vais tout de suite oublier ces paroles désobligeantes. Parce que la presse turque est libre. Mais je vous demanderai de répondre sincèrement à ma question.

— Naturellement, Süreyya Bey, je vous en prie.

— Tout à l'heure, vous deux, les jeunes fiancés, étiez tellement concentrés sur un sujet… Je me demande de quoi il s'agissait. De quoi parliez-vous ?

— Nous nous demandions si les invités étaient contents du repas, répondis-je.

— Sibel Hanım, j'ai une bonne nouvelle pour vous, dit Beyaz Karanfil d'un ton joyeux. Votre futur époux n'est pas doué pour le mensonge !

— Kemal a très bon cœur, dit Sibel. Le sujet dont nous parlions était le suivant : qui sait combien de gens dans cette foule sont troublés par des histoires d'amour et de mariage et même de sexe.

— Ah, oui ! s'écria l'échotier.

Le mot « sexe » commençait tout juste à se répandre comme vocable phare, et il ne sut pendant un moment s'il devait prendre la pose de celui qui vient d'entendre un aveu scandaleux ou bien montrer qu'il comprenait la profondeur de la souffrance humaine. Il se tut.

— Vous faites partie de cette nouvelle et heureuse génération moderne qui échappe à ces souffrances, dit-il ensuite.

Il l'avait dit non pas avec ironie mais avec la décontraction de quelqu'un sachant d'expérience que dans les situations difficiles la meilleure solution était de caresser son interlocuteur dans le sens du poil. Feignant la sympathie, il commença à raconter combien la fille d'Unetelle était éperdument amoureuse du fils d'Untel, quelle fille faisait baver d'envie tous les hommes tandis que sa famille la rejetait parce qu'elle était « trop libre », quelle mère espérait faire épouser sa fille par le fils coureur de quelle famille riche, comment le fils de telle famille était amoureux d'une autre alors qu'il était engagé. Beyaz Karanfil nous divertissait et, voyant cela, il racontait avec enjouement. Il était en train d'expliquer que tous ces « désastres » apparaîtraient au grand jour dès que le bal serait ouvert quand ma mère arriva et nous tança ; elle nous dit qu'il était honteux de rester à l'écart alors que tous les invités nous regardaient, et elle nous renvoya à notre table.

À peine m'étais-je assis à côté de Berrin que l'image de Füsun se mit à briller de toute sa puissance en moi comme un instrument électrique dont on aurait branché la prise. Mais, cette fois, les rayons du rêve diffusaient non pas de l'angoisse mais du bonheur et éclairaient non seulement cette soirée mais tout mon avenir. Un bref instant, je fus conscient que j'étais comme ces hommes dont la véritable source de bonheur est leur maîtresse cachée, et non pas leur femme et leurs enfants : je me comportais comme si j'étais heureux grâce à Sibel.

Après avoir un peu parlé avec l'auteur de ragots, ma mère vint se joindre à notre table.

— Mon Dieu, méfiez-vous de ces journalistes, dit-elle. Ils écrivent n'importe quoi et font des dégâts. Après, ils appelleront ton père pour lui vendre de l'espace publicitaire. Levez-vous maintenant, et ouvrez le bal. Tout le monde vous attend.

Elle se tourna vers Sibel :

— L'orchestre est prêt pour la danse. Ah, mais comme tu es charmante, comme tu es belle, toi !

Sibel et moi nous mîmes à danser au son du tango joué par Les Feuilles d'Argent. Le fait que tous les invités nous regardent en silence donnait une profondeur factice à notre bonheur. Sibel posa son bras sur mon épaule comme pour m'enlacer, sa tête sur ma poitrine comme si nous étions seuls dans le coin sombre d'une discothèque ; de temps en temps, elle murmurait quelque chose en souriant, et j'attendais d'avoir fait un tour pour regarder par-dessus son épaule ce qui avait attiré son attention — par exemple, le regard d'un serveur qui, les mains chargées d'un lourd plateau, contemplait notre bonheur en souriant, sa mère qui pleurait de joie, une femme dont la coiffure ressemblait à un nid d'oiseau, Nurcihan et Mehmet qui se tournaient ostensiblement le dos en notre absence, un vieux monsieur de quatre-vingt-dix ans qui s'était enrichi pendant la Première Guerre mondiale et qui mangeait à l'aide du valet en cravate qu'il avait amené avec lui —, mais je ne regardais absolument pas vers le fond de la salle, là où était assise Füsun. Et tandis que Sibel ne cessait de commenter joyeusement ce qu'elle voyait, mieux valait que Füsun ne nous voie pas.

Sur ces entrefaites, on entendit retentir une salve d'applaudissements, qui ne dura pas très longtemps, et comme si de rien n'était, nous continuâmes à danser. Quand d'autres couples commencèrent à danser, nous regagnâmes notre table.

— Vous étiez très bien, vous allez très bien ensemble, tous les deux, dit Berrin.

À ce moment-là, Füsun n'était pas parmi les danseurs. Sibel était tellement embêtée qu'il n'y ait aucune évolution entre Nurcihan et Mehmet qu'elle me demanda de parler à mon ami.

— Dis-lui qu'il s'occupe un peu de Nurcihan, dit-elle, mais je n'en fis rien.

Berrin se mêla à la conversation en susurrant : on ne pouvait pas forcer les choses, elle avait beaucoup observé la situation, et non seulement Mehmet mais tous les deux paraissaient très fiers et très susceptibles, et s'ils ne se plaisaient pas, il ne fallait pas insister.

— Non, il y a une magie dans les mariages, dit Sibel. Nombre de gens rencontrent la personne qu'ils épouseront dans les mariages. Pas seulement les filles, les garçons aussi se mettent dans l'ambiance. Mais il faut donner un coup de pouce…

— De quoi parlez-vous ? dit mon frère, qui entra aussi dans le débat.

Il raconta d'un ton professoral que la coutume du mariage arrangé était révolue mais qu'à la différence de l'Europe les occasions de se rencontrer n'étaient pas suffisantes en Turquie, et que les entremetteurs bien intentionnés avaient encore plus de travail. Puis, semblant oublier que le sujet avait été abordé à cause d'eux, il se tourna vers Nurcihan :

— Vous, par exemple, vous ne voudriez pas d'un mariage arrangé, n'est-ce pas ?

— Si l'homme est bien, peu importe la façon dont on l'a rencontré, Osman Bey, répondit Nurcihan en pouffant.

Nous éclatâmes tous de rire, comme si nous avions entendu quelque chose de si osé que ça ne pouvait être qu'une plaisanterie. Mais Mehmet devint tout rouge et détourna les yeux.

— Tu vois, me dit Sibel à l'oreille. Elle lui fait peur. Il croit qu'elle se moque de lui.

Je ne regardais pas du tout les gens qui dansaient. Mais des années plus tard, au moment de la fondation de notre musée, Orhan Pamuk Bey me dit qu'à ce moment-là Füsun avait dansé avec deux personnes. Il ne connaissait pas son premier partenaire, il ne se rappelait pas qui c'était ; mais je compris que c'était Kenan de Satsat. Quant au second, il s'agissait d'Orhan Bey lui-même, dont j'avais croisé le regard à la table des Pamuk un peu plus tôt. L'auteur de notre livre me parla de cette danse vingt-cinq ans plus tard avec des yeux brillants. Pour ceux qui voudraient entendre de sa propre bouche ce qu'il avait éprouvé en dansant avec Füsun, merci de se reporter au dernier chapitre, intitulé « Bonheur ».

Tandis qu'Orhan Bey dansait cette danse qu'il me décrirait avec sincérité des années plus tard, Mehmet, qui ne supportait plus nos sous-entendus sur l'amour, le mariage, les entremetteurs et la vie moderne ni les gloussements de Nurcihan, se leva et nous quitta. Tout le monde en perdit sa joie.

— C'est honteux, ce que nous avons fait, dit Sibel, nous l'avons vexé.

— Ne dis pas cela en me regardant, dit Nurcihan. Je n'ai rien fait de plus que vous. Vous avez tous bu et vous n'arrêtez pas de rire. Mehmet ne sait pas s'amuser.

— Si Kemal le ramène à la table, est-ce que tu seras gentille

164

avec lui, Nurcihan? demanda Sibel. Je sais que tu peux le rendre très heureux, et que Mehmet aussi te rendra heureuse. Mais tu dois bien le traiter.

Nurcihan apprécia que Sibel dise ouvertement qu'elle voulait qu'il se passe quelque chose entre eux.

— N'empêche, il aurait pu me dire une ou deux choses agréables...

— Il essaie, mais il a du mal avec une fille qui a autant de caractère que toi, dit Sibel, qui susurra la suite en riant à l'oreille de Nurcihan.

— Savez-vous pourquoi les filles et les garçons de chez nous n'apprennent pas à flirter? dit mon frère, en affichant la mine affable qu'il prenait quand il buvait. Parce qu'il n'y a pas d'endroit où l'on puisse flirter. Le mot « flirt » lui-même n'existe pas en turc.

— Pour toi, flirter, c'était m'emmener au cinéma le samedi après-midi, dit Berrin... avec une radio portative, afin d'écouter le match de foot pendant l'entracte.

— Si je prenais cette radio, ce n'était pas pour écouter le match mais pour t'impressionner, répondit mon frère. J'étais fier d'être le premier à Istanbul à posséder une radio à transistor.

Nurcihan avoua que sa mère aussi était fière d'être la première à utiliser un mixer en Turquie. Elle raconta que, avant qu'on ne vende du jus de tomate en conserve chez les épiciers, à la fin des années 1950, sa mère offrait des jus de tomate, de céleri, de betterave et de navet à ses amies qui venaient jouer au bridge, elle invitait ces dames qui buvaient des jus de légumes dans des verres en cristal à venir dans la cuisine pour leur montrer le premier mixer arrivé en Turquie, c'était devenu une habitude. C'est ainsi que, au son d'une agréable musique datant de cette époque, on se rappela les rasoirs, les couteaux à viande et les ouvre-boîtes électriques des bourgeois stambouliotes ainsi que leur enthousiasme à utiliser maints autres objets bizarres et effrayants pour la première fois en Turquie et comment ils se retrouvaient les mains en sang. Nous évoquâmes tous ces magnétophones rapportés d'Europe qui tombaient en panne après la première utilisation, les sèche-cheveux qui faisaient sauter les plombs, les moulins à café électriques qui terrorisaient les domestiques, les batteurs à mayonnaise dont on ne trouvait pas de pièces de rechange en Turquie, qu'on oubliait des années durant dans les recoins poussiéreux de la maison parce qu'on n'arrivait pas à s'en défaire. À un moment, au milieu des rires, « Vous le méritez bien Zaim » s'installa à côté de Nurcihan, sur la chaise laissée vacante par Mehmet, il se mit joyeusement au diapason et, deux ou trois minutes plus tard, il murmurait quelque chose à l'oreille de Nurcihan, la faisant rire aux éclats.

— Qu'est devenu ton mannequin allemand ? lui demanda Sibel. Elle aussi, tu l'as plaquée ?

— Inge n'est pas ma petite amie, elle est rentrée en Allemagne, répondit Zaim sans perdre son enjouement. C'était seulement une collègue de travail, si je l'emmenais avec moi, c'était pour lui montrer la vie nocturne d'Istanbul.

— Vous étiez donc juste copains ! s'écria Sibel, employant l'un des clichés souvent répétés dans la presse magazine qui fleurissait à cette époque.

— J'ai vu cette fille aujourd'hui au cinéma, dit Berrin, dans les réclames, elle boit du soda en souriant joliment.

Elle se tourna vers son mari :

— Comme il y avait une coupure de courant chez le coiffeur, j'y suis allée à midi, au Site, et j'ai vu Sophia Loren et Jean Gabin.

Elle s'adressa à Zaim :

— Je vois les publicités dans tous les buffets et snacks, tout le monde boit du soda à présent, pas seulement les enfants. Félicitations…

— Nous tombons au bon moment, répondit Zaim. Nous avons de la chance.

Voyant que Nurcihan nous regardait d'un air interrogateur et sentant que Zaim attendait de moi que je donne des explications, j'informai brièvement Nurcihan que mon ami était le propriétaire de la société Şektaş qui produisait le soda Meltem et qu'il nous avait présenté Inge, le mannequin allemand qui apparaissait dans la publicité qu'on voyait partout.

— Avez-vous eu l'occasion d'essayer notre soda aux fruits ? lui demanda Zaim.

— Naturellement. J'ai surtout aimé celui à la fraise, répondit

166

Nurcihan. Cela fait des années que même les Français n'ont pas réussi à produire quelque chose d'aussi bon.

— Vous vivez en France ? demanda Zaim.

Ensuite, il nous invita tous à visiter l'usine pendant le week-end, à faire un tour sur le Bosphore et un pique-nique dans la forêt de Belgrade. Toute la tablée les regardait, lui et Nurcihan. Quelque temps après, ils allèrent danser.

— Va vite chercher Mehmet, qu'il sauve Nurcihan des mains de Zaim, dit Sibel.

— Nurcihan a-t-elle envie qu'on vienne la sauver ?

— Je ne veux pas donner mon amie en pâture à ce Casanova qui ne pense à rien d'autre qu'à mettre les filles dans son lit.

— Zaim a très bon cœur, il est très honnête, il a juste un faible pour les femmes. Nurcihan ne pourrait-elle vivre ici une aventure comme elle le fait en France ? Le mariage est-il obligatoire ?

— Les Français ne méprisent pas une femme parce qu'elle a couché avant le mariage, dit Sibel. Ici, elle est tout de suite catalo- guée. Par ailleurs, je ne veux pas que Mehmet ait le cœur brisé.

— Moi non plus. Mais je ne veux pas non plus que ces soucis fassent de l'ombre à nos fiançailles.

— Tu ne prends aucun plaisir à faire l'entremetteur, dit Sibel. Pense que s'ils se marient, Nurcihan et Mehmet seront nos meil- leurs amis durant des années.

— Je ne crois pas que Mehmet puisse enlever Nurcihan aux mains de Zaim ce soir. Il a peur d'entrer en concurrence avec les autres hommes dans les réceptions et les soirées.

— Parle-lui, dis-lui de ne pas avoir peur. De mon côté, je te promets que je préparerai Nurcihan. Mais va immédiatement le chercher.

Voyant que je me levais, elle sourit tendrement.

— Tu es très beau, dit-elle. Ne te laisse pas entraîner auprès des autres, reviens vite et invite-moi à danser.

Je me dis qu'entre-temps je verrais Füsun. Tandis que je cher- chais Mehmet de table en table au milieu des cris et des rires de la foule à moitié ivre, je serrai beaucoup de mains. Uniformément teintes en châtain clair, les trois amies de ma mère qui depuis mon enfance venaient chez nous chaque mercredi après-midi pour jouer

167

au bésigue agitèrent la main en même temps de la table où elles étaient assises avec leur mari et, comme si elles s'adressaient à un enfant, elles s'écrièrent en chœur : « Ke-maal ! » Ensuite, je vis l'ami importateur de mon père qui, dix ans plus tard, offrirait des paquets de dollars dans une énorme boîte de baklava dont le couvercle arborait une vue d'Antep au ministre des Douanes qui lui réclamait un pot-de-vin démesuré — leur conversation serait dévoilée à l'opinion publique par un enregistrement pris sur un magnétophone fixé sous son bras avec du ruban adhésif de marque Gazo —, et qui serait connu comme « le commerçant qui a fait tomber un ministre ». Il est maintenant gravé dans ma mémoire, avec son smoking blanc, ses boutons de manchette en or, ses ongles manucurés et son parfum qui imprégna ma main longtemps après qu'il l'eut serrée. De nombreux visages, comme les visages des photographies que ma mère collait dans les albums, me paraissaient très proches et très familiers, et en même temps, j'étais incapable de me rappeler qui était le mari ou la sœur de qui et cela me mettait étrangement mal à l'aise.

— Mon cher Kemal, dit à ce moment-là une femme d'âge mûr et très élégante. Te souviens-tu que tu m'as fait une proposition de mariage quand tu avais six ans ?

Ce n'est qu'en apercevant sa superbe fille de dix-huit ans que je me souvins d'elle.

— Ah, Tante Meral, votre fille est votre portrait craché ! dis-je à la cadette de la grand-tante de ma mère.

Lorsqu'elle me dit qu'elles devaient partir tôt et s'excusa parce que sa jolie fille avait des examens d'entrée à l'université le lendemain, je pensai qu'entre moi et cette jolie femme et entre moi et sa jolie fille, il y avait exactement douze ans de différence et je regardai vers l'endroit qui se libéra un moment derrière elle mais je ne vis Füsun ni sur la piste de danse ni aux tables du fond ; c'était noir de monde. Des années plus tard, je récupérai auprès d'un collectionneur qui avait mis la main sur les photos des noces et réceptions du Hilton qui s'entassaient dans sa maison dépotoir un cliché qui montrait non pas mon visage mais seulement ma main et l'ami de jeunesse de mon père, l'assureur Güven le Naufrageur. En apprenant que le banquier qui apparaissait en arrière-plan sur la photo qui serait prise trois secondes plus tard et à qui je serrerais la main était une connaissance du père de Sibel, je me rappellerais avec étonnement que chaque fois que j'étais allé dans le magasin Harrods de Londres (deux fois) j'avais vu ce banquier en train de choisir des costumes sombres, l'air pensif.

Tandis que j'avançais, m'arrêtais et me faisais prendre en photo avec les invités, je m'étonnais de voir autant de femmes brunes teintes en blond, d'hommes riches et ambitieux, qui portaient tous les mêmes cravates, montres, bagues, chaussures à talons, avec les mêmes favoris et les mêmes moustaches ; je me rendais compte par ailleurs que j'avais un lien avec chacune de ces personnes et beaucoup de souvenirs en commun ; je pressentais avec bonheur la vie merveilleuse qui m'attendait et l'incomparable beauté de cette nuit d'été embaumant le mimosa me ravissait. J'embrassai sur les joues la première Miss Europe qui était sortie de Turquie, une femme qui, après deux mariages ratés et à quarante ans, se consacrait à lever des fonds en organisant des bals de bienfaisance pour les pauvres, les infirmes, les orphelins (« Quel idéalisme ! Elle touche un pourcentage », disait ma mère) et c'est pourquoi elle passait tous les deux mois au bureau de mon père. Je parlai de la beauté de la soirée avec une vieille dame qui participait à toutes les réunions familiales la larme à l'œil depuis que son mari avait été assassiné suite à une querelle familiale. Je serrai avec un sincère respect la douce main de Celâl Salik, le chroniqueur le plus étrange, le plus audacieux et le plus apprécié de Turquie à l'époque (j'expose ici une de ses chroniques). Je m'assis à la table où se trouvaient les fils, la fille et les petits-enfants de feu Cevdet Bey, le premier homme d'affaires musulman d'Istanbul, et me fis photographier avec eux. À une autre table où étaient assis des invités de Sibel, je me mis à discuter de la fin de la série *Le Fugitif* qui était regardée par toute la Turquie et qui devait se terminer le mercredi (le Dr Richard Kimble, recherché pour un crime qu'il n'avait pas commis, était sans cesse en fuite parce qu'il n'avait pas pu donner la preuve de son innocence, et il passait son temps à fuir, à fuir et à fuir !).

Finalement, je trouvai Mehmet en train de siroter un raki au bar, perché sur un tabouret en compagnie de Tayfun, un camarade de classe du Robert College.

— Oh, tous les gendres sont là... dit Tayfun quand je les rejoignis.

Nous sourîmes tous trois, non seulement parce que nous étions contents de nous voir mais aussi à cause des heureux souvenirs que nous évoquait le terme « les gendres ». Quand nous étions en dernière année de lycée, pendant la pause de midi, avec la Mercedes que le riche père de Tayfun lui avait donnée pour qu'il se rende à l'école, nous partions dans une maison de rendez-vous de luxe installée dans un ancien *konak* de pacha sur les hauteurs d'Emirgân, où nous couchions chaque fois avec les mêmes jolies et adorables filles. Ces filles, que nous avions plusieurs fois emmenées en voiture pour une balade et à qui nous étions liés par une profonde affection difficile à cacher, nous demandaient beaucoup moins d'argent qu'aux vieux usuriers et aux commerçants ivres avec qui elles couchaient le soir. La propriétaire de la maison, une ancienne prostituée de luxe, nous traitait toujours très poliment, comme si nous nous croisions dans un bal du Grand Club de Büyükada. Mais chaque fois qu'elle nous voyait dans nos uniformes et nos cravates de lycéens échappés à la pause, elle éclatait de rire et criait à ses filles en minijupe qui attendaient les clients sur des sofas en lisant des romans-photos et en fumant des cigarettes : « Les filles, les gendres écoliers sont arrivés ! » Comme je sentais que cela mettrait Mehmet en joie, j'amenai la conversation sur ces souvenirs. Je lui rappelai le jour où nous nous étions endormis après avoir fait l'amour dans la chambre réchauffée par le soleil printanier qui s'infiltrait à travers les jalousies, nous avions raté le premier cours de l'après-midi et étions arrivés en retard au deuxième, nous avions dit à notre vieille enseignante de géographie qui nous demandait quelle était notre excuse que nous avions travaillé la biologie et par la suite l'expression « travailler la biologie » nous avait servi de code pour dire « aller au bordel ». Nous nous souvînmes que les filles de l'ancien *konak* où il était écrit sur la façade « Hôtel restaurant du Croissant » portaient des surnoms sonnant comme des termes de botanique, Fleur, Feuille et Laurier. Nous nous plongeâmes dans un charmant et futile bavardage. Une fois, nous nous étions rendus au *konak* dans la soirée ; juste au moment où nous venions de nous retirer avec les filles dans les chambres, un célèbre homme

170

d'affaires était arrivé avec des collègues allemands et les filles avaient dû redescendre pour leur faire la danse du ventre. En guise de consolation, on nous avait autorisés à nous asseoir à une table isolée du restaurant et à regarder en silence les filles danser. Nous racontâmes avec nostalgie avec quel grand bonheur nous les avions regardées danser dans leurs costumes à paillettes en sentant que nos filles dansaient plus pour nous envoûter nous que les vieux riches, nous savions que nous étions amoureux d'elles et n'oublierions jamais ces instants.

Lorsque je revenais des États-Unis pour les vacances d'été, Mehmet et Tayfun me racontaient les derniers bouleversements, car les règles changeaient avec chaque nouveau chef de la sûreté d'Istanbul. Par exemple, sur l'avenue Sıraselviler, il y avait un vieil immeuble grec de sept étages où la police faisait chaque jour une descente et mettait les scellés sur les portes… d'un seul étage ; alors les filles recevaient leurs admirateurs à un autre étage, décoré des mêmes meubles et des mêmes miroirs. Dans une ruelle de Nişantaşı, il y avait une grande demeure où les gardes chassaient les hôtes qu'ils jugeaient ne pas être assez riches ainsi que les curieux. Luxe Şermin, que j'avais peu avant vue entrer dans l'hôtel, conduisait une longue Plymouth modèle 62, elle faisait un tour dans les environs du Park Hotel, de la place Taksim et de l'hôtel Divan, elle se garait quelques instants et attendait qu'arrivent des clients pour les deux ou trois filles très soignées qui se trouvaient dans la voiture ; si l'on avait commandé par téléphone, elle faisait même la « livraison à domicile ». À travers les paroles pleines de nostalgie de mes amis, on comprenait qu'ils vivaient de bien plus grands bonheurs avec ces filles et dans ces endroits que ne pouvaient leur en donner les filles bien qui tremblaient d'angoisse à cause de la virginité et de l'honneur.

Je ne pus voir Füsun à sa table, mais ils n'étaient pas encore partis, sa mère et son père étaient toujours là. Je bus un autre raki et demandai à Mehmet quelles étaient les dernières maisons et les dernières nouveautés. Tayfun m'assura qu'il savait tout sur les nouvelles maisons closes, puis, comme pour le prouver, il égrena une liste malicieuse composée de célèbres députés arrêtés par la police des mœurs, d'hommes mariés de sa connaissance qui regardaient soudain par la fenêtre pour ne pas croiser son regard dans la salle d'attente et d'un homme politique candidat au poste de Premier ministre et âgé de soixante-dix ans dont on annonça qu'il était mort dans les bras de sa femme alors qu'il était mort d'une crise cardiaque entre les cuisses d'une jeune Tcherkesse de vingt ans, dans une maison de luxe qui donnait sur le Bosphore. Une petite musique douce pleine de souvenirs résonnait ; je vis que Mehmet n'appréciait pas l'ironie impitoyable de Tayfun. Je lui rappelai que Nurcihan était revenue en Turquie pour se marier et ajoutai que, par ailleurs, elle avait dit à Sibel qu'il lui plaisait.

— Elle danse avec le marchand de soda Zaim, dit Mehmet.

— Pour te rendre jaloux, répondis-je sans regarder dans leur direction.

Après avoir fait quelques manières, Mehmet admit qu'en réalité il trouvait Nurcihan très bien, et que si elle était vraiment sérieuse il s'assiérait volontiers près d'elle et lui dirait des mots doux, et que si cela marchait, il m'en serait reconnaissant jusqu'à la fin de sa vie.

— Alors pourquoi ne t'es-tu pas bien comporté avec elle dès le départ ?

— Je ne sais pas, je n'ai pas pu.

— Viens, retournons à la table avant que quelqu'un d'autre ne prenne ta place.

Tandis que nous regagnions notre table, je jetai un œil sur la piste pour voir où Nurcihan et Zaim en étaient et j'aperçus Füsun en train de danser… avec le jeune et beau nouvel employé de Satsat, Kenan… leurs corps étaient beaucoup trop proches l'un de l'autre… Je sentis une douleur se propager dans mon ventre. Je m'assis à la table.

— Que s'est-il passé ? demanda Sibel. Ça n'a pas marché ? Pour Nurcihan, c'est fichu maintenant, parce qu'elle est sous le charme de Zaim. Regarde-les un peu danser !

— Non, Mehmet est d'accord.

— Alors pourquoi tu fais la tête ?

— Je ne fais pas la tête.

— Chéri, c'est tellement évident que tu es de mauvaise humeur, dit Sibel en souriant. Tu devrais arrêter de boire.

Dès que le morceau en cours s'acheva, l'orchestre enchaîna le suivant. C'était un morceau plus lent et sentimental. Il se fit un long, un très long silence autour de la table, et je sentis le venin de la jalousie se répandre dans mon sang. Mais je ne voulais pas le reconnaître. Aux regards désapprobateurs ou envieux de ceux qui regardaient la piste, je pouvais déduire que les danseurs se serraient davantage l'un contre l'autre. Ni moi ni Mehmet ne regardions ceux qui dansaient. Mon frère aîné parlait, je ne me souviens absolument pas de ce qu'il disait, mais je me rappelle que j'essayais vraiment de lui prêter attention. Sur ces entrefaites, lorsqu'une musique encore plus romantique et sirupeuse commença, non seulement mon frère mais aussi Berrin, Sibel, tout le monde se mit à regarder du coin de l'œil ceux qui se serraient sur la piste de danse. Je n'arrivais pas à rassembler mes idées.

— Que dis-tu ? demandai-je à Sibel.

— Pardon ? Je ne disais rien. Tu vas bien ?

— Et si on demandait à l'orchestre de faire une pause ?

— Pourquoi ? Laisse donc danser les invités, répondit Sibel. Regarde, même les plus timides ont invité les filles sur lesquelles ils ont jeté leur dévolu. Crois-moi, la moitié d'entre eux se marieront avec ces filles.

Je ne regardai pas. Je ne croisai pas non plus le regard de Mehmet.

— Regarde, ils arrivent, dit Sibel.

Comme je crus un instant qu'il s'agissait de Füsun et Kenan, mon cœur s'emballa. C'étaient Nurcihan et Zaim, ils avaient arrêté de danser et regagnaient la table. Mon cœur battait encore follement. Je bondis et pris Zaim par le bras.

— Viens, je vais te faire goûter quelque chose de spécial, dis-je, et je l'entraînai vers le bar.

Dans la foule, je me retrouvai à nouveau à embrasser un tas de gens, et Zaim plaisanta avec deux filles qui lui témoignaient de l'intérêt. Aux regards désespérés de la seconde (elle avait de longs cheveux noirs bouclés, un nez busqué ottoman), je me souvins de rumeurs disant que quelques étés plus tôt elle était tombée gravement amoureuse de Zaim et qu'elle avait fait une tentative de suicide.

— Toutes les filles sont folles de toi, lui dis-je lorsque nous fûmes assis au bar. Quel est ton secret ?

— Crois-moi, je ne fais rien de particulier.

— Il ne s'est rien passé entre le mannequin allemand et toi ?

Zaim sourit d'un air réservé.

— Je n'aime pas du tout qu'on parle de moi comme d'un coureur, dit-il. Si je trouvais quelqu'un d'aussi merveilleux que Sibel, moi aussi j'aimerais me marier. Je te félicite chaleureusement. Sibel est une fille formidable. Ton bonheur se lit dans tes yeux.

— Je ne suis pas si heureux que cela en ce moment. Je voulais t'en parler. Tu m'aideras ?

— Je ferais tout pour toi, tu le sais, dit-il en me regardant droit dans les yeux. Fais-moi confiance et raconte.

Pendant que le barman préparait nos rakis, je regardais la piste de danse : avec cette musique sentimentale, Füsun avait-elle posé la tête sur l'épaule de Kenan ? Ce coin de la piste était sombre, et chaque tentative pour la repérer réveillait ma douleur.

— J'ai une cousine éloignée du côté de ma mère, dis-je. Elle s'appelle Füsun.

— Celle qui a participé au concours de beauté ? Elle danse là-bas.

— Comment le sais-tu ?

— Elle est extrêmement belle, dit Zaim. Je la vois quand je passe devant cette boutique de Nişantaşı. Chaque fois, je ralentis le pas et je jette un œil à l'intérieur, comme tout le monde. Elle a une beauté qui ne te sort pas de l'esprit. Tout le monde sait qui c'est.

Craignant que Zaim n'ajoute quelque chose de désobligeant, je lançai :

— C'est ma maîtresse.

Je vis une onde de jalousie traverser le visage de mon ami.

— Maintenant, le simple fait qu'elle danse avec quelqu'un d'autre me fait souffrir. Je suis salement amoureux d'elle. J'essaie de trouver le moyen de m'en sortir, je ne veux pas que ça dure trop longtemps.

— Oui, la fille est splendide, mais la situation est désastreuse, répondit Zaim. Tu as raison, il ne faut pas que ça dure trop longtemps.

174

Je ne demandai pas pourquoi. Et je ne cherchai pas à savoir si ce que je voyais sur le visage de Zaim était de la jalousie ou du mépris. Mais je compris que je ne pourrais pas lui dire tout de suite ce que j'attendais de lui. Je voulais d'abord lui parler de la profondeur et de la sincérité de ce que je vivais avec Füsun ; je voulais qu'il éprouve du respect. Mais j'étais saoul et peu après que j'eus commencé à lui raconter ce que je ressentais pour Füsun, je sentis que j'étais seulement parvenu à lui relater l'aspect banal de ce que je vivais, et que si je lui racontais l'aspect sentimental, Zaim pourrait me juger faible ou ridicule, et même, malgré les dizaines d'aventures qu'il avait vécues, me condamner. En fait, ce que j'attendais de mon ami, c'était qu'il reconnaisse non pas la sincérité de mes sentiments, mais ma chance et mon bonheur. Des années plus tard, je me rends compte qu'à ce moment-là je ne voyais pas aussi clairement que maintenant en quoi consistait mon attente, ainsi, tandis que nous regardions tous deux Füsun en train de danser, je lui racontai, la tête embrumée par l'alcool, que j'étais le premier avec qui Füsun avait couché, le bonheur que nous avions à faire l'amour, nos querelles d'amoureux et certaines bizarreries qui me venaient à l'esprit.

— Bref, dis-je sous le coup d'une inspiration, ce que je désire le plus en ce moment dans la vie, c'est ne jamais perdre cette fille, jusqu'à ma mort.

— Je comprends.

En effet, il comprenait, sans me reprocher mon égoïsme et sans juger mon bonheur amoureux ; j'en fus soulagé.

— Ce qui m'inquiète, c'est que l'homme avec qui elle danse en ce moment est un jeune employé de Satsat, Kenan. Rien que pour me rendre jaloux, elle met en péril le travail du garçon… Naturellement, j'ai peur qu'elle le trouve à son goût. Kenan pourrait être pour elle un mari idéal, en fait.

— Je comprends, dit Zaim.

— Je vais inviter Kenan à la table de mon père. Ce que je te demande, c'est d'aller tout de suite retrouver Füsun et de l'occuper, de la marquer comme un bon défenseur au foot, pour que je ne meure pas de jalousie ce soir et pour qu'on puisse terminer la soirée sans incident, et avant qu'il me prenne l'envie de le virer.

Comme Füsun passe l'examen d'entrée à l'université demain, elle ne devrait pas tarder à partir avec ses parents. De toute façon, cet amour impossible prendra rapidement fin.

— Je ne sais pas si ta copine s'intéressera à moi ce soir, dit Zaim. De plus, il y a un autre problème.

— Quoi ?

— Je constate que Sibel veut me tenir loin de Nurcihan, répondit Zaim. Mais apparemment, je crois que je lui plais. Moi aussi, j'aimerais que tu m'aides. Mehmet est notre ami, alors jouons à armes égales.

— Que puis-je faire ?

— Ce soir, en présence de Sibel et Mehmet, je ne peux de toute façon pas trop avancer mes pions, mais en plus, à cause de ta gonzesse, je ne pourrai pas du tout m'occuper de Nurcihan. Tu devras rattraper le coup. Promets-moi dès maintenant que tu amèneras Nurcihan quand nous irons visiter l'usine et pique-niquer dimanche prochain.

— D'accord, je te le promets.

— Pourquoi Sibel cherche-t-elle à m'éloigner de Nurcihan ?

— Tes aventures, tes mannequins allemands, tes danseuses… Sibel n'aime pas ce genre de choses. Elle veut que son amie épouse quelqu'un en qui elle ait confiance.

— S'il te plaît, explique à Sibel que je ne suis pas mauvais.

— Je n'arrête pas, répondis-je en me levant. Je te remercie pour ton sacrifice, mais en t'occupant de Füsun, fais attention à ne pas t'en enticher. Parce qu'elle est adorable.

Je vis une telle expression de compréhension sur le visage de Zaim que sans éprouver la moindre honte de ma jalousie et même si ce fut pour un bref laps de temps, je me sentis soulagé.

Au retour, je m'assis à la table de mes parents. Je dis à mon père passablement éméché par le raki que je voulais lui présenter Kenan, un jeune employé très intelligent et travailleur qui était installé à la table de Satsat. Pour que les autres employés de Satsat ne soient pas jaloux, j'écrivis une note au nom de mon père, la donnai à Mehmet Ali, le garçon que nous connaissions depuis l'inauguration de l'hôtel, et lui demandai de la transmettre à Kenan quand la danse serait terminée. Le raki de mon père se renversa sur sa cravate à cause de ma mère qui tentait d'éloigner son verre en lui disant qu'il avait assez bu. Quand l'orchestre fit une pause, on servit la glace dans des verres. Les miettes de pain, les verres tachés de rouge à lèvres, les serviettes sales, les cendriers pleins, les briquets, les assiettes sales, les paquets de cigarettes écrasés semblaient refléter la confusion de mon esprit et je sentais avec douleur que la fin de la soirée approchait. À cette époque, nous fumions volontiers entre les plats. À un moment, un garçonnet de six ou sept ans grimpa sur mes genoux, et Sibel en profita pour s'asseoir à côté de moi et elle se mit à jouer avec lui. Quand ma mère vit l'enfant et Sibel, elle dit : « Ça lui va bien. » La danse continuait. Quelques instants plus tard, le jeune et beau Kenan tiré à quatre épingles s'installa à notre table et nous dit combien il était honoré de faire la connaissance de mon père et de l'ancien ministre des Affaires étrangères, qui était en train de se lever. Lorsque le ministre se fut éloigné en oscillant, j'expliquai que Kenan Bey avait étudié les possibilités d'expansion de Satsat en province, notamment à Izmir. Je chantai longuement ses louanges, de sorte que mes parents et toute la tablée l'entendent bien. Mon père commença à lui poser les questions qu'il posait toujours à tous les nouveaux employés.

— Mon enfant, combien de langues étrangères connais-tu ? Lis-tu ? Quels sont tes hobbies ? Es-tu marié ?

— Il n'est pas marié, répondit ma mère. Tout à l'heure, il dansait avec Füsun, la fille de Nesibe.

— Vraiment, cette fille est devenue très belle, dit mon père.

— Père et fils parlent travail, j'espère qu'ils ne vous ennuient pas, Kenan Bey, dit ma mère. Vous avez sans doute envie de retourner vous amuser avec vos amis.

— Non, madame, faire votre connaissance et celle de Mümtaz Bey est un honneur qui compte plus que tout.

— C'est un jeune homme très poli et très élégant, murmura ma mère. Et si nous l'invitions un soir ?

Mais ce murmure, Kenan l'avait entendu. Quand ma mère faisait mine de nous dire discrètement qu'elle appréciait quelqu'un, elle se débrouillait pour que celui dont elle vantait les mérites l'entende, car elle voyait dans la gêne de la personne en question la preuve de son propre pouvoir. Tandis qu'elle souriait de satisfaction, Les

177

Feuilles d'Argent avaient entonné un morceau très lent et romantique. Je vis que Zaim avait invité Füsun à danser.

— Parlons donc de Satsat et de son expansion en province maintenant que mon père est ici, dis-je.

— Tu veux parler travail pendant tes fiançailles, mon fils ? demanda ma mère.

— Madame, répondit Kenan à ma mère, vous ne le savez peut-être pas, mais votre fils reste très tard au bureau trois ou quatre jours par semaine après que tout le monde a quitté les lieux.

— Je travaille avec Kenan, parfois, ajoutai-je.

— C'est vrai, et dans la bonne humeur, dit Kenan. Nous travaillons très tard et nous inventons des vers rimés sur les noms des débiteurs.

— Et que faites-vous des chèques impayés ? demanda mon père.

— Je voudrais qu'on en discute avec nos distributeurs, répondis-je.

Pendant que l'orchestre jouait des morceaux sentimentaux, nous parlâmes des innovations à faire dans Satsat, des lieux de distraction de Beyoğlu où se rendait mon père quand il avait l'âge de Kenan, des méthodes de travail d'İzak Bey, le premier comptable que mon père avait engagé, que nous saluions en levant nos verres dans sa direction, des beautés de la jeunesse et de la nuit, selon l'expression de mon père. Malgré les questions insistantes de mon père, Kenan ne dit pas s'il était amoureux ou pas. Ma mère chercha à en savoir plus sur sa famille ; en apprenant que son père était employé municipal et qu'il avait travaillé durant des années comme wattman, ma mère s'écria :

— Ah, qu'ils étaient beaux, les anciens tramways ! N'est-ce pas, les enfants ?

Plus de la moitié des invités étaient partis. Les yeux de mon père se fermaient de temps en temps.

Quand mes parents se levèrent et nous embrassèrent, ma mère me dit :

— Ne reste pas trop tard non plus, mon fils.

Mais c'est Sibel qu'elle regardait en prononçant ces mots.

Kenan voulut retourner à la table de ses amis de Satsat mais je l'en empêchai.

— Parlons avec mon frère de cette histoire d'ouvrir une boutique à Izmir, dis-je. On a rarement l'occasion de se retrouver tous les trois, profitons-en.

Lorsque je présentai Kenan à mon frère aîné, ce dernier (qui le connaissait depuis longtemps) haussa le sourcil gauche d'un air ironique et me dit que j'étais beaucoup trop éméché. Ensuite, Berrin indiqua d'un mouvement des yeux à Sibel le verre de raki que j'avais dans la main. Oui, je venais de boire deux verres coup sur coup. Car chaque fois que mes yeux se posaient sur Zaim et Füsun en train de danser, j'étais envahi par une absurde jalousie et le raki me faisait du bien. C'était complètement grotesque d'être jaloux d'eux. Mais pendant que mon frère parlait à Kenan de la difficulté à recouvrer des chèques, tout le monde autour de la table, Kenan compris, avait les yeux sur Zaim et Füsun. Même Nurcihan qui leur tournait le dos sentait que Zaim s'intéressait à quelqu'un d'autre et cela la mettait mal à l'aise. « Je suis heureux », me dis-je à un moment. Malgré mon ivresse, je sentais que tout se déroulait comme je le souhaitais. Je repérai sur le visage de Kenan une inquiétude que je connaissais bien, alors je préparai un raki de consolation dans ce long verre (exposé ici) et le posai devant mon ami ambitieux et inexpérimenté qui s'était laissé aspirer par l'intérêt de ses patrons et fait souffler la merveilleuse fille qu'il tenait un peu plus tôt dans ses bras. Au même moment, Mehmet invita finalement Nurcihan à danser, Sibel se tourna vers moi et me fit un clin d'œil joyeux.

— Ça suffit maintenant, mon chéri, arrête de boire, dit-elle avec douceur.

Touché par sa sollicitude, je l'invitai à danser. À peine nous étions-nous mêlés à la foule des danseurs que je compris que c'était une erreur. L'orchestre jouait *Un souvenir de cet été*, ce qui me rappela l'été précédent, où Sibel et moi étions si heureux, et tandis que la musique évoquait ces souvenirs avec force — comme je voudrais que le fassent les objets de mon musée — Sibel se serra amoureusement contre moi. J'aurais aimé moi aussi pouvoir enlacer avec le même élan ma fiancée, avec qui j'allais passer toute ma vie. Or, j'étais obsédé par Füsun. J'essayais de l'apercevoir dans la foule, mais je ne voulais pas qu'elle me voie danser avec Sibel, aussi je me retenais. Pour détourner mon attention, je plaisantais avec les autres couples de danseurs. Ils me souriaient avec compréhension, adoptant le comportement adéquat face au gendre qui finissait ivre à ses fiançailles.

Nous nous retrouvâmes à un moment épaule contre épaule avec le chroniqueur très prisé de l'époque, qui dansait avec une jolie brune.

— Celâl Bey, l'amour ne ressemble en rien à une rubrique de journal, n'est-ce pas ? lui dis-je.

Lorsque je passai au niveau de Nurcihan et Mehmet, je fis comme s'ils étaient depuis longtemps ensemble. Je dis quelques mots de français à Zümrüt Hanım, qui chaque fois qu'elle venait rendre visite à ma mère parlait toujours français, que cela soit utile ou pas, pour que les domestiques ne comprennent pas. Cependant, ce qui faisait rire les gens, c'était non pas la qualité de mes plaisanteries mais mon ivresse. Sibel renonça à avoir une danse inoubliable avec moi, elle me dit à l'oreille combien elle m'aimait, que l'ivresse me rendait adorable, qu'elle s'excusait si son envie de jouer les entremetteuses m'avait dérangé, mais qu'elle faisait tout cela pour le bonheur de nos amis et que Zaim, auquel on ne pouvait pas se fier, draguait à présent ma cousine éloignée après avoir dragué Nurcihan. Je lui expliquai en fronçant les sourcils que, en réalité, Zaim était quelqu'un de très bien et un ami de confiance. J'ajoutai qu'il se demandait pourquoi elle le traitait si mal.

— Tu as parlé de moi avec Zaim ? Qu'a-t-il dit ? demanda Sibel.

Nous nous retrouvâmes à nouveau côte à côte avec le journaliste Celâl Salik pendant une pause entre deux danses.

— J'ai trouvé ce qu'il y a de commun entre une bonne chronique et l'amour, Kemal Bey, me dit-il.

— C'est quoi ?

— L'amour, comme une chronique, doit nous rendre heureux *maintenant*. La beauté et la force de chacun d'eux se mesurent à l'impression qu'ils laissent dans l'âme.

— Maître, vous devez absolument l'écrire, lui dis-je.

Cependant, ce n'est pas moi qu'il écoutait, mais la femme brune avec qui il dansait. Au même instant, j'aperçus Füsun et Zaim. La tête tout près de son cou, Füsun lui murmurait quelque chose et

180

Zaim souriait gaiement. Je sentis que tous deux nous avaient parfaitement vus, mais faisaient mine de ne pas nous voir en tournoyant sur la piste.

Sans perdre le rythme, j'entraînai Sibel dans leur direction et comme un galion de pirates à la poursuite d'un bateau de marchandise, nous heurtâmes Füsun et Zaim sur le flanc.

— Aah, pardon, dis-je. Comment allez-vous?

L'expression de joie sur le visage de Füsun me remit les idées en place et je compris aussitôt que mon ivresse serait une très bonne excuse. Me tournant vers Zaim, je lui présentai la main de Sibel.

— Dansez un peu tous les deux, lui dis-je.

Zaim retira sa main de la taille de Füsun.

— Tu penses que Sibel te connaît mal, dis-je. Et toi, tu dois avoir des choses à demander à Zaim.

Comme si je me sacrifiais pour qu'ils deviennent amis, la main sur leur dos, je les poussai l'un vers l'autre. Sibel et Zaim commencèrent à danser en faisant la tête, Füsun et moi échangeâmes un regard. Ensuite, je lui mis la main sur les reins et, en tournoyant doucement, je l'éloignai avec la fébrilité d'un amoureux enlevant une fille.

Comment décrire la sérénité que j'éprouvai dès que je la pris entre mes bras? Le bruit incessant de la foule, le son de l'orchestre et la rumeur de la ville, ce vacarme impitoyable qui m'avait mis les nerfs à vif m'apparaissait maintenant comme l'angoisse d'être loin d'elle. Un profond, doux et velouté silence de bonheur m'enveloppa, comme un bébé dont les larmes ne cessent que lorsqu'il se retrouve dans les bras de sa mère. Je comprenais à son expression que Füsun éprouvait la même chose; je sentais que notre silence signifiait que nous étions conscients du bonheur que nous nous donnions réciproquement et je voulais que cette danse ne finisse jamais. Mais très vite, je me rendis compte que ce silence signifiait tout autre chose pour elle. Le silence de Füsun signifiait qu'il me fallait à présent apporter une réponse à la question essentielle que j'avais tâché d'évacuer en riant : « Qu'allons-nous devenir? » Je me dis que c'est pour cela qu'elle était venue. L'intérêt que les hommes lui avaient témoigné, l'admiration que j'avais lue même dans les yeux des enfants lui avaient donné confiance et avaient atténué sa douleur. Elle aussi pouvait me voir comme « une passade ». Le sentiment que la soirée se terminait se mêlait dans ma tête embrumée à la peur de perdre Füsun.

— Quand deux personnes s'aiment autant que nous, personne ne peut les séparer, personne, dis-je en m'étonnant moi-même des paroles qui sortaient de ma bouche. Les gens qui s'aiment comme nous savent que rien ne pourra détruire leur amour, car même dans les moments les plus durs, même lorsqu'ils se font du mal sans le vouloir, ils portent en eux un infini sentiment de consolation. Mais crois-moi, je pourrai arrêter la suite, et rectifier... Tu m'écoutes ?

— J'écoute.

Quand je fus certain que personne ne nous regardait, je repris :

— Nous nous sommes rencontrés au mauvais moment. Nous ne pouvions pas savoir au début que nous allions vivre un amour aussi authentique. Mais maintenant, je vais tout arranger. Pour l'instant, notre premier souci, c'est ton examen de demain. Il faut que tu te concentres dès ce soir là-dessus.

— Que va-t-il se passer, dis-moi ?

— Demain, comme toujours (ma voix se mit à trembler) à deux heures, après ton examen, on se retrouve dans l'appartement Merhamet ? Je te raconterai tranquillement ce que je compte faire. Si tu ne me fais pas confiance, alors tu ne me verras plus jamais.

— Non, dis-moi maintenant, et je viendrai.

Il était si bon d'imaginer à travers les brumes de l'alcool, en touchant ses magnifiques épaules et ses bras couleur miel, qu'elle viendrait le lendemain à deux heures, que nous ferions l'amour comme d'habitude et que nous resterions ensemble jusqu'à la fin de ma vie, que je décidai de faire tout ce qui était en mon pouvoir pour la garder.

— Il n'y aura personne entre nous, désormais, dis-je.

— Très bien, je viendrai demain après les examens, j'espère que toi aussi tu tiendras parole et que tu m'expliqueras comment tu feras.

Sans cesser de danser, ma main amoureusement posée sur sa hanche, et en suivant parfaitement le rythme de la musique, j'essayais de l'attirer contre moi. Le fait qu'elle résiste et ne s'approche pas de moi me provoqua encore plus. Mais sentant que si j'essayais de l'enlacer devant tout le monde elle mettrait cela sur le compte de l'ivresse et non de l'amour, je me repris.

— Il faut que nous nous asseyions, dit-elle en s'écartant. J'ai l'impression qu'on nous regarde.

— Rentre tout de suite te coucher, lui murmurai-je. Pendant l'examen, pense que je t'aime beaucoup.

Lorsque je regagnai notre table, il n'y avait personne d'autre que Berrin et Osman, qui se chamaillaient.

— Ça va ? me demanda Berrin.

— Je vais très bien, répondis-je en regardant la table en désordre et les chaises vides.

— Sibel a arrêté de danser, Kenan Bey l'a emmenée à la table de Satsat, ils jouent à quelque chose là-bas.

— C'est bien que tu aies dansé avec Füsun, dit Osman. Finalement, notre mère a été trop sévère avec elle. Il faut que Füsun et tout le monde sachent que la famille s'intéresse à elle, que nous avons oublié cette idiotie de concours de beauté, et qu'elle peut compter sur nous. Je m'inquiète pour cette fille. *She thinks she is too beautiful.* Sa robe est bien trop décolletée. En six mois, la gamine qu'elle était s'est transformée en femme, elle s'est véritablement épanouie. Si elle ne se marie pas rapidement avec un homme honnête, d'abord cela fera jaser et ensuite elle sera malheureuse. Qu'est-ce qu'elle t'a raconté ?

— Demain, elle passe son examen d'entrée à l'université.

— Et elle est encore en train de danser ? Il est plus de minuit.

Il la regarda rejoindre sa table.

— Au fait, j'ai beaucoup apprécié ton Kenan. Elle devrait se marier avec lui.

— Je leur dis ?

Je dus crier, car je m'étais déjà éloigné. Je faisais cela depuis toujours : dès que mon frère commençait à parler, contrairement à ce qu'il attendait de moi, je ne restais pas à l'écouter attentivement mais filais le plus loin possible.

Je me suis longtemps rappelé combien j'étais heureux et de bonne humeur à cette heure de la soirée, tandis que je me dirigeais vers les tables du fond où étaient installés la famille de Füsun et les gens de Satsat. J'avais tout arrangé et, dans treize heures et quarante-cinq minutes, je retrouverais Füsun dans l'immeuble Merhamet. Un avenir brillant m'attendait, et la promesse du bonheur étincelait comme le Bosphore à nos pieds. Je riais et plaisantais avec les jolies filles fatiguées par la danse, charmantes dans leurs vêtements en désordre, avec les derniers invités et avec les tantes affectueuses que je connaissais depuis trente ans ; et une petite voix m'avertissait que si je continuais comme ça, à la fin je me marierais non pas avec Sibel mais avec Füsun.

À la table des gens de Satsat, Sibel participait à une séance de spiritisme, un jeu plutôt, rien de sérieux. Les esprits invoqués ne répondant pas, les gens s'égaillèrent. Sibel passa à la table d'à côté et s'assit aux côtés de Füsun et de Kenan. Dès que la discussion s'engagea entre eux, j'allai les rejoindre. Mais quand Kenan me vit approcher, il voulut inviter Füsun à danser. Füsun prétexta que ses chaussures lui faisaient mal aux pieds et refusa. Comme si cela lui importait peu, Kenan alla inviter quelqu'un d'autre à danser une de ces nouvelles danses au tempo rapide de l'époque. C'est ainsi qu'à la table des gens de Satsat qui s'était passablement vidée la chaise entre Sibel et Füsun m'échut. Je m'assis entre elles. Si seulement on nous avait photographiés à ce moment-là !

Dès que je m'assis entre elles, je remarquai que Sibel et Füsun, comme deux dames de Nişantaşı se connaissant depuis des années et s'appréciant de loin, discutaient dans une langue très châtiée et de façon guindée. Füsun, dont je croyais l'éducation religieuse médiocre, dit que les âmes existaient assurément, « comme l'affirme notre religion », mais que c'était un péché si nous autres qui vivions dans le monde des vivants essayions de les appeler. Elle jeta un coup d'œil à son père : visiblement, cette opinion venait de lui.

— Une fois, il y a trois ans, j'ai désobéi à mon père, et j'ai participé à une séance de spiritisme avec mes amies du lycée, par curiosité, dit Füsun. Sans réfléchir, j'ai noté sur un papier le nom d'un ami d'enfance dont j'avais perdu la trace… Mais l'âme de celui dont j'avais noté le nom sans y croire, juste pour rigoler, est venue et je m'en suis mordu les doigts.

— Pourquoi ?

— J'ai tout de suite compris aux tremblements de la tasse que mon ami Necdet souffrait beaucoup. La tasse tremblait toute seule et je sentais que Necdet voulait me dire quelque chose. Puis, soudain, la tasse s'est immobilisée... Tout le monde a dit que cette personne était morte à ce moment-là... Comment le savaient-ils ?

— Alors, comment le savaient-ils ? demanda Sibel.

— Le soir, chez moi, je cherchais un gant que j'avais égaré, et j'ai retrouvé au fond du tiroir le mouchoir que Necdet m'avait offert des années plus tôt. C'était peut-être un hasard... Mais je ne crois pas. J'en ai tiré une leçon. Lorsque nous perdons des êtres chers, il ne faut pas faire violence à leur âme en jouant à appeler leur esprit... Au lieu de cela, un objet qui nous les rappelle, que sais-je, une boucle d'oreille par exemple, peut nous consoler beaucoup mieux pendant des années.

— Ma petite Füsun, ma chérie, allez, il faut rentrer à présent, dit Tante Nesibe. Demain matin tu as des examens, ton père aussi tombe de sommeil, regarde.

— Une minute, maman ! dit Füsun d'un ton déterminé.

— Je ne crois absolument pas qu'on puisse appeler les esprits, dit Sibel. Mais pour voir à quoi jouent les gens, et ce qui leur fait peur, si on me le propose, je ne rate pas l'occasion.

— Si une personne que vous aimez beaucoup vous manque, qu'est-ce que vous préférez ? demanda Füsun. Rassembler vos amis pour appeler son esprit ou bien retrouver un vieil objet qui lui appartenait, par exemple un étui à cigarettes ?

Pendant que Sibel réfléchissait à une réponse polie, Füsun se leva d'un bond, attrapa un sac et le posa devant nous.

— Ce sac me rappelle ma honte de vous avoir vendu du toc, dit-elle.

Lorsque je l'avais vu au bras de Füsun plus tôt ce soir-là, je ne l'avais pas reconnu. Mais « ce » sac, ne l'avais-je pas acheté à Şenay Hanım dans la boutique Şanzelize un peu avant le moment le plus heureux de ma vie, et ensuite, après avoir rencontré Füsun dans la rue, ne l'avais-je pas rapporté dans l'immeuble Merhamet ? Le sac Jenny Colon était encore là-bas la veille. Comment se faisait-il qu'il soit là à présent ? J'étais aussi perplexe que face à un tour de prestidigitateur.

— Ce sac vous va très bien, dit Sibel. Il s'accorde parfaitement avec cet orangé et votre chapeau, j'en ai été jalouse dès que je l'ai vu. Je regrette de l'avoir rendu. Vous êtes très belle.

Je compris qu'il devait y avoir plus d'un faux sac Jenny Colon chez Şenay Hanım. Après me l'avoir vendu, elle avait dû en mettre un nouveau dans la vitrine de la boutique Şanzelize, elle avait pu en prêter un à Füsun pour la soirée.

— Après que vous avez compris que le sac était un faux, vous n'êtes plus jamais venue à la boutique Şanzelize, dit Füsun en souriant avec douceur à Sibel. Cela m'a fait de la peine, mais naturellement, vous avez parfaitement raison.

Elle ouvrit le sac et montra l'intérieur.

— Nos artisans imitent très bien les produits européens, mais un œil exercé comme le vôtre voit tout de suite que ce n'est pas un vrai. Mais maintenant, je vais dire quelque chose.

Elle déglutit, se tut, je crus qu'elle allait se mettre à pleurer. Mais elle se reprit et, fronçant les sourcils, elle se lança dans un discours qu'elle avait dû soigneusement répéter à la maison.

— Pour moi, cela n'a aucune importance que quelque chose vienne d'Europe ou pas… Est-ce authentique, est-ce de l'imitation, ce n'est pas important… Selon moi, si les gens ne veulent pas d'imitation, c'est par snobisme. Le pire à mes yeux, c'est d'accorder de l'importance non pas à l'objet en soi mais à la marque. Il y a des gens qui donnent de l'importance non pas à leurs sentiments mais à ce que diront les autres… (Elle me regarda un instant.) Avec ce sac, je me rappellerai toujours cette soirée. Toutes mes félicitations, c'était une fête inoubliable.

Elle se leva et, en nous serrant la main à tous deux, elle nous embrassa sur la joue. Juste au moment où elle partait, son regard tomba sur Zaim qui s'approchait et elle se tourna vers Sibel.

— Zaim Bey et votre fiancé sont de très bons amis, n'est-ce pas? demanda-t-elle.

— Oui, en effet, répondit Sibel.

Alors que Füsun passait le bras sous celui de son père, Sibel dit :

— Pourquoi m'a-t-elle demandé cela?

Mais elle n'avait nullement l'air de mépriser Füsun; elle affichait une expression de grande affection et même d'enthousiasme.

186

Tandis que Füsun s'en allait en marchant entre son père et sa mère, je la regardais s'éloigner avec amour et admiration.

Zaim vint s'asseoir près de moi :

— À la table de derrière, où sont assis ceux de ta société, ils se sont moqués de toi et de Sibel toute la soirée. Je t'en avertis parce que je suis ton ami.

— Tu plaisantes ! Et de quoi riaient-ils donc ?

— Kenan l'a raconté à Füsun, et Füsun me l'a répété... D'ailleurs, elle était bouleversée. Figure-toi qu'à Satsat tout le monde sait que toi et Sibel faites des galipettes sur le divan du bureau du patron une fois que tout le monde est parti... Les blagues portaient là-dessus.

— Que se passe-t-il encore ? demanda Sibel en se tournant vers nous. Qu'est-ce qui te met de si mauvaise humeur ?

25

La souffrance de l'attente

Je ne pus fermer l'œil de la nuit. J'avais peur de perdre Füsun. À vrai dire, Sibel et moi nous étions rarement retrouvés à Satsat mais ce détail n'avait aucune valeur à présent. Au petit matin, je finis par m'assoupir un peu. À peine levé, je me rasai et sortis arpenter les rues. Sur le chemin du retour, je fis un crochet par le campus de Taşkışla, une ancienne caserne de cent quinze ans qui abritait l'Université technique d'Istanbul où Füsun passait ses examens. Mères portant le foulard et pères tirant sur leur cigarette attendaient la fin des épreuves, assis le long des marches qui s'étiraient devant la grande porte autrefois empruntée par les militaires ottomans arborant fez et moustaches pointues lorsqu'ils sortaient en exercice. Je cherchai vainement du regard Tante Nesibe au milieu de cette foule de parents qui lisaient le journal, bavardaient ou contemplaient le ciel d'un air absent. Entre les hautes fenêtres de cette antique bâtisse en pierre de taille, on distinguait encore les impacts de balles tirées soixante-six ans plus tôt par les soldats de l'Armée d'Action qui déposa le sultan Abdülhamid. Les yeux rivés sur l'une de ces hautes fenêtres, j'implorai Dieu d'aider Füsun à trouver les bonnes réponses et de me l'envoyer pétillante de joie après l'examen.

Mais Füsun ne vint pas à l'immeuble Merhamet ce jour-là. Je pensais qu'elle était fâchée contre moi mais que cela finirait par passer. Quand la chambre fut réchauffée par l'ardent soleil de juin qui filtrait à travers les rideaux, il s'était écoulé deux heures sur notre horaire habituel de rendez-vous. La vue du lit vide m'était insupportable, je me jetai de nouveau dans les rues ; je marchai en observant la foule du dimanche après-midi — soldats qui tuaient le temps dans les parcs, familles qui donnaient à manger aux pigeons, gens qui regardaient passer les bateaux ou lisaient le journal sur les bancs face à la mer — et tentai de me convaincre que Füsun viendrait le lendemain à l'heure habituelle. Mais elle ne vint ni le lendemain ni les quatre jours suivants.

Je me rendais chaque jour dans l'immeuble Merhamet à l'heure dite et l'attente commençait. Comprenant que ma souffrance augmentait d'autant plus que j'arrivais tôt, je décidai de ne pas venir avant deux heures moins cinq. J'entrais dans l'appartement en tremblant d'impatience ; les dix ou quinze premières minutes, espoir et dépit amoureux se mêlaient, la douleur qui me nouait le ventre le disputait à l'excitation fébrile que je sentais battre entre mon nez et mon front. Je passais mon temps à regarder la rue à travers les rideaux, je gardais les yeux rivés sur la rouille du réverbère en face du porche, je rangeais un peu la chambre, je tendais l'oreille au bruit des pas sur le trottoir. Parfois, je croyais reconnaître sa démarche dans un énergique claquement de talons féminins. Mais le bruit de pas s'évanouissait et, déçu, je comprenais que la personne qui entrait dans l'immeuble en refermant doucement la porte de l'allée était quelqu'un d'autre.

J'expose ici cette montre et ces petits tas d'allumettes afin de dépeindre comment je passais ces dix ou quinze minutes au cours desquelles je me rendais peu à peu à l'évidence que Füsun ne viendrait pas ce jour-là. Pendant que je déambulais dans les pièces, regardais par la fenêtre ou bien restais immobile dans un coin, j'écoutais les remous intérieurs de ma douleur. L'appartement résonnait du tic-tac des pendules et, fixant mon attention sur les secondes et les minutes, je tâchais d'atténuer ma souffrance. À mesure qu'approchait l'heure de notre rendez-vous, le sentiment que « aujourd'hui, oui, elle arrive maintenant » s'épanouissait comme une fleur au printemps. Durant ces minutes, j'aurais aimé que le temps s'accélère pour retrouver ma belle au plus tôt. Mais ces cinq minutes étaient interminables. Dans un éclair de lucidité, je pensais soudain que je me leurrais, que je ne désirais nullement que le temps passe car Füsun ne viendrait peut-être pas. À deux heures pile, je ne savais si je devais me réjouir parce que l'heure de notre rendez-vous était arrivée ou m'attrister parce que, désormais, la probabilité de la venue de Füsun s'amenuisait à chaque instant. Tel le passager d'un bateau s'éloignant du quai, chaque seconde écoulée m'éloignait de la bien-aimée que j'avais laissée derrière moi ; sachant cela, j'essayais de me convaincre que les minutes passées n'étaient pas si nombreuses et, dans ma tête, je rassemblais les secondes et les minutes en petits fagots. C'était non pas à chaque seconde mais seulement toutes les cinq minutes que je devais me lamenter ! Avec cette méthode, je repoussais jusqu'à la dernière minute la douleur de chaque paquet de cinq. Quand les cinq premières minutes s'étaient irrémédiablement écoulées — autrement dit, une fois que le retard de Füsun devenait indéniable —, la souffrance se plantait en moi comme un clou ; dans un ultime sursaut, je me disais qu'elle était toujours en retard de dix ou quinze minutes à nos rendez-vous (j'étais incapable de savoir dans quelle mesure cela était vrai désormais), je souffrais un peu moins durant les premières minutes du prochain paquet de cinq et me prenais à espérer que, bientôt, elle sonnerait à la porte et surgirait soudain devant moi comme lorsqu'elle était venue ici la deuxième fois. Je me voyais déjà me fâcher contre elle parce qu'elle n'était pas venue les jours précédents ou lui pardonner aussitôt que je la verrais. Les souvenirs aussi se mêlaient à ces rêveries de courte durée ; la tasse dans laquelle Füsun avait bu son thé lors de notre première rencontre, cet ancien petit vase qu'elle avait pris en main sans but précis alors qu'elle déambulait d'un pas pressé dans l'appartement… il suffisait qu'ils accrochent mon regard pour me la rappeler. Après avoir rechigné quelque temps à accepter que le quatrième puis le cinquième paquet de cinq minutes étaient révolus, ma raison devait finalement admettre que Füsun ne viendrait pas non plus ce jour-là. À cet instant, ma souffrance devenait si vive que, pour la supporter, je me jetais tel un malade sur le lit.

26

L'emplacement anatomique
de la douleur amoureuse

Voici les organes du corps humain tels que représentés sur l'affiche publicitaire pour l'antalgique Paradison qui trônait à l'époque dans les vitrines des pharmacies d'Istanbul. J'y ai indiqué les endroits où émergeait, se précisait et se diffusait alors ma douleur amoureuse, afin d'en offrir une vision claire au visiteur du musée. À l'intention du lecteur qui n'a pas cet atlas anatomique sous les yeux, précisons que le point de départ essentiel de la douleur se situait dans la partie supérieure gauche de mon abdomen. Quand la douleur devenait plus vive, elle se propageait aussitôt vers le creux entre l'estomac et la poitrine, comme indiqué sur ce schéma. Dès lors, elle ne restait pas cantonnée dans la partie gauche du corps mais se diffusait également à droite. J'avais l'impression qu'on me vrillait un tournevis ou m'enfonçait un morceau de métal brûlant dans la chair. On eût dit que des liquides acides refluaient de mon estomac et se déversaient dans tout mon abdomen, que de tenaces et cuisantes petites étoiles de mer adhéraient à mes viscères. S'amplifiant à mesure qu'elle s'exacerbait, la douleur irradiait dans le front, la nuque, le long du dos, dans chaque parcelle de mon corps et de mon esprit, me serrant à m'étouffer. Elle semblait parfois se concentrer dans mon ventre, rayonner en étoile autour du nombril — comme je l'indique ici sur l'image — et, tel un acide fortement corrosif, elle m'emplissait la bouche, la gorge, menaçait de me noyer puis se diffusait dans tout mon corps en une pulsation lancinante qui m'arrachait des gémissements. Frapper le mur de la main, faire des mouvements de gymnastique, bouger comme un sportif… cela m'aidait à l'oublier un instant.

Cependant, même aux moments où la douleur était à son plus bas niveau, je la sentais en permanence se distiller dans mon sang, comme l'eau coulant goutte à goutte d'un robinet qui fuit. Elle me saisissait parfois à la gorge et m'empêchait de déglutir, ou prenait possession de mon dos, de mes épaules et de mes bras. Mais le centre essentiel de la souffrance restait toujours mon estomac.

Je savais bien que cette douleur, malgré toutes ses caractéristiques palpables, était quelque chose de lié à mon âme et ma raison, mais j'étais incapable d'entreprendre le ménage qu'il me fallait faire dans ma tête pour y échapper. N'ayant jamais rien vécu de tel jusqu'alors, je me retrouvai plongé dans la plus grande confusion mentale, à l'égal d'un commandant orgueilleux essuyant pour la première fois une défaite. De plus, je conservais un espoir qui me rendait cette souffrance tolérable — et par là même la prolongeait —, j'inventais des tas de raisons justifiant que Füsun passe à l'immeuble Merhamet.

Les moments où je recouvrais mon sang-froid, je me disais que, outre le fait que je me sois fiancé, elle m'en voulait de lui avoir caché mes rencontres avec Sibel au bureau, d'avoir conspiré par jalousie à évincer Kenan pendant la soirée de fiançailles et, bien sûr, de n'avoir su résoudre cette histoire de boucle d'oreille. Mais j'avais le puissant sentiment que Füsun souffrait autant que moi de la punition qu'elle m'infligeait, qu'elle non plus ne tiendrait pas longtemps face au manque de l'incomparable bonheur que nous trouvions à faire l'amour. Pour l'instant, il me fallait endurer cette souffrance, accepter avec patience qu'elle se diffuse dans mon corps et serrer les dents afin que, lorsque nous nous retrouverions, elle aussi accepte ma situation. À peine m'étais-je formulé cette pensée que j'étais pris de remords : je me mordais les doigts d'avoir inscrit leur nom sur la liste des invités sous le coup de la jalousie, de ne pas avoir pu retrouver et lui rendre sa boucle d'oreille, de ne pas lui avoir consacré plus de temps pour lui enseigner sérieusement les mathématiques, ou de ne pas être passé dîner un soir chez eux pour leur rapporter le tricycle. La souffrance du remords était davantage tournée vers l'intérieur et durait moins longtemps, elle s'abattait sur mes poumons, l'arrière de mes jambes et consumait curieusement mes forces. J'étais alors incapable de rester debout et j'avais envie de m'ensevelir avec mes remords dans un lit.

D'autres fois, je pensais que le problème, c'étaient les examens d'entrée à l'université qui s'étaient mal passés. Puis, avec mauvaise conscience, je m'imaginais travailler longuement les mathématiques avec elle, ces songes atténuaient ma souffrance et je me prenais à rêver qu'après ces cours nous ferions l'amour. Les merveilleux souvenirs des heures de bonheur que nous avions partagées se greffaient aux images que j'avais dans la tête et, à cet instant précis, je commençais à me mettre en colère contre elle parce qu'elle n'était pas venue me rejoindre tout de suite après les examens comme elle me l'avait promis pendant que nous dansions ; non seulement elle n'avait pas tenu sa promesse mais elle ne s'était même pas justifiée. Ma colère s'augmentait encore de l'irritation que j'éprouvais face à certains comportements fautifs de sa part, comme essayer de me rendre jaloux pendant les fiançailles, prêter une oreille complaisante aux propos railleurs que les employés de Satsat tenaient sur mon compte… je tâchais de me servir de ces sentiments négatifs pour prendre de la distance et encaisser stoïquement la punition qu'elle voulait m'infliger.

Malgré toutes ces petites colères, ces espérances et autres ruses auxquelles je recourais pour me voiler la face, le vendredi, vers deux heures et demie, en comprenant qu'elle ne viendrait pas, je finis par succomber à la souffrance. Elle était à présent cruelle et meurtrière, elle me dévorait telle une bête fauve faisant fi de la vie de sa victime. Allongé comme un mort sur le lit, je humais son odeur imprégnée dans les draps, je me remémorais le bonheur avec lequel nous faisions l'amour six jours plus tôt dans ce même lit et me demandais comment je pourrais vivre sans elle quand soudain, mêlé à la colère qui m'habitait, je sentis monter un irrépressible sentiment de jalousie. Je pensai que Füsun s'était immédiatement trouvé un autre amant. Naissant dans mon esprit, la douleur cuisante de la jalousie ne fut pas longue à attiser la souffrance amoureuse qui me rongeait l'estomac et à m'entraîner vers une sorte de cataclysme. Ce n'était pas la première fois que cette idée honteuse qui me faisait tomber dans la faiblesse m'effleurait l'esprit mais, à présent, j'étais incapable de la réfréner : je pensai que mon rival était parmi les Kenan, Turgay Bey, Zaim et autres admirateurs. Quelqu'un d'aussi porté sur les plaisirs de la chair aurait forcément envie de faire l'amour avec d'autres. De plus, la colère qu'elle éprouvait envers moi la pousserait à se venger. Dans un coin de ma tête qui conservait un brin de lucidité, j'avais beau savoir que ces élucubrations étaient uniquement dictées par la jalousie, je m'abandonnai à ce sentiment dégradant qui m'enserrait avec une puissance confinant à la violence. Sentant que je risquais de devenir fou de colère si je ne la voyais pas sur-le-champ, je sortis en courant et me précipitai vers la boutique Şanzelize.

Je me souviens d'avoir descendu l'avenue Teşvikiye presque au pas de course, poussé par un espoir qui faisait s'accélérer les battements de mon cœur. Je ne réfléchissais même pas à ce que je lui dirais tant l'idée que je la verrais bientôt occupait entièrement mon esprit. Je savais que dès que je la verrais, ma souffrance s'atténuerait aussitôt, ne serait-ce qu'un bref instant. Elle devait m'écouter, j'avais des choses à lui dire, c'est ce dont nous étions convenus pendant que nous dansions, nous devions aller dans une pâtisserie et parler.

Je poussai la porte de la boutique Şanzelize, la clochette tinta et mon cœur tressaillit. La place du canari était vide. Bien que j'aie déjà compris que Füsun n'était pas là, par crainte et désarroi, j'essayai de me persuader qu'elle se cachait dans la pièce du fond.

— Bonjour, Kemal Bey, dit Şenay Hanım avec un sourire pernicieux.

— Je voudrais voir le petit sac de soirée blanc qui est en vitrine, soufflai-je.

— Ah, c'est une très belle pièce, répondit-elle. Rien n'échappe à votre perspicacité. Dès qu'une jolie chose arrive dans la boutique, vous êtes toujours le premier à la repérer et à l'acheter. Nous venons tout juste de le recevoir de Paris. Son fermoir est incrusté de pierres. Il a un porte-monnaie et un miroir à l'intérieur. Il est entièrement fait main.

Tandis qu'elle se dirigeait lentement vers la vitrine pour en sortir le sac de soirée en me vantant les qualités du produit, je lançai un coup d'œil vers la pièce du fond; Füsun n'y était pas. Je fis mine d'examiner avec minutie cette élégante pochette brodée de fleurs ; quant au prix, j'acceptai sans discuter le chiffre effarant qu'elle m'annonça. Tout en faisant le paquet, cette sorcière me raconta que les gens étaient intarissables sur nos fiançailles qui, selon leur dire, s'étaient déroulées à merveille. À seule fin de faire grimper la somme de mes achats, je lui demandai de m'emballer l'onéreuse paire de boutons de manchette qui avait accroché mon regard. Au vu de la joie qui se peignit sur son visage, je m'enhardis :

— Qu'est donc devenue notre parente ? Elle n'est pas là aujourd'hui ?

— Ah, vous n'êtes pas au courant ? Füsun a quitté le travail sans crier gare.

— Ah bon ?

Ayant tout de suite compris que je cherchais Füsun et que nous ne nous voyions plus, elle me scrutait attentivement pour tenter de savoir ce qui se passait.

Je m'abstins de poser davantage de questions. Malgré mon affliction, j'eus la présence d'esprit de glisser la main droite dans ma poche afin qu'elle ne s'aperçoive pas que je ne portais pas ma bague de fiançailles. Tandis que je réglais mes achats, je perçus une certaine affection dans son regard, comme si le fait que nous ayons tous deux perdu Füsun nous rapprochait. Incapable de me résoudre à son absence, je jetai de nouveau un coup d'œil du côté de l'arrière-boutique.

— Eh oui, que voulez-vous, dit-elle. Les jeunes d'aujourd'hui aiment moins le travail que l'argent facile.

Ces derniers mots firent croître ma souffrance amoureuse et ma jalousie de façon insoutenable.

Mais je parvins à le cacher à Sibel. Assez sensible pour déceler chaque changement d'expression sur mon visage et chaque nouveau comportement, ma fiancée ne me posa aucune question les premiers temps, mais quelques jours après les fiançailles, alors que je me tortillais de douleur pendant le dîner, elle me fit gentiment remarquer que je buvais beaucoup trop vite et me demanda ce que j'avais. Ce à quoi je répondis que j'étais tracassé par les conflits professionnels avec mon frère. Tandis que j'inventais des tas de détails sur ces prétendues querelles (avec une symétrie relevant de la sagesse divine, tout ce que je racontai se réaliserait des années plus tard), en proie à une douleur qui circulait dans les deux sens, de mon ventre vers le haut et de la nuque vers les jambes, je me demandais ce que Füsun pouvait bien faire de son vendredi soir.

— Laisse tomber, me dit Sibel en souriant. Tu veux que je te raconte ce que Zaim et Mehmet manigancent pour s'attirer les faveurs de Nurcihan au pique-nique de dimanche ?

Ne te penche pas, tu vas tomber

Ce panier de pique-nique — qui reflète une synthèse entre goûts traditionnels et tendances inspirées des revues françaises de décoration dont Sibel et Nurcihan étaient de fidèles lectrices —, thermos de thé, œufs durs et légumes farcis factices dans leur boîte en plastique, bouteilles de soda Meltem, cette jolie nappe que Zaim tenait de sa grand-mère maternelle… je les expose ici afin qu'ils illustrent notre escapade dominicale et soustraient le visiteur à l'atmosphère étouffante des intérieurs ainsi qu'au poids de mes affres amoureuses. Mais que le visiteur comme le lecteur n'aillent surtout pas croire que je pouvais oublier ne serait-ce qu'un seul instant ma douleur.

Le dimanche matin, nous commençâmes par nous rendre à Büyükdere, sur le Bosphore, pour visiter l'usine de soda Meltem. Dans les bâtiments aux façades couvertes d'immenses affiches d'Inge et de graffitis gauchistes, pendant que Zaim nous conduisait à travers les ateliers de lavage et de mise en bouteilles où des femmes à la tête couverte et en tablier bleu s'activaient en silence sous la direction de chefs bruyants et enjoués (l'usine de soda Meltem qui inondait tout Istanbul de ses publicités ne comptait que soixante-deux salariés), j'éprouvais un léger agacement à voir Sibel et Nurcihan se donner des airs dégagés dans leur accoutrement par trop *alafranga* — bottes en cuir, jean et ceinturon — et tâchais de calmer mon cœur qui clamait « Füsun, Füsun, Füsun » à chaque battement.

De là, nous partîmes à deux voitures pour la forêt de Belgrade et les Bent. Imitant quelques chimériques Européens sortis faire un déjeuner sur l'herbe, nous nous installâmes dans un écrin de verdure dominant une vue des Bent, paysage que le peintre Melling avait représenté cent soixante-dix ans plus tôt. Vers midi, j'étais allongé par terre pour contempler le ciel d'un bleu limpide; je me souviens d'être resté ébahi devant la grâce et la beauté de Sibel, qui s'escrimait avec Zaim à passer autour d'une branche les cordes neuves, dures à manipuler et grinçantes, pour fixer une balançoire rappelant les anciens jardins d'Iran. Nurcihan, Mehmet et moi jouâmes quelque temps aux neuf pierres. J'aspirais l'odeur de la terre, les senteurs de pin et de rose sauvage charriées par le vent frais venant du lac entre les Bent; je pensais que la vie merveilleuse que j'avais devant moi était une faveur que Dieu m'accordait, et que c'était une suprême idiotie, voire un péché, de laisser la souffrance amoureuse qui me rongeait comme un mal mortel empoisonner toutes ces beautés qui m'étaient offertes gratuitement. J'avais honte d'être à ce point terrassé par la douleur de ne pas voir Füsun; cette honte émoussait ma confiance en moi et, du fait de cette faiblesse, je sombrais dans la jalousie. Pendant que Mehmet, encore en chemise blanche, cravate et pantalon à bretelles, s'occupait à préparer la table, Zaim s'éloigna avec Nurcihan sous prétexte d'aller cueillir des mûres et je me rendis compte combien j'étais heureux qu'il soit là car, ainsi, j'avais la preuve qu'il n'était pas allé retrouver Füsun. Quant à elle, rien ne m'assurait qu'elle n'était pas avec Kenan ou quelqu'un d'autre. Je découvrais que je parvenais à ne pas penser à elle à certains moments : quand je discutais avec mes amis, jouais au ballon, poussais Sibel comme une enfant sur la balançoire ou lorsque, en essayant un nouvel ouvre-boîte, je m'entaillai profondément le doigt (celui où je portais ma bague de fiançailles)... La blessure n'arrêtait pas de saigner. Était-ce dû au poison de l'amour qui coulait dans mes veines? Dans un état proche de l'hébétude, je m'assis sur la planche de bois et commençai à me balancer de toutes mes forces. Quand la balançoire redescendait à grande vitesse vers le sol, la douleur dans mon ventre s'atténuait un peu. Les longues cordes de la balançoire grinçaient et, si je me penchais en arrière ou en avant selon la direction de l'arc que je dessinais dans les airs, ma souffrance perdait de son intensité et restait comme en suspens.

— Qu'est-ce que tu fais, Kemal? Arrête, ne te penche pas comme ça, tu vas tomber! cria Sibel.

La chaleur du soleil de midi s'engouffrait jusque sous l'ombre des arbres. Je dis à Sibel que mon doigt saignait toujours beaucoup, que je ne me sentais pas bien et voulais aller à l'Hôpital américain pour faire des points de suture. Elle ouvrit de grands yeux stupéfaits. Ne pouvais-je pas attendre jusqu'au soir? Elle essaya de stopper l'hémorragie. De mon côté, je vous en fais l'aveu, à vous lecteurs, j'ouvrais la plaie en cachette pour que le sang continue de couler.

— Non, je vais y aller, je ne voudrais pas gâcher le plaisir de ce charmant pique-nique. S'il te plaît, ma chérie, il vaut mieux que tu restes, il ne serait pas très correct que nous partions tous les deux. Tu rentreras ce soir avec les autres, ils te déposeront.

Pendant que je regagnais la voiture, c'est avec un peu de honte que je perçus de nouveau dans les yeux compréhensifs et embués de ma chère fiancée un regard empli de questions. « Qu'est-ce que tu as? » me demanda-t-elle, sentant que le problème dépassait de loin cette bénigne hémorragie. Comme j'aurais aimé, à cet instant, me blottir dans ses bras pour oublier la passion qui m'affligeait si cruellement, ou du moins lui faire comprendre ce que je ressentais! Mais sans lui adresser le moindre mot doux, le cœur battant, titubant presque, je m'installai au volant. Sentant qu'il se passait quelque chose, Nurcihan et Zaim laissèrent là leur cueillette et s'approchèrent. J'étais certain que Zaim comprendrait aussitôt où j'allais si jamais nos regards se croisaient. Quant au masque d'inquiétude et de profonde tristesse que j'aperçus sur le visage de ma fiancée lorsque je démarrai, je préfère ne pas en parler, afin que le lecteur ne me prenne pas pour un sans cœur.

Par ce limpide et chaud après-midi d'été, en roulant comme un fou, je mis exactement quarante-sept minutes des Bent jusqu'à Nişantaşı. Car plus j'appuyais sur la pédale d'accélérateur, plus mon cœur s'emballait, convaincu que Füsun se déciderait enfin à venir à l'immeuble Merhamet aujourd'hui. N'avait-elle pas attendu quelques jours après notre première rencontre? Quatorze minutes avant notre heure habituelle de rendez-vous (je m'étais coupé le doigt juste au bon moment), je garai la voiture et me précipitai vers l'immeuble, quand une femme d'âge moyen m'interpella presque en criant :

— Kemal Bey, Kemal Bey, vous avez beaucoup de chance.

— Pardon ? demandai-je en me retournant et essayant de me rappeler qui elle était.

— Aux fiançailles, vous vous êtes assis à notre table, nous avons parlé du *Fugitif* et parié sur ce qui se passerait à la fin, vous vous souvenez… Eh bien, c'est vous qui avez gagné, Kemal Bey ! Le Dr Kimble est enfin parvenu à prouver son innocence !

— Ah, vraiment ?

— Quand viendrez-vous chercher votre cadeau ?

— Plus tard, lançai-je, et je détalai.

La fin heureuse dont me parlait cette femme était évidemment le signe que Füsun viendrait aujourd'hui, c'était de bon augure. Exalté à l'idée que dans dix ou quinze minutes Füsun et moi commencerions à faire l'amour, les mains tremblantes, je sortis la clef et entrai dans l'appartement.

28

La consolation des objets

Quarante-cinq minutes plus tard, Füsun n'était toujours pas arrivée. Étendu sur le lit comme un gisant, je restais là, à écouter la douleur qui irradiait depuis mon ventre vers tout le corps, avec l'attention et l'impuissance d'une bête à l'agonie. La douleur s'était entièrement emparée de moi, avec une profondeur et une acuité jamais éprouvées jusque-là. Je sentais qu'il fallait me lever, m'occuper d'autre chose, fuir cette situation, tout du moins cette chambre, ces draps et ces oreillers imprégnés de l'odeur de Füsun, mais je n'en avais pas la force.

Je regrettais amèrement à présent de ne pas être resté au pique-nique. Comme nous n'avions pas fait l'amour depuis une semaine, Sibel sentait bien que quelque chose ne tournait pas rond, mais elle n'en comprenait pas la cause et évitait de me poser trop de questions. Cependant, j'avais besoin de sa compréhension et de sa tendresse, j'espérais que ma fiancée parviendrait à me détourner de mes soucis. Mais pour reprendre la voiture et rebrousser chemin, il eût fallu que j'aie la force de me lever ! Or, il ne me restait pas une once d'énergie pour tenter quoi que ce soit qui puisse m'éviter, ou du moins soulager, la douleur qui se déplaçait dans tout mon corps depuis l'estomac, le dos et même les jambes avec une intensité qui me coupait le souffle. Ce constat ne faisait qu'accentuer mon sentiment de défaite, qui engendrait à son tour un cuisant remords et attisait encore ma souffrance amoureuse. Mais par un étrange instinct, je sentais que je ne pourrais approcher Füsun que si et seulement si je vivais à fond cette implacable souffrance qui se lovait (comme une fleur refermant ses pétales) et me lacérait le cœur.

Dans un coin de ma tête, je me doutais que cela risquait fort d'être une illusion, mais je ne pouvais m'empêcher d'y croire. (Il suffisait d'ailleurs que je sorte maintenant pour qu'elle arrive et ne me trouve pas.)

Quand j'étais bien entré dans ma douleur, autrement dit quand les petites bombes acides explosaient comme des feux d'artifice dans mes veines et mes os, un tas de souvenirs me divertissaient un moment — les uns entre dix et quinze secondes et les autres seulement une ou deux — avant de laisser place au vide lancinant de l'instant présent ; ce vide engendrait une effarante vague de douleur qui me frappait le dos, la poitrine et me coupait les jambes. Pour parer à la violence de ce nouvel assaut, je me saisissais instinctivement d'un objet ou mangeais quelque chose imprégné de nos souvenirs communs et de leur atmosphère, et je découvrais que cela me rassérénait. Par exemple, ces gâteaux aux noix et aux raisins qu'on trouvait dans toutes les pâtisseries de Nişantaşı à l'époque et que j'achetais pour agrémenter nos rendez-vous quotidiens, sachant que Füsun en raffolait : il me suffisait d'en porter un à la bouche pour me rappeler aussitôt les choses dont nous plaisantions lorsque nous en mangions ensemble (Hanife Hanım, la femme du concierge de l'immeuble Merhamet, pensait encore que Füsun était une patiente du dentiste installé à l'étage du dessus), et cela me rendait joyeux. L'ancien miroir à main qu'elle avait déniché dans l'un des placards de ma mère et qu'elle s'amusait à tenir comme un micro pour imiter les poses du célèbre chanteur et imitateur Hakan Serinkan ; le train express d'Ankara, un ancien jouet à moi que ma mère prêtait à la petite Füsun quand Tante Nesibe venait chez nous faire de la couture ; le pistolet intersidéral dont nous recherchions en riant l'hélice qui disparaissait toujours quelque part dans la pièce en désordre après que nous avions appuyé sur la détente… dès qu'il me passait entre les mains, chacun de ces objets faisait affluer les souvenirs et m'apportait consolation. Je me rappelais la question que m'avait posée Füsun pendant l'un de ces silences que de noirs nuages de tristesse faisaient s'abattre entre nous malgré l'intensité de notre bonheur ; elle tenait le sucrier que j'expose ici et s'était soudain tournée vers moi pour me demander : « Aurais-tu aimé me rencontrer avant Sibel Hanım ? » Plus je me laissais aller à la rêverie, moins j'étais en mesure de quitter le lit car, désormais, je savais que la consolation des souvenirs une fois dissipée, je serais incapable de rester debout face à la souffrance qui succéderait ; et plus je gardais le lit, plus j'étais poussé à la rêverie par chaque objet qui m'entourait et me rappelait un à un tous nos souvenirs.

À mon chevet, le guéridon où Füsun avait soigneusement posé sa montre la première fois que nous avions fait l'amour. Dans le cendrier, la cigarette qu'elle avait écrasée et qui était sous mes yeux depuis une semaine. Je la pris entre mes doigts, je humai l'odeur âcre du tabac froid et la plaçai entre mes lèvres ; je m'apprêtai à l'allumer pour en tirer quelques bouffées (et peut-être penser amoureusement que j'étais elle) mais à l'idée que la cigarette se consumerait et disparaîtrait, j'y renonçai. Avec la délicatesse d'une infirmière posant un pansement sur une plaie, je me passai doucement l'extrémité du mégot qui avait été en contact avec ses lèvres sur les joues, le dessous des yeux, le front et le cou. Je vis s'animer devant mes yeux de lointains continents prometteurs de bonheur, des scènes dignes du paradis, des souvenirs de l'époque où ma mère me couvrait d'affection quand j'étais enfant et que Fatma Hanım m'emmenait dans ses bras à la mosquée Teşvikiye. Mais sitôt après, telle une mer démontée, la souffrance m'entraîna de nouveau dans ses remous.

Vers cinq heures, alors que j'étais encore couché, je me souvins que ma grand-mère paternelle avait changé non seulement le lit mais toute la chambre pour supporter la douleur après le décès de son mari. Faisant appel à toute ma volonté, je me dis que je devrais me débarrasser de ce lit, de cette chambre, de ces objets imprégnés d'exultation amoureuse et d'une très particulière odeur d'ancien et qui, tous, émettaient des craquements. Mais soit que je découvrisse leur puissance consolatrice, soit que je fusse beaucoup plus faible que ma grand-mère, j'avais au contraire envie d'étreindre ces objets pour ne plus les lâcher. Les cris joyeux et les invectives des enfants qui jouaient au football dans le jardin derrière l'immeuble me clouèrent au lit jusqu'à la tombée du jour. Je rentrai dans la soirée, avalai trois verres de raki et c'est seulement lorsque Sibel me le demanda au téléphone que je remarquai que la blessure à mon doigt s'était refermée.

C'est ainsi que jusqu'à la mi-juillet, chaque jour à deux heures, je me rendis à l'immeuble Merhamet. Voyant ma souffrance s'atténuer au fil du temps maintenant que j'étais convaincu que Füsun ne viendrait pas, j'étais tenté de croire que je m'habituais peu à peu à son absence, ce qui n'était absolument pas le cas. Le bonheur que je trouvais dans les objets était une simple diversion. À la fin de la première semaine après les fiançailles, une grande part de mon esprit (plus ou moins importante selon les moments) restait constamment focalisée sur elle et, pour parler comme un mathématicien, je dirai que la somme de douleur qui ne diminuait en rien tendait au contraire à augmenter en proportion inverse de mes espoirs. On eût dit que c'était pour ne pas perdre l'habitude et l'espoir de la voir que je continuais à venir dans cet appartement.

Je passais la majorité du temps allongé dans notre lit, à rêvasser et tirer des plans sur la comète, à essayer de calmer ma souffrance en tenant appuyé sur mon visage, mon front et mon cou un objet auréolé de l'éclat spectral de nos souvenirs de bonheur — par exemple, ce casse-noix ou cette ancienne montre ballerine que Füsun avait bien des fois essayé de faire fonctionner et qui portait l'odeur de sa main. Deux heures plus tard — à l'heure où, à une époque, nous émergions d'un sommeil velouté après l'amour —, triste et fatigué, j'essayais de reprendre le cours habituel de ma vie.

Ma vie qui était devenue terne. Sibel (avec qui je ne pouvais faire l'amour sous le fallacieux prétexte que les employés de Satsat étaient au courant de nos ébats dans le bureau) considérait ma maladie sans nom comme une sorte de stress masculin d'avant le mariage, un type spécial de mélancolie encore non diagnostiquée par les médecins ; elle acceptait cet état avec une pondération qui suscitait mon admiration et, se culpabilisant presque de ne pouvoir me tirer de ce mauvais pas, elle se comportait très bien avec moi. De mon côté, je n'étais pas en reste : je l'emmenais dans les restaurants où nous n'étions encore jamais allés, avec de nouveaux amis que j'avais rencontrés par le biais d'autres connaissances ; nous fréquentions les clubs sur le Bosphore où, durant l'été 1975, les bourgeois stambouliotes se rendaient pour se montrer mutuellement combien ils étaient riches et heureux ; nous courions les réceptions, nous nous amusions, mais sans mauvais esprit, du plaisir de Nurcihan incapable de se décider entre Zaim et Mehmet. Pour moi, le bonheur n'était plus ce don gratuit que Dieu m'avait accordé de plein droit à la naissance et que je m'étais approprié sans effort ; il s'était transformé en un bien précieux obtenu et conservé à grand-peine par les gens chanceux, intelligents et circonspects. Un soir où nous étions au Mehtap, un nouveau club avec des vigiles à l'entrée, au bar près de la petite jetée qui longeait le Bosphore, j'aperçus Turgay Bey sirotant seul son verre de vin rouge et nos regards se croisèrent (Sibel et les autres riaient ensemble et ne l'avaient pas remarqué) ; mon cœur se mit à battre aussi vite que si j'avais vu Füsun, et je fus envahi par une jalousie et une colère inouïes.

29

Il ne passe plus une minute
sans que je pense à elle

Quand Turgay Bey détourna la tête au lieu de me sourire avec gentillesse et courtoisie, cela me blessa beaucoup plus que je ne m'y attendais. D'un côté, la logique me poussait à penser qu'il avait raison d'être vexé de ne pas avoir été invité aux fiançailles mais, de l'autre, l'éventualité que Füsun était retombée dans ses bras pour se venger de moi me rendait fou de colère. J'eus soudain envie de me précipiter pour lui demander pourquoi il avait détourné la tête. Peut-être avait-il couché avec elle cet après-midi-là dans sa garçonnière de Şişli. Je sentais que le simple fait qu'il ait vu Füsun et parlé avec elle aurait suffi à me faire sortir de mes gonds. Savoir que, avant moi, il avait été amoureux de Füsun et subi à cause d'elle des tourments semblables à ceux que j'endurais à présent contribuait moins à apaiser qu'à décupler ma colère envers lui et mon pénible sentiment d'humiliation. Au bar, je bus pas mal. Puis enlaçant Sibel, de plus en plus patiente et tendre au fil des jours, je dansai avec elle sur *Mélancolie*, de Peppino di Capri.

Le lendemain matin, voyant que ma jalousie dont seul l'alcool parvenait à venir à bout me reprenait avec en prime un bon mal de tête, je constatai à mon grand dam que ma douleur ne diminuait pas et que mon désarroi allait grandissant. Ce matin-là, en me rendant à pied à Satsat (Inge me regardait encore d'un air aguicheur du haut de son affiche publicitaire pour le soda Meltem), ou en tâchant de me plonger dans les dossiers au bureau, force me fut d'admettre que ma souffrance augmentait un peu plus au fil des heures et que, au lieu d'oublier Füsun, je pensais à elle de façon encore plus obsessionnelle.

J'implorais Dieu mais, contrairement à ce que je croyais, le temps qui passe n'atténuait en rien mes souvenirs et ne rendait nullement ma souffrance plus supportable. Je débutais chaque journée en espérant que le lendemain se passerait mieux et que j'aurais un tant soit peu progressé dans mon travail d'oubli, mais le jour d'après, je sentais que la souffrance qui me nouait le ventre en était toujours au même stade et persistait à rayonner en moi comme une puissante lumière noire. J'aurais tant aimé croire qu'il me serait possible d'être un peu moins obnubilé par elle et de finir par l'oublier avec le temps ! Mais les moments où elle n'occupait pas mes pensées étaient si rares que, en réalité, il ne passait plus une minute sans que je pense à elle. Après ces « heureux » et brefs instants d'oubli qui n'excédaient pas les deux secondes, de même que la minuterie d'une cage d'escalier s'éteint, la lumière noire se rallumait et répandait ses ondes nocives dans mon ventre, mes narines, mes poumons, perturbait ma respiration et faisait de l'existence une épreuve de force permanente.

Aux pires moments, j'avais envie de ruer dans les brancards, de trouver une oreille compatissante pour déverser mes plaintes, d'aller voir Füsun et de lui parler, ou de chercher querelle avec quelqu'un que la jalousie m'avait amené à prendre en grippe. Malgré mes efforts désespérés pour maîtriser la colère noire qui m'envahissait chaque fois que je voyais Kenan au bureau, j'étais en proie à une crise de jalousie qui me laissait groggy. Même si j'avais la certitude qu'il n'y avait rien entre eux, l'empressement qu'il avait témoigné toute la soirée des fiançailles auprès de Füsun et la promptitude avec laquelle cette dernière s'était saisie de la perche pour me rendre jaloux étaient des motifs suffisants pour le détester. Vers midi, je me surpris à chercher des prétextes pour le congédier. Oui, ce Kenan était quelqu'un de sournois, cela crevait les yeux. À la pause-déjeuner, rien qu'à l'idée d'aller attendre Füsun à l'immeuble Merhamet, si minime que soit mon espoir, je recouvrai un semblant de sérénité. Mais cet après-midi-là, voyant qu'elle ne venait toujours pas, je compris avec effroi que, désormais, je ne supporterais plus la souffrance de l'attente, que Füsun ne viendrait pas non plus le lendemain et que tout irait de plus en plus mal.

À ce stade, une autre pensée ravageuse me rongeait l'esprit :

comment Füsun résistait-elle à toutes ces souffrances, quand bien même les siennes seraient moindres que celles que j'endurais ? Elle avait forcément quelqu'un d'autre dans sa vie, sinon elle n'aurait pas tenu. Les plaisirs de l'amour qu'elle avait découverts voilà soixante-quatorze jours, c'est avec un autre qu'elle devait les vivre à cette heure… Alors que moi, je l'attendais chaque jour comme un idiot, gisant sur ce lit de douleur. Non, je n'étais pas idiot : parce que c'est elle qui m'avait berné. Au moment où notre relation était si heureuse, alors que nous dansions avec amour aux fiançailles, malgré la tension et l'horreur de cette situation, elle m'avait dit qu'elle viendrait le lendemain après ses examens. Mais alors, pourquoi m'avoir menti si, meurtrie par le fait que je me sois fiancé — ce qui pouvait parfaitement se comprendre —, elle avait pris la décision de me quitter ? Ma souffrance se mua en une furieuse envie de me quereller avec elle, de lui dire qu'elle se trompait. Comme j'en avais la manie, je m'inventai un scénario où je provoquerais la dispute, où les inoubliables scènes de bonheur que nous avions vécues ensemble s'immisceraient dans la querelle comme autant de représentations du paradis et finiraient par m'adoucir, et je réfléchis à toutes les assertions dont je voulais débattre avec elle, en me les remémorant une à une. Elle devait me dire en face qu'elle me quittait. Si ses examens d'entrée à l'université s'étaient mal passés, ce n'était pas ma faute. Si elle voulait me quitter, je devais le savoir, ne m'avait-elle pas déclaré qu'elle continuerait à me voir toute sa vie, elle devait me donner une dernière chance, je retrouverais sa boucle d'oreille et la lui rapporterais sur-le-champ, est-ce qu'elle croyait que les autres hommes pourraient l'aimer autant que moi ? Poussé par l'envie de parler de tout cela avec elle, je bondis du lit et, en un clin d'œil, je fus dans la rue.

30

Füsun n'est plus là

Je me dirigeai à grands pas vers chez eux. Avant même d'arriver à hauteur du magasin d'Alaaddin, les émotions que je ressentirais bientôt en la voyant gonflaient mon cœur d'un bonheur extrême. À la vue d'un chat assoupi sous la chaleur de juillet dans un coin d'ombre, le sourire me monta aux lèvres et je me demandai pourquoi je n'avais pas pensé plus tôt à me rendre directement à leur domicile. La douleur dans la partie supérieure gauche de mon ventre s'était d'ores et déjà atténuée, l'état de fatigue et d'apathie que je ressentais dans le dos et les jambes s'était envolé. Cependant, à mesure que j'approchais, ma crainte de ne pas la trouver s'amplifiait et faisait s'accélérer les battements de mon cœur : que lui dirais-je, et que dirais-je si je tombais sur sa mère ? L'idée de faire demi-tour pour prendre le tricycle m'effleura l'esprit. Mais à quoi bon chercher un prétexte ? Il suffisait que nous nous retrouvions l'un en face de l'autre pour comprendre l'inutilité de tels stratagèmes. Je me glissai comme un fantôme dans la fraîcheur du hall du petit immeuble de la rue Kuyulu Bostan ; dans un état somnambulique, je gravis l'escalier jusqu'au deuxième étage et sonnai à la porte. Merci au visiteur du musée de bien vouloir presser le bouton qui se trouve devant lui et de m'imaginer entendre retentir cette même sonnette imitant un pépiement d'oiseau comme c'était la grande mode à l'époque en Turquie, tandis que mon cœur s'affolait tel un oiseau prisonnier entre ma gorge et ma bouche.

Sa mère vint ouvrir et, me découvrant dans l'obscurité de la cage d'escalier, elle fit une mimique de lassitude, comme en face d'un inconnu, d'un colporteur ou d'un visiteur importun. Puis elle me reconnut et son visage s'éclaira. Je repris espoir et la douleur dans mon ventre desserra un peu son étau.

— Ah, Kemal Bey, entrez donc !

— Je passais par là et j'en ai profité pour faire un saut, Tante Nesibe, lançai-je d'une voix claironnante, à l'instar du jeune héros sans peur et sans reproche incarnant le bon gars du quartier dans les pièces radiophoniques. J'ai appris que Füsun avait quitté son travail au magasin. Je m'inquiète un peu, elle ne m'a pas appelé, comment se sont passés les examens de notre demoiselle ?

— Ah, Kemal Bey, entre, mon petit, que nous discutions un peu de nos soucis.

Sans même saisir l'allusion cachée dans ces mots, je lui emboîtai le pas et m'avançai dans cet appartement un peu sombre, où ma mère n'était pas venue une seule fois malgré ses grands principes touchant à la famille et la camaraderie qui s'était tissée entre elles autour de la couture. Les fauteuils couverts d'une housse, la table, le buffet, le sucrier et l'ensemble de tasses en cristal à l'intérieur, un bibelot en forme de chien endormi sur la télévision… tous ces objets étaient beaux parce qu'ils avaient en fin de compte contribué à façonner cette pure merveille nommée Füsun. Dans un coin, j'aperçus des ciseaux de couture, des chutes de tissu, des fils de toutes les couleurs, des aiguilles à tête ronde et les pans d'un vêtement en cours de confection. J'avais apparemment interrompu Tante Nesibe dans son ouvrage. Füsun était-elle à la maison ? Probablement pas, mais au vu de l'attitude contrainte de sa mère, qui semblait attendre quelque chose et se livrer à de savants calculs, je gardais espoir.

— Assieds-toi, je t'en prie, Kemal Bey, dit-elle. Je vais te faire un café. Tu es tout pâle. Repose-toi un peu. Tu veux de l'eau fraîche ?

— Füsun n'est pas là ? ne put s'empêcher de demander l'oiseau qui trépignait d'impatience dans ma bouche ; j'avais la gorge complètement desséchée.

— Non, oh nooon ! s'exclama-t-elle, l'air de dire : « Ah, si seulement tu savais ce qui est arrivé ! » Vous prenez votre café comment ? reprit-elle en passant du tutoiement au vouvoiement.

— Moyennement sucré !

210

Maintenant, avec le recul des années, je comprends que c'est moins pour préparer mon café que le discours qu'elle me tiendrait qu'elle s'était ainsi éclipsée dans la cuisine. Mais à ce moment-là, j'avais beau déployer toutes mes antennes, mon esprit était trop grisé par le parfum de Füsun qui flottait dans la maison et l'espoir de la voir pour parvenir à cette conclusion. Mes pensées se trouvaient encore dispersées par l'ami Citron, le canari que je connaissais de la boutique Şanzelize et dont les pépiements d'impatience étaient un baume sur mon cœur. La règle en bois de trente centimètres au bord blanc gradué et de fabrication locale que je lui avais offerte pour ses cours de géométrie (d'après les calculs auxquels je me livrai par la suite, c'était lors de notre septième rencontre) était posée sur la table basse devant moi. De toute évidence, sa mère utilisait cet instrument de géométrie pour faire de la couture. Je pris la règle, la portai à mon nez et, cherchant à y retrouver l'odeur de la main de Füsun, je vis surgir son image devant moi. Je sentis les larmes me monter aux yeux. En entendant Tante Nesibe revenir de la cuisine, je glissai la règle dans la poche intérieure de ma veste.

Elle posa le café sur la table et s'assit en face de moi. Avec un geste commun à la mère et à la fille, elle alluma une cigarette.

— Ses examens se sont mal passés, Kemal Bey, dit-elle, décidant enfin du mode sur lequel elle s'adresserait à moi. Füsun a eu beaucoup de peine. Elle est partie au milieu en pleurant, nous n'avons même pas cherché à connaître les résultats. Cela lui a totalement sapé le moral. Ma pauvre fille ne pourra plus étudier à l'université maintenant. Elle était tellement effondrée qu'elle a même quitté son travail. Les cours de mathématiques avec vous ont également été une grande source d'affliction. Vous lui avez causé beaucoup de chagrin. Elle était très triste aussi le soir des fiançailles. J'imagine que vous le savez déjà… Mais cela fait beaucoup de choses en même temps. Vous n'êtes pas le seul responsable, naturellement… Mais elle est si jeune, si fragile, elle vient à peine d'avoir dix-huit ans. Tous ces événements l'ont terriblement affectée. Alors son père l'a emmenée très loin. Très, très loin. Maintenant, vous devez l'oublier, elle aussi vous oubliera.

Vingt minutes plus tard, sur notre lit de l'immeuble Merhamet, pendant que je regardais le plafond en suivant la courbe que dessinaient sur mes joues les larmes qui jaillissaient une à une de mes yeux, je repensai à la règle en bois. Oui, cette règle graduée utilisée au collège et au lycée et que j'avais sans doute offerte à Füsun parce que j'en avais une semblable quand j'étais enfant, est en réalité l'une des premières pièces authentiques de notre musée. Un objet qui me la rappelait, un objet de sa vie douloureusement acquis. J'introduisis doucement l'extrémité de la règle qui indiquait « 30 cm » dans ma bouche, le goût était amer mais je l'y maintins longuement. Deux heures durant, je restai allongé sur le lit à jouer ainsi, afin de me remémorer les moments où elle se servait de cette règle. Et cela me fit le plus grand bien car je me sentis aussi heureux que si j'avais vu Füsun.

31

Les rues qui me la rappellent

Désormais, je comprenais clairement que si je ne me conditionnais pas pour l'oublier, il me serait impossible de reprendre le cours de mon ancienne vie. Même les moins observateurs des employés de Satsat avaient remarqué que leur patron était atteint de noire mélancolie. Persuadée qu'il y avait un problème entre Sibel et moi, ma mère cherchait sans cesse à me tirer les vers du nez et les rares fois où nous dînions ensemble, elle m'exhortait, moi comme mon père, à ne pas boire autant. La curiosité et la peine de Sibel augmentaient en même temps que mes souffrances, s'approchant d'un point de rupture que je redoutais. J'étais terrifié à l'idée de perdre le soutien de Sibel dont j'avais tant besoin pour sortir du marasme dans lequel j'étais plongé et éviter une débâcle totale.

Par un effort de volonté, je m'étais interdit de remettre les pieds dans l'immeuble Merhamet, pour ne pas sombrer dans l'attente et la fascination des objets qui me parlaient d'elle. Ayant déjà piétiné les interdictions que j'avais tenté de m'imposer, en me mystifiant moi-même sous de fallacieux prétextes (je me proposais par exemple d'acheter des fleurs à Sibel à un certain endroit pour jeter un œil à travers la vitrine dans la boutique Şanzelize), je décidai de prendre une série de mesures plus sévères et de rayer mentalement de la carte certaines rues, certains endroits où j'avais passé la majeure partie de ma vie jusque-là.

J'expose ici la nouvelle carte de Nişantaşı à laquelle je m'employais de toutes mes forces à donner corps, et telle que je tâchais de l'assimiler. Je m'étais formellement interdit d'entrer dans les zones et les rues marquées en rouge. Selon cette carte, figuraient en rouge la boutique Şanzelize située à proximité du croisement des avenues Vali Konağı et Teşvikiye, l'avenue Teşvikiye sur laquelle se trouvait l'immeuble Merhamet, le coin près du commissariat et de la boutique d'Alaaddin. Rouges aussi la rue qui portait alors le nom d'Emlak avant de devenir rue Abdi İpekçi (puis rue Celâl Salik par la suite) et que les habitants de Nişantaşı appelaient « la rue du commissariat », la rue Kuyulu Bostan où habitait la famille de Füsun ainsi que toutes les ruelles pouvant déboucher sur ces artères dont je m'étais catégoriquement interdit l'accès. J'avais le droit d'emprunter les voies signalées en orange en guise de raccourcis si vraiment je ne pouvais faire autrement, à condition de ne pas avoir bu d'alcool, de ne pas m'y attarder plus d'une minute et de les traverser quasiment au pas de course. De nombreuses petites rues et celle où se trouvaient le foyer familial et la mosquée Teşvikiye étant des voies où je risquais aisément de rechuter dans les affres de la passion, elles étaient signalées en orange. Dans les rues jaunes aussi je devais rester prudent. Le chemin que j'empruntais chaque jour en sortant de Satsat pour regagner l'immeuble Merhamet où nous devions nous retrouver, le chemin que prenait Füsun en sortant de la boutique Şanzelize pour rentrer chez elle (et qui occupait constamment mes pensées) étaient pleins de souvenirs dangereux, de pièges menaçant de raviver mes blessures. Je pouvais entrer dans ces rues, mais il fallait que je fasse très attention. J'indiquai également sur la carte nombre d'autres endroits liés à ma si brève relation avec Füsun : par exemple, cela pouvait aller du terrain vague où l'on sacrifiait les moutons dans notre jeunesse jusqu'au coin où je l'avais observée de loin lorsqu'elle se tenait dans la cour de la mosquée. Je gardais toujours cette carte présente à l'esprit, j'évitais soigneusement les rues rouges et pensais que ce n'est qu'au prix d'une telle vigilance que je parviendrais peu à peu à vaincre ma maladie.

32

Ombres et fantômes de Füsun

J'eus beau circonscrire mon périmètre en m'interdisant d'emprunter les rues où j'avais passé toute ma vie et d'approcher les objets qui me la rappelaient, ces mesures restèrent hélas sans effet. Car loin de l'oublier, je m'étais mis à voir surgir Füsun tel un fantôme au milieu de la foule, dans les rues et les réceptions.

La première et la plus saisissante rencontre eut lieu vers la fin du mois de juillet, en début de soirée, dans un ferry à bord duquel j'allais rejoindre ma famille qui s'était s'installée à Suadiye pour l'été. Au moment où le bateau parti de Kabataş accostait à Üsküdar, j'étais déjà au volant et, comme tous les autres conducteurs impatients, je venais de tourner la clef de contact quand, soudain, je vis Füsun s'engager dans la sortie destinée aux piétons. La porte réservée à la descente des véhicules n'était pas encore ouverte et si je voulais la rattraper, il me fallait rapidement bondir de la voiture et courir derrière elle, au risque alors de bloquer le passage. Le cœur battant à tout rompre, je me précipitai dehors. Je m'apprêtais à crier son nom à tue-tête quand je m'aperçus avec dépit que, de la taille jusqu'en bas, la silhouette qui entrait dans mon champ de vision était beaucoup plus épaisse et massive que celle de ma bien-aimée et que le visage qui la surplombait appartenait à quelqu'un d'autre. Les jours suivants, je me repassai sans cesse au ralenti cette dizaine de secondes où ma douleur s'était soudain muée en une sensation de bonheur, et commençai à nourrir l'intime conviction que c'est de cette façon que nous nous rencontrerions.

Quelques jours plus tard, au cinéma Konak où j'étais allé à la séance de midi, histoire de me changer les idées, je gravissais lentement le long et large escalier pour rejoindre la sortie au niveau de la rue quand je l'aperçus devant moi, une dizaine de marches plus haut. À la vue de sa longue chevelure blonde et de sa frêle silhouette, mon cœur puis mes jambes s'animèrent. Comme dans un rêve, je m'approchai en courant, je voulus l'appeler, je découvris au dernier moment que ce n'était pas elle et ma voix s'étrangla dans ma gorge.

À Beyoğlu, où désormais je venais beaucoup plus souvent attendu que les risques de me rappeler Füsun y étaient plus faibles, il m'arriva un jour d'être pris d'un fol espoir en voyant son reflet dans une vitrine. Une autre fois, à sa démarche, je la reconnus en train de se faufiler à travers la foule sortie à Beyoğlu pour faire du shopping et aller au cinéma. Je courus derrière elle, mais je ne pus la rattraper et perdis sa trace. Incapable de décider si la personne que j'avais vue était un être réel ou un mirage provoqué par ma douleur, les jours suivants, vers la même heure, j'arpentai vainement l'avenue de haut en bas entre la mosquée Ağa et le cinéma Saray ; puis j'allai m'installer dans une brasserie, à une table près de la vitrine, et sirotai mon verre en regardant la rue et les passants.

Tels des instantanés semblant surgir du paradis, ces rencontres étaient parfois très brèves. Cette photo montrant la blanche silhouette de Füsun sur la place Taksim, par exemple, est un document témoignant de mon illusion qui n'excéda pas les deux secondes.

Au cours de cette même période, je remarquai combien étaient nombreuses les femmes et les jeunes filles turques dont la chevelure et l'allure semblaient imitées de Füsun, ainsi que la multitude de brunes qui se faisaient teindre en blond. Les rues d'Istanbul étaient pleines de fantômes de Füsun qui surgissaient à tout bout de champ et disparaissaient aussi vite qu'ils étaient apparus. Mais dès que j'observais ces fantômes d'un peu plus près, je constatais qu'ils ne ressemblaient en rien à ma Füsun. Un jour où je jouais au tennis avec Zaim au club Dağcılık, je la surpris en compagnie de trois jeunes filles qui buvaient du soda Meltem et bavardaient en riant à l'une des tables près du court ; mais je m'étonnai moins de la voir que de découvrir qu'elle fréquentait ce club. Une autre fois, parmi la foule descendue du *vapur* de Kadıköy, j'aperçus son fantôme gagner le pont de Galata et agiter la main pour héler un

216

dolmuş. Au bout de quelque temps, mon cœur et ma raison s'habituèrent à ces mirages. Je l'aperçus un jour au cinéma Saray à l'entracte entre deux films ; elle était au balcon, quatre rangs devant moi, et, entourée de ses deux sœurs, elle dégustait un de ces fameux chocolats glacés de marque Mirage de Glace. Mettant de côté la logique — je savais bien, au fond, que Füsun n'avait pas de sœurs —, je savourai jusqu'au bout l'aspect apaisant de mon illusion et m'employai à ne surtout pas penser que cette fille n'était pas Füsun et ne lui ressemblait d'ailleurs absolument pas.

Je la vis devant la tour de l'Horloge du palais de Dolmabahçe ; sous les traits d'une jeune ménagère au marché de Beşiktaş avec un filet à provisions ; et plus déconcertant encore, en train de regarder par la fenêtre du troisième étage d'un immeuble de Gümüşsuyu. Me voyant planté sur le trottoir les yeux rivés dans sa direction, le fantôme de Füsun commença à me dévisager. Je lui fis alors un signe de la main, et elle répondit à mon geste. Au mouvement de sa main, je compris que ce n'était pas Füsun et je m'éloignai aussitôt, confus et honteux. Ce qui ne m'empêcha nullement par la suite d'imaginer que son père s'était peut-être empressé de la marier pour qu'elle m'oublie, que Füsun avait entamé une nouvelle vie ici mais désirait quand même me voir.

Hormis les deux secondes de véritable consolation que me procuraient les premiers instants de la rencontre, une partie de mon esprit restait consciente que ces fantômes dans lesquels je croyais reconnaître Füsun n'étaient rien d'autre que des projections fantasmatiques de mon âme malheureuse. Mais ces subites apparitions éveillaient en moi un sentiment d'une telle douceur que je pris l'habitude de me rendre dans les lieux suffisamment peuplés pour multiplier mes chances de croiser son fantôme ; et c'est comme si j'avais établi dans ma tête une nouvelle carte d'Istanbul où tous ces points de rencontre étaient signalés. Mes pas me portaient toujours vers les endroits où les silhouettes que je prenais pour Füsun apparaissaient le plus fréquemment. La ville s'était ainsi transformée à mes yeux en un univers de signes qui me la rappelaient.

Comme c'est toujours lorsque je marchais distraitement et le regard perdu dans le vague que je croisais son fantôme, je marchais distraitement, le regard lointain. Dans les boîtes de nuit, dans les réceptions, quand Sibel était avec moi et que j'avais abusé du raki, je voyais Füsun apparaître dans des tenues diverses et variées, mais sous la pression d'idées telles que : je suis fiancé, le pot aux roses sera découvert si je vais trop loin, je reprenais mes esprits et constatais aussitôt que, de toute façon, cette femme n'était pas Füsun. Si j'expose ces vues des plages de Kilyos et de Şile, c'est parce que je la voyais parmi les timides jeunes filles et les femmes en bikini, surtout en début d'après-midi quand mon esprit se relâchait sous l'effet de la fatigue et de la chaleur d'été. Malgré la quarantaine d'années qui s'étaient écoulées depuis la fondation de la République et les réformes kémalistes, les Turcs ne semblaient pas encore très à l'aise dans leur maillot et leur bikini; entre la pudeur des Turcs et la vulnérabilité de Füsun, je percevais une ressemblance qui me touchait profondément.

Pendant ces insoutenables moments de nostalgie, je m'éloignais de Sibel qui jouait au ballon avec Zaim, j'allais m'allonger plus loin sur le sable et, tandis que mon corps desséché et rigidifié par le manque d'amour s'abandonnait au soleil, je contemplais la plage et les pontons dans mon champ de vision périphérique, et la fille qui s'approchait en courant, je croyais que c'était elle. Pourquoi ne l'avais-je pas emmenée une seule fois à la plage de Kilyos alors qu'elle en avait tellement envie ! Pourquoi n'avais-je pas su apprécier la valeur de cet immense cadeau que Dieu m'avait fait ! Quand donc pourrais-je la voir ? J'avais envie de fondre en larmes et de me liquéfier sur place comme neige au soleil. Mais me sachant coupable, je retenais mes larmes et me consumais de chagrin en m'enfonçant la tête dans le sable.

33

Enivrements vulgaires

La vie semblait s'être éloignée de moi, comme si la vigueur et les couleurs que je lui connaissais jusque-là s'étaient étiolées ; les objets avaient perdu leur pouvoir et leur réalité (si tangibles à une époque, mais je n'avais pas, hélas, eu conscience de les éprouver). Des années plus tard, quand je me consacrai aux livres, c'est dans une œuvre de l'écrivain français Gérard de Nerval que je lus les lignes qui exprimaient le mieux le sentiment de banalité et de trivialité qui m'affligeait à cette période. Après avoir compris qu'il a à jamais perdu l'amour de sa vie, le poète que la souffrance amoureuse poussera à se pendre déclare à la première page d'*Aurélia* qu'il ne lui reste qu'à se jeter « dans les enivrements vulgaires ». C'est exactement ce que je ressentais, je ne pouvais me défaire de l'impression que tout ce que je faisais durant les jours passés sans Füsun était vulgaire, banal et absurde ; j'éprouvais de la colère contre tout, contre tous ceux qui me ramenaient à cette médiocrité. Mais je conservais toujours intacte la conviction que je finirais par retrouver Füsun, par pouvoir lui parler et même la serrer dans mes bras. Ce qui permettait de me lier tant bien que mal à l'existence mais prolongeait en même temps ma souffrance, comme j'en viendrais plus tard à le déplorer.

Un jour de cette désastreuse période, une matinée très chaude de juillet, mon frère aîné me téléphona pour me dire que Turgay Bey, avec qui nous avions mené à bien pas mal de projets, était blessé de ne pas avoir été invité aux fiançailles et que, avec une colère justifiée (mon frère Osman avait appris par ma mère que c'est moi qui avais rayé le nom de notre associé de la liste des invités), il désirait se retirer d'une importante affaire d'exportation de drap dont nous avions obtenu ensemble le marché. Je le rassurai en lui disant que j'allais de ce pas rattraper le coup et travailler à nous réconcilier avec Turgay Bey.

Je lui téléphonai aussitôt et il m'accorda un rendez-vous pour le lendemain. Vers midi, sous une chaleur cuisante, pendant que je roulais en direction de Bahçelievler, où était implantée l'immense usine de Turgay Bey, en regardant défiler ces affreux quartiers périphériques de la ville couverts d'immeubles neufs de plus en plus laids, d'entrepôts, de petites fabriques et de décharges publiques, ma souffrance amoureuse me semblait relativement supportable. Cela tenait assurément au fait que j'allais voir quelqu'un dont je pensais pouvoir obtenir des nouvelles de Füsun ou avec qui je pourrais du moins parler d'elle. Mais comme dans d'autres circonstances semblables (en discutant avec Kenan ou en croisant Şenay Hanım à Taksim), je me cachais à moi-même la raison de ce bel émoi et tâchais de me persuader que c'était uniquement pour « affaires » que je me rendais là-bas. Si je ne m'étais pas mystifié à ce point, notre rendez-vous « de travail » avec Turgay Bey aurait sans doute été plus fructueux.

Son amour-propre avait été flatté que je fasse l'effort de venir de l'autre bout d'Istanbul pour m'excuser, et cela avait suffi à le contenter ; il se comporta très bien avec moi. Dans une ambiance cordiale, il me montra les ateliers de tissage où travaillaient des centaines d'ouvrières, les rangées de jeunes femmes installées devant leurs machines (un fantôme de Füsun m'apparut de dos derrière l'une de ces machines, mon cœur s'accéléra et me rappela ainsi le véritable objet de ma visite), les bâtiments neufs et modernes de la direction ainsi que les réfectoires conformes aux prescriptions en matière d'hygiène, et ce avec un air relevant moins de l'esbroufe que du désir de montrer que nous aurions tout à gagner à travailler avec lui. Turgay Bey voulait que nous déjeunions à la cafétéria avec les employés, comme il en avait l'habitude. Persuadé que mes excuses étaient insuffisantes, je lui proposai plutôt d'aller discuter autour d'un verre, afin d'aborder plus facilement certains « sujets délicats ». Nulle expression indiquant qu'il avait compris que je faisais allusion à Füsun n'apparut sur son visage banal barré d'une mousta-

220

che ; pensant sans doute que j'évoquais le fameux problème d'invitation aux fiançailles dont je n'avais encore soufflé mot, il me dit avec hauteur : « Personne n'est à l'abri d'une étourderie, oublions. » Je fis celui qui ne comprenait pas et cet honnête homme uniquement préoccupé par son travail fut ainsi dans l'obligation de m'emmener déjeuner dans l'un des nombreux restaurants de poisson de Bakırköy. Dès que je fus à bord de sa Mustang, je pensai que Füsun et lui s'étaient embrassés des dizaines de fois sur ces sièges, que leurs badineries amoureuses se reflétaient encore dans les aiguilles des compteurs et les rétroviseurs, qu'il l'avait tenue contre lui et tripotée alors qu'elle n'avait pas encore dix-huit ans. Je m'imaginais que Füsun était peut-être retournée avec lui ; j'avais beau rougir de toutes ces élucubrations, j'avais beau faire appel à la logique et me dire que cet homme n'était probablement au courant de rien, j'étais incapable de me raisonner.

Au restaurant, quand Turgay Bey et moi nous installâmes face à face comme deux voyous et que je vis de plus près ses mains velues prendre la serviette et l'étaler sur ses genoux, son nez aux narines immenses et sa bouche impudente, je sentis que les choses s'engageaient mal, que mon âme se recroquevillait de douleur et de jalousie et qu'il me serait impossible d'inverser la vapeur. Il s'adressait au serveur d'un ton impérieux et familier, il se tapotait doucement les lèvres de sa serviette avec des gestes affectés tout droit sortis des films hollywoodiens. Je réussis à prendre sur moi et à tenir bon jusqu'au milieu du repas. Je buvais du raki afin d'échapper au malaise et à l'animosité qui m'envahissaient, mais au lieu de les noyer, le raki les fit déborder. Alors que Turgay Bey m'expliquait en des termes d'une exquise politesse que les accrocs survenus dans ce contrat de drap étaient désormais réparés, qu'il n'y avait plus le moindre problème entre les associés et que, désormais, nos affaires seraient prospères, je lui rétorquai que l'important n'était pas tant de faire fructifier nos affaires que d'être des gens bien.

— Kemal Bey, dit-il en jetant un œil sur le verre de raki que j'avais dans la main. J'ai beaucoup de respect pour vous, pour votre père et toute votre famille. Nous avons tous connu des jours difficiles. Dans ce beau et pauvre pays, rendons grâce à Dieu de nous avoir accordé la chance de devenir riches. Restons humbles et prions, ce n'est qu'ainsi que nous pourrons être des gens bien.

— Je ne vous savais pas si dévot, répondis-je avec ironie.

— Mon cher Kemal Bey, que me reprochez-vous ?

— Turgay Bey, sachez que vous vous êtes très mal conduit avec une toute jeune fille de ma famille, vous l'avez harcelée, vous avez même essayé de l'acheter en lui offrant de l'argent. Füsun de la boutique Şanzelize est une très, très proche parente du côté de ma mère.

Son visage devint gris comme la cendre, il regarda droit devant lui. À cet instant, je compris que la jalousie que j'éprouvais envers Turgay Bey tenait moins à son statut d'ex-petit ami de Füsun qu'à sa capacité de retourner tranquillement à la normalité de sa vie bourgeoise, une fois les braises de sa passion consumées.

— Je ne savais pas qu'elle était de votre famille, dit-il avec une étonnante maîtrise de soi. J'ai honte à présent. S'il vous est insupportable de me voir dans un cadre familial, si c'est à cause de cela que je n'ai pas été invité aux fiançailles, je vous donne raison. Votre père et votre frère pensent-ils de même ? Que fait-on, on met un terme à notre partenariat ?

— On arrête là, répondis-je, en regrettant aussitôt les mots que je venais de prononcer.

— Dans ce cas, c'est vous qui rompez le contrat, dit-il en allumant une Marlboro rouge.

À ma souffrance amoureuse s'ajoutait la honte d'avoir commis une telle erreur. J'étais passablement ivre, mais je pris quand même le volant pour repartir. Conduire à Istanbul, surtout sur la route côtière qui longe les remparts, était un grand bonheur pour moi depuis l'âge de dix-huit ans mais, ce jour-là, ce plaisir virait à la torture sous l'effet du sentiment de catastrophe qui m'avait envahi. Même la ville semblait avoir perdu sa beauté, on eût dit que j'appuyais sur l'accélérateur pour la fuir. À Eminönü, en passant sous les ponts pour piétons devant Yeni Cami, peu s'en fallut que je n'écrase quelqu'un qui traversait la chaussée.

De retour au bureau, je décrétai que la meilleure chose à faire était de convaincre Osman et d'abord moi-même que la rupture de notre contrat de partenariat avec Turgay Bey ne serait pas si dramatique que cela. J'appelai Kenan. Connaissant très bien les détails de cet appel d'offres, il m'écouta avec une attention extrême. Je résumai les faits en disant que nous étions en délicatesse avec Turgay Bey pour des motifs personnels, et lui demandai si nous étions en mesure d'honorer seuls cette commande de drap. Il me répondit par la négative et s'enquit du problème essentiel. Je répétai que Turgay Bey et nous étions dans l'obligation de faire route séparément.

— Kemal Bey, évitons si possible de nous engager sur une telle voie, dit Kenan. Vous en avez parlé avec votre frère?

Et de m'expliquer que cela serait un coup dur non seulement pour Satsat mais aussi pour les autres sociétés, que les sanctions que les tribunaux new-yorkais prononceraient à notre encontre risquaient d'être extrêmement lourdes si nous ne parvenions pas à respecter les délais de livraison.

— Votre frère est-il au courant de la situation? demanda-t-il de nouveau.

Ayant senti l'odeur de raki qui émanait de ma bouche comme la fumée d'une cheminée, il m'est avis qu'il s'octroyait le droit d'afficher son inquiétude non seulement pour la société mais aussi pour moi.

— Désormais, la flèche est décochée, dis-je. Nous n'avons pas le choix, nous devrons mener cette tâche sans Turgay Bey.

Je n'avais nul besoin que Kenan me le dise pour savoir que c'était irréalisable. Mais ma logique rationnelle s'était complètement enrayée, elle était tombée aux mains d'un diable avide de provoquer un esclandre et la bagarre. Kenan ne cessait de me répéter que je devais en parler avec mon frère.

À ce moment-là, je réprimai une furieuse envie de lui jeter à la tête l'agrafeuse et le cendrier portant le logo de Satsat que vous voyez exposés ici. Je me souviens d'être resté en arrêt devant sa ridicule cravate en remarquant soudain qu'elle arborait des couleurs et des motifs semblables à ceux du cendrier.

— Kenan Bey, ce n'est pas dans la société de mon frère que vous travaillez, mais avec moi! lui criai-je.

— Kemal Bey, je vous en prie, croyez que j'en suis parfaitement conscient, dit-il d'un ton pédant. Mais c'est vous qui m'avez présenté à votre frère aux fiançailles et, depuis, nous sommes restés en contact. Si vous ne l'appelez pas dès maintenant pour un sujet aussi important, il va beaucoup s'inquiéter. Votre frère est au courant de vos soucis ces derniers temps et il souhaite vous aider, comme tout le monde.

Ce « comme tout le monde » faillit me rendre fou de rage. Je l'aurais volontiers viré sur-le-champ si je n'avais craint son intrépidité. Je sentais que toute une part de mon esprit était aveuglée et que désormais, par amour, jalousie ou quoi que ce fût, j'étais incapable d'analyser de façon juste ce qui se passait. Je souffrais comme une bête prise au piège et je savais pertinemment que la seule chose qui pourrait m'apaiser serait de voir Füsun. Peu m'importait le reste, car, de toute façon, tout était vulgaire et inutile.

34

Comme un chien dans l'espace

Ce fut non pas Füsun mais Sibel que je vis. Ma souffrance avait atteint de telles proportions, elle m'avait à ce point réduit à sa merci que je redoutais, lorsque tout le monde aurait quitté les locaux, de me sentir aussi abandonné que ce chien expédié à bord de son engin spatial dans la noire immensité. Une fois seul au bureau, j'appelai Sibel pour qu'elle vienne me rejoindre, ce qui l'amena à penser que nous reprenions le fil de nos « habitudes sexuelles d'avant les fiançailles ». Pleine de bonnes intentions, ma fiancée avait mis ce parfum de marque Sylvie que j'appréciais tant, ces bas résille dont elle savait qu'ils m'excitaient et des chaussures à talons. Vu qu'elle exultait de bonheur à l'idée que j'étais sorti de ma dépression, je ne pus lui dire que, en réalité, c'était exactement le contraire, et que si je l'avais appelée, c'était dans l'espoir d'échapper un tant soit peu au sentiment de catastrophe qui m'habitait et de me blottir dans ses bras, de même que je me réfugiais dans ceux de ma mère quand j'étais enfant. Comme elle se plaisait à le faire auparavant, Sibel me fit d'abord asseoir sur le canapé et, s'amusant à imiter le personnage de la secrétaire stupide, elle commença tout doucement à se dévêtir avant de venir s'asseoir tout sourire sur mes genoux. Ses cheveux, son cou, son parfum qui me donnait l'impression d'être à la maison, cette proximité qui générait en moi un sentiment familier de sécurité... je préfère ne rien en dire de crainte de décevoir le lecteur et le visiteur du musée, que la logique et une curiosité indiscrète pourraient porter à s'imaginer que nous fîmes l'amour avec bonheur. Pour Sibel aussi ce fut une désillusion. Quant à moi, j'éprouvai un tel bien-être à la serrer dans mes bras que je finis par sombrer dans un apaisant sommeil, où je rêvai de Füsun.

Lorsque je m'éveillai tout en sueur, nous étions encore enlacés. Dans la semi-pénombre, elle absorbée par ses pensées et moi, par mon sentiment de culpabilité, nous nous rhabillâmes sans souffler mot. Comme aux jours heureux d'autrefois, le bureau était éclairé par les phares des voitures qui passaient dans l'avenue et les éclairs violets qui jaillissaient par intermittence des perches des trolley-bus.

Sans nous enferrer dans de longues discussions, nous décidâmes d'un commun accord d'aller au Fuaye. En nous installant à notre table au milieu de la joyeuse foule du restaurant, je mesurai à nouveau combien Sibel était une chic fille, agréable, belle et compréhensive. Je me rappelle que, pendant une heure, nous discutâmes à bâtons rompus et plaisantâmes avec les amis éméchés qui venaient s'asseoir quelques instants à notre table, et nous apprîmes par le serveur que Mehmet et Nurcihan étaient venus dîner et repartis de bonne heure. Mais aux silences qui émaillaient la conversation, il était clair que nous étions tous deux préoccupés par la question de fond que nous ne pourrions plus éviter. Je fis ouvrir une seconde bouteille de vin de Çankaya. Sibel aussi buvait beaucoup à présent.

— Dis-le maintenant, finit-elle par lâcher. C'est quoi le problème ? Allez…

— Si seulement je le savais, répondis-je. On dirait qu'une partie de moi refuse de voir et de comprendre en quoi il consiste.

— Tu l'ignores donc toi-même, n'est-ce pas ?

— Oui.

— À mon avis, tu sais beaucoup plus de choses que moi, répliqua Sibel en souriant.

— Ah oui ? Et des choses de quel genre, selon toi ?

— Ça t'inquiète de savoir ce que je pense concernant ton problème ? demanda-t-elle.

— J'ai surtout peur de te perdre si jamais je n'arrive pas à le résoudre.

— N'aie pas peur, dit-elle, je suis patiente et je t'aime beaucoup. Ne dis rien si tu ne veux pas m'en parler. Sache aussi que je ne me fais pas de fausses idées à ce sujet, sois tranquille. Nous avons tout le temps.

— Quel genre de fausses idées ?

— Je ne pense pas que tu sois homosexuel, par exemple, dit-elle par désir à la fois de me taquiner et de me rassurer.

— Merci. Quoi d'autre ?

— Je ne crois pas non plus qu'il s'agisse d'une maladie sexuelle ou d'un profond traumatisme lié à l'enfance. En revanche, je suis d'avis qu'un psychologue te ferait le plus grand bien. Il n'y a pas de honte à consulter un psychologue, en Europe et en Amérique, tout le monde a le sien… Il faudra bien sûr que tu lui racontes tout ce dont tu n'as pas pu me parler… Allez, chéri, explique-moi, n'aie pas peur, je te pardonnerai.

— J'ai peur, dis-je en riant. On danse ?

— Tu reconnais donc qu'il y a quelque chose que toi tu sais et que moi j'ignore.

— Mademoiselle, s'il vous plaît, ne déclinez pas mon invitation.

— Ah, monsieur, c'est que je suis fiancée à un homme si tourmenté, dit-elle, puis nous nous levâmes pour danser.

Je consigne ces détails afin de montrer l'étonnante intimité, le langage particulier et le profond amour — je ne sais si j'emploie ce terme à bon escient — qui se développèrent entre nous au cours de ces chaudes soirées de juillet passées à beaucoup boire dans les boîtes de nuit, les réceptions et les restaurants dont j'expose ici les verres et les cartes de menu. Cet amour nourri non pas de passion sexuelle mais d'une solide tendresse n'était pas totalement dépourvu d'attirance physique et de sensualité, comme pouvaient le constater ceux qui nous regardaient danser d'un œil jaloux, alors que tous deux étions dans un état d'ébriété avancé passé minuit. Pendant que *Roses et lèvres* joué par l'orchestre un peu plus loin ou les morceaux sélectionnés par le disc-jockey (une profession qui faisait tout juste son apparition en Turquie) égrenaient leurs notes entre les feuillages des arbres immobiles dans la moiteur de ces chaudes nuits d'été, j'étreignais ma chère fiancée avec le même profond sentiment de sécurité, le plaisir du partage et la force de la camaraderie que j'éprouvais quand je l'enlaçais sur le canapé dans le bureau ; j'aspirais la rassurante odeur de ses cheveux, de son cou et, comprenant que Sibel serait toujours à mon côté et que mon impression d'être aussi seul qu'un chien astronaute perdu dans l'espace était erronée, je la serrais contre moi avec ivresse. Parfois, sous le regard des autres couples romantiquement enlacés sur la piste de danse, nous titubions et menacions presque de rouler par terre tant nous étions saouls. Sibel prenait plaisir à cet état d'étrange griserie qui nous éloignait du monde ordinaire. Pendant que communistes et nationalistes de droite se tiraient dessus dans les rues d'Istanbul, qu'on cambriolait, faisait sauter les banques et attaquait les cafés à la mitraillette, ma mystérieuse maladie, qui aux yeux de Sibel ajoutait de la profondeur à la vie, nous autorisait à oublier le monde.

Ensuite, lorsque nous regagnions notre table, bien que complètement pompette, elle relançait la discussion sur ce mystérieux sujet et, à force d'en parler, elle parvenait non pas à mieux le saisir mais à le transformer en quelque chose d'acceptable. Grâce aux efforts de Sibel, ma bizarrerie, ma mélancolie et mon incapacité à faire l'amour avec elle se réduisaient ainsi à une légère affliction, où l'attachement et la tendresse que ma fiancée nourrissait à mon égard se voyaient mis à l'épreuve avant le mariage, à une petite tragédie qui finirait par être oubliée. C'est comme si le mal dont je souffrais instaurait une distance entre nous et les amis riches, superficiels et un peu frustes qui nous emmenaient nous promener dans leur bateau à moteur. Nul besoin pour nous démarquer de nous joindre aux ivrognes qui plongeaient en fin de soirée dans les eaux du Bosphore depuis l'embarcadère du *yalı* où se donnait une réception, car grâce à mon étrange état de souffrance, nous étions de toute façon devenus « différents ». Le sérieux, la dignité avec lesquels Sibel se penchait sur ma douleur me rendaient heureux et contribuaient à nous lier l'un à l'autre. Mais dans cette ambiance entre ivresse et gravité, Sibel remarquait aussitôt la drôle d'expression qui se peignait sur mon visage dès que j'entendais la triste sirène d'un *vapur* des anciennes lignes maritimes urbaines passant au loin ou pensais reconnaître Füsun quelque part dans la foule, et elle pressentait que cet obscur danger était encore plus effrayant qu'elle ne le pensait.

C'est en raison de ces intuitions que, vers la fin du mois de juillet, la psychanalyse qu'elle m'avait d'abord gentiment conseillée devint à ses yeux une condition incontournable ; pour ne pas perdre sa tendresse et sa merveilleuse camaraderie, j'acceptai. À cette époque, le célèbre psychanalyste turc, dont le lecteur attentif se rappellera les perles au sujet de l'amour, venait tout juste de rentrer d'Amérique et s'employait à convaincre du sérieux de son métier en promenant son nœud papillon et sa pipe dans les cercles étroits de la société stambouliote. Des années plus tard, lorsque j'allai le voir pour lui demander quels souvenirs il avait gardés de cette époque et le prier de retrouver sa pipe et son nœud papillon pour en faire donation à notre musée en cours de fondation, je compris qu'il ne se rappelait absolument rien de mes tourments d'alors et, pire, qu'il n'était même pas au courant de ma triste histoire parfaitement connue de toute la bonne société stambouliote. Il se souvenait de moi comme de quelqu'un en bonne santé venu, ainsi que nombre de ses clients, sonner à sa porte par simple curiosité. Quant à moi, je n'oublierai jamais l'insistance avec laquelle Sibel tenait à m'accompagner telle une mère conduisant son fils malade chez le médecin, et le ton sur lequel elle me dit : « Je t'attendrai dans la salle d'attente, mon chéri. » Mais j'avais refusé qu'elle vienne. Avec une intuition partagée par les bourgeois des pays non occidentaux et plus particulièrement les pays musulmans, Sibel considérait la psychanalyse comme un rituel de confession « scientifique » inventé à l'intention des Occidentaux, qui n'avaient pas l'habitude des thérapies fondées sur la solidarité et les confidences intrafamiliales. Après avoir parlé de la pluie et du beau temps et soigneusement rempli les formulaires requis, au médecin qui me demandait quel était mon souci, j'eus spontanément envie de dire que je me sentais aussi seul qu'un chien expédié dans l'espace depuis que j'avais perdu celle que j'aimais. Mais je résumai mon problème en disant que je n'arrivais pas à faire l'amour avec ma jolie, séduisante et très aimée fiancée depuis que nous nous étions engagés. Il m'interrogea sur les raisons de mon manque de désir. (Alors que je pensais que c'est lui qui me les expliquerait.) Aujourd'hui, des années après ces événements, chaque fois que je me remémore la réponse qui, grâce à Dieu, me vint alors à l'esprit et en laquelle je trouve une certaine part de vérité, j'en souris encore : « Je crois que j'ai peur de la vie, docteur. »

Lorsque je pris congé, « N'ayez pas peur de la vie, Kemal Bey ! » me dit pour conclure le psychanalyste, chez qui je ne remis plus jamais les pieds.

35

Le premier noyau de ma collection

Enhardi par les encouragements du psychanalyste, j'eus la stupidité de croire que ma maladie s'était atténuée; me dupant moi-même, je cédai à l'envie de m'aventurer dans les rues de ma vie marquées en rouge, dont je m'étais interdit l'accès. Passer devant le magasin d'Alaaddin, humer l'atmosphère des rues et des magasins où ma mère et moi allions faire des courses quand j'étais petit me fit un si grand bien les premières minutes que j'en vins réellement à penser que je n'avais pas peur de la vie et que ma maladie s'était résorbée. Fort de cet optimisme, je commis l'erreur de vouloir passer devant la boutique Şanzelize à seule fin de me prouver que je ne ressentais plus la moindre souffrance amoureuse et que tout était rentré dans l'ordre. Mais il suffit que j'aperçoive de loin le magasin pour que ma raison s'égare.

La douleur qui n'attendait que d'être ravivée assombrit aussitôt mon âme. Dans l'espoir d'une rapide solution, je me dis que Füsun était peut-être dans la boutique; mon cœur s'accéléra. Tandis que mon esprit s'embrouillait et que mon assurance commençait à m'abandonner, je passai sur le trottoir d'en face et regardai par la vitrine à l'intérieur du magasin : Füsun était là ! J'eus l'impression que j'allais m'évanouir; je me précipitai vers la porte et au moment précis où je m'apprêtais à entrer, je compris que j'avais vu non pas Füsun mais un fantôme. Une autre avait été embauchée à sa place ! Je crus que mes jambes allaient se dérober sous moi. La vie que je menais à courir les fêtes et les boîtes de nuit me paraissait incroyablement factice et vulgaire tout à coup. La seule personne au monde avec qui je devais me trouver, l'unique centre de ma vie était ailleurs, et chercher vainement à m'illusionner en me jetant dans les enivrements vulgaires était un manque de respect autant envers moi-même qu'envers elle. Le sentiment de remords et de culpabilité qui m'avait assailli après les fiançailles atteignait désormais des proportions insupportables. J'avais trahi Füsun ! Je devais uniquement penser à elle. Il me fallait promptement rejoindre l'endroit où je pourrais l'approcher au plus près.

Une dizaine de minutes plus tard, j'étais couché dans notre lit de l'immeuble Merhamet, j'essayais de retrouver le parfum de Füsun imprégné dans les draps, de sentir sa présence dans mon corps, comme si je voulais devenir elle. Son odeur s'était atténuée, presque volatilisée. Je serrai les draps de toutes mes forces. Quand la douleur atteignit son paroxysme, je tendis la main pour me saisir du presse-papier en verre posé sur la petite table. L'odeur si particulière de main, de sa peau et de son cou flottait à la surface du verre et me titillait agréablement la bouche, les narines et les poumons à mesure que je l'aspirais. Je restai longtemps ainsi allongé dans le lit, à humer ce parfum et à jouer avec ce presse-papier en verre. D'après les calculs auxquels je me livrai en fouillant dans mes souvenirs, je le lui avais offert le 2 juin mais, à l'instar de nombreux autres de mes cadeaux, Füsun ne l'avait pas emporté chez elle, de crainte d'éveiller les soupçons de sa mère.

Je racontai à Sibel que ma consultation chez le médecin avait duré longtemps, que je n'avais pas réussi à confesser quoi que ce soit, que cet homme n'avait rien à m'apporter et que je n'y retournerais pas mais que, malgré tout, je me sentais un peu mieux.

Me rendre à l'immeuble Merhamet, rester allongé sur le lit et me distraire avec un objet m'avait fait le plus grand bien. Mais une journée et demie plus tard, ma souffrance était revenue à son état antérieur. Au bout de trois jours, je retournai dans l'appartement, m'allongeai sur le lit et, tel un enfant portant tout ce qu'il trouve à sa bouche, je jetai mon dévolu sur un autre objet touché par Füsun : un pinceau aux poils desséchés et saturés de couleurs que je promenai sur mes lèvres et ma peau. Ma douleur s'apaisa de nouveau quelque temps. Parallèlement, je pensais que j'avais développé une véritable accoutumance, que j'étais aussi dépendant aux objets en lesquels je trouvais consolation qu'à une drogue et que, pour oublier Füsun, cette addiction ne serait guère bénéfique.

Cependant, étant donné que j'agissais comme si ces visites d'une durée de deux heures effectuées tous les deux ou trois jours à l'immeuble Merhamet n'existaient pas — comme si je cachais ces escapades non seulement à Sibel mais aussi à moi-même —, je sentais que ma maladie reculait peu à peu vers un seuil supportable. Le regard que je portais les premiers temps sur ces objets — les *kavukluk*[1] hérités de mon grand-père, ce fez que Füsun coiffait pour faire le pitre, les vieilles chaussures de ma mère qu'elle s'amusait à enfiler (toutes deux chaussaient du 38) — tenait moins du collectionneur que du malade contemplant sa flopée de médicaments. J'avais besoin des objets qui me rappelaient Füsun pour apaiser ma douleur mais, dès que celle-ci s'atténuait, j'avais envie de les fuir, eux et cette maison, parce qu'ils me rappelaient ma maladie et que, plein d'optimisme, je me croyais sur la voie de la guérison. Cet optimisme me donnait du courage ; entre joie et douleur, je m'imaginais pouvoir bientôt reprendre le fil de mon existence, recommencer à faire l'amour avec Sibel, l'épouser et me lancer dans une vie conjugale normale et heureuse.

Mais ces instants d'optimisme duraient peu. En moins d'une journée, la nostalgie se transformait en une pesante douleur et, au bout de deux jours, en un insupportable tourment qui m'obligeait à retourner à l'immeuble Merhamet. En entrant dans l'appartement, soit je me tournais vers les objets qui me rappelaient le plaisir que nous avions à être assis côte à côte — tasse à thé, pince à cheveux oubliée, règle, peigne, gomme ou stylo bille, par exemple —, soit je partais à la recherche d'un objet que Füsun avait tenu entre ses mains et qui avait conservé son odeur parmi les vieilles affaires que ma mère avait remisées ici parce qu'elles ne servaient plus à rien, et pendant que je passais en revue les souvenirs qui y étaient liés, j'élargissais ma collection.

---

1. « Étagères à turban ». Le *kavuk* est une sorte de coiffe. *(N.d.T.)*

36

Dans le petit espoir d'apaiser
mes affres amoureuses

C'est durant cette période cruciale de mise au jour des premiers objets de ma collection que j'écrivis la lettre que j'expose ici. La raison pour laquelle je l'ai laissée dans son enveloppe tient autant à mon souci de ne pas rallonger mon récit qu'à la honte que j'éprouvais encore vingt ans plus tard en fondant le musée de l'Innocence. S'il pouvait la lire, le visiteur ou le lecteur de ce livre verrait que cette lettre était une véritable supplique à Füsun. Je lui disais que j'avais mal agi envers elle, que je m'en voulais énormément, que je souffrais atrocement, que l'amour était un sentiment sacré et que j'étais prêt à quitter Sibel si elle revenait vers moi. Je regrettai aussitôt cette dernière phrase : j'aurais dû écrire que je quittais purement et simplement Sibel, sans condition ; mais comment me résoudre à cette mesure extrême alors que le soir j'irais encore me saouler en sa compagnie et m'accrocherais à elle comme à ma seule planche de salut ? Dix ans plus tard, en retrouvant dans l'armoire de Füsun cette lettre dont l'existence importe plus que son contenu, je constatai avec stupeur à quel point je me leurrais moi-même au moment où je l'avais rédigée. D'un côté, j'essayais de me cacher mon désespoir et l'intensité de mon amour pour Füsun, je me berçais d'illusions en cherchant à détecter dans des détails absurdes le signe que j'allais bientôt la retrouver. De l'autre, j'étais incapable de renoncer à mon rêve de fonder un foyer heureux avec Sibel. Et si je franchissais le pas, si je rompais mes fiançailles avec Sibel et proposais à Füsun de m'épouser ? Cette idée, qui ne m'avait jamais effleuré l'esprit, je crois, prit forme et se déploya devant mes yeux lorsque je retrouvai Ceyda, la grande amie de Füsun depuis le concours de beauté et sur l'intermédiaire de qui je comptais.

À l'intention du visiteur du musée lassé de mes souffrances amoureuses, j'expose ici une coupure de journal où l'on voit une photo de Ceyda prise pour les besoins du concours de beauté ainsi qu'une interview où elle déclare que son but dans la vie est de faire un mariage heureux avec l'homme de ses rêves... Je présente mes vifs remerciements à Ceyda Hanım pour avoir généreusement donné à notre musée cette belle photographie de jeunesse, et pour le grand respect dont elle a toujours fait preuve envers ma pathétique histoire d'amour dont elle connaissait chaque détail depuis le début. Au moment d'envoyer la lettre que j'avais eu tant de mal à écrire, j'avais jugé que le mieux, afin d'éviter qu'elle ne tombe entre les mains de la mère de Füsun, serait de la faire passer par Ceyda plutôt que de l'expédier par la poste ; et c'est ainsi que, grâce à l'aide de ma secrétaire Zeynep Hanım, j'avais retrouvé sa trace. Cette amie à qui Füsun avait toujours tout raconté de notre relation accepta sans façon de me rencontrer quand je lui dis que je désirais m'entretenir avec elle d'un sujet important. Nous nous retrouvâmes à Maçka, et je remarquai aussitôt que je n'avais pas honte de m'ouvrir à Ceyda de mes peines de cœur. Sans doute parce que je la sentais assez mûre pour tout comprendre, mais peut-être aussi parce que je la trouvais radieuse de bonheur. Elle ne me cacha pas qu'elle était enceinte, que le fils Sedirci, son riche et très conservateur petit ami, avait par conséquent décidé de l'épouser et que le mariage était prévu pour bientôt. Aurais-je la chance d'y voir Füsun, où était-elle en ce moment ? Ceyda répondit de manière élusive à mes questions. Füsun avait dû lui faire la leçon. Pendant que nous marchions en direction du parc de Maçka, elle me tint des propos sérieux et profonds sur le sérieux et la profondeur de l'amour. Tandis que je l'écoutais, mon regard fut accroché par la mosquée de Dolmabahçe un peu plus loin, et je m'absorbai dans une vision d'enfance issue du monde des rêves.

Par crainte de paraître insistant, je n'osai même pas lui demander si Füsun allait bien. Je sentais que Ceyda caressait l'espoir que je finisse par quitter Sibel pour épouser Füsun et qu'ainsi nous puissions nous voir en famille, et je constatais que moi aussi je me laissais prendre à ces rêveries. Le paysage du parc de Maçka où nous étions venus nous asseoir en cet après-midi de juillet, la beauté du Bosphore, les mûriers devant nous, les couples d'amoureux sirotant leur soda Meltem aux tables du café du parc à l'ambiance rustique, les mères de famille se promenant avec leur poussette, les enfants jouant dans le bac à sable à quelques pas de là, les étudiants occupés à rire en grignotant des graines de tournesol et des pois chiches grillés, le pigeon et les deux moineaux qui picoraient les coques des graines… toute cette foule me rappelait quelque chose que j'étais en train d'oublier, la beauté ordinaire de la vie. Voilà pourquoi je me laissai envahir par un grand espoir quand Ceyda me déclara en écarquillant les yeux qu'elle transmettrait ma lettre à Füsun et qu'elle était persuadée que cette dernière me répondrait.

Mais aucune réponse ne vint.

Au début du mois d'août, un matin, force me fut de constater que, malgré toutes les précautions et les expédients dont j'usais pour la contourner, ma souffrance ne diminuait en rien mais croissait au contraire de façon constante. Quand je travaillais au bureau ou discutais avec quelqu'un au téléphone, je ne pensais pas à Füsun mais la permanente douleur dans mon ventre était presque devenue une forme de pensée, qui circulait comme un courant électrique dans mon cerveau. Les diverses tactiques auxquelles j'avais recours dans le petit espoir d'apaiser mes affres amoureuses parvenaient à faire diversion et m'apporter un certain réconfort les premiers temps mais elles se révélaient parfaitement inefficaces à long terme.

Je m'étais pris d'engouement pour tout ce qui touchait aux présages, aux signes mystérieux et aux rubriques « Astrologie » des journaux. J'accordais surtout crédit à la page « Votre horoscope du jour » du *Son Posta* et aux observations de la revue *Hayat*. « Aujourd'hui, vous aurez un signe de la personne de vos pensées », prédisait toujours le roué spécialiste aux lecteurs en général et à moi en particulier. Des choses similaires étaient souvent annoncées aux natifs des autres signes, mais c'était normal, vu qu'il faut être deux pour que cela arrive. Si je lisais attentivement les rubriques « Horoscope » et « Prévisions astrologiques », je ne croyais cependant pas plus aux étoiles qu'aux signes du zodiaque et je n'aurais jamais pu m'y plonger des heures durant comme le font les femmes au foyer qui s'ennuient. Mon problème était urgent. « Si c'est une femme qui entre, me disais-je quand la porte s'ouvrait, je retrouverai Füsun. Si c'est un homme, ça n'augure rien de bon. »

Le monde, la vie, tout grouillait de signes que Dieu envoyait aux humains afin qu'ils puissent en tirer des oracles. « Si la première voiture rouge qui passe dans l'avenue arrive sur ma gauche, j'aurai des nouvelles de Füsun, si elle arrive de la droite, je devrai encore attendre », me disais-je en comptant les voitures que je voyais défiler par la fenêtre de Satsat. « Si je suis le premier à fouler le sol de l'embarcadère, je verrai bientôt Füsun », et je sautais du *vapur* avant même qu'il ne soit arrimé au quai. « Le premier à descendre est un âne ! » criaient les préposés aux amarres derrière moi. Si j'entendais la sirène d'un bateau, je considérais cela comme un bon présage et essayais de deviner à quel navire elle appartenait. « Si les marches du passage aérien piéton sont en nombre impair, je verrai bientôt Füsun », me disais-je. Au cas où les marches étaient en nombre pair, ma douleur augmentait, mais si le résultat allait dans mon sens, cela me rassérénait quelque temps.

Le pire, c'était de me réveiller au milieu de la nuit et de ne pouvoir me rendormir à cause de la douleur. Je me servais alors un raki, souvent suivi de plusieurs verres de whisky ou de vin ; submergé par le brouhaha incessant de ma conscience, j'avais envie de l'éteindre comme on tournerait le bouton d'une radio. Debout en pleine nuit, mon verre de raki à la main, il m'arrivait souvent de prendre le vieux jeu de cartes de ma mère pour me lire l'avenir — faire une patience, comme elle disait —, ou de m'acharner à jeter les dés que mon père n'utilisait presque plus, me jurant chaque fois que c'était la dernière. Lorsque j'étais fin saoul, je sentais que je prenais un étrange plaisir à ma douleur et je trouvais, avec un orgueil imbécile, que mon état était digne d'un livre, d'un film et même d'un opéra.

Une nuit où j'étais resté dans la résidence d'été de Suadiye et m'étais encore éveillé avant l'aube sans espoir de retrouver le sommeil, je sortis sans bruit sur la terrasse côté mer, m'allongeai dans une chaise longue et, aspirant les effluves de pin, j'essayai de m'assoupir en contemplant les lumières tremblotantes des îles.

— Toi non plus, tu n'arrives pas à dormir ? me demanda mon père à voix basse.

Dans l'obscurité, je n'avais pas remarqué qu'il occupait la chaise longue à côté de moi.

— En ce moment, j'ai du mal à dormir, murmurai-je, comme pris en faute.

— Ne t'inquiète pas, ça passera, répondit-il gentiment. Tu es jeune encore. Il est beaucoup trop tôt pour que les tourments te rendent insomniaque. Mais à mon âge, si jamais tu as des remords de conscience, tu passes la nuit à compter les étoiles jusqu'au matin. Ne fais surtout rien dont tu aies à te repentir.

— Entendu, papa, murmurai-je.

Bientôt, j'oubliai un peu ma douleur et compris que je parviendrais de nouveau à glisser dans le sommeil. J'expose ici le haut de pyjama que mon père portait cette nuit-là et cette pantoufle isolée dont la vue éveille toujours de la tristesse en moi.

Parmi les habitudes que j'avais contractées les derniers temps, je vous en ai dissimulé deux ou trois — soit parce que je les trouvais insignifiantes, soit parce que je n'avais aucune envie de baisser davantage dans l'estime des lecteurs et des visiteurs du musée — mais pour la bonne compréhension de notre histoire, je vais vous avouer l'une d'elles à présent. À la pause de midi, quand Zeynep Hanım sortait déjeuner avec les autres, je téléphonais parfois chez Füsun. Jamais je ne tombais sur elle ni sur son père, ce qui me donnait à penser qu'elle n'était pas encore revenue du mystérieux endroit où elle était partie avec lui. C'est toujours Tante Nesibe qui répondait ; elle devait donc faire ses travaux de couture à domicile. Mais je ne désespérais pas d'entendre un jour Füsun décrocher. Je guettais le moment où Tante Nesibe laisserait échapper quelques mots concernant sa fille. Ou croyant que je finirais bien par entendre la voix de Füsun derrière celle de sa mère, j'attendais patiemment sans souffler mot. S'il était facile de ne rien dire lorsque Tante Nesibe décrochait, garder le silence me devenait de plus en plus difficile à mesure qu'elle parlait. Parce que Tante Nesibe cédait vite à l'affolement et laissait aussitôt transparaître son inquiétude, sa colère et sa peur d'une manière qui eût enchanté un harceleur au téléphone : « Allô ! Allô ! Qui êtes-vous ? Qui est là ?

Qui appelez-vous ? Tu vas parler, oui ! Allô ! Allô ! Qui es-tu ? Tu cherches quoi ? » À répéter des phrases de ce genre, elle s'empêtrait dans sa panique et jamais l'idée de me raccrocher au nez ne lui venait à l'esprit. Face à mes coups de fil, ma parente éloignée me faisait l'impression d'un lapin dans les phares d'une voiture et, le temps passant, j'en conçus un tel sentiment de tristesse et de désarroi que je finis par renoncer à cette habitude.

Il n'y avait aucune trace de Füsun nulle part.

37

Maison vide

À la fin du mois d'août, à l'époque où les cigognes survolaient le Bosphore, les îles et notre résidence d'été de Suadiye pour quitter l'Europe à destination de l'Afrique, nous décidâmes d'organiser une fête de fin d'été dans notre appartement inoccupé de l'avenue Teşvikiye avant que mes parents ne rentrent de villégiature, comme je le faisais chaque année à la même période sur l'insistance de mes amis. À l'heure où Sibel s'activait à faire les courses, à déplacer les tables et étendre sur les parquets les tapis parsemés de naphtaline qu'on avait enroulés pour l'été, au lieu de revenir à la maison pour l'aider, je m'employai une nouvelle fois à téléphoner chez Füsun. Depuis quelques jours, j'étais très inquiet que personne ne réponde quand bien même je laissais très longuement sonner. Cette fois-ci, quand j'entendis la tonalité intermittente indiquant que la ligne était coupée, la douleur tapie dans mon ventre s'empara entièrement de mon corps et de mon esprit.

Douze minutes plus tard, enfreignant l'interdiction que j'avais jusque-là réussi à respecter, je m'étais engagé dans les rues de ma vie balisées en orange et, telle une ombre sous le soleil de midi, je m'approchais de chez Füsun dans la rue Kuyulu Bostan. En regardant leurs fenêtres de loin, je m'aperçus que les rideaux n'y étaient plus. Je sonnai à la porte, personne n'ouvrit. Je me mis à frapper, à tambouriner du poing et je crus que j'allais défaillir sur place en voyant qu'on n'ouvrait toujours pas.

— Qui est-ce ? demanda la vieille concierge depuis sa loge en sous-sol. Ah, si c'est ceux du numéro trois que vous cherchez, ils ne sont plus là, ils ont déménagé.

Je lui racontai que j'étais intéressé pour reprendre la location. Après lui avoir glissé vingt lires dans la main, j'obtins qu'elle m'ouvre la porte avec le double des clefs et j'entrai. Mon Dieu! Comment dépeindre la solitude poignante qui émanait de ces pièces vides, l'état de délabrement du carrelage de la cuisine particulièrement vétuste, le charme envoûtant que je trouvais à la baignoire ébréchée où toute sa vie mon amour perdu avait fait sa toilette ainsi qu'au chauffe-eau dont elle avait toujours eu peur, les clous plantés dans les murs avec la trace que cadres et miroirs y avaient laissée? Je gravais amoureusement dans ma mémoire le parfum de Füsun qui flottait dans les pièces, l'ombre de sa présence tapie dans un coin, le plan, les murs écaillés de cette maison qui avait vu grandir Füsun et fait d'elle ce qu'elle était. J'arrachai un grand morceau de la tapisserie qui se décollait dans un angle pour l'emporter. Devant la porte de la petite chambre que j'imaginais être celle de Füsun, à l'idée que sa main l'avait tournée pendant dix-huit ans, je fis disparaître la poignée dans ma poche. Lorsque je touchai la chaînette de la chasse d'eau, le pommeau en porcelaine me resta dans les mains.

Au milieu d'un tas de papiers et de balayures, je récupérai un bras de poupée, une grosse bille en mica et des épingles à cheveux dont je ne doutais pas qu'elles fussent à elle. Je les fourrai dans ma poche, rasséréné de penser que je trouverais quelque consolation au contact de ces objets une fois seul avec eux. Quand je demandai à la gardienne pourquoi les locataires étaient partis au bout de tant d'années, elle m'expliqua que cela faisait longtemps qu'ils étaient en conflit avec le propriétaire à cause du loyer. « Comme si les loyers étaient moins chers dans d'autres quartiers! » dis-je, et de déclarer que l'argent ne valait rien et que tout augmentait.

— Où les anciens locataires ont-ils déménagé?

— Personne ne sait, répondit la gardienne. Ils sont partis brouillés avec tout le monde, autant avec nous qu'avec le propriétaire. Au bout de vingt ans, ils ont trouvé le moyen de se fâcher.

Mon sentiment de désespoir et d'impuissance me suffoquait presque.

Je compris que j'avais toujours espéré venir ici, frapper à leur porte, les supplier de me laisser entrer et voir enfin Füsun.

Maintenant que j'étais dépouillé de cette dernière possibilité de consolation, du rêve de pouvoir la voir, j'aurais beaucoup de mal à tenir.

Dix-huit minutes plus tard, j'étais couché dans notre lit de l'immeuble Merhamet et tâchais de trouver l'apaisement au contact des objets que j'avais rapportés de la maison vide. À force de sentir dans mes mains les objets qui avaient d'abord connu celles de Füsun et contribué à la construire, à mesure que je les flattais, les contemplais, m'en caressais le cou, les épaules, le torse et le ventre, les souvenirs dont ils étaient porteurs distillaient dans mon âme leur puissance consolatrice.

38

Fête de fin d'été

Longtemps après, sans repasser par Satsat, je rentrai directement à Teşvikiye pour préparer la fête.

— J'avais des choses à te demander pour le champagne, me dit Sibel. Je n'ai pas arrêté d'appeler au bureau et, chaque fois, on m'a dit que tu n'étais pas là.

Ne sachant que répondre, je m'éclipsai dans ma chambre. Je me souviens de m'être jeté sur mon lit, d'avoir pensé que j'étais affreusement malheureux et que cette soirée se passerait très mal. Trouver la consolation dans de douloureuses rêveries et les objets liés au souvenir de Füsun me faisait déchoir à mes propres yeux mais, en même temps, cela m'ouvrait les portes d'un autre monde dans lequel je désirais m'immerger davantage. Pour l'heure, je me sentais incapable d'endosser le rôle de l'homme riche, intelligent, joyeux et sachant sainement profiter de la vie tel qu'on l'attendait de moi pour cette fête que Sibel avait pris tant de peine à préparer. De plus, en tant que maître de maison, je savais très bien que je ne pourrais me permettre de faire une tête de six pieds de long comme un jeune de vingt ans aussi révolté que désabusé. Ayant connaissance de la secrète maladie sans nom dont j'étais affligé, Sibel pouvait me témoigner quelque indulgence mais les invités avides de faire la fête ne se montreraient sûrement pas aussi conciliants.

Quand les premières personnes arrivèrent, à sept heures, en hôte parfait, je leur offris à boire en leur proposant toute une variété d'alcools de marque étrangère généralement vendus sous le manteau chez les traiteurs et dans les bars d'Istanbul. Je me souviens de m'être, à un moment donné, occupé des disques et d'avoir passé Simon and Garfunkel et *Sergeant Pepper* dont j'aimais bien la couverture. Je dansai en riant avec Sibel et Nurcihan. Finalement, cette dernière avait donné sa préférence à Mehmet, ce dont Zaim ne semblait nullement vexé. Fronçant les sourcils, Sibel me dit qu'elle croyait que Zaim et Nurcihan avaient couché ensemble, et je ne cherchai même pas à comprendre pourquoi cela chagrinait autant ma fiancée. Le monde était un si bel endroit : le vent du nord qui soufflait depuis le Bosphore en ce soir d'été agitait les feuillages des marronniers dans la cour de la mosquée Teşvikiye, avec ce doux et agréable bruissement que je connaissais si bien depuis mon enfance ; dans la lumière du crépuscule, les hirondelles volaient en poussant des cris au-dessus de la mosquée et des immeubles datant des années 1930 ; à mesure que la nuit tombait, la lueur des téléviseurs se distinguait de plus en plus nettement dans les appartements de Nişantaşı dont les occupants n'avaient pas rejoint leur résidence secondaire ; chacun sur son balcon, une jeune fille à l'air maussade et désœuvré, puis un père de famille à la mine triste qui observait d'un œil vide la circulation de l'avenue ; quant à moi, je regardais tout cela comme si j'y contemplais mon propre paysage intérieur, avec la peur de ne jamais pouvoir oublier Füsun. À rester assis là, bien au frais, à écouter d'une oreille complaisante les papotages de ceux qui venaient me rejoindre sur le balcon, je bus comme un trou.

Zaim était venu avec une charmante jeune fille du nom d'Ayşe, rayonnante de joie parce qu'elle avait obtenu une excellente note aux examens d'entrée à l'université. Je discutai avec elle, je bus avec le copain d'une amie de Sibel, un exportateur de cuir aussi timide que bon buveur de raki. Tout baignait depuis longtemps dans une obscurité veloutée quand Sibel me lança : « Tu abuses, viens donc nous rejoindre ! » Étroitement collés l'un contre l'autre, nous dansâmes à notre manière habituelle, désespérée au fond, mais très romantique vue de l'extérieur. Plongé dans une semi-pénombre après que certaines lampes eurent été éteintes, le salon, cet appartement où j'avais grandi et passé toute ma vie semblait avoir totalement changé de physionomie ; l'étrange atmosphère qui s'en dégageait me confortait dans mon sentiment d'être dépossédé de mon propre univers et, en dansant, je me serrais de toutes mes

244

forces contre Sibel. Mon mal-être et mon ivrognerie galopante ayant fini par déteindre sur elle au fil de l'été, ma chère fiancée titubait autant que moi.

La fête se mit quelque peu à dégénérer « aux heures tardives de la nuit, sous l'effet de l'alcool », pour reprendre les termes des chroniqueurs mondains de l'époque. Verres et bouteilles brisés, disques 45 et 33 tours esquintés, couples commençant à s'embrasser — essentiellement par plaisir exhibitionniste et esprit de provocation, sous l'influence des revues européennes — et d'autres assoupis dans ma chambre et celle de mon frère où ils s'étaient soi-disant retirés pour faire l'amour... dans cette ambiance de déliquescence pointait aussi l'inquiétude de ce groupe de copains fils de nantis de voir leur jeunesse et leurs rêves de modernité prendre fin. Huit ou dix ans plus tôt, lorsque j'avais commencé à donner ces fêtes dans notre appartement avant que mon père et ma mère ne rentrent à la fin de l'été, l'atmosphère de défoulement anarchique était empreinte de colère contre les parents ; pendant qu'ils manipulaient et détraquaient les onéreux ustensiles de cuisine, se tordaient de rire en se montrant les vieux chapeaux, les anciens atomiseurs de parfum, les chausse-pieds, les cravates, les nœuds papillons, les robes et les costumes de ma mère et mon père, mes amis se donnaient bonne conscience en se persuadant que leur colère était politique.

Les années suivantes, seules deux personnes de cette nombreuse troupe avaient pris la politique au sérieux — après le coup d'État militaire de 1971, l'une d'elles fut torturée par la police et emprisonnée jusqu'à l'amnistie de 1974 — et, nous jugeant sans doute trop « irresponsables, enfants gâtés et petits-bourgeois », toutes deux avaient fini par s'éloigner de notre cercle.

Quant à cette nuit-là, c'est avec non pas une colère anarchisante mais une curiosité toute féminine et un respect précautionneux que Nurcihan farfouillait au petit matin dans les armoires de ma mère. « Nous allons à la mer à Kilyos, dit-elle d'un ton très sérieux. Je regardais si ta mère avait un maillot de bain. » Les douloureux remords de n'avoir pu emmener Füsun à la plage de Kilyos alors qu'elle en avait tellement envie m'assaillirent avec une telle violence que je fus soudain obligé de me jeter sur le lit de mes parents. De là où j'étais couché, je voyais très bien que, sous prétexte de chercher un maillot de bain, Nurcihan furetait dans les affaires de ma mère : ses collants brodés datant des années 1950, ses élégants corsets bruns à lacets, les chapeaux et les foulards qu'elle n'avait pas encore exilés dans l'immeuble Merhamet. Nurcihan mit également la main sur les titres de propriété de maisons, de terrains et d'appartements que ma mère conservait dans un sac au fond du tiroir où étaient rangés ses bas nylon parce qu'elle le jugeait plus sûr que son coffre à la banque ; la ribambelle de trousseaux de clefs devenues inutiles maintenant que les appartements avaient été vendus ou loués ; l'annonce du mariage de mes parents découpée voilà trente-six ans dans les colonnes des potins mondains d'un journal et, datée de douze ans plus tard, une photo découpée dans la rubrique « Société » de la revue *Hayat* où ma mère, entourée d'une foule d'autres gens, apparaissait d'une superbe élégance.

— Ta mère était très belle, elle avait de la personnalité.

— Elle est toujours en vie, lui répondis-je sans bouger de l'endroit où je gisais comme une masse, en pensant combien il serait merveilleux de passer toute ma vie dans cette chambre avec Füsun.

Nurcihan lança un joyeux éclat de rire, et je crois que c'est en raison de l'irrésistible attrait de ce rire d'ivresse que Sibel puis Mehmet arrivèrent dans la chambre. Tandis que, malgré leur ivresse, les deux filles se livraient à de sérieuses investigations dans l'armoire de ma mère, Mehmet vint s'asseoir au bord du lit, dans le coin où mon père restait assis à contempler distraitement ses orteils avant d'enfiler ses pantoufles le matin, et, un long moment durant, il observa Nurcihan, avec amour et admiration. C'était la première fois depuis des années qu'il tombait aussi rapidement et méchamment amoureux d'une fille avec qui il envisageait même de se marier ; il en était si heureux que je le sentais surpris, voire presque honteux d'éprouver un tel bonheur. Sa félicité ne provoquait en moi aucune jalousie, parce que, derrière, je devinais sa peur d'être trompé, que l'histoire se solde par une fin humiliante et des remords.

J'expose ici les choses que Sibel et Nurcihan sortaient de l'armoire et se montraient, avant de se rappeler en riant qu'elles étaient censées chercher un maillot de bain.

Leur recherche d'un maillot et leurs bavardages sur le thème « nous allons à la mer » durèrent jusqu'aux premières lueurs du jour. En réalité, personne n'était en état de prendre le volant. Quant à moi, je savais que ma souffrance amoureuse ajoutée à l'alcool et au manque de sommeil me deviendrait un poids insupportable sur la plage de Kilyos, et je ne comptais pas y aller. Je dis aux autres que Sibel et moi les rejoindrions plus tard et fis traîner les choses en longueur. Tandis que le jour se levait, je sortis sur le balcon où ma mère aimait à boire son café et regarder les enterrements, j'agitai la main et interpellai les amis qui étaient en bas. Zaim et sa nouvelle copine Ayşe, Nurcihan et Mehmet, et quelques autres encore discutaient d'une voix tonitruante et avinée, ils se lançaient un ballon en plastique rouge, couraient après lorsqu'il leur échappait des mains et faisaient assez de tapage pour éveiller tout le quartier. Quand les portières de la voiture de Mehmet finirent par se fermer, je vis les vieillards venus pour la prière du matin qui marchaient d'un pas lent dans la cour de la mosquée Teşvikiye. Parmi eux, je reconnus le gardien de l'immeuble d'en face qui, chaque année pour le jour de l'an, se déguisait en Père Noël et vendait des billets de loterie. Sur ces entrefaites, après avoir démarré en trombe, la voiture de Mehmet pila brusquement, revint en marche arrière, s'arrêta, la portière s'ouvrit, Nurcihan sortit et nous cria de toutes ses forces qu'elle avait oublié son foulard en soie. Sibel courut le chercher et le lança du cinquième étage. Jamais je n'oublierai cet instant où, depuis le balcon de ma mère, ma fiancée et moi contemplâmes la lente et gracieuse descente du foulard violet, se déployant ou se rétractant au gré du léger vent qui imprimait à sa course des mouvements capricieux de cerf-volant. C'est là notre dernier souvenir heureux.

39

L'aveu

Nous voici arrivés à la scène de l'aveu. En cet endroit de notre musée, j'ai instinctivement voulu que tout, cadres et fond, soit d'un jaune pâle un peu froid. Pourtant, lorsque j'étais retourné m'allonger sur le lit de mes parents peu après que nos amis furent partis à la mer, l'énorme disque solaire qui se levait derrière les hauteurs d'Üsküdar teintait la vaste chambre à coucher d'un orangé profond. La sirène d'un navire de croisière passant le Bosphore dans le lointain se répercuta jusqu'à nous.

— Allez, dit Sibel devant mon manque d'entrain, ne tardons pas trop si nous voulons les rattraper.

Mais à voir la façon dont j'étais effondré sur le lit, elle ne s'en tint pas au constat que je n'irais pas à la mer (il ne lui vint pas à l'esprit que, saoul comme j'étais, je serais incapable de conduire) : elle sentit que nous avions atteint un point de non-retour dans ma maladie secrète. Je voyais bien qu'elle voulait éviter d'en parler et de croiser mon regard. Pourtant, comme ceux qui foncent sans réfléchir pour braver leurs peurs (ce que certains qualifient de courage), ce fut elle qui aborda le sujet.

— Où étais-tu cet après-midi ? demanda-t-elle de but en blanc.

Mais regrettant aussitôt sa question, elle s'empressa d'ajouter d'un ton conciliant :

— Si tu penses devoir en rougir par la suite, si tu préfères ne pas répondre, ne dis rien.

Elle s'allongea sur le lit et se blottit contre moi comme un chat, avec une tendresse et une peur telles que j'eus honte en voyant que j'étais sur le point de lui faire du mal. Mais à l'image du génie d'Aladin sorti de sa lampe magique, le secret de mon amour se dégageait de sa gangue et remontait à la surface en secouant mon corps de convulsions.

— Tu te souviens du soir où nous sommes allés dîner au Fuaye, au début du printemps ? commençai-je prudemment. Tu as vu un sac Jenny Colon dans une vitrine, il t'a plu et nous sommes revenus sur nos pas pour le regarder.

Comprenant que ce dont j'allais lui parler était bien plus grave que cette histoire de faux sac, ma chère fiancée écarquilla des yeux inquiets et je me mis à lui faire le récit que lecteurs et visiteurs connaissent depuis que je leur ai présenté la première pièce du musée. J'expose ici une petite photo des objets les plus précieux et les plus importants classés par ordre d'apparition afin d'offrir au visiteur du musée une sorte de tableau récapitulatif, d'aide-mémoire qui lui permette d'embrasser l'histoire d'un seul coup d'œil.

C'est avec le même souci de précision chronologique que j'essayai de relater les faits à Sibel. Je me rendais compte que, dans le récit de ma rencontre avec Füsun et des douloureux événements qui en découlèrent, il y avait quelque chose d'un sentiment de culpabilité et d'un besoin d'expiation comparable au fardeau éprouvé par l'auteur de grands péchés ou d'un grave accident de la route survenu des années plus tôt. Mais il se peut que j'aie moi-même adjoint ce sentiment à l'histoire pour atténuer ma faute somme toute banale et faire sentir que c'était désormais du passé. Car je ne pouvais naturellement entrer dans les détails du bonheur sexuel qui constituait une part essentielle de ce que j'avais vécu, et je m'efforçais de présenter cette aventure comme la fredaine d'un homme turc avant le mariage. En voyant les larmes de Sibel, non seulement je renonçai à lui raconter l'histoire telle qu'elle était mais je me mordis les doigts de lui en avoir parlé.

— Tu es immonde ! s'écria-t-elle.

Et elle me lança à la tête une ancienne pochette de ma mère — un petit sac brodé de fleurs et empli de vieilles pièces de monnaie — puis l'une des antiques chaussures d'été noir et blanc de mon père. Aucune des deux ne m'atteignit. Les pièces de monnaie se déversèrent avec un son comparable à celui de bris de verre. Sibel était en pleurs.

— Il y a longtemps que j'ai mis un terme à cette relation, dis-je. Mais ce que j'ai fait m'a beaucoup affecté… Ça n'a rien à voir avec cette fille ou qui que ce soit…

— C'est la fille avec qui on a parlé pendant les fiançailles? demanda Sibel, sans oser prononcer son nom.

— Oui.

— Ce n'est qu'une affreuse petite vendeuse tout ce qu'il y a d'ordinaire! Tu la vois encore?

— Bien sûr que non… Je l'ai quittée quand je me suis fiancé avec toi et, depuis, elle a disparu de la circulation. J'ai entendu dire qu'elle s'était mariée. (Je me demande encore comment je pus inventer ce mensonge.) C'est ce qui explique l'état d'apathie dans lequel tu m'as vu après les fiançailles, mais c'est fini maintenant.

Sibel pleurait puis, séchant ses larmes, elle se reprenait et posait à nouveau des questions.

— C'est-à-dire que tu ne peux pas te l'ôter de l'esprit? demanda ma judicieuse fiancée qui, avec ses propres mots, résumait parfaitement la situation.

Quel homme ayant un minimum de compassion aurait-il pu répondre « oui »?

— Non, ce n'est pas cela, dis-je à contrecœur. Tu as mal compris. Le poids de cette histoire, le mal que je t'ai fait, d'avoir trahi ta confiance en te trompant, cela m'a épuisé et enlevé toute joie de vivre.

Aucun de nous deux ne croyait à ce que je racontais.

— Où étais-tu cet après-midi?

J'aurais tellement aimé pouvoir raconter, non seulement à Sibel mais à n'importe quel être un peu compréhensif, que je portais à la bouche les objets qui me rappelaient Füsun, que je m'en caressais la peau et pleurais toutes les larmes de mon corps en pensant à elle. En même temps, je sentais que si Sibel me quittait, je ne pourrais continuer à vivre et perdrais complètement les pédales. Le mieux eût été de lui dire « marions-nous immédiatement ». Nombre de mariages qui tenaient la route et assuraient la cohésion de notre société avaient été contractés pour oublier ce genre de passions orageuses.

— J'avais envie de passer un peu de temps avec mes jouets

d'enfance avant le mariage... J'ai retrouvé un pistolet interstellaire, par exemple... Il marche encore... Un drôle de sentiment de nostalgie... C'est pour cela que je suis allé là-bas.

— Tu ne devrais pas retourner dans cet appartement! s'écria Sibel. Vous vous y êtes beaucoup vus?

Sans même attendre ma réponse, elle fondit de nouveau en pleurs. Je la caressai et la serrai contre moi, ce qui fit redoubler ses larmes. J'enlaçai ma fiancée, envers qui j'éprouvais une grande reconnaissance telle celle pour un précieux compagnon de route, avec un sentiment plus profond que l'amour passion. Après avoir longtemps pleuré, Sibel s'endormit dans mes bras et je glissai moi aussi dans le sommeil.

Quand je me réveillai vers midi, Sibel était déjà debout, lavée, maquillée; elle m'avait même préparé un petit déjeuner dans la cuisine.

— Tu veux bien descendre chercher du pain frais? dit-elle froidement. Mais si tu n'en as pas le courage, je peux toujours faire griller celui qui reste.

— Non, j'y vais.

Dans le salon qui ressemblait à un champ de bataille après la fête, nous déjeunâmes sur la table où ma mère et mon père mangeaient depuis trente-six ans. J'expose ici une réplique exacte du pain acheté chez l'épicier d'en face, dans un esprit documentaire et l'intention d'apporter une note de consolation. J'aimerais rappeler que, même si son poids a un peu changé au fil du temps, ce pain constitue depuis un demi-siècle l'aliment essentiel de millions de personnes à Istanbul et montrer à travers lui que la vie est faite de répétitions mais que tout finit par être impitoyablement oublié.

Ce jour-là, Sibel dégageait une force et une détermination qui me stupéfient encore aujourd'hui.

— Ce que tu prends pour de l'amour n'est qu'une passade, dit-elle. Il n'en restera bientôt plus rien. Je vais m'occuper de toi. Je vais te détourner et t'éloigner des absurdités dans lesquelles tu t'es égaré.

Elle avait mis beaucoup de poudre pour masquer les cernes sous ses yeux gonflés par les pleurs. Le soin qu'elle mettait à ne pas employer de mots blessants à mon égard, la tendresse qu'elle me témoignait en dépit de toute sa douleur avait à tel point accru ma confiance en elle que je décidai d'obtempérer à tout ce qu'elle dirait, comme si la seule chose qui puisse me libérer de ma souffrance était de m'en remettre à sa volonté. Pendant que nous déjeunions de pain frais, de fromage, d'olives et de confiture de fraise, nous convînmes très vite qu'il me faudrait quitter cet appartement et m'éloigner un long moment de Nişantaşı, de ces rues et de cet environnement. Nous déclarâmes strictement interdites les rues marquées en rouge et en orange…

Les parents de Sibel étaient retournés dans leur résidence principale d'Ankara où ils passaient l'hiver et le *yalı* d'Anadolu Hisarı était vide. Sibel déclara que maintenant que nous étions fiancés, ses parents fermeraient les yeux si nous restions seuls ensemble dans le *yalı*. Je devais aussitôt déménager là-bas avec elle et, ainsi, renoncer aux habitudes qui me ramenaient sans cesse à mon obsession. Pendant que, entre tristesse et espoir de guérison, je faisais mes bagages comme ces jeunes filles rêveuses qu'on expédiait en Europe pour les soustraire aux affres d'une passion amoureuse, je me rappelle avoir pensé que mon traitement risquait de durer fort longtemps lorsque Sibel me dit : « Prends ça aussi » et ajouta une paire de chaussettes d'hiver dans ma valise.

Les consolations de la vie en yalı

Tout à mon enthousiasme de commencer une nouvelle vie, je m'étais parfaitement acclimaté au *yalı*, si bien que, les premiers jours, les consolations que j'y trouvais me donnèrent à penser que j'étais en voie de prompte guérison. Le matin, quels que soient notre état d'ivresse et l'heure à laquelle nous rentrions de nos distractions nocturnes, sitôt que l'étrange lumière se reflétant à la surface des vagues filtrait par les persiennes et se mettait à danser sur le plafond de notre chambre, je me levais, repoussais du bout des doigts les volets et, chaque fois, je restais ébahi devant le paysage irradiant de beauté qui se déployait d'un seul coup sous mes yeux. Il y avait dans mon étonnement l'émoi de redécouvrir cette capacité de m'émerveiller que je croyais avoir perdue en route, ou du moins osais-je l'espérer. Parfois, Sibel saisissait subtilement les émotions qui étaient les miennes ; dans sa nuisette en soie, faisant légèrement grincer le plancher sous ses pieds nus, elle venait près de moi et nous restions tous deux à contempler la beauté du Bosphore, une barque de pêche rouge oscillant au milieu des vagues ; le soleil s'élevant sur les collines d'en face et nimbant d'un halo de brume la masse sombre des bosquets ; le premier bateau de voyageurs fendant les flots en direction de la ville et penchant sur le côté sous l'effet du courant dans le silence spectral du matin.

Dans un même accès d'enthousiasme que moi, Sibel attendait que les plaisirs de la vie en *yalı* agissent comme un remède miracle sur ma maladie : le soir, alors que nous dînions en tête à tête tel un heureux couple d'amoureux devant la fenêtre en encorbellement qui donnait sur le Bosphore, le *Kalender*, un *vapur* des lignes maritimes urbaines qui partait de l'embarcadère d'Anadolu Hisarı, passait si près de nous qu'il semblait presque frôler la bâtisse ; de sa cabine de pilotage d'où il voyait parfaitement les sardines grillées, la salade d'aubergine, les légumes frits, le fromage, le melon et le raki qui garnissaient notre table, le commandant portant moustache et casquette nous adressait un joyeux « bon appétit », ce qui, aux yeux de Sibel, constituait un nouvel agrément susceptible de contribuer à mon bonheur et à ma guérison. Plonger dès notre réveil dans la fraîcheur des eaux du Bosphore, lire le journal en buvant un thé accompagné d'un *simit* au Café de l'Embarcadère, s'occuper des tomates et des poivrons du jardin, courir rejoindre la barque du pêcheur qui arrivait vers midi avec du poisson frais pour choisir du mulet ou de l'alose, prendre un bain de mer au clair de lune durant les nuits trop chaudes de septembre où les phalènes viennent se brûler sur les lampes et où pas une feuille ne bruisse… Sibel croyait avec ferveur aux vertus curatives de tous ces plaisirs, comme je le comprenais à la façon dont elle m'enlaçait doucement de son corps sublime et agréablement parfumé quand nous étions couchés. Mais ne pouvant toujours pas faire l'amour avec elle à cause de la souffrance amoureuse qui siégeait du côté gauche de mon abdomen comme une inextinguible anxiété, je m'abritais derrière mon ivresse et essayais de tourner la chose à la plaisanterie en lui disant : « Nous ne sommes pas encore mariés, ma chérie. » Conciliante, ma chère fiancée jouait le jeu et faisait mine de le prendre avec humour.

Cependant, à certains moments — quand je commençais à m'assoupir dans ma chaise longue seul sur la jetée, quand je dévorais goulûment un épi de maïs bouilli acheté à un vendeur dans une barque ou quand, avant de monter en voiture pour aller au travail le matin, je l'embrassais sur les joues comme un heureux jeune marié —, je sentais poindre dans ses yeux les germes du mépris et de la haine. Cela tenait évidemment à notre manque de relations physiques mais également à une raison plus effrayante : Sibel pensait que tous les efforts qu'elle déployait avec une ténacité et un amour hors du commun en vue de mon « rétablissement » ne servaient à rien ou, pire, que même si je « guérissais », je continuerais à mener de front ma double relation avec elle et avec Füsun. Moi

254

aussi, j'aurais aimé croire en cette dernière éventualité dans mes moments sombres. Je me plaisais à imaginer que je finirais par avoir des nouvelles de Füsun, que nous nous retrouverions quotidiennement dans l'immeuble Merhamet comme au temps des jours heureux et que, ainsi libéré de ma souffrance amoureuse, je pourrais refaire l'amour avec Sibel, me marier avec elle, avoir des enfants et mener une vie de famille heureuse et normale.

Mais sans la gaieté de l'enivrement ou l'optimisme que m'inspirait la beauté d'un matin, ce n'est que rarement que je pouvais sincèrement croire en ces rêves. La plupart du temps, je ne parvenais pas à l'oublier et ce qui modelait ma souffrance amoureuse était non plus l'absence de Füsun mais le constat que cette douleur semblait ne jamais devoir prendre fin.

41

Nager sur le dos

Un élément important me rendit supportables ces journées de septembre empreintes de tristesse et d'une ténébreuse beauté : j'avais découvert que nager sur le dos atténuait la douleur dans mon ventre. Pour cela, il me fallait renverser la tête le plus possible, afin d'apercevoir le fond du Bosphore à l'envers, et enchaîner plusieurs mouvements de bras sans reprendre mon souffle. Changeant de couleur à mesure qu'elle se densifiait, l'obscurité du Bosphore, sur laquelle j'ouvrais les yeux pendant que je nageais à reculons dans les vagues et le courant, éveillait en moi un sentiment d'infini qui ne ressemblait absolument pas à ma douleur amoureuse.

En raison du fort dénivelé depuis la rive, il ne m'était pas toujours possible d'apercevoir le fond, mais l'immense et mystérieux tout que formait cet univers multicolore ainsi que la sensation d'appartenir à quelque chose de grand m'insufflaient autant de joie de vivre que d'humilité. Parfois, je voyais des boîtes de conserve rouillées, des bouchons de bouteilles de soda, des moules noires ouvrant leur coquille et même les restes de très anciens bateaux ; et je me rappelais ma propre insignifiance face à l'immensité de l'histoire et du temps. En de tels instants, je prenais conscience de la grandiloquence avec laquelle je vivais mon amour et j'essayais de me détacher de cette faiblesse dont je comprenais qu'elle ne faisait qu'aviver ma souffrance que je qualifiais d'amoureuse. L'important était non pas de me focaliser sur mes douleurs mais de devenir partie intégrante du monde mystérieux et illimité qui ondoyait au-dessous de moi. Je sentais que les eaux du Bosphore qui m'emplissaient la bouche, le nez et les oreilles flattaient les génies de l'équilibre et du bonheur qui m'habitaient. Pendant que, dans une sorte d'ivresse, je lançais alternativement les bras vers l'arrière, la douleur dans mon ventre disparaissait quasi complètement; dès lors, j'éprouvais pour Füsun une profonde tendresse, qui me rappelait combien ma souffrance amoureuse était faite de colère et de ressentiment contre elle.

Sur ces entrefaites, me voyant foncer droit devant un tanker russe qui avançait toutes sirènes hurlantes ou un bateau des lignes maritimes urbaines, Sibel se mettait à bondir ou à crier de toutes ses forces sur le quai, mais la plupart du temps, je n'entendais rien. Si nombreux étaient les *vapur*, pétroliers internationaux, cargos transportant du charbon, chalands livrant de la bière et du soda Meltem dans les restaurants et bateaux à moteur dont je m'approchais dangereusement, comme par provocation, que Sibel voulut m'interdire les baignades devant le *yalı*. Cependant, sachant que nager sur le dos et garder la tête sous l'eau me faisait le plus grand bien, elle n'insista pas. Sur son conseil, je me rendais parfois tout seul sur des plages tranquilles, à Şile au bord de la mer Noire les jours sans vent et sans vagues; d'autres fois, nous partions ensemble pour les baies désertes après Beykoz et, sans sortir la tête de l'eau, je nageais vers l'endroit où me conduisaient mes pensées, jusqu'au bout de mes forces. Ensuite, quand je regagnais le rivage et m'allongeais sous le soleil en fermant les yeux, je pensais que n'importe quel homme sérieux et digne d'estime vivait des choses semblables lorsqu'il tombait passionnément amoureux.

La seule chose étrange, c'est que le temps n'atténuait en rien ma douleur comme il le faisait chez tout un chacun. Contrairement à ce que m'assurait Sibel pour me rasséréner au milieu de la nuit, dans un silence que seul rompait le moteur pétaradant d'un chaland dans le lointain, au lieu de « passer tout doucement », ma douleur s'éternisait et ce constat nous laissait tous deux accablés. Parfois, je supposais que le moyen d'y échapper était de la considérer comme le produit de ma propre construction mentale ou de ma défaillance psychique, mais pour ne pas donner raison à ma compagne-ange-maman qui me tenait pour quelqu'un de faible totalement dépendant de son affection, je ne pouvais pousser ce genre de raisonnement jusqu'au bout et, généralement, pour ne pas sombrer dans le désespoir, j'essayais de croire que, à force de nager sur le dos, je réussirais à vaincre ma souffrance. Mais je savais très bien que je me dupais moi-même.

À la fin du mois de septembre, j'étais encore retourné trois fois à l'immeuble Merhamet, presque autant en cachette de moi-même que de Sibel. Je m'étais allongé sur le lit, emparé des objets que Füsun avait touchés, et consolé tant bien que mal de la façon que connaissent les lecteurs. Je n'arrivais pas à l'oublier.

Mélancolie d'automne

Au début du mois d'octobre, quand les eaux tumultueuses du Bosphore devinrent trop froides pour s'y baigner après une tempête arrivée du nord, ma mélancolie ne tarda pas à prendre des proportions difficiles à dissimuler. La précoce tombée du soir, les feuilles mortes qui jonchaient le jardin et la jetée, les *yalı* à nouveau vides d'occupants après la saison d'été, les barques amarrées aux embarcadères et aux pontons, les bicyclettes gisant dans les rues désertées dès les premières pluies... tout contribuait à nous inspirer un profond sentiment de morosité et d'accablement. Je devinais avec inquiétude que Sibel ne supportait plus mon inertie, mon indélogeable tristesse et ma consommation immodérée d'alcool.

Fin octobre, elle en avait assez de l'eau rouillée coulant des vieux robinets, de la cuisine sombre, froide et vétuste, des trous, des fissures et du vent du nord qui nous glaçait les os. Les amis qui aimaient débarquer à l'improviste durant les chaudes soirées de septembre et, une fois ivres, piquer une tête dans la mer en riant aux éclats dans l'obscurité, ne passaient plus au *yalı* désormais, maintenant que l'automne en ville apportait son lot de nouvelles distractions. Afin d'illustrer la désaffection des nouveaux riches pour la vie en *yalı* à l'approche de l'hiver et de donner à sentir aux visiteurs du musée la mélancolie de l'automne, j'expose là les dalles fendues du jardin, avec les coquilles des escargots qui se promenaient sur leur surface humide et notre copain le lézard (ici pétrifié) qui se carapatait dès les premières gouttes de pluie.

Il était clair que pour pouvoir passer l'hiver seul en ces lieux avec Sibel, il me faudrait lui prouver, sexuellement parlant, que j'avais oublié Füsun ; ce qui ne faisait que crisper davantage l'ambiance dans la chambre à coucher haute de plafond que nous essayions de réchauffer avec des radiateurs électriques tandis que le temps devenait plus froid, et les nuits où nous arrivions encore à dormir serrés l'un contre l'autre comme de tendres camarades se raréfiaient. D'un côté, nous vilipendions les inconscients qui utilisaient des chauffages électriques dans les *yalı* en bois et les idiots irresponsables qui mettaient en danger ces bâtisses historiques. De l'autre, nous branchions chaque soir la prise mortelle dès que nous avions froid. En ce début de mois de novembre où tout le monde allumait le chauffage, afin d'être plus près des fêtes qui se donnaient en ville cet automne, des inaugurations de boîtes de nuit, des anciens lieux rénovés, des foules qui faisaient la queue devant les cinémas et de tout ce que nous avions le sentiment de rater, nous commençâmes sous divers prétextes à retourner dans Beyoğlu, et même à pousser jusqu'à Nişantaşı, dans les rues qui m'étaient interdites.

Un soir où nous nous retrouvions dans le quartier, nous décidâmes de passer au Fuaye. Pendant que nous sirotions à jeun notre raki glacé, nous bavardâmes avec les serveurs de notre connaissance et les deux maîtres d'hôtel, Sadi et Haydar, nous plaignant comme tout un chacun des bandes de nationalistes et des militants de gauche qui s'entretuaient dans les rues, posaient des bombes et menaient le pays à la catastrophe. Beaucoup moins enclins que nous à aborder des sujets politiques, les vieux serveurs ne sortaient pas de leur réserve habituelle. Je constatai que personne ne nous approchait malgré l'air engageant avec lequel nous regardions les visages connus qui entraient dans le restaurant. Sibel me demanda avec ironie pour quelle raison je faisais à nouveau une tête d'enterrement. Je lui expliquai sans détour ni fioritures que mon frère aîné et Turgay Bey étaient tombés d'accord, qu'ils s'apprêtaient à fonder une nouvelle société en s'adjoignant Kenan — que je regrettais amèrement de ne pas avoir mis à la porte — et que, à cause de ma brouille avec Turgay Bey, ils en profitaient pour m'évincer.

— N'est-ce pas ce fameux Kenan qui dansait si bien pendant les fiançailles ? demanda Sibel qui, par cette formule, trouvait le moyen de faire allusion à Füsun sans prononcer son nom.

260

Le souvenir de la soirée de fiançailles nous était encore douloureux à tous deux et, ne trouvant pas d'autre sujet auquel nous raccrocher, nous nous tûmes quelques instants. Or, les premiers temps de ma « maladie », Sibel réussissait toujours, même dans les moments les plus critiques, à faire rebondir la conversation.

— C'est donc ce Kenan qui va devenir l'heureux patron de cette nouvelle société ? me lança-t-elle avec le ton ironique qu'elle adoptait de plus en plus ouvertement.

En regardant avec tristesse son visage exagérément fardé et ses mains légèrement tremblantes, je me dis que, après ses fiançailles avec un homme riche et bourré de problèmes, la jeune fille turque, moderne et heureuse ayant fait des études en France s'était métamorphosée en une femme au foyer turque, tourmentée et sarcastique, ayant pris goût à l'alcool. Était-ce parce qu'elle savait que j'étais jaloux de Kenan à cause de Füsun qu'elle cherchait à me piquer ainsi ? Jamais un tel soupçon ne m'aurait effleuré un mois plus tôt.

— Histoire de gagner trois sous de plus, ils font leurs petits arrangements en douce, voilà tout, rétorquai-je. Laisse tomber.

— Tu sais très bien que le gain en question dépasse largement les quelques sous. Tu ne vas tout de même pas fermer les yeux sur leurs manigances et te laisser tondre la laine sur le dos ! Tu dois réagir et défendre tes droits contre eux.

— Je m'en fiche.

— Je n'aime pas ton attitude, continua Sibel. Tu ne t'occupes de rien, tu te retires de la vie, à croire que tu aimes la défaite. Il faut que tu sois plus fort.

— Un autre ? demandai-je avec le sourire, en levant mon verre de raki.

En attendant qu'arrive notre commande, nous gardâmes le silence. La ride en forme de point d'interrogation qui se formait entre les sourcils de Sibel quand elle était en colère apparut.

— Appelle donc Nurcihan et Mehmet, dis-je. Ils viendront peut-être.

— J'ai essayé tout à l'heure, le téléphone du restaurant ne fonctionne pas, répondit Sibel d'un ton irrité.

— Alors, raconte un peu, qu'as-tu acheté de beau ? Fais voir ce qu'il y a dans ces sacs.

Mais Sibel ne succomba pas au plaisir d'ouvrir ses paquets.

— Je suis certaine à présent que tu ne pourras plus l'aimer comme avant, déclara-t-elle plus tard, d'un air désinvolte. Ton problème n'est pas tant d'être amoureux d'une autre que de ne pas l'être de moi.

— Alors pour quelle raison est-ce que je te colle autant? répliquai-je en lui prenant la main. Pourquoi ne puis-je envisager de passer une seule journée sans toi?

Ce n'était pas notre premier échange de ce genre. Mais cette fois, j'aperçus une drôle de lueur dans ses yeux et j'eus peur de m'entendre répondre : « Parce que tu sais que si tu restais seul, tu ne supporterais pas l'absence de Füsun et mourrais peut-être de douleur! » Heureusement, Sibel ne voyait pas encore combien la situation était désastreuse.

— Tu t'accroches à moi non pas par amour mais pour mieux te persuader qu'il t'est arrivé une catastrophe.

— Pourquoi aurais-je besoin d'une catastrophe?

— Parce que tu aimes jouer les hommes tourmentés qui tordent le nez devant tout. Mais il faut te ressaisir à présent, mon chéri.

Je lui dis que les mauvais jours finiraient par se dissiper et que je voulais non seulement deux garçons mais aussi trois filles qui lui ressemblent. Nous aurions une grande et heureuse famille, nous goûterions de longues années sous le signe du rire et du bonheur. Je lui parlai de l'infinie joie de vivre que j'éprouvais à voir son clair visage, à écouter ses propos avisés ou à l'entendre préparer quelque chose dans la cuisine.

— S'il te plaît, ne pleure pas.

— Je sens que rien de tout cela ne se produira, répondit Sibel, dont les larmes se mirent à couler de plus belle.

Elle lâcha ma main, sortit son mouchoir, s'en essuya le nez et le visage; puis elle se repoudra abondamment en insistant sur le contour des yeux.

— Pourquoi ne me fais-tu plus confiance ? demandai-je.

— Peut-être parce que je perds confiance en moi. Parfois, j'en viens même à penser que je suis moche.

Je lui serrais fermement la main et lui disais combien elle était belle quand Tayfun surgit devant nous :

— Hé, les tourtereaux, vous savez que tout le monde parle de vous ? Ah, mais qu'est-ce qui se passe ?

— Que dit-on de nous ?

Tayfun était fréquemment venu au *yalı* en septembre. Il perdit aussitôt sa bonne humeur en voyant que Sibel pleurait, mais l'expression qui se peignait sur le visage de cette dernière l'empêcha de s'éclipser.

— La fille d'un de nos proches est morte dans un accident de voiture, expliqua-t-elle.

— Alors, que dit-on de nous ? répétai-je d'un ton amusé.

Le regard papillotant ici et là à l'affût d'une occasion pour s'échapper, Tayfun nous présenta ses condoléances et, voyant entrer une connaissance, il l'interpella avec une vivacité pour le moins excessive et, avant de s'éloigner, nous lança :

— On dit que vous êtes tellement amoureux l'un de l'autre que vous préférez ne pas vous marier, comme en Europe, par crainte que le mariage ne tue l'amour. Mariez-vous, à mon avis, parce que vous alimentez la gazette et suscitez la jalousie. Il y en a même qui prétendent que ce *yalı* est maléfique.

Sitôt qu'il fut parti, nous commandâmes chacun un autre raki au jeune et sympathique serveur. En inventant diverses excuses, Sibel avait parfaitement réussi à dissimuler à nos amis les vrais motifs de mes accès de déprime, qui n'avaient échappé à personne tout au long de l'été ; mais nous savions très bien que les ragots sur notre couple allaient bon train — à commencer par la vie commune avant le mariage —, que les plaisanteries et les sarcasmes de Sibel à mon égard restaient dans les esprits, que mon habitude de nager longuement sur le dos et mon malaise récurrent étaient un sujet de raillerie.

— On appelle Nurcihan et Mehmet pour manger avec eux, ou on va dîner de notre côté ?

— Restons ici, s'empressa de répondre Sibel d'un ton presque affolé. Essaie de les joindre, téléphone-leur de l'extérieur. Tu as un jeton ?

J'expose ici ce jeton au bord crénelé que l'on vendait alors dans les bureaux de tabac, car je ne voudrais pas que les heureuses personnes nées un demi-siècle plus tard, dans le monde nouveau qui succéda à celui que je décris dans mon histoire, fassent une moue de mépris devant l'Istanbul de l'année 1975 où l'eau courante n'était pas installée partout (et était par conséquent transportée par camions dans les quartiers riches) et où généralement les taxiphones ne fonctionnaient pas. À l'époque où débute mon récit, la plupart des téléphones publics à pièces que l'on trouvait en nombre limité dans les rues d'Istanbul étaient soit hors service soit vandalisés. Je n'ai pas souvenir d'avoir réussi à appeler d'une seule cabine téléphonique. (Seuls y parvenaient les héros du cinéma turc, sous l'influence des films occidentaux.) Mais nous arrivions à nous débrouiller avec les publiphones à jetons qu'un entrepreneur ingénieux avait eu l'idée de vendre aux commerçants, aux épiciers et aux patrons de café. Je donne tous ces détails afin d'expliquer pourquoi j'arpentais les rues de Nişantaşı en écumant les magasins. Je trouvai un téléphone disponible chez un vendeur de billets de loto sportif. Le numéro de Nurcihan sonnait occupé, l'homme ne m'autorisa pas à passer un deuxième appel, mais je réussis à joindre Mehmet de chez un fleuriste. Il me dit qu'il était à la maison avec Nurcihan et qu'ils nous rejoindraient au Fuaye une demi-heure plus tard.

À courir de magasin en magasin en quête d'un téléphone, j'étais arrivé au cœur de Nişantaşı. Vu que j'étais tout près de l'immeuble Merhamet, je me dis que faire un saut à l'appartement pour jeter un œil sur les objets qui s'y trouvaient me ferait sans doute du bien. J'avais la clef sur moi.

À peine entré dans l'appartement, je retirai ma veste et ma chemise avec la concentration d'un chirurgien se préparant pour une opération, je me lavai le visage, le buste, et m'assis au bord du lit où Füsun et moi avions fait l'amour quarante-quatre fois ; parmi tous les objets chargés de souvenirs qui m'entouraient et formeraient ma future collection, je jetai mon dévolu sur les trois que voici et je fus heureux de pouvoir les contempler et les caresser une heure et demie durant.

Outre Mehmet et Nurcihan, Zaim aussi était là quand je revins au Fuaye. À la vue de la table encombrée de bouteilles, de cendriers, d'assiettes et de verres, du joyeux tumulte de la bonne société stambouliote, je me rappelle avoir pensé que j'étais heureux et que j'aimais la vie.

— Excusez-moi, les amis. Je suis en retard, mais si vous saviez ce qu'il m'est arrivé, commençai-je, en me préparant à inventer un mensonge.

— Aucune importance, dit gentiment Zaim. Assieds-toi, oublie tout cela et sois heureux avec nous.

— Je le suis.

Dès que nos regards se croisèrent, je vis que Sibel avait très bien compris ce que j'avais fait durant le laps de temps où je m'étais éclipsé et qu'elle me considérait comme définitivement incurable. Elle était furieuse contre moi, mais trop saoule pour provoquer un esclandre. Ce qu'elle ne ferait sans doute pas davantage une fois dégrisée, parce qu'elle m'aimait beaucoup et craignait de me perdre ou parce qu'elle pensait que rompre nos fiançailles serait un horrible échec. Et c'est pour toutes ces raisons, ou d'autres dont je n'avais pas conscience, que j'éprouvais pour Sibel un très fort attachement. Un attachement qui raviverait peut-être son espoir de voir un jour ma maladie se résorber. Mais ce soir-là, je sentais que cet optimisme touchait à sa fin.

— Sibel est terriblement vexée, tu l'as blessée, me dit Nurcihan à un moment où nous dansions ensemble. Tu ne devrais pas la faire attendre toute seule dans les restaurants. Elle est très amoureuse de toi, et elle est hypersensible.

— Il n'y a pas de rose sans épines. Et vous, c'est pour quand, le mariage ?

— Mehmet aimerait que ce soit le plus vite possible. Mais moi, je veux juste qu'on se fiance pour l'instant, et puis qu'on fasse comme vous, qu'on profite à fond de notre amour avant de nous marier.

— Ne prenez pas tant modèle sur nous…

— Y aurait-il quelque chose que nous ne sachions pas ? demanda Nurcihan, tâchant de dissimuler sa curiosité derrière un sourire factice.

Mais cette remarque ne me fit ni chaud ni froid. Le raki transformait ma puissante et perpétuelle douleur en un vaporeux mirage. À un moment, je dansai avec Sibel et je nous revois tous deux tel un couple de jeunes lycéens, moi la pressant de me jurer de ne jamais m'abandonner et elle, touchée par mes supplications, faisant de son mieux pour calmer mes angoisses. Pas mal de gens de notre connaissance venaient s'asseoir à notre table et proposaient qu'on poursuive la soirée ailleurs : les plus sages voulaient aller prendre un thé dans les voitures au bord du Bosphore, d'autres une soupe de tripes à Kasımpaşa et d'autres encore écouter du *fasıl* au *gazino*. Enlacés, vacillant et prenant des airs ridiculement romantiques, Nurcihan et Mehmet provoquèrent l'hilarité générale en imitant notre façon de danser. Lorsque nous sortîmes du Fuaye aux premières lueurs de l'aube, je m'installai au volant malgré les protestations de nos amis. Sibel ne cessant de pousser des cris parce que je zigzaguais, nous jugeâmes plus prudent de prendre le bac pour passer sur la rive d'en face. Quand le ferry accosta à Üsküdar, nous étions tous deux endormis dans la voiture. Nous fûmes réveillés en sursaut par le matelot qui frappait à la vitre parce que nous bloquions le passage aux autobus et aux camions d'alimentation. Slalomant sur la route côtière bordée de platanes presque entièrement dépouillés de leurs feuilles roussies, nous finîmes par regagner le *yalı* sains et saufs et, comme après chaque nuit un peu agitée, nous nous endormîmes en nous serrant l'un contre l'autre.

43

Froides et solitaires journées
de novembre

Les jours suivants, Sibel ne me posa pas la moindre question sur
ce que j'avais fait pendant l'heure et demie où j'avais disparu dans
Nişantaşı : ce soir-là, le sentiment que jamais je ne me débarrasse-
rais de mon obsession s'était imposé à nous de façon irrévocable.
Privations et prohibitions s'étaient révélées totalement inutiles.
Cependant, nous étions contents de vivre ensemble dans ce vieux
yalı au charme désuet. Si peu brillante que fût notre situation,
quelque chose dans cette antique bâtisse nous liait l'un à l'autre et
parait notre souffrance d'une beauté qui la rendait supportable. La
vie en *yalı* rehaussait notre amour désormais clairement moribond
d'un sentiment d'inéluctable, de défaite et de compagnonnage ; les
derniers vestiges de la culture ottomane disparue octroyaient une
certaine profondeur à ce qui faisait défaut dans notre vie d'anciens
amants et de nouveaux fiancés, nous évitant même de souffrir du
manque de rapports physiques.

Le soir, lorsque nous nous attablions en tête à tête face à la mer
et commencions à siroter notre Yeni Rakı accoudés à la rambarde
en fer du balcon, je sentais dans le regard de Sibel que, en l'absence
de sexualité, le seul moyen de nous souder restait le mariage. Pléthore de couples mariés — non seulement de la génération de nos
parents mais aussi de la nôtre — ne menaient-ils pas une vie commune très heureuse, faisant comme si tout était normal même s'ils
n'avaient pas de relations sexuelles ? Au bout du troisième ou quatrième verre, nous passions en revue les couples que nous connaissions — intimement ou non, jeunes ou vieux — en nous demandant
lesquels, à notre avis, faisaient encore l'amour et, mi-sérieux,

267

mi-plaisantant, nous nous amusions à deviner. La raison pour laquelle nous nous permettions ce persiflage, si douloureux aujourd'hui à mes yeux, tenait assurément à la certitude que nous menions une vie sexuelle parfaitement heureuse jusqu'à récemment. À travers ces conversations qui nous liaient davantage par un étrange sentiment d'intimité et de complicité, l'objectif inavoué était de nous persuader durant quelques instants que nous pourrions parfaitement nous marier même en l'état actuel des choses, et que nous finirions par retrouver la vie sexuelle dont nous tirions vanité. Même les jours où elle était le plus pessimiste, Sibel y croyait ; encouragée par mon humour, mes plaisanteries et la tendresse que j'avais pour elle, elle se prenait à espérer de nouveau, retrouvait son entrain et parfois, pressée de joindre le geste à la parole, elle venait s'asseoir sur mes genoux. Dans mes bons moments, moi aussi j'éprouvais les mêmes choses qu'elle, je crois ; je pensais lui dire qu'il était temps de nous marier mais je craignais qu'elle ne fasse brusquement volte-face et décide de me quitter. J'avais en effet le sentiment qu'elle n'attendait qu'une occasion pour mettre un terme à notre relation, dans un élan de vengeance qui lui restituerait son estime d'elle-même. Mais comme il lui était impossible de se résoudre à renoncer au mariage heureux, aux enfants, aux amis et aux délices de la vie parfaite que tout le monde nous envierait et qui se profilait devant nous quatre mois plus tôt, elle était incapable de mettre ses plans à exécution. Nous essayions tous deux d'adoucir l'amertume de notre situation en nous raccrochant à l'étrange forme d'amour et d'attachement que nous avions l'un pour l'autre ; au milieu de la nuit, lorsque notre mal-être nous tirait du sommeil où seule l'ivresse nous permettait de sombrer, nous nous enlacions pour tâcher d'oublier notre souffrance.

Depuis la mi-novembre, quand nous nous éveillions ainsi en sursaut sous le coup de l'angoisse ou de la soif qui brûlait notre gorge desséchée par l'alcool, les nuits sans vent, nous avions commencé à percevoir le bruit d'une barque de pêcheur que l'on manœuvrait juste sous les fenêtres de notre chambre et de laquelle on jetait des filets dans les eaux immobiles du Bosphore. À bord de cette barque, que nous devinions de l'autre côté des volets clos, se trouvaient un pêcheur expérimenté et son fils, un garçon à la voix haut perchée mais agréable, et qui suivait docilement les instructions de son père. Dans le calme de la nuit, tandis que la lueur de la lampe qu'ils avaient allumée dans leur barque filtrait à travers les persiennes et se reflétait joliment sur le plafond de la chambre, nous entendions distinctement le clapotement des rames, le ruissellement des filets tirés hors de l'eau, et les toussotements du père et du fils qui vaquaient en silence à leur tâche. Dès que nous ouvrions l'œil et nous rendions compte qu'ils étaient là, Sibel et moi nous blottissions l'un contre l'autre pour écouter leur respiration et les rares mots qu'ils échangeaient pendant que, à cinq ou six mètres de notre lit, ignorant tout de notre présence, ils ramaient, jetaient des cailloux dans la mer pour que le poisson s'agite et vienne se prendre dans leurs filets. « Tiens-le fermement, mon fils », disait le pêcheur, ou « Retire le panier », ou encore « Fais l'obscurité, maintenant ». Un peu plus tard, la voix flûtée du fils rompait le profond silence : « Il y en a encore un ici ! » ; couchés enlacés, Sibel et moi nous demandions du fond de notre lit ce que l'enfant montrait à son père. Un poisson, un dangereux hameçon ou quelque étrange créature que nous cherchions à nous représenter ? Tandis que, entre veille et sommeil, nous échafaudions des rêveries à propos du pêcheur et de son fils, nous finissions soit par nous rendormir, soit par remarquer que leur barque s'était éloignée. Je n'ai aucun souvenir d'avoir parlé d'eux avec Sibel dans la journée. Mais la nuit, à sa façon de m'enlacer dès l'arrivée de leur barque, je comprenais qu'elle éprouvait tout comme moi une profonde sérénité à entendre la voix du pêcheur et de son fils et je sentais que, même en dormant, elle aussi les attendait. Comme si, tant que nous les entendrions, il nous serait impossible de nous séparer.

Or, je me souviens de la fureur croissante de Sibel à mon égard, de ses doutes de plus en plus douloureux quant à sa beauté, de ses yeux souvent embués de larmes ainsi que de notre propension à nous quereller et à bouder. La situation la plus fréquente était la suivante : raki à la main et Füsun à l'esprit, je ne réagissais pas avec toute la sincérité requise face à une attention de Sibel — par exemple, un gâteau ou une table basse qu'elle s'était donné du mal à rapporter à la maison — ; exaspérée par mon indifférence, elle sortait en claquant la porte ; j'avais beau me consumer de regrets, je restais paralysé par une sorte de honte qui m'empêchait d'aller m'excuser et, quand j'allais enfin la rejoindre, je la trouvais claustrée dans sa souffrance.

Si les fiançailles étaient rompues, Sibel se verrait dénigrée par la bonne société sous prétexte que « cela faisait maintenant longtemps que nous vivions ensemble sans être mariés ». Si jamais nous ne nous mariions pas, elle savait pertinemment que, si crâne fût-elle et si « européanisés » ses amis fussent-ils, on se raconterait la chose en termes non pas d'histoire d'amour mais de femme déshonorée. Nous n'en parlions évidemment jamais, mais chaque jour qui passait tournait au détriment de Sibel.

Quelquefois, il m'arrivait de me sentir un peu mieux grâce aux quelques escapades que je m'accordais à l'immeuble Merhamet où, allongé sur le lit, je jouais avec les objets liés à Füsun ; je cédais alors à l'illusion que ma douleur était en voie de résorption, et je supposais que cela donnait aussi de l'espoir à Sibel. Je sentais que participer aux amusements en ville, aux réunions entre amis et aux soirées lui remontait le moral ; mais cela ne suffisait pas à masquer le tour catastrophique que prenait notre situation et combien Sibel et moi étions malheureux hormis les heures où nous étions saouls et les minutes où nous écoutions le pêcheur et son fils. À cette période, j'essayai d'apprendre de Ceyda, dont l'accouchement était pour bientôt, où était Füsun et comment elle allait, mais j'eus beau la supplier et même tenter de la soudoyer, le seul renseignement que je parvins à lui soutirer, c'était que Füsun se trouvait quelque part dans Istanbul. Me faudrait-il donc ratisser toute la ville rue par rue ?

À l'entrée de l'hiver, par une de ces froides et tristes journées dans le *yalı*, Sibel me dit qu'elle pensait partir avec Nurcihan à Paris. Cette dernière comptait en effet y aller à Noël afin de faire des emplettes avant ses fiançailles et son mariage avec Mehmet et de régler quelques affaires restées en souffrance. Lorsque Sibel m'annonça qu'elle voulait l'accompagner, je l'y encourageai vivement. Je projetais de mettre son absence à profit pour consacrer toutes mes forces à rechercher Füsun et, si après avoir passé Istanbul au peigne fin je n'obtenais pas de résultat, je me marierais avec Sibel à son retour, me débarrassant ainsi de ces remords et de cette souffrance qui réduisaient ma volonté à néant. Sibel voyant mon approbation d'un œil suspicieux, je lui expliquai que ce changement d'air nous serait profitable à tous deux, que lorsqu'elle rentrerait nous reprendrions les choses au point où nous les avions laissées, sans négliger de glisser une ou deux fois le mot « mariage » au passage.

Et je pensais sincèrement me marier avec elle. Quant à Sibel, elle comptait prendre quelque temps ses distances et, à son retour de Paris, rétablir des rapports plus sains et avec moi et avec elle-même. Nous nous rendîmes ensemble à l'aéroport avec Mehmet et Nurcihan, et comme nous étions en avance, nous nous installâmes à une petite table du nouveau terminal où nous bûmes un soda Meltem comme nous le conseillait Inge sur son affiche. En voyant perler des larmes dans les yeux de Sibel quand je la serrai une dernière fois contre moi, j'eus peur en pensant que je n'allais pas la voir pendant un long moment et qu'il nous serait dorénavant impossible de retrouver le fil de notre ancienne vie, puis je m'efforçai de balayer cette vision beaucoup trop pessimiste. Sur le chemin du retour, Mehmet fut le premier à rompre le silence qui régnait dans la voiture : « Abi, désormais, ce n'est plus possible sans les filles », dit-il devant la perspective de se retrouver pour la première fois seul sans Nurcihan depuis des mois.

Le soir, le *yalı* vide me parut d'une tristesse insupportable. À présent que j'étais seul, je remarquais que, outre les grincements et les craquements du bois, le bruit de la mer résonnait à l'intérieur de la vieille bâtisse en une rumeur continue se modulant sur tous les tons. Le fracas des vagues était différent selon qu'elles se brisaient contre les rochers ou le béton du quai, le bourdonnement du courant se transformait en un murmure tout autre devant le hangar à canots. Au petit matin, tandis que le *yalı* grinçait et gémissait de toutes parts sous les bourrasques du vent du nord, dans mon lit où j'étais tombé ivre mort la veille, je remarquai que la barque du pêcheur et de son fils n'était pas venue depuis longtemps. Avec la partie de mon esprit encore honnête et lucide, je sentais très bien qu'une période de ma vie touchait à sa fin ; mais l'autre partie, inquiète et effrayée par la solitude, m'empêchait d'accepter pleinement cette réalité.

44

Hôtel Fatih

Je retrouvai Ceyda le lendemain. Elle se chargeait de transmettre mes lettres ; en échange, j'avais embauché quelqu'un de sa famille au service comptabilité de Satsat. Je pensais que j'étais désormais en droit d'exiger qu'elle me donne l'adresse de Füsun sans risque d'essuyer de refus de sa part. Mais devant mon insistance, Ceyda se retrancha derrière un voile de mystère. Elle me laissa entendre que voir Füsun ne me rendrait pas heureux ; la vie, l'amour, le bonheur n'étaient pas choses faciles ; chacun faisait comme il pouvait pour se préserver et trouver un minimum de bonheur dans ce monde éphémère ! Elle parlait de tout cela en caressant de temps à autre son ventre devenu passablement volumineux, elle avait désormais un mari aux petits soins avec elle...

Je ne pus exercer davantage de pression sur Ceyda. Ni la faire prendre en filature par qui que ce soit étant donné qu'à Istanbul il n'existait pas encore, comme dans les films américains, d'agences de détectives privés (elles feraient leur apparition trente ans plus tard). Au motif que nous enquêtions sur une affaire de vol, j'avais bien envoyé Ramiz fureter à droite et à gauche pour retrouver la trace de Füsun et de ses parents, mais cet ancien garde du corps de mon père qui se chargeait désormais de certaines affaires secrètes revenait toujours bredouille. Notre oncle Selami Bey avait également fait quelques recherches auprès du service de l'état civil, des antennes de police et des municipalités. Cet ancien commissaire qui, après avoir passé des années à traquer des coupables, nous aidait à débrouiller les problèmes que Satsat rencontrait avec les douanes et les impôts m'avait dit qu'il serait extrêmement difficile de retrouver la personne que je recherchais — le père de Füsun — étant donné que son casier judiciaire était vierge. Endossant le rôle de l'ancien élève venant embrasser la main de ses professeurs d'antan, je me rendis dans les lycées Vefa et Haydarpaşa où le père de Füsun avait enseigné l'histoire avant sa retraite, mais ces deux visites ne donnèrent absolument rien. Pour joindre sa mère, l'un des moyens était de découvrir auprès de qui elle allait faire de la couture à Nişantaşı et Şişli. Chose que je ne pouvais évidemment demander à ma mère. Zaim apprit cependant par la sienne que très peu de particuliers recouraient encore aux services d'une couturière à domicile. Il fit jouer ses réseaux et passa par des intermédiaires, mais la couturière Nesibe resta introuvable. Ces déceptions faisaient croître ma douleur. Je travaillais toute la matinée au bureau ; à la pause de midi, je me rendais à l'immeuble Merhamet, je m'allongeais sur notre lit et tentais de trouver du réconfort auprès des anciens objets de Füsun en les serrant contre moi ; de là, soit je retournais au bureau, soit je sautais dans ma voiture pour rouler au hasard des rues dans l'espoir d'y croiser Füsun.

Jamais je n'aurais pensé que, des années plus tard, je me remémorerais ces virées où j'écumais toute la ville quartier par quartier comme des moments de grand bonheur. Le fantôme de Füsun ayant commencé à m'apparaître dans des secteurs pauvres et reculés tels que Vefa, Zeyrek, Fatih ou Kocamustafapaşa, je traversais la Corne d'Or et m'enfonçais dans les vieux quartiers d'Istanbul. Pendant que, cigarette à la main, je conduisais la voiture à travers les étroites rues pavées et cabossées, je m'arrêtais dès que je croyais voir surgir une silhouette ressemblant à la sienne, pris d'une profonde affection pour ce quartier pauvre mais plein de charme dans lequel je pensais qu'elle résidait. Ces rues qui sentaient la fumée de charbon et où vivaient de vieilles dames fatiguées en foulard, de jeunes gars aux airs de caïds surveillant du coin de l'œil les étrangers à la poursuite des fantômes du quartier, des chômeurs et des vieillards qui traînaient au café en lisant le journal, je les bénissais avec tout mon amour. En constatant que l'ombre que je suivais à bonne distance ne ressemblait pas à Füsun, au lieu de partir sur-le-champ, je restais à errer dans les rues, convaincu que si son fantôme avait surgi par ici, c'est qu'elle-même devait ne pas être bien loin. Je n'éprouvais aucun malaise face aux slogans et aux menaces de mort des divers partis politiques de droite et de gauche, alors nommés « fractions », qui couvraient les murs, sur toutes les surfaces planes s'offrant au regard ainsi que les marbres de la fontaine asséchée datant de deux cent vingt ans, sur la place occupée par une ribambelle de chats. La certitude qui venait de s'emparer de moi quant à la présence de Füsun dans les alentours parait ces rues d'un nimbe de bonheur et de conte merveilleux. Je pensais qu'il me fallait encore beaucoup marcher dans ces rues hantées par son fantôme, guetter son éventuelle apparition à travers la vitrine des cafés de quartier où je m'installais pour prendre un thé ; je me disais que pour pouvoir être proche d'elle et de sa famille, il me fallait vivre de la même façon qu'eux.

Je ne retournai bientôt plus dans les lieux de distraction fréquentés par la bonne société, les restaurants de Nişantaşı et de Bebek où nous avions nos habitudes. J'en avais d'ailleurs assez que Mehmet me parle pendant des heures du shopping effréné auquel « nos nanas » devaient se livrer à Paris. Nous retrouver chaque soir comme deux compagnons d'infortune était devenu pour lui un rituel et j'avais beau tenter de me défiler, il finissait toujours par me dénicher dans un club ou un autre pour me raconter en long, en large et en travers la conversation téléphonique qu'il avait eue avec Nurcihan dans la journée ; ses yeux brillants de bonheur ne faisaient qu'ajouter à mon embarras parce que chaque fois que j'appelais Sibel, je ne trouvais rien à lui dire. Moi aussi j'avais parfois envie de l'enlacer et de trouver consolation dans ses bras, mais j'étais tellement las de la culpabilité que j'éprouvais envers elle et du malaise que générait ma duplicité à son égard que son absence me faisait du bien. Maintenant que j'étais libéré de l'artificialité qu'imposait notre situation, j'avais l'impression de revenir à mon état naturel. Ce naturel me donnait de l'espoir pendant que je recherchais Füsun dans les recoins les plus éloignés de la ville, et je m'en voulais de ne pas être venu plus tôt arpenter les jolies rues de ces vieux quartiers périphériques. Je me souviens du profond remords qui me tenaillait durant ces pérégrinations : remords de ne pas avoir eu le courage de faire faux bond le soir des fiançailles ni de prendre la décision de rompre, d'avoir constamment atermoyé…

Au milieu du mois de janvier, deux semaines avant que Sibel ne rentre de Paris, je fis mes valises et quittai le *yalı* pour m'installer dans un hôtel situé entre Fatih et Karagümrük. J'expose ici le papier à en-tête, une petite enseigne récupérée des années plus tard ainsi que la clef avec le logo de cet hôtel dans lequel j'étais entré la veille, poussé par la pluie qui s'était soudain abattue dans la soirée, après que j'eus écumé les rues et les magasins des quartiers en contrebas de Fatih, du côté de la Corne d'Or, à la recherche de Füsun. J'avais passé tout l'après-midi de cette journée de janvier à guetter par les fenêtres les familles vivant dans des immeubles de pierre décrépis anciennement occupés par les Grecs avant qu'ils ne quittent la ville, dans des *konak* en bois sans peinture et menaçant ruine ; en fin de journée, l'impression produite sur moi par le spectacle de tous ces gens, de leur dénuement, de leur entassement, de leurs joies et de leurs peines, m'avait laissé au bord de l'épuisement. La nuit était tombée tôt. Afin de prendre un verre avant de passer sur la rive d'en face, je grimpai la côte et entrai dans une nouvelle brasserie à proximité de l'avenue. Au milieu d'une foule d'hommes qui buvaient l'œil rivé sur la télévision, je mélangeai allègrement bière et vodka si bien qu'avant même neuf heures du soir j'étais déjà plein comme une barrique. En sortant, je fus incapable de me rappeler où je m'étais garé. Je me souviens d'avoir longuement marché sous la pluie, l'esprit davantage préoccupé par Füsun et ma vie que par ma voiture, heureux dans ces rues sombres et boueuses de pouvoir rêver (même douloureusement) à mon aimée. Vers minuit, j'entrai dans l'hôtel Fatih apparu sur ma route, je demandai une chambre et me couchai aussitôt.

C'était la première fois depuis des mois que je dormais d'un trait. Je passai les nuits suivantes dans le même hôtel où je dormis tout aussi sereinement. Je n'en revenais pas. Parfois, au petit matin, je revoyais en rêve un heureux souvenir d'enfance et d'adolescence et, de la même façon que lorsque j'entendais la voix du pêcheur et de son fils, je m'éveillais en sursaut avec le désir de me rendormir aussitôt pour replonger dans mon rêve.

Je passai au *yalı* reprendre mes effets, mes vêtements et mes grosses chaussettes d'hiver ; pour éviter les questions et le regard inquisiteur de mes parents, je préférai apporter mes valises à l'hôtel plutôt qu'à la maison. Comme d'habitude, je me rendais de bon matin à Satsat et sortais tôt du bureau pour me lancer à l'assaut des rues d'Istanbul. Je recherchais ma bien-aimée avec une inextinguible énergie ; le soir, j'essayais d'oublier ma fatigue dans les brasseries. Comme pour nombre d'époques dans ma vie, ce n'est qu'avec le recul des années que je me rendrais compte combien ces jours à l'hôtel Fatih, si douloureusement vécus sur le moment, étaient en réalité une période heureuse. Chaque jour, en sortant du bureau à midi, je me rendais à l'immeuble Merhamet où je tâchais d'apaiser ma souffrance amoureuse en jouant avec les objets dont je prenais un soin jaloux à mesure qu'ils s'accroissaient en nombre au fil de mes remémorations ou de mes découvertes ; le soir, je buvais, puis je marchais pendant des heures. La tête embrumée, j'arpentais les petites rues de Fatih, de Karagümrük et de Balat, j'épiais à travers les rideaux le bonheur des familles réunies pour le dîner, j'étais envahi par le sentiment que Füsun se trouvait quelque part dans les parages, et je me sentais bien.

Parfois, je pressentais que l'étonnant bien-être que j'éprouvais dans ces rues tenait moins à la proximité avec Füsun qu'à quelque chose d'autre : dans ces quartiers périphériques, ces terrains vagues, ces rues pavées et boueuses, en ces gamins qui jouaient au football avec un ballon crevé à la lueur des réverbères, entre les voitures, les bennes à ordures, les trottoirs et la chaussée, j'avais l'impression de pouvoir toucher du doigt l'essence de la vie. C'est comme si l'obligation de vivre à l'européenne, en conformité avec le standing requis par les affaires florissantes de mon père, m'avait coupé des aspects simples et fondamentaux de la vie et que, à présent, dans ces ruelles à l'écart, je cherchais le noyau perdu de ma propre existence. Tandis que, la tête noyée dans les vapeurs du raki, j'avançais au hasard, à travers un dédale de petites rues, de pentes fangeuses et de venelles sinueuses coupées par des escaliers, je remarquais soudain en frissonnant qu'il ne traînait plus guère que des chiens errants et je prenais plaisir à contempler le jaune des lampes luisant derrière les rideaux, le bleu des minces filets de fumée s'échappant des cheminées, l'éclat métallique des téléviseurs se reflétant dans les vitrines et les fenêtres. Le lendemain soir, alors que Zaim et moi mangions du poisson et buvions du raki dans un *meyhane* du marché de Beşiktaş, l'image d'une de ces sombres ruelles me revenait de temps à autre devant les yeux, et ce fut comme si ce paysage me garantissait contre la séduction du monde dont Zaim me faisait le récit.

Il me parlait des dernières réceptions et des dernières danses à la mode, des tout derniers potins en date et, sur ma demande, du succès que rencontrait le soda Meltem ; il mentionnait tous les événements mondains notables mais sans trop s'y attarder. Il savait que j'avais quitté le *yalı*, que je ne passais pas mes nuits à Nişantaşı dans le foyer familial mais ne me posait aucune question ni sur Füsun ni sur ma douloureuse situation sentimentale, sans doute pour ne pas remuer le couteau dans la plaie. Parfois, j'essayais de l'amener sur ce terrain pour voir s'il savait ou non des choses sur Füsun et son passé. Parfois encore, prenant la pose du gars sûr de lui et parfaitement au clair avec lui-même, je faisais croire que j'avais tellement de boulot que je passais tout mon temps au bureau.

Un jour de neige à la fin du mois de janvier, Sibel téléphona de Paris au bureau et me déclara avec inquiétude qu'elle avait appris mon départ du *yalı* par les voisins et le jardinier. Cela faisait longtemps que nous ne nous étions pas parlé au téléphone, signe incontestable de la froideur et de la distance qui régnaient entre nous, certes, mais il faut dire qu'à l'époque il n'était pas aisé d'établir une communication correcte avec l'étranger. Pour couvrir les drôles de bourdonnements qui résonnaient pendant la conversation, il fallait crier de toutes ses forces dans le combiné. Si bien que, à la seule idée que les employés de Satsat entendraient les mots d'amour qu'il me faudrait lui crier à tue-tête (qui plus est sans conviction), je reportais constamment le moment de l'appeler.

— Tu as quitté le *yalı* mais il paraît que le soir tu ne rentres pas non plus chez tes parents !

— En effet.

J'évitai de répondre que, en ne rentrant pas chez moi, je ne faisais que me conformer à notre décision commune de m'interdire Nişantaşı afin de ne pas « envenimer ma maladie » avec des souvenirs. Je ne pris même pas la peine de lui demander comment et par qui elle avait su que je découchais. Ma secrétaire, Zeynep Hanım, avait aussitôt quitté la pièce et refermé la porte sur elle afin de me laisser discuter tranquillement avec ma fiancée, mais j'étais obligé de hurler pour que Sibel puisse m'entendre.

— Qu'est-ce que tu fais ? Tu vis où ? demanda-t-elle.

Je me souvins alors que Zaim était le seul à savoir que je logeais dans un hôtel de Fatih. Mais sachant que tout le personnel écoutait ce que je disais, je n'avais aucune envie de le chanter sur les toits à seule fin d'en informer Sibel.

— Tu es retourné avec elle ? Dis-le, sois honnête avec moi, Kemal.

— Non ! répondis-je sans crier aussi fort qu'il l'eût fallu.

— Je n'ai pas entendu. Kemal, répète, s'il te plaît.

— Non ! te dis-je, lançai-je de nouveau, sans davantage réussir à donner de la voix.

À cette époque, le bourdonnement qui résonnait sur la ligne lors d'une communication internationale était semblable au bruit de la mer qu'on entend lorsqu'on porte un coquillage à l'oreille.

— Kemal, Kemal… je n'entends rien, je t'en prie, disait Sibel.

— Je suis là ! m'époumonai-je.

— Dis-moi la vérité !

— Je n'ai rien de nouveau à ajouter, rétorquai-je en haussant encore le ton.

— Je comprends ! dit Sibel.

La ligne sembla se diluer dans un étrange bourdonnement marin, il y eut des grésillements, puis plus rien. La voix de l'opératrice du central téléphonique se fit entendre :

— La communication avec Paris est coupée, souhaitez-vous que je la rétablisse ?

— Inutile, merci, ma fille.

Dire « ma fille » aux employées et ce quel que soit leur âge était une habitude de mon père. Je m'étonnai de l'avoir calquée si rapidement. Je m'étonnai aussi de la détermination de Sibel… Mais désormais, je n'avais plus envie de mentir. Et elle ne m'appela plus une seule fois de Paris.

45

Vacances à Uludağ

Le retour de Sibel à Istanbul, je l'appris au début des vacances scolaires de février pendant lesquelles les familles partaient faire du ski à Uludağ. Zaim aussi devait s'y rendre ; avant son départ, il m'appela au bureau et nous nous retrouvâmes pour déjeuner au Fuaye. Nous mangions notre soupe de lentilles attablés l'un en face de l'autre quand Zaim fixa sur moi un regard plein d'affection.

— Je te vois de plus en plus sombre et tourmenté, tu te coupes toujours plus de la vie, cela m'inquiète et me chagrine beaucoup.

— Ne t'inquiète pas, répondis-je. Tout va bien…

— Tu n'as pas l'air heureux. Fais un effort.

— Pour moi, le but de la vie n'est pas le bonheur. C'est cela qui te fait penser que je suis malheureux et que je fuis… Mais je suis au seuil d'une autre vie qui m'apporte la sérénité…

— À la bonne heure… Parle-nous donc un peu de cette vie… Nous sommes vraiment curieux d'en savoir plus…

— Qui, nous ?

— Je t'en prie, Kemal. Que me reproches-tu ? Ne suis-je pas ton meilleur ami ?

— Si.

— Nous… c'est-à-dire moi, Mehmet, Nurcihan et Sibel… On part à Uludağ dans trois jours… Viens, toi aussi… Nurcihan doit y aller pour s'occuper de son neveu et nous avons décidé de l'accompagner.

— Ce qui veut dire que Sibel est rentrée.

— Depuis dix jours, elle est arrivée lundi dernier. Elle aussi souhaite que tu viennes à Uludağ. Mais cela, elle ne veut pas que tu le saches, précisa Zaim en souriant d'un air plein de bonté. Je te le dis à son insu, ne fais pas de gaffe une fois là-bas.

— Non, de toute façon, je ne viendrai pas.

— Viens, ce serait une bonne chose… Cette histoire finira par être oubliée.

— Qui la connaît ? Nurcihan et Mehmet sont-ils au courant ?

— Sibel le sait, évidemment, répondit Zaim. Nous en avons discuté ensemble. Elle t'aime beaucoup, Kemal. Elle comprend très bien comment un type généreux comme toi a pu être entraîné dans cette affaire, et elle désire te tirer de ce mauvais pas.

— Vraiment ?

— Tu files un mauvais coton, Kemal… Il nous arrive à tous de nous éprendre de la personne la plus improbable… N'importe qui peut tomber amoureux. Mais tout le monde finit par sortir du bourbier dans lequel il est tombé avant de gâcher complètement sa vie.

— Alors ça rime à quoi, tous ces films d'amour ?

— J'adore les histoires d'amour au cinéma, répliqua Zaim. Mais je n'en ai jamais vu une seule justifier une affaire comme la tienne… Il y a six mois, tu t'es fiancé en grande pompe avec Sibel… C'était une soirée superbe ! Puis, sans être mariés, vous avez commencé à vivre ensemble dans le *yalı*, et même à donner des réceptions. Tout le monde considérait cela comme quelque chose de très moderne et voyait la situation d'un bon œil puisque le mariage était pour bientôt. J'en ai même entendu certains déclarer qu'ils prendraient exemple sur vous. Et voilà que tu décides de ton propre chef de quitter le *yalı*. Est-ce à dire que tu quittes Sibel ? Pourquoi la fuis-tu ? Tu n'expliques rien, tu boudes comme un gamin…

— Sibel sait pourquoi…

— Non, elle ne sait pas, dit Zaim. Elle ne sait pas comment présenter la situation aux autres, elle ne sait pas quoi dire aux gens… Comment pourrait-elle sauver la face ? « Mon fiancé est tombé amoureux d'une petite vendeuse et nous nous sommes séparés », c'est ça que tu voudrais qu'elle dise ? Elle est furieuse contre toi, elle t'en veut énormément… Ce serait bien que vous parliez. Si tu viens à Uludağ, vous oublierez tout et repartirez sur de nouvelles bases. Sibel est prête à faire comme s'il ne s'était rien passé, je m'en porte garant. Au Grand Hôtel, Nurcihan et Sibel partageront la même chambre. Mehmet et moi avons réservé celle du fond, au deuxième étage. Tu sais, celle où il y a un troisième lit, d'où on voit le sommet embrumé… Si tu viens, nous ferons la foire jusqu'au matin, comme quand on était jeunes… Mehmet brûle de désir pour Nurcihan… Nous nous moquerons de lui.

— C'est surtout de moi qu'il faut se moquer. Au moins, Mehmet est avec Nurcihan.

— Crois bien que je ne permettrais ni à moi-même ni à quiconque de faire la moindre plaisanterie, répondit candidement Zaim.

À ces paroles, je compris que mon obsession était depuis longtemps devenue un sujet de raillerie en société ou du moins entre les nôtres. Ce dont je me doutais d'ailleurs déjà.

J'admirai la délicatesse de Zaim qui, pour m'aider, avait eu l'idée de ces vacances à Uludağ. Dans mon enfance et ma jeunesse, nous aussi partions en famille à Uludağ faire du ski, comme nombre de collègues et d'amis de club de mon père. J'aimais cette ambiance de vacances où tout le monde connaissait tout le monde, où se nouaient de nouvelles amitiés et s'arrangeaient des mariages, où même les filles les plus timides dansaient, riaient et s'amusaient jusqu'à point d'heure, si bien que, même des années après, un frisson de joie me parcourait l'échine quand, au fond d'un placard, il m'arrivait de tomber sur une paire de gants de ski de mon père ou une vieille cagoule de mon frère dont j'avais fini par hériter, et chaque fois que je regardais les cartes postales du Grand Hôtel que ma mère m'envoyait en Amérique, je sentais monter en moi une vague de bonheur et de nostalgie. Je remerciai Zaim pour sa proposition en lui répétant que je ne pourrais cependant pas venir :

— Cela risque d'être trop douloureux pour moi… Mais tu as raison, il faut que je parle avec Sibel.

— Tu ne la trouveras pas au *yalı*. Elle reste auprès de Nurcihan, précisa Zaim.

Puis, oubliant là mes soucis, il se tourna en souriant vers la foule chatoyante du Fuaye qui s'enrichissait chaque jour de nouvelles têtes.

Est-ce normal de laisser
sa fiancée en plan ?

Ce n'est qu'à la fin du mois de février, à son retour d'Uludağ, que je pus appeler Sibel. J'avais tellement peur que notre entrevue se solde par un épanchement de larmes, de colère, d'amertume et de regrets que je n'avais aucune envie de lui parler ; j'attendais le moment où elle se saisirait d'un dernier prétexte pour me renvoyer sa bague de fiançailles. Un jour que cette tension devenait intenable, je décrochai mon téléphone. Je la trouvai chez Nurcihan. Nous convînmes de nous retrouver dans la soirée pour dîner au Fuaye.

Je m'étais dit qu'un endroit comme le Fuaye où nous connaissions une foule de gens nous éviterait de sombrer dans la sentimentalité, l'excès et la colère. Et il en fut effectivement ainsi, au départ. D'autres tables étaient occupées par Hilmi le Bâtard et sa jeune épouse Neslihan, Güven le Naufrageur et sa famille, Tayfun, Yeşim et les siens. Hilmi et sa femme prirent même la peine de venir jusqu'à la nôtre pour nous dire combien ils étaient heureux de nous voir.

Pendant que nous mangions nos mezzés en buvant du vin Yakut, Sibel me parla de son séjour à Paris, des amis français de Nurcihan qu'elle y avait rencontrés et de la beauté dont se parait la ville pour Noël.

— Comment vont tes parents ? lui demandai-je.

— Bien… Ils ne savent encore rien de notre situation.

— Inutile d'en parler à qui que ce soit.

— Je n'en parle pas, répondit Sibel avant de me dévisager en silence, l'air de dire : « Très bien, mais après, qu'adviendra-t-il ? »

Pour changer de sujet, je racontai que mon père perdait chaque jour un peu plus goût à la vie. Sibel me dit que sa mère venait de contracter une nouvelle manie consistant à mettre soigneusement de côté vieux vêtements et vieilles affaires. J'expliquai alors que la mienne faisait exactement le contraire et s'employait à expédier toutes les vieilleries dans un autre appartement. Le terrain était glissant, nous nous tûmes. Les regards de Sibel disaient assez qu'elle n'était pas dupe de mes efforts pour meubler la conversation. À ma façon d'éviter le sujet essentiel, elle avait très bien compris que je n'avais rien de nouveau à lui dire. C'est elle qui aborda la question :

— Tu t'es fait à ta maladie à ce que je vois.

— Comment ?

— Cela fait des mois que nous attendons une rémission. Après avoir tant patienté, il est vraiment navrant de constater qu'il n'y a pas eu le moindre progrès et que tu t'es même résigné à vivre avec. À Paris, j'ai beaucoup prié pour ta guérison.

— Je ne suis pas malade, me défendis-je. Peut-être que ces gens-là peuvent considérer mon état comme une maladie, continuai-je en montrant du regard la foule joyeuse et bruyante du Fuaye, mais je refuse que toi, tu me voies comme tel.

— Mais n'étions-nous pas convenus qu'il s'agissait d'une maladie quand nous sommes allés habiter ensemble dans le *yalı* ? demanda Sibel.

— Oui, c'est ce que nous avions décrété.

— Et que se passe-t-il à présent ? Est-ce normal de laisser sa fiancée en plan ?

— Comment cela ?

— Pour une petite vendeuse…

— Quel rapport ? Ne mélange pas tout… Cela n'a rien à voir avec une question de richesse ou de pauvreté.

— C'est exactement de ça qu'il s'agit, rétorqua Sibel, avec la véhémence de celle qui était parvenue à cette conclusion après une très longue et douloureuse réflexion. C'est parce qu'elle est pauvre et ambitieuse qu'il t'a été si facile de nouer une relation avec cette fille… Si elle n'avait pas été une simple petite vendeuse, tu l'aurais peut-être épousée sans te soucier du qu'en-dira-t-on. C'est cela, au fond, ce qui te rend malade… de ne pas pouvoir te marier avec elle, de ne pas avoir ce courage…

Je m'emportai contre Sibel, persuadé qu'elle parlait ainsi pour me mettre en colère. Je lui en voulais parce que, dans un coin de ma tête, je savais qu'elle disait vrai.

— Que quelqu'un comme toi se livre à toutes ces bizarreries et se mette à vivre dans un hôtel de Fatih pour une petite vendeuse, ce n'est pas normal, mon chéri… Si tu veux guérir, il faudra d'abord que tu l'admettes…

— Je ne suis pas aussi amoureux de cette fille que tu le crois, évidemment… Si je pose cette question, c'est juste comme ça, histoire de discuter, mais pourquoi ne pourrait-on pas tomber amoureux de quelqu'un de plus pauvre que soi ? L'amour entre riches et pauvres ne peut-il exister ?

— L'amour, c'est l'art du juste équilibre, comme dans notre relation. On n'a jamais vu une jeune fille de bonne famille tomber sous le charme du concierge Ahmet Efendi ou de l'ouvrier Hasan Usta et l'épouser pour ses beaux yeux, sauf peut-être dans les films turcs.

Sadi, le maître d'hôtel, s'approchait l'air ravi de nous voir mais, en constatant que nous étions profondément plongés dans notre discussion, il s'arrêta dans son élan. Je lui fis signe de repasser plus tard et me tournai vers Sibel :

— Moi, je crois aux histoires racontées dans les films turcs.

— Kemal, je ne t'ai pas vu aller une seule fois voir un film turc de toute l'année. Tu ne vas même pas au cinéma en plein air avec les copains pour rigoler.

— La vie à l'hôtel Fatih ressemble aux films turcs, crois-moi, répondis-je. Le soir, avant de me coucher, je vais marcher dans les petites rues désertes de ces quartiers reculés et cela me fait le plus grand bien.

— Au début, je croyais que toute cette histoire de petite vendeuse, c'était à cause de Zaim, dit Sibel d'un ton convaincu. Je pensais qu'avant de te marier tu voulais goûter à ta façon à l'espèce de *dolce vita* qu'il mène avec ses danseuses, ses entraîneuses et ses mannequins allemands. Zaim et moi en avons parlé. À présent, je suis plutôt d'avis que c'est lié à un complexe (le grand mot à la mode, à l'époque), celui d'être riche dans un pays pauvre. Naturellement, le problème dépasse de loin un engouement passager pour une petite vendeuse.

284

— Peut-être...

— En Europe, les riches font poliment mine de ne pas l'être...
C'est cela, la civilisation. Ce qui définit la culture et la civilisation
selon moi, ce n'est pas tant la liberté et l'égalité de tous les individus que la capacité de chacun à se comporter envers les autres
comme s'ils étaient libres et égaux. Du coup, plus personne n'a
besoin de culpabiliser.

— Mazette... Tu en as appris des choses à la Sorbonne... On
commande le poisson ?

Sadi s'approcha de notre table, nous l'interrogeâmes sur sa santé
(Très bien, Dieu soit loué !), son travail (Nous sommes une grande
famille, Kemal Bey, chaque soir les mêmes têtes...), l'état général
des affaires (Les gens ne mettent plus le nez dehors à cause du
terrorisme droite-gauche !) et les personnes qui passaient au restaurant (Tout le monde est rentré d'Uludağ). Je le connaissais depuis
que j'étais enfant, lorsqu'il travaillait au restaurant Abdullah
Efendi de Beyoğlu que fréquentait régulièrement mon père avant
l'ouverture du Fuaye. Il n'avait vu la mer pour la première fois
qu'à l'âge de dix-neuf, quand il avait débarqué à Istanbul trente
ans plus tôt ; il eut tôt fait d'apprendre auprès des patrons de taverne
et des serveurs grecs les plus réputés toutes les subtilités du métier
quant au choix et à la préparation du poisson selon les modes stambouliotes. Il nous présenta sur un plateau les rougets, le bar et le
gros *lüfer* dodu qu'il avait personnellement choisis à la poissonne-
rie le matin. Comme nous pûmes nous-mêmes le constater en les
humant, en observant la brillance de leurs yeux et la rougeur de
leurs branchies, ils étaient d'une fraîcheur irréprochable. Nous parlâmes ensuite de la mer de Marmara, déplorant qu'elle soit si pol-
luée. Sadi nous expliqua que pour parer aux problèmes de coupures
d'eau, le Fuaye se faisait quotidiennement livrer en eau par une
société privée. En ce qui concernait les coupures d'électricité, le
restaurant n'avait pas encore acheté de générateur mais l'atmosphère créée par les bougies et les lampes à gaz certains soirs n'était
pas pour déplaire aux clients. Sadi remplit de nouveau nos verres
de vin et repartit.

— Tu te rappelles le pêcheur et son fils qu'on entendait la nuit
sous les fenêtres... Peu après ton départ à Paris, ils ne sont plus

venus. Le *yalı* est devenu encore plus froid, et tellement vide que je n'ai pas supporté.

Sibel entendit surtout la note d'excuse contenue dans ces mots et, pour détourner son attention, je lui expliquai que je pensais souvent à ce couple père-fils. (Le souvenir des boucles d'oreilles en perle que m'avait données mon père me traversa l'esprit.) Je poursuivis en disant qu'ils étaient peut-être partis à la poursuite des bancs de *palamut* et de *lüfer*, si abondants cette année qu'on en trouvait jusque sur les étals des marchands ambulants qui circulaient dans les petites rues de Fatih avec leur voiture à cheval et des hordes de chats sur leurs talons. Tandis que nous dégustions nos poissons, Sadi nous dit que le prix du turbot était assez élevé parce que les Russes et les Bulgares arraisonnaient tous les bateaux turcs qui pénétraient dans leurs eaux territoriales pour le pêcher. Plus nous discutions ainsi, plus je voyais le visage de Sibel se décomposer. Il ne lui était pas difficile de comprendre que je n'avais rien de nouveau à lui annoncer, pas le plus petit espoir à lui insuffler et que tous les bavardages dans lesquels je me lançais avaient pour seul but de faire diversion. J'aurais aimé pouvoir posément lui toucher deux mots de notre situation, mais rien ne me venait à l'esprit. À voir ses traits défaits, je comprenais avec une sorte d'affolement que je n'arriverais plus à lui mentir.

— Tiens, Hilmi et sa femme lèvent le camp. On les invite à venir s'asseoir avec nous ? Ils ont été si gentils tout à l'heure.

Je leur fis signe avant même que Sibel n'ait le temps de souffler mot. Mais ils ne me virent pas.

— Ne les appelle pas…

— Pourquoi ? Hilmi est un garçon très bien et… comment s'appelle-t-elle déjà… sa femme aussi est quelqu'un que tu apprécies, n'est-ce pas ?

— Et nous deux, qu'allons-nous devenir ?

— Je ne sais pas.

— À Paris, j'ai parlé avec Leclercq (le professeur d'économie pour lequel elle avait une grande admiration). Il m'encourage vivement à préparer ma thèse.

— Tu pars à Paris ?

— Je ne suis pas heureuse ici.

— Je viens avec toi? Seulement, j'ai beaucoup de travail et...

Sibel ne répondit pas. Je sentais que sa décision était déjà prise concernant cette question mais aussi notre avenir. Cependant, une dernière chose semblait lui trotter dans la tête.

— Écoute, pars à Paris, repris-je, agacé. Le temps de régler ce qui doit l'être, et je te rejoindrai.

— Il y a encore une chose à laquelle je pense... Je suis désolée d'en parler mais... Kemal... la virginité... Au fond, la question n'est pas assez importante pour justifier ton comportement.

— Comment cela?

— Si nous sommes modernes et européens, cela n'a aucune espèce d'importance... Mais si nous sommes attachés à la tradition, si la virginité est quelque chose de précieux que chacun se doit de respecter... Il faudrait que tu te comportes de façon équitable avec tout le monde sur ce point!

Ne comprenant pas ce qu'elle voulait dire, je fronçai les sourcils. Puis je me souvins que Sibel n'était allée « jusqu'au bout » avec personne d'autre que moi. « Le fardeau n'est sûrement pas le même pour elle que pour toi, qui es riche et moderne! » eus-je d'abord envie de rétorquer. Mais je gardai le silence et baissai les yeux, honteux.

— Une autre chose encore que jamais je ne te pardonnerai... Puisque tu savais que tu n'arriverais pas à te détacher d'elle, pourquoi nous sommes-nous fiancés, pourquoi n'as-tu pas rompu aussitôt? demanda-t-elle d'une voix tremblante de colère. Si c'était pour en arriver là, pourquoi nous être installés ensemble dans le *yalı*, avoir invité des gens et vécu en couple, sans être mariés, au vu et au su de tous, dans ce pays?

— L'intimité, la sincérité et l'amitié que nous avons partagées dans ce *yalı*, il n'y a qu'avec toi que je les ai vécues.

Je vis que ces paroles la rendaient furieuse. Des larmes de colère et de dépit étaient prêtes à jaillir de ses yeux.

— Je m'excuse, dis-je, je suis vraiment désolé...

Un affreux silence s'abattit. Pour éviter que Sibel n'éclate en sanglots et que la situation ne s'envenime, j'agitai vivement la main en direction de Tayfun et de son épouse, qui ne s'étaient toujours pas installés à leur table. Tout heureux de nous voir, ils s'approchèrent avec joie et devant mon insistance, ils s'assirent à nos côtés.

— Vous savez quoi, le *yalı* me manque déjà, dit Tayfun.

Ils étaient beaucoup venus pendant l'été. Tayfun se promenait sur la jetée et dans la maison comme chez lui, il se servait dans le réfrigérateur et préparait à boire et à manger pour lui et toute la compagnie ; parfois, pris d'un enthousiasme débordant, il passait son temps à s'activer dans la cuisine et nous décrivait dans le détail les spécificités des tankers roumains et soviétiques.

— Vous vous rappelez la nuit où je m'étais endormi dans le jardin et que tout le monde se demandait où j'étais passé…

Tandis que Tayfun relatait cette anecdote, j'éprouvais un respect proche de l'admiration devant la faculté de Sibel à l'écouter sans rien laisser paraître, à plaisanter et à dire de douces paroles.

— Alors ce mariage, c'est pour quand ? demanda Figen, la femme de Tayfun, à croire qu'elle n'avait rien entendu des rumeurs qui couraient sur nous.

— Pour le mois de mai, répondit Sibel. Toujours au Hilton… Tout le monde devra promettre de s'habiller en blanc, comme dans *Gatsby le Magnifique*. Vous avez vu ce film ? (Elle jeta soudain un œil sur sa montre.) Ah ! Je dois retrouver ma mère dans cinq minutes au coin de l'avenue Nişantaşı, expliqua-t-elle (alors que ses parents étaient à Ankara).

Elle fila rapidement après nous avoir furtivement embrassés sur les joues, Tayfun, Figen et moi. Après avoir encore échangé quelques mots avec eux, je sortis à mon tour du Fuaye et me rendis à l'immeuble Merhamet où je tâchai de me consoler avec les objets de Füsun. Une semaine plus tard, par l'intermédiaire de Zaim, Sibel me renvoya sa bague de fiançailles. Bien que j'eusse encore de ses nouvelles par les uns et les autres, je ne la revis plus du tout pendant trente et un ans.

47

La mort de mon père

La rapide propagation de la nouvelle de la rupture des fiançailles, la visite qu'Osman me rendit un jour au bureau pour me sermonner et me dire qu'il était prêt à intervenir auprès de Sibel pour que je regagne son cœur, les ragots que j'entendais à droite et à gauche, les rumeurs selon lesquelles j'avais pété un câble, que j'étais devenu un adepte de la vie nocturne, d'une confrérie secrète de Fatih ou même du communisme, parti vivre dans un bidonville comme tout bon militant… tout cela me cornait aux oreilles mais, au fond, je ne m'en souciais guère. J'attendais surtout que la nouvelle de ma rupture produise son effet sur Füsun et la pousse à sortir de sa tanière. J'avais désormais renoncé à tout espoir de soigner ma maladie ; au lieu de chercher à guérir, je savourais ma douleur, je circulais sans restriction aucune dans les rues de Nişantaşı signalées en orange, j'allais quatre ou cinq fois par semaine dans l'immeuble Merhamet où je trouvais la sérénité au contact des objets et souvenirs liés à Füsun. Vu mon nouveau statut de célibataire, rien ne m'interdisait de réintégrer ma chambre dans le foyer familial de Nişantaşı. Mais comme ma mère cachait à mon père — « souffrant et très affaibli », selon ses dires — ce fâcheux revirement de situation qu'elle ne pouvait se résoudre à admettre et qu'elle n'abordait jamais avec moi ce sujet devenu quasi tabou, le soir, je ne restais pas dormir dans cet appartement qui risquait par certains aspects de raviver mes souffrances amoureuses ; mais je passais régulièrement déjeuner avec eux.

Je revins pourtant m'y installer au début du mois de mars, à la disparition de mon père. La funeste nouvelle, je l'appris par Osman

289

qui vint jusqu'à l'hôtel Fatih avec la Chevrolet de mon père pour me l'annoncer. J'aurais préféré ne pas le voir monter et découvrir l'état de désordre de la petite chambre où je conservais les étranges objets que j'avais achetés dans des brocantes, des épiceries et des papeteries au cours de mes pérégrinations dans les quartiers périphériques. Cependant, il me regarda avec tristesse, sans aucune pointe de dédain cette fois ; au contraire, il me serra dans ses bras avec une sincère affection. En une demi-heure, j'avais rassemblé mes affaires, payé la note et quitté l'hôtel Fatih. En voyant les yeux humides de larmes et l'état d'abattement de Çetin Efendi au volant de la Chevrolet, je me remémorai la volonté émise par mon père de confier sa voiture comme son chauffeur à mes bons soins. C'était une grise et sombre journée d'hiver ; tandis que nous traversions le pont Atatürk, je me souviens d'avoir contemplé la Corne d'Or et ressenti la froideur de ses eaux aux teintes verdâtres et boueuses comme une sorte de solitude.

Mon père était mort d'une insuffisance cardiaque à l'heure de l'appel à la prière, un peu après sept heures du matin ; croyant que son mari dormait encore quand elle se réveilla à son côté, ma mère perdit la tête en comprenant de quoi il retournait, et il fallut lui administrer du Paradison pour la calmer. Elle était à présent assise à sa place habituelle dans le salon, en face du fauteuil vide de mon père qu'elle montrait de temps à autre en pleurant. Elle s'anima un peu en m'apercevant. Nous nous enlaçâmes très fort, sans échanger un seul mot.

Je me dirigeai vers la chambre où reposait mon père. À le voir ainsi, allongé en pyjama dans le grand lit en noyer qu'il avait partagé durant près de quarante ans avec ma mère, on eût dit qu'il dormait. Cependant, son immobilité, la pâleur extrême de son teint et l'expression de son visage évoquaient moins la sérénité du sommeil qu'un immense malaise. Il arborait le masque d'étonnement et d'effroi de qui se retrouve nez à nez avec la mort à son réveil, de qui reste soudain tétanisé, yeux écarquillés, face à l'inéluctable accident qu'il voit se profiler. Je connaissais très bien l'odeur d'eau de Cologne, les petites taches brunes, le duvet et le modelé de ses mains fripées fermement serrées sur l'édredon ; ces mains familières qui avaient fait mon bonheur en me caressant des milliers de

290

fois les cheveux, le dos et les bras quand j'étais enfant. Mais leur peau avait tellement blanchi que j'eus peur de les embrasser. J'eus envie de soulever l'édredon et de voir une dernière fois son corps, dans son éternel pyjama de soie à grosses rayures bleues, mais le tissu était coincé quelque part.

Tandis que je me débattais en vain pour le décoincer, son pied gauche s'échappa de dessous l'édredon. Par réflexe, j'observai attentivement son gros orteil. Comme on peut le constater sur ce détail photographique que j'ai pu obtenir en agrandissant une vieille photo noir et blanc, mon père et moi avions exactement le même gros orteil, avec une forme étrange qui n'appartenait qu'à nous. « Alors, comment vont les gros orteils ? » s'esclaffait Cüneyt, le vieil ami de mon père, chaque fois qu'il nous voyait ensemble, prenant un malin plaisir à nous rappeler cette drôle de ressemblance père-fils qu'il avait découverte douze ans plus tôt, alors que nous étions assis côte à côte en maillot de bain sur la jetée de Suadiye.

À un moment, je m'enfermai à clef dans la chambre à coucher afin de pleurer tout mon saoul en pensant à mon père, à Füsun, mais je ne pus verser une seule larme. Durant un instant, je posai un tout autre regard sur cette chambre où mon père avait passé ces années avec ma mère, sur cet espace intime et secret au cœur de mon enfance, toujours baigné d'effluves d'eau de Cologne, de tapis poussiéreux, de cire, de bois et du parfum de maman, sur les rideaux et le baromètre que mon père me montrait en me prenant dans ses bras. On eût dit que le centre de mon existence avait volé en éclats, que mon passé avait d'un seul coup été enseveli. J'ouvris son armoire et passai la main sur ses cravates démodées, ses ceintures, je sortis l'une de ses vieilles paires de chaussures qu'il continuait encore régulièrement à cirer alors qu'il ne les mettait plus depuis des années. En entendant des bruits de pas dans le couloir, je refermai aussitôt la porte qui grinçait sur ses gonds, pris d'un sentiment de culpabilité semblable à celui que j'éprouvais dans mon enfance lorsque je farfouillais dans cette même armoire. Sur la table de chevet de mon père se trouvaient des tas de boîtes de médicaments, des pages de mots croisés et des journaux pliés, une ancienne photo du service militaire qu'il affectionnait particulièrement et sur laquelle on le voyait boire du raki avec les officiers ; ses lunettes de lecture et son dentier dans un verre d'eau y étaient également. Après l'avoir enveloppé dans mon mouchoir, je mis le dentier dans ma poche et retournai m'asseoir au salon, en face de ma mère, dans le fauteuil de mon père.

— Maman, j'ai pris le dentier de papa, ne t'inquiète pas.

Elle hocha la tête, l'air de dire « à ta guise ». Vers midi, membres de la famille, amis, connaissances et voisins avaient envahi la maison… Tout le monde embrassait ma mère et lui baisait la main. La porte restait ouverte et l'ascenseur fonctionnait non-stop. Avant longtemps, il y eut autant de gens que lors des repas de fête du sacrifice d'antan. Je sentis que j'aimais cette bruyante et chaleureuse atmosphère familiale, que j'étais heureux en compagnie de cette foule de parents, des enfants de mon oncle qui se ressemblaient tous avec leur front large et leur nez en patate. À un moment, Berrin et moi nous assîmes ensemble sur le canapé où nous passâmes tous les cousins au crible de nos bavardages. J'avais plaisir à constater qu'elle était aussi bien informée de la vie de chacun d'eux et connaissait mieux la famille que moi. Je me livrai comme tout le monde à quelques plaisanteries susurrées à voix basse, je parlai du dernier match de foot (Fenerbahçe : 2 — Boluspor : 0) que j'avais suivi à la télévision dans le *lobby* de l'hôtel Fatih, je m'installai à la table dressée par Bekri qui, malgré son chagrin, s'activait dans la cuisine à faire frire des *börek*, je me levai souvent pour aller dans la chambre à coucher et scruter le corps de mon père toujours allongé de la même façon dans son pyjama. Oui, il était parfaitement inerte. J'ouvrais de temps à autre les placards et les tiroirs, effleurant des meubles et des objets qui tous ravivaient en moi de nombreux souvenirs d'enfance. Ces objets qui m'étaient si familiers depuis mon plus jeune âge se transformaient, avec la mort de mon père, en choses précieuses, porteuses d'un passé disparu. J'ouvris le tiroir de sa table de nuit et, tout en aspirant l'odeur de bois mêlée à celle de sirop contre la toux, je contemplai les vieilles factures de téléphone, les télégrammes, les boîtes d'aspirine et de médicaments qui s'y amoncelaient comme s'il se fût agi d'un tableau. Je me souviens d'être resté longtemps sur le balcon à regarder l'avenue Teşvikiye et à me remémorer mon enfance avant de me mettre en route avec Çetin pour les formalités d'inhumation. Avec le décès de mon

292

père, ce sont non seulement les objets de mon quotidien mais aussi les vues les plus banales des rues qui se transformaient en indéfectibles souvenirs d'un monde qui constituait un tout désormais révolu. Revenir à la maison signifiant revenir au centre de ce monde, j'éprouvais un bonheur que je ne pouvais me dissimuler et, de ce fait, un sentiment de culpabilité encore plus fort que celui de n'importe quel homme perdant son père. Dans le réfrigérateur, je trouvai une petite bouteille de Yeni Rakı que mon père avait entamée la veille de sa mort et une fois tous les invités partis, lorsque je fus seul avec mon frère et ma mère, je me chargeai de la terminer.

— Vous voyez ce que votre père m'a fait, dit ma mère. Même en mourant, il ne m'a rien dit.

La dépouille de mon père avait été emportée à la morgue de la mosquée Sinan Paşa de Beşiktaş dans l'après-midi. Désirant conserver encore un peu de sa présence, ma mère avait demandé à ce qu'on ne change ni les draps ni les taies d'oreiller. Tard dans la soirée, après lui avoir donné un somnifère, mon frère et moi l'aidâmes à se coucher. En sentant l'odeur de mon père imprégnée dans les draps et les oreillers, elle pleura un peu et finit par s'endormir. Après le départ d'Osman, je m'allongeai sur mon lit et pensai que, comme je l'avais toujours voulu et souvent imaginé dans mon enfance, j'étais enfin seul avec ma mère dans cette maison.

Mais c'était moins cela que l'éventualité de voir Füsun à l'enterrement qui éveillait dans mon cœur un enthousiasme impossible à me dissimuler. C'est uniquement dans ce but que j'inscrivis le nom de cette branche éloignée de la famille dans les avis de décès que nous fîmes publier dans la presse. Je ne cessais de penser que, quelque part dans Istanbul, les parents de Füsun tomberaient sur l'une de ces annonces et qu'ils viendraient à l'enterrement. Je me demandais quel journal ils lisaient. Naturellement, ils pouvaient aussi avoir vent de la nouvelle par d'autres membres de la famille dont j'avais pris soin de faire figurer le nom dans les avis. Le lendemain, au petit déjeuner, ma mère lut chacune des annonces que nous avions fait paraître dans le carnet du jour des journaux, en maugréant régulièrement :

— Sıdıka et Saffet nous sont apparentés à la fois du côté de votre défunt père et du mien, c'est pourquoi il aurait mieux valu les

293

mettre après Perran et son mari. Les filles de Şükrü Paşa, Nigân, Türkan et Şükran, ne sont pas non plus à la bonne place... Ce n'était pas vraiment utile de mentionner Melike l'Arabe, la première épouse d'Oncle Zekeriya... ils sont restés mariés à peine trois mois ! Le bébé de deux mois que votre grand-tante Nesime a perdu s'appelait non pas Gül mais Ayşegül... Vous avez fait rédiger tout cela par qui ?

— Ce sont des fautes de composition, maman. Tu sais bien comment sont nos journaux... répondit Osman.

Tandis que ma mère ne cessait de se poster à la fenêtre pour regarder la cour de la mosquée Teşvikiye et savoir comment s'habiller en cette journée neigeuse et glaciale, nous lui expliquions que, par un temps pareil, il vaudrait mieux qu'elle ne sorte pas.

— De plus, il ne serait guère approprié de mettre ta fourrure comme pour une réception au Hilton.

— Même si j'attrape la mort, il est hors de question que je reste à la maison le jour des funérailles de votre père, répliqua ma mère.

Mais en voyant le cercueil de mon père rapporté de la morgue en corbillard puis déposé sur le musalla [1], elle se mit à pleurer de telle façon qu'il devint évident qu'elle n'aurait même pas la force de descendre les escaliers et de traverser l'avenue pour assister à l'enterrement. Un peu plus tard, malgré tous les calmants qu'elle avait avalés, vêtue de son manteau d'astrakan et encadrée par Fatma Hanım et Bekri Efendi, elle parut sur le balcon au moment où l'on célébrait la prière dans la cour bondée de la mosquée, et lorsque le cercueil fut transporté sur les épaules jusqu'au corbillard, elle s'évanouit. Il soufflait un fort vent du nord et de petits flocons de neige vous entraient dans les yeux. Rares étaient ceux qui aperçurent ma mère sur le balcon. Après que Bekri et Fatma l'eurent ramenée à l'intérieur, je recentrai mon attention sur la foule. C'étaient les mêmes personnes que celles venues au Hilton pour mes fiançailles avec Sibel. Mais comme tous les hivers, les jolies filles que je remarquais en été dans les rues d'Istanbul avaient disparu de la circulation, les femmes avaient enlaidi et les hommes arboraient un air plus sombre et patibulaire. Exactement comme

1. Pierre sur laquelle on pose le cercueil pendant qu'on prie pour le repos de l'âme du défunt avant de l'enterrer. *(N.d.T.)*

294

pour les fiançailles, je serrai la main de centaines de personnes, en embrassai nombre d'autres et éprouvai de la tristesse chaque fois que surgissait devant moi une nouvelle silhouette, autant parce que nous enterrions mon père que parce que cette personne n'était pas Füsun. Lorsqu'il devint clair que ni Füsun, ni son père, ni sa mère n'étaient là et qu'ils ne viendraient pas plus à la cérémonie funèbre ou au cimetière, j'eus l'impression d'être enseveli dans la terre glacée en même temps que le cercueil de mon père.

Les membres de la famille qui, le froid aidant, s'étaient pas mal rapprochés pendant l'enterrement ne semblaient guère pressés de se séparer après la cérémonie, mais je leur faussai compagnie et sautai dans un taxi qui me conduisit tout droit à l'immeuble Merhamet. Tandis que j'inhalais l'air de cet appartement dont l'odeur suffisait à me rasséréner, je m'allongeai sur le lit après m'être saisi du crayon à papier de Füsun et de sa tasse à thé que je n'avais pas lavée depuis sa disparition, sachant d'expérience que la puissance consolatrice de ces deux objets était plus forte que celle de tous les autres. Les toucher, les promener sur ma peau soulagea rapidement ma souffrance.

Aux lecteurs et visiteurs du musée qui se demanderaient si c'est de la mort de mon père ou de l'absence de Füsun à l'enterrement que je souffrais ce jour-là, j'aimerais répondre que le cortège de douleurs entraînées par l'amour constitue un tout indissociable. La véritable souffrance amoureuse se niche au plus profond de notre être, nous attrape par notre point faible, se lie et se cramponne solidement à toutes nos autres douleurs, se ramifie et se propage dans tout notre corps et notre existence comme si rien ne pouvait l'arrêter. Si l'on est désespérément amoureux, tout, de la plus grave à la plus dérisoire adversité — qu'il s'agisse de la perte d'un père ou de celle de ses clefs —, de la plus grande douleur à la plus infime inquiétude, tout déclenche aussitôt cette affliction première, d'ailleurs toujours prête à s'épancher. Celui qui, comme moi, voit sa vie complètement chamboulée par l'amour a tendance à croire que la solution à tous ses problèmes surgira quand les affres de la passion prendront fin, si bien que, sans le vouloir, il ne fait que rouvrir davantage sa blessure intérieure.

Quel dommage que je n'aie pu adopter le comportement approprié à ces idées que je concevais dans toute leur clarté à bord du taxi qui me ramenait du cimetière le jour de l'enterrement de mon père. Il faut dire que si l'amour élevait mon âme et faisait de moi quelqu'un de plus mûr à travers les épreuves qu'il m'infligeait, par ailleurs, en prenant totalement possession de ma raison, il ne me permettait guère d'user de la logique que m'apportait cette maturité. Celui qui, comme moi, a connu une longue et destructrice passion amoureuse a tendance à s'enferrer sciemment dans une logique, une trajectoire qu'il sait erronées, et plus le temps passe, plus il voit clairement qu'il fait fausse route et court à sa ruine. La chose étrange qui se produit dans ce genre de situation et sur laquelle on ne s'arrête jamais, c'est que même aux pires moments, même si elle ne peut s'opposer à la violence de la passion, notre capacité logique ne la met jamais en veilleuse et nous murmure avec une cruelle honnêteté que la plupart de nos actes n'ont d'autre résultat que d'accroître notre amour et notre douleur. Au cours des neuf mois qui suivirent la disparition de Füsun, le murmure de ma raison était allé en s'intensifiant et m'avait fait espérer que, un beau jour, lorsqu'elle aurait totalement repris le contrôle de mon esprit, elle me délivrerait de cette douleur. Mais vu que l'amour et l'espoir (ne serait-ce que celui de se libérer un jour de la maladie) me procuraient non seulement de la souffrance mais aussi la force de vivre, cela ne faisait que contribuer à prolonger la durée de mes tourments.

Tandis que, dans le lit de l'immeuble Merhamet, je tâchais d'adoucir ma peine (la disparition du père et celle de l'aimée se confondaient désormais en une seule et même douleur, en un unique sentiment de solitude et d'abandon) auprès des objets liés à Füsun, je saisissais pourquoi cette dernière et ses parents n'étaient pas venus à l'enterrement. Mais je me refusais à admettre que c'était à cause de moi que Tante Nesibe — si soucieuse d'entretenir de bonnes relations avec ma mère et la famille — et son mari n'avaient pas fait le déplacement pour rendre un dernier hommage à mon père. Ce qui signifiait que Füsun et sa famille me fuiraient constamment et que, à ce train-là, je risquais de ne plus revoir Füsun de toute ma vie. Cette idée m'était tellement insupportable que je préférais ne pas m'y attarder et me chercher au contraire quelque motif d'espérer que je la reverrais bientôt.

Le plus important dans la vie,
c'est d'être heureux

— Il paraît que tu accuses Kenan des cafouillages de Satsat!
me souffla Osman un soir à l'oreille.

Il passait régulièrement voir notre mère — quelquefois avec
Berrin et les enfants, le plus souvent seul — et nous dînions
ensemble tous les trois.

— Tu tiens ça d'où?

— Je l'ai entendu dire, répondit-il en jetant un œil vers le fond
de l'appartement où avait disparu ma mère. Tu t'es déjà ridiculisé
aux yeux de la société (un mot qu'il n'appréciait pourtant guère),
ce serait bien que tu évites de devenir la risée de l'entreprise,
assena-t-il sans pitié. Et si tu as perdu ce marché de drap, ajouta-
t-il, c'est uniquement ta faute.

— Qu'est-ce que vous manigancez tous les deux? De quoi
parlez-vous? demanda ma mère en revenant. Vous n'êtes pas en
train de vous disputer, j'espère?

— Pas du tout, dit Osman. Je disais à Kemal que c'était très
bien qu'il soit revenu à la maison, n'est-ce pas, maman?

— Ah, ça… tu as entièrement raison, mon fils. On a beau dire,
le plus important dans la vie, c'est d'être heureux. Votre défunt
père aussi était de cet avis. Cette ville regorge de jolies filles, nous
pourrons en trouver une plus belle, plus affectueuse et plus compréhensive. D'ailleurs, une femme qui n'aime pas les chats ne
peut pas rendre son homme heureux. Inutile de s'affliger davantage à présent. Mais promets-moi de ne plus jamais aller vivre à
l'hôtel.

— À une condition ! m'exclamai-je, répétant tel un enfant la phrase que Füsun avait prononcée neuf mois plus tôt. C'est que la voiture de mon père me revienne, avec Çetin…

— Bon… dit Osman. Si Çetin est d'accord, je le suis aussi. Mais ne te mêle plus des affaires de Kenan, et arrête de le dénigrer.

— Et surtout ne vous querellez jamais devant les autres! martela ma mère.

Ma séparation d'avec Sibel m'avait amené à m'éloigner de Nurcihan et, par voie de conséquence, à ne voir que rarement Mehmet qui était fou amoureux d'elle. Comme Zaim les fréquentait de plus en plus étroitement, je me débrouillais pour le retrouver en dehors de ce groupe d'amis avec qui je prenais peu à peu mes distances. À un moment, moins par envie de courir les plaisirs que par espoir de guérir de ma maladie, je sortis quelques soirs avec des copains comme Hilmi le Bâtard ou Tayfun qui, bien que mariés, fiancés ou engagés, avaient besoin de se frotter à l'aspect ténébreux de la vie nocturne; ils connaissaient les maisons de rendez-vous les plus chères d'Istanbul, les *lobbys* d'hôtels où traînaient des filles un peu éduquées et instruites qu'on nommait ironiquement « les étudiantes ». Mais depuis un recoin caché de mon âme, l'amour que j'éprouvais pour Füsun se diffusa dans tout mon être; si bien que tout en trouvant fort distrayant ce genre de conversation entre amis, je ne pus aller plus loin dans le divertissement, pas jusqu'au point d'oublier mes tourments. Je passais la plupart de mes soirées à la maison; assis dans le salon avec ma mère, un verre de raki à la main, je regardais la télévision, quel que soit le programme de l'unique chaîne de télévision d'État.

De même que mon père le faisait de son vivant, ma mère critiquait impitoyablement tout ce qu'elle voyait à l'écran et, de même qu'elle le faisait avec lui, elle me disait chaque soir de ne pas boire autant. Puis elle s'assoupissait dans son fauteuil. Fatma Hanım et moi nous mettions alors à commenter à voix basse ce que nous regardions. Fatma Hanım n'avait pas de téléviseur dans sa chambre, au contraire des domestiques des riches familles que nous voyions dans les films occidentaux. Depuis que la télévision avait commencé à émettre de manière régulière dans le pays et fait son entrée dans notre foyer quatre ans auparavant, Fatma Hanım la regardait tous les soirs, de loin, perchée sur une chaise de bar — désormais devenue « sa » chaise — à l'autre bout du salon, jouant avec le nœud de son foulard lorsque certaines scènes lui mettaient la larme à l'œil et se joignant parfois à la conversation. On l'entendait davantage à présent que le devoir de donner la réplique à ma mère dans ses intarissables monologues lui était échu suite à la mort de mon père.

Un soir, après que ma mère eut piqué du nez dans son fauteuil tandis que, les yeux rivés sur les longues jambes des jolies patineuses russes et norvégiennes, nous suivions comme toute la Turquie la retransmission en direct d'une compétition de patinage artistique sans rien connaître aux règles de cette discipline, Fatma Hanım et moi bavardions gentiment de la situation de ma mère, du temps qui se réchauffait, des assassinats politiques commis en pleine rue, des maux politiques de toutes sortes, de son fils qui, après avoir travaillé au côté de mon père, avait émigré à Duisbourg en Allemagne où il avait ouvert un kebab, de la vie qui était en réalité si belle… quand elle amena la discussion sur moi.

— Kazmatırnak, tu ne troues plus tes chaussettes à présent, bravo… J'ai remarqué que maintenant tu te coupes soigneusement les ongles de pieds. Je vais donc te faire un cadeau, mon petit Kemal.

— Un coupe-ongles ?

— Tu en as déjà deux et avec celui de ton père, ça en fait trois. Non, c'est autre chose.

— Quoi ?

— Viens, suis-moi, dit Fatma Hanım.

Devinant que le sujet était d'ordre personnel, je lui emboîtai le pas. Elle alla chercher quelque chose dans sa petite chambre, entra dans la mienne, alluma la lumière et, comme elle l'eût fait en face d'un enfant, elle ouvrit la paume et me sourit.

— Qu'est-ce que c'est ? commençai-je par demander.

Puis mon cœur se mit à battre la chamade.

— Une boucle d'oreille. Elle est bien à toi, n'est-ce pas ? Qu'est-ce que ça représente ? Un papillon et une lettre, c'est ça ? C'est curieux…

— C'est à moi…

— Il y a des mois que je l'ai trouvée au fond de la poche de ta veste. Je l'avais mise de côté. Mais ta mère l'a vue. Elle a sûrement pensé qu'il s'agissait de quelque chose que ton défunt père comptait donner à une autre, ça ne lui a pas plu et elle l'a cachée dans la petite bourse en velours secrète où elle cachait ce qu'elle subtilisait à ton père, expliqua Fatma Hanım en souriant. Elle a étalé tout le contenu sur le bureau de ton père après son décès, c'est à ce moment-là que j'ai vu la boucle d'oreille et, comme je savais qu'elle était à toi, je l'ai immédiatement récupérée. J'ai aussi trouvé cette photo dans la veste de ton père, prends-la donc avant que ta mère ne la voie. Est-ce que j'ai bien fait ?

— Tu as très, très bien fait, Fatma Hanım, répondis-je. Tu es très intelligente, très fine… tu es merveilleuse.

Avec un sourire heureux, elle me tendit la boucle et la photo. Elle représentait l'ancienne maîtresse de mon père, celle qui était morte d'un cancer, en train de dîner au restaurant Abdullah. Je perçus dans l'air tourmenté de cette fille, dans les bateaux et la mer en arrière-plan, quelque chose qui me rappela Füsun.

J'appelai Ceyda dès le lendemain. Nous nous retrouvâmes deux jours plus tard, à nouveau dans le parc de Maçka. Elle était très élégante, les cheveux coiffés en chignon, elle rayonnait de bonheur — ce bonheur propre aux femmes devenues mères — et respirait la confiance engendrée par une toute nouvelle maturité. J'avais passé deux jours à écrire, sans trop de mal d'ailleurs, quatre ou cinq lettres à Füsun ; je retins la plus placide et la plus raisonnable d'entre elles et la glissai dans une enveloppe Satsat jaune. Comme j'avais prévu de le faire, je la remis à Ceyda en lui précisant, les sourcils froncés, qu'il y avait eu de très importants rebondissements et que cette lettre devait absolument parvenir à Füsun. Mon intention première était de ne surtout rien lui dévoiler de son contenu et, jouant le mystère, de lui faire comprendre que la chose était d'une importance capitale et ne souffrait aucun retard. Mais Ceyda avait une expression si posée, son visage était empreint d'une telle compréhension et d'une telle maturité que, incapable de retenir ma langue, avec l'excitation de qui annonce une bonne nouvelle, je lui racontai que le problème ayant provoqué notre fâcherie était réglé, que Füsun serait aussi ravie en l'apprenant que je l'étais moi-même et que, désormais, la seule chose qu'il nous restait à déplorer, c'était d'avoir perdu tant de temps. Au moment de prendre congé de Ceyda qui devait filer nourrir son bébé, je lui dis que

Füsun et moi en ferions un dès que nous serions mariés, que nos enfants seraient amis et que les jours difficiles que nous venions de traverser deviendraient à nos yeux des souvenirs d'amour plus doux que le miel que nous évoquerions tous ensemble en riant. Je lui demandai le nom de son fils.

— Ömer, répondit-elle, en le regardant les yeux brillants de fierté. Mais la vie ne se déroule jamais comme nous le souhaitons, Kemal Bey.

Ne recevant aucune nouvelle de Füsun durant des semaines, je me remémorai souvent cette dernière phrase. Cependant, j'étais certain que, cette fois, Füsun répondrait à ma lettre. Elle savait que j'avais rompu mes fiançailles, comme j'en avais eu confirmation par Ceyda. Dans ma lettre, je lui écrivais que la boucle d'oreille qui était tombée dans le lit était réapparue dans une boîte parmi les affaires de mon défunt père, que je désirais la lui rapporter avec l'autre paire de boucles qu'il m'avait données en même temps que le tricycle ; et que le moment était venu de dîner tous ensemble, elle, ses parents et moi, conformément au projet que nous avions formé de longue date.

Au milieu du mois de mai, j'étais au bureau et dépouillais le courrier venant des franchisés de province — lettres d'amitié, de remerciements, de doléances, de sollicitations ou de menaces, pour la plupart écrites à la main, dont certaines presque indéchiffrables — quand je tombai sur une brève missive que je lus d'un trait, le cœur battant à tout rompre :

Kemal Ağabey[1],
C'est également avec plaisir que nous te verrions.
Nous t'attendons sans faute le 19 mai pour dîner.
Nous n'avons pas encore fait installer le téléphone. Si jamais tu avais un empêchement, merci de nous en avertir par Çetin Efendi.
Sincères et respectueuses salutations.
Füsun
Adresse : Dalgıç Çıkmazı, nº 24, Çukurcuma.

---

1. Ağabey : « frère aîné » au sens littéral, mais terme fréquemment employé comme marque de déférence. *(N.d.T.)*

La lettre n'était pas datée mais d'après le cachet de la poste de Galatasaray, je déduisis qu'elle avait été envoyée le 10 mai. Il me fallait encore patienter plus de deux jours avant l'invitation. Je réprimai mon envie de me rendre aussitôt à Çukurcuma, à l'adresse indiquée. Je me dis que si je voulais me marier avec Füsun et me l'attacher pour toujours, il valait mieux ne pas céder à l'emballement.

49

Je comptais lui faire ma demande
en mariage

Le mercredi 19 mai 1976, à sept heures et demie du soir, Çetin Efendi et moi nous mîmes en route pour aller chez Füsun et ses parents à Çukurcuma. Je lui dis que nous devions rapporter un tricycle à Tante Nesibe à son nouveau domicile, lui donnai l'adresse puis, m'adossant contre mon siège, je contemplai les rues battues par une pluie diluvienne. Dans les milliers de scènes de retrouvailles que j'avais fait défiler devant mes yeux en l'espace de un an, jamais je ne m'étais imaginé un tel déluge ni même la plus petite bruine.

Le temps de nous arrêter devant l'immeuble Merhamet pour y chercher le tricycle et les boucles en perle que mon père m'avait données dans leur boîte, j'étais trempé jusqu'aux os. Cependant, la différence essentielle avec ce à quoi je m'attendais, c'était la profonde sérénité qui m'habitait ; on eût dit que j'avais tout oublié des souffrances endurées au cours des 339 jours qui s'étaient écoulés depuis la dernière fois que je l'avais vue, à l'hôtel Hilton. Vu l'heureuse conclusion vers laquelle elle me conduisait aujourd'hui, je me souviens même d'avoir éprouvé de la reconnaissance envers cette affliction qui m'avait mis chaque seconde au supplice ; je ne blâmais rien ni personne.

Comme au début de mon histoire, je pensais à nouveau qu'une vie merveilleuse se profilait devant moi. Je fis arrêter la voiture devant un fleuriste de l'avenue Sıraselviler qui confectionna à ma demande un énorme bouquet de roses rouges, aussi belles que la vie qui m'attendait. À la maison, pour me calmer, j'avais bu un demi-verre de raki comme j'aurais avalé un médicament. Et si j'en prenais un autre dans l'un des *meyhane* des ruelles menant à Beyoğlu? Mais l'impatience s'était emparée de moi, aussi opiniâtre que la souffrance amoureuse. « Sois prudent, m'exhortait simultanément une petite voix intérieure, ne commets pas d'erreur cette fois ! » En passant devant le hammam de Çukurcuma que l'on distinguait à peine à travers l'épais rideau de pluie, je compris soudain, et à mon grand dam, que Füsun m'avait donné une bonne leçon avec ces 339 jours de tourments : c'est elle qui avait gagné. Désormais, pour ne pas m'exposer au châtiment de ne plus la revoir, j'étais prêt à faire ses quatre volontés. Et dès que je serais rassuré en constatant que Füsun se trouvait bien en chair et en os devant moi, je comptais lui faire ma demande en mariage.

Pendant que Çetin Efendi essayait de déchiffrer les numéros de porte sous la pluie, je me repassai la scène de demande en mariage telle que je me l'étais subrepticement imaginée dans un coin de ma tête : j'entrais, je leur remettais le tricycle en lançant quelques plaisanteries, on m'invitait à m'asseoir, nous bavardions et je me détendais un peu — en serais-je seulement capable ? —, Füsun venait nous servir le café et à ce moment-là, regardant son père droit dans les yeux, je lui disais que j'étais venu demander la main de sa fille. Ce vieux vélo d'enfant n'était qu'un prétexte. Nous en riions, tournions la chose en plaisanterie et évitions soigneusement de faire allusion aux souffrances que nous avions traversées pour ne surtout pas leur donner l'occasion de s'exprimer. À l'heure où nous passions à table, son père me servait un Yeni Rakı et, tout en sirotant mon verre, je regardais Füsun au fond des yeux et la contemplais à loisir, avec la joie indicible d'avoir pris cette décision. Quant aux détails des fiançailles et du mariage, nous en discuterions lors de ma prochaine visite.

La voiture s'arrêta devant une vieille bâtisse dont je ne pus repérer le style architectural à cause de la pluie. Le cœur battant, je sonnai à la porte. Peu après, Tante Nesibe vint ouvrir ; je me souviens qu'elle parut impressionnée à la vue de l'énorme bouquet de roses rouges que j'avais à la main et de Çetin Efendi qui marchait sur mes talons en me tenant un parapluie alors que je portais le vélo. Un vague malaise flottait sur son visage mais je n'y prêtai pas plus attention, car chaque marche d'escalier me rapprochait de Füsun.

— Bienvenue, Kemal Bey, me dit son père, sorti à ma rencontre sur le palier.

Je croyais ne plus avoir croisé Tarık Bey depuis les anciens repas de fête du sacrifice, oubliant que je l'avais vu un an plus tôt pour les fiançailles. Comme chez certains vieillards, l'âge avait eu pour effet moins de l'enlaidir que de le rendre plus effacé.

Ensuite, je pensai que Füsun devait avoir une grande sœur car sur le seuil de la porte, derrière son père, j'aperçus une jolie brune qui lui ressemblait. À peine m'étais-je fait cette réflexion que je compris que cette brunette n'était autre que Füsun. C'était stupéfiant. Elle avait les cheveux noirs comme jais. « Évidemment, c'est sa couleur naturelle ! » me dis-je en tentant de conserver ma placidité. J'entrai. Comme je l'avais projeté, je lui tendais les roses et m'apprêtais à la prendre dans mes bras sans me soucier de la présence de ses parents quand je vis à son regard affolé et son attitude contrainte qu'elle ne voulait pas que je l'enlace.

Nous nous serrâmes la main.

— Ah, quelles belles roses ! s'exclama-t-elle sans pourtant faire le moindre geste pour m'en débarrasser.

Elle aussi était très belle, naturellement ; elle avait mûri. Et elle percevait parfaitement le malaise qui pouvait être le mien dans cette scène de retrouvailles si différente de celle que j'avais imaginée. Montrant les roses du regard, elle s'adressa à quelqu'un d'autre dans la pièce :

— Superbes, n'est-ce pas ?

Je me retrouvai face à cette personne. Je me dis que pour inviter ce jeune voisin corpulent et à la mine débonnaire, ils auraient pu choisir un autre soir. Ce fut là une de ces pensées qui se bousculaient dans ma tête et que je savais fausses dès qu'elles surgissaient.

— Kemal Abi, je te présente mon mari, Feridun, dit Füsun en tâchant de faire comme si elle mentionnait un détail sans importance.

Je regardai le dénommé Feridun comme s'il se fût agi non pas d'un être réel mais d'un pâle fantôme.

305

— Nous nous sommes mariés il y a cinq mois, précisa Füsun en haussant les sourcils, l'air de quémander de l'indulgence.

Je compris au regard du gros gendre qui me serrait la main qu'il n'était au courant de rien.

— Oh! Enchanté, vraiment ravi de faire votre connaissance ! lui lançai-je, et souriant à Füsun qui s'effaçait derrière lui : Vous avez beaucoup de chance, Feridun Bey. Vous avez épousé une fille formidable et, en plus, elle possède un superbe vélo d'enfant.

— Kemal Bey, nous voulions tellement vous inviter au mariage, intervint sa mère. Mais en apprenant la maladie de votre père… Ma fille, débarrasse donc Kemal Bey de ces jolies roses au lieu de te cacher derrière ton mari…

Tandis que la bien-aimée qui avait hanté mes rêves et mes pensées pendant un an me prenait gracieusement le bouquet des mains, je vis s'approcher puis s'éloigner ses joues roses, ses lèvres gourmandes, ce teint velouté, ce buste et ce cou agréablement odoriférants pour lesquels j'étais prêt à tout, maintenant que j'avais douloureusement appris que je ne pourrais plus m'en passer de toute ma vie. Stupéfait, je la regardai avec l'air hébété de celui qui n'en revient pas que le monde existe.

— Mets les roses dans un vase, ma chérie, dit sa mère.

— Kemal Bey, vous buvez du raki, n'est-ce pas? demanda son père.

— Cui-cui-cui, fit le canari.

— Euh, oui… Oui, raki, bien sûr, je prendrai du raki…

J'en descendis deux verres bien glacés, sans rien de solide dans l'estomac, pour qu'ils fassent plus vite effet. Avant de passer à table, je me rappelle que nous discutâmes quelque temps du tricycle et de nos souvenirs d'enfance. Cependant, j'avais l'esprit encore assez clair pour comprendre que le sentiment de fraternité qu'incarnait ce vélo avait disparu maintenant que Füsun était mariée.

Au moment de nous attabler, elle s'installa en face de moi, comme par hasard (elle avait demandé à sa mère où elle devait s'asseoir); mais elle évitait de croiser mon regard. Les premières minutes, j'en fus très perturbé, suffisamment pour croire que je lui étais complètement indifférent. De mon côté, j'essayais également de donner l'impression que je ne m'intéressais pas à elle, adoptant le comportement du cousin riche et bien intentionné venu apporter son cadeau de mariage à sa parente pauvre mais dont l'esprit est accaparé par des choses bien plus importantes.

— Alors, l'enfant, c'est pour quand? lançai-je d'un ton désin-volte en regardant le gendre dans les yeux, sans pouvoir m'adres-ser à Füsun.

— Pas pour l'instant, répondit Feridun Bey. Peut-être après avoir déménagé dans un autre appartement…

— Feridun est très jeune mais aujourd'hui, c'est le scénariste le plus couru d'Istanbul, dit Tante Nesibe. C'est lui qui a écrit *La Vieille Marchande de simit*.

Durant toute la soirée, j'eus un mal fou à « accepter la réalité », comme on dit. Par moments, je me prenais à espérer que cette histoire de mariage était une simple mascarade, qu'ils avaient affu-blé le gros voisin du rôle d'amour d'enfance et d'époux de Füsun à seule fin de me faire tourner en bourrique et que, bientôt, ils fini-raient par avouer que tout cela n'était qu'une mauvaise plaisante-rie. À chaque information nouvelle sur le couple, j'acceptais la réalité de leur mariage mais, du coup, c'est tout ce que j'apprenais qui me semblait invraisemblable : Feridun Bey avait vingt-deux ans et logeait chez ses beaux-parents, il était passionné de cinéma et de littérature, il ne gagnait pas encore très bien sa vie mais, en plus des scénarios pour Yeşilçam, il écrivait aussi de la poésie. J'appris que, ayant des liens de parenté côté paternel, Füsun et lui jouaient ensemble quand ils étaient petits, et que le gendre s'était même servi du fameux tricycle que je venais de rapporter. Plus j'en apprenais et plus j'avais l'impression de sentir mon âme se recroqueviller, aidé en cela par le raki dont Tarık Bey veillait si gentiment à m'abreuver. Chaque fois que j'entrais dans une nou-velle maison, je me sentais nerveux jusqu'à ce que je sache com-bien il y avait de pièces, sur quelle rue donnait le balcon ou pour quelle raison la table avait été disposée ici et non ailleurs; mais cette fois, rien de tout cela ne m'intéressait.

Mon unique réconfort, c'était d'être assis en face d'elle et de pouvoir me repaître de sa vue, comme devant un tableau. Ses mains étaient toujours aussi remuantes. Bien que mariée, elle ne fumait toujours pas devant son père et je n'eus malheureusement pas la chance de contempler ces gestes que j'aimais tant quand elle allumait une cigarette. Mais deux fois je la vis tortiller une de ses mèches de cheveux et, à trois reprises, aspirer l'air et rester ainsi, les épaules légèrement soulevées, en guettant le moment de pouvoir prendre la parole — exactement comme elle le faisait par le passé quand nous discutions. Chaque fois que je voyais son sourire, je sentais toujours avec la même force un irrépressible sentiment de bonheur et d'optimisme s'épanouir en moi tel un tournesol. La lumière qui émanait de sa beauté, de son teint ou de ses gestes dont je me sentais si proche me rappelait que c'est de son côté que se trouvait le centre du monde vers lequel je devais m'orienter. Tout ce qui m'en détournait, lieux, gens et occupations, n'était rien d'autre que des « enivrements vulgaires ». Ma tête le savait, mais également mon corps, et c'est pourquoi j'avais envie de me lever et de la prendre dans mes bras. Mais lorsque je pensais à la situation qui était la mienne et tentais d'envisager ce qui se passerait par la suite, mon cœur était en proie à une telle douleur que, incapable de réfléchir plus avant, je me retranchais derrière la façade du parent venu féliciter les jeunes mariés, tâchant de le faire accroire non seulement à mes hôtes mais aussi à moi-même. Nous nous regardâmes à peine durant le repas, mais Füsun sentit aussitôt ma pose affectée. Elle adopta le comportement de l'heureuse jeune mariée envers un riche membre de la famille éloignée venu un soir en visite avec son chauffeur particulier, elle plaisantait avec son mari, lui resservait une cuillerée de fèves… autant de choses qui contribuaient à creuser l'étrange silence qui régnait dans ma tête.

La pluie qui tombait déjà dru au moment de notre arrivée ne s'était nullement calmée. À peine nous étions-nous attablés que Tarık Bey avait commencé à me raconter que Çukurcuma[1] — comme l'indiquait son nom — était un quartier situé dans une cuvette et que, jadis, cette bâtisse qu'ils avaient achetée l'année précédente était fréquemment touchée par les inondations ; je l'avais suivi jusqu'à la fenêtre en encorbellement pour regarder avec lui les eaux qui s'écoulaient le long de la rue en pente. Pieds nus et bas de pantalons relevés, seaux en zinc et bassines en plasti-

1. *Çukur* : cavité, bas-fond, fondrière, fosse… *(N.d.T.)*

que dans les mains, les habitants du quartier s'activaient à évacuer l'eau qui débordait sur le trottoir et s'engouffrait jusque chez eux, à entasser pierres et chiffons pour tenter de détourner son cours. Tandis que deux hommes pieds nus s'acharnaient à déboucher une grille d'égout avec une barre de fer, deux femmes coiffées d'un foulard, violet pour l'une et vert pour l'autre, montraient quelque chose dans l'eau en poussant des cris véhéments. De retour à table, Tarık Bey précisa, l'air sibyllin, que les égouts dataient de l'époque ottomane et étaient fort insuffisants. Chaque fois que le crépitement de la pluie redoublait d'intensité, quelqu'un s'exclamait « Les cieux ont crevé! », « C'est le déluge! », « Que Dieu nous protège! » ou quelque chose du genre, puis se précipitait vers la fenêtre en encorbellement pour contempler avec inquiétude la pente envahie par les eaux et le drôle d'aspect que prenait le quartier à la lumière falote du réverbère. Moi aussi, j'aurais dû me lever et les rejoindre pour partager leur frayeur à la vue de la montée du niveau de l'eau; mais j'étais tellement saoul que j'étais incapable de tenir debout et craignais de renverser sièges et petites tables sur mon passage.

— Je me demande ce que devient le chauffeur sous une pluie pareille, dit Tante Nesibe en regardant par la fenêtre.

— Il faudrait peut-être lui servir quelque chose à manger, non? demanda le gendre.

— Je descendrai le lui apporter, dit Füsun.

Mais devinant que je pourrais le prendre en mauvaise part, Tante Nesibe changea de sujet. À un moment, sous le regard de toute la famille qui m'observait d'un œil soupçonneux depuis la fenêtre, je me sentis comme un ivrogne solitaire. Je me tournai vers eux et leur souris. À cet instant précis, le fracas d'un bidon qui se renversait suivi d'un grand « Ah » retentit dans la rue. Nos regards se croisèrent mais Füsun détourna aussitôt les yeux.

Comment réussissait-elle à faire preuve de tant d'indifférence? Je brûlais d'envie de le lui demander. Mais je restais comme un idiot, incapable de lui poser cette question, tel le malheureux amant abandonné qui, lorsqu'on lui demande pourquoi il harcèle sa bien-aimée, répond : « Je veux juste lui demander quelque chose! » Bon, c'était exactement ça.

Pourquoi ne venait-elle pas s'asseoir près de moi alors qu'elle voyait très bien que j'étais seul à table, pourquoi ne saisissait-elle pas cette occasion pour tout m'expliquer ? De nouveau nos regards se croisèrent, et de nouveau elle détourna les yeux.

« Maintenant, Füsun va s'approcher de la table, me susurra une voix intérieure pleine d'optimisme. Et si elle le fait, ce sera le signe que, un beau jour, elle renoncera à cette mésalliance, quittera son mari et deviendra mienne. »

Un coup de tonnerre retentit. Füsun s'écarta de la fenêtre et, aussi légère qu'une plume, s'avança de cinq pas pour venir s'asseoir en silence en face de moi.

— Je te demande de me pardonner, dit-elle tout bas, d'une voix qui me vrilla le cœur. Je n'ai pas pu venir à l'enterrement de ton père.

L'éclat bleuté d'un éclair tremblota entre nous comme un tissu de soie dans le vent.

— Je t'ai attendue, longtemps.

— Je m'en doute, mais je ne pouvais pas venir, répondit-elle.

— Vous avez vu ? L'auvent que l'épicier avait monté sans autorisation s'est écroulé ! dit son mari Feridun en revenant à table.

— Oui, nous avons vu et nous en sommes désolés, répondis-je.

— Oh, ce n'est pas si grave, continua son père en s'éloignant de la fenêtre.

Voyant que sa fille avait le visage enfoui dans ses deux mains comme si elle pleurait, il nous lança un coup d'œil inquiet, d'abord à son gendre puis à moi.

— Je suis tellement triste de ne pas avoir pu aller à l'enterrement d'Oncle Mümtaz, dit Füsun en essayant de cacher le tremblement de sa voix. Je l'aimais beaucoup, je me sens si mal.

— Füsun avait beaucoup d'affection pour votre père, dit Tarık Bey.

En passant près d'elle, il embrassa les cheveux de sa fille et, une fois rassis à sa place, il haussa un sourcil, me versa en souriant un autre raki et posa quelques cerises devant moi.

Avec mon cerveau embrumé par l'alcool, je m'imaginais sortir de ma poche la boîte contenant la paire de boucles en perle que mon père m'avait donnée et la boucle que Füsun avait égarée mais j'étais incapable de passer à l'action. Cela engendrait en moi une telle pression que je me levai. Mais pour donner les boucles d'oreilles, il eût mieux valu rester assis. À leur regard, je compris que père et fille aussi attendaient quelque chose. Ils désiraient peut-être que je m'en aille… mais non, une attente plus profonde flottait dans l'air. Quant à moi, je n'arrivais toujours pas à sortir ces boucles que j'avais tellement rêvé de lui remettre. Dans les scénarios que j'avais échafaudés, Füsun était non pas mariée mais célibataire et, avant de lui donner mes présents, je demandais sa main à ses parents… Maintenant, au vu de cette nouvelle situation, qui plus est dans mon état d'ivresse, il m'était impossible de décider de la marche à suivre.

Je pensai que c'est parce que j'avais les mains tachées de cerise que je ne pouvais sortir les boîtes. « Pourrais-je me laver les mains ? » demandai-je. À présent, Füsun ne pouvait plus faire mine d'ignorer les tempêtes qui se déchaînaient en moi. Sentant sur elle le regard de son père qui l'exhortait à me montrer le chemin, elle se leva précipitamment. En la voyant debout devant moi, les souvenirs de nos rencontres un an plus tôt ressurgirent dans toute leur force. J'eus envie de la serrer dans mes bras.

Nous savons tous que notre tête fonctionne sur deux registres lorsque nous sommes saouls : sur le premier registre, j'enlaçais Füsun comme si nous nous étions retrouvés quelque part dans mon imagination, en dehors de l'espace et du temps. Quant au second, nous étions près de la table dans cette maison de Çukurcuma et une petite voix intérieure m'avertissait qu'il ne fallait surtout pas l'enlacer au risque de provoquer un scandale. Mais très ralentie à cause du raki, cette voix se manifestait seulement cinq ou six secondes après le surgissement de mon fantasme de la prendre dans mes bras. Pendant ce différé de quelques secondes, j'étais libre, et comme j'étais libre, je n'éprouvais nul besoin de me précipiter : je marchai tranquillement à son côté et la suivis dans les escaliers.

La proximité de son corps, nous deux gravissant les marches… cela semblait tout droit sorti d'un rêve et c'est ainsi que je m'en souvins pendant de longues années. Je lisais dans ses yeux la compréhension et l'anxiété qu'elle nourrissait à mon sujet, et je lui étais reconnaissant de m'exprimer ces sentiments. C'est ainsi que, une fois de plus, il apparut évident que Füsun et moi étions faits l'un pour l'autre. C'est parce que je le savais que j'avais subi toutes ces affres et, peu importe qu'elle fût mariée, j'étais prêt à en supporter bien davantage pour le bonheur d'être avec elle et de gravir ensemble comme maintenant ces escaliers. Au visiteur du musée prétendument « réaliste » qui, au vu de l'exiguïté de cette habitation de Çukurcuma, me ferait remarquer en riant que la table de la salle à manger et les toilettes à l'étage du dessus n'étaient séparées que de quatre pas et demi et de dix-sept marches, je réponds d'emblée que j'étais prêt à donner ma vie pour le bonheur que j'éprouvai durant ce bref laps de temps.

J'entrai dans la petite salle de bains, refermai la porte et décidai que désormais, en raison de ma dépendance à Füsun, ma vie ne m'appartenait plus et échappait totalement à ma volonté. Croire en cela était pour moi le seul moyen de trouver le bonheur et de supporter l'existence. Sur l'étagère devant le miroir, entre les brosses à dents de toute la famille, les rasoirs et la mousse à raser, je vis le rouge à lèvres de Füsun. Je le pris, le humai et le fourrai dans ma poche. Je reniflai rapidement chacune des serviettes suspendues en essayant d'y retrouver son odeur mais je ne sentis rien : on les avait changées en vue de ma visite et elles fleuraient simplement le propre. Tandis que je continuais à promener mes yeux sur la petite salle d'eau en quête d'un autre objet susceptible de m'apporter du réconfort durant les jours difficiles à venir une fois que je serais parti d'ici, je vis mon reflet dans le miroir et, à l'expression de mon visage, je perçus l'étonnante coupure qu'il y avait entre mon âme et mon corps. Autant j'avais la mine abattue, autant j'étais intérieurement dans un tout autre état d'esprit : j'étais ici en ce monde, mon corps abritait un cœur et une signification, tout était désir, toucher, amour, et c'est pour cela que je souffrais… cela, je le comprenais désormais comme une réalité fondamentale de l'existence. Entre le raffut de la pluie et les bruits d'écoulement d'eau dans les canalisations, j'entendais une de ces anciennes chansons *alaturka* que, lorsque j'étais petit, ma grand-mère paternelle était si heureuse d'écouter. Il devait y avoir une radio allumée quelque part près d'ici. Par la petite fenêtre entrouverte de la salle de bains, entre la plaintive mélopée de l'oud et la joyeuse cascade de notes égrenées par le kanun, me parvenait une voix féminine éprouvée mais pleine d'espoir qui clamait : « C'est l'amour, c'est l'amour la cause de tout dans le monde. » Cette triste chanson aidant, je vécus face au miroir de la salle de bains l'un des moments les plus profonds de mon existence, psychiquement parlant, et je compris que les choses, le monde constituaient un tout. Non seulement les choses — des brosses à dents qui étaient devant moi à l'assiette de cerises sur la table, de l'épingle à cheveux de Füsun que je remarquai à cet instant et fis disparaître dans ma poche au verrou de la porte de la salle de bains que j'expose ici — mais tous les êtres formaient une unité. Le sens de notre vie consistait à éprouver cette unité grâce à la force de l'amour.

Fort de cet optimisme, je sortis la boucle d'oreille égarée de Füsun et la posai à la place du rouge à lèvres. Au moment où je replongeais la main dans ma poche pour récupérer les boucles en perle de mon père, la même musique m'évoquait les vieilles rues d'Istanbul, ces histoires de passions tumultueuses et d'amants téméraires fichant toute leur vie en l'air à cause de l'amour, telles que les racontaient des couples d'époux vieillissant ensemble en compagnie de la radio dans de vieilles maisons en bois. Avec les sentiments que m'inspirait cette chanteuse à la voix mélancolique, je comprenais que Füsun avait raison de s'être mariée vu que je m'apprêtais à en faire autant avec une autre, et qu'elle n'avait d'ailleurs d'autre choix que le mariage pour se protéger. Pendant que ces pensées me traversaient l'esprit, je me retrouvai en train de les formuler tout haut à mon reflet dans le miroir. Quand j'étais petit, les expériences auxquelles je me livrais avec mon image face au miroir répondaient à l'ingénuité et au sens du jeu propres à mon âge. Mais à présent, en m'amusant à imiter Füsun, je sentais avec stupeur qu'il m'était possible de sortir de moi-même, de percevoir tout ce qu'elle pensait ou ressentait grâce à la force de mon amour pour elle, de parler par sa propre bouche, de comprendre ce qu'elle éprouvait à l'instant même où surgissait l'émotion qui la traversait... je pouvais être elle.

Saisi d'étonnement devant ma découverte, j'avais dû rester un long moment dans la salle de bains. Il me sembla entendre quelqu'un tousser derrière la porte, à moins que l'on n'ait frappé,

313

je ne me rappelle pas exactement, car en moi « le film s'était cassé ». Dans ma jeunesse, nous employions cette expression lorsque, après avoir beaucoup bu, nous perdions la conscience de ce qu'il se passait. Comment fis-je pour sortir des toilettes et retourner m'asseoir à ma place, de quelle façon Çetin Efendi vint nous rejoindre à l'étage pour me récupérer à la porte — parce que jamais je n'aurais pu descendre les escaliers tout seul —, me pousser dans la voiture et me ramener à la maison, je n'en ai pas le moindre souvenir. La seule chose que je me rappelle, c'est le silence qui régnait autour de la table ; personne ne soufflait mot : était-ce à cause de la pluie qui s'était calmée, ou parce qu'ils ne pouvaient plus faire mine d'ignorer l'accablant sentiment de honte, de douleur et de défaite que je ne pouvais plus cacher désormais et qui était devenu quasiment palpable ? Je ne sais…

Cédant non pas au soupçon mais à un enthousiasme de cinéphile parfaitement raccord avec mon expression « le film s'est cassé », le gendre se mit à raconter combien à la fois il aimait et détestait le cinéma turc, combien les films produits à Yeşilçam étaient mauvais mais combien le peuple turc adorait le cinéma — propos couramment tenus à l'époque. C'est sans doute à ce moment-là que Feridun Bey dut me parler des superbes films que l'on pourrait faire en trouvant un investisseur éclairé, sérieux et déterminé, du scénario qu'il était en train d'écrire pour un film dans lequel Füsun tiendrait le premier rôle, et me glisser qu'il n'avait hélas pas trouvé le moindre soutien financier. Ce que mon esprit aviné retint dans tout ce flot de paroles, c'était moins le besoin d'argent dont son mari faisait ouvertement état que l'idée que Füsun puisse devenir « une star du cinéma turc ».

Sur le chemin du retour, à moitié assommé sur la banquette arrière de la voiture conduite par Çetin, je me souviens d'avoir imaginé Füsun en actrice célèbre. Cependant, si ivres que nous soyons, vient toujours un instant où les nuages plombés de notre confusion mentale et de notre douleur se dissipent un peu et où nous entrevoyons la réalité que nous pensons connue de tous — croyons-nous. Ainsi, pendant que je contemplais depuis le siège arrière de la voiture les rues sombres de la ville plongées sous un déluge, j'eus un éclair de lucidité et j'en vins à la conclusion que s'ils m'avaient invité à dîner, c'est parce que Füsun et son mari me voyaient comme le riche parent qui pourrait les aider dans leur rêve de faire des films. Mais avec la bienveillance distillée par le raki, cela ne suscitait en moi aucune colère. Au contraire, je me prenais à imaginer que Füsun deviendrait une célèbre actrice adulée par tout le pays, et je me la représentais en séduisante star du cinéma turc : lors du grand gala qui se tiendrait au cinéma Saray pour son premier film, Füsun entrerait sur scène à mon bras, sous des tonnerres d'applaudissements. Et voilà que la voiture passait justement par Beyoğlu, devant le cinéma Saray !

50

C'est la dernière fois que je la vois

Au matin, la réalité m'apparut sans fard. Force me fut de reconnaître que, la veille, mon orgueil en avait pris un coup : j'avais été un objet de moquerie, si ce n'est de mépris, et en buvant jusqu'à ne plus tenir debout, je n'avais pas été en reste pour entacher ma dignité. Un comportement avilissant que, à seule fin de satisfaire les absurdes rêveries cinématographiques de leur gendre, les parents de Füsun avaient également fait leur en acceptant les yeux fermés de m'inviter chez eux alors même qu'ils savaient combien j'étais amoureux de leur fille. Je ne reverrais plus jamais ces gens-là. Je fus content de retrouver les boucles en perle que mon père m'avait données dans la poche de ma veste. J'avais rendu la sienne à Füsun, mais les précieuses boucles de mon père n'étaient pas tombées entre les mains de ces gens qui m'avaient invité uniquement par intérêt. Après toute une année de souffrance, ce fut bien de voir Füsun une dernière fois : mon amour pour elle provenait non pas de sa beauté ou de sa personnalité mais simplement de la réaction inconsciente que j'éprouvais à l'idée de me marier avec Sibel. Bien qu'à ce jour je n'eusse pas lu une ligne de Freud, je me souviens d'avoir plusieurs fois utilisé le concept d'« inconscient » — que j'entendais à droite et à gauche et lisais dans les journaux — afin d'expliquer ce qui m'arrivait à cette période de ma vie. Nos ancêtres avaient des djinns qui entraient en eux et les poussaient à agir à l'encontre de leur volonté. Moi, j'avais mon « inconscient » qui, outre les douleurs qu'il m'infligeait à cause de Füsun, m'amenait à faire des choses que je jugeais avilissantes et indignes de moi. Je ne

316

devais pas être dupe, il fallait tourner la page et oublier tout ce qui avait trait à Füsun.

Dans ce but, je commençai par sortir de la poche supérieure de ma veste la lettre d'invitation qu'elle m'avait envoyée et je la déchirai en mille morceaux avec son enveloppe. Le lendemain, je restai couché jusqu'à midi et décidai de me détourner « pour de bon » de l'obsession vers laquelle m'entraînait mon inconscient. La faculté d'expliquer ma souffrance et mon humiliation par un nouveau vocable me donnait un regain de force pour les combattre. Voyant que j'avais la gueule de bois et pas la moindre envie de sortir de mon lit, ma mère envoya Fatma Hanım à Pangaltı acheter des crevettes qu'elle fit préparer en cassolette avec de l'ail comme j'aimais, accompagnées d'artichauts à l'huile d'olive généreusement arrosés de citron. L'esprit tranquille maintenant que j'avais pris la décision de ne plus jamais revoir Füsun et les siens, je dégustais lentement mon déjeuner et buvais un verre de vin blanc avec ma mère lorsque cette dernière me rapporta que Billur, la fille cadette de la célèbre famille Dağdelen qui avait fait fortune dans les chemins de fer, avait terminé le lycée en Suisse et fêté ses dix-huit ans un mois plus tôt. Dans l'impossibilité de rembourser les crédits que les banques avaient bien voulu lui accorder par le biais d'on ne sait quels pots-de-vin et copinages, cette grande famille d'entrepreneurs était actuellement dans une mauvais passe, m'expliqua ma mère ; et d'ajouter qu'elle avait entendu dire qu'ils voulaient marier leur fille avant que toutes ces difficultés — leur faillite était imminente — n'éclatent au grand jour.

— Il paraît que la fille est très jolie ! revint-elle plus tard à la charge. Je pourrais aller la voir pour toi, si tu veux. Je ne suis guère d'accord pour que tu ailles te saouler tous les soirs avec tes copains comme le feraient des officiers de province.

— Va donc voir à quoi elle ressemble, dis-je le plus sérieusement du monde. Vu que ça n'a pas marché avec la fille moderne que j'avais dégotée par moi-même, pourquoi ne pas revenir aux bonnes vieilles méthodes et essayer par le biais d'un intermédiaire ?

— Ah, mon fils, si tu savais comme je suis heureuse de ta décision… Naturellement, vous prendrez le temps de faire un peu connaissance, de vous promener tous les deux… Vous avez tout l'été devant vous, c'est formidable, vous êtes jeunes. Mais comporte-toi bien avec elle... Tu veux que je te dise pourquoi ça n'a pas marché avec Sibel ?

À cet instant, je compris que ma mère était parfaitement au courant de mon histoire avec Füsun mais que, à l'instar de nos ancêtres qui rejetaient sur les djinns la faute d'un événement douloureux, elle tenait à trouver une tout autre raison pour expliquer mes déboires ; et je lui en fus profondément reconnaissant.

— C'est une fille terriblement ambitieuse, elle est très fière, très prétentieuse, dit ma mère en me regardant au fond des yeux avant d'ajouter, l'air de me dévoiler un secret : Je m'en étais d'ailleurs doutée lorsque j'ai découvert qu'elle n'aimait pas les chats.

Je n'avais aucun souvenir de l'aversion de Sibel pour les chats, mais c'était la deuxième fois que ma mère faisait état de ce motif, comme prélude pour la dénigrer. Je changeai de sujet. Nous prîmes notre café sur le balcon, en observant la petite foule réunie pour un enterrement. Bien que ma mère versât quelques larmes en répétant de temps à autre : « Ah, ton pauvre père », elle était en parfaite santé physique et morale, et n'avait rien perdu de sa vivacité d'esprit. Elle m'apprit que la personne qui gisait dans le cercueil posé sur le *musalla* était l'un des propriétaires du célèbre immeuble Bereket dans le quartier de Beyoğlu. Quand, pour me le situer, elle me dit que cet immeuble se trouvait à deux pâtés de maisons du cinéma Atlas, je m'imaginai soudain à la soirée de gala d'un film où Füsun tenait le premier rôle. Le repas terminé, je sortis et regagnai Satsat où je me jetai à corps perdu dans le travail, en me convainquant que j'étais revenu à ma vie « normale » d'avant Sibel et Füsun.

Le fait d'avoir vu Füsun avait emporté une grande partie de la souffrance qui m'accablait depuis des mois. Tandis que j'étais requis par diverses tâches au bureau, un coin de ma tête restait souvent occupé par l'idée que j'étais libéré de mes affres amoureuses, j'y croyais sincèrement et j'étais soulagé. Lorsque je prenais quelques instants pour m'ausculter et vérifier où j'en étais intérieurement, je constatais avec joie qu'il ne restait plus en moi le moindre désir de la revoir. Il n'était plus question que je remette les pieds dans leur bicoque de Çukurcuma, dans ce trou à rats baignant dans la gadoue chaque fois qu'il pleuvait un peu fort. Si j'y pensais encore, c'était moins par amour pour Füsun que par colère contre toute la famille et ce jeune type devenu leur beau-fils. Mais je m'en voulais de m'énerver contre ce blanc-bec, et j'étais furieux d'avoir eu la bêtise de passer toute une année de mon existence à souffrir à cause de cet amour. Mais ce que j'éprouvais envers moi n'était pas une authentique colère : je voulais me persuader que je commençais une nouvelle vie, que j'en avais fini avec ma blessure amoureuse, et ces tout nouveaux et puissants sentiments m'apparaissaient comme la preuve du changement qui s'était opéré. C'est la raison pour laquelle je décidai de renouer avec les anciens amis que j'avais négligés, de sortir me distraire et courir les soirées avec eux. (J'évitai néanmoins Zaim et Mehmet pendant quelque temps, de crainte de raviver les souvenirs que je voulais oublier.) Au cours de ces diverses fêtes et sorties nocturnes, quand j'étais sérieusement imbibé une fois minuit passé, je comprenais que la colère qui m'habitait était dirigée non pas contre les aspects niais et horripilants de la bonne société, contre quiconque ou ma propre personne que je blâmais à cause de mon obsession, mais uniquement contre Füsun ; je sentais avec effroi que je me querellais constamment avec elle dans un recoin bien caché de ma tête ; je me surprenais à penser que, au fond, il ne tenait qu'à elle de m'accompagner dans l'amusante existence qui était la mienne, que c'était sa faute et son propre choix si elle vivait dans ce trou à rats rongé par l'humidité, et que je n'allais sûrement pas prendre au sérieux quelqu'un qui avait opté pour le suicide en s'engageant dans un mariage aussi incongru.

J'avais un ancien copain de régiment du nom d'Abdülkerim. Il était originaire de Kayseri et fils d'un riche propriétaire terrien. Après le service militaire, il m'avait envoyé chaque année des cartes de vœux pour le nouvel an et les fêtes en y apposant joliment sa signature ornementée, et je l'avais désigné comme le représentant de Satsat à Kayseri. Sentant que Sibel le trouverait par trop *alaturka*, je ne m'étais guère occupé de lui lorsqu'il était de passage à Istanbul. Cette fois cependant, quatre jours après ma visite à Çukurcuma, je l'avais emmené au Garaj, l'un de ces nouveaux restaurants en vogue immédiatement pris d'assaut par la société. Et pour me sentir à mon aise, comme si je regardais mon existence à travers ses propres yeux, je me mis à lui relater des histoires sur les riches personnes que nous voyions attablées, entrer et sortir du restaurant, ou poliment venir jusqu'à notre table pour nous serrer amicalement la main. Mais à mon grand déplaisir, je remarquai bien vite qu'Abdülkerim s'intéressait moins à l'aspect humain des souffrances, des faiblesses, voire de certaines bassesses que je lui racontais qu'à la vie sexuelle, aux secrets d'alcôve et aux détails scabreux de la vie privée des riches Stambouliotes dont il ne connaissait presque rien, et je n'appréciais pas non plus qu'il s'arrête en détail sur les filles qui couchaient avant de se marier — ou pire, avant même de se fiancer. C'est peut-être pourquoi, dans un étrange mouvement contraire, je me laissai aller vers la fin de la soirée à lui parler de mon amour pour Füsun, comme s'il se fût agi de l'histoire d'un autre de ces idiots de riches. Pendant que je lui parlais de la passion de ce jeune homme fortuné, connu et apprécié de la société pour « la petite vendeuse » qui au final en avait épousé un autre, je désignai quelqu'un assis à une table du fond pour éviter qu'Abdülkerim ne se doute que le riche jeune homme en question n'était autre que moi.

— Bah, maintenant que la belle s'est mariée, ce pauvre gars est tiré d'affaire, dit-il.

— Au fond, j'ai du respect pour les risques que cet homme a pris par amour, répliquai-je. Il est allé jusqu'à rompre ses fiançailles pour cette fille…

Une expression de douce bienveillance se peignit furtivement sur son visage, cédant aussitôt la place au plaisir d'observer le négociant en tabac Hicri Bey, sa femme et ses deux jolies filles en train de lentement se diriger vers la sortie.

— Qui est-ce ? demanda Abdülkerim, sans les quitter des yeux.

La fille cadette de Hicri Bey — une grande brune du nom de Neslişah, je crois — s'était teint les cheveux en blond. Le regard mi-admiratif mi-moqueur qu'Abdülkerim portait sur eux me déplut.

— Il est tard, on y va ? lançai-je.

Je demandai l'addition. Une fois dans la rue, nous n'échangeâmes plus un mot jusqu'au moment de nous séparer.

320

Au lieu de prendre la direction de Nişantaşı pour rentrer chez moi, je marchai vers Taksim. J'avais rendu sa boucle d'oreille à Füsun, mais je ne l'avais pas fait ouvertement, je l'avais juste déposée dans la salle de bains, comme si je l'avais oubliée là, sous le coup de l'ivresse. Ce qui était aussi offensant pour eux que pour moi. Pour que mon honneur soit sauf, j'aurais dû leur faire comprendre qu'il s'agissait bien d'une intention réfléchie et non pas d'une simple étourderie. Puis, je me serais excusé auprès de Füsun et, fort de la certitude de ne plus jamais la revoir de ma vie, je lui aurais adressé un dernier sourire et fait mes adieux. À l'instant précis où je sortais, Füsun aurait peut-être eu un moment d'affolement en prenant conscience que c'était la dernière fois qu'elle me voyait ; mais moi, je me serais drapé dans un profond silence, semblable à celui qu'elle me faisait vivre depuis un an. Ou alors, je n'aurais rien dit d'explicite mais à la façon dont je lui aurais souhaité tous mes vœux de bonheur pour le reste de sa vie, elle aurait eu un mouvement de panique en comprenant que, cette fois, c'était définitif : nous ne nous reverrions plus jamais.

Alors que je descendais tranquillement vers Çukurcuma par les ruelles de Beyoğlu, l'idée que Füsun ne se serait peut-être pas le moins du monde alarmée m'effleura l'esprit ; car, après tout, elle était peut-être heureuse avec son mari dans cette maison. Et si tel était le cas, autrement dit, si elle était capable d'aimer ce type banal au point de choisir de vivre dans ce minable taudis, je n'aurais de toute façon pas eu envie de la revoir après cette soirée. Tandis que je déambulais dans ces rues étroites aux trottoirs défoncés et aux marches informes, par les fenêtres, à travers les rideaux mal tirés, j'apercevais des familles en train d'éteindre leur télévision et s'apprêtant à aller se coucher, des couples de pauvres petits vieux fumant ensemble une dernière cigarette avant de dormir, et dans le soir printanier, à la pâle lueur des réverbères, je croyais que les gens qui vivaient dans ces quartiers déshérités étaient heureux.

Je sonnai à la porte. La fenêtre en encorbellement du premier étage s'ouvrit.

— Qui est-ce ? lança dans l'obscurité le père de Füsun.

— C'est moi.

— Qui ?

Figé sur place, je me disais que je ferais mieux de prendre la fuite, quand sa mère vint ouvrir.

— Tante Nesibe, désolé de vous déranger à cette heure un peu tardive.

— Quel bon vent vous amène, Kemal Bey ? Entrez donc.

Comme lors de ma première visite, elle passa devant et, pendant que je gravissais les escaliers derrière elle, je me disais : « N'aie pas honte, détends-toi ! C'est la dernière fois que tu vois Füsun ! » Le cœur serein maintenant que j'avais décidé de ne plus jamais me laisser humilier, j'entrai dans l'appartement mais, dès que je la vis, mon cœur se mit à battre tellement vite que je faillis en rougir. Füsun et son père étaient assis devant la télévision. Surpris et embarrassés, tous deux se levèrent dès qu'ils m'aperçurent, mais face à mon air chagrin et mon haleine chargée d'alcool, ils en vinrent presque à s'excuser de leur réaction. Pendant les trois ou cinq premières minutes qu'il m'est si pénible de me remémorer à présent, je m'efforçai de leur expliquer que je profitais d'un détour dans le quartier pour passer, que je m'excusais de déranger, que quelque chose me tracassait et que je désirais en discuter. J'appris que son mari n'était pas à la maison (« Feridun est allé chez des amis cinéastes »). Mais j'étais incapable d'aborder le sujet. Sa mère disparut dans la cuisine pour préparer du thé. Et lorsque son père s'en alla à son tour, nous nous retrouvâmes seuls.

— Je suis vraiment désolé, je m'excuse, dis-je pendant que nous gardions tous deux les yeux rivés sur la télévision. L'autre soir, à cause de mon état d'ivresse et non par mauvaise intention, j'ai laissé ta boucle d'oreille à l'endroit où se trouvent les brosses à dents. Pourtant, j'aurais voulu pouvoir te la donner de façon convenable.

— Il n'y avait pas de boucle d'oreille près des brosses à dents, répondit-elle en fronçant les sourcils.

Tandis que Füsun et moi échangions des regards incrédules et interrogateurs, son père revint avec un grand bol de halva de semoule aux fruits en disant qu'il avait été fait spécialement à mon intention. J'en avalai une première bouchée et ne taris pas d'éloges sur ce halva, si bien que plus tard, dans la soirée, à un moment où nous gardions tous le silence, on eût dit que j'étais venu uniquement pour cela. Même ivre, je compris alors que cette histoire de boucle d'oreille n'était qu'un prétexte, et que ma seule motivation était évidemment de voir Füsun. Et voilà que cette dernière me mettait au supplice en disant qu'elle ne l'avait pas trouvée où je l'avais laissée. Durant ce long silence, je me remémorai aussitôt que la douleur de ne pas voir Füsun était beaucoup plus destructrice que la honte qu'il me fallait à présent supporter pour la voir. Je savais que je consentais à supporter bien pire pour ne pas endurer la douleur de ne plus la voir. Mais contre cette honte, j'étais encore sans défense. Entre la peur de l'humiliation et celle de ne pas voir Füsun, je ne sus que faire et me levai.

En face de moi, je vis mon vieil ami le canari. J'avançai d'un pas vers la cage. Je me retrouvai yeux dans les yeux avec l'oiseau. Füsun et ses parents s'étaient également levés à ma suite — sans doute soulagés de me voir partir. Je compris clairement que même si je revenais, je ne parviendrais pas à convaincre Füsun, elle qui était mariée et ne s'intéressait à moi que pour l'argent. « C'est la dernière fois que je la vois ! » pensai-je à part moi, décidé à ne plus jamais remettre les pieds ici.

Juste à ce moment-là, on sonna à la porte. Cette peinture à l'huile représentant la scène — c'est-à-dire l'instant où tous les quatre nous tournâmes comme un seul homme vers la porte en entendant la sonnette alors que Füsun, sa mère et son père me regardaient de dos pendant que moi-même et le canari nous entre-regardions —, c'est moi qui en ai passé commande des années après les événements. Le point de vue adopté pour construire cette image étant celui du canari Citron auquel je m'étais alors étrangement identifié, le visage d'aucun d'entre nous n'est visible. J'ose affirmer que, en respectant à la lettre mes indications, le peintre a réussi à représenter d'une façon parfaitement fidèle à mon souvenir la silhouette de dos de l'amour de ma vie — si bien que chaque fois que je contemple ce tableau, je me retrouve au bord des larmes —, la nuit et le sombre quartier de Çukurcuma que l'on apercevait à travers les rideaux entrouverts, ainsi que l'intérieur de la pièce.

Sur ce, le père de Füsun s'approcha de la fenêtre en encorbellement d'où il jeta un coup d'œil sur le miroir de la façade d'en face et, précisant qu'il s'agissait d'un des gamins du voisinage, il descendit ouvrir la porte de la rue.

Un silence s'abattit. Je me dirigeai vers la sortie, les yeux fixés devant moi pendant que j'enfilais mon pardessus. J'ouvris la porte et me dis que c'était le moment idéal pour la fameuse scène de « vengeance » que, dans le secret de mon cœur et presque à mon insu, je mijotais depuis un an.

— Adieu.

— Kemal Bey, vous ne pouvez pas savoir comme nous sommes contents que vous ayez sonné à notre porte en passant, dit Tante Nesibe.

Puis, lançant un coup d'œil à Füsun :

— Ne lui en voulez pas de faire cette tête-là, elle a peur de son père. Sinon, elle est aussi heureuse de vous voir que nous le sommes nous-mêmes.

— Maman, je t'en prie… dit ma belle.

Même si j'avais pensé à démarrer cette cérémonie de rupture avec une phrase du genre « De toute façon, j'aurais eu du mal à la supporter en brune », je savais pertinemment que ce n'était pas vrai, que j'étais prêt à endurer tous les malheurs du monde pour elle et que cela finirait par m'achever.

— Pas du tout, je lui trouve très bonne mine au contraire, répliquai-je en regardant Füsun au fond des yeux. Te voir si heureuse me comble de bonheur.

— Pour nous aussi, ce fut un grand plaisir de vous voir, dit Tante Nesibe. Maintenant que vous connaissez l'adresse, passez quand vous voulez.

— Tante Nesibe, c'est la dernière fois que je viens ici.

— Pourquoi donc ? Vous n'aimez pas notre nouveau quartier ?

— C'est votre tour à présent, répondis-je d'un ton goguenard et affecté. Je vais demander à ma mère qu'elle vous invite.

Sans me retourner, je descendis les escaliers d'un air dégagé et indifférent.

— Bonsoir, mon enfant, me dit doucement Tarık Bey que je croisai sur le pas de la porte alors que le petit voisin lui remettait un paquet en lui disant : « De la part de ma mère ! »

Dehors, l'air me rafraîchit agréablement le visage et l'idée que, désormais, je ne reverrais plus jamais Füsun jusqu'à la fin de ma vie me porta un instant à croire qu'une existence heureuse et sans

324

souci s'ouvrait devant moi. Je m'imaginais que Billur, la fille des Dağdelen que ma mère irait voir pour moi, était la grâce et la joliesse incarnées. Mais à chacun de mes pas, je sentais que je m'éloignais de Füsun et j'avais l'impression qu'on m'arrachait le cœur. En gravissant la côte de Çukurcuma, je sentais mon âme trépigner et se débattre à l'intérieur de mes os pour retourner à l'endroit que je venais de laisser derrière moi, mais je me disais que, une fois cette souffrance dépassée, j'en aurais terminé pour de bon.

J'avais déjà parcouru pas mal de chemin. Maintenant, je devais être fort et trouver des solutions pour passer à autre chose. L'heure de la fermeture des *meyhane* approchait, j'entrai dans l'un d'eux et, dans l'épaisse fumée bleue des cigarettes, je bus deux verres de raki accompagnés d'une tranche de melon. Lorsque je ressortis, mon âme me souffla que je ne m'étais pas vraiment éloigné de la maison de Füsun et ses parents. Entre-temps, j'avais dû me perdre en route. Dans une étroite ruelle, je croisai une silhouette familière et cela me fit comme un électrochoc.

— Oohh ! Bonjour…

C'était Feridun Bey, l'époux de Füsun.

— Quel hasard ! Je sors justement de chez vous.

— Ah bon ?

Je m'étonnai à nouveau de l'aspect juvénile — devrais-je dire enfantin ? — de son mari.

— Depuis ma dernière visite, je pense sans arrêt à cette histoire de film, dis-je. Vous avez raison. Il faudrait faire des films d'art en Turquie comme en Europe… Comme vous n'étiez pas là, je n'en ai pas parlé à Füsun. Mais ce serait bien que nous nous voyions pour en discuter, non ?

Il était au moins aussi ivre que moi et je vis que ma proposition semait le trouble dans son esprit.

— Mardi soir, je passerai vous prendre à sept heures devant la porte, cela vous va ?

— Est-ce que je dis à Füsun de venir ?

— Naturellement, notre intention est à la fois de tourner des films d'art comme en Europe et de faire jouer Füsun dans le rôle principal.

Nous nous sourîmes mutuellement, tels deux vieux amis qui, après avoir usé leurs fonds de culotte sur les mêmes bancs d'école, fait ensemble leur service militaire et connu mille difficultés, voyaient tout à coup surgir devant eux la possibilité de concrétiser leur rêve de devenir riches. À la lueur des réverbères, je scrutai attentivement les yeux enfantins de Feridun Bey et nous nous séparâmes sans un mot.

51

Le bonheur, c'est seulement d'être auprès
de la personne qu'on aime

En arrivant à Beyoğlu, je me souviens d'avoir trouvé les vitrines étincelantes et pris plaisir à marcher dans la foule qui sortait des cinémas. J'étais envahi par un bonheur et une joie de vivre difficiles à me dissimuler. À l'idée que Füsun et son mari m'avaient invité chez eux pour que j'investisse de l'argent dans leurs rêves ineptes de cinéma, j'aurais dû ressentir honte et humiliation, mais le bonheur qui emplissait mon cœur était d'une telle force que cela, au fond, m'importait peu. Une image s'était imposée à mon esprit cette nuit-là : lors de la soirée de gala de notre film, quand Füsun, micro à la main, s'adresserait à la foule de ses admirateurs depuis la scène du cinéma Saray — ou, mieux encore, du Yeni Melek —, c'est essentiellement à moi qu'iraient ses remerciements. Et lorsque le riche producteur de film d'art et d'essai que j'étais entrerait en scène, les personnes parfaitement informées des derniers potins murmureraient que la jeune star avait quitté son mari pour son producteur pendant le tournage ; Füsun m'embrasserait sur les joues et, le lendemain, notre photo paraîtrait dans tous les journaux.

Inutile de m'étaler davantage sur les rêveries qui s'exhalaient en permanence de mon cerveau dont le fonctionnement, à l'époque, n'avait rien à envier à celui de ces fleurs de pavot somnifère ensuquées par la substance opiacée qu'elles sécrètent naturellement. En effet, à l'instar de la plupart des hommes turcs vivant dans mon univers et se retrouvant dans une situation semblable à la mienne, au lieu de chercher à comprendre quelles étaient les pensées et les aspirations de la femme dont j'étais fou amoureux, je ne faisais que rêvasser à elle. Deux jours plus tard, quand je passai la chercher avec son mari à bord de la Chevrolet conduite par Çetin Efendi, à l'instant même où je croisai le regard de Füsun, je sentis que rien ne ressemblerait en réalité aux images dont ma tête me bombardait sans repos, mais j'étais si heureux de la voir qu'il en eût fallu beaucoup plus pour m'enlever ma bonne humeur.

J'invitai le jeune couple à s'asseoir sur la banquette arrière, je m'installai à l'avant au côté de Çetin Efendi et, pendant que nous passions par les rues enténébrées, les places poussiéreuses et désordonnées de la ville, je me retournais régulièrement vers eux pour plaisanter et tâcher de réchauffer l'atmosphère. Füsun portait une robe rouge orangé striée de veines plus sombres. Pour offrir sa peau à la caresse de la brise merveilleusement odorante qui soufflait du large, elle avait laissé ouverts les trois boutons du dessus. Tandis que la voiture avançait en cahotant sur les pavés des routes longeant le Bosphore, je me souviens encore du bonheur que je sentais flamboyer en moi chaque fois que je me tournais vers l'arrière pour leur dire quelque chose. Ce premier soir, où nous dînâmes au restaurant Andon de Büyükdere, je ne fus pas long à comprendre que le plus angoissé et fébrile de nous tous, c'était moi — et il en irait de même les autres soirées que nous passerions ensemble pour discuter de nos projets de film.

Dès que nous eûmes fait notre choix parmi les mezzés que les vieux serveurs grecs nous présentaient sur un plateau, Feridun Bey, dont j'enviais quelque peu la confiance en soi, se lança aussitôt :

— Dans la vie, le cinéma représente tout pour moi, Kemal Bey. Je dis cela car je ne voudrais pas que, au regard de mon âge, vous soyez sur vos gardes et me considériez avec suspicion, continuat-il. Je baigne dans le monde de Yeşilçam depuis trois ans. J'ai beaucoup de chance, j'ai rencontré tout le monde. J'ai travaillé sur les plateaux, aussi bien comme grouillot pour transporter des décors et des projecteurs que comme assistant réalisateur. J'ai écrit onze scénarios.

— Tous ont été tournés et ont très bien marché, précisa Füsun.

— J'aimerais beaucoup voir ces films, Feridun Bey.

— Sans problème, Kemal Bey. La plupart d'entre eux passent dans les cinémas d'été et certains sont encore à l'affiche à Beyoğlu. Mais je ne suis pas satisfait de ces films. Comme me disaient les gens de Konak Film, j'aurais déjà pu commencer à réaliser si j'avais consenti à faire des choses semblables. Mais je n'ai aucune envie de tourner ce genre de films.

— C'était quoi, comme films ?

— Des trucs commerciaux et mélodramatiques pour alimenter le marché. Est-ce que vous allez voir des films turcs au cinéma ?

— Très peu.

— Les riches de chez nous qui connaissent un peu l'Europe y vont pour s'en moquer. Moi aussi, je pensais pareil quand j'avais vingt ans. Mais je ne méprise plus autant les films turcs qu'avant. Füsun aussi les aime beaucoup à présent.

— Pour l'amour du ciel, expliquez-moi comment vous faites pour que j'apprenne, moi aussi, à les aimer ! m'exclamai-je.

— Je vous apprendrai, répondit le gendre avec un sourire sincère. Mais les films que nous tournerons grâce à vous seront très différents de cela, ne vous inquiétez pas. Par exemple, nous ne ferons pas jouer à Füsun le rôle d'une fille fraîchement débarquée de sa campagne natale et qui deviendrait en trois jours une grande dame sur les conseils et les instructions de la gouvernante française de ses maîtres.

— D'ailleurs, je me crêperais tout de suite le chignon avec elle, intervint Füsun.

— Ou alors celui d'une pauvre Cendrillon en butte au mépris des membres de sa riche famille, poursuivit Feridun.

— Dommage, cela m'aurait plu de jouer la parente pauvre et dédaignée.

Ce que je sentais dans les paroles de Füsun était non pas de l'ironie à mon égard, mais une légèreté et un enjouement qui me provoquèrent un léger pincement au cœur. Dans cette atmosphère bon enfant, nous parlâmes de souvenirs familiaux communs, de la balade en Chevrolet que Füsun et moi avions faite des années plus tôt avec Çetin au volant, de personnes de notre lointaine parentèle qui habitaient dans d'étroites ruelles de quartiers excentrés — déjà décédées pour certaines ou à l'article de la mort pour d'autres — et de maintes autres choses. Notre débat sur la façon de préparer les moules farcies se termina par l'intervention d'un cuisinier grec au teint très blanc qui déboula en riant des cuisines pour nous dire qu'il fallait également mettre de la cannelle. Le gendre, dont je commençais à apprécier l'ingénuité, l'optimisme et l'enthousiasme, avait eu la délicatesse de ne pas monopoliser toute la conversation avec ses scénarios et ses rêves de films. Au moment où je les déposai chez eux, nous convînmes de nous retrouver quatre jours plus tard.

Pendant tout l'été 1976, nous dînâmes ensemble dans nombre de restaurants du bord de mer afin de parler cinéma. Même tant d'années après, chaque fois que je retourne en ces lieux et regarde le Bosphore par les fenêtres, je ressens encore l'état de confusion qui était le mien lorsque j'étais écartelé entre le bonheur extrême d'être assis en face de Füsun et la placidité qu'il me fallait conserver dans l'espoir de la reconquérir. Pendant le repas, j'écoutais respectueusement, et en gardant mon scepticisme pour moi, son mari gloser sur les films, ses rêves, les ressorts du fonctionnement du cinéma de Yeşilçam et du spectateur turc ; comme je me fichais éperdument d'« offrir au spectateur turc un film d'art et d'essai au sens occidental du terme », je me débrouillais pour faire traîner les choses en longueur ; par exemple, je demandais à voir le scénario écrit mais avant qu'il n'atterrisse devant moi, j'étais déjà passé à autre chose.

Une fois, après avoir discuté du coût d'un film turc « de qualité honorable » avec Feridun — que je découvrais décidément beaucoup plus intelligent et doué que nombre d'employés de Satsat —, je déduisis que pour faire de Füsun une future star il fallait une somme équivalant à la moitié du prix d'un petit appartement dans une ruelle de Nişantaşı. Que cela représente beaucoup d'argent ou pas n'était pas la question. La raison pour laquelle nous ne parvenions pas à nous lancer dans cette entreprise tenait davantage à ma découverte que, pour l'instant, voir Füsun deux fois par semaine sous prétexte de faire des films parvenait à me rasséréner. Et j'avais décidé qu'il fallait m'en contenter. Après toutes les souffrances que j'avais endurées, j'étais effrayé à l'idée d'en exiger davantage ; comme si un peu de repos semblait le bienvenu.

Après le dîner, nous faire conduire par Çetin à İstinye pour déguster un *tavuk göğsü* généreusement saupoudré de cannelle, ou

330

alors à Emirgan pour prendre une gaufrette de halva fourrée de glace que nous mangions en discutant joyeusement pendant que nous marchions ensemble le long des eaux sombres du Bosphore... tout cela m'apparaissait comme le plus grand bonheur qu'on puisse connaître sur terre. Un soir, Chez Yani, lorsque la sérénité que j'éprouvais à être assis en face de Füsun apaisa les démons qui m'habitaient, je me rappelle m'être murmuré que j'avais trouvé la recette du bonheur, d'une simplicité telle que tout le monde devait la connaître : le bonheur, c'est seulement d'être auprès de la personne qu'on aime. (Sans qu'il soit besoin qu'elle nous appartienne.) Peu avant que cette recette magique ne me vienne à l'esprit, j'avais jeté un coup d'œil sur l'autre rive du Bosphore à travers la baie vitrée du restaurant et, en apercevant les lumières tremblotantes du *yalı* où Sibel et moi avions passé l'automne précédent, je m'étais rendu compte que mes effroyables douleurs abdominales dues à la blessure amoureuse avaient cessé.

Il me suffisait d'être assis avec Füsun à la même table pour que s'envole d'un seul coup cette souffrance insupportable mais également le souvenir que, jusqu'à très récemment, j'avais pensé me tuer à cause d'elle. Dès que j'étais à son côté, j'oubliais aussitôt à quel point cela m'avait ravagé, j'en venais à penser que j'étais revenu à mon ancien état « normal » et cédais à l'illusion de croire que j'étais fort, résolu, voire complètement libéré. Après les trois premières rencontres, je constatai que hauts et bas se succédaient avec une infrangible régularité. En prévision des affres à venir, je m'emparai en cachette de certains objets qui se trouvaient sur la table afin qu'ils me rappellent le bonheur qui était le mien lorsque j'étais assis en face d'elle dans les restaurants du Bosphore et d'y puiser la force de surmonter ma nostalgie dès que je ne serais plus en sa présence. Par exemple, Chez Aleko de Yeniköy, cette petite cuiller en fer-blanc que Füsun porta à sa bouche et avec laquelle elle joua longuement, par ennui, alors que son mari et moi discutions football — tous deux supporters de Fenerbahçe, nous n'eûmes pas l'occasion de nous prendre le bec. Ou bien cette salière qu'elle garda longtemps dans la main parce que juste au moment où elle s'en servait, un vieux cargo soviétique rouillé passait devant les fenêtres, si près de nous qu'il faisait trembler les verres et les bouteilles. Lors de notre quatrième rendez-vous, la crème glacée que nous avions achetée chez Zeynel à İstinye une fois terminée, Füsun jeta par terre le cornet au bord mordillé que je m'empressai de récupérer derrière elle et de faire disparaître en douce dans ma poche. De retour à la maison, je m'enfermais dans ma chambre avec ces objets que je contemplais à travers les brumes de l'alcool ; pour ne pas attirer l'attention de ma mère, je les emportais un ou deux jours plus tard dans l'immeuble Merhamet rejoindre leurs précieux congénères, avec lesquels je m'efforçais d'apaiser la douleur qui commençait peu à peu à poindre.

Pendant le printemps et l'été de cette année, ma mère et moi nous rapprochâmes avec un sentiment de camaraderie jamais éprouvé jusque-là. La raison en était assurément qu'elle avait perdu mon père et moi Füsun. Cette perte affective nous avait fait mûrir et rendus tous deux plus tolérants. Mais jusqu'à quel point ma mère était-elle au courant de mes déboires sentimentaux ? Qu'aurait-elle pensé si elle était tombée sur les cornets de glace ou les petites cuillers que je rapportais à la maison ? Essayait-elle de tirer les vers du nez à Çetin pour apprendre où j'allais ? Dans mes moments de déprime, je me le demandais parfois, je ne voulais pas qu'elle s'inquiète pour moi ni qu'elle pense que, en raison d'une obsession inadmissible, je faisais des bêtises que je regretterais toute ma vie, comme elle disait.

J'avais tendance à me montrer beaucoup plus heureux et joyeux que je ne l'étais en réalité, et sans jamais lui objecter — même sous forme de plaisanterie — qu'il était complètement absurde de chercher une fille à épouser avec l'aide d'un intermédiaire, je l'écoutais très sérieusement et très attentivement me faire le compte rendu des caractéristiques et de l'histoire de chacune de celles qu'elle allait repérer pour moi. Elle s'était rendue chez les Dağdelen pour voir Billur, leur fille cadette, elle avait constaté que, malgré leur faillite, ils avaient toujours autant de cuisiniers et de domestiques et continuaient à mener grand train, puis elle avait clos le sujet en disant que leur fille avait certes un joli minois mais était de très petite taille, et que je n'allais sûrement pas me marier avec une naine (« Je ne veux pas de belle-fille de moins d'un mètre soixante-cinq, n'allez pas vous marier avec une naine ! » nous répétait-elle depuis

332

que nous étions adolescents). Elle avait également décrété que la fille des Mengerli — dont Sibel, Zaim et moi avions fait la connaissance au Grand Club à Büyükada au début de l'été précédent — ne me conviendrait pas non plus : ma mère venait d'apprendre qu'elle avait été méchamment plaquée par le fils aîné des Avunduk dont elle était folle amoureuse et avec lequel elle pensait se marier jusqu'à récemment, et que dans toute la société on ne parlait que de cela. J'encourageai tout l'été ma mère dans ses recherches, d'abord parce que je me laissais parfois aller à croire qu'elle aboutirait peut-être à un résultat qui ferait mon bonheur, ensuite parce que ces investigations la sortaient de la solitude dans laquelle elle s'était retirée après la mort de mon père. Quelquefois, elle me téléphonait vers midi au bureau depuis la maison de Suadiye pour m'expliquer — avec la précision d'un paysan indiquant à des chasseurs où trouver des perdrix — que la fille qu'elle voulait à tout prix que je voie arrivait en fin d'après-midi à bord du bateau à moteur des Işıkçı à l'embarcadère du voisin Esat Bey, et que si je passais sur la rive d'en face et descendais moi-même sur ce quai le soir avant la tombée du jour, je pourrais sans doute l'y croiser et faire connaissance avec elle si le cœur m'en disait.

Ma mère me téléphonait ainsi au moins deux fois par jour au bureau sous divers prétextes ; après m'avoir raconté qu'elle avait longuement pleuré en retrouvant une vieille relique de mon père au fond d'une armoire de la maison de Suadiye — par exemple cette paire de chaussures d'été noir et blanc dont j'expose ici avec respect l'une d'elles —, elle m'exhortait à ne pas rester à Nişantaşı (« Ne me laisse pas seule, s'il te plaît ! ») et, me soutenant qu'à moi non plus la solitude ne vaudrait rien, elle terminait en disant qu'elle m'attendait sans faute pour le dîner.

Accompagné de sa femme et de ses enfants, mon frère aîné venait aussi se joindre à nous quelquefois. Après le repas, tandis que ma mère et Berrin discutaient des enfants, de la famille, du bon vieux temps, de la constante hausse des prix, de vêtements, des nouveaux magasins et des derniers ragots, Osman et moi allions nous asseoir ensemble sous le palmier, là même où mon père aimait à rester seul sur une chaise longue pour rêver à ses secrètes amours en contemplant les étoiles et les îles d'en face, et nous parlions des sociétés et des affaires en cours qu'il nous avait laissées. Comme à son habitude mais sans toutefois trop insister, mon frère me répétait que je ferais bien d'être également partenaire de la nouvelle société qu'il avait fondée avec Turgay Bey, qu'il était très content d'en avoir confié la direction à Kenan, que ne pas m'entendre avec lui était une grosse erreur et que je ne faisais que m'enferrer en refusant de m'associer à cette entreprise ; il me laissait entendre à demi-mot que c'était ma dernière chance de revenir sur ma position mais qu'après il serait trop tard pour me plaindre ; que ce soit dans le travail ou la vie sociale, je donnais l'impression de le fuir, de tourner le dos à nos amis communs, au bonheur et à la réussite ; et haussant les sourcils, il me demandait ce que j'avais.

Je lui répondais que la mort de notre père et ma séparation d'avec Sibel m'avaient fichu un coup et que je m'étais un peu replié sur moi-même. Par une très chaude soirée de juillet, je lui fis part de mon sentiment d'oppression et de mon grand besoin de solitude ; ce qu'il interpréta comme une sorte de folie, à en croire l'expression qui se peignit sur son visage. Si, pour l'instant, ma fêlure semblait encore rester dans des proportions acceptables à ses yeux, je sentais que si jamais ma bizarrerie allait empirant, mon frère Osman oscillerait entre la honte et le plaisir de se servir de ma folie contre moi dans le domaine professionnel. Mais je n'éprouvais cette angoisse que si j'avais vu Füsun récemment ; car au bout de quelques jours, dès que son absence se faisait trop douloureusement sentir, j'étais incapable de penser à autre chose qu'à elle. Quant à ma mère, autant elle sentait que j'étais la proie d'une obsession qui assombrissait mon âme, autant sa curiosité d'en apprendre davantage le disputait au refus de savoir. Moi aussi, je me demandais ce qu'elle connaissait de mon histoire avec Füsun et je redoutais en même temps de découvrir qu'elle en savait peut-être bien plus que je ne le soupçonnais. De même que, chaque fois que je voyais Füsun, je cherchais naïvement à me persuader que mon amour pour elle avait beaucoup perdu de sa force, je tâchais sans le formuler de convaincre ma mère de l'insignifiance de mon obsession. Et pour lui prouver que je n'avais aucun « complexe » à ce sujet, un jour, je laissai échapper — au fil de la conversation —

que j'avais emmené la fille de Tante Nesibe et son mari dîner au bord du Bosphore, et qu'une autre fois, sur l'insistance du gendre, nous étions allés voir un film dont il avait écrit le scénario.

— Tant mieux, tant mieux s'ils vont bien, c'est tout ce qu'on leur souhaite, dit ma mère. J'ai entendu dire que le garçon traînait avec les gens de cinéma et de Yeşilçam, ça m'a fait de la peine. À quoi veux-tu t'attendre de la part d'une fille qui court les concours de beauté ! Mais si tu dis qu'ils vont bien...

— Il a l'air d'un gars plutôt posé et réfléchi...

— Tu vas au cinéma avec eux ? Fais quand même attention. Nesibe a très bon cœur et elle est de bonne compagnie, mais c'est aussi une intrigante. Ah, je voulais te dire... ce soir, il y a une réception sur le quai devant le *yalı* d'Esat Bey, ils ont envoyé quelqu'un pour nous inviter. Vas-y, toi, je ferai déplacer mon fauteuil sous le figuier et je vous regarderai de loin.

52

Un film traitant de la vie et de ses tourments se doit d'être d'une franchise absolue

De la mi-juin au début du mois d'octobre de l'année 1976, nous courûmes les cinémas d'été où nous vîmes plus d'une cinquantaine de films dont voici exposés billets, prospectus et photographies affichées à l'entrée que, pour certains, je dénichai des années plus tard auprès des collectionneurs d'Istanbul. De même que lorsque nous sortions dans les *meyhane* du Bosphore, je passais prendre Füsun et son mari devant chez eux à Çukurcuma vers la tombée du soir à bord de la voiture conduite par Çetin. Sur les indications de Feridun qui s'était renseigné auprès des gérants et distributeurs de sa connaissance et avait pris soin de noter sur un bout de papier dans quel coin de quel quartier se jouait le film que nous allions voir, nous tâchions de trouver notre route. Istanbul s'était tellement étendue les dix dernières années, incendies et chantiers avaient tellement changé la physionomie de la ville et l'afflux de migrants avait tellement fait croître la population de ses ruelles que nous nous perdions fréquemment. Il nous fallait sans cesse demander notre chemin, nous arrivions enfin en courant, juste à temps pour le début du film ; nous devions parfois nous installer dans l'obscurité et ce n'est que lorsque les lumières se rallumaient pour l'entracte de cinq minutes que nous découvrions à quoi ressemblait l'endroit où nous nous trouvions.

J'étais chaque fois déconcerté par la foule qui se massait dans ces grands cinémas en plein air — dont on abattrait plus tard mûriers et platanes pour ériger à la place des immeubles, des parkings ou des mini-terrains de foot délimités par de grandes bâches en plastique vertes —, souvent situés dans de tristes lieux cernés de murs badigeonnés à la chaux, de fabriques, de vieux *konak* en bois menaçant ruine, de bâtiments de deux ou trois étages ainsi que d'innombrables balcons et fenêtres. La plupart du temps, l'histoire et le caractère poignant du film mélodramatique que nous étions en train de regarder se confondaient dans ma tête avec l'effervescence de ces milliers de personnes en train de grignoter des graines de tournesol sur leur chaise, avec l'humanité de ces familles nombreuses, de cette multitude de mères coiffées d'un foulard, de pères avec la cigarette au bec, d'enfants sirotant leur soda et d'hommes célibataires.

C'est sur l'un de ces immenses écrans de cinéma en plein air que je vis pour la première fois Orhan Gencebay, le roi de la musique et du cinéma turcs de l'époque, omniprésent dans le quotidien des gens à travers ses chansons, ses films, ses disques et ses affiches. Le cinéma était situé derrière les quartiers de bidonvilles qui émergeaient entre Pendik et Kartal, sur une colline qui surplombait la mer de Marmara, les îles des Princes scintillant au loin, des fabriques et des ateliers aux murs couverts de divers slogans gauchistes. Les fumées qui s'élevaient en panaches cotonneux des hautes cheminées de l'usine de ciment Yunus de Kartal — autour de laquelle tout était d'un blanc calcaire — paraissaient encore plus blanches dans la nuit et les particules de ciment qui retombaient en pluie sur les spectateurs flottaient dans l'air comme une neige de conte.

Orhan Gencebay incarnait dans ce film un jeune et modeste pêcheur du nom d'Orhan. Il avait un protecteur — un homme riche, arriviste et sans scrupules — auquel le liait un sentiment d'allégeance. Lorsque son vaurien de fils et sa bande de copains se jetèrent sauvagement sur Seher, dans une longue scène de viol où l'actrice (Müjde Ar) dont c'était l'un des tout premiers films se retrouvait assez dénudée pour que le spectateur puisse également se rincer l'œil, toute l'assistance se tut. Par fidélité à son protecteur qui le lui ordonnait afin d'étouffer l'affaire, Orhan était contraint d'endosser la faute et de se marier avec Seher. Sur ce, d'une voix pleine de douleur et de colère, Gencebay entonnait une nouvelle fois *Que le monde s'écroule !* la chanson par laquelle il était devenu célèbre dans toute la Turquie.

Aux moments les plus émouvants du film, nous n'entendions plus que le crépitement de centaines de personnes en train de décortiquer des graines de tournesol (les premiers temps, j'avais pris cela pour un bruit de machine provenant d'une usine des environs), comme si chacun de nous se retrouvait face aux souffrances qui s'étaient accumulées en lui. Mais l'atmosphère du film, l'effervescence de la foule venue se distraire, les plaisanteries lancées par les jeunes gens prompts à la repartie assis aux premiers rangs et, bien sûr, les aspects invraisemblables de l'histoire m'empêchaient de me laisser aller à la sentimentalité et de goûter aux peurs tapies au fond de moi. Mais lorsque Orhan Gencebay s'écriait avec colère : « Tout est ténèbres, il n'y a plus d'humanité ! », j'étais très heureux quant à moi d'être là, dans ce cinéma entre les arbres et les étoiles, assis au côté de Füsun. Tandis que, d'un œil, je regardais le film, j'observais de l'autre la façon qu'elle avait de remuer sur son étroite chaise en bois, de respirer, de fumer sa cigarette, de croiser ses jambes serrées dans un blue-jean pendant qu'Orhan Gencebay clamait « Malheur à qui est frappé d'un tel destin ! », et je m'amusais à essayer de deviner dans quelles proportions elle était émue par ce qu'elle voyait à l'écran. Au moment où la chanson d'Orhan prenait des accents de révolte contre ce mariage forcé avec Müjde-Seher, je me tournai vers Füsun et lui souris d'un air mi-tendre mi-moqueur. Mais elle était si absorbée par le film qu'elle ne m'adressa pas un seul regard.

Celle qu'il avait épousée s'étant fait violer, Orhan ne pouvait coucher avec elle ni l'approcher. Voyant que les souffrances qui découleraient de cette union seraient sans fin, Müjde faisait une tentative de suicide ; Orhan parvenait à la conduire à temps à l'hôpital et à la sauver. En sortant de l'hôpital, alors qu'il l'invitait à lui tenir le bras, « Mais n'as-tu pas honte de moi ? » demandait Müjde. C'est à ce moment-là — l'un des plus poignants du film — que je sentis finalement s'agiter la souffrance qui se terrait au fond de moi. Les spectateurs ne soufflaient mot, pétrifiés par la honte ici évoquée, celle d'être le mari d'une femme qui a perdu sa virginité lors d'un viol et de marcher bras dessus bras dessous avec elle.

Je ressentis moi aussi un sentiment de honte, voire de colère. Était-ce la gêne de voir la question de la virginité et de l'honneur abordée aussi ouvertement, ou bien la gêne d'assister à cette scène avec Füsun? En même temps que ces réflexions me tournaient dans la tête, je sentais Füsun s'agiter sur sa chaise à côté de moi. Un peu plus tard, quand les enfants s'endormirent devant le film sur les genoux de leur mère et que les spectateurs irascibles qui ne cessaient d'apostropher les personnages à l'écran se replièrent dans le silence, j'eus très envie de lui prendre le bras; Füsun l'avait passé derrière sa chaise et il était à portée de main.

Avec le second film, la honte qui m'habitait céda le pas aux affres de l'amour, préoccupation première de tout le pays et des étoiles dans le ciel. Orhan Gencebay avait cette fois pour partenaire la brune et douce Perihan Savaş. Au lieu de se mettre en fureur contre les incroyables souffrances qui l'accablaient, Gencebay s'armait fièrement de patience, d'une humilité et d'une endurance dans l'épreuve qui nous touchaient tous au plus profond de nous-mêmes, et, dans une chanson que les visiteurs du musée auront plaisir à écouter, il résumait ainsi son attitude et le film :

> *Il fut un temps où tu étais mon aimée*
> *J'avais la nostalgie de toi même à tes côtés*
> *Maintenant tu as trouvé un autre amour*
> *Que le bonheur te revienne*
> *Que peines et souffrances soit miennes*
> *Que la vie soit tienne et te sourie.*

Est-ce parce qu'il se faisait tard, que les enfants s'étaient endormis dans les bras de leurs parents, que les buveurs de soda qui se bombardaient de pois chiches grillés étaient fatigués et que les plaisantins des premiers rangs s'étaient calmés, que les spectateurs suivaient ce second film dans un plus grand silence? Ou était-ce par respect envers l'abnégation d'Orhan Gencebay qui transformait sa souffrance amoureuse en sacrifice de soi? Serais-je capable d'en faire autant, de désirer uniquement le bonheur de Füsun sans en être plus malheureux ni ridicule? Faire le nécessaire pour qu'elle joue dans un film turc me procurerait-il la sérénité?

Le bras de Füsun n'était plus à proximité. « Idiot ! » lança quelqu'un des premiers rangs à l'intention d'Orhan Gencebay pendant qu'il déclarait à celle qu'il aimait : « Que le bonheur soit pour toi et les souvenirs pour moi ! », mais sa sortie ne suscita que peu de rires dans l'assistance. Nous gardions tous le silence. Je songeai alors que la propension à accepter la défaite en grand seigneur était la vertu la mieux partagée par le peuple et la plus recherchée. Je sentis ma gorge se nouer à un moment, sans doute parce que le film avait été tourné dans un *yalı* sur le Bosphore et qu'il réveillait en moi les souvenirs du printemps et de l'été. Au large de Dragos, un bateau blanc tout illuminé se dirigeait lentement vers les lumières rutilantes des gens heureux qui passaient l'été sur les îles des Princes. J'allumai une cigarette, croisai les jambes et contemplai les étoiles en m'étonnant de la beauté du monde. Je sentis que ce qui permettait à ce film de m'émouvoir malgré ses grosses ficelles, c'était la présence des spectateurs s'enveloppant de silence à mesure que la nuit avançait. Il n'aurait pas eu le même impact, je n'aurais pas pu le regarder jusqu'au bout si j'avais été à la maison, seul avec ma mère devant la télévision. Alors que là, près de Füsun, je comprenais qu'il y avait un sentiment de fraternité entre moi et les spectateurs.

Quand les lumières se rallumèrent à la fin de la projection, nous gardâmes le silence à l'instar des parents qui portaient leurs enfants endormis et, même sur le chemin du retour, nous ne le rompîmes pas. Sur la banquette arrière, Füsun s'assoupit la tête posée contre la poitrine de son mari ; j'allumai une cigarette et regardai défiler à travers les vitres les rues sombres, les fabriques, les *gecekondu*, les jeunes inscrivant des slogans gauchistes sur les murs, les arbres qui paraissaient encore plus vieux dans l'obscurité, les hordes de chiens errants et les jardins de thé en train de fermer, sans me retourner une seule fois vers Feridun qui s'évertuait à analyser à mi-voix les moments clefs dans les films que nous avions vus.

Par une chaude nuit d'été, au cinéma Yeni İpek situé dans une longue et étroite cour rectangulaire ombragée de mûriers, entre les ruelles de Nişantaşı et les *gecekondu* à proximité du Pavillon des Tilleuls, nous regardâmes deux mélodrames, *Les affres de l'amour prennent fin avec la mort* et *Entendez le cri de mon cœur*, dans lequel jouait l'enfant star, Papatya. Pendant que nous buvions nos sodas à l'entracte, au moment où Feridun déclara que

340

la canaille à fine moustache qui tenait le rôle du comptable véreux était son ami et qu'il était prêt à jouer ce même genre de personnage dans le film que nous allions tourner, je compris qu'entrer dans l'univers de Yeşlçam à seule fin d'être auprès de Füsun risquait de m'être extrêmement difficile.

Au même instant, je compris au rideau noir tendu devant sa porte que l'un des balcons qui donnaient sur la cour de cinéma appartenait à cette vieille maison en bois qui abritait l'une des secrètes maisons de rendez-vous de luxe situées dans les petites rues de Nişantaşı. Les soirs d'été, le mélange qui s'opérait entre les râles des riches messieurs en train de s'ébattre à l'intérieur avec les filles et la musique des films, le cliquetis des épées, les « Je vois… Je vois ! » des personnages aveugles recouvrant la vue était devenu pour elles un vaste sujet de plaisanterie. Lorsque les demoiselles en minijupe qui attendaient les clients dans le salon d'un appartement ayant jadis appartenu à un riche négociant juif s'ennuyaient, elles montaient dans l'une des chambres libres du fond pour regarder le film depuis le balcon.

Dans le quartier de Şehzadebaşı, les balcons qui, telles les loges de la Scala, cernaient sur trois côtés le petit cinéma Yıldız Bahçesi étaient si bondés et si proches des spectateurs que le bruit de dispute qui éclata sur l'un d'eux pendant la projection du film familial intitulé *Mon amour et ma fierté* se confondit pour certains avec la querelle qui opposait le riche père de famille et son fils à l'écran (« Si tu te maries avec cette vendeuse de rien du tout, je te déshériterai et te renierai ! »). À Karagümrük, dans la cour du Yaz Çiçek, le cinéma en plein air jouxtant le cinéma d'hiver Çiçek, nous regardâmes *La Vieille Marchande de simit*, un film dont Feridun Bey avait signé le scénario et à propos duquel il nous avait précisé qu'il s'agissait d'une nouvelle adaptation du roman de Xavier de Montépin, *La Porteuse de pain*. Cette fois, c'était Fatma Girik et non Türkan Şoray qui tenait le rôle principal et, sur le balcon juste au-dessus de nous, attablés avec les siens autour d'une bouteille de raki, un père de famille en maillot de corps exprimait à tout bout de champ son mécontentement : « Türkan n'aurait jamais joué comme ça ! Allez, va ! Va donc te rhabiller ! » Comme il avait déjà vu le film la veille, il claironnait par avance à tout le cinéma ce qui allait arriver et, se prenant le bec avec ceux qui lui demandaient de la fermer (« Chut, on voudrait pouvoir regarder »), il se fit encore plus méprisant. Pensant que tout cela pourrait attrister Feridun, Füsun se blottit contre lui et j'en souffris.

Sur le chemin du retour, tandis qu'elle somnolait sur la banquette arrière ou participait de loin en loin à la conversation, je préférais ne pas la voir poser la tête sur l'épaule ou le ventre de son mari et glisser sa main dans la sienne. Alors que la voiture que Çetin conduisait comme toujours prudemment avançait lentement à travers les ruelles, dans la moiteur des chaudes nuits d'été où l'on entendait striduler les cigales, je scrutais l'obscurité, en aspirant l'odeur de poussière, de rouille et de chèvrefeuille qui s'engouffrait par les vitres à moitié ouvertes. Mais lorsque nous étions au cinéma, il me suffisait de sentir mari et femme se rapprocher pour que j'en prenne aussitôt ombrage comme, par exemple, au cinéma İncirli de Bakırköy où nous étions allés voir deux policiers inspirés de l'ambiance des films noirs américains et des rues d'Istanbul. Parfois, à l'image du héros impavide d'*Entre deux feux*, je ravalais ma douleur et ne desserrais pas les dents. D'autres fois, je me disais que Füsun s'appuyait contre l'épaule de son mari pour me rendre jaloux et je m'imaginais en train de me battre en duel avec lui. À ce moment-là, je faisais mine de ne rien remarquer des sourires et des murmures qu'échangeait le jeune couple et d'être totalement absorbé par ce film passionnant, et pour le prouver, j'éclatais de rire devant une chose dont seul aurait pu rire un spectateur sans cervelle. Ou alors, tels ces intellectuels à la fois curieux et gênés de regarder des films turcs, je ricanais sous cape comme si j'étais le seul à avoir repéré un détail aberrant et que, face à tant d'absurdité, je ne pouvais me retenir de pouffer d'un air condescendant. Mais je n'aimais pas cette attitude ironique chez moi. Cela ne me dérangeait pas que, dans un moment de tendresse, Feridun lui passe le bras autour des épaules — ce qu'il faisait d'ailleurs peu —, mais Füsun penchait-elle doucement la tête contre lui à cette occasion, et je me sentais broyé ; malgré moi, je pensais qu'elle agissait délibérément ainsi pour me chagriner, qu'elle avait un cœur de pierre… et j'enrageais.

À la fin du mois d'août — par l'une de ces journées fraîches et pluvieuses qui suivirent le passage au-dessus d'Istanbul des premiers groupes de cigognes migrant des Balkans vers le sud et l'Afrique (je ne me rappelai même pas que l'année précédente, à la même époque, Sibel et moi avions organisé une fête de fin d'été) —, nous regardions *J'aimais une fille pauvre* dans l'annexe d'été du cinéma Yamurcak située dans un grand jardin connu sous le nom de « Chez le Bossu » à l'intérieur du marché de Beşiktaş quand je sentis mari et femme se prendre la main sous le pull que Füsun gardait sur ses genoux. Chaque fois que je me retrouvais la proie d'une telle jalousie, dès que je pensais avoir un tant soit peu oublié le motif qui l'avait provoquée, sous prétexte de changer de position, de croiser les jambes et d'allumer une cigarette, je jetais un œil dans leur direction afin de deviner s'ils se tenaient ou non la main sous le pull de Füsun. Pourquoi fallait-il qu'ils le fassent maintenant, à côté de moi, alors qu'ils étaient mariés, partageaient le même lit et avaient tant d'autres occasions de se toucher ?

Dès que ma bonne humeur s'envolait sous l'effet de la jalousie, c'est non seulement le film sur l'écran mais tous ceux que nous avions vus depuis des semaines qui m'apparaissaient d'une nullité éhontée, d'une mièvrerie à pleurer et à mille lieues de la réalité. J'en avais ma claque de tous ces amoureux stupides poussant à tout bout de champ la chansonnette, de ces jeunes paysannes à la tête enveloppée d'un foulard mais aux lèvres soigneusement fardées qui pouvaient passer du jour au lendemain du statut de domestique à celui de chanteuse à succès. Je n'aimais pas du tout ces histoires d'amitiés viriles dont Feridun disait en souriant qu'elles étaient toutes « tirées d'une adaptation française » des *Trois Mousquetaires* de Dumas ni ces divers frères de sang qui apostrophaient sans vergogne les filles dans la rue. *Les Trois de Kasımpaşa* ainsi que *Les Trois Gardes intrépides* où les héros étaient vêtus de chemises noires, nous les avions vus à l'Arzu de Feriköy, un cinéma contraint par la concurrence à passer chaque soir trois films qui, à force d'être coupés, se réduisaient comme peau de chagrin et devenaient incompréhensibles. J'étais lassé de l'abnégation sacrificielle de tous ces amants dévoués (« Arrêtez, arrêtez, Tanju est innocent ! C'est moi la coupable ! » s'écriait Hülya Koçyiğit dans le film *Sous les acacias* dont la projection fut interrompue par la pluie) ; de ces mères qui se saignaient aux quatre veines pour réussir à faire opérer leur enfant aveugle (*Cœur brisé*, que nous avions vu au cinéma Halk Bahçesi d'Üsküdar qui proposait un spectacle d'acrobate entre les deux films); de ces amis à la vie à la mort disant : « Fuis, mon brave, je m'occupe d'eux ! » (comme Erol Taş dont Feridun prétendait qu'il avait promis de jouer dans notre film); de ces vieux copains de quartier qui tournaient le dos au bonheur en disant : « Mais tu es l'amour de mon ami. » Dans mes moments de tristesse et de désespoir, plus rien ne me touchait, pas même les filles qui répliquaient : « Mon père n'est qu'un pauvre vendeur, alors que le vôtre est un très riche industriel », ni les hommes chagrins qui étouffaient en eux leur souffrance amoureuse et se faisaient conduire par leur chauffeur chez celle qu'ils aimaient sous couvert d'une visite familiale à un parent éloigné.

Un vent de jalousie se mettait-il à souffler, et l'éphémère bonheur qui, sous l'effet du plaisir que j'avais à être assis au côté de Füsun, se propageait en cercles concentriques jusqu'au film sur l'écran et à la foule des spectateurs pouvait aussitôt se muer en une sombre tristesse vouant le monde entier aux gémonies. Mais il survenait aussi des moments magiques où tout mon univers se mettait à rayonner de mille feux. Alors que l'obscurité du monde misérable dans lequel croupissaient les héros aveugles imprégnait mon âme, son bras à la peau veloutée venait soudain heurter le mien; pour conserver la merveilleuse sensation de ce frôlement inopiné, je ne bougeais plus d'un iota et, les yeux sur le film que je suivais sans plus rien comprendre, je sentais qu'elle aussi abandonnait son bras à l'effleurement de nos peaux et je croyais défaillir de bonheur. À la fin de l'été, au cinéma Çampark d'Arnavutköy où nous étions venus voir *Petite Mademoiselle*, un film qui racontait les mésaventures d'un chauffeur avec la riche et capricieuse jeune fille qu'il était chargé de conduire, nos bras se touchèrent à nouveau de la même façon et, ma peau s'enflammant au contact de sa chaleur, mon corps eut une réaction inattendue. Pendant quelques instants, sans me préoccuper le moins du monde de mon indécence, je me laissai aller aux enivrants plaisirs de sentir sa peau contre la mienne quand, soudain, les lumières se rallumèrent pour l'entracte. Afin de dissimuler ma honteuse excitation, je ramenai aussitôt mon pull bleu marine sur moi.

— On va acheter à boire ? me proposa Füsun.

La plupart du temps, c'est avec son mari que durant les cinq minutes d'entracte elle allait acheter sodas et graines de tournesol grillées.

— D'accord, répondis-je. Mais attends une petite minute, je réfléchis à quelque chose.

Recourant au même procédé que lorsque, au lycée, il me fallait cacher à mes camarades de classe la partie saillante de mon anatomie, je pensai à la mort de ma grand-mère, je convoquai dans ma tête les souvenirs des cérémonies d'enterrement réelles ou inventées de mon enfance, des moments où je me faisais engueuler par mon père, je m'imaginai mon propre enterrement, la tombe obscure et la terre qui m'entrerait dans les yeux.

— C'est bon, allons-y, dis-je au bout de quelques secondes, quand je fus à peu près en état de me lever.

Pendant que nous marchions ensemble, j'eus l'impression de redécouvrir combien elle était grande, droite et élancée. Quel plaisir de déambuler avec elle sans avoir honte du regard des autres au milieu des chaises, de la foule, des enfants qui couraient de tous côtés... Il me plaisait de voir qu'on posait les yeux sur elle, et l'idée qu'on puisse nous prendre pour un couple marié me comblait d'aise. Sur l'instant, alors que je savourais ce petit bonheur, je décrétai que ces quelques pas en sa compagnie valaient bien toutes les souffrances que j'avais endurées pour elle et que cette très courte promenade faisait partie de ces exceptionnels moments de vie à marquer d'une pierre blanche.

Comme à l'accoutumée, une foule d'adultes et d'enfants criant tous en même temps se massait dans le plus grand désordre devant le marchand de boissons. Nous prîmes place dans la queue pour attendre notre tour.

— À quoi réfléchissais-tu si sérieusement tout à l'heure ? me demanda Füsun.

— Le film m'a plu, et j'essayais de comprendre pour quelle raison j'ai tant pris goût à ce cinéma dont j'avais l'habitude de me moquer. Il me semblait que, en me concentrant un peu, j'étais sur le point de trouver la réponse.

— Est-ce vrai que tu aimes ces films ? Ou tu dis cela pour venir avec nous au cinéma ?

— Absolument pas. Je suis ravi, vraiment. La majorité des films que nous avons vus cet été ont su faire vibrer une corde sensible en moi, mais surtout, j'ai trouvé en eux quelque chose de consolant.

— Sauf que, dans la vie, ce n'est jamais aussi simple que dans ces films, répondit Füsun, l'air inquiète de ma tendance à idéaliser. N'empêche que je m'amuse bien. Je suis contente que tu nous accompagnes.

Nous nous tûmes un instant. J'aurais aimé lui dire qu'être assis près d'elle suffisait à mon bonheur. Est-ce par hasard que nos bras restaient longtemps appuyés l'un contre l'autre ? Je sentis que les paroles enfouies au tréfonds de moi-même avaient envie de sortir mais que la foule du cinéma et le monde dans lequel nous vivions ne le permettaient pas. Les haut-parleurs suspendus dans les arbres donnaient à entendre la voix d'Orhan Gencebay, interprétant la chanson du film que nous avions vu voici deux mois dans le cinéma situé sur les hauteurs de Pendik. Tous les souvenirs de l'été qui s'étaient condensés dans cette mélodie et ces paroles commençant par « Il fut un temps où tu étais mon aimée… » se mirent à défiler tel un diaporama devant mes yeux. Je sentais ressusciter en moi tous ces instants incomparables vécus dans les *meyhane* du Bosphore alors que, la tête embrumée, je contemplais Füsun et la mer luisant au clair de lune.

— J'ai été très heureux cet été, dis-je. Ces films ont été très instructifs pour moi… L'important dans la vie, ce n'est pas d'être riche… Malheureusement, ce sont les souffrances… les épreuves… n'est-ce pas ?

— Un film traitant de la vie et de ses tourments se doit d'être d'une franchise absolue, rétorqua ma beauté dont je vis le visage traversé par une ombre.

Quand l'un des gamins qui chahutaient en s'aspergeant de soda fit un brusque mouvement dans sa direction, j'attrapai Füsun par la taille et l'attirai vers moi. Elle avait été un peu éclaboussée.

— Bougres d'ânes ! s'écria un vieil oncle en envoyant une tape sur la nuque de l'un d'entre eux.

346

Puis, tournant vers nous un regard guettant l'approbation, il fixa ma main, toujours posée sur la taille de Füsun.

Comme nous étions proches à cet instant, dans cette cour de cinéma, non seulement par le corps mais aussi par l'esprit ! Effrayée par mes regards, Füsun s'éloigna et, me laissant là, le cœur brisé, elle fendit le cercle des enfants pour tendre le bras vers les bouteilles de soda rangées dans une bassine en plastique.

— Prenons-en aussi pour Çetin Efendi, dit-elle, et elle demanda au vendeur de décapsuler deux bouteilles.

Je réglai la note et apportai son soda à Çetin Efendi qui, pendant les projections, s'installait non pas avec nous dans la partie réservée aux familles mais dans les rangs des hommes célibataires.

— Oh, vous vous êtes donné bien de la peine, Kemal Bey, dit-il en souriant.

En rejoignant Füsun, je vis qu'un enfant la regardait avec admiration en train de boire à la bouteille. Prenant son courage à deux mains, le gamin s'approcha.

— *Abla*, vous êtes actrice ?

— Non.

Rappelons que, à l'époque, cette question était le moyen — tombé en désuétude aujourd'hui — dont usaient les coureurs de jupons pour dire « vous êtes très belle » à celle qu'ils voulaient aborder, une fille généralement maquillée, soignée, à la tenue un peu décolletée et n'appartenant pas à une haute classe sociale. Or, la question posée par cet enfant de dix ans n'avait rien à voir avec cela.

— Mais moi, je vous ai vue dans un film, insista-t-il.

— Lequel ? demanda Füsun.

— Dans *Les Papillons d'automne*… vous portiez cette grande robe, vous savez…

— Je jouais quel rôle ? demanda Füsun en souriant.

Mais comprenant qu'il faisait erreur, l'enfant se tut.

— Nous n'avons qu'à demander à mon mari, il connaît tous les films.

La façon dont elle dit « mon mari », dont elle le chercha des yeux dans la foule, le fait que le gamin comprenne que je n'étais pas le mari de Füsun… tout cela me chagrina, vous l'aurez deviné.

Mais je tâchai de passer outre et, tout à mon bonheur d'être si proche d'elle et de boire un soda en sa compagnie, je lançai :

— L'enfant a sûrement compris que nous tournerons bientôt notre film et que tu es une graine de star…

— Ce qui veut dire que tu comptes réellement donner l'argent et que ce film finira par se faire ? Excuse-moi, Kemal Ağabey, Feridun n'ose même plus aborder le sujet à présent, mais nous sommes fatigués de tes promesses.

— Ah bon ? soufflai-je, pétrifié.

53

La bouderie et la souffrance
d'un cœur brisé ne sont d'aucune utilité
à personne

Je ne desserrai pas les dents de la soirée. Ce que je vivais étant qualifié de « cœur brisé » dans de nombreuses langues, celui en porcelaine que j'expose ici sera, je pense, un éloquent interprète de ma douleur auprès de tous les visiteurs de notre musée. Mais contrairement à l'été précédent, ce n'était plus sous forme d'agitation, de désespoir ou de colère que se manifestait ma souffrance amoureuse. Désormais, elle avait pris une consistance plus épaisse et circulait plus lentement dans mes veines. Car voir Füsun au quotidien ou tous les deux jours avait eu pour effet de réduire l'intensité de mes tourments, de m'amener à contracter de nouvelles habitudes pour m'adapter à cette nouvelle donne et, finalement, de me transformer en quelqu'un d'autre à mesure que ces habitudes s'inscrivaient en moi au fil de l'été. Je passais le plus clair de mon temps non pas à lutter contre la douleur mais à la refouler, à la dissimuler ou à la dénier.

En diminuant un peu, les affres de l'amour avaient cédé la place à celles de l'humiliation. Je croyais que Füsun veillait également à me les épargner, évitant soigneusement sujets et situations qui risquaient de blesser mon orgueil. Mais à présent, après les paroles désobligeantes qu'elle avait prononcées, j'avais compris qu'il me serait impossible de passer outre.

Sur le coup, j'avais plus ou moins réussi à faire la sourde oreille à ces mots qui ne cessaient de me tourner dans la tête (« Tu comptes réellement donner l'argent… nous sommes fatigués »). Cependant, le « Ah bon ? » que j'avais murmuré en réponse prouvait que j'avais parfaitement entendu. En conséquence de quoi je ne pouvais feindre d'ignorer ce qui s'était passé. D'ailleurs, à voir la tête que je faisais, il était clair que j'avais perdu ma bonne humeur — ce qui signifiait donc que j'avais conscience de l'humiliation que je venais d'essuyer. La bouteille de soda à la main et ces phrases mortifiantes à l'esprit, je regagnai ma place en tâchant de faire comme si de rien n'était. Mais, piqué au vif, j'avais du mal à me mouvoir. Et maintenant, le plus humiliant était moins le fait de mesurer ce que ces paroles avaient de dégradant que de voir Füsun se rendre compte de l'impact qu'elles avaient sur moi.

Afin de n'en rien laisser paraître, j'essayais de toutes mes forces de focaliser mes pensées sur des choses banales et ordinaires. Je me souviens de m'être posé la même question que lorsque, enfant et adolescent, je m'ennuyais à mourir et m'absorbais dans d'obscures réflexions métaphysiques : « Et maintenant, qu'est-ce que je pense ? Je pense à ce que je pense ! » Après m'être longuement répété ces mots mentalement, d'un geste énergique, je me tournai vers Füsun, lui pris sa bouteille vide en disant que les vendeurs voulaient récupérer les consignes et me levai pour la rapporter. J'avais la mienne dans l'autre main. Il restait encore un fond de soda. Personne ne regardait, je transvasai son contenu dans celle de Füsun et tendis ma bouteille vide aux vendeurs de sodas. Puis je revins m'asseoir, en tenant la bouteille de Füsun que vous voyez ici exposée.

Occupés à discuter entre eux, mari et femme n'avaient rien remarqué. Pour ma part, le second film me passa complètement au-dessus de la tête. Car la bouteille qui peu auparavant touchait les lèvres de Füsun se trouvait à présent dans mes mains tremblantes. Je voulais ne penser à rien d'autre, je voulais retourner dans mon propre monde, rejoindre les objets qui m'appartenaient. Cette bouteille trôna des années durant sur la table de chevet de l'immeuble Merhamet. Les visiteurs du musée attentifs à sa forme y reconnaîtront une bouteille de soda Meltem, la fameuse marque lancée sur le marché à l'époque où débutait notre histoire, mais le soda qu'elle contenait n'était pas celui dont Zaim vantait le goût. De piètres imitations de cette grande marque nationale désormais distribuée dans la moitié du pays avaient fait leur apparition en Turquie. Travaillant de manière locale et souterraine, les producteurs de ce soda de contrefaçon récupéraient les bouteilles Meltem vides auprès des épiciers et, après les avoir remplies de la boisson bas de gamme et pleine de colorants de leur fabrication, ils les remettaient sur le marché. Sur le chemin du retour, dans la voiture, me voyant régulièrement porter la bouteille à mes lèvres, Feridun Bey, qui ignorait tout des bisbilles qu'il y avait entre Füsun et moi, me dit : « Il est très bon, ce soda Meltem, n'est-ce pas, Abi ? » Je lui expliquai que ce soda n'était pas « authentique » et il comprit tout de suite de quoi il retournait.

— Derrière Bakırköy, il y a un lieu où l'on recharge au noir les bouteilles de gaz. Ils remplissent les bonbonnes de marque Aygaz avec du gaz bon marché. Il nous est arrivé d'en prendre une fois. Croyez-moi, Kemal Abi, il flambe beaucoup mieux que l'authentique.

— Celui-ci aussi a meilleur goût que l'original, dis-je en posant délicatement la bouteille sur mes lèvres.

Pendant que la voiture avançait en cahotant sur les pavés des petites rues silencieuses éclairées par la lueur falote des réverbères, l'ombre des arbres et des feuilles sur le pare-brise remuait doucement comme dans un rêve. Assis à l'avant, à côté du chauffeur, je sentais la souffrance de mon cœur brisé tracer en moi son sillon, et pas une fois je ne me tournai vers la banquette arrière. Comme chaque fois que nous rentrions du cinéma, nous nous mîmes à parler des films que nous avions vus. D'habitude plutôt en retrait de la conversation, Çetin Efendi fut le premier à se lancer — peut-être était-il gêné par le silence régnant — et il déclara que certains passages du film n'étaient pas du tout crédibles. Jamais un chauffeur personnel d'Istanbul ne se permettrait de réprimander, même poliment, sa patronne comme dans ce film.

— Sauf qu'ici il s'agit non pas d'un simple chauffeur mais du célèbre acteur Ayhan Işık, rétorqua le gendre Feridun.

— En effet, monsieur, c'est d'ailleurs pour cela que ce film m'a plu, répondit Çetin. Je lui ai trouvé un aspect instructif… J'ai beaucoup aimé les films que nous avons vus cet été, à la fois parce qu'ils sont distrayants et qu'ils donnent une leçon de vie.

Füsun et moi nous taisions. Les mots « cet été » employés par Çetin ne faisaient qu'augmenter ma souffrance. Ils me rappelaient que ces belles nuits d'été étaient terminées, que nous n'irions plus ensemble au cinéma voir des films en plein air, que le bonheur d'être assis sous les étoiles à côté de Füsun touchait désormais à sa fin. Pour ne pas lui montrer ma douleur, j'aurais aimé pouvoir discuter à bâtons rompus, mais je n'arrivais pas à desserrer les lèvres et je sentais que je m'embarquais dans une bouderie qui promettait de durer.

Je ne voulais plus revoir Füsun. Je n'avais d'ailleurs pas la moindre envie de fréquenter quelqu'un qui ne recherchait mon amitié que par intérêt, pour que j'apporte mon soutien financier au film que tournerait son mari. Qui plus est, sans même éprouver le besoin de s'en cacher. Maintenant que cette personne avait perdu tout attrait à mes yeux, j'avais l'impression qu'il me serait plus facile de couper les ponts avec elle.

Ce soir-là, après les avoir déposés en voiture devant chez eux, je ne pris pas la peine de convenir d'un autre rendez-vous pour une prochaine sortie au cinéma. Et pendant trois jours, je ne les appelai pas. Sur ce, de manière partielle d'abord mais de plus en plus affirmée au fil du temps, ma bouderie prit une tout autre tournure. Cette bouderie que je qualifiais de « diplomatique » reposait moins sur la blessure de mon cœur que sur une obligation : celle de protéger sa fierté et d'infliger une correction à la personne qui s'était mal comportée envers lui afin qu'elle ne recommence pas. Ma façon de punir Füsun consistait évidemment à ne pas donner d'argent pour le film de son mari et, par conséquent, à faire péricliter ses rêves de devenir une star de cinéma. « Qu'elle réfléchisse un peu et se demande pourquoi le projet de film est tombé à l'eau ! » me disais-je… Alors que, au départ, je vivais ma bouderie de façon sincère et spontanée, à partir du deuxième jour, je commençai à me représenter en détail et avec une certaine délectation les cuisantes douleurs qu'infligeait à Füsun ce châtiment. Je devinais parfaitement que pour le couple ma désertion avait essentiellement des conséquences matérielles mais je me prenais à espérer que, au-delà de l'abandon de leur projet, c'est surtout de ne pas me voir que Füsun souffrirait. Ce qui était peut-être la réalité, et non une illusion.

Dès le deuxième jour, le plaisir d'imaginer Füsun en proie aux remords commença à prendre le pas sur ma bouderie. Le soir de ce deuxième jour, tandis que ma mère et moi dînions en silence dans la résidence de Suadiye, je sentis que Füsun me manquait, que j'avais depuis longtemps cessé de bouder pour de bon et que ce n'est qu'en pensant à l'affliction et à la punition que j'infligeais ainsi à Füsun que je pourrais poursuivre sur ce mode. Pendant que je mangeais avec ma mère, il me suffisait d'essayer de me mettre à la place de Füsun pour commencer à développer à son propos une réflexion d'un implacable réalisme. Je tâchais de me représenter les douloureux remords qui seraient les miens si j'étais une jeune et jolie jeune femme comme elle et que, juste au moment où mes rêves de devenir star étaient sur le point de se réaliser, j'avais blessé le riche producteur qui s'apprêtait à financer le film de mon mari par de malencontreuses paroles. Mais les questions de ma mère (« Pourquoi n'as-tu pas fini ta viande ? Tu penses sortir ce soir ? L'été est terminé, si tu veux, retournons dès demain à Nişantaşı sans attendre la fin du mois, ça fait déjà combien de verres que tu bois ? ») m'empêchaient d'y parvenir.

Pendant que, la tête embrumée, je m'efforçais de deviner ce que pensait Füsun, je fis une autre découverte : dès l'instant où j'avais entendu ces horribles paroles (« Tu comptes réellement donner l'argent ? »), la bouderie que j'avais adoptée était, en réalité, une bouderie « tacttique » ayant pour but de me venger. En effet, je voulais me venger de Füsun pour ce qu'elle m'avait fait, mais comme j'étais honteux et effrayé de ce désir, je m'étais persuadé que je n'avais plus envie de la voir. Plus respectable, ce prétexte me permettait de consommer ma vengeance tout en me blanchissant. Ma bouderie n'avait au fond rien de sincère ni d'authentique et je m'exagérais ma souffrance afin de donner à mon désir de vengeance une candide profondeur. Dès que je l'eus compris, je décidai de pardonner à Füsun et de la revoir ; et il me suffit de prendre cette décision pour envisager les choses sous un jour beaucoup plus positif. Mais avant de renouer avec elle et son mari, il me fallut un long temps de réflexion pour que j'arrive à me convaincre de le faire.

Après le dîner, je sortis me balader sur l'avenue de Bagdad où mes amis et moi aimions traîner nos guêtres dans notre jeunesse, dix ans plus tôt, et pendant que j'arpentais les trottoirs de cette large avenue, j'essayais de toutes mes forces de me mettre à la place de

Füsun afin de comprendre ce que cela signifierait pour elle si je renonçais à lui infliger plus longtemps cette punition. Je fus soudain traversé par un éclair de lucidité : en s'en donnant un peu la peine, une jolie jeune femme comme elle, intelligente et sachant parfaitement ce qu'elle voulait, n'aurait aucun mal à trouver un autre producteur prêt à aider son mari. Une vague de jalousie mêlée de cuisants remords m'assaillit. Le lendemain après-midi, j'envoyai Çetin se renseigner sur le programme des cinémas d'été de Beşiktaş et, décrétant qu'« il passait un film que nous devions aller voir à tout prix », je les appelai. Dans mon bureau de Satsat, en entendant la sonnerie retentir chez eux à l'autre bout du fil, je sentis mon cœur s'accélérer, et je compris que quelle que fût la personne qui décrocherait, je serais incapable de m'exprimer avec naturel.

Si cette artificialité apparut, c'est parce que j'étais pris en tenailles entre la réelle bouderie qui continuait encore quelque part dans les tréfonds de mon âme et la bouderie diplomatique à laquelle je me sentais tenu tant que Füsun ne se serait pas excusée. C'est ainsi que Füsun, son mari et moi passâmes nos dernières soirées d'été dans les cinémas en plein air, sans y prendre grand plaisir ni beaucoup parler, faisant mine de bouder. Mon humeur avait naturellement déteint sur Füsun. Je me fâchais contre elle qui m'obligeait à simuler la bouderie quand bien même je n'en avais plus envie et, du coup, je me retrouvais à bouder pour de bon. Au bout d'un certain temps, cette attitude que j'adoptais systématiquement à ses côtés finit par devenir une seconde nature. C'est sans doute vers cette période que je commençai à pressentir que pour la majorité des gens l'existence était non pas un bonheur à vivre intérieurement et en toute sincérité mais un état dans lequel on était constamment tenu de jouer un rôle, dans un espace étroit fait de contraintes, de punitions et de mensonges auxquels il fallait faire mine de croire.

Or, tous les films turcs que nous avions vus suggéraient qu'il était possible d'échapper à ce « monde menteur » grâce à l'authenticité. Mais je n'y croyais plus, je n'arrivais plus à entrer dans l'univers sentimental de ces films devant lesquels la foule des spectateurs était de plus en plus clairsemée. Le cinéma Yıldız de Beşiktaş était si désert à la fin de l'été que je dus laisser une chaise vide entre Füsun et moi, tant m'asseoir juste à côté d'elle eût paru incongru, et la bouderie à laquelle je m'astreignais se mua en un mordant regret qui, conjugué à la fraîcheur du vent, me laissa transi. Quatre jours plus tard, au cinéma Le Club de Feriköy, à la vue des garçonnets à la mine grave allongés en costume d'apparat et des vieilles dames coiffées d'un foulard, nous nous réjouîmes en comprenant que la projection avait été remplacée par une cérémonie de circoncision avec spectacle d'acrobates, de jongleurs et de danseuses organisée par la municipalité en faveur des enfants défavorisés. Mais pour la simple raison que Füsun et moi étions incapables de laisser là notre parodie de bouderie, nous déclinâmes l'invitation du maire rondouillard à la moustache en brosse qui avait deviné notre joie et nous proposait de rester. Qu'elle réponde à ma bouderie en jouant elle aussi la bouderie, mais de façon assez subtile pour que son mari n'y voie que du feu, avait le don de me mettre hors de moi.

Je réussis à ne pas les rappeler pendant six jours. J'étais furieux que même son mari ne cherche pas à me joindre une seule fois. Et si le film ne se faisait pas, sous quel prétexte pourrais-je les recontacter? Il était clair que si je voulais les revoir, il me faudrait bien leur donner de l'argent à présent et je me résignais à cette réalité insupportable.

Finalement, au début du mois d'octobre, nous allâmes au cinéma de plein air Majestik à Pangaltı. Il faisait chaud et il y avait pas mal de monde. Au fond de moi, j'avais l'espoir que cette dernière soirée d'été se passe bien et mette un point final à notre fâcherie. Mais avant que nous ayons pris place, il se passa quelque chose : je tombai sur Cemile Hanım, la mère d'un ami d'enfance et une copine de bésigue de ma mère. Elle donnait l'impression de s'être appauvrie en vieillissant. Comme les anciens riches éprouvant un sentiment de honte et de culpabilité face à leur déchéance, nous échangeâmes un regard interrogateur, l'air de nous demander ce que nous faisions là.

— Je suis venue parce que j'étais très curieuse de voir la maison de Mükerrem Hanım, dit Cemile Hanım sur le ton de l'aveu.

Je ne compris pas de quoi elle parlait. Je pensais que quelque originale du nom de Mükerrem Hanım vivait dans l'un des anciens *konak* un peu en contrebas et dont les fenêtres donnaient sur le

cinéma en plein air ; je m'assis à côté de Cemile Hanım pour observer avec elle l'intérieur de cette maison. Füsun et son mari nous
dépassèrent et s'installèrent six ou sept rangs devant nous. Quand la
projection débuta, je compris que la maison de Mükerrem Hanım
était celle qu'on voyait dans le film. Il s'agissait de la célèbre
demeure d'une famille princière sise à Erenköy devant laquelle je
passais à bicyclette quand j'étais petit. Les propriétaires de cette
ancienne bâtisse en bois étant tombés dans la pauvreté, ils louaient
leur maison à Yeşilçam pour des tournages, à l'instar d'autres des-
cendants de pachas que connaissait ma mère. Ce n'est pas pour
pleurer devant *Les Affres de l'amour* que Cemile Hanım était venue,
mais pour voir les pièces lambrissées de cet antique *konak* de pacha
qui servait de décor aux parvenus véreux du film. Le moment était
venu de prendre congé de Cemile Hanım et de retourner m'asseoir
auprès de Füsun. Mais je n'en faisais rien, en proie à une étrange
honte dont je n'avais aucune envie de connaître la raison, tel un
adolescent buté restant assis dans son coin, à l'écart de ses parents.

Cette honte sur laquelle je refusais de me pencher même des
années après se confondit avec ma bouderie. Une fois le film terminé, je retournai auprès de Füsun — à qui Cemile Hanım jeta un
coup d'œil scrutateur — et de son mari. Füsun faisait encore plus
la tête que d'habitude et il ne me restait d'autre solution que de
simuler à mon tour la bouderie. Sur le chemin du retour, dans
l'insoutenable silence qui régnait dans la voiture, je rêvais de faire
une blague idiote, d'être pris de fou rire ou de tenir des propos
d'ivrogne afin de me libérer de ce rôle de boudeur invétéré auquel
je me sentais tenu, mais je n'en fis rien.

Je ne les appelai pas pendant cinq jours. Je pris plaisir à m'imaginer Füsun pétrie de remords, prête à implorer mon pardon, et c'est
ce qui m'aida à tenir. Je me voyais répondre à ses supplications et
ses regrets en disant que tout était sa faute et, en passant en revue la
liste de ses erreurs, je cédais régulièrement à la colère de celui qui se
trouve en butte à l'injustice, tant j'étais convaincu de mon bon droit.

Les jours que je passais sans la voir m'étaient de plus en plus
pesants. La teinte sombre, la densité de la cuisante et profonde
douleur qu'il m'avait fallu endurer durant toute l'année et demie
qui venait de s'écouler avait peu à peu commencé à se rappeler à

moi. J'étais terrorisé à l'idée de commettre une bêtise et de m'exposer une fois de plus au même châtiment. Rien que pour éviter de ne plus revoir Füsun, je devais lui cacher ma bouderie. Ce qui la transformait en quelque chose d'intériorisé, en autopunition qui n'affectait que moi. Ma bouderie et mon cœur brisé n'étaient d'aucune utilité pour personne. À force de réfléchir ainsi, un soir où je marchais seul dans Nişantaşı sous les arbres qui se dépouillaient de leurs feuilles, j'en vins à la conclusion que la meilleure solution pour moi — celle qui était le plus porteuse d'espoir — était de voir Füsun trois ou quatre fois par semaine (au minimum deux). Ce n'est qu'ainsi que je pourrais reprendre le cours normal de mon existence, avant que ne s'attise la brûlante souffrance de la sombre passion qui m'habitait. Je savais bien à présent que la douleur de ne pas voir Füsun — qu'elle résulte de sa volonté de me punir ou de la bouderie dont j'usais contre elle pour me venger — me deviendrait rapidement insupportable. Si je ne voulais pas revivre une fois de plus ce que j'avais connu l'année précédente, je devais aussi lui apporter la paire de boucles d'oreilles en perle de mon père que j'avais promis de lui donner, comme je l'écrivais dans la lettre que Ceyda lui avait fait passer.

Le lendemain, quand je sortis déjeuner à Beyoğlu, les boucles d'oreilles en perle étaient dans leur écrin au fond de ma poche. Ce mardi 12 octobre 1976 était une journée radieuse, claire et ensoleillée, digne de l'été à Istanbul. Les vitrines chatoyantes étaient baignées de lumière. En prenant mon déjeuner chez Hacı Salih, j'étais honnête envers moi-même : je ne me cachais pas être venu ici pour descendre rapidement à Çukurcuma « si le cœur m'en disait » et discuter une petite demi-heure avec Tante Nesibe. Çukurcuma était à six ou sept minutes de marche du restaurant où j'étais attablé. La prochaine séance au cinéma Saray — j'avais jeté un œil sur le programme en passant — était à 13 h 45. Si j'allais m'asseoir au cinéma, dans la fraîche pénombre aux relents d'humidité et de moisi, je pourrais tout oublier, ou du moins m'évader dans un autre monde et me détendre quelques instants. Mais à 13 h 40, je réglai l'addition et descendis la rue en pente menant à Çukurcuma. J'avais l'estomac plein, le soleil sur la nuque, l'amour en tête, l'âme et le cœur serrés par le trac.

Tante Nesibe descendit ouvrir la porte.

— Non, je ne vais pas monter, Tante Nesibe, dis-je en sortant de ma poche la boîte de boucles d'oreilles en perle. C'est pour Füsun… C'est un cadeau que mon père lui destinait… Je passais juste en coup de vent pour le lui donner…

— Entre donc, je te fais tout de suite un café, Kemal. J'ai des choses à te dire avant que Füsun ne revienne.

Elle avait dit cela d'un air si mystérieux que, sans faire davantage de manières, je lui emboîtai le pas. La lumière entrait en abondance dans la maison et le canari Citron gazouillait joyeusement dans sa cage, tout heureux de ces rayons de soleil. Les affaires de couture de Tante Nesibe, ciseaux et chutes de tissu, s'étalaient dans tout le salon.

— Normalement, je ne fais plus de couture à domicile, mais ils ont tellement insisté pour cette robe de soirée qu'on essaie de la terminer dans les temps. Füsun me donne un coup de main, elle ne devrait pas tarder.

En me servant mon café, elle aborda le sujet sans détour :

— Il arrive qu'on boude inutilement, qu'on ait le cœur brisé… je comprends. Notre fille aussi a beaucoup souffert, Kemal Bey, elle aussi a eu le cœur très meurtri, prenez patience, supportez sa mauvaise humeur et vous gagnerez son cœur…

— Bien sûr, évidemment, répondis-je, l'air très docte.

— Vous saurez mieux que moi de quelle façon vous y prendre… Regagnez son cœur et faites ce qu'elle demande afin qu'elle sorte le plus vite possible de la mauvaise pente sur laquelle elle s'est engagée.

Je haussai les sourcils, l'interrogeant du regard pour savoir de quelle mauvaise pente elle parlait.

— Avant, pendant et surtout après vos fiançailles, elle a souffert et pleuré durant des mois. Elle ne mangeait plus, ne sortait plus et n'avait plus goût à rien… Ce garçon venait chaque jour et il la consolait.

— Feridun ?

— Oui, mais ne t'inquiète pas, il ne sait rien de vous.

Elle me raconta que sa fille était complètement désemparée, qu'elle ne savait plus ce qu'elle faisait à force de tristesse et de

358

douleur, que Tarık Bey avait lancé l'idée de la marier et que Füsun avait finalement accepté d'épouser « ce garçon ». Feridun la connaissait depuis qu'elle avait quatorze ans. Il était très amoureux d'elle à l'époque, mais Füsun ne lui avait pas accordé la moindre attention et l'avait même accablé de son indifférence des années durant. Maintenant, Feridun n'était plus aussi amoureux d'elle qu'auparavant. (Elle sourit en haussant légèrement les sourcils, comme pour dire « c'est une bonne nouvelle pour toi ».) Le soir, Feridun n'était jamais à la maison, il ne pensait qu'à une chose : le cinéma et ses copains travaillant dans le métier. Il donnait l'impression d'avoir quitté son foyer d'étudiants de Kadırga non pas tant pour se marier avec Füsun que pour se rapprocher des cafés de Beyoğlu fréquentés par les gens de cinéma. Naturellement, comme dans tous les mariages arrangés entre personnes jeunes et en bonne santé, ils s'étaient faits l'un à l'autre mais je ne devais pas prendre cela trop au sérieux. Ils avaient pensé qu'il serait mieux que Füsun se marie rapidement après tout ce qui lui était arrivé, et ils ne regrettaient pas d'avoir pris cette décision...

Avec des regards on ne peut plus explicites et un certain plaisir à retourner le couteau dans la plaie, elle me faisait sentir que les déboires auxquels elle faisait référence par ces mots, « tout ce qui lui était arrivé », concernaient moins l'amour de Füsun à mon égard et son échec aux examens d'entrée à l'université que le fait qu'elle ait couché avec moi avant d'être mariée. Ce n'est qu'en épousant quelqu'un d'autre que Füsun pouvait laver cette tache et, naturellement, c'était moi qui en portais la responsabilité !

— Nous savons très bien qu'il n'y a pas grand-chose à espérer de Feridun et qu'il ne pourra pas offrir une bonne vie à Füsun, personne n'est dupe, ni lui ni nous. Mais il est son mari ! dit Tante Nesibe. Et ce brave garçon plein de bonnes intentions veut faire de sa femme une star de cinéma ! Si vous aimez ma fille, vous les y aiderez. Nous avons pensé qu'il serait mieux de donner Füsun en mariage à Feridun qu'à un vieux riche qui la mépriserait sous prétexte que son honneur était entaché. Mais voilà qu'il va la faire entrer dans le milieu du cinéma. Protège-la, toi aussi, Kemal.

— Cela va de soi, Tante Nesibe.

— Si jamais Füsun apprenait que je te raconte nos secrets de famille, elle nous le ferait « chèrement payer » à tous deux, ajouta-t-elle en esquissant un vague sourire. Évidemment, cela l'a beaucoup affectée que tu rompes tes fiançailles avec Sibel Hanım et que tu te mettes dans tous tes états pour elle. Ce garçon passionné de cinéma a un cœur en or, mais Füsun ne tardera pas à comprendre qu'il n'a aucun talent et elle le laissera tomber… Si tu te trouves toujours à ses côtés et sais la rassurer…

— Mon unique souhait est de réparer le mal et la souffrance que j'ai causés. S'il vous plaît, Tante Nesibe, aidez-moi à regagner l'amour de Füsun, dis-je en lui tendant l'écrin contenant les boucles d'oreilles de mon père. C'est pour Füsun…

Elle prit la boîte en me remerciant.

— Tante Nesibe… Le premier soir où je suis venu ici, je lui avais également rapporté une de ses boucles… Mais Füsun dit ne pas l'avoir trouvée… Est-ce que vous l'auriez vue par hasard ?

— Cela ne me dit rien. Remets-lui toi-même ton cadeau, si tu veux.

— Non, non… D'ailleurs, cette boucle n'était pas un cadeau, elle lui appartenait.

— De quelle boucle parles-tu ? demanda Tante Nesibe. Quel dommage que tout ne puisse se régler avec une paire de boucles d'oreilles ! ajouta-t-elle en voyant mon trouble. Quand Füsun était au plus mal, Feridun avait pris l'habitude de passer à la maison. Notre malheureuse fille était si abattue qu'elle n'avait même plus la force de marcher, mais il la prenait par le bras et l'emmenait au cinéma à Beyoğlu. Chaque soir, avant d'aller retrouver ses amis au café, il restait un peu avec nous, nous dînions ensemble en regardant la télévision, il s'occupait de Füsun…

— Je peux faire bien plus encore, Tante Nesibe.

— *Inch Allah*, Kemal Bey. Passe donc nous voir le soir. Salue ta mère de ma part, mais ne lui cause pas de peine.

Lorsqu'elle jeta un coup d'œil en direction de la porte, me signifiant qu'il valait mieux que je parte avant que Füsun ne nous surprenne, je sortis sans tarder et le cœur joyeux et serein, tandis que je remontais la pente de Çukurcuma pour rejoindre Beyoğlu, je compris avec bonheur que ma bouderie touchait définitivement à sa fin.

54

Le temps

Afin de voir Füsun, je suis allé dîner à Çukurcuma pendant exactement sept ans et dix mois. Entre le samedi 23 octobre 1976, première fois que j'y suis allé, onze jours après que Tante Nesibe m'eut dit de passer leur rendre visite le soir, et le dimanche 26 août 1984, où Füsun, Tante Nesibe et moi avons dîné ensemble pour la dernière fois, 2 864 jours s'étaient écoulés. D'après mes notes, il apparaît que durant ces 409 semaines que je me propose ici de retracer, je suis allé dîner chez eux 1 593 fois. Ce qui fait une moyenne de quatre fois par semaine, mais il ne faudrait pas en déduire que les soirées que je passais à Çukurcuma se distribuaient immuablement selon ce rythme.

À certaines périodes, je m'y rendais tous les jours de la semaine alors que, à d'autres, dans un accès de bouderie, un sursaut d'orgueil ou croyant que je pourrais oublier Füsun, je me faisais plus rare. Mais comme je ne tenais jamais plus de dix jours sans elle (je veux dire sans la voir) et que, passé ce délai, ma douleur menaçait d'atteindre le seuil insupportable que j'avais connu à l'automne 1975, on peut dire que je voyais très régulièrement les Füsun (que j'aimerais pouvoir nommer par leur patronyme, Keskin). En peu de temps, chacun de nous s'était habitué à ces visites : ils s'attendaient à me voir arriver à l'heure du dîner et devinaient toujours quel soir je viendrais ; et, bon gré mal gré, je m'étais accoutumé de mon côté à ce qu'ils m'attendent.

Les Keskin n'avaient pas besoin de m'inviter à dîner pour la simple raison que mon couvert était toujours mis. Ce qui m'entraînait chaque soir dans de longues délibérations avec moi-même pour décider si j'irais les voir ou pas. Je me demandais si je ne risquais pas d'être trop importun en passant de nouveau ou alors, outre la douleur de ne pas voir Füsun, je craignais d'être indélicat ou qu'ils interprètent mal mon absence si je n'y allais pas.

Mes premières visites à Çukurcuma furent marquées par ce genre de tergiversations et par les efforts que je déployais pour m'adapter à l'endroit, à l'ambiance de leur foyer et pour capter le regard de Füsun. « Ça y est, je suis là », avais-je envie de lui dire avec les yeux. Tel était le sentiment dominant lors de ma première visite. Au bout de quelques minutes, je me félicitais d'avoir vaincu la honte et les inquiétudes qui me rongeaient et d'être finalement venu. Pourquoi fallait-il que je me crée autant de problèmes alors qu'être auprès de Füsun me rendait si heureux ? Et cette dernière souriait d'un air très doux, comme si tout était parfaitement naturel et qu'elle était très contente de ma venue.

Les premières fois, nous nous retrouvâmes très peu en tête à tête. Je profitais néanmoins de la moindre occasion pour lui murmurer des choses comme : « Tu me manques, tu m'as énormément manqué ! » et elle me répondait avec les yeux, d'une façon qui me montrait qu'elle appréciait mes paroles. Mais le contexte ne se prêtait guère à plus d'intimité.

À l'intention des lecteurs stupéfaits que je passe la majorité de mes soirées pendant huit ans chez les Füsun (je n'arrive décidément pas à dire les Keskin) et que je parle avec un tel détachement d'un si grand laps de temps, de ces milliers de jours, j'aimerais expliquer combien le temps est quelque chose de trompeur et pouvoir montrer qu'il y a un temps qui nous est propre et un temps « officiel » partagé par tous. Ce qui est d'une grande importance non seulement pour m'attirer le respect des lecteurs qui me verraient comme un être farfelu, obsessionnel et effrayant parce que huit ans durant j'ai poussé la porte des Füsun par amour pour leur fille, mais aussi pour comprendre à quoi ressemblait la vie chez eux.

Commençons par la grosse horloge murale à balancier de fabrication allemande, avec son élégante caisse en bois, sa porte vitrée et sa sonnerie sur gong. Suspendue tout près de la porte d'entrée, elle avait moins pour fonction de mesurer le temps que de faire sentir à toute la maisonnée la pérennité de la vie et du foyer, et de rappeler le monde « officiel » de l'extérieur. Comme le devoir de donner l'heure était assumé ces dernières années par la télévision, qui s'en acquittait de façon bien plus divertissante que la radio, cette pendule comme des centaines de milliers d'autres à travers la ville perdait de son importance.

À Istanbul, la vogue des grandes horloges murales, avec poids et balancier, qu'il fallait remonter avec une clef et beaucoup plus somptueuses que celle-ci, avait commencé à la fin du dix-neuvième siècle, d'abord dans les demeures de pachas occidentalisés et de riches non musulmans, avant de rapidement s'étendre aux foyers de la classe moyenne urbaine avec l'essor de l'aspiration à l'occidentalisation au début du vingtième siècle et dans les premières années de la République. Dans mon enfance, chez nous comme chez nombre de nos connaissances, une horloge murale semblable — ou plus imposante, au bois ouvragé — trônait sur le mur du vestibule, du hall ou du corridor sur lequel donnait la porte d'entrée, mais on les regardait si peu qu'elles étaient sur le point de sombrer dans l'oubli. Car, dans les années 1950, tout le monde, même les enfants, possédait une montre et dans chaque maison il y avait une radio constamment allumée. En dépit du peu d'attention qu'on leur accordait, ces horloges murales continuaient par habitude à faire entendre leur tic-tac régulier jusqu'à ce que les postes de télévision transforment l'ambiance sonore et les modes de convivialité au sein du foyer — au milieu des années 1970 où débute notre histoire. Chez nous, comme le tic-tac de l'horloge et le gong indiquant l'heure et la demie ne s'entendaient ni du salon ni des chambres, cela ne gênait personne. C'est la raison pour laquelle jamais quiconque n'eut l'idée d'arrêter cette pendule et que, pendant des années, on continua à grimper sur une chaise pour la remonter ! Les soirs où j'avais beaucoup bu à cause de mon amour pour Füsun et que je me réveillais au milieu de la nuit avec un sentiment de détresse, quand je sortais de ma chambre et traversais le couloir pour aller fumer une cigarette dans le salon, j'étais heureux d'entendre le gong sonner les heures.

Chez les Füsun, j'avais constaté dès le premier mois que la grande horloge fonctionnait certains jours et d'autres pas, et je m'y étais aussitôt fait. À une heure avancée de la soirée, nous regardions tous ensemble la télévision — un film turc, une chanteuse aux airs délurés interprétant d'anciennes chansons ou un péplum avec lions et gladiateurs auquel nous ne comprenions pas grand-chose à cause du doublage ou des sous-titres de piètre qualité mais aussi parce que, tout occupés à discuter et rire entre nous, nous l'avions pris en cours de route, si bien que chacun finissait par plonger dans ses propres rêveries — , quand soudain, à la faveur d'un mystérieux moment de silence à l'écran, alors que nos pensées étaient très loin de là, le gong de l'horloge suspendue au mur près de la porte d'entrée se mettait à sonner. L'un de nous — Tante Nesibe la plupart du temps, ou Füsun quelquefois — se tournait dans sa direction en lui jetant un regard éloquent, et Tarık Bey s'exclamait : « Je me demande bien qui l'a encore remontée ! »

Parfois on la remontait, parfois on oubliait. Cependant, même lorsqu'on la remontait et qu'elle fonctionnait normalement, il arrivait que son gong garde le silence pendant des mois ; parfois, il sonnait un seul coup uniquement pour les demi-heures et à d'autres moments, s'alignant sur le silence ambiant, il n'émettait pas un son des semaines durant. Je m'imaginais alors combien tout devait être effrayant dans cette maison quand personne n'était là, et je frissonnais. Que cette horloge fasse uniquement résonner son tic-tac ou que son gong se mette à sonner tous les quarts d'heure, ce n'est jamais pour savoir l'heure qu'on la regardait ; mais la nécessité ou non de la remonter ou encore de donner une impulsion au balancier pour le remettre en mouvement restait en revanche un fréquent sujet de débat. « Laisse-la donc tictaquer, elle ne fait de mal à personne, disait parfois Tarık Bey à sa femme. Elle rappelle au moins que cette maison est une maison. » Il me semble que Füsun, Feridun, moi et même les visiteurs de passage abondions dans son sens. De ce point de vue, cette horloge servait moins à rappeler le temps, autrement dit le perpétuel changement des choses, qu'à faire sentir et croire que rien ne changeait.

Les premiers mois, j'étais loin de m'imaginer que rien ne changeait ni ne changerait, et que je passerais huit années à regarder la télévision et discuter autour de la table à manger de cette habitation de Çukurcuma. Au cours de mes premières visites, chaque parole de Füsun, chacun de ses changements d'expression, ses allées et venues dans la maison, tout me semblait nouveau et différent, et que l'horloge tictaque ou pas était le cadet de mes soucis. La seule chose qui comptait, c'était d'être assis avec Füsun à la même table, d'être heureux et de rester là sans bouger quand mon fantôme sortait de moi pour l'embrasser.

Même si nous n'avions pas constamment conscience de l'entendre, le tic-tac régulier de l'horloge nous rassérénait en nous donnant à sentir que la maison, les meubles, les objets et nous autres attablés pour le dîner ne changions pas, que nous restions toujours les mêmes. Ces deux fonctions de l'horloge — celle de nous faire oublier le temps et celle de nous rappeler le présent et notre relation avec les autres — devinrent pendant ces huit ans le motif d'une guerre froide qui s'embrasait de temps à autre entre Tarık Bey et Tante Nesibe. « Qui donc a eu la bonne idée de la remonter pour qu'on ne puisse fermer l'œil de la nuit ! » lançait Tante Nesibe lorsque, à la faveur d'un moment de silence, elle remarquait que la pendule s'était remise à fonctionner. « Quand elle ne tictaque pas, on a l'impression qu'il manque quelque chose, qu'il y a un vide dans cette maison », déclara Tarık Bey un soir de grand vent en décembre 1979, puis il ajouta : « Elle sonnait aussi dans l'autre maison. » « Ah, Tarık Bey, on dirait que tu ne t'es pas encore habitué à Çukurcuma », répondit Tante Nesibe (qui appelait parfois son mari Tarık Bey) avec un sourire bien plus affectueux que ne le nécessitaient ces propos.

Il suffisait que le tic-tac de la pendule murale se rappelle à nous à un moment inopiné ou que soudain le gong se mette à sonner pour que l'échange de piques, de répliques mordantes et bien senties qui se poursuivait depuis des années entre époux reprenne de plus belle. « Il a encore fallu que tu la remontes, tu tiens vraiment à m'empêcher de dormir la nuit, Tarık Bey, disait Tante Nesibe. Füsun, ma chérie, va donc l'arrêter, s'il te plaît. » Même si le mécanisme d'horlogerie avait été parfaitement remonté, il suffisait pour le stopper d'immobiliser le balancier au centre avec la main, mais Füsun commençait d'abord par regarder son père en souriant, et soit ce dernier faisait un signe des yeux manifestant son assentiment, soit il s'entêtait : « Je n'ai touché à rien, disait-il. La pendule s'est remise toute seule en marche, laisse-la donc s'arrêter de la même façon ! » Voyant que ces mystérieuses paroles faisaient impression sur certaines personnes parmi les voisins ou les enfants des rares invités qui passaient chez eux, Tarık Bey et Tante Nesibe se lançaient dans le débat en usant de mots à double sens. « À la bonne heure, ils ont remis notre horloge en marche », disait Tante Nesibe. « N'y touchez pas, il pourrait vous arriver malheur, disait Tarık Bey en fronçant les sourcils d'un air menaçant. Il y a un djinn à l'intérieur. » « Nous n'avons rien à redire au cliquetis du djinn, mais que le sonneur de cloches ne vienne pas nous rompre la tête en pleine nuit. » « Il ne nous dérange en rien. D'ailleurs, si tu pouvais un peu oublier le temps, tu serais plus tranquille », disait Tarık Bey. C'est au sens de « monde moderne », de « siècle où nous vivons », qu'il employait ici le mot « temps ». Ce temps-là était quelque chose qui changeait constamment et nous tâchions de tenir ce changement à distance par le biais du tic-tac perpétuel de l'horloge murale.

Dans leur vie quotidienne, l'outil essentiel dont les Keskin se servaient pour connaître l'heure était la télévision, qui restait continuellement allumée comme l'était chez nous la radio dans les années 1950-1960. À cette époque, un léger « bip » se faisait invariablement entendre à chaque heure et à chaque demi-heure au milieu des programmes radiophoniques, qu'il s'agisse de musique, d'un débat ou d'un cours de mathématiques, afin de donner l'heure aux auditeurs. Un tel signal semblait inutile à la télévision que nous regardions le soir, car la plupart du temps, c'est essentiellement pour savoir ce qui passait à l'écran que les gens s'inquiétaient de l'heure qu'il était.

Une fois par jour, père et fille jetaient un œil sur leur montre — Füsun sur celle que j'expose ici et Tarık Bey sur sa montre à gousset dont je l'ai souvent vu changer de modèle pendant huit ans — afin de la régler ou de vérifier une nouvelle fois qu'elle était bien à l'heure. Cette opération s'effectuait chaque soir à sept heures, en regardant la grosse horloge qui apparaissait à l'écran une minute avant les informations de la TRT, qui était alors l'unique chaîne de télévision du pays. Je prenais un grand plaisir à observer Füsun régler sa montre, l'œil rivé sur la grosse horloge de la télévision au moment où nous nous installions pour dîner, les sourcils froncés, la pointe de la langue contre la joue et imitant son père avec sérieux, comme une enfant. Ce plaisir, Füsun l'avait remarqué dès mes premières visites. Elle savait que je la regardais avec amour pendant qu'elle réglait sa montre et, juste au moment de placer exactement les aiguilles, elle me regardait en souriant. « Tu l'as bien mise à l'heure pile ? » lui disais-je alors. « Oui, c'est parfait ! » me répondait-elle dans un sourire encore plus appuyé.

Comme je le comprendrais peu à peu au fil de ces huit années, c'est non seulement pour voir Füsun que j'allais tous les soirs chez les Keskin mais aussi pour respirer l'atmosphère qui était la sienne et me plonger quelque temps dans le monde où elle vivait. La caractéristique principale de ce monde, c'était d'être « hors du temps ». C'est de cela que parlait Tarık Bey quand il disait à sa femme d'oublier le temps. Je souhaiterais qu'en regardant les vieilles affaires des Keskin, les montres, les réveils détraqués, piqués par la rouille et depuis des années hors d'état de marche, le visiteur de notre musée soit également sensible à cet étrange aspect intemporel, ou au temps particulier que tous ces objets ont créé entre eux. Ce temps particulier qui est l'âme que j'ai respirée des années chez les Füsun.

En dehors de cette âme particulière, il y avait le temps de l'extérieur dont la radio, la télévision et les appels à la prière nous tenaient informés, et ce temps-là signifiait savoir l'heure qu'il était, ordonner notre relation au monde extérieur pour être en phase avec lui, c'est ainsi que je le percevais.

J'avais l'impression que Füsun réglait sa montre à la seconde près non parce qu'elle menait une vie où travail et rendez-vous l'obligeaient à être d'une ponctualité impeccable mais parce qu'elle éprouvait, tout comme son père fonctionnaire retraité, du respect pour le signe émanant directement d'Ankara et de l'État. Nous portions le même regard sur l'horloge qui apparaissait à l'écran que sur le drapeau qui s'affichait au son dc la *Marche de l'Indépendance* quand les programmes s'arrêtaient : dans notre coin, juste au moment où nous commencions à dîner ou éteignions la télévision pour clore la soirée, nous sentions la présence de millions de familles en train de faire de même, la multitude de ceux qu'on appelait le peuple, la puissance du pouvoir qu'on appelait l'État et notre propre insignifiance. En voyant l'horloge officielle (« l'heure nationale », disait parfois la radio), les drapeaux et les émissions sur Atatürk, nous sentions également que l'existence anarchique que nous menions dans nos foyers échappait au domaine officiel.

Dans sa *Physique*, Aristote opère une distinction entre le Temps et les instants qu'il nomme « le présent ». Ces instants pris en eux-mêmes sont, tout comme les atomes chez Aristote, indivisibles et insécables. Le Temps est, quant à lui, la ligne qui relie ces instants indivisibles. Et malgré les conseils de Tarık Bey exhortant à oublier le Temps, il est impossible à quiconque, hormis aux idiots et aux amnésiques, d'y parvenir complètement. La seule chose que l'on puisse faire, c'est d'essayer comme tout un chacun d'être heureux et d'oublier cette ligne qui relie les instants présents. Les lecteurs qui afficheraient une moue dubitative devant ces observations reposant sur ce que m'ont enseigné mon amour pour Füsun et tout ce que j'ai vécu dans cette maison de Çukurcuma pendant huit ans sont priés de ne pas confondre oublier le Temps et oublier l'heure ou la date. Horloges et calendriers ont été inventés non pas pour nous remémorer le Temps que nous oublions mais pour structurer notre relation aux autres et organiser l'ensemble de la société, et c'est essentiellement ainsi que l'on s'en sert. À la vue de la grande horloge noir et blanc qui apparaissait chaque soir à l'écran avant les informations, ce n'est pas le Temps que nous nous rappelions mais les autres familles, les autres personnes et les heures qui nous permettaient de nous retrouver. Ce n'est pas parce qu'elle se rappelait le Temps que Füsun souriait avec bonheur en regardant la grande horloge de la télévision, mais parce qu'elle constatait que sa montre était déjà pile à l'heure, ou qu'elle parvenait à la régler à la seconde près, et peut-être aussi parce qu'elle savait que je l'observais avec amour.

La vie m'a appris que se remémorer le Temps est assez douloureux pour la majorité d'entre nous. Essayer de se représenter cette ligne qui relie les instants qu'Aristote appelle le présent — ou bien, comme dans notre musée, les objets qui portent en eux ces instants — nous afflige à la fois parce que cela nous rappelle la fin inéluctable de la ligne, la mort, et parce qu'à mesure que nous avançons en âge nous comprenons avec douleur que cette ligne — comme nous le pressentons la plupart du temps — n'a guère de sens en soi. Or, ces instants que nous appelons le présent peuvent être pourvoyeurs d'un bonheur suffisant à combler nos cœurs pour un siècle, à l'instar d'un sourire de Füsun à l'époque où j'ai commencé à aller dîner à Çukurcuma. Dès le départ, j'avais compris que j'allais chercher chez les Keskin un bonheur qui pourrait me suffire jusqu'à la fin de mon existence et, afin de conserver ces instants de bonheur, j'emportais de chez eux divers petits objets que Füsun avait touchés.

La deuxième de ces huit années, un soir où j'étais resté tard, une fois le programme télé terminé, j'écoutai Tarık Bey relater ses souvenirs de jeune enseignant au lycée de Kars. Si ces tristes années passées à tirer le diable par la queue, à se débattre avec d'infinis problèmes et marquées par la solitude étaient si douces à son souvenir, c'est parce qu'il avait plaisir à se remémorer et raconter uniquement les bons moments (des points du présent) de la mauvaise période qu'il avait traversée (une ligne fort désagréable : le Temps) et non parce que au fil des ans même les mauvais souvenirs finissent par se bonifier à nos yeux comme le croient nombre de gens. Après avoir attiré l'attention sur cette dualité, il me montra une montre double cadran qu'il avait achetée à Kars, une montre Orient-Occident avec chiffres arabes d'un côté et romains de l'autre.

Je donnerai moi aussi un exemple personnel : dès que j'aperçois la fine montre de marque Buren que Füsun commença à porter en avril 1982, je revois s'animer devant mes yeux le moment où je la lui offris pour son vingt-cinquième anniversaire et où, après l'avoir sortie de sa boîte aujourd'hui disparue, Füsun m'embrassa à la dérobée sur les joues, derrière la porte de la cuisine ouverte (son mari Feridun n'était pas à la maison) ; je me rappelle le bonheur avec lequel elle montrait sa montre à son père et sa mère alors que nous étions tous à table, les remerciements dont me gratifièrent tour à tour ses parents auprès de qui j'avais depuis longtemps été accepté comme un membre de la famille, si insolite soit la place que j'occupais. Le bonheur, pour moi, c'est de pouvoir revivre ces moments inoubliables. Si nous apprenons à envisager notre vie non pas sous la forme d'un trait comme le Temps d'Aristote, mais comme autant d'instants de plénitude, ces huit années d'attente passées à la table de l'aimée apparaissent non plus comme une bizarrerie, une marotte prêtant à rire mais comme 1 593 soirées de bonheur. Maintenant que tant d'années se sont écoulées, je me rappelle chacune des soirées où je suis allé dîner à Çukurcuma — même la plus difficile, la plus désespérée ou la plus humiliante — comme un grand bonheur.

55

Revenez demain, nous nous assiérons
à nouveau

Çetin Efendi me conduisait le soir chez les Füsun avec la Chevrolet de mon père. Pendant huit ans, j'ai veillé à ne pas déroger à cette règle sauf circonstances exceptionnelles — routes enneigées, inondations, périodes où Çetin était malade ou en congé, ou encore pannes de voiture. Au bout de quelques mois, Çetin Efendi s'était fait des amis dans les cafés et *çayevi* alentour. Il se garait non pas juste devant la maison mais à proximité de ces lieux baptisés Karadeniz Kahvehanesi ou Akşam Çayevi[1], il s'installait dans l'un d'eux et, tout en suivant le programme télévisé que nous autres regardions également chez les Füsun, il lisait le journal, se mêlait à la conversation, jouait parfois au trictrac ou observait les joueurs de rami. Quelques mois plus tard, les habitants du quartier savaient qui nous étions. Selon Çetin Efendi, qui, à l'en croire, ne forçait pas le trait en me le rapportant, il paraît qu'ils nourrissaient quelque sympathie pour moi qui avais la modestie et la gentillesse de rendre si souvent visite à des parents pauvres et éloignés. Naturellement, il ne manqua pas de mauvaises langues au cours de ces huit ans pour prétendre que j'étais animé de sombres desseins. Il courait ainsi de ridicules ragots selon lesquels je cherchais à racheter pour une bouchée de pain les vieilles bicoques du quartier afin d'ériger des immeubles à la place ou à faire travailler des ouvriers sans qualification pour une misère dans mes usines. Certains prétendaient que j'étais déserteur de l'armée ou le fils illégitime de Tarık Bey (donc le frère aîné de Füsun). Quant à la majorité des

1. « Café de la mer Noire » et « Maison de thé Le Soir ». *(N.d.T.)*

gens sensés, ils avaient appris par les bribes d'informations que Tante Nesibe distillait parcimonieusement que j'étais un cousin éloigné de Füsun et que j'étais en discussion avec son mari cinéaste au sujet d'un film qui ferait d'elle une star. D'après ce que me rapporta Çetin Efendi durant toutes ces années, je compris que les gens ne trouvaient rien d'anormal à cette position et que, sans aller jusqu'à parler d'affection, les sentiments nourris à mon égard étaient globalement positifs. D'ailleurs, après deux ans de visites à Çukurcuma, j'étais presque considéré comme quelqu'un du cru.

Le quartier était populeux et bigarré : ouvriers du port de Galata, patrons et commis de gargotes et des petites boutiques des ruelles de Beyoğlu, familles tziganes essaimant au-delà de Tophane, familles kurdes alévies originaires de Tunceli, enfants et petits-enfants appauvris d'anciennes familles grecques, italiennes et levantines employées, à une époque, comme comptables et secrétaires dans la rue des Banques à Beyoğlu, ultimes familles grecques incapables de se résoudre à quitter Istanbul, personnels des entrepôts, des boulangeries, chauffeurs de taxi, postiers, épiciers et étudiants sans le sou… Cette multitude n'était pas mue par le puissant sentiment communautaire régnant dans des quartiers musulmans traditionnels tels que Fatih, Vefa ou Kacamustafapaşa. Mais d'après la bienveillante protection qu'on me témoignait, l'intérêt que les jeunes manifestaient pour les belles voitures onéreuses, les nouvelles et les commérages qui se répandaient comme une traînée de poudre, je comprenais que le quartier connaissait une solidarité, une unité ou tout au moins une dynamique qui lui étaient propres.

Le domicile des Füsun (des Keskin) se situait à l'angle de la rue Çukurcuma (« la côte », comme on disait populairement) et de l'étroite rue Dalgıç. Un simple coup d'œil sur la carte suffit pour constater qu'en prenant par de tortueuses rues en pente on était seulement à dix minutes de Beyoğlu et de l'avenue İstiklal. Certains soirs, sur le chemin du retour, Çetin Efendi s'engageait doucement dans le dédale des ruelles qui remontaient vers Beyoğlu tandis que moi, assis sur la banquette arrière, je fumais ma cigarette en contemplant l'intérieur des maisons, des boutiques et les passants. Dans ces étroites rues pavées, les maisons en bois toutes délabrées et de guingois menaçaient de s'effondrer à tout moment sur le trottoir ; les immeubles laissés à l'abandon par les derniers Grecs ayant émigré en Grèce et les fenêtres hérissées de tuyaux de poêle installés par les Kurdes miséreux qui y squattaient à présent donnaient à la nuit un aspect effrayant. Lieux de divertissements nocturnes un peu interlopes autour de Beyoğlu — *meyhane*, *pavyon* qui se qualifiaient eux-mêmes de « *gazino* avec boissons »[1] —, buffets, épiceries vendant des sandwichs, guichets de loto sportif, bureaux de tabac où l'on pouvait trouver de la drogue, des cigarettes américaines de contrebande et du whisky, et même marchands de disques et de cassettes... tous ces endroits étaient ouverts jusque tard dans la nuit et, malgré leur air triste, ils me paraissaient animés et pleins de vie. Naturellement, ce n'est que lorsque je sortais serein et content de chez les Füsun que je voyais les choses ainsi. Mais de nombreux soirs, je repartais en me disant que je ne reviendrais plus, que c'était la dernière fois que je mettais les pieds chez eux, et j'étais si malheureux que je restais allongé sur la banquette arrière de la voiture, comme à moitié évanoui. C'est surtout les premières années que j'avais ce genre de coups de cafard.

Çetin me prenait vers sept heures à Nişantaşı ; après être resté quelque temps bloqués dans les bouchons au niveau de Harbiye, Taksim et Sıraselviler, nous tournions dans les petites rues de Cihangir et de Firuzağa puis descendions vers Çukurcuma en passant devant le hammam historique du quartier. Nous nous arrêtions en chemin devant un magasin où j'achetais quelque mets ou un bouquet de fleurs. Pas systématiquement mais en moyenne une fois sur deux, j'apportais un petit cadeau à Füsun que je lui donnais sans cérémonie — un simple chewing-gum pour la blague, une broche en forme de papillon ou un bijou fantaisie trouvés au Grand Bazar ou à Beyoğlu.

Certains soirs où les embouteillages étaient trop denses, il nous arrivait de passer par Dolmabahçe, de tourner à droite à Tophane et de remonter par la rue Boğazkesen. Au cours de ces huit années, chaque fois que la voiture tournait dans la rue des Keskin, mon

1. *Pavyon* : du français « pavillon », bar où des entraîneuses poussent à la consommation d'alcool. Le *gazino* se veut un endroit plus luxueux, à la croisée entre taverne et cabaret, où l'on boit et mange pendant que des artistes (musiciens, danseuses) se produisent sur scène.*(N.d.T.)*

cœur s'accélérait de même que dans mon enfance lorsque je m'engageais le matin dans la rue de l'école primaire, et je sentais monter en moi un trac entre bonheur et appréhension.

Lassé de payer un loyer trop cher à Nişantaşı, Tarık Bey avait rassemblé toutes les économies qu'il avait à la banque pour acheter cette bâtisse à Çukurcuma. L'entrée de l'appartement des Keskin était au premier étage. Le rez-de-chaussée aussi leur appartenait et durant ces huit années s'y succédèrent des familles de locataires qui apparurent et disparurent comme des fantômes sans jamais se mêler à notre histoire. L'entrée de ce petit appartement, qui fera plus tard partie du musée de l'Innocence, étant située sur le côté, dans la rue Dalgıç, je n'eus jamais l'heur de croiser ses occupants. J'avais entendu dire que Füsun s'était un temps liée d'amitié et allait au cinéma à Beyoğlu avec une fille du nom d'Ayla dont le fiancé était à l'armée et qui vivait seule au rez-de-chaussée avec sa mère veuve, mais Füsun ne me disait rien des amies qu'elle avait dans le quartier.

Les premiers mois, c'est toujours Tante Nesibe qui venait m'ouvrir quand je sonnais à la porte donnant sur la rue Çukurcuma. Pour ce faire, il fallait qu'elle emprunte l'escalier qui menait au rez-de-chaussée. Or, dans d'autres situations semblables, c'est toujours Füsun qu'on envoyait ouvrir la porte, même lorsqu'on sonnait à une heure avancée de la soirée. Dès le premier jour, ce simple détail avait suffi à me faire sentir que tout le monde savait très bien pourquoi je venais. Parfois pourtant, j'avais le sentiment que Feridun, le mari de Füsun, ne se doutait réellement de rien. Quant à Tarık Bey, il vivait dans un autre monde et ne faisait pas grand-chose qui aurait pu me mettre mal à l'aise.

Tante Nesibe, que je sentais toujours au courant de tout, prenait scrupuleusement soin de trouver quelque chose à dire pour rompre le drôle de silence qui s'abattait une fois qu'elle avait ouvert la porte. La plupart du temps, elle engageait la conversation sur les informations télévisées : « Un avion a été détourné, vous en avez entendu parler ? », « Ils passent des images de l'accident d'autobus », « Nous sommes en train de suivre la visite du Premier ministre en Égypte »… Si j'arrivais avant le début des informations, Tante Nesibe avait une phrase qu'elle répétait chaque fois avec la même conviction : « Ah, vous arrivez juste à temps, les informations vont commencer ! » Parfois, elle disait des choses du genre : « Il y a des *sigara böreği* comme vous aimez » ou « Ce matin, Füsun et moi avons préparé de très bonnes feuilles de vigne farcies, vous allez adorer. » Si cette phrase me paraissait prononcée pour masquer l'étrangeté de la situation, je gardais un silence honteux. La plupart du temps, je lui répondais par un « Vraiment ? » ou bien « Ah, j'arrive donc pile à l'heure ». Je montais à l'étage, entrais dans l'appartement et, en voyant Füsun, je répétais ces mêmes paroles avec un enjouement exagéré pour dissimuler le bonheur et la gêne que j'éprouvais à cet instant.

— Ah, je suis curieux de voir les images de l'accident d'avion, avais-je dit une fois.

— Mais l'accident d'avion, c'était hier, Kemal Ağabey, m'avait répondu Füsun.

L'hiver, en retirant mon manteau, il m'arrivait aussi de dire : « Oh, il fait un de ces froids » ou alors « Il y a de la soupe de lentilles, ça tombe merveilleusement bien… » Après le mois de février 1977, un système d'ouverture automatique de porte ayant été installé à l'étage, il me fallait attendre d'avoir gravi les escaliers pour dire la phrase d'introduction en entrant dans l'appartement, chose qui m'était beaucoup plus difficile. Une fois que j'avais prononcé cette phrase, si Tante Nesibe — toujours beaucoup plus subtile et compatissante qu'elle n'en avait l'air — sentait que je n'arrivais pas à me mettre dans le bain, elle venait tout de suite à ma rescousse : « Installez-vous vite, Kemal Bey, avant que votre *börek* ne refroidisse », disait-elle, ou bien : « L'homme a tiré à la mitraillette sur un café et il raconte son exploit sans aucune honte. »

Les sourcils froncés, je prenais aussitôt place. Les cadeaux que j'avais apportés m'aidaient à passer le cap de ces instants d'embarras. Les premiers temps, ces cadeaux consistaient essentiellement en baklavas aux pistaches dont Füsun raffolait, en *su böreği* achetés chez Latif, le célèbre marchand de *börek* de Nişantaşı, en *lakerda* et tarama… D'un geste désinvolte mais accompagné de deux ou trois mots, je tendais mon paquet à Tante Nesibe. « Ah, mais pourquoi ? Il ne fallait pas ! » disait-elle. Sur ces entrefaites, d'un air détaché, je donnais son cadeau à Füsun ou le posais dans un coin où j'étais sûr qu'elle le verrait lorsque nos regards se croiseraient, tout en répondant à Tante Nesibe (« En passant devant le magasin, ça sentait tellement bon que je n'ai pas pu résister ! ») et ajoutant encore quelques phrases sur le marchand de *börek* de Nişantaşı. Puis j'allais furtivement m'asseoir, tâchant de me faire aussi invisible qu'un écolier retardataire qui se faufile discrètement jusqu'à son banc. En un clin d'œil, je me sentais bien. Quelque temps après m'être attablé, je croisais le regard de Füsun à la dérobée. C'étaient là d'extraordinaires moments de bonheur.

La première rencontre de nos regards, non pas quand j'entrais mais quand j'étais assis, était pour moi un instant à la fois très heureux et très particulier. D'emblée, il me permettait d'augurer de la façon dont se déroulerait la soirée. Percevais-je un sentiment de bonheur et de sérénité dans les yeux de Füsun, et je savais que, quand bien même elle fronçait les sourcils, ce serait la couleur dominante des heures qui se profilaient. Si elle était maussade et de mauvaise humeur, moi aussi j'évitais de rire et, les premiers mois, je n'essayais surtout pas de la dérider ; je restais simplement là, sans trop me faire remarquer.

Ma place à table était sur la longueur face à la télévision, entre Tarık Bey et Füsun chacun assis en bout de table, en face de Tante Nesibe, sur la longueur opposée. À mon côté se trouvait Feridun, s'il était à la maison, ou sinon, l'un des rares invités de passage. Afin de rester près de la cuisine et de pouvoir s'occuper du dîner, Tante Nesibe s'asseyait le dos à la télévision ; au milieu du repas, lorsqu'elle avait moins à faire dans la cuisine, elle se levait et venait s'asseoir à ma gauche, entre Füsun et moi, afin de regarder la télévision plus à son aise. Huit années durant, Tante Nesibe et moi sommes restés assis genoux contre genoux. Une fois que Tante Nesibe avait changé de place, l'autre longueur de la table restait vide. C'est là que venait parfois s'installer Feridun lorsqu'il rentrait le soir. Du coup, Füsun allait s'asseoir à côté de son mari et Tante Nesibe passait à la place de Füsun. Il devenait alors difficile de regarder la télévision, mais la diffusion étant terminée à ces heures-ci, elle était de toute façon éteinte.

Si, pendant un important programme télévisé, Tante Nesibe avait encore quelque chose sur le feu qu'il fallait surveiller, elle laissait parfois Füsun s'en occuper. Chaque fois qu'elle disparaissait dans la cuisine attenante et en ressortait les mains chargées d'assiettes et de casseroles, sa silhouette ne cessait de s'interposer entre moi et l'écran. Alors que ses parents étaient plongés dans le film, le jeu de questions, le bulletin météo, le discours furibond d'un de nos généraux putschistes, le championnat de lutte des Balkans, le festival du Mesir Macunu[1] de Manisa et les cérémonies du soixantième anniversaire de la reprise de la ville d'Akşehir, j'observais ma beauté qui allait et venait devant moi non pas — à l'instar de ses parents — comme une chose faisant écran au principal sujet mais avec le plaisir de savoir que ces mouvements étaient, de fait, le principal sujet.

Durant les 1 593 soirs où j'allai chez les Keskin, je passais le plus clair de mon temps à regarder la télévision, assis à table du côté de la longueur. Cependant, autant il m'est facile d'énoncer le nombre de soirs où j'y suis allé pendant huit ans, autant je ne saurais dire combien d'heures je restais chaque fois. Comme ce sujet me faisait honte, je me suis toujours persuadé que je repartais beaucoup plus tôt que ce n'était le cas en réalité. La fin de la diffusion des programmes venait nous rappeler l'heure. Pendant le rituel de clôture des programmes de la TRT, qui durait quatre minutes et était regardé dans tous les cafés et tripots de Turquie, des soldats marchant au pas cadencé hissaient le drapeau et le saluaient tandis que résonnait la *Marche de l'Indépendance*. Si, à chacune de mes visites, j'arrivais vers sept heures et repartais vers minuit au moment où l'on hissait le drapeau à la fin des programmes télévisés, il apparaît que je passais chaque soir cinq heures chez les Füsun, mais en réalité, je restais plus longtemps.

Quatre ans après le début de mes visites, en septembre 1980, il y eut un nouveau coup d'État militaire durant lequel la loi martiale et le couvre-feu furent instaurés. Vu que l'interdiction de circuler commençait à dix heures, je dus longtemps sortir à dix heures

1. Célèbre pâte aux vertus curatives contenant 41 épices. L'histoire attribue sa découverte à un médecin du nom de Merkez Efendi à qui le sultan Soliman le Magnifique avait commandé un remède pour sa mère tombée malade à Manisa. Devant les résultats, le sultan ordonna que chaque année se tienne un festival pour faire connaître à tous les bienfaits de ce produit.

moins le quart de chez les Keskin, frustré de ne pas avoir suffisamment vu Füsun. Ces soirs-là, sur le chemin du retour, tandis que la voiture conduite par Çetin filait rapidement à travers les rues sombres qui se vidaient en un clin d'œil pendant les minutes précédant le début du couvre-feu, je sentais douloureusement cette privation. Des années après, chaque fois que je lis dans la presse que les militaires mécontents de la situation pourraient perpétrer un nouveau putsch dans le pays, les premières conséquences négatives d'un coup d'État militaire qui me reviennent à l'esprit sont mes retours précipités à la maison en manque de Füsun, que j'avais à peine vue.

Au fil des ans, la relation entre moi et les Keskin connut naturellement beaucoup de phases : on eût dit que le sens de nos conversations, de nos attentes, de nos silences et de notre raison d'être ensemble se modifiait constamment dans notre esprit. La seule chose immuable pour moi restait le pourquoi de ma venue : j'allais évidemment voir Füsun. Je supposais que Füsun et ses parents en étaient heureux. Comme ni eux ni moi ne pouvions l'admettre ouvertement, nous mettions cela sur le compte d'une autre raison acceptable par tous. J'allais « en visite » chez les Füsun. Mais comme cette expression ambiguë n'était guère crédible, nous avions instinctivement opté pour un autre mot moins gênant. Quatre soirs par semaine, j'allais « m'asseoir » chez les Keskin.

Très familière aux lecteurs turcs mais sans doute un peu obscure pour les visiteurs étrangers de mon musée, cette acception courante — néanmoins peu signalée dans les dictionnaires — du mot « s'asseoir » dans le sens de « être invité », « rendre visite », « passer du temps ensemble, discuter, traîner » était souvent employée par Tante Nesibe notamment. Le soir, quand je prenais congé, Tante Nesibe ne manquait jamais de me dire d'un air courtois et affable :

— Kemal Bey, revenez demain, nous nous assiérons à nouveau.

Cela ne voulait pas dire que nous restions simplement assis autour de la table sans rien faire. Nous regardions la télévision, nous avions de très agréables conversations ou gardions parfois longuement le silence, et, bien sûr, nous mangions et buvions du raki. Les premières années, même si elle le faisait rarement, ce sont ces activités que Tante Nesibe rappelait à mon souvenir pour me signifier qu'ils m'attendaient le soir : « Kemal Bey, nous vous attendons demain, *nous mangerons* de ces courgettes farcies que vous aimez tant » ou « Demain, *nous regarderons* la compétition de patinage artistique, elle est retransmise en direct à la télévision », disait-elle. Tandis qu'elle parlait ainsi, je jetais un regard vers Füsun, à l'affût d'un sourire et d'une expression approbatrice sur son visage. Si Tante Nesibe disait « Venez, nous nous assiérons » et que Füsun approuvait, je pensais que ces paroles ne nous dupaient pas, que l'essentiel de ce que nous faisions consistait réellement à nous réunir dans un même lieu et, effectivement, à nous asseoir ensemble. Comme c'était la façon la plus innocente qui fût de flatter mon désir de me retrouver dans le même endroit que Füsun — qui était ma principale motivation — le terme « s'asseoir » était parfaitement approprié. Contrairement à certains intellectuels faisant profession de mépriser le peuple, je ne pensais nullement que les millions de personnes qui « s'asseyaient ensemble » chaque soir trahissaient par ces mots leur oisiveté ; je songeais plutôt que « s'asseoir ensemble » était un besoin fondamental entre personnes liées par des sentiments réciproques d'affection et d'amitié, voire des liens instinctifs plus profonds dont elles-mêmes ignoraient exactement de quoi ils étaient faits.

À ce point de notre musée, en guise d'introduction à ces huit années et en signe de respect pour les événements de cette période, j'expose la maquette du premier niveau de l'appartement que les Füsun occupaient à l'étage de leur bâtisse de Çukurcuma. Au tout dernier étage se trouvaient la chambre de Tante Nesibe et Tarık Bey, celle de Füsun et de son mari et la salle de bains entre les deux.

Un regard attentif à cette maquette permettra aussitôt au visiteur du musée de voir ma place sur le côté longueur de la table. Mais pour les curieux qui ne pourraient se rendre dans notre musée, je vais en faire une description : en face de moi, la télévision légèrement sur ma gauche, et sur ma droite, la cuisine. Derrière moi, un buffet plein à craquer qu'il m'arrivait parfois de heurter quand je me balançais sur ma chaise. Verres en cristal, sucriers en argent et en porcelaine, services à liqueur, tasses à café dont on ne se servait jamais, l'incontournable petit vase *çeşm-i bülbül* [1] trônant dans le buffet de tous les foyers de la classe moyenne stambouliote, une ancienne pendule, un briquet en argent hors d'usage et autres babioles… tout se mettait alors à trembler sur les étagères en verre.

Comme tous ceux qui étaient autour de la table, j'ai passé des années à m'asseoir le soir devant la télévision, mais en laissant légèrement glisser mon regard sur ma gauche, je pouvais voir Füsun. Aussi n'avais-je nul besoin de bouger la tête ni de la tourner dans sa direction. Ce simple mouvement des yeux me permettait de la contempler à loisir pendant que je regardais la télévision, sans que personne ne s'en aperçoive. Je l'ai tellement pratiqué que j'étais devenu expert en la matière.

Dans les moments émouvants ou tendus du film que nous étions en train de regarder, ou lorsqu'une information quelconque venait soudain nous tenir en haleine, je prenais un grand plaisir à observer l'expression qui se peignait sur le visage de Füsun ; les jours, les mois suivants, je me souvenais de la scène la plus poignante de ce film en même temps que de l'expression apparue sur ses traits. Parfois, c'était le souvenir de cette expression qui précédait celui de la scène bouleversante (ce qui était le signe que Füsun me manquait et que je devais retourner dîner chez eux). Les moments les plus denses, les plus touchants et les plus étranges des films que les Keskin et moi avons regardés à table pendant huit ans se gravèrent dans ma mémoire en même temps que les mimiques de Füsun qui les accompagnaient. En huit ans, j'avais si bien appris à déchiffrer le sens de son regard et repéré quelles expressions allaient de pair avec quels sentiments dans les films que, même sans être très concentré sur la télévision, il me suffisait de lorgner de son côté pour deviner ce qui se jouait dans la scène que nous étions en train de regarder. D'autres fois encore, c'est seulement par le biais des regards de Füsun que je comprenais que quelque chose d'important se passait alors que l'excès d'alcool, la fatigue ou une nouvelle bouderie entre elle et moi distrayaient mon attention de l'écran.

Près de la chaise sur laquelle Tante Nesibe viendrait s'asseoir

---

1. Littéralement, « œil de rossignol » : nom d'une technique de travail du verre inventée à la fin du dix-huitième siècle par un derviche soufi, Mehmet Dede, après un séjour à Venise. *(N.d.T.)*

plus tard se trouvaient un lampadaire au chapeau toujours de guingois et, à côté, un divan en L. Certains soirs où nous étions repus
de nourriture, de boisson, de rires et de discussions, Tante Nesibe
nous proposait de nous asseoir sur le divan en disant : « Allons,
passons un peu à côté » ou bien « J'apporterai le café quand vous
serez sortis de table » ; j'allais alors m'installer au bord du divan
qui jouxtait le buffet, Tante Nesibe prenait place à l'autre bout
tandis que Tarık Bey s'asseyait dans l'un des deux fauteuils près
de la fenêtre en encorbellement, celui qui était tourné vers le haut
de la côte. Afin de bien voir l'écran du nouvel endroit que nous
venions de rejoindre, il fallait modifier l'angle du poste de télévision et, n'ayant pas quitté sa place au bout de la table, c'est Füsun
qui s'en chargeait. Après avoir réglé l'orientation de l'écran, Füsun
venait parfois s'asseoir près de sa mère à l'autre bout du divan et
toutes deux regardaient la télévision appuyées l'une contre l'autre.
Quelquefois, Tante Nesibe caressait les cheveux et le dos de sa
fille ; et je prenais un plaisir particulier à observer du coin de l'œil
cette heureuse proximité entre mère et fille, tel le canari Citron qui
nous regardait avec intérêt depuis sa cage.

Une fois bien adossé aux coussins du divan en L, à une heure
avancée de la soirée, le raki que j'avais bu en compagnie de Tarık
Bey aidant, je sentais parfois le sommeil arriver ; pendant que je
gardais un œil sur la télévision, de l'autre, on eût dit que j'observais les tréfonds de mon âme ; honteux de l'étrange endroit vers
lequel la vie m'avait conduit, j'avais une furieuse envie de me
lever et de quitter cette maison. C'est ce que j'éprouvais les soirs
sombres et cafardeux où les regards de Füsun ne me disaient rien
qui vaille, où elle me souriait à peine, ne me donnait aucun espoir
et accueillait froidement le contact de ma main, mon bras ou mon
corps qui l'effleuraient par inadvertance.

En de tels instants, je me levais et entrouvrais légèrement le
rideau de la fenêtre centrale ou à droite de l'encorbellement pour
contempler la rue Çukurcuma. Les jours pluvieux, la lumière des
réverbères brillait sur les pavés humides. Quelquefois, je m'intéressais au canari Citron qui vieillissait tout doucement dans sa
cage. Sans quitter la télévision des yeux, Tarık Bey et Tante Nesibe
s'enquéraient du canari avec des phrases comme « Il a mangé ses

graines ? », « Il faudrait peut-être changer son eau, non ? », « Il ne semble guère en train aujourd'hui ».

À ce même étage, il y avait une autre pièce pourvue d'un étroit balcon. Cette pièce du fond servait surtout pendant la journée, c'est là que Tante Nesibe faisait sa couture et que Tarık Bey lisait le journal s'il était à la maison. Après les six premiers mois, lorsque j'étais soudain envahi par l'inquiétude et éprouvais le besoin de me lever de table pour me dégourdir les jambes, si cette pièce était allumée, il m'arrivait souvent d'y entrer, de m'approcher du balcon pour regarder à l'extérieur. Je me souviens du plaisir que j'avais à rester là, au milieu de cette foule de choses, entre machine à coudre, ustensiles de couture, revues et vieux journaux, placards ouverts et tout un tas de bricoles, ainsi qu'à faire discrètement disparaître dans ma poche un objet susceptible de m'aider à calmer la nostalgie que j'avais de Füsun.

En regardant par la porte-fenêtre, je pouvais voir à la fois la salle à manger qui se reflétait dans les vitres et les intérieurs des masures qui s'alignaient dans la ruelle de derrière. Dans l'une d'elles, à plusieurs reprises, j'avais longuement observé une grosse femme vêtue d'une chemise de nuit en jersey de laine qui, chaque soir avant de se coucher, sortait un cachet d'une boîte de médicaments dont elle lisait attentivement la notice. D'après ce que me dit Füsun, venue un soir me rejoindre dans la pièce du fond, je compris que cette femme était la veuve de Rahmi Efendi, l'homme qui portait une prothèse de main et avait travaillé des années dans l'usine de mon père.

Füsun me murmura qu'elle était venue parce qu'elle se demandait ce que je faisais dans cette pièce. Tous deux côte à côte dans l'obscurité, nous regardâmes un moment par la fenêtre. Comme, à cet instant, je ressentais profondément le problème sur lequel reposaient mes visites pendant huit ans chez les Keskin et, selon moi, la condition de l'homme et de la femme dans ce coin du monde, je vais entrer dans les détails :

Je pense que si Füsun s'était levée de table pour venir me rejoindre dans cette pièce ce soir-là, c'était afin de me témoigner une tendre attention. Ce que prouvait le fait qu'elle reste à mon côté, à contempler en silence cette vue banale. Pendant que nous regardions les toits en tuiles et en zinc, les cheminées d'où s'échappait un léger filet de fumée, les familles qui se mouvaient dans l'encadrement des fenêtres allumées — choses qui me paraissaient extraordinairement poétiques uniquement parce que Füsun était près de moi —, j'avais envie de lui mettre la main sur l'épaule, de l'enlacer, de la toucher…

Mais la brève expérience de mes premières semaines dans cette habitation de Çukurcuma me disait que si jamais je le faisais, Füsun réagirait avec beaucoup de froideur et de dureté, qu'elle me repousserait (de la même façon que si elle avait été abusée) ou s'en irait en me tournant subitement le dos. Je savais que cette réaction de sa part me ferait énormément souffrir, que chacun de nous s'enfermerait dans sa bouderie (un jeu dans lequel nous étions peu à peu passés maîtres) et que pendant un moment je ne viendrais peut-être même plus dîner chez les Keskin. J'avais beau avoir conscience de tout cela, une force remontant des tréfonds de mon âme me poussait puissamment à la toucher, à l'embrasser ou du moins à me pencher contre elle. Le raki que j'avais absorbé avait aussi sa part de responsabilité. Cela dit, même si je n'avais pas bu, j'aurais tout aussi fortement éprouvé ce douloureux dilemme.

Si je parvenais à me maîtriser et à ne pas la toucher — ce que j'apprenais très vite — Füsun se rapprocherait alors davantage ; peut-être m'effleurerait-elle doucement comme par inadvertance, peut-être me dirait-elle encore quelque chose de gentil. Ou bien, « Est-ce que quelque chose te dérange ? » me demanderait-elle, comme elle l'avait fait quelques jours plus tôt. « J'aime beaucoup le silence de la nuit et les chats qui se promènent sur les toits », dit-elle, et je me sentis à nouveau déchiré par le même dilemme. Pouvais-je la prendre dans mes bras et l'embrasser ? J'en avais terriblement envie. Les premières semaines, les premiers mois, peut-être ne me faisait-elle aucune invite — comme je le penserais plus tard ; elle me tenait seulement les propos que toute jeune fille en âge d'avoir terminé le lycée, intelligente et instruite par l'expérience, se devait de dire d'un air poli et civilisé à un riche cousin éloigné amoureux d'elle.

Le dilemme en question m'a beaucoup occupé et torturé l'esprit pendant huit ans. Nous ne restâmes pas plus de trois minutes à contempler cette vue nocturne dont j'expose ici une représentation. Que le visiteur du musée posté devant cette image veuille bien éprouver ce dilemme qui était le mien et ne pas oublier que Füsun se comportait avec tact et élégance.

— C'est parce que tu es près de moi que cette vue me paraît si belle, finis-je par lui dire.

— Allez, mes parents doivent s'inquiéter, répondit-elle.

— Avec toi à mes côtés, je pourrais contempler cette vue inlassablement pendant des années.

— Ton repas est en train de refroidir, dit-elle, et elle retourna à table.

Elle se rendait bien compte de la froideur de ses paroles. Je regagnai également la table et, peu après que je me fus assis, Füsun cessa de froncer les sourcils. Par deux fois, elle rit même de bon cœur et, en me tendant la salière que j'ajouterais plus tard à ma collection, elle s'autorisa à effleurer ma main de ses doigts ; et tout s'adoucit entre nous.

56

Citron Films S.A.

Trois ans auparavant, Tarık Bey avait piqué une colère monstre en apprenant que Füsun participait à un concours de beauté avec l'aval et le soutien de sa mère, mais il avait été incapable de résister aux pleurs et aux supplications de sa fille qu'il chérissait tant ; cependant, il avait amèrement regretté d'avoir toléré ce scandale en entendant les critiques qui s'étaient ensuivies. Selon lui, les concours de beauté du temps d'Atatürk, dans les premières années de la République, où les jeunes filles en maillot noir sur le podium manifestaient leur intérêt pour l'histoire et la culture turques et montraient au monde entier combien elles étaient modernes, étaient selon lui de bonnes choses. Mais dans les années 1970, les concours étaient fort différents ; y participaient des filles ordinaires, incultes et sans éducation aspirant essentiellement à devenir mannequins ou chanteuses. Dans les concours d'antan, lorsque les présentateurs demandaient d'un ton courtois aux participantes quel genre d'homme elles désiraient épouser, c'était une façon subtile de faire entendre qu'elles étaient vierges. Mais à présent, lorsqu'ils demandaient ce qu'elles recherchaient chez un homme (bonne réponse : du caractère), ils souriaient d'un air goguenard tel Hakan Serinkan. Tarık Bey ne voulait plus que sa fille s'engage dans de pareilles aventures et, à plusieurs reprises, il l'avait clairement fait savoir à son gendre cinéaste qui vivait sous leur toit.

Comme Füsun craignait que son père ne s'oppose également à son désir de devenir actrice et n'érige plus ou moins secrètement des obstacles sur sa route, c'est en cachette de Tarık Bey que nous discutions du film d'art que tournerait son mari, ou bien à voix basse, de sorte qu'il n'entende pas. Et comme Tarık Bey appréciait l'intérêt que je portais à sa famille et avait plaisir à boire et bavarder le soir avec moi, il m'est avis qu'il faisait semblant de ne rien remarquer. Car ce « film d'art » était un prétexte plausible pour dissimuler la raison réelle — parfaitement connue de Tante Nesibe — pour laquelle je passais depuis des années quatre soirs par semaine chez les Keskin. Les premiers mois, chaque fois que je regardais son visage sympathique et avenant, je croyais que Feridun n'était au courant de rien. Par la suite, je commençai à penser qu'il était au contraire au courant de tout mais qu'il faisait confiance à sa femme, qu'il ne me prenait pas au sérieux et se moquait de moi dans mon dos, et surtout qu'il avait grand besoin de moi pour tourner son film.

Vers la fin du mois de novembre, sur les instructions de Füsun, Feridun mit la dernière main à son scénario et, un soir après le dîner, sur le palier, sous le regard de sa femme qui suivait l'opération les sourcils froncés, il me remit le texte d'un air solennel afin que, en tant qu'éventuel futur producteur, je leur fasse part de ma décision.

— Kemal, j'aimerais que tu le lises avec attention et indulgence, dit Füsun. Je crois en ce scénario et j'ai confiance en toi. Ne me déçois pas.

— Je ne te décevrai pas. Ça (je montrai le dossier que j'avais à la main), est-ce parce que tu dois jouer dedans ou parce que ce sera un « film d'art » (un concept nouveau apparu en Turquie dans les années 1970) que c'est si important ?

— Les deux.

— Dans ce cas, tiens ce film pour déjà réalisé.

Dans ce scénario intitulé *Pluie bleue*, il n'y avait aucune allusion à Füsun et moi ou notre amour et notre histoire : pourquoi fallait-il que Feridun, dont j'avais découvert et apprécié l'intelligence et la vivacité d'esprit cet été-là, tombe exactement dans les mêmes travers que ceux qu'il reprochait aux cinéastes turcs — ayant atteint un certain niveau de culture et d'éducation, ils aspiraient réellement à faire des « films d'art » comme les Occidentaux mais étaient incapables d'y parvenir en raison d'erreurs dont il m'avait dressé la liste (imitation, artificialité, moralisme, grosses ficelles, mélodrame, populisme, mercantilisme, etc.) ? À la lecture de ce scénario ennuyeux, je pensai que, comme l'amour, le désir artistique était une maladie qui aveuglait notre esprit, nous faisait oublier ce que nous connaissions et nous dissimulait les réalités. Les trois scènes que Feridun avait placées dans le scénario par souci commercial et où Füsun devrait paraître dévêtue (une fois en faisant l'amour, une autre en fumant pensivement une cigarette dans une baignoire pleine de mousse à la façon Nouvelle Vague française, et la troisième en se promenant en rêve dans un jardin paradisiaque) étaient totalement dénuées de goût et inutiles !

Ces scènes me braquèrent passablement contre ce projet de film, en lequel je n'avais d'ailleurs aucune confiance. D'ailleurs, ma furieuse détermination était encore plus implacable que n'aurait pu l'être celle de Tarık Bey. Une fois arrivé à la conclusion définitive qu'il me fallait absolument freiner la réalisation de ce projet durant quelque temps, je dis à Füsun et son mari que leur scénario était très bien. Je félicitai Feridun et lui fis savoir que j'avais décidé de passer à l'action, et que pour ce faire, en tant que producteur (ici, je pris la pose du producteur, en raillant ma façon de me prendre au sérieux), j'étais prêt — comme le proposait Feridun — à rencontrer les candidats aux postes d'acteurs et de techniciens.

C'est ainsi que, au début de l'hiver, nous commençâmes tous trois à sillonner les petites rues de Beyoğlu pour nous rendre dans les « locaux », les bureaux de production, les cafés où l'on jouait au *okey* et que fréquentaient les acteurs de seconde catégorie, les graines de star, les figurants et les techniciens, dans les bars où producteurs, metteurs en scène et acteurs jouissant d'une petite notoriété se retrouvaient pour boire et manger dès la fin de l'après-midi jusqu'à des heures tardives. Tous ces endroits où nous allions régulièrement étaient à dix minutes de chez les Keskin, à une côte de distance. Ce chemin me rappelait parfois Tante Nesibe qui avait dit que Feridun avait épousé Füsun afin de pouvoir habiter assez près de Beyoğlu pour s'y rendre à pied. Certains soirs, je passais les prendre devant la porte, et d'autres, ce n'est qu'après avoir dîné tous ensemble avec Tante Nesibe et Tarık Bey que tous trois, Feridun, Füsun à son bras et moi, sortions dans Beyoğlu.

Le bar Pelür où nous allions le plus souvent était fréquenté par de nouveaux riches attirés par les starlettes rêvant de jouer avec les

387

plus grands, des rejetons de propriétaires terriens venus de province monter des affaires à Istanbul et en mal de distractions, des journalistes plus ou moins célèbres, des critiques de cinéma et des chroniqueurs mondains. Pendant tout l'hiver, nous fîmes la connaissance de nombre de seconds rôles que nous avions vus dans les films l'été précédent (dont l'ami de Feridun à fine moustache qui interprétait un personnage de comptable véreux). Nous nous mêlâmes à cette petite société d'individus aussi sympathiques qu'irascibles, dont l'espoir n'était pas encore consumé, qui se tiraient mutuellement dans les pattes, racontaient leur vie et leur projet de film à tout le monde et ne pouvaient passer un seul jour sans se voir.

Très apprécié, Feridun circulait entre les tables et restait des heures durant avec ces gens de cinéma envers lesquels il était parfois pétri d'admiration, auprès de qui il avait travaillé comme assistant pour certains et avec qui il tenait à entretenir de bonnes relations. Si bien que Füsun et moi nous retrouvions souvent en tête à tête à notre table, mais ce n'étaient pas là des moments qui me rendaient particulièrement heureux. Füsun se départait rarement de l'attitude et du langage mi-innocent mi-factice plein de « Kemal Ağabey » qu'elle adoptait quand Feridun était à nos côtés. Si elle parlait de façon naturelle avec moi, son changement de registre me faisait l'effet d'un avertissement contre les hommes qui passaient à notre table et sa vie de cinéma à venir.

Un soir où j'avais un peu forcé sur le raki et que nous étions de nouveau en tête à tête, las de ses petits calculs et de ses grands rêves, j'eus soudain la certitude que je devais lui parler et je crus sincèrement qu'elle serait aussitôt d'accord :

— Allez, ma chérie, donne-moi le bras et filons sur-le-champ d'ici. Partons ensemble loin de ce cloaque, à Paris ou à l'autre bout du monde, en Patagonie. Oublions tous ces gens et profitons à fond de notre bonheur.

— Kemal Abi, tu sais bien que c'est impossible. Nos vies ont désormais pris des chemins différents, avait-elle répondu.

Au bout de quelques mois, Füsun et moi avions fini par être adoptés par la multitude de ces piliers de bar : elle, la jolie jeune mariée, et moi, un objet de moquerie et de méfiance dans le rôle du « millionnaire idiot et bien intentionné » qui voulait produire un film d'art. Mais ceux qui ne nous connaissaient pas, ou les ivrognes qui nous connaissaient mais cherchaient quand même à tenter leur chance auprès de Füsun, ou ceux qui la voyaient de loin en se promenant de bar en bar, ou ceux qui tenaient de façon obsessionnelle à raconter leur vie (une catégorie regroupant beaucoup de monde) nous laissaient très peu l'occasion de rester seuls. J'étais ravi que les inconnus qui venaient s'installer à notre table avec leur verre de raki pour engager d'emblée la conversation me prennent pour le mari de Füsun ; mais avec un soin qui me brisait chaque fois le cœur, elle répondait en souriant que son mari était « le gros assis à la table là-bas » ; et le résultat, c'était que notre nouvel hôte m'ignorait superbement et se mettait à la coller de façon éhontée.

Chacun avait sa manière de le faire. L'un prétendait chercher « une jolie brune comme elle, aux traits innocents et typiquement turcs » pour des romans-photos ; un autre lui proposait de but en blanc le rôle féminin principal dans un nouvel *Abraham* dont le tournage devait bientôt commencer ; on la regardait des heures dans les yeux sans rien dire ; on l'entretenait des petites délicatesses et beautés que personne ne remarquait dans ce monde matérialiste où tout se marchandait ; certains déclamaient les poèmes chantant l'amour et la nostalgie pour leur pays de poètes à l'âme torturée ayant connu la prison tandis que, assis à des tables éloignées, d'autres payaient notre addition ou nous commandaient une assiette de fruits. Dans ces établissements de Beyoğlu où nous nous rendions plus rarement à la fin de l'hiver à cause de mes atermoiements, nous croisions chaque fois une grande costaude qui jouait les sévères gardiennes de prison ou les dames de compagnie de mauvaises femmes dans les films. Elle invitait Füsun aux soirées dansantes qu'elle organisait chez elle et auxquelles participaient nombre de jeunes filles « ayant fait des études et cultivées comme Füsun » ; il y avait aussi un vieux critique ventru et court sur pattes portant nœud papillon et pantalon à bretelles qui, son horrible main posée telle une pince de scorpion sur l'épaule de Füsun, lui prédisait qu'une immense célébrité l'attendait, qu'elle serait peut-être la première actrice turque à connaître une renommée internationale, et lui conseillait de faire attention où elle posait les pieds et d'avancer avec la plus grande circonspection.

Füsun accueillait avec le même sérieux toutes les propositions — solides ou ineptes — de films, de romans-photos ou de publicités, elle se rappelait le nom de tout le monde ; avec un manque de mesure qui lui venait, je crois, du temps où elle travaillait comme vendeuse, elle se répandait en compliments exagérés et frisant parfois la vulgarité auprès de tous les acteurs et actrices de sa connaissance, célèbres ou pas ; tout en cherchant à complaire à tous, elle tâchait aussi de paraître intéressante aux yeux des autres, et plus ça allait, plus elle voulait que nous retournions ensemble dans ce genre d'endroits. Une fois, alors que je lui disais de ne pas donner son numéro de téléphone à tous ceux qui lui proposaient du travail car son père pourrait voir la chose d'un mauvais œil s'il en avait vent, elle m'avait vertement rétorqué qu'elle savait très bien ce qu'elle faisait et que, désormais, elle pensait sérieusement jouer dans d'autres films si jamais celui de Feridun tombait à l'eau en raison de telle ou telle difficulté. Piqué au vif, j'étais allé m'installer à une autre table et, peu après, Füsun était venue me rejoindre avec Feridun en disant : « Allons manger ensemble tous les trois, comme l'été dernier. »

Dans ce milieu des bars et du cinéma dont je faisais désormais partie — une idée à laquelle je m'étais peu à peu accoutumé, bien qu'avec quelque honte —, je m'étais fait deux nouveaux amis et c'est par eux que j'apprenais les potins. La première était Sühendan Yıldız, une femme d'âge mûr célèbre pour ses rôles de « mauvaises femmes » qu'elle devait à son nez qui avait pris une forme étrange et repoussante suite au ratage d'une de ces opérations de chirurgie esthétique qui en étaient encore à leurs balbutiements en Turquie. Le second était Salih Sarılı, un « acteur de genre » qui avait interprété pendant des années des policiers autoritaires et des officiers militaires ; à présent, il gagnait sa vie en doublant des films porno produits en Turquie et à la limite de la légalité, et, riant et toussant, il nous racontait de sa voix rauque les choses drôles qui lui passaient par la tête pendant ce temps.

Au fil des ans, avec le même étonnement que ceux qui découvrent que la plupart de leurs amis appartiennent à une organisation secrète, j'avais appris que non seulement Salih Sarılı mais la grande majorité des acteurs avec qui nous avions noué connaissance dans le bar Pelür travaillaient dans l'industrie du film porno.

390

Afin de faire bouillir la marmite, vedettes d'âge mûr aux airs de grande dame et acteurs de genre comme Salih Bey prêtaient leur voix au doublage de films étrangers d'une impudeur somme toute assez modérée et s'évertuaient, dans les scènes d'amour où le film évitait de montrer les détails, à pousser toutes sortes de cris et de gémissements outranciers. Le plus souvent mariés, avec enfants, et connus pour leur sérieux, ces acteurs expliquaient à leurs amis qu'ils faisaient ce genre de boulot dans les moments de difficultés économiques, pour « ne pas couper avec le monde du cinéma ». Sinon, ils le cachaient à tous, à commencer par leur famille. Mais, surtout en province, leurs fervents admirateurs les reconnaissaient à leur voix et leur envoyaient soit des lettres d'insultes soit des lettres de compliments. C'est à cette époque que des acteurs moins regardants et plus portés sur l'argent ainsi que certains producteurs, habitués pour la plupart du bar Pelür, avaient réalisé les films qui devaient passer à la postérité comme les « premiers pornos musulmans ». Dans les scènes torrides de ces films qui mêlaient souvent sexe et humour, on lançait les mêmes cris exagérés et stéréotypés, on imitait chacune des positions apprises dans les livres importés clandestinement d'Europe, mais telles de prudes jeunes vierges, jamais acteurs et actrices ne retiraient leur culotte.

Chaque fois que nous sortions ensemble dans l'un de ces endroits de Beyoğlu fréquentés par les gens de cinéma, tandis que, le plus souvent au bar Pelür, Füsun et Feridun circulaient de table en table pour faire de nouvelles rencontres et mieux connaître le marché, j'écoutais tous les conseils de prudence que me dispensaient mes deux nouveaux amis d'âge mûr, et plus particulièrement ceux de l'affable Sühendan Hanım. Il me fallait par exemple carrément interdire à Füsun de parler à ce producteur en cravate jaune et chemise floue, à petite moustache et aux airs de grand seigneur, car dès qu'il était seul avec une jeune femme de moins de trente ans dans son célèbre bureau au-dessus du cinéma Atlas, ce producteur fermait la porte à clef et s'en prenait aussitôt à sa vertu. Il offrait ensuite à la jeune femme en pleurs le premier rôle dans un de ses films qui, lorsque le tournage commençait, s'avérait très vite n'être qu'un troisième rôle — celui de la gouvernante allemande qui introduisait le désordre dans une riche et bonne famille turque en intriguant pour dresser les uns contre les autres tous les membres de la maisonnée. Je devais également me méfier du producteur Muzaffer, ou du moins mettre en garde Feridun contre cet ancien patron dont il recherchait assidûment la compagnie et espérait, en riant complaisamment à chacune de ses blagues, qu'il lui apporte un soutien technique pour son film d'art. Parce que à peine deux semaines plus tôt, dans ce même bar, à la même table, en compagnie non pas de Feridun et de sa femme mais du patron de deux sociétés cinématographiques de taille moyenne avec lequel il entretenait un état de concurrence commerciale permanente, cet homme sans vergogne avait parié une bouteille de champagne français de contrebande que, dans le mois à venir, Füsun lui appartiendrait. (En tant qu'objet de luxe occidental et chrétien, le fétichisme du champagne était très présent dans les films de l'époque.) Tandis qu'elle me relatait toutes ces histoires, la célèbre actrice qui avait interprété pendant des années le rôle de la mégère ordinaire (et non celui de la prédatrice sulfureuse) et que la presse magazine surnommait la Traître Sühendan s'activait avec de longues aiguilles à tricoter pour faire à son petit-fils de trois ans un pull d'hiver en jacquard de trois couleurs d'après un modèle qu'elle m'avait montré dans la revue *Burda*. « En attendant un nouveau boulot, au moins je m'occupe, je ne reste pas comme vous à me tourner les pouces, bande d'ivrognes ! » rétorquait-elle à ceux qui se moquaient d'elle en la voyant assise au fond du bar avec ses pelotes de laine rouge, verte et bleu marine sur les genoux, et, abandonnant là ses bonnes manières habituelles, elle lançait une bordée de jurons.

Un jour, voyant que j'étais mal à l'aise au milieu de cette foule dont il devenait impossible de se dépêtrer quand tous les intellectuels, cinéastes et stars boudeuses se retrouvant dans des lieux comme le Pelür étaient imbibés d'alcool une fois huit heures passées, mon ami Salih Sarılı avait détourné son regard de moi pour le poser sur Füsun en train de discuter gaiement à une table plus loin. Avec un air romantique rappelant les rôles de policiers justes et idéalistes qu'il avait interprétés pendant des années, il m'avait déclaré que s'il avait été un riche homme d'affaires comme moi, jamais, histoire de faire de sa belle cousine une artiste, il ne l'aurait emmenée dans ce genre d'endroit. J'en avais naturellement été mortifié. Et j'avais ajouté le nom de mon ami acteur qui faisait du doublage sur ma liste noire, celle des « hommes qui couvaient Füsun d'un regard qui ne me revenait pas ». Une fois, la Traître Sühendan m'avait dit quelque chose que jamais je ne pus oublier : ma belle cousine Füsun était une bonne, une ravissante et adorable personne, elle avait l'âge d'être une excellente maman comme sa fille pour qui elle tricotait ce pull rouge, vert et bleu. Que faisions-nous donc ici ?

Ce genre d'inquiétudes m'assaillant de plus en plus au fil des jours, au début de l'année 1977, je fis comprendre à Feridun qu'il était temps d'arrêter une décision concernant l'équipe technique du film. Chaque semaine, Füsun se faisait de nouveaux amis dans les bars de Beyoğlu et autres lieux où se réunissaient les gens de cinéma ; ce cercle d'admirateurs apportait sans cesse de nouvelles propositions de films, de publicités ou de romans-photos. Or, réaliste, je pensais presque chaque jour que Füsun ne tarderait pas à se séparer de Feridun ; à la façon dont elle me souriait d'un air doux et amical, dont elle me touchait et me murmurait à l'oreille des histoires drôles, je sentais que ce moment s'approchait à grands pas. Je me disais qu'il valait mieux pour Füsun — que je projetais d'épouser dès qu'elle aurait quitté son mari — qu'elle ne s'aventure pas plus avant dans cet univers, et que nous fassions d'elle une actrice sans qu'elle ait à se compromettre avec ces gens. Par ailleurs, Füsun et moi décidâmes d'un commun accord qu'il serait mieux à présent que Feridun mène ce travail non pas au bar Pelür, mais depuis un bureau. Les entrevues préalables ayant suffisamment avancé, nous allions fonder une société pour financer les films de Feridun.

Sur la plaisante suggestion de Füsun, nous donnâmes à notre société le nom du canari, Citron. Comme on le voit sur cette carte de visite où figure un dessin de ce charmant volatile, les bureaux de Citron Films étaient à un pâté de maisons du cinéma Yeni Melek.

Je donnai l'ordre à la banque Ziraat où j'avais un compte personnel dans l'agence de Beyoğlu de faire à chaque début de mois un virement de 1 200 lires à l'ordre de Citron Films. Ce montant représentait un peu plus que la somme globale versée aux deux directeurs touchant le plus haut salaire chez Satsat ; la moitié reviendrait à Feridun en tant que directeur de la société et le reste servirait à payer le loyer et à couvrir les frais du film.

57

L'incapacité de prendre congé

J'étais plutôt soulagé d'avoir versé de l'argent à Feridun par le biais de Citron Films avant même de commencer le tournage d'un film dont, au fil des jours, j'étais de plus en plus persuadé qu'il n'avait rien d'urgent. Désormais, j'avais un peu moins honte en allant chez les Füsun. Ou, plus exactement, lorsque le pressant désir de voir Füsun qui m'envahissait certains soirs éveillait en moi un sentiment de honte immédiat et tout aussi irrépressible, je pouvais me dire que je n'avais plus à rougir devant eux maintenant que je leur donnais de l'argent. Aveuglé par le désir de voir Füsun, je ne me demandais même pas pourquoi cet argent atténuait ma honte. Au printemps 1977 à Nişantaşı, alors que je regardais la télévision avec ma mère peu avant l'heure du dîner, il m'arrivait souvent de me sentir pris en tenailles entre le désir et la honte, et de rester pendant une demi-heure pétrifié dans mon fauteuil (celui où s'asseyait mon père).

Comme chaque fois qu'elle me voyait à la maison en début de soirée, ma mère me dit :

— Reste donc ici, et dînons ensemble tranquillement.

— Non, maman, je vais sortir…

— C'est fou ce qu'il y a comme divertissements dans cette ville. Tu trouves quelque chose tous les jours.

— Les copains ont beaucoup insisté.

— Si seulement j'étais ton ami plutôt que ta mère ! Je me retrouve toute seule dans la vie… Regarde ce qu'on va faire… J'envoie tout de suite Bekri chercher des côtelettes chez Kazım, il les préparera en grillades. Toi, tu t'attables avec moi. Et dès que tu auras mangé tes côtelettes, tu partiras rejoindre tes amis…

— Je descends de ce pas chez le boucher, lança Bekri depuis la cuisine où il entendait ma mère.

— Impossible, maman, c'est une importante invitation du fils des Karahan, improvisai-je.

— Comment se fait-il que je n'en aie pas entendu parler? demanda-t-elle avec un soupçon justifié.

Dans quelle mesure ma mère, Osman ou d'autres se doutaient-ils que j'allais souvent chez les Füsun? Je préférais ne pas y penser. Les soirs où j'allais chez les Füsun, je dînais d'abord avec ma mère à seule fin de ne pas éveiller ses soupçons. Comprenant d'emblée que j'avais le ventre plein, Tante Nesibe me disait alors : « Kemal, tu ne manges rien, tu n'aimes pas ma potée? »

Quelquefois, je dînais avec ma mère, persuadé que si j'arrivais à surmonter les heures où ma nostalgie de Füsun était le plus forte, je pourrais me retenir de sortir et passer la soirée à la maison, mais une heure et deux rakis plus tard, ma frustration atteignait un tel niveau que même ma mère s'en rendait compte.

— Voilà que tu gigotes encore, disait-elle. Sors donc faire quelques pas si tu veux. Mais ne va pas trop loin, les rues sont devenues dangereuses.

Je ne veux pas rallonger mon histoire en décrivant les combats qui, telle une sorte de ramification de la guerre froide, opposaient fervents nationalistes et fervents communistes dans les rues d'Istanbul. Meurtres, mitraillages de cafés au milieu de la nuit, occupations et boycotts d'universités, explosions de bombes, cambriolages de banques par des militants étaient monnaie courante en ces années-là. Tous les murs de la ville étaient couverts de slogans et de graffitis. Comme la grande majorité des Stambouliotes, je ne m'intéressais pas à la politique, je pensais que s'entretuer dans les rues n'était d'aucune utilité, que la politique était une occupation réservée à certaines personnes fonctionnant en bandes, d'une dureté impitoyable et qui ne nous ressemblaient en rien. En disant à Çetin qui m'attendait à l'extérieur de conduire la voiture avec prudence, c'était une allusion à la politique dont je parlais comme d'une catastrophe naturelle de l'ordre de l'inondation ou du tremblement de terre face à laquelle, nous autres citoyens ordinaires, ne pouvions rien faire d'autre que nous en tenir éloignés.

Les soirs où j'étais incapable de rester à la maison — et il en allait ainsi la plupart du temps —, je ne me rendais pas nécessairement chez les Keskin. Il m'arrivait effectivement d'aller à des réceptions, j'avais parfois l'espoir de rencontrer une chouette fille qui me ferait oublier Füsun ; d'autres fois, j'étais très heureux de boire et bavarder entre amis.

Quand je tombais sur Nurcihan et Mehmet dans une fête où m'avait emmené Zaim ou chez un parent éloigné faisant ses premiers pas dans la société, ou encore dans une boîte de nuit où m'avait entraîné Tayfun, quand nous croisions d'anciens amis et faisions ouvrir une nouvelle bouteille de whisky pendant que nous écoutions des morceaux de pop turque qui étaient pour la plupart des reprises de chansons françaises et italiennes, je me laissais happer par l'idée spécieuse que, peu à peu, je retrouvais mon équilibre et mon ancienne vie.

La gravité et la profondeur de mon problème, je les percevais non pas à travers l'indécision et la honte que j'éprouvais avant d'aller chez les Füsun mais plutôt à l'irrésolution et l'inertie qui m'accablaient quand venait le moment de rentrer chez moi après être longuement resté attablé avec eux devant la télévision. En plus de la honte qu'il était normal que je ressente au vu de ma situation et que j'ai bue jusqu'à la lie durant ces huit ans, j'en ai connu une autre d'un type particulier certains soirs : la honte d'être incapable de me lever et de partir de Çukurcuma.

Chaque soir entre onze heures trente et minuit, quand les images du drapeau, du mausolée d'Atatürk et des *Mehmetçik* annonçaient la fin du programme télévisé, après avoir contemplé quelque temps l'écran brouillé et enneigé comme si — sait-on jamais — un nouveau programme pouvait en surgir, Tarık Bey demandait à sa fille d'éteindre la télévision ou bien Füsun appuyait d'elle-même sur le bouton. C'est à cet instant que commençait le tourment particulier que je désire relater ici : le sentiment que si je ne partais pas sur-le-champ, je les dérangerais énormément. J'étais incapable de savoir dans quelle mesure ce sentiment était justifié ou pas. « Je me lèverai dans quelques instants », me disais-je en mon for intérieur. Car je les avais souvent entendus prononcer des paroles acerbes dans le dos des invités qui repartaient en disant à peine bonsoir dès qu'on avait tourné le bouton, des amis et voisins qui passaient parce qu'ils n'avaient pas la télévision chez eux et s'en allaient dès la fin du programme. Je ne voulais pas m'exposer aux mêmes critiques.

Ils savaient à l'évidence que c'était non pas pour regarder la télévision, mais pour être auprès de Füsun que je venais ; certes il m'arrivait parfois de téléphoner à Tante Nesibe pour lui dire : « Je pense passer ce soir ; nous regarderons ensemble *Les Pages de l'Histoire* à la télévision » afin de donner un tour plus officiel à mes visites. La logique aurait alors voulu que je m'en aille une fois le programme terminé. C'est pourquoi plus je restais après que la télévision eut été éteinte, plus la nécessité de partir s'imposait à mon esprit alors que j'étais incapable de le faire. Je demeurais immobile, comme cloué à ma place, soit à table soit sur le divan en L où je m'étais installé après le repas ; tandis que je transpirais légèrement sous l'effet de la honte, les instants se succédaient ; le tic-tac de l'horloge se transformait en un agaçant martèlement, quarante fois je me répétais : « Allez, j'y vais », mais incapable de passer à l'action, je ne bougeais toujours pas d'un iota.

Si même des années plus tard j'ai encore du mal à m'expliquer de façon convaincante la raison réelle de mon inhibition — tout comme celle de l'amour que je vivais —, il me vient à l'esprit d'autres motifs qui brisaient ma volonté à ce moment. Les voici :

1. Chaque fois que je déclarais : « Allez, j'y vais maintenant », Tarık Bey ou Tante Nesibe me retenait systématiquement en disant : « Oh, mais restez donc encore un peu, Kemal Bey, nous bavardions si gentiment ! »

2. S'ils ne s'exprimaient pas de la sorte, c'était Füsun qui semait le trouble dans mon esprit en me souriant avec douceur et en me regardant d'un air mystérieux.

3. Sur ces entrefaites, il y en avait toujours un pour se mettre à raconter une nouvelle histoire ou aborder un nouveau sujet. Vu qu'il eût été inconvenant de me lever avant la fin du récit, je restais encore vingt minutes, en proie à la gêne.

4. Il me suffisait de croiser le regard de Füsun pour oublier le temps et lorsque je jetais discrètement un coup d'œil à ma montre, je me rendais compte avec affolement que c'était non

pas vingt mais quarante minutes qui s'étaient écoulées, je redisais : « Allez, j'y vais maintenant », mais sans pour autant réussir à me lever. Du coup, je m'agaçais de ma faiblesse et de mon inertie ; j'étais accablé par une telle honte que l'instant pesait d'un poids insupportable.

5. À ce moment-là, mon esprit logique cherchait un nouveau prétexte pour rester encore un peu et je m'accordais un délai supplémentaire.

6. Tarık Bey s'étant resservi un raki, il me fallait sans doute l'accompagner.

7. Une façon de me faciliter la sortie, c'était d'attendre minuit sonnant et de dire : « Minuit, il est temps que j'y aille. »

8. Çetin était peut-être en grande conversation en ce moment au café, je pouvais attendre encore un peu.

9. Les jeunes du quartier étaient dans la rue, en train de fumer et de discuter devant la porte ; si je sortais maintenant, ils risquaient de faire des commentaires. (Durant des années, je fus extrêmement gêné par le silence dans lequel ils se retranchaient lorsque je les croisais à l'occasion de mes allées et venues chez les Keskin, mais comme ils voyaient qu'il régnait une bonne entente entre Feridun et moi, ils n'avaient rien à redire quant à la moralité et l'honneur du quartier.)

L'existence de Feridun, qu'il soit là ou pas, accroissait mon malaise. Je comprenais d'ailleurs clairement la difficulté de ma position à travers les regards de Füsun. Le plus dur était l'espoir que j'y lisais, ce qui prolongeait ma douleur. Une souffrance qui augmentait encore lorsque le constat de l'entière confiance que Feridun accordait à sa femme m'amenait à la conclusion que leur mariage était très heureux.

Le mieux restait d'expliquer le détachement de Feridun par les tabous et la tradition. Dans un pays où, sans même parler de drague, le simple fait de glisser un regard à une femme mariée devant son père et sa mère constituait — surtout dans la population pauvre et provinciale — un motif suffisant pour se faire trucider, il me semblait parfaitement logique que Feridun n'imagine pas une seule seconde que l'idée de flirter avec Füsun le soir en regardant la télévision dans cette ambiance joyeuse et conviviale puisse m'effleurer l'esprit. L'amour que j'éprouvais pour Füsun et la table familiale autour de laquelle nous étions assis étaient cernés de tant de subtils remparts et interdits que, même si tout en moi trahissait que j'étais raide dingue amoureux, nous étions tenus de faire « comme si » chacun de nous savait parfaitement qu'un tel amour n'aurait jamais droit de cité. Et nous étions persuadés que jamais nous ne dérogerions à cette obligation qui nous était imposée. Lorsque je considérais cette donnée, je comprenais que s'il m'était possible de voir autant Füsun, c'était non pas en dépit de ce code moral et ces scrupuleux interdits mais grâce à eux.

Afin de souligner l'importance de ce point dans mon histoire, j'aimerais illustrer la chose avec un autre exemple : si je m'étais rendu quatre ou cinq fois par semaine chez les Keskin dans une société occidentale moderne, où les relations homme-femme sont plus ouvertes, où la contrainte pour les femmes de soustraire leur visage aux regards étrangers et autres choses semblables n'existent pas, tout le monde aurait bien été forcé d'admettre que c'était évidemment pour voir Füsun que je venais si souvent. Dès lors, le mari jaloux aurait été dans l'obligation d'intervenir pour mettre un terme à ce petit jeu. Si bien que jamais je n'aurais pu passer les voir ni vivre l'amour que j'avais pour Füsun sous cette forme.

Si Feridun se trouvait à la maison, il ne m'était pas difficile de prendre congé le moment venu. S'il était sorti avec ses amis cinéastes, tandis que j'étais encore là à une heure tardive, bien après qu'on eut éteint la télévision, sans penser que des phrases telles que « Prenez un autre thé » ou bien « Restez donc encore un peu, Kemal Bey » avaient sans doute été prononcées par simple politesse, je me disais que je me réglerais sur le retour de Feridun. Quant à savoir si je devais partir avant ou après son arrivée, je n'ai jamais vraiment réussi à trancher durant ces huit ans.

Les premiers temps, il me semblait qu'il serait mieux de m'en aller avant que Feridun ne rentre. Parce que dès qu'il passait le seuil et que nos regards se croisaient, je me sentais extrêmement mal. Ces soirs-là, une fois rentré chez moi à

Nişantaşı, je devais encore boire au moins trois verres de raki pour trouver le sommeil. Par ailleurs, il ne me plaisait guère de prendre congé à l'instant précis où Feridun arrivait, car cela aurait signifié que j'étais seulement venu pour Füsun. C'est la raison pour laquelle il me fallait encore rester au moins une demi-heure après son retour, ce qui contribuait à faire croître mon sentiment de honte et de paralysie. Et si je partais avant qu'il ne rentre, cela revenait carrément à le fuir, à faire l'aveu de ma gêne et de ma culpabilité. Je ne trouvais pas cela fair-play. Je n'allais tout de même pas me conduire comme dans les romans européens, à l'image de ces vils courtisans assaillant ouvertement la comtesse de leurs ardeurs et s'éclipsant en douce du château avant le retour du comte ! Si bien que je devais prévoir un long laps de temps entre l'heure de mon départ et celle de l'arrivée de Feridun. Cela impliquait que je parte assez tôt de chez les Keskin. J'en étais incapable. Alors que la chose m'était déjà difficile à une heure tardive, plus tôt, elle m'était totalement impossible.

Je restais figé sur mon siège, furieux et confus de mon incapacité à bouger, tel un bateau échoué, une épave humaine. Je cherchais le regard de Füsun et tâchais de me rasséréner un peu. À l'instant où, dans un éclair de lucidité, je prenais conscience de mon incapacité à prendre congé — aussi bien présentement que dans les brefs délais que je m'étais impartis —, je saisissais un nouveau prétexte pour justifier mon inertie.

10. « Je vais attendre Feridun pour parler de tel ou tel problème concernant son scénario », me disais-je. Je tentai à plusieurs reprises de le faire et de discuter avec lui à son retour.

— Dis donc, Feridun, tu savais qu'il existait un moyen plus rapide d'obtenir une réponse de la Commission de censure ? lançai-je une fois.

Même si elle n'était pas exactement formulée ainsi, c'était une phrase approchante, et un silence glacial s'abattit aussitôt sur la table.

— J'étais à une réunion de Erler Film au café Panayot, rétorqua Feridun.

400

Ensuite, il embrassa Füsun avec un geste mi-spontané mi-appris, comme le faisaient les époux rentrant du travail dans les films américains. Parfois, à la façon dont Füsun l'enlaçait, je comprenais que ces embrassades n'étaient pas feintes, et j'en étais fort marri.

La plupart du temps, Feridun traînait dans les cafés en compagnie des scénaristes, concepteurs, techniciens, caméramans et tout ce qui gravitait dans le monde du cinéma, se rendait chez eux et partageait une vie sociale très dense avec ces gens cancaniers, bruyants, tourmentés et ayant presque tous de bonnes raisons d'être à couteaux tirés les uns avec les autres. Prenant beaucoup trop à cœur les querelles et les rêves de ces gens avec qui il passait son temps à manger, boire et s'amuser, Feridun était aussi prompt à se réjouir de leur moindre joie qu'à s'affliger de leurs déconvenues. Dans ce dernier cas, je me disais que Füsun ne ratait rien à rester à la maison. De toute façon, quand je n'étais pas là, elle mettait une jolie chemise et l'une des broches en forme de papillon que je lui avais offertes et sortait une ou deux fois par semaine avec lui dans Beyoğlu où ils passaient des heures dans des cafés comme le Pelür ou le Perde. Ensuite, Feridun me racontait en détail ce qu'ils avaient fait ce soir-là.

Lui comme moi savions très bien que Tante Nesibe avait hâte de voir Füsun tourner dans des films, quelle qu'en soit la qualité. D'autre part, nous étions conscients qu'il serait déplacé de débattre de ce genre de sujets devant Tarık Bey. Ce dernier était secrètement « de notre côté » mais nous ne devions pas l'obliger à se confronter à ces histoires. Malgré cela, je voulais quand même que Tarık Bey sache que j'aidais son gendre dans ses affaires. Ce n'est qu'un an après la fondation de Citron Films que je découvris par Feridun que son beau-père était au courant du soutien que je lui apportais.

En dehors de chez les Keskin, je nouai cette année-là une relation professionnelle, voire personnelle avec lui. C'était quelqu'un de cordial, d'avisé et d'une grande sincérité. Nous nous retrouvions de temps à autre dans son bureau de Citron Films pour discuter du scénario, des problèmes que posait la Commission de censure et du choix de l'acteur qui tiendrait le rôle masculin principal en face de Füsun.

401

Deux célèbres et très séduisants acteurs avaient d'ores et déjà fait savoir qu'ils étaient prêts à jouer dans le film d'art de Feridun, mais lui comme moi nourrissions quelques soupçons. Nous savions pertinemment que, humainement parlant, nous ne pouvions pas faire confiance à ces deux coureurs de jupons à l'attitude bravache qui jouaient les matamores dans les films historiques où ils passaient les prêtres byzantins au fil de l'épée et envoyaient valser quarante brigands d'une seule torgnole : ils dragueraient aussitôt Füsun. Un autre remarquable talent professionnel de ces fantasques acteurs à moustache noire consistait, en effet, à laisser entendre qu'ils avaient couché avec toutes les vedettes des films dans lesquels ils avaient tourné, même avec celles qui n'avaient pas encore dix-huit ans. Les gros titres comme « Les baisers du film se prolongent dans la vie » ou « L'amour interdit né sur le tournage » qui s'affichaient dans la presse contribuaient considérablement à la notoriété des artistes et à attirer les foules dans les salles ; mais Feridun et moi tenions à ne surtout pas mêler Füsun à de telles ignominies. En prévision du manque à gagner que ce genre de décisions prises d'un commun accord dans le but de protéger Füsun pourrait occasionner pour Feridun, je faisais transférer via Satsat davantage d'argent sur le budget de Citron Films.

Au cours de cette période, un soir où j'arrivais à Çukurcuma, d'un air contrit, Tante Nesibe m'expliqua que Feridun et Füsun étaient sortis ensemble à Beyoğlu. Tâchant de n'en rien laisser paraître, je ravalai mon dépit et passai la soirée avec elle et Tarık Bey assis devant la télévision. Deux semaines plus tard, voyant que Füsun s'était une nouvelle fois absentée avec son mari un soir où je venais, j'invitai Feridun à déjeuner pour lui faire la leçon, lui expliquant qu'il serait dommageable pour notre film d'art que Füsun se compromette trop au contact de cette bande de cinéphiles alcooliques. Il fallait qu'il l'exhorte à rester le soir à la maison et se serve au besoin de mes visites comme prétexte. Je lui exposai en long, en large et en travers que ce serait beaucoup mieux à la fois pour la famille et pour notre futur film.

Je fus également très contrarié en voyant que Feridun n'avait pas suffisamment écouté mes avertissements. Même si ce n'était pas aussi souvent qu'avant, Feridun et Füsun continuaient à aller au Pelür et dans d'autres *meyane* du même acabit, je le compris le jour où, une fois de plus, je ne les trouvai pas à la maison. Ce soir-là, je restai également avec Tante Nesibe et Tarık Bey assis devant la télévision. Jusqu'à ce que Füsun et Feridun reviennent à deux heures du matin, comme si j'avais oublié l'heure, je leur parlai de l'Amérique où j'avais étudié plusieurs années à l'université : les Américains étaient des gens très travailleurs et en même temps très naïfs et bien intentionnés ; le soir, ils se couchaient de bonne heure ; sous la pression de leur père, même les gosses de riches devaient distribuer le lait ou le journal le matin à bicyclette. Tante Nesibe et son mari m'écoutèrent avec attention, bien qu'avec un léger sourire aux lèvres, comme si je leur racontais des fadaises. Puis Tarık Bey finit par poser la question qui le taraudait : dans les films américains, les téléphones sonnaient différemment de chez nous. Est-ce que tous les téléphones d'Amérique avaient cette même sonnerie ou sonnaient-ils seulement ainsi dans les films ? Un instant, je restai confus et me rendis compte que j'avais oublié à quoi ressemblait la sonnerie des téléphones en Amérique. Ce qui, à cette heure avancée de la nuit, me donna l'impression que j'avais laissé derrière moi ma jeunesse et le sentiment de liberté que j'avais goûté là-bas. Tarık Bey imita la sonnerie des téléphones dans les films américains. Et s'il s'agissait d'un policier, elle était encore plus forte. Il l'imita également. Il était plus de deux heures du matin, et nous étions encore tous en train de boire du thé, de fumer des cigarettes et de rigoler.

Étais-je resté jusqu'à cette heure afin de montrer à Füsun qu'elle ne devait pas sortir les jours où je venais ou parce que j'aurais été extrêmement malheureux si jamais je ne l'avais pas vue ? Aujourd'hui encore, je ne saurais le dire. Reste qu'après avoir une nouvelle fois sérieusement abordé la question et répété avec insistance à Feridun que nous devions tous deux protéger Füsun de cette foule de poivrots ils ne ressortirent plus ensemble les soirs où je venais.

C'est à cette période que Feridun et moi commençâmes à nous dire que nous pourrions également faire un film commercial en vue de soutenir le film d'art dans lequel jouerait Füsun. Il se peut que ce projet de film dans lequel Füsun ne paraîtrait pas ait contribué à la convaincre de rester à la maison. Et certains soirs, en guise de vengeance, elle montait se coucher avant même que je ne sois parti. J'en concluais tout naturellement qu'elle me faisait la tête. Cependant, comme elle ne désespérait jamais de devenir actrice, elle se montrait encore plus chaleureuse que d'habitude la fois suivante, elle me demandait de but en blanc des nouvelles de ma mère ou prenait l'initiative de me servir une cuillerée de riz de sa propre main, si bien qu'il m'était encore plus difficile de me lever pour prendre congé.

L'amitié grandissante entre Feridun et moi ne m'épargnait nullement les affres dans lesquelles je sombrais chaque fois que je me retrouvais incapable de bouger avant son retour. Dès qu'il apparaissait, je me sentais de trop dans cette maison. On eût dit que je m'obstinais à appartenir à un univers rêvé auquel je restais étranger. En mars 1977, un soir où les dernières informations avant la clôture du programme faisaient encore et toujours état d'attaques à la bombe contre des réunions politiques et des cafés, de leaders de l'opposition tués par balles, je n'oublierai jamais l'expression qui apparut sur le visage de Feridun lorsque, en rentrant, il me découvrit encore là à cette heure tardive (de honte, je ne regardais même plus ma montre). Il avait le regard triste d'une personne ayant foncièrement bon fond et nourrissant une sincère inquiétude à mon sujet, mais en même temps, il flottait aussi sur son visage cette expression de candeur, de légèreté et d'optimisme pleine de bonté qui faisait de Feridun une énigme à mes yeux.

Après le coup d'État militaire du 12 septembre 1980, l'instauration du couvre-feu à dix heures vint mettre une limite à mes interminables tourments face à mon incapacité de me lever et de prendre congé. Mais mon problème ne prit pas fin avec la loi martiale. Concentré dans un très bref laps de temps, il ne faisait que se condenser. Mon angoisse de ne pouvoir me lever et prendre congé s'intensifiait à partir de neuf heures et demie et j'avais beau me dire : « Bon, maintenant j'y vais », je n'arrivais toujours pas à bouger de ma place. Le temps qui se rétrécissait comme peau de chagrin ne me laissant aucun instant de répit, vers dix heures moins vingt, mon affolement atteignait un pic insupportable.

Quand finalement je me jetais dans la rue, puis dans la Chevro-

let, Çetin et moi nous demandions avec inquiétude si nous arrive-
rions à rentrer avant l'heure où il devenait interdit de circuler ;
chaque fois nous la dépassions de trois ou cinq minutes. Les premières minutes après dix heures, jamais les soldats n'arrêtaient les
voitures qui roulaient à fond de train dans les rues. Sur le chemin
du retour, sur la place Taksim, à Harbiye, à Dolmabahçe, nous
étions témoins des accidents provoqués par les voitures qui accéléraient follement avant l'heure fatidique et des bagarres qui éclataient entre les conducteurs qui sortaient en trombe de leur véhicule
pour en venir aussitôt aux mains. Une fois, derrière le palais de
Dolmabahçe, je me souviens d'avoir vu un homme ivre sortir avec
un chien de sa Plymouth qui disparaissait derrière des volutes de
fumée bleue. Un taxi dont le radiateur avait éclaté après avoir été
percuté de plein fouet à Taksim s'était retrouvé plongé dans des
nuages de vapeur dignes du hammam de Cağaloğlu. Au retour,
l'obscurité impressionnante qui régnait dans les rues et la pénombre des avenues désertes nous effrayaient. Un soir, alors que nous
étions enfin parvenus à bon port et que je buvais un dernier verre
avant d'aller me coucher, je me souviens d'avoir imploré Dieu afin
qu'il m'aide à retrouver le cours normal de ma vie. Cependant,
même des années après, je ne saurais dire si je désirais réellement
me libérer de cet amour et de mon obsession pour Füsun.

N'importe quel propos bienveillant entendu avant mon départ,
de gentilles et douces paroles prononcées — même de façon sibyl-
line — par Füsun ou les autres membres de la maisonnée contribuaient à me donner espoir, à me faire sentir l'espace d'un instant
que je pourrais regagner le cœur de Füsun, que toutes ces visites
n'étaient pas vaines, si bien qu'il m'était possible de me lever et de
rentrer chez moi sans trop de difficulté.

Quelque chose de gentil lancé de façon impromptue par Füsun
alors que nous étions tous attablés — par exemple, « Tu es allé
chez le coiffeur, il a beaucoup coupé mais ça te va bien » (16 mai
1977), ou cette remarque pleine de tendresse à mon sujet qu'elle
avait adressée à sa mère, « Il raffole des *köfte* comme un petit
garçon, n'est-ce pas ? » (17 février 1980), ou encore un an plus
tard, un soir de neige, cette phrase qu'elle avait dite à peine étais-je
entré chez eux, « Comme nous t'attendions, nous ne sommes pas

encore passés à table et nous nous disions : mon Dieu, pourvu que Kemal vienne ce soir » — suscitait en moi un tel bonheur que quels que soient les sombres sentiments qui m'habitaient et les mauvais présages que je sentais se profiler sur l'écran de télévision, quand l'heure du départ sonnait, je me levais de ma place avec détermination, saisissais mon pardessus pendu au petit portemanteau près de la porte et sortais sans traîner. Commencer par me diriger vers la porte pour mettre mon manteau et dire ensuite « Avec votre permission, je me sauve à présent » me facilitait énormément la tâche. Quand je parvenais à partir tôt, sur le chemin du retour, je me sentais bien dans la voiture conduite par Çetin Efendi et c'est non pas Füsun mais tout ce que j'avais à faire le lendemain qui occupait mes pensées.

Lorsque je revenais dîner chez eux un ou deux jours après un tel triomphe, dès que je franchissais le seuil et apercevais Füsun, je comprenais aussitôt quelles étaient les deux choses qui m'attiraient ici.

1. Loin de Füsun, je perdais toute sérénité, le monde se transformait à mes yeux en une énigmatique charade. En voyant Füsun, j'avais l'impression que toutes les pièces du puzzle se remettaient instantanément en place et, me souvenant combien le monde était un endroit plein de sens et de beauté, je soufflais à nouveau.

2. Chaque fois que j'entrais chez eux et croisais son regard, je sentais monter en moi un sentiment de victoire. La victoire d'avoir réussi envers et contre tout à venir ici ce soir, là encore, malgré tout ce qui pouvait mettre à mal ma fierté et mon espoir, et c'est le plus souvent dans les yeux de Füsun que je voyais luire ce bonheur. C'est du moins ainsi que je me figurais les choses, je sentais que mon obstination et ma détermination agissaient sur elle, et je croyais fermement en la beauté de mon existence.

58

Tombola

Le réveillon du nouvel an 1977, je le passai à jouer à la tombola chez les Keskin. C'est peut-être parce que j'ai parlé plus haut de « la beauté de mon existence » que je m'en suis souvenu. Reste que mon choix de fêter le nouvel an chez les Keskin témoignait clairement du changement indéniable qui s'était opéré dans ma vie. Je m'étais séparé de Sibel, j'avais dû m'éloigner de mon cercle d'amis et renoncer à nombre de mes habitudes en allant chez eux quatre ou cinq fois par semaine, mais jusqu'à ce soir-là, j'essayais encore de nous persuader, moi et mes proches, que je continuais à vivre comme avant ou pouvais à tout instant revenir à mon ancienne vie.

Par le biais de Zaim, j'avais des nouvelles des gens avec qui j'avais coupé les ponts afin d'éviter de croiser Sibel, de blesser des cœurs en ravivant de mauvais souvenirs et la pénible obligation d'expliquer pourquoi j'avais disparu de la circulation. Zaim et moi nous retrouvions au Fuaye, au Garaj ou dans l'un de ces nouveaux restaurants fréquentés par la bonne société où, tels deux amis plongés dans une sérieuse et ardente discussion de travail, nous passions de longs et plaisants moments à bavarder de la vie et de ce que devenaient les uns et les autres.

Zaim se plaignait d'Ayşe, sa petite amie qui avait l'âge de Füsun. Il la trouvait trop gamine, la disait aussi incapable de partager ses soucis et ses préoccupations que de s'entendre avec notre bande, et, pressé par mes questions, me soutenait qu'il n'avait pas de nouvelle copine ni personne en vue. À l'écouter parler, je comprenais entre les lignes qu'Ayşe et lui n'étaient pas allés au-delà du stade du baiser, que tant qu'elle ne serait pas sûre de Zaim, la fille préférait rester prudente et se préserver.

— Pourquoi ris-tu ? me demanda-t-il.

— Je ne ris pas.

— Si, tu ris. Mais ça ne me vexe pas. Je vais te raconter quelque chose qui te fera encore plus rire. Nurcihan et Mehmet se retrouvent presque tous les jours de la semaine et écument tous les clubs et les restaurants. Mehmet emmène Nurcihan dans les *gazino* pour lui faire écouter d'anciennes chansons et des groupes de *fasıl*. Ils ont lié amitié avec des chanteurs de soixante-dix ou quatre-vingts ans qui passaient à une époque à la radio.

— Non, sérieux ? Je ne savais pas que Nurcihan était si passionnée…

— Cette passion l'a prise en même temps que son amour pour Mehmet. En réalité, lui non plus ne connaît pas si bien cette musique mais, poussé par son envie d'impressionner Nurcihan, il apprend. Ils vont courir ensemble les bouquinistes et les marchés aux puces pour dénicher des livres et de vieux disques… Le soir, ils vont écouter Müzeyyen Senar chez Maksim, au Gazino de Bebek… Mais ils ne peuvent pas écouter les disques ensemble…

— Comment cela ?

— Ils sortent tous les soirs dans les *gazino* mais… ils ne peuvent jamais rester seuls quelque part pour faire l'amour.

— Qu'est-ce que tu en sais ?

— Où veux-tu qu'ils se retrouvent ? Mehmet habite encore chez ses parents.

— Il avait bien un endroit du côté de Maçka où il emmenait des femmes…

— Il m'a aussi emmené y boire du whisky, dit Zaim. Une vraie garçonnière. Si Nurcihan a un peu de bon sens, elle ne mettra jamais les pieds dans cette piaule, et si elle le faisait, elle comprendrait aussitôt que c'est cela qui pourrait retenir Mehmet de l'épouser. Moi-même, je m'y suis senti bizarre : les voisins guettaient pour voir si monsieur avait encore ramené une prostituée.

— Comment Mehmet pourrait-il faire, alors ? Pour un célibataire, ce n'est pas évident de trouver un appartement à louer dans cette ville.

— Ils n'ont qu'à aller au Hilton, dit Zaim. Ou alors, qu'il s'achète un appartement dans un quartier correct.

— Mehmet adore la vie de famille avec ses parents.

— Toi aussi, d'ailleurs, dit Zaim. J'aimerais te dire quelque chose, en toute amitié, mais promets-moi de ne pas te fâcher.

— Promis.

— Si, au lieu de vous retrouver en cachette dans ton bureau comme si vous faisiez quelque chose d'interdit, tu avais emmené Sibel dans l'appartement de l'immeuble Merhamet, je suis certain que vous seriez encore ensemble à l'heure qu'il est.

— C'est Sibel qui t'a dit cela ?

— Pas du tout, Sibel ne discute jamais de ce genre de choses avec personne, sois tranquille.

Nous nous tûmes quelque temps. Que nos joyeux potins en viennent soudain à mon cas personnel pour l'évoquer comme si j'avais été frappé par une terrible catastrophe avait fait s'envoler ma bonne humeur. Lorsqu'il s'en aperçut, Zaim se mit à raconter que Mehmet, Nurcihan, Tayfun et Faruk le Rat s'étaient tous croisés un soir très tard chez un tripier de Beyoğlu et qu'ils étaient partis avec deux voitures se balader ensemble au bord du Bosphore. Un autre soir encore, Ayşe et lui buvaient un thé et écoutaient de la musique dans leur voiture à Emirgân quand ils avaient vu arriver Hilmi le Bâtard et les autres ; ils s'étaient joints à eux et, dans quatre voitures, ils étaient allés d'abord au Parisien qui venait d'ouvrir à Bebek puis au club Lalezar où se produisait l'orchestre Les Feuilles d'Argent.

J'écoutais distraitement Zaim me faire le récit circonstancié de ces amusements qu'il prenait un malin plaisir à enjoliver, autant par désir de m'appâter et de m'inciter à revenir vers mon ancienne vie que sous l'effet du souvenir de ces nuits euphoriques, mais plus tard, lorsque je me retrouvai chez les Keskin, je me surpris à y rêvasser. Mais que l'on ne croie pas que je me consumais de nostalgie pour mes amis et mes heureuses distractions d'antan. Simplement, lorsque j'étais à la table des Keskin, j'avais parfois l'impression qu'il ne se passait rien dans le monde ou, s'il s'y passait quelque chose, que nous étions très loin de tout cela, et voilà tout.

Je devais être en proie à ce sentiment pendant le réveillon du nouvel an 1977 car à un moment, en plein milieu des réjouissances, je me souviens de m'être demandé ce que faisaient Zaim, Sibel, Mehmet, Tayfun, Faruk le Rat et les autres. (Zaim avait fait installer des radiateurs électriques dans sa résidence d'été, il avait envoyé le concierge allumer la cheminée et offrait une grande réception « ouverte à tout le monde ».)

— Kemal, regarde, le vingt-sept est sorti, c'est toi qui l'as! s'écria Füsun.

Voyant que je n'étais pas concentré sur le jeu, elle déposa sur mon carton un haricot sec pour couvrir le vingt-sept, déclara en souriant : « Arrête d'être dans la lune! » et planta un instant ses yeux au fond des miens pour me scruter d'un air attentif, soucieux, voire affectueux.

C'est naturellement pour obtenir cette attention de Füsun que j'allais chez les Keskin. Et j'en éprouvai une joie extraordinaire. Mais ce bonheur avait été difficile à décrocher. Afin de ne pas leur faire de peine, j'avais dissimulé à ma mère et mon frère que je passerais le réveillon chez les Keskin et dîné avec eux à la maison. Puis quand les fils d'Osman s'étaient écriés : « Allez, grand-mère, on joue à la tombola! », j'avais fait une partie avec mes neveux. Durant cette tombola à laquelle nous participions tous en famille, je me souviens que, à un moment, mon regard et celui de Berrin s'étaient croisés et que, face à l'artificialité de cet heureux tableau familial, elle avait haussé les sourcils avec bienveillance, l'air de me demander ce qui se passait.

— Riieen… On s'amuse, comme tu vois, lui avais-je murmuré.

Ensuite, alors que je m'apprêtais à partir à toute vitesse en disant que je devais me rendre à la fête de Zaim, j'avais de nouveau rencontré le regard dubitatif de Berrin mais réussi à ne rien laisser paraître.

Quoiqu'un peu inquiet, j'étais très heureux pendant que la voiture conduite par Çetin roulait rapidement en direction de chez les Keskin. Ils m'attendaient certainement pour le dîner. J'avais été le premier à parler du nouvel an à Tante Nesibe et à lui faire part de mon désir de passer cette soirée avec eux ; à un moment où nous étions seuls, je lui avais glissé par l'entrebâillement de la porte que je viendrais sans faute. Ce qui revenait à dire : « S'il vous plaît, que Füsun et son mari ne sortent pas s'amuser avec d'autres amis. » Car selon Tante Nesibe, il était vraiment honteux et enfantin que Füsun ne soit pas là les soirs où je venais, alors que j'apportais si gentiment mon soutien à tous ces rêves de film et me sentais si proche de la famille. Et elle trouvait tout aussi gamin que Feridun fasse de même. Mais vu que personne ne semblait s'en plaindre, il s'agissait d'une gaminerie sur laquelle nous passions tous l'éponge : d'ailleurs, quand Feridun n'était pas à la maison, Tante Nesibe ne parlait-elle pas de lui comme du « gamin »?

En partant de chez moi, j'avais pris soin d'emporter quelques cadeaux piochés parmi ceux que ma mère avait préparés pour les gagnants de la tombola. À peine étais-je entré chez les Keskin après avoir gravi les escaliers quatre à quatre — et goûté comme toujours au bonheur de croiser furtivement le regard de Füsun —, je sortis les cadeaux de ma mère de leur sac en plastique et les alignai au bord de la table en lançant joyeusement : « Pour les gagnants de la tombola ! » Comme ma mère qui sacrifiait à ce même rituel depuis notre enfance, Tante Nesibe avait également préparé des tas de petits cadeaux qui serviraient de lots pour la tombola. Nous les joignîmes à ceux que j'avais apportés de chez nous. Nous fûmes si heureux tous ensemble ce soir-là que, les années suivantes, mélanger les cadeaux que j'apportais à ceux préparés par Tante Nesibe et jouer à la tombola pour le réveillon de nouvel an devint pour nous une habitude incontournable.

J'expose ici le jeu de tombola avec lequel nous jouâmes les huit jours de l'an que je passai chez les Füsun… Chez nous aussi, ma mère nous avait égayés avec une tombola du même type quarante années durant, de la fin des années 1950 à la fin des années 1990, d'abord moi, mon frère et mes cousins, et ensuite ses petits-enfants. En fin de soirée, lorsque le jeu était terminé, les cadeaux distribués, qu'enfants et voisins commençaient à bâiller et piquer du nez, Tante Nesibe, comme ma mère, rassemblait soigneusement les pièces du jeu de tombola, comptait les pions en bois (de 1 à 90) qui étaient tirés un à un de leur pochette en velours, empilait les cartes numérotées et les nouait avec une cordelette, remettait dans leur sac les haricots secs dont nous nous servions pour marquer sur nos cartons les numéros qui étaient sortis puis elle rangeait le tout dans un coin jusqu'au prochain réveillon.

Maintenant que, des années plus tard, je m'emploie à raconter en toute sincérité et en tâchant de ne rien omettre l'amour que j'ai vécu, je sens combien notre habitude de jouer à la tombola les soirées de jour de l'an est révélateur de l'état d'esprit de cette étrange et mystérieuse période. Comme nombre de coutumes et traditions du nouvel an, ce jeu d'origine napolitaine autour duquel les familles se réunissaient à Noël s'était répandu à Istanbul par l'intermédiaire des Italiens et des Levantins après la réforme du calendrier promulguée par Atatürk et était rapidement devenu une part inséparable de cette fête. Dans les années 1980, les journaux offraient à leurs lecteurs des jeux de tombola avec cartes numérotées en carton bon marché et jetons en plastique. À cette époque, des milliers de *tombalacı* sillonnant les rues avec des sacs noirs à la main et offrant cigarettes américaines et whisky de contrebande aux gagnants avaient fleuri aux quatre coins de la ville. Ces *tombalacı* ambulants arnaquaient les braves citoyens toujours prêts à tenter leur chance avec un jeu qu'on pourrait appeler « mini-tombola » et un sac de jetons truqués. C'est en ce temps-là, quand je me rendais quatre ou cinq fois par semaine chez les Füsun, que le mot « tombola » fit son entrée dans la langue turque avec le sens de « tirage au sort, bonne fortune ».

C'est avec l'émotion d'un vrai conservateur de musée que je passe en revue les objets que j'ai choisis avec soin parmi les cadeaux divers et variés que ma mère et Tante Nesibe préparaient à l'intention des gagnants de la tombola de la veille du jour de l'an.

Chaque année, Tante Nesibe glissait systématiquement un mouchoir d'enfant parmi les cadeaux, une habitude que partageait aussi ma mère. Était-ce pour signifier que « jouer à la tombola le jour de l'an rend les enfants heureux, et que les adultes devraient être aussi heureux que des enfants ce soir-là » ? Chez nous, quand j'étais petit, si l'un des cadeaux destinés aux enfants tombait dans l'escarcelle d'un hôte adulte à l'issue d'une partie, ce dernier s'écriait : « Ah, j'avais justement besoin d'un mouchoir comme celui-là ! » Alors, mon père et ses amis signifiaient par un subtil mouvement des yeux et des sourcils qu'ils disaient là quelque chose à double sens. En voyant les signes qu'ils échangeaient, je sentais que les grands jouaient à la tombola en se moquant, en « raillant », comme disaient les anciens, et cela me mettait mal à l'aise.

Des années plus tard chez les Keskin, pendant le pluvieux réveillon du nouvel an 1982, alors que j'avais complété avant tout le monde le premier rang de ma carte et m'écriais « *Çinko !* » comme un enfant, Tante Nesibe me félicita et me donna le mouchoir. Ce à quoi je répondis par la fameuse phrase :

— J'avais justement besoin d'un mouchoir comme celui-là !

— C'est le mouchoir de Füsun quand elle était petite, précisa Tante Nesibe, l'air très sérieux.

Ce soir-là, je compris que c'est sans aucune moquerie ni raillerie que je jouais à la tombola chez les Keskin, mais avec toute ma candeur, avec la même innocence que les enfants du voisinage qui y participaient. Même légèrement, Füsun, Tante Nesibe et plus encore Tarık Bey affichaient une certaine dérision, ils donnaient plus ou moins l'impression de faire « comme si » mais moi, j'étais d'une sincérité absolue. Certains lecteurs et visiteurs de mon musée m'objecteront peut-être qu'une ironie frisant parfois la raillerie n'est pas absente dans ma façon de relater tout ce que mon amour pour Füsun m'amenait à faire ; cependant, qu'ils veuillent bien se souvenir que sur le moment, quand je vivais ces instants et ces situations, j'étais parfaitement sincère et toujours d'une totale candeur.

Chaque année, ma mère glissait plusieurs paires de chaussettes au milieu des lots de tombola, une habitude qui nous donnait le sentiment que, finalement, les cadeaux étaient des choses qu'il fallait de toute façon acheter pour la maison. Ce sentiment enlevait peut-être de son lustre au cadeau mais l'avantage, ne serait-ce que quelque temps, c'est que nos chaussettes, nos mouchoirs, le mortier de la cuisine dans lequel nous broyions les noix ou le peigne bon marché acheté dans la boutique d'Alaaddin nous apparaissaient bien plus précieux qu'ils ne l'étaient. Chez les Keskin en revanche, tous y compris les enfants se réjouissaient d'avoir gagné non pas la paire de chaussettes mais la partie de tombola. Maintenant, avec le recul des années, je me dis que cela tenait sans doute au fait que, chez eux, à l'instar de cette paire de chaussettes, les objets semblaient moins appartenir personnellement à tel ou tel membre de la famille qu'à l'ensemble de la maisonnée, mais ce n'est pas tout à fait juste : je sentais constamment que, à l'étage du dessus, il y avait une chambre réservée à Füsun et son mari, un placard, ses affaires personnelles ; avec un pincement au cœur, mes pensées allaient souvent à cette pièce, aux objets qu'elle contenait, aux vêtements de Füsun… Mais jouer à la tombola les soirées de nouvel an m'évitait d'y penser. Lorsque j'étais attablé le soir avec les Keskin, après deux verres de raki, il m'arrivait quelquefois de sentir que si nous regardions la télévision, c'était pour vivre un sentiment d'innocence, le même que nous éprouvions en jouant à la tombola.

Quand je subtilisais un objet appartenant aux Keskin pour le faire disparaître dans ma poche (par exemple, une de ces cuillers imprégnées de l'odeur de la main de Füsun et dont le nombre s'accrut énormément au fil des années), le sentiment de candeur enfantine qui m'habitait pendant que nous étions réunis autour du jeu de tombola ou tranquillement installés devant la télévision un soir ordinaire s'évanouissait un moment pour céder la place à une impression de liberté ; je réalisais alors que je pouvais me lever et prendre congé quand je le souhaitais.

L'ancien verre (souvenir de mon grand-père Ethem Kemal) dans lequel Füsun et moi avions bu du whisky lors de notre dernier rendez-vous le jour de mes fiançailles, je l'avais apporté comme lot surprise pour le soir du nouvel an 1980. Depuis 1979, ma manie de subtiliser des babioles aux Keskin et de leur apporter à la place des cadeaux de plus grande valeur étant connue et tacitement admise par tous — de même que depuis des années l'était mon amour pour Füsun —, personne ne fut surpris par la présence de ce verre onéreux que l'on se serait davantage attendu à trouver dans le magasin de l'antiquaire Rafi Portakal qu'au milieu de petits cadeaux tels que stylos, chaussettes ou savonnettes. Quand Tante Nesibe déballa ce cadeau pour le remettre à Tarık Bey qui venait de remporter la partie de tombola, j'eus un violent pincement au cœur devant l'indifférence de Füsun face à ce verre qui portait les traces du jour le plus triste de notre amour. À moins qu'elle l'ait parfaitement reconnu et fait mine de ne rien remarquer parce qu'elle était agacée par mon culot (Feridun avait passé cette soirée de nouvel an avec nous).

414

Durant les trois ans et demi qui suivirent, chaque fois que Tarık Bey prenait ce verre pour boire son rakı, j'avais terriblement envie de repasser dans ma mémoire le bonheur que j'avais connu avec Füsun quand nous avions fait l'amour la dernière fois mais, tel un enfant s'arrêtant au seuil de l'interdit, j'étais incapable d'évoquer mentalement ce souvenir lorsque j'étais attablé avec son père.

Il ne fait aucun doute que le pouvoir des objets dépend autant des souvenirs qu'ils renferment que des caprices de notre mémoire et de notre imagination. Par exemple, en d'autres circonstances, jamais je ne me serais intéressé à ces savons d'Edirne en forme de grappes de raisin, de coings, d'abricots et de fraises disposés dans leur corbeille et les aurais sûrement trouvés d'une banalité achevée. Mais comme ces savons étaient des cadeaux de tombola, ils me rappellent le profond sentiment de sérénité et de bonheur qui m'habitait les soirs de nouvel an, l'humble musique de nos vies qui s'écoulait en un lent tempo et les heures enchanteresses passées à la table des Keskin — les plus belles de ma vie. Mais sincèrement et candidement, j'aime à penser que ces sentiments ne m'appartiennent pas exclusivement et que les visiteurs du musée qui verront des années plus tard ces objets éprouveront la même chose.

Histoire d'apporter encore de l'eau à mon moulin, j'expose également les billets de loterie nationale des jours de l'an de cette période. Exactement comme ma mère, Tante Nesibe en achetait un pour le grand tirage du 31 décembre et le glissait au milieu des autres lots. Aussi bien chez nous que chez les Keskin, les convives s'écriaient presque en chœur à l'adresse du gagnant de la tombola à qui le billet de loterie était échu : « Oh, tu es sacrément en veine, ce soir... Tu vas voir que tu vas aussi gagner au loto. »

Par un étrange hasard, Füsun gagna six fois le billet de loterie au cours des parties de tombola que nous fîmes chez les Keskin chaque jour de l'an entre 1977 et 1984. Mais par l'effet du même étrange hasard, elle n'obtint jamais le moindre gain ni même l'amortissement du billet dans les tirages de la loterie nationale, dont les résultats étaient donnés par la radio et la télévision.

Et chez eux comme chez nous, il y avait un adage au sujet du jeu, de la fortune et de la vie qu'on répétait à chaque occasion (notamment quand Tarık Bey jouait aux cartes avec ses invités).

C'était une façon à la fois de taquiner et de consoler les perdants : « Malheureux au jeu, heureux en amour. »

Le soir du nouvel an 1982, après le tirage de la loterie en direct à la télévision et sous le contrôle du premier notaire d'Ankara, voyant que Füsun n'avait toujours rien gagné, par ivresse et manque de jugeote, je répétai ce fameux adage.

— Si vous êtes malheureuse au jeu, chère Füsun, c'est donc que vous serez heureuse en amour, dis-je en imitant les courtois héros anglais des films que nous regardions à la télévision.

— Cela ne fait pas le moindre doute, Kemal Bey ! répondit-elle du tac au tac, avec la spirituelle sagacité propre aux héroïnes de ces films.

Étant donné que fin 1981 je croyais avoir surmonté la moitié des obstacles qui se dressaient devant notre amour, je pris d'abord cela pour une plaisante repartie, mais le lendemain matin, en émergeant des brumes de l'ivresse, le premier jour de l'année 1982, pendant que je déjeunais avec ma mère, je cédai à la crainte en pensant que Füsun me tenait peut-être un double langage : de toute évidence, le bonheur mentionné par les mots « heureux en amour » n'était pas celui que Füsun vivrait avec moi après s'être séparée de son mari ; c'est à son ton ironique que je le compris.

Par la suite, je me dis qu'à force de m'angoisser je me trompais. C'était sûrement cet adage faisant le lien entre jeu et amour qui conduisait Füsun (et moi-même) à tenir ce double langage un peu fumeux. Jeux de cartes, tirage du loto, tombola et publicités distribuées par les restaurants et les lieux de distraction transformaient peu à peu les réveillons de nouvel an en soirées de débauche où l'on ne faisait que jouer et s'alcooliser ; des journaux conservateurs tels *Milli Gazete*, *Tercüman* et *Hergün* publiaient chaque jour des articles furibonds sur la question. Je me souviens que ma mère aussi n'appréciait guère de voir de riches familles musulmanes de Şişli, Nişantaşı ou Bebek acheter des branches de sapin et les décorer à l'approche du nouvel an comme le faisaient les chrétiens pour Noël dans les films, ou bien les sapins exposés dans les rues, et sans aller jusqu'à qualifier les gens de sa connaissance qui décoraient des sapins de « dégénérés » ou d'« infidèles » comme dans la presse religieuse, elle ne se privait pas de les traiter d'idiots. Une fois, à table, alors que le plus jeune fils d'Osman réclamait un sapin pour le nouvel an, elle avait répondu : « Nous n'avons déjà pas tellement de forêts ni d'espaces verts... Autant éviter de détruire nos pinèdes ! »

À l'approche du jour de l'an, parmi les milliers de vendeurs de billets de loterie nationale qui se répandaient dans les rues d'Istanbul, certains se déguisaient en Père Noël et circulaient dans les quartiers riches. Un jour de décembre 1980, en fin d'après-midi, je faisais mes emplettes afin de trouver les cadeaux de tombola que j'apporterais aux Füsun quand je vis un groupe de quatre ou cinq lycéens et lycéennes de retour de l'école en train de s'en prendre au Père Noël qui vendait ses billets de loterie en face de chez nous et s'amuser à tirer sur sa barbe en coton. En m'approchant, je découvris que le vendeur déguisé en Père Noël n'était autre que le concierge de l'immeuble d'en face : pendant qu'il se faisait chahuter et tirailler sa fausse barbe en coton, ses billets de loterie à la main, dépité, silencieux, Haydar Efendi gardait les yeux fixés droit devant lui. Quelques années plus tard, quand les islamistes firent exploser une bombe dans la pâtisserie de l'hôtel Marmara de Taksim ornée d'un grand sapin pour les fêtes de nouvel an, la colère que nourrissaient les conservateurs contre ces réjouissances placées sous le signe de l'alcool et du jeu éclata au grand jour. À la table des Keskin aussi, je me souviens que cette explosion avait pris autant d'importance que la question des danseuses qui se produisaient chaque soir de nouvel an à la télévision d'État. En 1981, alors que nous mais aussi tout le pays l'attendions avec curiosité, quelle ne fut pas notre surprise quand Sertap, célèbre danseuse de l'époque, apparut à l'écran en dépit des critiques furibondes de la presse conservatrice. En effet, les dirigeants de la TRT lui avaient demandé de s'habiller et de couvrir son corps de telle sorte qu'on ne voyait plus rien de ses jolies courbes, ni son ventre et ses seins mondialement connus, ni même ses jambes.

— Vous n'aviez qu'à lui mettre un tcharchaf pendant que vous y étiez, bande de guignols ! s'était écrié Tarık Bey, qui n'était pourtant pas du genre à s'énerver en regardant la télévision ou à balancer comme nous des commentaires à l'emporte-pièce et ce, même quand il avait beaucoup bu.

Certaines années, j'achetais dans la boutique d'Alaaddin un almanach que j'apportais chez Tante Nesibe pour les lots de tombola. Le soir du nouvel an 1981, c'est Füsun qui l'avait gagné et sur mon insistance, cette année-là, il avait été cloué au mur entre la cuisine et la télévision ; mais les jours où je n'étais pas là, personne ne s'occupait d'en tourner les pages. Or, sur chaque page de ce calendrier il y avait le poème du jour, les événements historiques, les heures de la prière indiquées sur un cadran de montre compréhensible par les analphabètes, divers plats et recettes de cuisine en fonction du jour, des anecdotes historiques et un proverbe sur la vie.

— Tante Nesibe, vous avez encore oublié de détacher les pages du calendrier, disais-je en fin de soirée, une fois le programme télévisé terminé, le drapeau hissé par les soldats défilant au pas cadencé et nombre de verres de raki descendus.

— Et voilà une journée de plus, disait Tarık Bey. Grâce à Dieu, nous ne sommes ni affamés ni à la rue. Nous avons le ventre plein, un toit au-dessus de la tête... Que demander de plus !

Je ne sais pourquoi mais j'aimais tellement entendre Tarık Bey prononcer ces paroles que même si je remarquais dès mon arrivée que les feuilles du calendrier n'avaient pas été arrachées, j'attendais toujours le dernier moment pour le dire.

— Sans compter que nous avons la chance d'être entre nous, avec ceux que nous aimons, ajoutait Tante Nesibe.

À peine avait-elle prononcé ces mots qu'elle se penchait en direction de Füsun pour l'embrasser et si cette dernière n'était pas à ses côtés, elle l'appelait en disant :

— Viens donc, ma chicaneuse de fille, viens que ta mère te cajole et t'embrasse.

Prenant parfois des airs de petite fille, Füsun venait s'asseoir sur les genoux de sa mère, Tante Nesibe la câlinait longuement, lui caressant et embrassant les bras, le cou, les joues. Pendant huit ans, que l'harmonie entre mère et fille fût au rendez-vous ou pas, jamais elles ne dérogèrent à ces démonstrations d'affection qui me touchaient beaucoup. Füsun savait très bien que je ne les quittais pas des yeux pendant qu'elles s'embrassaient et se faisaient des papouilles, mais elle ne regardait absolument pas de mon côté. À les voir dans ces heureuses dispositions, je me sentais particulièrement bien et, sans éprouver trop de difficulté, je me levais et prenais aussitôt congé.

Quelquefois, après les mots « ceux que nous aimons », c'était non pas Füsun qui s'asseyait sur les genoux de sa mère mais Ali, le petit voisin de plus en plus grand, qui venait s'asseoir sur les genoux de Füsun ; après l'avoir embrassé et cajolé, elle le renvoyait en disant : « Allez, file maintenant, tes parents vont encore se fâcher contre nous et nous reprocher de ne pas te lâcher. » Parfois, comme elle s'était disputée avec sa mère dans la matinée, Füsun était énervée contre elle et quand Tante Nesibe lui disait : « Viens près de moi, ma fille », elle s'entendait répondre : « Oh, je t'en prie, arrête, maman ! » Tante Nesibe lui lançait alors : « Tiens, arrache donc la feuille du calendrier, qu'on sache au moins quel jour on est. »

Füsun retrouvait d'un seul coup son entrain, se levait pour aller détacher la feuille de l'almanach puis, en souriant, elle lisait à haute voix le poème, la recette de cuisine du jour tandis que Tante Nesibe faisait des commentaires du genre : « Ah, c'est vrai, bonne idée, la compote de coings aux raisons secs, depuis le temps que, nous n'en avons pas fait » ou bien « Effectivement, c'est le début de la saison des artichauts mais ils sont tellement petits qu'on ne peut pas faire grand-chose avec. » Parfois encore, elle lançait à la ronde une question qui ne laissait pas de me crisper :

— Si je fais des *börek* aux épinards, vous en mangerez ?

Si Tarık Bey n'avait pas entendu et était plongé dans ses pensées, il ne répondait pas. Gardant elle aussi le silence, Füsun se mettait alors à me dévisager. J'étais conscient qu'elle agissait ainsi par curiosité et cruauté, car elle savait très bien que je ne pourrais me permettre de dire à Tante Nesibe ce qu'elle devait cuisiner comme le ferait un membre à part entière de la famille.

— Füsun adore les *börek*, Tante Nesibe, vous pouvez y aller les yeux fermés ! répondais-je pour me sortir de cette situation délicate.

D'autres fois, c'était Tarık Bey qui demandait à sa fille d'arracher une feuille du calendrier et de lui faire la lecture des événements historiques importants qui s'étaient déroulés ce jour-là, ce à quoi Füsun se livrait de bonne grâce :

— Le 3 septembre 1658, l'armée ottomane commence le siège de la forteresse de Doppio, lisait-elle.

Ou bien :

— Le 26 août 1071, la bataille de Malazgirt ouvre aux Turcs les portes de l'Anatolie.

— Mmm. Fais voir ça... disait Tarık Bey. Ils ont fait une erreur sur Doppio. Tiens, lis-nous à présent le proverbe du jour...

— Là où l'homme rassasie son estomac et comble son cœur, là est son foyer, lisait Füsun d'un air amusé, quand elle croisa soudain mon regard et devint sérieuse.

Nous gardâmes tous le silence comme si nous méditions la signification profonde de ces mots. De tels silences n'étaient pas rares à la table des Keskin. Nombre de pensées concernant des sujets de fond comme pourquoi vivons-nous, quel est le sens de notre existence et de notre présence sur cette terre, et qui ailleurs qu'ici ne me seraient jamais venues à l'esprit, m'assaillaient soudain alors que nous regardions distraitement la télévision, que j'observais Füsun du coin de l'œil ou parlais de la pluie et du beau temps avec Tarık Bey. J'aimais ces étranges silences, ces instants qui nous donnaient à sentir l'aspect mystérieux de la vie que nous menions ; au fil des mois et des années, je comprenais que c'est mon amour pour Füsun qui les rendait si profonds, si particuliers, et je conservais soigneusement les objets qui pouvaient me les rappeler. Ce jour-là, sous prétexte d'y jeter de nouveau un coup d'œil, je saisis la feuille de calendrier que Füsun avait abandonnée dans un coin après l'avoir lue puis, à un moment où personne ne regardait, je la glissai discrètement dans ma poche.

Évidemment, les choses ne se passaient pas toujours aussi aisément. Je ne voudrais pas rallonger mon histoire et la faire sombrer dans le comique en racontant les difficultés auxquelles il m'arrivait d'être confronté quand j'emportais en cachette nombre d'objets de taille et d'importance variées de chez les Keskin, mais je relaterai juste une petite chose survenue à la fin du réveillon du jour de l'an 1982 : peu avant que je parte avec le mouchoir que j'avais gagné à la tombola, Ali, le petit voisin dont l'admiration pour Füsun augmentait de jour en jour, s'approcha de moi et arbora une attitude fort différente de sa turbulente espièglerie habituelle :

— Kemal Bey, vous savez, le mouchoir que vous avez eu tout à l'heure comme lot de tombola…

— Oui…

— C'est le mouchoir de Füsun quand elle était petite. Je peux le regarder encore une fois?

— Mon cher Ali, je ne sais pas où je l'ai mis.

— Moi, je sais. Vous l'avez mis dans cette poche, il doit encore s'y trouver.

Pour un peu, il aurait fourré sa main dans ma poche si je n'avais reculé d'un pas. Dehors, il pleuvait des cordes. Comme tout le monde s'était attroupé devant la fenêtre, personne n'avait remarqué la question de l'enfant.

— Mon petit Ali, il est très tard et tu es encore là, lui dis-je. Ensuite, ton père et ta mère se fâchent contre nous.

— J'y vais, Kemal Bey. Est-ce que vous me donnerez le mouchoir de Füsun?

— Non, murmurai-je en fronçant les sourcils. J'en ai besoin.

59

Soumettre un scénario à la censure

Obtenir l'approbation de la Commission de censure afin de pouvoir tourner le film de Feridun nous prenait énormément de temps. Que ce soit par la presse ou les histoires dont j'entendais parler, je savais depuis fort longtemps que tous les films turcs ou étrangers projetés dans les salles de cinéma passaient systématiquement au crible de la censure. Mais c'est seulement après avoir fondé Citron Films que je pus réellement mesurer la place qu'occupait la censure dans la fabrication d'un film.

Les journaux ne faisaient état des décisions de la Commission de censure que lorsqu'un film considéré comme très important en Occident et faisant également parler de lui en Turquie se retrouvait totalement interdit. Ce qui avait par exemple été le cas pour *Lawrence d'Arabie*, censuré pour son aspect diffamatoire envers les Turcs ; *Le Dernier Tango à Paris* avait quant à lui été réduit à une version « artistique et ennuyeuse » n'ayant plus grand-chose à voir avec l'original, une fois complètement expurgée de toutes les scènes de sexe.

Hayal Hayati Bey, un habitué du bar Pelür qui venait toujours s'asseoir à notre table et qui avait travaillé des années durant au sein de la Commission de censure, nous avait déclaré un soir que, en réalité, il était un bien plus fervent défenseur de la liberté de pensée et de la démocratie que ne l'étaient les Européens mais que jamais il n'avait permis (et ne permettrait) l'instrumentalisation de l'art cinématographique turc par ceux qui désiraient abuser de la candeur de notre bon peuple. Par ailleurs réalisateur et producteur, comme nombre d'habitués du Pelür, Hayal Hayati reconnaissait

avoir accepté de faire partie de la Commission de censure pour
« rendre dingues les autres membres ! » puis, comme chaque fois
qu'il plaisantait, il faisait un clin d'œil à Füsun. Des clins d'œil
empreints à la fois de la facétie d'un oncle disant à sa jeune nièce
« je blaguais » et d'une certaine provocation. Hayal Hayati savait
que j'étais « un parent éloigné » de Füsun et il lui faisait du grin-
gue dans les limites acceptables pour quelqu'un dans ma position.
Ce sont les gens du Pelür qui l'avaient surnommé Hayal[1] parce
qu'il employait toujours ce mot lorsqu'il parlait des films qu'il
tournerait à l'avenir (en circulant de table en table, soit il se répandait sur ses projets, soit il faisait la collecte des ragots). Chaque
fois qu'il passait au Pelür, il s'asseyait à la table de Füsun et lui
racontait longuement un de ces rêves de film en la regardant au
fond des yeux ; chaque fois, il lui demandait de lui donner son avis
de façon « directe et spontanée », « sans se soucier de l'aspect
commercial ».

— C'est un excellent sujet, disait chaque fois Füsun.

— Quand viendra le moment de le tourner, vous accepterez
sûrement d'y tenir un rôle, répondait Hayal Hayati qui se revendi-
quait comme quelqu'un faisant toujours tout par instinct et n'obéis-
sant qu'à sa petite voix intérieure.

Et d'ajouter qu'il était néanmoins un homme très réaliste.

Lorsqu'il était à notre table, je sentais bien que s'il me regardait
de temps à autre, c'était simplement parce qu'il savait que garder
constamment les yeux fixés sur Füsun serait honteux et je lui sou-
riais d'un air qui se voulait amical. Cependant, Füsun et moi découvrions que démarrer le tournage de notre premier film prendrait du
temps.

Hormis les scènes d'amour impudiques et les interprétations qui
risquaient de froisser les susceptibilités concernant l'islamisme,
Atatürk, l'armée turque, les hommes de religion, le président de la
République, les Kurdes, les Arméniens, les Juifs et les Grecs, le
cinéma en Turquie était libre, selon Hayal Hayati. Mais il savait
bien que cela n'était pas vrai et il le disait parfois en riant. Car
depuis un demi-siècle, les membres de la Commission de censure
avaient pris l'habitude de frapper d'interdiction pour toutes sortes

---

1. Rêve, songe, fantasme, chimère… *(N.d.T.)*

de motifs non seulement les sujets prohibés par la volonté de l'État et gênants pour les dirigeants mais également tous les films qu'ils trouvaient trop abrupts ou pas à leur goût, et ils prenaient un réel plaisir à user de ce pouvoir à leur guise et avec humour, comme le faisait Hayal Hayati.

D'un naturel facétieux, il nous faisait rire en nous relatant de quelle façon les films étaient interdits pendant les années où il siégeait à la Commission de censure, avec la jubilation du chasseur parlant des ours qu'il a réussi à prendre au piège. Par exemple, il avait interdit un film traitant avec ironie des mésaventures d'un gardien d'usine au motif qu'il ternissait l'image des gardiens turcs; un autre sous prétexte qu'en racontant l'histoire d'une femme mariée et mère de famille qui tombait amoureuse d'un autre homme il faisait preuve d'irrespect envers l'institution familiale; ou ce film qui retraçait les joyeuses aventures d'un gamin faisant l'école buissonnière parce qu'il incitait la jeunesse à se détourner de l'école. Quant à nous, si nous aimions le cinéma et avions à cœur de toucher l'innocent spectateur turc de base, nous devions apprendre à entretenir de bonnes relations avec les membres de la Commission de censure qui tous étaient des amis proches de Hayati Bey et dont certains venaient parfois au bar Pelür. Comme il prononçait toujours ces paroles en me regardant, j'en déduisais que c'est surtout Füsun qu'il cherchait à impressionner.

Mais il nous était très difficile de savoir dans quelle mesure nous pourrions compter sur lui pour obtenir l'approbation de la Commission de censure. Car le premier film que Hayati Bey avait tourné après avoir quitté la Commission au terme de son mandat s'était vu interdit « pour des raisons, hélas, de caprices personnels ». Il suffisait qu'il aborde ce sujet pour se mettre dans tous ses états. Ce film qui lui avait coûté les yeux de la tête avait été totalement interdit à cause d'une scène de dîner où un père de famille un peu ivre haussait le ton et se mettait à houspiller sa femme et ses enfants parce qu'il n'y avait pas de vinaigre dans la salade, et ce, « afin de protéger l'institution familiale, fondement de la société ».

Pendant que, sur le ton de quelqu'un en butte à l'injustice, Hayati Bey nous expliquait avec quelle sincérité il avait puisé dans sa propre vie cette scène ainsi que les deux autres moments de querelle familiale qui lui avaient valu les foudres de la censure, ce qui le mettait hors de lui, c'est surtout que son film ait été interdit par ses anciens amis de la Commission. Un soir, il avait bu avec eux jusqu'à être ivre mort et à en croire ce qu'on disait, au petit matin, dans une ruelle, il s'était battu avec l'un de ses plus anciens collègues à cause, paraît-il, d'une histoire de fille. Ce sont les policiers du commissariat de Beyoğlu qui les avaient séparés et relevés de la gadoue dans laquelle ils se vautraient, les deux anciens amis n'avaient pas voulu porter plainte l'un contre l'autre puis, encouragés par les policiers, ils s'étaient finalement embrassés et réconciliés. Afin dc pouvoir diffuser son film en salles et s'éviter la faillite, Hayal Hayati avait soigneusement coupé toutes les scènes de querelle familiale incriminées ; seule était restée celle où l'on voyait le fils aîné infliger une correction à son petit frère, avec la bénédiction de sa pieuse mère et l'aimable autorisation de la censure.

C'est ainsi que Hayal Hayati nous expliqua qu'expurger les scènes sujettes à caution était finalement une bonne chose. Parce que même si le film s'en trouvait amputé, du moment qu'il restait compréhensible, il pouvait encore passer dans les salles et rapporter de l'argent. Le pire pour un film étant de se retrouver totalement censuré. Pour éviter ces extrêmes et ce, sur l'intelligente proposition de producteurs turcs que j'étais peu à peu fier de fréquenter, l'État avait fait preuve de bonne volonté et divisé le travail de la censure en deux étapes.

On commençait d'abord par envoyer le scénario du film à la Commission de censure en vue d'obtenir un avis de conformité concernant le sujet et les scènes. Commc dans toutes les situations où le citoyen turc avait besoin de l'aval de l'État pour mener à bien quelque chose, il s'était développé une bureaucratie tatillonne qui délivrait des autorisations contre des pots-de-vin, ce qui avait à son tour engendré l'apparition d'une nébuleuse de personnes et de sociétés intermédiaires dont le travail consistait à faire passer la requête du citoyen à travers les rouages de cette bureaucratie et qu'il décroche la fameuse autorisation. Durant le printemps 1977, je me rappelle que Feridun et moi avons souvent et longuement débattu, assis face à face en fumant des cigarettes dans les bureaux de Citron Films, du choix de l'intermédiaire le plus à même de faire passer à *Pluie bleue* le barrage de la censure.

Il y avait un Grec au surnom de Demir le Dactylo, très apprécié et reconnu pour son travail. Sa méthode pour préparer un scénario de sorte qu'il passe la censure sans encombre, c'était de le réécrire avec sa célèbre machine à écrire selon son propre style. Cet ancien boxeur amateur à la forte corpulence (il avait porté les couleurs de l'équipe de Kurtuluş) était un homme d'une grande finesse. Dans les scénarios qu'il acceptait de reprendre, il arrondissait les angles et mettait de l'huile dans les rouages des relations entre riches et pauvres, ouvriers et patron, le violeur et sa victime, le bon et le méchant, et il n'avait pas son pareil pour ajouter quelques répliques parlant de l'amour du drapeau, de la nation, d'Atatürk et de Dieu pour faire l'équilibre avec la dureté des propos critiques et rageurs prononcés par le héros à la fin du film et qui dérangeraient les censeurs mais raviraient les spectateurs. Son talent essentiel consistait surtout à transformer chaque aspect un peu fruste et outrancier du scénario en un détail tenant de la fable par le biais de l'humour et d'une suave légèreté. Les grandes sociétés de production qui versaient régulièrement des pots-de-vin aux membres de la Commission de censure n'hésitaient pas à confier à Demir le Dactylo des scénarios ne présentant aucun problème à seule fin qu'il leur imprime son propre style, d'une fraîcheur enfantine séduisante.

En apprenant que c'est à Demir le Dactylo que nous devions cette poétique atmosphère de conte qui nous bouleversait dans les films turcs que nous avions vus durant l'été, sur la proposition de Feridun, nous nous rendîmes tous trois à Kurtuluş chez « le docteur des scénarios ». Dans cet endroit où retentissait le tic-tac d'une énorme horloge murale, nous vîmes la vieille machine à dactylographier Remington de laquelle il tirait son fameux surnom et sentîmes planer l'ambiance si particulière qui régnait dans les films. Demir Bey nous accueillit avec beaucoup de gentillesse et de courtoisie ; il nous demanda de lui laisser le scénario ; s'il lui plaisait, il le retravaillerait et le dactylographierait à nouveau afin qu'il passe la censure sans encombre mais cela prendrait du temps parce qu'il avait énormément de travail, nous expliqua-t-il en montrant les piles de dossiers qui s'entassaient entre des assiettes de kebab et de fruits, puis il vanta les mérites de ses deux filles — des jumelles de vingt ans avec de petites lunettes rondes de myopes leur faisant des yeux de chouette qui aidaient leur père à retravailler les scénarios en souffrance empilés au bout d'une immense table à manger — en disant qu'elles s'acquittaient encore mieux de cette tâche que lui. La plus potelée des deux fit grand plaisir à Füsun en se rappelant que quatre ans plus tôt cette dernière figurait parmi les finalistes du concours de beauté organisé par le journal *Milliyet*. Chose dont hélas fort peu de gens se souvenaient.

Mais c'est seulement trois mois plus tard que la même jeune fille rapporta le scénario réécrit et spécialement peaufiné pour Füsun avec des propos flatteurs et admiratifs (« Mon père dit que c'est un vrai film d'art européen »). À la voir faire la tête et lancer de temps à autre des paroles acerbes, je comprenais que cette lenteur irritait Füsun au plus haut point et tâchais de lui expliquer que son mari était également un peu lent.

Lorsque je venais passer la soirée à Çukurcuma, les occasions que Füsun et moi avions de nous lever de table pour discuter entre nous étaient plutôt limitées. Chaque fois, vers la fin du repas, nous allions nous poster devant la cage du canari Citron pour vérifier s'il lui restait des graines, de l'eau et l'état de l'os de seiche qu'il aimait picorer (c'est moi qui le lui achetais au marché égyptien). Mais la cage était très près de la table et il était très difficile de créer une secrète intimité entre nous. Il nous eût fallu soit susurrer soit être beaucoup plus téméraires.

Un moyen plus pratique se présenta de lui-même avec le temps : pendant les moments de liberté que lui laissaient ses copines (pour la plupart des filles célibataires ou de jeunes mariées habitant le quartier et qu'elle me cachait) avec qui elle traînait et allait parfois au cinéma, ses sorties avec Feridun dans les endroits fréquentés par les gens de cinéma, l'obligation d'aider sa mère aux tâches ménagères et aux travaux de couture qu'acceptait encore Tante Nesibe, Füsun dessinait des oiseaux, comme ça, juste pour elle. C'était un moyen personnel de s'exprimer. Mais percevant la passion qui se cachait derrière cette activité amateur, je ne l'en aimais que davantage.

Cette envie de dessiner commença quand un corbeau vint se

poser sur la balustrade métallique du balcon de la pièce du fond — comme cela s'était produit dans l'immeuble Merhamet — et ne jugea pas bon de s'envoler en voyant Füsun s'approcher. Le corbeau revint à plusieurs reprises et, tandis qu'il l'observait de son œil noir et luisant, Füsun fut sans conteste la plus effrayée des deux. Un jour, Feridun le prit en photo ; grâce à un quadrillage, Füsun agrandit cette photo noir et blanc que j'expose ici et réalisa un dessin à l'aquarelle que j'aime beaucoup. Elle continua avec un pigeon et un moineau également venus se poser sur la rambarde de ce même balcon.

— Alors, ça marche comment, le dessin ? demandais-je à Füsun avant le repas ou pendant les longues pauses publicitaires à la télévision, les soirs où Feridun n'était pas là.

Parfois, toute joyeuse, elle m'entraînait dans la pièce du fond en me disant : « Viens, je vais te montrer », et à la pâle lueur du petit lustre, au milieu d'un fatras de tissus, de ciseaux et du matériel de couture de Tante Nesibe, nous regardions ensemble ses dessins.

— C'est bien, c'est drôlement bien, Füsun, lui disais-je en toute sincérité.

Au même instant, j'éprouvais une irrépressible envie de lui toucher le dos, la main… Dans les papeteries de Sirkeci où l'on trouvait du matériel d'importation, je lui achetais du papier, des blocs à dessin et des boîtes d'aquarelle de production européenne.

— Je vais représenter tous les oiseaux d'Istanbul, disait Füsun. Feridun a pris un moineau en photo. C'est lui que je ferai la prochaine fois. Je m'occupe, comme tu vois. Tu crois que les hiboux se posent sur les balcons ?

— Il faudra absolument que tu fasses une exposition un de ces jours, lui dis-je à un moment.

— À vrai dire, j'aimerais bien aller à Paris pour voir les tableaux dans les musées, répondit Füsun.

D'autres fois, elle était de mauvaise humeur et agacée.

— Je n'ai pas pu dessiner ces derniers temps, Kemal, me disait-elle.

Je n'étais évidemment pas long à comprendre que le réel motif de son irritation provenait du fait que le film dans lequel elle devait jouer ne démarrait pas et ne disposait même pas encore d'un scénario abouti prêt à être tourné. Quelquefois, bien qu'elle n'eût pas

428

ajouté grand-chose à son dessin, Füsun se dirigeait vers la pièce du fond à seule fin de m'entretenir du film.

— Feridun n'a pas aimé les modifications que Demir le Dactylo a apportées à son scénario, il le réécrit, me souffla-t-elle un jour. Je lui en ai déjà touché deux mots, mais dis-lui toi aussi de ne pas s'éterniser. Ce serait bien qu'on commence mon film à présent.

— Je le lui dirai.

Trois semaines plus tard, nous étions de nouveau dans la pièce du fond. Füsun avait achevé la peinture de son corbeau et lentement commencé celle du moineau.

— C'est vraiment très bien, déclarai-je après avoir longuement contemplé l'image.

— Kemal, j'ai compris à présent. Il nous faudra des mois avant d'attaquer le tournage du film d'art de Feridun, dit-elle. La Commission de censure a des préventions contre ce genre de choses et n'accorde pas facilement d'autorisation. Mais l'autre jour, au Pelür, Muzaffer Bey est venu à notre table, et il m'a proposé un rôle. Est-ce que Feridun te l'a dit?

— Non. Vous êtes allés au Pelür? Sois prudente, Füsun, tous ces types sont des vrais loups.

— Ne t'inquiète pas, Feridun et moi faisons très attention. Tu as raison mais, là, c'est une proposition très, très sérieuse.

— Tu as lu le scénario? Tu as envie de le faire?

— Je n'ai évidemment pas encore lu le scénario. Ils attendent mon accord pour le faire écrire. Ils veulent me rencontrer.

— C'est quoi, le sujet?

— Quelle importance, Kemal? Encore une histoire d'amour mélodramatique à la Muzaffer Bey, que veux-tu que ce soit? Je pense accepter.

— Ne te précipite pas. Ces gens ne sont guère recommandables. Ils n'ont qu'à parler avec Feridun au lieu de te convoquer. Il se peut qu'ils aient de mauvaises intentions.

— Mauvaises dans quel sens?

Mais rompant là la discussion, le moral en berne, je regagnai aussitôt ma place à table.

Il ne m'était pas difficile d'imaginer qu'un mélodrame commercial réalisé par un metteur en scène aussi doué que Muzaffer Bey et mettant Füsun en avant la rendrait rapidement célèbre dans tout le pays, d'Edirne à Diyarbakır. Les foules massées dans les salles de cinéma à l'air vicié et chauffées par un poêle à charbon, écoliers buissonniers, chômeurs, ménagères à l'imagination fertile et hommes en manque de femme tomberaient évidemment tous sous le charme de Füsun, séduits par sa beauté et son humanité. Puis je me surprenais à penser que, une fois qu'elle aurait atteint son rêve de devenir star, Füsun se comporterait mal non seulement envers moi mais aussi envers Feridun, allant peut-être jusqu'à nous laisser tomber tous les deux. Je ne voyais évidemment pas Füsun comme quelqu'un de prêt à tout pour la célébrité et l'argent, cul et chemise avec les journalistes de la presse magazine ; mais si cette expression m'est venue à l'esprit, c'est parce que, à leurs regards, je comprenais que nombre de ceux qui fréquentaient le bar Pelür feraient tout ce qu'ils pourraient pour l'éloigner de moi. Si jamais Füsun devenait une actrice célèbre, je risquais malheureusement d'être encore plus amoureux d'elle et d'avoir encore plus peur de la perdre.

Je me souviens d'avoir été ce soir-là envahi par un sentiment d'inquiétude, voire de panique, en constatant, à la vue des regards furibonds qu'elle lança durant tout le repas, que ce n'était ni à moi ni à son mari que ma beauté pensait mais à ses rêves de star. Désormais, je ne savais que trop que si Füsun partait au bras d'un producteur ou de l'un des célèbres acteurs qui traînaient dans ces *meyhane* et me plantait là — ainsi que son mari —, ma souffrance surpasserait tout ce que j'avais enduré pendant l'été 1975.

Feridun avait-il conscience des dangers qui se profilaient ? Il se rendait bien compte que les producteurs de films commerciaux cherchaient à attirer sa femme dans leur minable univers et loin de lui mais je ne ratais jamais une occasion de le mettre en garde — à demi-mot — contre ce péril, lui faisant entendre que si Füsun commençait à jouer dans ces horribles mélodrames, le film d'art qu'il désirait réaliser n'aurait pour moi plus aucun sens ; puis à la maison, alors que je m'installais dans le fauteuil de mon père et buvais seul du raki au milieu de la nuit, je me demandais avec inquiétude si je ne m'étais pas un peu trop dévoilé auprès de Feridun.

Début mai, alors qu'approchait la saison des tournages, Hayal Hayati passa nous voir à Citron Films pour nous expliquer que la jeune actrice jouissant d'une modeste notoriété qui devait jouer dans son film s'était retrouvée à l'hôpital à cause des coups qu'elle avait reçus de son très jaloux petit ami, qu'il serait vraiment très bien que Füsun reprenne son rôle, ce qui représentait une opportunité en or pour une personne aussi belle et cultivée qu'elle. Connaissant parfaitement mes craintes, Feridun déclina poliment la proposition et, me semble-t-il, n'en souffla même pas mot à Füsun…

60

Les nuits du Bosphore
au restaurant Huzur

Au lieu de systématiquement nous tourmenter, les ruses que nous inventions pour écarter les loups et les chacals qui tournaient autour de Füsun chaque fois qu'elle allait au bar Pelür nous amusaient, nous leur trouvions même parfois un caractère franchement réjouissant. Ayant appris que Beyaz Karanfil — le chroniqueur mondain que les lecteurs se souviendront avoir déjà vu à la fête de fiançailles au Hilton — désirait écrire sur elle un article ayant pour thème « La naissance d'une étoile », j'avais expliqué à Füsun que cet homme n'était absolument pas fiable. Puis, comme si nous jouions à cache-cache, nous avions passé notre temps à l'éviter. Le poème d'amour qu'un journaliste assis à notre table et soudain en veine d'inspiration avait griffonné sur une serviette en papier puis dédié à Füsun avec de tendres paroles avait été jeté à la poubelle, avant d'être lu par quiconque, par Tayyar, le vieux serveur du Pelür venu sur mes instances débarrasser la table de ses déchets. Une fois seuls, Füsun, Feridun et moi nous rapportions en riant certaines de ces anecdotes (pas toutes).

Contrairement à la plupart des cinéastes, journalistes et artistes que nous croisions au bar Pelür et autres *meyhane* qui se mettaient à s'apitoyer et pleurer sur leur sort sous l'effet de l'alcool, au bout de deux verres, Füsun était toute guillerette, aussi vive, pétillante et enjouée qu'une fillette volubile. J'avais parfois le sentiment que si Füsun se réjouissait ainsi, c'est parce qu'elle, son mari et moi étions ensemble, comme à l'époque où nous courions les cinémas de plein air et les restaurants du Bosphore. Comme j'étais las des potins et des médisances, j'allais très peu au Pelür désormais ; lorsque je m'y trouvais, je gardais constamment un œil sur la meute qui tournait autour de Füsun et le plus souvent, avant même la fin de la soirée, je réussissais à l'emmener dîner avec son mari au bord du Bosphore. Fâchée que nous ayons quitté le bar si tôt, Füsun commençait d'abord par faire une mine de six pieds de long mais en cours de route, pendant que nous bavardions tous ensemble avec Çetin dans la voiture, elle était tellement heureuse que j'en venais à penser qu'il serait beaucoup mieux pour nous tous de fréquenter davantage les restaurants — exactement comme nous le faisions pendant l'été 1976. Mais il me fallait d'abord convaincre Feridun. Car Füsun et moi ne pouvions décemment pas nous retrouver seul à seule dans un quelconque restaurant tel un couple d'amoureux. Vu qu'il était difficile d'arracher Feridun à ses amis cinéastes, je dus d'abord décider Tante Nesibe à venir avec nous, puis Füsun et son mari, et nous allâmes manger du *lüfer* à l'Urcan de Sarıyer.

Pendant l'été 1977, sans que Tarık Bey n'émette trop d'objections et participe même avec plaisir à ces virées, notre petite bande accoutumée à regarder la télévision chez les Keskin commença à se rendre dans les restaurants du Bosphore avec la voiture conduite par Çetin. Comme je désire que tous ceux qui visitent notre musée se remémorent ces promenades et ces repas avec le même bonheur que j'ai à les évoquer, je vais entrer dans les détails. D'ailleurs, l'ultime objectif du roman et du musée n'est-il pas de raconter avec sincérité nos souvenirs afin que notre bonheur devienne également celui des autres ? Cet été-là, aller dîner tous ensemble dans un *meyhane* au bord du Bosphore devint rapidement pour nous une plaisante habitude. Les années suivantes, été comme hiver, nous prenions souvent la voiture — une fois par mois — et nous mettions en route en riant et nous amusant comme si nous allions à une noce pour nous rendre soit dans un restaurant des bords du Bosphore soit dans un grand et célèbre *gazino* pour écouter les chanteurs et les anciennes chansons qu'aimait Tarık Bey. À d'autres moments cependant, en raison des tensions et des incertitudes qui régnaient entre Füsun et moi ainsi que des soucis liés à notre film qui décidément ne se tournait pas, nous oubliions ces plaisirs ; ce n'est qu'après de longs mois de morosité lorsque nous montions tous dans la voiture que je remarquais combien, en réalité, nous pouvions rire et nous amuser ensemble et combien nous nous étions habitués les uns aux autres et nous aimions.

À cette époque, avec ses *meyhane* alignés en enfilade et pris d'assaut par une foule qui débordait jusque sur les trottoirs, ses vendeurs de billets de tombola, de moules farcies et d'amandes fraîches qui arpentaient les rues en circulant entre les tables, ses glaciers, ses photographes qui faisaient votre portrait et l'apportaient développé en une heure, ses petits orchestres de *fasıl* et ses chanteurs de chansons turques classiques présents dans la majorité des restaurants, Tarabya était l'endroit le plus prisé des Stambouliotes en goguette sur les bords du Bosphore. (En ces années-là, il n'y avait pas un seul touriste dans les parages.) Je me souviens de Tante Nesibe riant d'admiration devant la rapidité et la hardiesse des serveurs qui, les mains chargées de plateaux remplis d'assiettes de mezzés, faisaient le service au pas de course parmi les voitures qui se faufilaient dans l'étroite rue entre terrasses et restaurants.

Celui dans lequel nous allions, le Huzur, était relativement simple et dépourvu de pompe. Si nous avions choisi d'entrer et de nous installer dans ce restaurant le soir de notre première sortie sur le Bosphore, c'est tout bonnement parce qu'il restait de la place, mais Tarık Bey avait beaucoup aimé l'endroit car on pouvait entendre « de loin et gratuitement » la musique *alaturca* et les vieilles chansons qui nous parvenaient de l'ostentatoire Mücevher Gazino d'à côté. Lorsque nous revînmes et que je proposai de nous installer au Mücevher afin d'écouter les chansons anciennes dans de meilleures conditions, « Mon Dieu, n'allons pas donner d'argent à cet affreux orchestre et ces chanteuses à la voix de crécelle, Kemal Bey ! » se récria Tarık Bey, mais durant tout le repas, il écouta avec attention, plaisir et colère la musique qui venait d'à côté. Il corrigeait à voix haute les erreurs des chanteurs qui n'avaient « ni voix ni oreille », montrait qu'il connaissait toutes les paroles en terminant la chanson avant l'interprète ; au bout du troisième raki, il fermait les yeux d'un air profondément pensif et sentimental et marquait le tempo en dodelinant de la tête.

En sortant de leur domicile de Çukurcuma pour aller nous promener en voiture au bord du Bosphore, on eût dit que nous abandonnions, si peu que ce fût, le rôle que chacun de nous avait adopté au sein du foyer. J'aimais beaucoup les restaurants et nos balades au bord du Bosphore car, contrairement à chez eux, Füsun était assise juste à côté de moi. Au milieu des tables bondées, personne ne remarquait que son bras se pressait contre le mien. Pendant que son père écoutait la musique et que sa mère contemplait les lumières tremblotantes et l'obscurité brumeuse du Bosphore, dans le brouhaha ambiant, nous parlions tous deux à mi-voix de la pluie et du beau temps, de ce que nous avions mangé, de la beauté de la soirée, de son père qui était si gentil, avec la retenue de timides jeunes gens venant tout juste de se connaître et de découvrir les codes de l'amitié fille-garçon à l'européenne. Alors que fumer devant son père était toujours pour Füsun un problème, dans les *meyhane* du Bosphore, elle prenait des airs d'Européenne libérée gagnant elle-même son pain et tirait sur sa cigarette de façon ostentatoire. Je me souviens des billets de tombola que nous achetions auprès du vendeur à lunettes noires et aux allures de fier-à-bras, des regards que nous échangions parce que nous n'avions rien gagné et du fameux « malheureux au jeu… » que nous entonnions avant de nous interrompre en rougissant, et du bonheur que nous ressentions ensuite.

C'était autant le bonheur du vin et de la présence de l'Aimée célébré par la poésie du divan que celui de sortir de la maison, de se retrouver ensemble dans la foule des rues. Lorsque la route du Bosphore passablement coincée entre les restaurants et les tables en terrasse se retrouvait la proie des embouteillages, les disputes qui éclataient entre les personnes à bord des voitures et celles qui étaient attablées — sous prétexte que l'un avait lorgné une fille et l'autre balancé un mégot — s'enflammaient d'un seul coup. Au fil de la soirée, les gens éméchés se mettaient à chanter, tandis qu'on applaudissait et s'apostrophait de table en table, l'ambiance s'animait. Sur ce, lorsque la peau bronzée et le costume doré à paillettes d'une danseuse orientale courant d'un restaurant à l'autre pour son spectacle luisaient dans les phares des voitures, s'élevait alors un concert de klaxons digne des sirènes de *vapur* qui retentissaient le 10 novembre [1] sur le Bosphore. Ensuite, au milieu de la soirée, le vent changeait soudain de direction, soulevant la fine

1. Date anniversaire de la mort d'Atatürk. *(N.d.T.)*

435

couche de sable, de poussière et de saleté qui couvrait coques de noisettes, de graines de tournesol, écorces de pastèques et trognons d'épis de maïs, capsules de bouteilles, morceaux de papier et feuilles de journaux, fientes de pigeons et de mouettes et sachets en plastique qui jonchaient les pavés de la jetée, on entendait alors bruisser les arbres de l'autre côté de la route et Tante Nesibe recouvrait les assiettes de ses mains en s'écriant : « Attention, les enfants, n'allez pas avaler de la poussière en mangeant ! » Plus tard, le vent changeait à nouveau subitement de direction, et le *poyraz* soufflant de la mer Noire apportait une fraîcheur chargée d'iode.

En fin de soirée, pendant que chansons et polémiques sur le montant de l'addition s'élevaient autour des tables, Füsun et moi nous rapprochions, nos mains, nos bras, nos jambes se touchaient de plus en plus, se confondant parfois de telle sorte que je croyais défaillir de bonheur. Quelquefois, j'étais si heureux que je stoppais le premier photographe qui passait afin qu'il immortalise l'instant, ou j'arrêtais une Gitane pour qu'elle nous dise à tous la bonne aventure. Parfois, j'avais le sentiment de faire connaissance avec elle pour la première fois. Là-bas, près de Füsun, mon bras contre le sien et ma main touchant la sienne, je pensais que je l'épouserais, me laissais bercer par des rêves de bonheur en contemplant les reflets du clair de lune sur la surface de la mer ; sur ce, je buvais un autre raki bien glacé puis, comme en rêve, je remarquais avec une effroyable volupté que la partie saillante de mon anatomie s'était fermement dressée mais, sans céder à l'affolement, je sentais que j'étais, que nous étions dans un état d'esprit libéré de la faute et du péché à l'instar de nos ancêtres du jardin d'Éden, et je m'abandonnais au plaisir de l'imagination, de la volupté et au bonheur d'être assis à côté de Füsun.

En dehors de la maison, au milieu de cette foule, au nez et à la barbe de ses parents, je ne sais pour quelle raison nous arrivions à être aussi proches l'un de l'autre, comme jamais nous ne l'avions été chez eux, à Çukurcuma. Mais ces soirs-là, je comprenais que nous pourrions former à l'avenir un couple heureux et harmonieux, et que « nous allions bien ensemble », selon l'expression affectionnée par les magazines. Et cela, nous le pressentions tous les deux. Je me souviens avec un grand bonheur d'avoir piqué avec ma fourchette et porté à ma bouche l'un des petits *köfte* bruns qui se trou-vaient dans son assiette alors que nous parlions gentiment de tout et de rien et qu'elle me proposait « Tu veux goûter ? », et, une autre fois, toujours sur son invitation, les olives restées au bord de son assiette et dont j'expose ici les noyaux. Un autre soir encore, tournés sur nos chaises vers la table d'à côté où ils étaient instal-lés, nous avions eu une longue et amicale discussion avec un couple qui nous ressemblait un peu (l'homme châtain et la trentaine, la fille dans la vingtaine, brune et le teint blanc).

À la fin de cette même soirée, je croisai Nurcihan et Mehmet qui sortaient du Mücevher Gazino et, sans toucher mot de nos amis communs, nous nous lançâmes dans un vaste débat pour savoir quel était le meilleur glacier du Bosphore encore ouvert à cette heure. Au moment de prendre congé, montrant de loin Füsun et ses parents en train de monter dans la Chevrolet dont Çetin ouvrait la porte, je leur expliquai que j'avais emmené ma famille faire un tour sur le Bosphore. À l'intention des visiteurs qui se rendront plus tard dans mon musée, j'aimerais rappeler qu'il existait très peu de véhicules particuliers à Istanbul dans les années 1950 et 1960, et ceux qui avaient les moyens de faire venir leur voiture d'Europe ou d'Amérique emmenaient fréquemment leurs amis et leurs proches se balader en ville. (Dans mon enfance, j'ai souvent entendu ma mère demander à mon père : « Saadet Hanım voudrait bien faire un tour en voiture avec son mari et ses enfants, tu viens avec nous ou bien j'y vais juste avec Çetin ? » — parfois, ma mère disait simplement « avec le chauffeur » —, et mon père répondre : « Oh, emmène-les, toi, je suis occupé. »)

De retour de ces promenades au bord du Bosphore, nous chan-tions tous ensemble dans la voiture. Tarık Bey était toujours le premier à se lancer. D'abord, il commençait par fredonner pour se rappeler la mélodie et les paroles d'une ancienne composition, ensuite il nous demandait d'allumer la radio et d'y rechercher une chanson, et pendant que nous tournions le bouton de la radio pour changer de fréquence, il entonnait l'une des anciennes mélodies que nous avions entendues dans la soirée en provenance du Mücevher. Pendant que nous passions d'une fréquence à l'autre, nous tom-bions parfois sur les drôles de langues de lointains pays étrangers et faisions silence un instant. « C'est Radio Moscou », disait alors Tarık Bey, l'air mystérieux. Puis il s'animait peu à peu, se mettait par exemple à chanter le premier couplet d'une chanson que Tante Nesibe et Füsun poursuivaient aussitôt avec lui. Sur le chemin du retour, tandis que la voiture résonnait d'un concert de vieilles chansons et filait dans la nuit sous les ombres des hauts platanes qui bordaient la route du Bosphore, je me tournais vers la banquette arrière et tâchais de chanter avec eux *Les Vieux Amis* de Gültekin Çeki, dont j'avais honte de ne pas connaître toutes les paroles.

En fait, la plus heureuse de nous tous pendant que nous chantions en chœur dans la voiture, discutions et riions en dînant au restaurant, c'était Füsun. N'empêche que les soirs où elle pouvait sortir de la maison, elle aimait beaucoup se retrouver en compagnie des gens de cinéma au bar Pelür. C'est la raison pour laquelle il me fallait d'abord passer par Tante Nesibe pour que nous sortions nous promener tous ensemble au bord du Bosphore. Tante Nesibe ne voulait pas rater les occasions qui s'offraient à Füsun et à moi de nous côtoyer. Un autre moyen consistait à convaincre Feridun de venir avec nous. C'est ainsi que, un soir, nous avions également dû emmener Yani, un ami caméraman dont Feridun n'arrivait pas à se séparer. Grâce aux subsides de Citron Films, ils tournaient ensemble des films publicitaires, je ne m'en mêlais pas et considérais d'un bon œil qu'ils gagnent un peu d'argent. Parfois, je me demandais comment je ferais pour voir Füsun si un beau jour Feridun se mettait à gagner beaucoup d'argent et décidait de quitter le domicile de ses beaux-parents pour s'installer dans un autre appartement avec sa femme. Par moments, je sentais avec quelque honte que c'était pour cette raison que je veillais à bien m'entendre avec lui.

Tarık Bey et Tante Nesibe n'étant pas venus à Tarabya ce soir-là, ni nous n'écoutâmes les chansons qui nous parvenaient du *meyhane* d'à côté, ni nous ne chantâmes ensemble sur le chemin du retour. Füsun s'était assise à côté non pas de moi mais de son mari et absorbée dans les discussions et potins ayant trait au petit monde du cinéma.

Me rappelant combien j'avais été malheureux cette fois-là, un soir où j'étais de nouveau sorti avec Füsun et son mari au bar Pelür et qu'un autre ami de Feridun nous faisait part de son désir de nous accompagner, j'avais tout bonnement refusé de l'emmener en prétextant que nous n'avions plus de place dans la voiture vu que, peu après, nous devions passer chercher les parents de Füsun pour partir ensemble au bord du Bosphore. Sans doute avais-je été un peu brusque en disant cela car je vis les yeux vert foncé de l'homme au beau et large front s'écarquiller d'étonnement, voire de colère, mais je n'y prêtai pas plus d'attention. Nous retournâmes ensuite à Çukurcuma ; avec de douces paroles et l'aide de Füsun, nous parvînmes à persuader Tante Nesibe et Tarık Bey de nous suivre et partîmes tous ensemble à Tarabya, au restaurant Huzur.

Je me souviens de m'être senti mal à l'aise peu après avoir pris place et commencé à boire, et, à un moment, d'avoir pensé que je ne prenais aucun plaisir à cette soirée, à cause de l'état de tension de Füsun. Je me retournais en quête des *tombalacı*, des marchands de noix fraîches qui nous permettraient de faire diversion quand, à deux tables de la nôtre, j'aperçus le même homme aux yeux vert foncé. Assis avec un ami, il buvait en nous observant. Feridun remarqua que je les avais vus.

— Ton copain a fini par trouver une voiture, lui dis-je, il nous a suivis.

— Tahir Tan n'est pas mon copain, répondit-il.

— C'est pourtant bien lui qui voulait venir avec nous au moment où nous sortions du Pelür, n'est-ce pas ?

— Oui, mais ce n'est pas mon copain. Il joue dans des romans-photos et des films d'action. Je ne l'aime pas.

— Pourquoi nous collent-ils au train ?

Il se fit un silence. Assise près de Feridun, Füsun avait tout entendu et s'était un peu plus contractée. Tarık Bey était absorbé dans la musique mais Tante Nesibe tendait l'oreille dans notre direction. Puis, comprenant aux regards de Füsun et de Feridun que l'homme s'approchait de nous, je me retournai.

— Excusez-moi, Kemal Bey, dit Tahir Tan. Mon but n'est pas de vous déranger mais je voudrais parler avec les parents de Füsun.

Sur son visage se peignit l'expression du beau jeune homme poli demandant l'autorisation au père et à la mère d'une jeune fille qui lui a plu avant de danser avec elle dans un bal des officiers

conformément aux bonnes manières décrites dans les colonnes
« savoir-vivre » des quotidiens.

— Excusez-moi, j'aimerais vous entretenir de quelque chose,
dit-il en s'approchant de Tarık Bey. Le film où Füsun…

— Tarık, le monsieur te parle, dit Tante Nesibe.

— C'est aussi à vous que je m'adresse, chère madame. Vous
êtes bien la mère de Füsun, et vous son père, n'est-ce pas ? Êtes-
vous au courant ? Muzaffer Bey et Hayal Hayati, deux grands réalisateurs considérés comme les meilleurs du cinéma turc, ont proposé
des rôles importants à votre fille. Mais il paraît que vous auriez
refusé sous prétexte qu'il y avait une scène de baiser dans ces films.

— Pas du tout, dit froidement Feridun.

Comme toujours à Tarabya, il régnait un grand brouhaha. Soit
Tarık Bey n'avait pas entendu, soit, comme nombre de pères turcs
dans ce genre de situations, il faisait mine de ne pas entendre.

— Pas du tout quoi ? demanda Tahir Tan en jouant les gros bras.

Il était clair qu'il avait beaucoup bu et cherchait la bagarre.

— Tahir Bey, répondit Feridun d'un ton circonspect, ce soir,
nous sommes en famille et n'avons aucune envie de discuter de ces
affaires de cinéma.

— Mais moi je veux… De quoi avez-vous peur, Füsun Hanım,
dites-leur donc que vous voulez jouer dans des films.

Füsun détourna les yeux. Elle fumait, avec des gestes lents et
placides. Je me levai. Feridun fit simultanément de même. Nous
nous frayâmes un chemin entre les tables. Les têtes se tournèrent
dans notre direction. Nous avions probablement adopté les attitudes et les gestes de coqs de combat que l'on voyait chez tous les
hommes turcs prêts à se battre car un cercle de curieux ne voulant
surtout pas rater le spectacle, de gens ivres avides d'amusement se
formait autour de nous. L'ami de Tahir aussi se leva de table et
s'approcha.

Un vieux serveur ayant une longue expérience des bagarres dans
les *meyhane* s'interposa aussitôt.

— Allez, messieurs, tout le monde se disperse et regagne sa
place, dit-il. Nous avons tous un peu bu, des bisbilles de ce genre
peuvent toujours arriver. Kemal Bey, nous servons une cassolette
de moules et du *çiroz* à votre table.

Afin que les gens heureux des futures générations qui visiteront notre musée des siècles plus tard ne nous méjugent pas, il me faut préciser que, en ce temps-là, dans les cafés, les files d'attente à l'hôpital, les embouteillages, les matchs de foot, en tous lieux et toutes circonstances, les hommes turcs se jetaient dans la bagarre au moindre prétexte et que se défiler par peur de se battre était vu comme un ultime déshonneur.

L'ami de Tahir lui posa la main sur l'épaule et l'éloigna l'air de dire « Que la supériorité reste de ton côté ». Et Feridun me prit aussi par l'épaule et me fit rasseoir l'air de dire « Ça ne vaut franchement pas la peine ». Je lui fus reconnaissant de son geste.

Pendant que le projecteur d'un bateau se promenait dans la nuit à la surface des vagues agitées par le vent du nord, Füsun fumait sa cigarette comme si de rien n'était. Je la fixai longuement au fond des yeux et elle ne détourna pas le regard. En me regardant avec un air fier et presque de défi, elle me fit sentir que ce qu'elle vivait depuis deux ans et attendait de la vie était beaucoup plus grand et dangereux que le petit problème provoqué par cet acteur ivre.

Plus tard, Tarık Bey accompagna la chanson *Pourquoi ai-je aimé cette femme cruelle* de Selahattin Pınar qui nous parvenait du Mücevher en remuant la tête et son verre de raki d'un air très grave. Comprenant nous aussi que partager la tristesse de cette chanson serait très bien, nous nous joignîmes à lui. Beaucoup plus tard, au milieu de la nuit, sur le chemin du retour, tandis que nous chantions tous ensemble dans la voiture, c'est comme si nous avions complètement oublié l'incident survenu en début de soirée.

61

Regarder

Or, je n'avais nullement oublié la trahison de Füsun. À l'évidence, Tahir Tan s'était amouraché de Füsun en la voyant au bar Pelür et débrouillé pour que Hayal Hayati et Muzaffer Bey lui proposent de jouer dans leurs films. Ou le plus plausible était que Hayal Hayati et Muzaffer Bey lui aient proposé un rôle après avoir remarqué l'intérêt que Tahir Tan lui portait. Et à voir son air penaud après le départ de ce dernier, j'avais compris que Füsun les avait quelque peu encouragés.

Pendant l'été 1977, la première fois que je revins chez les Keskin après cette fameuse soirée au restaurant Huzur de Tarabya, les regards furieux et boudeurs de Füsun suffirent à me laisser deviner qu'on lui avait interdit de sortir à Beyoğlu dans les lieux fréquentés par les gens de cinéma, et plus particulièrement au Pelür. Lorsque nous nous retrouvâmes plus tard à Citron Films, Feridun me raconta que Tante Nesibe et Tarık Bey étaient aux cent coups depuis cet incident. Il était extrêmement difficile à Füsun de se rendre au bar Pelür en ce moment. Et même pour voir ses copines de quartier, elle s'était vu poser des limites. Pour sortir dans la rue, il fallait qu'elle demande l'autorisation à sa mère, comme une jeune fille encore célibataire. Ces sévères restrictions ne durèrent guère longtemps mais je me souviens que Füsun en fut très malheureuse. Feridun tâchait de la consoler en lui expliquant par de belles paroles que désormais lui non plus n'irait plus au Pelür. Feridun et moi savions très bien que la seule façon de rendre le sourire à Füsun était d'entamer le tournage de son film d'art.

Mais ni le scénario n'était en état de franchir la Commission de

442

censure ni Feridun en mesure de mener cette tâche à bien dans de proches délais. D'après ce dont nous parlions dans la pièce du fond en regardant le dessin de mouette qu'elle venait de commencer, je comprenais que Füsun se rendait clairement et douloureusement compte de tout cela, et j'en étais attristé. N'aimant guère me retrouver sous le feu de ses questions et spectateur de sa révolte, je ne lui demandais plus autant : « Comment marche ce nouveau dessin ? » ; ce n'est que lorsque je la sentais d'humeur joyeuse et que j'étais certain que nous parlerions de son dessin de mouette que je lui posais cette question.

Le plus souvent, je la trouvais morose et, évitant de l'interroger sur les progrès de la mouette, je m'asseyais en sentant sur moi ses regards noirs de colère. Et dès l'instant où j'avais l'intime conviction que Füsun cherchait par ce biais à communiquer avec moi, ses regards se faisaient encore plus appuyés et énigmatiques. Même si nous restions trois ou cinq minutes dans la pièce du fond à regarder ses peintures, je passais le plus clair de la soirée à m'interroger sur ces regards et à tâcher de leur donner un sens. D'ailleurs, pendant ces dîners à Çukurcuma, j'employais la majeure partie de mon temps à essayer de lire dans ses yeux ce qu'elle pensait à mon sujet, de sa vie et quels étaient ses sentiments. Moi qui dédaignais à une époque le rituel consistant à établir la communication par le regard, j'avais fini par m'y plonger et rapidement passer maître en la matière.

Dans mes années de jeunesse, lorsque nous allions au cinéma, au restaurant ou nous promener dans les îles au printemps entre amis et que, dans la salle du haut d'un *vapur*, l'un de nous s'écriait : « Messieurs, les filles qui sont là-bas nous regardent ! », je restais toujours dubitatif face à ces paroles qui en mettaient pourtant certains en émoi. Car dans les lieux grouillant de monde, il était extrêmement rare que les filles regardent les hommes présents dans les parages, et si d'aventure elles le faisaient et que leurs regards se croisaient, avec le même effroi que si elles s'étaient brûlées à une flamme, elles détournaient précipitamment les yeux pour ne plus les ramener dans cette direction. Les premiers mois où j'allais le soir chez les Keskin, si jamais nos regards se croisaient de façon fortuite alors que nous étions tous assis à table devant la télévision, c'est exactement ainsi que Füsun détournait les yeux, comme si elle s'était brûlée à une flamme. Parce que ce geste était propre à toute fille turque qui croisait un étranger dans la rue, il avait le don de me déplaire. Mais par la suite, je commençai à penser que si Füsun l'avait adopté quand nous étions à table, c'était à seule fin de me provoquer. Je faisais mes premiers pas dans l'apprentissage de l'art subtil du regard.

En déambulant jadis dans les rues et les marchés d'Istanbul, il m'était rarement arrivé de voir — même à Beyoğlu — des femmes pousser l'audace jusqu'à essayer d'établir un contact visuel avec les hommes, auxquels elles n'accordaient pas un seul regard, qu'elles soient voilées ou pas. D'un autre côté, j'avais souvent entendu cette phrase dans la bouche de ceux qui s'étaient connus et choisis par eux-mêmes, hors des voies habituelles du mariage arrangé : « C'est d'abord par les yeux que s'est scellée notre union. » Même si l'union de mes parents était le produit d'un mariage arrangé, ma mère prétendait que c'est ainsi, par la seule force du regard et sans échanger un mot, que mon père et elle s'étaient appréciés et choisis en s'apercevant de loin dans un bal auquel participait également Atatürk. Quant à mon père, il n'avait jamais cherché à contredire ma mère mais, une fois, il m'avait dit qu'ils avaient en effet participé à un bal en même temps qu'Atatürk mais qu'il n'avait hélas pas le souvenir d'avoir vu ce soir-là la jeune fille de seize ans portant toilette et gants blancs qui plus tard deviendrait sa femme.

Pour ma part, ce n'est que tardivement — peut-être parce que j'avais passé une partie de ma jeunesse en Amérique —, une fois la trentaine passée et grâce à Füsun, que je compris la signification du regard dans un monde comme le nôtre où hommes et femmes ne pouvaient se voir, faire connaissance et se retrouver hors du cadre familial. Mais je sus parfaitement reconnaître la valeur de ce que j'avais découvert et constamment en éprouver en moi la profondeur. Füsun me regardait comme les femmes des anciennes miniatures persanes ou celles que l'on voyait dans les romans-photos et les films de notre époque. Quand j'étais assis à table en biais par rapport à elle, la tâche qui m'incombait consistait moins à regarder vainement la télévision qu'à décrypter les regards de ma belle. Mais quand nos regards se croisaient — peut-être parce qu'elle avait découvert le plaisir que j'y prenais et désirait m'en punir —, Füsun détournait aussitôt les yeux telle une timide jeune fille.

À la table familiale, elle ne voulait ni rappeler ni se rappeler ce que nous avions vécu ensemble, de plus, elle était furieuse que nous ne fassions pas d'elle une vedette de cinéma, pensais-je, et au début, je lui donnais raison. Plus tard cependant, cette façon qu'elle avait de se dérober à tout contact ne serait-ce que visuel, de prendre des airs de vierge effarouchée après tant d'heureux ébats amoureux et de détourner les yeux comme elle l'eût fait envers un étranger commença à me mettre en colère. Alors que personne ne s'occupait de nous, autrement dit pendant que nous dînions en regardant distraitement la télévision ou que, au contraire, nos yeux se remplissaient de larmes devant la poignante scène de séparation de la série à l'eau de rose qui passait à l'écran, j'étais si heureux quand nos regards se croisaient un instant de manière fortuite que, tout joyeux, je comprenais que c'était pour cela que j'étais venu ce soir-là. Mais Füsun faisait mine de ne pas avoir ressenti le bonheur inhérent à cet instant et détournait les yeux, ce qui me brisait le cœur.

Savait-elle que si j'étais là c'est parce que je n'avais pas oublié combien nous avions été heureux ensemble à une époque? Je sentais qu'elle finissait par comprendre à mes regards que j'étais envahi par ces pensées et furieux contre elle. À moins que je ne me fasse tout simplement des idées.

Ce monde flottant et équivoque ouvert par le ressenti et l'imagination constitua pour moi une seconde grande découverte pendant que je m'initiais grâce à Füsun aux subtilités de l'art du regard. Passer par le regard était à l'évidence le chemin pour se faire comprendre sans utiliser un seul mot. Mais le message émis véhiculait une profonde ambiguïté qui n'était pas pour nous déplaire. Je ne comprenais pas vraiment ce que Füsun cherchait à exprimer avec les yeux et, au bout d'un moment, j'en venais à penser que la chose exprimée n'était autre que ce regard lui-même. Dans ses regards qui, bien que rarement au début, se faisaient subitement et lourdement expressifs, je sentais sa colère, sa détermination, les tempêtes qui soufflaient dans son âme; mon esprit devenait confus, j'avais l'impression de perdre pied et de reculer devant elle. Plus tard, lorsque apparaissait à l'écran une image susceptible d'évoquer nos heureux souvenirs communs — par exemple un couple s'embrassant comme nous-mêmes le faisions — et que je désirais croiser son regard, la voir détourner les yeux sans concession et même se tourner de profil pour mieux se dérober me mettait hors de moi. C'est là que je contractai l'habitude de garder les yeux braqués sur elle avec une insistance obstinée.

Je plantais mes yeux dans les siens et restais ainsi à la dévisager. À la table familiale cependant, je ne la fixais généralement pas au-delà de dix ou douze secondes ; le plus long, le plus hardi de mes regards atteignait la demi-minute. Les gens libres de l'heureuse époque moderne qui succéderait à la nôtre peuvent sans doute penser, et à juste titre, que ma façon d'agir était une sorte de « harcèlement ». Parce que en agissant ainsi je révélais au grand jour l'intimité et l'amour que nous avions partagés un temps et que Füsun voulait dissimuler, et peut-être même oublier. La présence d'alcool sur la table familiale et mon état d'ébriété ne constituent assurément pas une excuse. Mais pour ma défense, je dois dire que si je n'avais pu m'autoriser à la regarder, je serais probablement devenu dingue et n'aurais pas pu trouver en moi la force d'aller chez les Keskin.

La plupart du temps, lorsqu'elle comprenait à l'insistance éhontée de mon premier regard que j'étais dans un de mes mauvais jours, irascible et obsessionnel, et que j'étais parti pour garder les yeux fixés sur elle toute la soirée, loin de céder à l'affolement, Füsun s'asseyait tranquillement en face de moi sans plus m'adresser un seul regard, comme toutes les filles turques ayant acquis l'art de faire fi des regards envahissants des hommes. Cela avait le chic de me rendre fou, je lui en voulais encore plus et ne faisais que la dévisager davantage. Dans sa rubrique du *Milliyet*, le célèbre chroniqueur Celâl Salik avait souvent mis en garde les hommes turcs un peu sanguins qui rôdaient dans les rues de la ville, en disant : « Lorsque vous voyez une belle femme, ne la fixez pas des yeux comme si vous alliez la tuer. » Le constat que Füsun interprétait de la sorte mes regards appuyés et me mettait dans le même panier que les hommes dont parlait Celâl Salik me faisait sortir de mes gonds.

446

Sibel m'avait souvent expliqué combien les femmes se sentaient harcelées par le regard des hommes qui, incapables de se retenir dès qu'ils voyaient une jolie femme un peu maquillée, sans foulard et semblant débarquer de sa province, se mettaient à la dévorer des yeux. Et, en ville, il était monnaie courante qu'ils pourchassent la belle qu'ils avaient longuement observée, certains en manifestant leur présence de façon importune et d'autres en la suivant de loin pendant des heures, voire des jours, aussi discrets que des fantômes.

Un soir d'octobre 1977, ayant « pris un coup de froid », Tarık Bey était monté se coucher avant tout le monde. Füsun et Tante Nesibe bavardaient, je les regardais d'un air distrait — pensais-je — quand, soudain, Füsun croisa mon regard. Je me mis à l'observer avec insistance comme je le faisais souvent les derniers temps.

— Ne fais pas ça ! dit Füsun en imitant si bien la manière que j'avais de la regarder que j'en restai interloqué.

Sur le coup, j'eus tellement honte que je ne parvins pas à encaisser.

— Qu'est-ce que tu veux dire ? marmottai-je.

— Simplement de ne pas faire ça, répondit Füsun en me singeant de façon encore plus appuyée.

Avec cette imitation, je compris que je ressemblais à un héros de romans-photos.

Tante Nesibe elle-même se mit à sourire. Ensuite, craignant ma réaction :

— Cesse d'imiter tout et tout le monde comme les enfants, ma fille ! la reprit-elle. Tu as passé l'âge, à présent.

— Ce n'est rien, Tante Nesibe, dis-je en me ressaisissant. Je comprends très bien Füsun.

La comprenais-je réellement ? Il est évidemment essentiel de comprendre la personne qu'on aime. Et si tel n'est pas le cas, croire que nous y parvenons est déjà mieux que rien. Je dois avouer que durant ces huit années il m'est rarement arrivé de goûter au sentiment de satisfaction que pourrait octroyer ne serait-ce que cette seconde possibilité.

Sentant venir le moment douloureux où je serais incapable de me lever de mon siège, je pris mon courage à deux mains, me mis debout et, prétextant qu'il était tard, je partis. Une fois chez moi, tout en me disant que je ne retournerais plus jamais chez les Keskin, je bus jusqu'à sombrer dans le sommeil. Dans la chambre d'à côté, ma mère semblait pousser de douloureux gémissements, mais elle ne faisait que ronfler vigoureusement.

Comme peut s'en douter le lecteur, je sombrai dans la bouderie. Mais cela ne dura guère. Dix jours plus tard, je retournai sonner un soir à la porte des Keskin comme si de rien n'était. Dès que j'entrai et croisai le regard de Füsun, je compris à l'éclat qui brillait dans ses yeux qu'elle était heureuse de me voir. Ce qui fit aussitôt de moi l'homme le plus heureux au monde. Ensuite, nous nous installâmes à table et continuâmes à nous regarder.

Au fil du temps, à mesure que s'écoulaient les mois et les années, être assis à la table des Keskin, regarder la télévision jusqu'à la cérémonie du drapeau, discuter avec Tarık Bey et Tante Nesibe — des conversations auxquelles le plus souvent Füsun participait de loin — me procurait des plaisirs auxquels je n'avais jamais goûté. Je peux également dire que je me créais de la sorte une nouvelle famille. Ces soirs-là, non seulement parce que j'étais assis près de Füsun mais aussi parce que je prenais part à la conversation des Keskin, j'éprouvais un sentiment de légèreté, d'optimisme face à la vie qui me donnait l'impression d'oublier pourquoi je venais là.

Alors que j'étais dans cet état d'esprit, à un moment anodin au milieu de la soirée, il me suffisait de croiser par hasard le regard de Füsun pour que je me remémore subitement mon amour infini pour elle et donc la raison essentielle qui m'avait conduit ici ; et comme tiré du sommeil, je me redressais, retrouvais mon entrain et ma vivacité. J'aurais aimé que Füsun éprouve la même émotion. Si, l'espace d'un instant, elle aussi se réveillait comme moi de ce rêve innocent, elle se rappellerait le monde plus profond et authentique dans lequel nous avions vécu ensemble à une époque et quitterait promptement son mari pour m'épouser. Mais je ne voyais pas de « réminiscence » ni rien qui s'apparente à un tel « éveil » dans les yeux de Füsun, et je sentais monter une déception qui me conduirait tout droit aux affres inhérentes à l'incapacité de me lever.

Au cours de cette période où toutes ces histoires de films ne débouchaient sur rien, Füsun ne me regardait quasiment jamais d'une manière qui eût pu me montrer qu'elle se rappelait combien nous avions été heureux ensemble à un moment. Au contraire, ses yeux prenaient une expression dénuée de toute densité et profondeur, elle donnait l'impression de s'absorber avec intérêt dans les images qui défilaient alors sur l'écran ou les commérages concernant une voisine de quartier, et se comportait comme si le vrai sens et le but de la vie était de rester assis, de rire et de bavarder à table avec ses parents. Dès lors, comme si Füsun et moi n'avions pas d'avenir et que l'éventualité qu'elle quitte son mari pour se mettre avec moi était nulle, j'étais envahi par un sentiment de vide et d'absurdité.

Des années après les faits, qu'ils expriment la morosité ou d'autres sentiments, je trouve qu'il y avait une ressemblance entre les regards de Füsun durant ces mois et ceux des actrices dans les films turcs. Mais ici, il ne s'agit nullement d'imitation ; à l'instar des héroïnes des films turcs, Füsun non plus ne pouvait vraiment expliquer ce qui la tourmentait en présence des hommes et de ses parents ; sa colère, son désir, ses émotions, c'est à travers ses regards qu'elle les exprimait.

62

Histoire de passer le temps

La régularité avec laquelle je voyais Füsun avait également remis de l'ordre dans ma vie professionnelle. Comme j'avais mon compte de sommeil, je me rendais chaque matin de bonne heure au bureau. (Le doux sourire d'Inge buvant du soda Meltem s'affichait toujours sur la façade latérale d'un immeuble à Harbiye mais, à en croire Zaim, il n'aidait plus guère à vendre.) N'ayant plus l'esprit obnubilé par Füsun, j'étais capable à la fois de mieux travailler, de repérer les intrigues qui se tramaient et d'agir en conséquence.

Comme cela était prévisible, la firme Tekyay dont Osman avait confié la direction à Kenan était rapidement devenue concurrente de Satsat. Un succès à mettre sur le compte non pas de la bonne gestion de Kenan et de mon frère aîné mais de Turgay Bey — le souvenir de sa Mustang, de son usine textile et de son ancienne passion pour Füsun suffisait à m'assombrir mais, à présent, je n'éprouvais plus aucune jalousie envers lui — qui avait eu l'idée de déléguer à Tekyay le soin de distribuer une partie de sa propre production. Avec son aménité coutumière, Turgay Bey était rapidement devenu ami avec Osman, aussi vite qu'il avait oublié qu'on ne l'avait pas invité aux fiançailles. Ils partaient ensemble faire du ski en famille à Uludağ, du shopping à Londres et à Paris et s'abonnaient aux mêmes revues de voyages.

Face à l'agressivité croissante de Tekyay qui ne laissait pas de m'étonner, je ne pouvais pourtant pas faire grand-chose. Les jeunes et ambitieux dirigeants que j'avais récemment embauchés ainsi que les deux directeurs d'âge mûr qui, par leur diligence et leur honnêteté, avaient été les piliers fondateurs de Satsat pendant des années m'avaient été soufflés par Kenan qui les avait transférés dans sa propre société en échange d'un salaire mirobolant.

À plusieurs reprises en dînant avec ma mère, j'avais abordé le sujet et déploré le tort que, par avidité et plaisir de me gruger, mon frère causait à la société fondée par mon père. Mais prétextant qu'elle ne s'interposerait plus entre nous, ma mère refusa de me venir en aide. Je crois que, sous l'influence d'Osman, elle avait tiré les conclusions de ma séparation d'avec Sibel, de l'extravagance de ma vie privée et de mes visites chez les Keskin — il me semblait qu'elle en avait plus ou moins connaissance à présent — et jugeait que je serais incapable de gérer correctement les affaires que mon père m'avait léguées.

Au cours de ces deux ans et demi, mes visites chez les Keskin, les regards échangés avec Füsun, nos dîners en commun, nos conversations, nos balades en voiture au bord du Bosphore désormais même en hiver... tout semblait avoir acquis une banalité (et une beauté) intemporelle, une texture particulière faisant que chaque chose se répétait à l'identique. Le film d'art de Feridun en était toujours au point mort, mais nous procédions aux préparatifs comme si nous devions commencer dans les mois à venir.

Füsun s'était fait une raison ou se comportait comme telle : le film d'art prendrait encore du temps et les films commerciaux risquaient de l'amener à s'égarer seule dans des voies dangereuses. La colère qui s'exprimait dans ses yeux ne s'était pas totalement dissipée. Certains soirs, quand nos regards se croisaient alors que nous étions assis autour de la table à Çukurcuma, elle ne détournait pas les yeux avec des airs de timide jeune fille comme au début mais les plantait au fond des miens avec une hostilité visant à me jeter au visage toutes mes erreurs. Je m'affligeais de voir s'extérioriser la colère qu'elle avait enfouie en elle mais, en même temps, j'étais heureux de constater qu'elle se sentait plus proche de moi.

Vers la fin du dîner, j'avais recommencé à lui demander comment marchait le dessin. Et ce, même si Feridun était à table avec nous. (Après la soirée au restaurant Huzur, il sortait moins fréquemment le soir et dînait en notre compagnie, sans compter que l'industrie du cinéma était en difficulté.) Une fois, je me rappelle que tous trois nous levâmes de table et passâmes un long moment à discuter du pigeon sur lequel Füsun planchait.

— J'aime beaucoup l'application et la patience avec lesquelles tu avances, Füsun, dis-je presque à mi-voix.

— Moi aussi, je lui dis qu'elle devrait exposer ! souffla Feridun sur le même ton. Mais elle n'ose pas…

— Ce que je fais… c'est juste histoire de passer le temps, rétorqua Füsun. Le plus difficile, c'est la brillance du duvet sur la tête du pigeon. Vous voyez ?

— Oui, très bien, répondis-je.

Un long silence se fit. Feridun était resté à la maison ce soir-là pour regarder *L'Heure du sport* à la télévision, je crois. En entendant s'élever une clameur saluant un but, il partit en courant. Füsun et moi n'échangeâmes pas un mot. Mon Dieu, comme j'étais heureux de contempler en silence à son côté la peinture qu'elle était en train de faire !

— Füsun, j'aimerais beaucoup que nous allions un jour ensemble à Paris pour voir les tableaux et visiter tous les musées de la ville.

Cette témérité risquait fort de me coûter bouderies, froncements de sourcils, refus de m'adresser la parole et tête de six pieds de long durant quelques visites. Cependant, Füsun accueillit mes propos avec le plus grand naturel.

— Moi aussi, j'aimerais bien y aller, Kemal.

Comme beaucoup d'enfants, je m'étais découvert une passion pour le dessin quand j'étais à l'école ; durant mes années de collège et de lycée, je dessinais « pour mon plaisir » dans l'appartement de l'immeuble Merhamet et m'imaginais plus tard devenir peintre. À cette époque, je caressais le rêve candide d'aller un jour à Paris voir tous les tableaux qui s'y trouvaient. Dans les années 1950 et au début des années 1960, il n'y avait en Turquie aucun musée où l'on puisse voir de la peinture, aucun livre d'art montrant des reproductions à feuilleter avec un plaisir enfantin. Mais Füsun et moi nous intéressions moins à ce qui se passait dans l'art pictural qu'au plaisir d'agrandir la photo noir et blanc d'un oiseau pour le reproduire en couleurs.

Plus les joies simples et le bonheur insolite que je goûtais chez les Keskin augmentaient, plus le monde extérieur et les rues d'Istanbul me paraissaient peu sûrs et périlleux. Regarder avec Füsun ses dessins d'oiseaux, suivre la lente progression des images, se retrouver une ou deux fois par semaine dans la pièce du fond et discuter quelques minutes à voix basse de l'oiseau sur lequel se porterait ensuite son choix — la tourterelle, le milan ou l'hirondelle — parmi ceux que Feridun avait photographiés pour elle à Istanbul, tout cela me donnait un bonheur extraordinaire.

Mais le mot « bonheur » ici ne suffit pas à rendre compte de la poésie et de la profonde plénitude des quelques minutes que je passais dans cette pièce, et que je vais tenter de définir autrement : c'était le sentiment que le temps avait suspendu son vol, que tout resterait éternellement immuable, doublé du plaisir de se sentir en sécurité, chez soi, et de s'inscrire dans la continuité. Il y avait par ailleurs un autre aspect : la croyance rassurante que le monde était simple et bon, une certaine vision du monde pour le dire en termes plus élaborés. Cette sérénité puisait bien sûr sa source dans le visage de Füsun, sa beauté gracieuse et mon amour pour elle. D'ailleurs, la possibilité de parler deux ou trois minutes avec elle dans la pièce du fond constituait déjà un bonheur à part entière. Cependant, ce bonheur tenait un peu à l'endroit, à la pièce où nous nous trouvions. (Si j'avais pu manger avec elle au Fuaye, j'en aurais été ravi mais ce bonheur eût été d'une nature tout autre.) La profonde sérénité liée à l'endroit et à l'état d'âme y afférent se confondait dans mon esprit avec ce que je voyais autour de moi — les dessins d'oiseaux qui prenaient doucement forme sous la main de Füsun, le rouge brique du tapis d'Uşak, les lais de tissu, les boutons, les lunettes de lecture de Tarık Bey, les cendriers et le tricot de Tante Nesibe. Je m'imprégnais de l'atmosphère et de l'odeur de cette pièce ; une fois dans la chambre de l'immeuble Merhamet, le dé, le bouton, la bobine de fil que j'avais fait disparaître dans ma poche avant de sortir me rappelaient tout cela et prolongeaient mon bonheur.

Après chaque repas, quand elle avait débarrassé et mis les restes au réfrigérateur (je demande au visiteur du musée de prêter une attention particulière au réfrigérateur des Keskin, qui exerçait sur moi une véritable fascination), Tante Nesibe prenait ses aiguilles à tricoter rangées dans un vieux sac plastique ou demandait à Füsun de les lui apporter. Cet instant coïncidant avec celui où nous allions dans la pièce du fond, « Ma fille, rapporte donc mon tricot en revenant ! » disait-elle à Füsun. Parce qu'elle aimait bien tricoter et discuter en regardant la télévision. Tante Nesibe n'avait pas d'objection à ce que nous restions dans la pièce du fond mais pour ne pas nous laisser trop longtemps seuls — car Tarık Bey, quant à lui, n'était pas tranquille, je crois — elle entrait en disant « Je viens prendre mon tricot, *Vent d'automne* va commencer, vous ne venez pas ? »

Nous retournions nous installer devant la télé. En huit ans, j'ai dû voir des centaines de films et de séries chez les Füsun ; mais en peu de temps, moi qui me rappelle pourtant très bien le moindre détail, même le plus absurde, concernant Füsun et l'habitation des Keskin, j'oubliais rapidement les films, séries et débats télévisés qui se tenaient pendant les fêtes nationales (« La place de la conquête d'Istanbul dans l'histoire mondiale », « Qu'est-ce que l'identité turque ? », « Clefs pour mieux comprendre Atatürk » et autres sujets du même acabit), ainsi que les centaines, voire les milliers d'autres programmes que nous avions vus.

Généralement, il ne m'en restait plus finalement que certains instants (ce qui aurait plu au théoricien du temps qu'était Aristote). Cet instant s'associait à une image et se gravait à jamais dans ma mémoire. L'image indélébile que j'avais à l'esprit se composait pour moitié des images que je voyais à l'écran, voire de simples fragments. Par exemple, le mouvement des chaussures et des bas de pantalon d'un détective américain en train de grimper en courant des escaliers dans un film ; la cheminée d'un vieil immeuble s'étant retrouvée par inadvertance dans le champ de la caméra ; la chevelure et l'oreille de la femme dans une scène de baiser (le silence se faisait autour de la table) ; une fillette blottie contre son père parmi les milliers d'hommes à moustache regardant un match de football (probablement parce qu'il n'y avait personne pour la garder à la maison) ; les chaussettes aux pieds de l'homme que l'on voyait se prosterner au premier plan avec tous les autres fidèles réunis à la mosquée la nuit du Kandil ; le *vapur* qui se profilait au loin dans un film turc ; les *dolma* en conserve que mangeait le méchant et maintes autres choses de ce genre se confondaient dans ma tête avec un détail du profil de Füsun en train de regarder la même scène — la commissure de ses lèvres, un haussement de sourcils —, sa façon de tenir ses mains, de déposer inconsciemment sa fourchette au bord de son assiette, de froncer subitement les sourcils et d'écraser nerveusement sa cigarette... et il arrivait que ces images me reviennent fréquemment à l'esprit, telles des bribes de rêve. Les images dans lesquelles prenaient corps ces rêveries, je les ai beaucoup décrites aux peintres afin de pouvoir les exposer dans le musée de l'Innocence mais je n'ai jamais vraiment trouvé de réponse satisfaisante aux questions qui les accompagnaient. Pourquoi Füsun était-elle si émue par cette scène? Pour quelle raison se projetait-elle autant dans cette histoire? J'aurais aimé pouvoir le lui demander mais les commentaires que faisaient les Keskin à la fin portaient moins sur le film lui-même que sur ses conclusions morales.

— Ce salaud a eu la punition qu'il méritait mais je trouve ça triste pour le gamin, disait par exemple Tante Nesibe.

— Oh, de toute façon, plus personne ne s'en souvient, disait Tarık Bey. Ces types ne jurent que par l'argent. Éteins donc, Füsun.

Il suffisait que Füsun presse sur le bouton pour que tous ces types — ces étranges hommes européens, ces gangsters américains, cette drôle de famille mal élevée, et jusqu'au scénariste et au réalisateur sans vergogne qui avaient imaginé des films pareils — disparaissent à l'intérieur de l'écran, telles des saletés emportées par le tourbillon de l'eau s'écoulant dans le siphon d'une baignoire.

— Oh, enfin, nous voilà débarrassés de tout ça, disait aussitôt Tarık Bey.

« Tout ça » pouvait aussi bien désigner un film turc ou étranger, un débat, que le présentateur pédant et les concurrents idiots d'un jeu de connaissance! Ma sérénité s'accroissait à ces mots, j'avais l'impression qu'eux aussi se rendaient compte que le plus important était de nous retrouver entre nous, Füsun, ses parents et moi. Ce qui me donnait envie de rester davantage, non seulement pour le plaisir d'être dans la même pièce, assis à la même table que Füsun mais aussi pour la profonde émotion que j'éprouvais à être en compagnie de toute la famille Keskin dans cet appartement et cette bâtisse. (Ici, dans ce lieu magique où le visiteur du musée flâne de même qu'il se baladerait dans le Temps.) Ce que j'aimerais surtout que les visiteurs gardent à l'esprit, c'est que mon amour pour Füsun englobait peu à peu tout son univers, tous les instants et les objets liés à sa personne.

Seules les informations réussissaient à gâter ce sentiment d'être hors du Temps que j'éprouvais quand nous étions devant la télévision, cette profonde paix intérieure qui rendit possibles mes visites aux Keskin et mon amour pour Füsun huit ans durant. Le pays courait vers la guerre civile.

En 1978, même notre quartier était à présent secoué la nuit par des explosions. Les rues qui s'étendaient vers Tophane et Karaköy étaient sous le contrôle des nationalistes d'extrême droite et, d'après ce qu'écrivaient les journalistes, nombre de meurtres étaient planifiés dans les cafés du coin. Les rues pavées et défoncées qui montaient vers Cihangir depuis la côte de Çukurcuma étaient, quant à elles, devenues le fief des Kurdes, des Alévis, des petits employés, ouvriers et étudiants proches de diverses fractions de gauche. Eux aussi aimaient manier les armes. Il n'était pas rare que les gros bras des deux camps se lancent dans des affrontements armés pour le contrôle d'une rue, d'un café, d'une place ; parfois, suite à l'explosion d'une bombe posée par l'un de ces sauvages que l'État et les services secrets surveillaient de loin, les deux camps s'affrontaient en bataille rangée. Se retrouvant souvent entre deux feux, ne sachant où garer la voiture ni dans quel café m'attendre, Çetin Efendi souffrit pas mal durant de cette période ; j'avais beau lui répéter que, le soir, je pourrais très bien me rendre seul chez les Keskin, il me rétorquait que jamais il n'y consentirait. À l'heure où je sortais de chez les Keskin, les rues de Çukurcuma, Tophane et Cihangir n'étaient absolument pas sûres. Même lorsque nous arrivions en voiture à la maison, nous en voyions toujours quelques-uns en train de coller des affiches ou de marquer des slogans sur les murs et nous nous observions avec méfiance.

Ce genre d'explosions, de tueries et d'assassinats constituant le pain quotidien des informations du soir, les Keskin se sentaient sereins d'être « Dieu merci » tranquillement chez eux et à la fois inquiets quant à l'avenir. Comme les nouvelles étaient à la limite du supportable tant elles étaient mauvaises, au cours de cette période, c'est moins d'elles que de la gestuelle et des mimiques de la jolie speakerine qui les présentait que nous aimions parler. Contrairement aux présentatrices occidentales à l'allure libre et décontractée, Aytaç Kardüz était figée sur son siège et, telle une statue de cire, n'esquissant jamais l'ombre d'un sourire, elle lisait les papiers qu'elle tenait à la main sans sourciller et à toute vitesse.

— Arrête, ma fille, reprends ton souffle, tu vas t'asphyxier, disait de temps à autre Tarık Bey.

Cette boutade que nous avions entendue peut-être des centaines de fois nous faisait toujours autant rire parce que cette présentatrice, en qui tout respirait la discipline, l'amour de son métier et la peur de commettre une erreur, semblait mettre un point d'honneur à ne pas reprendre d'inspiration avant d'être arrivée au bout de sa phrase ; lorsque la phrase s'éternisait, elle accélérait la cadence pour ne pas suffoquer mais son visage se mettait alors à rougir.

— Mon Dieu, la voilà qui se remet à rougir, disait Tarık Bey.

— Ralentis un peu, mon petit, prends au moins le temps d'avaler ta salive, disait Tante Nesibe.

Comme si elle avait entendu les paroles de Tante Nesibe, Aytaç Kardüz relevait soudain les yeux de son papier pour les diriger vers nous qui la regardions, mi-crispés, mi-amusés, et à ce moment-là, comme un enfant venant juste de se faire opérer des amygdales, elle déglutissait avec peine.

— Bravo, ma fille ! lançait Tante Nesibe.

C'est aussi par la bouche de cette femme que nous apprîmes des nouvelles comme le décès d'Elvis Presley dans sa maison de Memphis, l'enlèvement et l'assassinat de l'ancien président du Conseil italien Aldo Moro par les Brigades rouges ou encore l'agression par balles du journaliste Celâl Salik, abattu avec sa sœur juste devant la boutique d'Alaaddin.

Les Keskin avaient encore une autre façon — qui me comblait d'aise — de mettre de la distance entre eux et le monde en regardant la télévision : cela consistait à trouver des ressemblances entre les personnages que l'on voyait à l'écran et les gens de notre entourage puis à débattre durant tout le dîner de la validité ou non de ce rapprochement. Un débat auquel Füsun et moi participions volontiers.

Je me souviens que, à la vue des images montrant l'invasion soviétique de l'Afghanistan fin 1979, nous avions longuement discuté de la ressemblance frappante entre le nouveau président afghan Babrak Karmal et l'un des hommes qui travaillaient à la boulangerie de notre quartier. Le sujet avait été lancé par Tante Nesibe qui aimait autant que Tarık Bey se livrer au jeu des ressemblances. Tout d'abord, aucun de nous n'avait compris de qui elle parlait. Mais comme certains soirs je faisais stopper Çetin devant la boulangerie et passais prendre du pain frais et tout chaud pour le dîner, le visage des Kurdes qui y travaillaient m'était également familier. C'est pourquoi j'avais totalement abondé dans le sens de Tante Nesibe. Quant à Füsun et Tarık Bey, ils avaient soutenu mordicus que l'homme qui s'occupait de la caisse et le nouveau président afghan n'avaient absolument aucun trait en commun.

J'avais parfois l'impression que Füsun défendait un avis opposé à seule fin de me contredire. Par exemple, je crois que c'est uniquement parce que j'avais déclaré qu'ils se ressemblaient comme deux gouttes d'eau que Füsun avait contesté l'évidente ressemblance qui existait entre le président égyptien Anouar el-Sadate assassiné par les islamistes lors d'un défilé militaire auquel il assistait depuis la tribune d'honneur d'un stade et le marchand de journaux installé à l'angle de la rue Çukurcuma et de la rue Boğazkesen. Comme le meurtre de Sadate avait occupé plusieurs jours le petit écran, ce différend entre Füsun et moi s'était poursuivi d'autant, comme une sorte de guerre des nerfs qui me déplut fortement.

Si une ressemblance recueillait suffisamment de suffrages à la table des Keskin, l'important personnage que l'on voyait à l'écran se voyait alors affublé du nom de son sosie et c'est ainsi qu'Anouar el-Sadate devenait le marchand de journaux Bahri Efendi. Lorsque mes visites chez les Keskin entrèrent dans leur cinquième année, j'avais également convenu que le fabricant d'édredons Nazif Efendi était le célèbre acteur français Jean Gabin (nous avions vu beaucoup de ses films); qu'Ayla, une des amies que me cachait Füsun et qui logeait avec sa mère au rez-de-chaussée, était la timide présentatrice de la météo; que feu Rahmi Efendi était le vieux président du parti islamiste qui faisait chaque soir de virulentes déclarations à la télévision ; que l'électricien Efe était le célèbre commentateur sportif qui revenait le dimanche soir sur les buts de la semaine ; que Çetin Efendi (notamment à cause de ses sourcils) était le nouveau président américain Reagan.

Dès que ces personnes célèbres apparaissaient à l'écran, nous sentions tous pointer en nous le désir de plaisanter : « Venez vite, les enfants, venez voir comme la femme américaine de Bahri Efendi est belle ! » disait Tante Nesibe.

D'autres fois encore, il fallait nous creuser les méninges pour trouver à qui ressemblait un personnage connu. « Devinez un peu à qui il ressemble », lançait à la ronde Tante Nesibe à propos par exemple de Kurt Waldheim, le secrétaire général des Nations unies qui s'employait à trouver une solution aux conflits en Palestine et que nous voyions souvent à la télévision. Il y avait de longs silences pendant que nous cherchions tous une réponse à cette question. Des silences qui se prolongeaient même après que la célébrité eut disparu de l'écran, emportée par de nouvelles informations, les publicités et le flot d'autres images.

Sur ces entrefaites, alors que les sirènes de bateaux me parvenaient du côté de Tophane et Karaköy, que le bruit et la foule de la grande ville se rappelaient à mon souvenir et que l'image des *vapur* en train d'accoster aux embarcadères se formait devant mes yeux, involontairement, je m'apercevais combien j'avais mêlé ma vie à celle des Keskin et passais de temps à cette table, sans avoir conscience des mois et des années qui s'écoulaient ainsi entre les sirènes de bateaux.

63

La rubrique des potins

Guerre civile rampante, attentats à la bombe, affrontements urbains et forte baisse de la fréquentation des salles avaient aussi affecté l'industrie du cinéma. Le bar Pelür et autres lieux semblables étaient aussi bondés que d'habitude, mais comme les familles ne mettaient plus le nez dehors le soir, tout le monde se démenait pour trouver du travail dans les films publicitaires, ou dans les films pornographiques et d'action qui se tournaient à la pelle. Vu que les grands producteurs ne mettaient plus un sou dans le genre de films que nous avions eu le plaisir de regarder deux ans plus tôt dans les cinémas d'été, en tant que riche investisseur apportant son soutien à Citron Films, je sentais monter ma cote auprès des habitués du Pelür. Quand, sur l'insistance de Feridun, je passai une fin d'après-midi au Pelür où je n'avais quasiment pas mis les pieds les derniers temps, j'y découvris une foule encore plus dense qu'à l'accoutumée et appris de la bouche des clients éméchés que le chômage était une aubaine pour les bars fréquentés par le monde du cinéma et que « tout Yeşilçam picolait ».

Cette nuit-là, moi aussi je bus du raki jusqu'au matin en compagnie de ces malheureux artistes. Je me souviens de l'agréable conversation que j'avais eue en fin de soirée avec Tahir Tan, celui-là même qui avait montré son intérêt pour Füsun au restaurant Huzur de Tarabya. Et la gentille Papatya et moi étions même « devenus amis », pour reprendre ses mots. Issue de la nouvelle génération de jeunes actrices, Papatya jouait quelques années plus tôt dans des films familiaux où elle interprétait les petites marchandes de *simit* subvenant aux besoins d'une mère aveugle ou les innocentes fillettes en butte à l'injustice et à la malveillance d'une affreuse belle-mère interprétée par la Traître Sühendan. Aujourd'hui, elle se plaignait comme tout le monde de l'impossibilité de voir se réaliser ses rêves, du chômage, de l'obligation de doubler des films pornos produits localement et disait avoir besoin de mon soutien pour pouvoir tourner un film dont Feridun appréciait également le scénario. J'avais vaguement remarqué à travers les brumes de mon cerveau que Feridun s'intéressait à elle et que, pour reprendre l'expression consacrée par les magazines, il y avait « un rapprochement sentimental » entre eux ; de plus, à ma grande surprise, j'avais constaté que Feridun était jaloux de moi. Au petit matin, nous sortîmes tous trois du Pelür et prîmes en direction de Cihangir où Papatya vivait avec sa mère qui chantait dans des *pavyon* bas de gamme ; nous marchâmes à travers les froides ruelles sombres où les ivrognes pissaient contre les murs que les jeunes graffitaient de slogans extrémistes et où nous suivaient des chiens à l'air menaçant. Laissant à Feridun le soin de raccompagner Papatya chez elle, je regagnai mes pénates dans notre tranquille quartier de Nişantaşı.

Durant ces nuits de beuverie, entre veille et sommeil, je pensais que ma jeunesse était depuis longtemps révolue ; que, à l'instar de ce qui arrivait à tous les hommes turcs, mon existence s'était déjà figée sous une forme définitive avant même mes trente-cinq ans et que, dorénavant, il n'y aurait plus, il ne saurait plus y avoir de grand bonheur dans ma vie. Je me consolais parfois en me disant que la raison pour laquelle mon avenir m'apparaissait de plus en plus sombre et étriqué au fil des jours en dépit de tout l'amour et du désir d'aimer qui m'habitaient était, en réalité, le fruit d'une illusion due aux nouvelles faisant constamment état d'assassinats politiques, d'affrontements sempiternels, de faillites et d'inflation.

D'autres fois, à force de passer mes soirées à Çukurcuma, de voir Füsun, de parler avec elle et de croiser son regard, de subtiliser des objets qui m'évoqueraient son souvenir, de les rapporter à Nişantaşı et de jouer avec eux, j'avais au contraire l'impression que je ne serais plus jamais malheureux. Il m'arrivait de contempler les cuillers et les fourchettes chapardées à la table des Keskin et utilisées par Füsun comme je l'eusse fait d'un souvenir ou d'un tableau.

Parfois encore, le sentiment qu'ailleurs existait une vie meilleure m'envahissait avec une telle force que pour éviter de souffrir je tâchais de penser à autre chose en m'emparant de n'importe quel prétexte. Après avoir vu Zaim et pris connaissance des derniers racontars, j'en concluais que, au fond, je ne perdais pas grand-chose à me tenir éloigné de l'existence barbante de mes riches amis.

Mehmet et Nurcihan qui, à l'en croire, n'avaient toujours pas fait l'amour au bout de trois ans, disaient avoir pris la décision de se marier. C'était la plus grande nouvelle. Même si tout le monde, y compris Mehmet, savait qu'elle avait déjà eu des relations amou-reuses avec des Français à Paris, Nurcihan était fermement décidée à ne pas coucher avec Mehmet avant le mariage. Elle prenait la chose avec humour, affirmant que dans un pays musulman la pre-mière condition requise pour une longue et heureuse union était non pas la fortune mais l'abstinence sexuelle avant le mariage. Ces plaisanteries, qui avaient également l'heur de plaire à Mehmet, allaient de pair avec les histoires que tous deux racontaient sur la sagesse de nos ancêtres, la beauté de la musique ancienne et la frugalité érémitique des vieux maîtres. Selon Zaim, leurs plaisante-ries et l'intérêt qu'ils nourrissaient pour nos aïeux et les Ottomans n'atteignaient pas des proportions susceptibles de les faire passer pour des bigots réactionnaires aux yeux de la société. Et ce pour la bonne raison que tous deux buvaient comme des trous dans les soirées où ils étaient invités. Cependant, ne manqua-t-il pas de préciser avec respect, même ivres morts, ils ne perdaient rien de leur élégance et de leur distinction. À mesure qu'il buvait, Mehmet défendait avec fougue l'idée que, dans la poésie du divan, les ter-mes *mey* et *bade* désignaient le vin de façon concrète et nullement métaphorique, déclamait des vers de Nedim et de Fuzuli dont per-sonne n'était à même de vérifier l'exactitude et, plongeant son regard dans les yeux de Nurcihan, il levait son verre à la gloire de Dieu. Si ces facéties étaient accueillies avec bienveillance, voire une certaine estime par la société, selon Zaim encore, il fallait aussi en chercher la raison dans le vent de panique qui avait soufflé parmi les jeunes filles de bonne famille après la rupture de mes fiançailles avec Sibel. Dans la société stambouliote des années 1970, notre cas personnel avait apparemment eu l'effet d'un véritable coup de semonce pour les filles qui faisaient trop confiance aux hommes avant le mariage. Si ce que l'on disait était vrai, les mères ayant des filles à marier brandissaient notre exemple pour les exhorter à la plus grande prudence. Mais je ne voudrais pas me donner plus d'importance que je n'en avais. La société stambouliote était un univers si petit et fragile que l'on ressentait la honte de l'un de ses membres autant que dans une petite famille.

Désormais, surtout après 1979, je m'étais plutôt bien fait au confort moral offert par la nouvelle vie que je m'étais construite entre la maison, le bureau, le foyer des Füsun et l'immeuble Merhamet. Lorsque je me rendais dans l'appartement de l'immeuble Merhamet et plongeais dans mes rêveries en repensant aux heures de bonheur que Füsun et moi avions partagées ici, je contemplais « ma collection » avec un sentiment de stupeur et de fascination. Ces objets qui s'accumulaient sans cesse devenaient peu à peu les signes emblématiques de l'intensité de mon amour. Parfois, ils m'apparaissaient moins comme des objets consolateurs me rappelant le bonheur que j'avais connu avec Füsun que comme des prolongements palpables de la tempête qui soufflait dans mon âme. Parfois aussi, j'avais honte de toutes ces choses que j'avais accumulées, je n'avais aucune envie que les autres les voient et je craignais que, à ce rythme, toutes les pièces de l'appartement ne se retrouvent bientôt totalement envahies. C'est parce qu'ils me rappelleraient le passé et non par souci de leur devenir que je rapportais tous ces objets de chez les Keskin. L'idée qu'ils risquaient de se multiplier au point de remplir plusieurs pièces si ce n'est plusieurs appartements ne m'effleurait pas l'esprit. Car je passai une grande partie de ces huit ans à caresser le rêve qu'en quelques mois, six tout au plus, je parviendrais à convaincre Füsun de m'épouser.

Le 8 novembre 1979, dans la rubrique intitulée « Société », le journal *Akşam* publia un article dont je présente ici une coupure :

CINÉMA ET SOCIÉTÉ : UN MODESTE CONSEIL

Nous nous plaisons tous à dire que la Turquie est le troisième pays à produire le plus de films au monde, après Hollywood et l'Inde. Mais les choses ne sont hélas plus ce qu'elles étaient : le terrorisme d'extrême droite et d'extrême gauche qui dissuade le citoyen de sortir

463

le soir dans les rues et la profusion de films de sexe ont éloigné les familles des salles de cinéma. Si bien que les cinéastes turcs reconnus n'ont plus ni public ni capitaux qui leur permettent de tourner leurs films. C'est la raison pour laquelle aujourd'hui Yeşilçam a plus que jamais besoin de riches mécènes désireux d'investir dans la réalisation de films d'art. Autrefois, ces esthètes passionnés de cinéma se trouvaient parmi les nouveaux riches venus de province et motivés par l'envie de rencontrer de jolies actrices. Contrairement à ce qu'on prétend, pléthore de films encensés par la critique en Turquie n'ont pas réussi à être projetés dans les cinémas occidentaux et vus par les intellectuels, ni même à obtenir le moindre prix de consolation dans les festivals de petites bourgades européennes ; ils ont permis, en revanche, de faire naître nombre de belles amours entre nouveaux riches et jeunes actrices. Mais cela, c'était au temps jadis. Car une nouvelle mode se profile à présent… Nos riches amateurs d'art viennent désormais à Yeşilçam non pas pour trouver l'amour auprès de belles artistes mais pour ériger au rang de star les filles dont ils sont déjà amoureux. Le dernier en date est le fils d'une riche famille, un jeune célibataire qui fut un temps la coqueluche de toute la société. Amoureux fou d'une jeune femme mariée qu'il dit être sa « cousine éloignée », ce monsieur K. (dont nous tairons le nom) nourrit une telle jalousie à son égard qu'il lui est impossible à présent de se résoudre à tourner le film d'art dont il a pourtant fait écrire le scénario. D'après ce qu'on raconte, il irait répétant : « Je ne supporte pas qu'elle en embrasse un autre ! » et ne lâcherait pas d'une semelle la jeune dame et son mari réalisateur ; il paraît qu'il traînerait dans les bars de Yeşilçam et les *meyhane* du Bosphore un verre de raki à la main, et exercerait même un contrôle jaloux sur les sorties de la belle aspirante comédienne. On raconte que c'est pour cette jolie parente à qui il promet à présent : « Je vais faire de toi une artiste » qu'il aurait rompu avec la pimpante fille d'un diplomate turc à la retraite, après une magnifique cérémonie de fiançailles qui avait rassemblé toute la société au Hilton voici quelques années et que nous vous avions relatée dans nos colonnes. Après ce qu'il a fait à cette jeune demoiselle, fille de diplomate et diplômée de la Sorbonne, nous n'accepterons pas que cet irresponsable fils à papa entache à présent l'avenir de F., la belle aspirante actrice devant laquelle tous ces frivoles messieurs bavent d'envie. C'est pourquoi nous demanderons à nos lecteurs fatigués des discours moralistes de nous excuser et nous nous fendrons d'un modeste conseil à monsieur K. : Cher monsieur, dans notre monde moderne où les Américains sont allés sur la Lune, sachez qu'un film d'art sans scène de baiser est désormais chose impossible ! Commencez donc par clarifier votre position : épousez une jeune campagnarde portant le foulard et oubliez le cinéma occidental et l'art en général ; ou bien renoncez à votre désir de jouer les Pygmalion auprès de ces jolies filles dont vous ne supportez même pas qu'on les effleure du regard. Si votre intention est bien d'en « faire des artistes », naturellement...

BK

J'avais lu cet article le matin même de la parution de l'*Akşam*, pendant que j'étais attablé pour le petit déjeuner avec ma mère. Cette dernière lisait d'un bout à l'autre les deux quotidiens que nous recevions chaque jour à la maison et s'il y avait bien une page qu'elle ne ratait pas, c'était celle des potins. Mettant à profit le moment où elle disparut dans la cuisine, je déchirai la page où se trouvait l'article, la pliai et la fourrai dans ma poche. « Qu'est-ce qui t'arrive encore, tu n'as pas l'air dans ton assiette ! » me demanda-t-elle lorsque je sortis de la maison. Au bureau, j'essayai de me montrer plus enjoué que d'habitude, je racontai une histoire drôle à ma secrétaire Zeynep Hanım, traversai les couloirs en sifflotant et plaisantai avec les vieux employés d'une Satsat moribonde occupés à remplir les grilles de mots croisés de l'*Akşam* par désœuvrement.

Mais après la pause-déjeuner, aux expressions qui se peignaient sur les visages, aux regards d'une gentillesse excessive — et quelque peu effrayés — de ma secrétaire Zeynep Hanım, je compris que tous les employés de Satsat avaient lu la nouvelle. Puis je pensai que je faisais peut-être erreur. Ma mère téléphona pour me dire qu'elle m'avait attendu pour déjeuner et s'était inquiétée en ne me voyant pas. « Comment vas-tu, mon chéri ? » me demanda-t-elle de sa voix habituelle, mais sur un ton bien plus affectueux. J'en déduisis aussitôt qu'elle avait eu vent de la nouvelle, compris à la vue de la page arrachée que j'étais également au courant, mis la main sur le journal et pleuré après avoir lu le fameux article (il y avait dans sa voix cette gravité particulière d'après les pleurs).

— Ce monde est plein de gens méchants, mon enfant, dit-elle, ne prends pas les choses trop à cœur.

— Je ne comprends pas de quoi tu parles, maman.

— De rien, mon petit.

À cet instant, si je m'étais autorisé à faire selon mon cœur et épanché sur mes malheurs, une fois passées les premières effusions d'affection et de compassion, elle aurait cherché à m'expliquer que j'avais aussi des torts et à entrer dans les détails de mon histoire avec Füsun, j'en étais certain. Peut-être se serait-elle mise à pleurer en disant qu'on m'avait jeté un sort, allant même jusqu'à dire : « Il y a sûrement une amulette magique cachée quelque part à la maison dans un bocal de riz ou de farine, ou au fond d'un tiroir dans ton bureau, retrouve-la et jette-la immédiatement au feu ! » Mais je sentis qu'elle ne pourrait partager ce qui me chagrinait et, surtout, se trouvait fort dépitée de n'avoir pu aborder le sujet. Cependant, elle faisait preuve de respect envers moi. Fallait-il y voir un signe de la gravité de ma situation ?

Pour l'heure, dans quelle mesure étais-je la risée et l'objet du mépris des lecteurs du journal *Akşam*, jusqu'à quel point se gaussaient-ils de mon état d'amoureux transi et croyaient-ils à la véracité des détails de cet article ? Je ne cessais de ressasser ces questions et pensais en même temps combien Füsun serait triste en lisant cet article. Après l'appel de ma mère, l'idée de téléphoner à Feridun pour lui recommander de tenir l'*Akşam* du jour hors de portée de Füsun et ses parents me traversa l'esprit mais je n'en fis rien. La première raison, c'était ma crainte de ne pas réussir à convaincre Feridun. Quant à la seconde, et la plus profonde, c'était que j'étais heureux de cet article, en dépit de son caractère humiliant qui visait à me faire passer pour un idiot. Sur le coup, je me cachai cette satisfaction mais après tant d'années, je le vois clairement : ma relation avec Füsun, ma proximité avec elle — ou peu importe le terme — était finalement relayée par les journaux, reconnue en un sens par la société. Tout ce qui paraissait dans la colonne « Société » — a fortiori quand il s'agissait d'un sujet aussi caustique et mortifiant — était suivi de près par l'élite stambouliote et alimentait des mois durant les conversations. J'essayais de croire que ces commérages constituaient le début de mon retour en grâce, avec Füsun à mes côtés — du moins m'efforçais-je d'imaginer qu'une issue heureuse de ce genre était possible.

Mais tout cela n'était que de douces rêveries provenant du

désespoir. Je me sentais peu à peu devenir un autre homme à cause des ragots, des nouvelles fausses ou approximatives que la société véhiculait à mon sujet. Au lieu de me percevoir comme quelqu'un dont la vie avait basculé en raison de sa passion amoureuse et de ses propres décisions, voilà que je me retrouvais mis au ban de la société.

Les lettres « BK » au bas de l'article étaient à l'évidence les initiales de Beyaz Karanfil. J'étais furieux contre ma mère qui l'avait invité aux fiançailles et je fulminais contre Tahir Tan que je soupçonnais d'être à la source de cette rumeur (« Je ne supporterais pas qu'elle embrasse! »). Je n'avais qu'une envie, c'était de retrouver Füsun pour discuter de tout cela en tête à tête, de faire pleuvoir nos malédictions sur nos ennemis, de la consoler et d'être consolé par elle. La première chose à faire était de nous montrer ensemble au Pelür, comme par défi. Et il fallait absolument que Feridun nous accompagne! C'était la seule façon de prouver que ce papier n'était qu'un fatras de mensonges et de clouer le bec non seulement aux gens de cinéma jouant les piliers de bar mais aussi à nos amis de la bonne société en train de se délecter à sa lecture.

Reste que le soir de la parution de cet article, j'eus beau faire appel à toute ma volonté, il me fut impossible d'aller chez les Keskin. J'étais certain que Tante Nesibe se comporterait de façon à me mettre parfaitement à l'aise et que Tarık Bey aurait l'air de n'être au courant de rien, mais qu'adviendrait-il quand je croiserais le regard de Füsun? J'étais bien en peine de le dire. Nous percevrions sûrement à l'instant même les remous que cet article avait provoqués en elle comme en moi. Et cela, je ne sais pourquoi, m'horrifiait. Car, au fond, je savais pertinemment que ce que nous saisirions dès que nos regards se croiseraient, c'était moins les tempêtes qui se déchaînaient dans notre âme que la « justesse » de ce papier mensonger!

Comme le lecteur a pu le constater, de nombreux éléments dans cet article étaient faux : ce n'est pas pour faire de Füsun une vedette de cinéma que j'avais rompu avec Sibel... ce n'est pas moi qui avais commandé l'écriture d'un scénario à Feridun. Mais ce n'étaient que des points de détail. La seule chose que retiendraient les lecteurs de ce journal et tous les colporteurs de ragots, c'est que mon amour pour Füsun m'avait conduit à me couvrir de ridicule ! Tout le monde riait de moi, se gaussait de ma triste position ou, au mieux, me prenait en pitié. Loin d'atténuer ma honte, savoir que la société stambouliote était un microcosme où tout le monde se connaissait, que ces gens-là n'avaient pas plus de principes et d'idéaux qu'ils n'étaient à la tête de grande fortune ou de grandes entreprises ne faisait qu'accroître à mes yeux l'ampleur de ma bêtise et de mon impéritie. Lorsque, dans un pays pauvre, on avait la chance de naître au sein d'une famille riche, il fallait être complètement idiot pour gâcher l'opportunité — si rarement accordée par Dieu aux habitants de ce coin du monde — de mener une existence de grand seigneur, heureuse, juste et honnête ! J'avais conscience que le seul moyen de me tirer de ce mauvais pas, c'était d'épouser Füsun, de remettre ma vie professionnelle sur les bons rails, de gagner beaucoup d'argent et d'opérer un retour victorieux vers la société, sauf que je ne trouvais plus en moi la force nécessaire pour mettre en œuvre ce beau projet et que, désormais, je détestais ce milieu que j'appelle la « société ». Qui plus est, je savais très bien que, après la publication de ce papier, l'ambiance chez les Keskin ne correspondrait plus à mes rêves.

Au point où mon amour et mon humiliation m'avaient réduit, je n'avais d'autre solution que de me retirer davantage en moi-même et me calfeutrer dans le silence. Pendant une semaine, j'allai chaque soir tout seul au cinéma ; je vis les films américains qui passaient au Konak, au Site et au Kent. Ce qu'on attend du cinéma, surtout dans un monde empli de malheureux tel que le nôtre, c'est qu'il crée un monde nouveau qui nous divertisse et nous donne du bonheur, et non pas qu'il nous renvoie une image exacte de la réalité et de notre malheur. Quand je regardais un film et que j'arrivais à me projeter dans l'un des personnages, je pensais que je m'exagérais mes problèmes. Je me disais que j'accordais beaucoup trop d'importance à ce minable article, que très peu de personnes comprendraient que c'est de moi qu'on se moquait, que l'incident finirait par être oublié et je parvenais ainsi à dédramatiser. Quant à mon obsession à vouloir rectifier les erreurs qui s'y trouvaient, j'avais beaucoup plus de mal à m'en débarrasser, car plus mon esprit s'y accrochait, plus j'étais laminé à l'idée que toute la société se gaussait et je craignais que, soucieux de jouer les redresseurs de torts, certains s'emploient à corriger les éléments erronés en racontant les choses arrangées à leur propre sauce à ceux qui n'étaient pas au courant. Je m'imaginais aisément le plaisir que tous auraient à abonder dans le sens de ces boniments, à croire par exemple que j'avais rompu mes fiançailles avec Sibel en promettant à Füsun de faire d'elle une artiste. À ces moments-là, je m'accusais d'être nul au point d'être livré en pâture à la raillerie publique et moi-même commençais à accorder crédit à certains des mensonges figurant dans ce torchon.

De tous ces bobards, celui qui m'obnubilait le plus concernait la phrase que j'avais dite, prétendument, à Füsun : « Je ne supporterais pas que tu embrasses dans les films ! » Quand j'avais le moral au plus bas, je pensais que c'était surtout cela dont tout le monde rirait, que c'était surtout cela que je voulais rectifier. L'assertion faisant de moi un gosse de riche capricieux qui rompait ses fiançailles sur un coup de tête était tout aussi exaspérante mais nullement crédible, pensais-je, pour ceux qui me connaissaient. En revanche, le « Je ne tolérerai pas que tu en embrasses un autre » était parfaitement vraisemblable car, sous mes airs européanisés, il y avait en moi un homme capable de prononcer une phrase pareille ; parfois, je me demandais même si je ne l'avais pas réellement prononcée, sous le couvert de l'humour ou de l'ivresse. Parce que même dans un contexte artistique et professionnel, je ne voulais pas que Füsun en embrasse un autre.

64

Incendie sur le Bosphore

Le 15 novembre 1979, un peu avant l'aube, dans notre appartement de Nişantaşı, ma mère et moi fûmes réveillés en sursaut par une énorme déflagration ; sortant d'un bond de notre lit, nous accourûmes dans le couloir où, de peur, nous nous serrâmes l'un contre l'autre. Tout l'immeuble s'était mis à trembler, comme secoué par un violent séisme. Nous pensions qu'une de ces bombes si fréquemment lancées ces temps-ci contre les cafés, les librairies, les places et maints autres endroits avait explosé quelque part près de l'avenue Teşvikiye quand, soudain, nous aperçûmes des flammes s'élever depuis l'autre rive du Bosphore, du côté d'Üsküdar. Nous regardâmes quelque temps l'incendie qui faisait rougeoyer le ciel au loin, puis, comme nous étions habitués à la violence politique et aux explosions, nous retournâmes nous coucher.

Un tanker roumain et un petit cargo grec s'étaient percutés au large de Haydarpaşa et suite à la collision et aux nappes de pétrole qui se déversaient dans ses eaux, le Bosphore s'était retrouvé la proie des flammes. Le lendemain, on ne parlait que de cela dans la ville et dans tous les journaux qui avaient sorti à la hâte une édition spéciale, tout le monde allait répétant que le Bosphore brûlait en montrant les épais nuages de fumée noire qui se déployaient au-dessus d'Istanbul comme un sombre parapluie. À Satsat, à l'instar des vieilles employées et des administrateurs las et démoralisés, je passai toute la journée à sentir en moi la présence de l'incendie, et je tâchai de me persuader que c'était un excellent prétexte pour aller dîner chez les Keskin. La conversation serait complètement monopolisée par l'incendie si bien que je pourrais m'asseoir à leur table sans avoir à parler de cet article cancanier. Cependant, dans mon esprit comme dans celui de tous les Stambouliotes, l'embrasement du Bosphore se confondait avec d'autres fléaux tels que meurtres politiques, inflation galopante, files d'attente, état de misère et de pauvreté du pays, et s'était transformé en une sorte d'emblème de tous les maux qui nous affligeaient. À la lecture des journaux qui ne cessaient de réimprimer de nouveaux exemplaires, je sentais que je pensais, au fond, au désastre de ma propre vie et même que c'est pour cette raison que je m'intéressais autant à cet incendie.

Le soir, je sortis dans Beyoğlu où je déambulai longtemps, surpris de trouver l'avenue İstiklal aussi déserte. Hormis deux ou trois hommes à l'air sombre traînant à l'entrée des grands cinémas qui, tels le Saray ou le Fitaş, projetaient des films pornographiques bas de gamme, il n'y avait pas un chat. Au niveau de Galatasaray, je me fis la réflexion que j'étais vraiment à deux pas de chez les Keskin. Peut-être étaient-ils sortis se promener dans Beyoğlu comme ils le faisaient certains soirs d'été pour aller manger une glace en famille. Et je pouvais très bien les rencontrer. Mais je n'aperçus ni femme ni famille dans les rues. Une fois arrivé à Tünel, de peur d'approcher à nouveau de chez Füsun et de me laisser happer dans son orbite, je partis dans la direction opposée. Passant près de la tour Galata, je descendis jusqu'en bas la rue en pente de Yüksek Kaldırım — avec son éternel attroupement d'hommes tristes au croisement avec la rue des bordels. Comme tous les habitants de la ville, eux aussi regardaient les nuages noirs qui s'amoncelaient au-dessus de nos têtes et la lueur rougeâtre qui s'y reflétait.

À Karaköy, je traversai le pont de Galata de même que la foule qui contemplait l'incendie de loin. Les pêcheurs à la ligne occupés à prendre des petits maquereaux depuis le pont avaient aussi les yeux rivés sur les flammes. Suivant le mouvement général, mes pas m'entraînèrent vers le parc de Gülhane. Comme la plupart des réverbères d'Istanbul, les lampes du parc avaient été brisées à coups de pierre ou ne fonctionnaient pas en raison de coupures d'électricité, mais avec les flammes qui s'élevaient du tanker, tout était éclairé comme en plein jour, non seulement le grand parc mais aussi le palais de Topkapı dont il constitua jadis une partie du jardin extérieur, l'entrée du Bosphore, Üsküdar, Salacak, la tour de Léandre… Une foule effervescente et compacte se massait pour regarder l'incendie ; la lumière qui baignait le parc provenait directement des flammes mais aussi de la couche de nuages sur laquelle elles se reflétaient, diffusant une douce et agréable clarté semblable à celle répandue par un abat-jour dans un salon européen. Si bien que la foule paraissait plus sereine et heureuse qu'elle ne l'était. À moins que le plaisir du spectacle n'ait opéré comme un charme. Poussés par l'inquiétude et la curiosité, riches ou pauvres, les gens affluaient des quatre coins de la ville en voiture, en bus ou à pied. Je croisai des grands-mères coiffées d'un foulard, des femmes blotties contre leur mari qui portaient leur enfant endormi dans les bras, de pauvres chômeurs semblant fascinés par les flammes, des gosses courant partout, des conducteurs de voitures ou de camions qui regardaient l'incendie en écoutant de la musique dans leur véhicule, des marchands de *simit*, de halva, de moules farcies, de foie à l'albanaise, de *lahmacun* ou de thé circulant au pas de course avec leurs plateaux. Autour de la statue d'Atatürk, les marchands de sandwichs aux *köfte* et au *sucuk* avaient allumé leur barbecue dans leur carriole vitrée et répandaient alentour une alléchante odeur de viande grillée. Les gamins qui vendaient de l'*ayran* et des sodas à la criée (il n'y avait pas de Meltem) avaient transformé le parc en place de marché. Après m'être acheté un verre de thé, j'attendis que se libère une place sur l'un des bancs et éprouvai du bonheur à regarder les flammes avec le pauvre vieillard édenté assis à côté de moi.

Pendant une semaine, jusqu'à ce que l'incendie perde de sa violence, j'allai chaque soir au parc. Alors que les flammes s'étaient fortement atténuées, il arrivait que sous l'effet d'une nouvelle vague elles se remettent à flamber comme au premier jour ; leurs reflets rougeoyants dansaient sur le visage des curieux qui contemplaient l'incendie avec stupeur et frayeur ; l'entrée du Bosphore, la gare ferroviaire de Haydarpaşa, la caserne Selimiye et la baie de Kadıköy s'illuminaient d'une teinte orangée, ou jaune tirant sur le blanc. À ce moment-là, comme fasciné, je restais là avec la foule à me repaître de ce tableau. Peu après retentissait une explosion, les braises retombaient ou les flammes diminuaient d'intensité. Se

472

détendant aussi, les spectateurs se mettaient alors à boire, à manger et à discuter.

Un soir, parmi la multitude de gens qui se pressaient dans le parc de Gülhane, j'aperçus Mehmet et Nurcihan mais réussis à m'éclipser sans qu'ils me voient. Une autre fois, croyant reconnaître en une famille de trois personnes Füsun et ses parents, je compris que j'avais envie de les voir et que si je venais chaque jour me mêler à cette foule, c'était peut-être dans l'espoir de les croiser. Comme cela m'était déjà arrivé l'été 1975 — quatre ans s'étaient écoulés depuis —, mon cœur se mit de nouveau à battre la chamade chaque fois que j'apercevais quelqu'un ressemblant à Füsun. Les Keskin m'apparaissaient comme une famille ayant une profonde conscience des liens que généraient les catastrophes entre les gens. Il fallait absolument que j'aille les voir avant la fin de l'incendie du tanker roumain *Independenta* pour partager cette catastrophe avec eux, dans un état d'esprit communautaire, et ainsi oublier les affres du passé. Se pouvait-il que cet incendie marque pour moi le début d'une nouvelle vie?

Un autre soir encore, j'étais plongé dans mes pensées et cherchais une place où m'asseoir dans le parc bondé quand je croisai Tayfun et Figen. Comme je m'étais soudain retrouvé nez à nez avec eux, je n'avais pu les éviter. Le fait qu'ils ne parlent ni de l'article de l'*Akşam* ni des dernières nouvelles de la société et, plus important encore, semblent sincèrement tout ignorer de la rumeur me réjouit tellement que je sortis avec eux du parc — les flammes s'étaient éteintes désormais —, montai dans leur voiture et les suivis dans l'un des nouveaux bars qui venaient de s'ouvrir derrière Taksim où nous bûmes jusqu'au matin.

Le lendemain, dimanche, je me rendis chez les Keskin. J'avais passé toute la journée au lit et déjeuné à la maison avec ma mère. Le soir venu, j'étais enjoué, optimiste et empli d'espoir, voire heureux. Mais à peine avais-je franchi le seuil et croisé le regard de Füsun que toutes mes espérances s'effondrèrent : elle était maussade, déprimée et renfrognée.

— Alors, quoi de neuf, Kemal? lança-t-elle sur le ton de la jeune femme heureuse et comblée de succès qui hantait son imagination.

Mais elle-même ne croyait pas à cette imitation.

— Pas grand-chose, ma foi, répondis-je l'air dégagé. Entre l'usine et le bureau, il y a tellement de travail que je n'ai pas réussi à passer.

Dans les films turcs, lorsqu'un rapprochement s'opère entre le garçon et la fille jouant les personnages principaux, il se trouve toujours une vieille tante pour les regarder d'un air approbateur et attendri afin que même le spectateur le moins attentif comprenne de quoi il retourne et s'émeuve... eh bien, c'est exactement ce genre de regard que Tante Nesibe nous lança, à Füsun et à moi. Mais dès qu'elle détourna les yeux, je sentis que la parution de cet article cancanier avait provoqué des drames dans la maison et fait pleurer Füsun pendant des jours, comme après les fiançailles.

— Ma fille, sers donc son raki à notre invité, dit Tarık Bey.

J'avais toujours éprouvé beaucoup de respect envers Tarık Bey pour sa capacité depuis trois ans à faire mine de n'être au courant de rien, à m'accueillir avec une sincère affection comme si j'étais un simple parent qui passait rendre visite le soir. Mais à présent, j'étais furieux qu'il parvienne encore à opposer une telle indifférence à la profonde douleur dans laquelle s'abîmait sa fille, à mon désarroi et aux extrémités auxquelles la vie nous avait réduits. J'exprime ici sans fard la réflexion que je n'osais même pas me faire à moi-même à l'époque : Tarık Bey devinait sûrement pourquoi je venais mais, sous la pression de sa femme, sans doute avait-il jugé qu'il serait mieux « pour la famille » de fermer les yeux.

— Oui, Füsun Hanım, entonnai-je sur le même ton artificiel que son père. Servez-moi donc comme d'habitude mon rakı, que j'éprouve enfin le bonheur d'être rentré à la maison.

Aujourd'hui encore, je ne saurais expliquer pourquoi je prononçai ces mots, de quoi je voulais parler ni dans quelle intention. Disons que ma langue avait trahi mon mal-être. Mais Füsun avait saisi l'émotion qui se cachait derrière ces propos, je crus un instant que des larmes allaient perler à ses yeux. C'est alors que je remarquai notre canari dans sa cage. Je repensai au passé, à ma propre vie, à la fuite du temps et aux années écoulées.

Nous connûmes les moments les plus difficiles durant ces mois et ces années-là. Füsun n'arrivait pas à devenir une vedette de cinéma et je ne pouvais l'approcher davantage. Nous étions mortifiés et honteux d'être acculés dans une telle impasse. Et je voyais bien que, à l'image de mon incapacité à me lever et prendre congé le soir, nous n'étions pas près d'en sortir. Tant que je continuerais à la voir quatre ou cinq fois par semaine, aucun de nous deux ne serait en mesure de construire une autre vie, tous deux en avions parfaitement conscience.

Ce soir-là, vers la fin du repas, comme j'en avais l'habitude mais avec la plus grande sincérité :

— Füsun, lui dis-je, ça fait un bon moment maintenant, je serais curieux de voir où en est le tableau de la tourterelle.

— Il est fini depuis longtemps. Feridun m'a trouvé une belle photo d'hirondelle. Je viens de m'y mettre.

— Ce dessin d'hirondelle est le plus réussi de tous, dit Tante Nesibe.

Nous passâmes dans la pièce du fond. De même que les autres oiseaux d'Istanbul étaient posés sur la rambarde du balcon, un rebord de fenêtre ou une cheminée, une élégante hirondelle était représentée juste devant la fenêtre en encorbellement de la salle à manger. En arrière-plan apparaissait la côte de Çukurcuma avec ses pavés, dessinés selon une perspective étrange et enfantine.

— Je suis fier de toi, dis-je d'une voix empreinte d'un profond sentiment d'abattement, en dépit de toute ma sincérité. Un jour, il faudra que tout Paris voie ces tableaux !

En réalité, ce que j'aurais aimé lui dire était davantage de cet ordre, comme toujours : « Ma chérie, je t'aime, tu me manques terriblement, être loin de toi est une telle douleur et te voir, un tel bonheur ! » Mais c'est comme si les faiblesses et les défauts de la peinture reflétaient les manques de notre monde à nous et c'est en contemplant avec tristesse la légèreté, la simplicité et la naïveté de cette image d'hirondelle que je le voyais.

— C'est très beau, Füsun, dis-je avec circonspection, en proie à une profonde douleur.

Et si je dis qu'il y avait dans cette image quelque chose qui rappelait les miniatures indiennes influencées par la peinture anglaise, les oiseaux représentés dans les estampes chinoises et japonaises, la précision d'Audubon et même la collection d'oiseaux qu'on trouvait dans une marque de gaufrettes au chocolat vendues dans les magasins d'Istanbul, qu'on veuille bien se rappeler que j'étais amoureux.

Nous nous arrêtâmes sur les vues de la ville que Füsun avait placées en arrière-plan de ses oiseaux d'Istanbul. Ce qu'éveillait en moi la naïveté de ces images était non pas la joie mais la tristesse. Nous aimions beaucoup cet univers, nous lui appartenions, et c'est peut-être pour cela que nous semblions être faits de la même pâte.

— Et si pour une fois tu utilisais des couleurs plus vives pour la ville et les bâtisses en arrière-plan…

— Oh, peu importe, répondit Füsun. C'est juste un passe-temps.

Elle reposa dans un coin l'image qu'elle nous avait montrée. Je regardai le matériel de peinture si séduisant à mes yeux, les brosses, les flacons, les chiffons bariolés de taches multicolores… Tout était bien rangé et ordonné, comme ses tableaux d'oiseaux. Un peu plus loin se trouvaient les dés et le tissu de Tante Nesibe. Je fis disparaître dans ma poche un dé de couleur en porcelaine ainsi que le bâton de pastel orangé que peu avant Füsun manipulait nerveusement. C'est durant ces sombres mois de fin 1979 — les pires que nous ayons vécus — que je volai le plus d'objets chez les Keskin. Plus qu'un simple signe me rappelant la beauté de l'instant que j'avais vécu, ces objets étaient aussi devenus pour moi une partie intégrante de cet instant. Les boîtes d'allumettes que j'expose dans le musée de l'Innocence, par exemple… Chacune d'elles avait été touchée par Füsun et s'était imprégnée de l'odeur de sa main mêlée à de subtils effluves d'eau de rose. Lorsque je me retrouvais dans l'appartement de l'immeuble Merhamet et m'emparais de ces boîtes d'allumettes comme je le faisais de chacun des autres objets exposés dans mon musée, je revivais naturellement le plaisir que j'avais eu à être assis à la même table que Füsun et à croiser son regard. Mais le bonheur qui emplissait mon cœur quand, l'air de rien, je prenais les allumettes sur la table et les glissais dans ma poche, avait encore une autre dimension : c'était la satisfaction d'extorquer une part, si minime soit-elle, à l'être que j'aimais de façon obsessionnelle sans pouvoir néanmoins le posséder.

Ce à quoi faisait référence le terme « extorquer » était bien sûr une partie du corps idolâtré de l'aimée. Mais au bout de trois ans, sa mère, son père, la table où nous dînions, le poêle, le seau à charbon, les bibelots représentant un chien endormi qui trônaient sur la télévision, les bouteilles d'eau de Cologne, les cigarettes, les verres à raki, les sucriers... tout ce qui se trouvait dans leur logis de Çukurcuma faisait peu à peu partie intégrante de l'idée de Füsun que j'avais dans la tête. Autant la possibilité de la voir trois ou quatre fois par semaine me rendait heureux, autant emporter dans l'immeuble Merhamet les objets que je parvenais à escamoter (voler n'est pas le mot juste) aux Keskin (autrement dit à la vie de Füsun) — à raison de trois ou quatre, quelquefois six ou sept, en allant même parfois jusqu'à dix ou quinze quand mon moral était au plus bas — m'emplissait d'un sentiment de victoire. Réussir à glisser en douce dans ma poche quelque chose de Füsun, par exemple la salière qu'elle tenait gracieusement à la main tandis que son attention était absorbée par la télévision et pendant que nous discutions et que je sirotais mon raki, savoir que cette salière était dans ma poche, qu'« elle était désormais en ma possession » me procurait un tel bonheur que je n'avais pas trop de peine en fin de soirée à m'arracher à mon siège. Après l'été 1979, la présence sur moi de ces objets contribua, dans une certaine mesure, à atténuer les affres dans lesquelles me plongeait mon incapacité à prendre congé.

Cette période fut la plus malheureuse non seulement pour Füsun mais aussi pour moi. Des années plus tard, quand la vie m'amena à rencontrer les tristes et étranges collectionneurs d'Istanbul, à leur rendre visite dans leur logis rempli à craquer de papiers, d'objets de récupération, de boîtes, de photos, à mesure que j'essayais de comprendre ce que ces frères éprouvaient en rassemblant capsules de soda ou images d'acteurs et ce que représentait pour eux l'acquisition de chaque nouvelle pièce, je me remémorais quelles étaient mes propres impressions lorsque je dérobais des objets aux Keskin.

65

Les chiens

Des années après les événements que je suis en train de relater, au cours des voyages entrepris afin de voir tous les musées du monde, le soir, après avoir passé la journée à regarder les collections, les dizaines de milliers de drôles de petits objets exposés dans les musées du Pérou, d'Inde, d'Allemagne, d'Égypte et de maints autres pays, je buvais un ou deux verres et marchais seul des heures durant dans les rues. À Lima, à Calcutta, à Hambourg, au Caire et dans nombre d'autres villes, j'observais par les fenêtres ouvertes ou l'entrebâillement des rideaux comment les familles se réunissaient autour de la télévision à l'heure du dîner et discutaient en riant, j'entrais sous divers prétextes chez les habitants et me faisais même prendre en photo avec eux. C'est ainsi que j'ai remarqué que, chez la grande majorité des gens à travers le monde, un bibelot de chien trônait sur la télévision. Pour quelle raison, et ce dans n'importe quel coin de la planète, des millions de familles éprouvaient-elles le besoin de poser un bibelot de chien sur leur télé ?

Cette question, je me l'étais déjà posée à une moindre échelle chez les Keskin. La première fois que j'avais mis les pieds chez eux, à l'époque où ils habitaient encore la rue Kuyulu Bostan à Nişantaşı, j'avais tout de suite repéré la présence du chien en porcelaine qui, comme je l'appris par la suite, se trouvait déjà sur la radio qu'ils écoutaient tous ensemble le soir avant l'arrivée de la télévision. Comme je le constatai souvent dans maints intérieurs de Tabriz, Téhéran, des villes des Balkans, d'Orient, de Lahore et même de Bombay, celui-ci aussi était posé sur un napperon en dentelle. Un petit vase ou un coquillage était parfois placé à ses côtés (un jour, en riant, Füsun m'avait collé un grand coquillage marin contre l'oreille pour m'y faire entendre le bruit de la mer) ou alors le chien était posté près d'une boîte à cigarettes sur laquelle il paraissait veiller. Quelquefois, c'est en fonction de la place de ces boîtes à cigarettes et des cendriers que l'on ajustait la position du ou des chiens qui ornaient le meuble. Ces étranges mises en scène qui me donnaient l'impression que le chien allait hocher la tête ou faire un bond en direction du cendrier étaient l'œuvre de Tante Nesibe, pensais-je, mais un soir de décembre 1979, alors que je la couvais des yeux, je vis Füsun orienter différemment le chien sur la télé ; comme si elle cédait à un mouvement d'impatience, alors que rien autour de nous n'était de nature à attirer notre attention sur ce chien ni même sur l'écran de télévision et que nous attendions tous que sa mère ait fini de préparer le repas. Mais cela n'expliquait pas la présence de ces chiens à cet endroit. Quelques années plus tard, un autre chien surveillant une boîte à cigarettes vint rejoindre le premier. À un moment, il y eut un engouement pour les chiens en plastique qui remuaient la tête pour de bon — on en voyait fréquemment à l'arrière des taxis et des *dolmuş* —, mais ils disparurent aussi vite qu'ils étaient apparus. La rotation de ces chiens dont on parlait très peu était due au fait que mon intérêt pour les objets appartenant aux Keskin s'exprimait désormais au grand jour. Au cours de cette période où les chiens se succédaient rapidement sur la télévision, Tante Nesibe et Füsun savaient, ou du moins se doutaient, que c'était moi qui les prenais, comme tout le reste.

En réalité, je n'avais aucune envie de m'ouvrir aux autres de ma collection ni de ma cleptomanie, j'avais honte de ce que je faisais. Après les premières choses faciles et discrètes telles que boîtes d'allumettes, mégots de cigarettes de Füsun, salières, tasses à café, barrettes et pinces à cheveux, quand j'en vins à des objets beaucoup plus voyants tels que cendriers, grandes tasses, pantoufles, je commençai peu à peu à en apporter d'autres en remplacement.

— L'autre jour, nous parlions du toutou sur la télévision, vous vous rappelez ? Eh bien, il est resté chez moi. En voulant le mettre de côté, Fatma Hanım l'a fait tomber et l'a cassé. J'ai apporté celui-ci à la place, Tante Nesibe. Je l'ai trouvé dans un magasin du Bazar égyptien pendant que j'achetais des graines pour Citron…

— Ah, comme celui-ci est joli avec ses oreilles noires ! dit Tante Nesibe. Un vrai chien des rues… Pas vrai, coquin d'oreilles noires ? Assieds-toi donc. C'est fou le sentiment de paix que ça procure aux gens, mon pauvre enfant…

Elle me prit le bibelot des mains et le posa sur la télévision. Certains chiens avaient une façon de se tenir qui nous rassérénait, de même que le tic-tac de la pendule murale. D'autres paraissaient plus menaçants, d'autres encore avaient carrément une gueule patibulaire mais tous nous donnaient le sentiment que nous étions dans un endroit placé sous bonne garde et que nous n'avions rien à craindre. Les tirs des militants politiques résonnaient la nuit dans les rues du quartier et le monde extérieur au foyer nous semblait de moins en moins sûr. Mais de tous ceux qui se succédèrent pendant huit ans sur la télévision des Keskin, le chien aux oreilles noires était le plus mignon.

Le 12 septembre 1980, il y eut un nouveau coup d'État militaire. Le matin, poussé par un étrange instinct, je m'étais levé avant tout le monde et, voyant que toutes les rues autour de l'avenue Teşvikiye étaient désertes, en personne habituée depuis l'enfance à vivre un coup d'État militaire tous les dix ans, j'avais aussitôt compris de quoi il retournait. L'avenue était régulièrement sillonnée de camions militaires emplis de soldats scandant des marches. J'allumai la télévision, regardai quelque temps les images de drapeaux et de défilés ainsi que les discours des généraux qui s'étaient emparés du pouvoir, puis je sortis sur le balcon. Le vide de l'avenue Teşvikiye, le silence de la ville, le bruissement des feuilles des marronniers de la cour de la mosquée sous l'effet d'un léger vent me furent agréables. Exactement cinq ans avant, à la même heure, après la fête de fin d'été que Sibel et moi avions donnée, j'avais contemplé ce même paysage depuis ce balcon.

— Bah, c'est une bonne chose, le pays était au bord de la catastrophe, dit ma mère, en écoutant les chansons martiales et héroïques du chanteur à grosse moustache qui occupait l'écran. Mais pourquoi faut-il qu'ils nous infligent cet affreux bonhomme mal dégrossi ! Bekri ne pourra pas venir aujourd'hui. Fatma, c'est toi qui t'occuperas du repas, qu'y a-t-il dans le réfrigérateur ?

Le couvre-feu dura toute la journée. Vu le ballet des camions militaires qui passaient à toute vitesse dans l'avenue, nous comprenions que nombre de personnes, politiques, journalistes et autres, se faisaient arrêter et embarquer et nous rendions grâce au ciel de ne pas être mêlés à ce genre d'affaires. Tous les journaux avaient sorti des éditions spéciales et se félicitaient du putsch. Ma mère et moi restâmes à la maison jusqu'au soir, à regarder la télévision où la proclamation du coup d'État par les généraux et des images d'archives d'Atatürk tournaient en boucle, à lire les journaux et à contempler par les fenêtres la beauté des rues désertes. Je me demandais ce que faisait Füsun et quelle était l'ambiance chez elle et à Çukurcuma. Il courait des rumeurs selon lesquelles on fouillait les maisons une à une dans certains quartiers, comme lors du coup d'État de 1971.

— Nous pourrons enfin sortir tranquillement dans les rues ! dit ma mère.

Mais le soir, comme il était interdit de sortir après dix heures, ce coup d'État militaire vint quelque peu gâcher le plaisir des dîners chez les Füsun. À l'heure des informations sur l'unique chaîne de télévision regardée par tout le pays, les généraux fustigeaient non seulement les activistes politiques mais toute la nation pour ses habitudes passées. Beaucoup de personnes impliquées dans le terrorisme furent condamnées en toute hâte à la pendaison, pour l'exemple. À la table des Keskin, nous gardions tous le silence à l'annonce de ces exécutions. À ce moment-là, je sentais que je me rapprochais davantage de Füsun et que je faisais partie de la famille. On jetait en prison non seulement les politiques et les intellectuels de l'opposition, mais aussi les escrocs, les conducteurs qui ne respectaient pas les règles du code de la route, ceux qui inscrivaient des slogans politiques sur les murs, tenaient des maisons de rendez-vous, réalisaient ou programmaient des films pornographiques, les *tombalacı* vendant des cigarettes de contrebande... Si les militaires ne faisaient plus la chasse aux jeunes barbus et chevelus « de type hippie » pour les obliger à se raser comme lors du putsch précédent, ils renvoyèrent sur-le-champ quantité de professeurs d'université. Le Pelür aussi s'était vidé. Après le coup d'État militaire, je décidai de remettre un peu d'ordre dans ma vie, de réduire ma consommation d'alcool, de minimiser la disgrâce provoquée par mon amour et de freiner ma manie d'accumuler des objets.

Il s'était à peine écoulé deux mois depuis le coup d'État quand un soir avant le dîner — j'arrivais plus tôt afin de voir Füsun plus longtemps —, dans la cuisine, je me retrouvai seul avec Tante Nesibe.

— Kemal Bey, mon petit… Vous savez, le chien des rues aux oreilles noires qui était sur la télévision, celui que vous nous avez apporté… Il a disparu… On s'y était habitués, on remarque tout de suite son absence. Ce qui est arrivé est arrivé, peu importe comment, l'animal avait peut-être envie d'aller prendre l'air, dit-elle dans un léger éclat de rire, mais face à l'expression butée qui se peignait sur mon visage, elle redevint sérieuse : Que pouvons-nous faire ? demanda-t-elle. Tarık Bey n'arrête pas de demander où est passé ce chien.

— Je trouverai une solution.

Je ne décrochai pas un mot de la soirée. Mais malgré — ou à cause de — mon silence, je n'arrivais pas à partir. À l'approche de l'heure du début du couvre-feu, je vécus une grave « crise d'incapacité à me lever de mon siège ». Füsun et Tante Nesibe en étaient conscientes, je crois. À plusieurs reprises, Tante Nesibe fut obligée de me dire :

— Mon Dieu, ne vous mettez pas en retard, par pitié !

Il était dix heures cinq lorsque je réussis à sortir de chez eux.

Sur la route du retour, personne ne nous arrêta parce que nous étions dehors après l'heure autorisée. Une fois à la maison, je réfléchis longuement à ce que signifiaient ces chiens et à mon habitude de les apporter puis de les remporter ; ce n'est que onze mois après sa disparition qu'ils avaient remarqué l'absence de ce chien et, selon moi, sous l'effet de l'atmosphère de retour à l'ordre que générait le coup d'État, mais Tante Nesibe était persuadée qu'ils s'en étaient « tout de suite » rendu compte. Il est fort probable que ces chiens assis ou couchés sur un napperon en dentelle sur la télévision remontent en fait à l'époque de la radio. Lorsque tout le monde était réuni autour du poste et que, en écoutant, les têtes se tournaient automatiquement vers lui, l'œil cherchait quelque chose à quoi se raccrocher et s'occuper. Lorsque la radio fut reléguée dans un coin et que la télévision devint le mihrab de la table familiale, les chiens y occupèrent une place d'honneur, mais comme à présent les yeux étaient tournés vers l'écran, plus personne ne prêtait attention à ces braves bêtes. Je pouvais les prendre et les emporter à ma guise.

Deux jours plus tard, j'apportai deux chiens en porcelaine aux Keskin.

— Je les ai vus dans une vitrine du Bazar japonais en me promenant dans Beyoğlu aujourd'hui, dis-je. On dirait qu'ils ont été faits exprès pour trôner sur notre télévision.

— Ah, comme ils sont mignons! dit Tante Nesibe. Kemal Bey, il ne fallait pas.

— J'ai été très chagriné par la disparition de celui aux oreilles noires, répondis-je. En réalité, je m'attristais surtout de le savoir tout seul. En voyant leur air amical et enjoué, je me suis dit que, cette fois, ce serait bien d'avoir ces deux joyeux toutous sur la télé.

— La solitude du chien vous faisait réellement de la peine, Kemal Bey? demanda Tante Nesibe. C'est vrai que vous êtes un homme à part, mais c'est pour cela qu'on vous aime.

Füsun me souriait avec douceur.

— Cela m'affecte beaucoup de voir des affaires jetées et oubliées dans un coin, dis-je. Les Chinois croient que les objets ont une âme.

— Nous autres Turcs avions des liens étroits avec les Chinois avant de venir d'Asie centrale, ils en parlaient l'autre jour à la télévision, répondit Tante Nesibe. Vous étiez absent ce soir-là. Füsun, c'était quoi le nom de cette émission? Ah, vous avez très bien placé les chiens comme ça. Mais vaut-il mieux les laisser tournés l'un vers l'autre ou dans notre direction, je n'arrive pas à décider.

— Celui de gauche devrait nous faire face et l'autre regarder de son côté, déclara tout à coup Tarık Bey.

Parfois, au moment le plus incongru, à l'instant où nous pensions qu'il ne nous écoutait pas, Tarık Bey intervenait soudain dans la conversation pour doctement lancer quelque chose nous montrant qu'il avait mieux saisi que nous les détails du sujet dont nous parlions.

— De cette façon, l'amitié régnera entre les deux chiens, ils ne s'ennuieront pas ; en même temps, ils seront tournés de notre côté et feront partie de la famille, continua-t-il.

Durant plus d'un an, je réussis à ne pas toucher à ces chiens. En 1982 cependant, je cédai à mon envie de les dérober, mais dès lors, en échange de ce que j'emportais de chez les Keskin, soit je laissais un peu d'argent dans un coin soit j'apportais un objet beaucoup plus cher que celui que j'avais subtilisé. Au cours de cette dernière période, on vit s'orner la télévision de choses aussi étranges que chien-pelote à épingles ou chien-mètre de couturière.

66

C'est quoi, ce machin ?

Quatre mois après le coup d'État militaire, un soir où je rentrais de chez les Keskin quinze minutes avant le début du couvre-feu, dans l'avenue Sıraselviler, Çetin et moi fûmes stoppés par les soldats procédant à des contrôles d'identité. Confortablement installé sur la banquette arrière, je restai confiant et serein puisque j'étais en règle et n'avais rien à me reprocher. Mais quand le regard du soldat qui prenait mes papiers s'arrêta un instant sur la râpe à coing qui se trouvait près de moi, l'inquiétude me gagna.

Cette râpe, je venais comme à mon habitude de la subtiliser chez les Keskin, à un moment où personne ne faisait attention. J'étais si heureux de ma prise que je n'avais pas eu trop de mal à partir de bonne heure et, tel le chasseur ne résistant pas à la fierté de contempler la bécasse qu'il a attrapée, je l'avais instinctivement sortie de mon manteau et posée près de moi sur le siège.

En arrivant chez les Keskin en début de soirée, j'avais tout de suite reconnu l'agréable odeur de confiture de coings qui flottait dans l'air. Pendant que nous bavardions de tout et de rien, Tante Nesibe avait raconté que Füsun et elle avaient passé l'après-midi à faire mijoter de la confiture et à gentiment bavarder entre mère et fille. D'après ses paroles, je m'imaginais avec plaisir Füsun armée d'une spatule en bois en train de remuer doucement la confiture pendant que sa mère vaquait à autre chose.

Les soldats laissaient repartir certaines voitures après avoir contrôlé les papiers des passagers. Parfois, ils faisaient descendre tout le monde et procédaient à des fouilles minutieuses du véhicule et de ses occupants. À nous aussi, ils demandèrent de descendre.

485

Çetin et moi sortîmes de la voiture. Ils regardèrent attentivement nos papiers d'identité. Nous conformant aux ordres, nous écartâmes les bras tels les coupables dans les films et les posâmes sur la Chevrolet. Les deux soldats inspectaient la boîte à gants, le dessous des sièges et chaque recoin. Dans l'avenue Sıraselviler coincée entre de hauts immeubles, je me souviens des regards que les quelques personnes passant sur les trottoirs humides nous lançaient, à nous et aux soldats. L'heure où commençait l'interdiction de circuler approchait, et la rue était déserte. Un peu plus loin, la célèbre maison de rendez-vous Soixante-Six (c'était le numéro de rue de la bâtisse) fréquentée à une époque par la quasi-totalité de notre classe de terminale et où Mehmet connaissait beaucoup de filles avait toutes ses fenêtres éteintes.

— C'est à qui, ça? demanda l'un des soldats.

— À moi…

— C'est quoi, ce machin?

Je me rendis compte que je serais incapable de dire que c'était une râpe à coing. J'avais l'impression que si jamais je le faisais, ils me perceraient aussitôt à jour et sauraient tout de moi : mon obsession pour Füsun, mes quatre ou cinq visites hebdomadaires dans le logis qu'elle occupait avec ses parents et ce afin de voir une femme somme toute mariée depuis des années, l'aspect scandaleux et sans issue de cette situation faisant finalement de moi un être bizarre et mauvais… J'avais la tête embrumée à cause du raki que Tarık Bey et moi avions bu en trinquant; mais aujourd'hui, je ne pense pas que mes erreurs d'appréciation soient à mettre sur le compte de l'alcool. Certes, il me paraissait étrange que la râpe à coing, ustensile qui était dans la cuisine des Füsun peu avant, se retrouve maintenant dans la main d'un officier relativement aimable et originaire de Trabzon — me semblait-il —, mais le problème était plus profond encore, il touchait à la vie en ce monde et au statut d'être humain.

— Monsieur, est-ce que cet objet vous appartient?

— Oui.

— Qu'est-ce que c'est, mon frère?

Je me murai de nouveau dans le silence. Un sentiment de reddition et de désarroi s'emparait peu à peu de moi, semblable à l'incapacité de me lever qui me clouait sur place. J'aurais voulu que mon frère soldat me comprenne sans que j'aie à parler, mais c'était loin d'être le cas.

À l'école primaire, nous avions un camarade de classe très bizarre et pour tout dire un peu simplet. Lorsque le maître l'appelait au tableau et lui demandait s'il avait fait ou non son devoir de mathématiques, lui aussi s'enfermait dans un silence semblable au mien ; il ne répondait ni oui ni non et, en proie à un sentiment de culpabilité et d'insuffisance analogue, se dandinant d'une jambe sur l'autre, il restait planté devant nous jusqu'à rendre le maître fou de colère. Dans la classe, tandis que je l'observais avec étonnement, je ne comprenais pas que l'on puisse ne plus sortir du silence une fois qu'on s'y était enfermé, au point de ne rien dire des années, voire des siècles durant. Dans mon enfance, j'étais heureux et libre. Mais des années plus tard, ce soir-là dans l'avenue Sıraselviler, je compris ce qu'était l'impossibilité de parler. Je sentis aussi vaguement que mon amour pour Füsun relevait en fin de compte d'une obstination de ce type, d'un enfermement sur soi. Mon amour ou mon obsession pour elle, peu importe le nom qu'on lui donne, ne prenait pas du tout le chemin d'un libre partage de ce monde avec l'autre. En mon for intérieur, j'avais compris dès le départ que cela ne pourrait exister dans le monde que je décris, je m'étais replié sur moi-même et avais orienté ma quête de Füsun vers l'intérieur. Selon moi, Füsun aussi avait très bien compris que c'est en moi-même que je la trouverais. Et tout se terminerait pour le mieux.

— Mon commandant, ceci est une râpe, intervint Çetin Efendi. Une râpe à coing tout ce qu'il y a de plus ordinaire.

Comment Çetin avait-il d'emblée reconnu cet objet ?

— Alors pourquoi est-ce qu'il ne le dit pas ?

Puis, se tournant vers moi :

— C'est la loi martiale en ce moment... Tu es sourd ou quoi ?

— Mon commandant, Kemal Bey est assez démoralisé ces temps-ci.

— Et pourquoi donc ? Remontez dans votre voiture et attendez ! rétorqua sèchement l'officier à qui sa position ne permettait pas ce genre d'attendrissement.

487

Puis il s'éloigna, la râpe à coing et nos papiers d'identité dans la main.

Je vis la râpe briller un instant dans la lumière des phares d'une voiture qui attendait son tour derrière nous puis disparaître à l'intérieur du véhicule militaire — un petit camion — garé un peu plus loin.

Çetin et moi attendîmes dans la Chevrolet. Les rares voitures qui circulaient encore accéléraient à l'approche de l'heure du couvre-feu. Nous apercevions au loin celles qui passaient rapidement par la place Taksim. Entre nous régnait ce silence chargé de peur et de culpabilité que je percevais toujours parmi les citoyens lorsqu'ils avaient affaire à la police et se retrouvaient soumis à des fouilles et des contrôles d'identité. Nous écoutions le tic-tac de la pendule de la voiture, sans oser remuer sur notre siège de peur de faire du bruit.

L'idée que la râpe à coing se trouve entre les mains d'un capitaine dans ce véhicule militaire me rendait nerveux. Tandis que l'attente se prolongeait, je sentais avec une inquiétude croissante que la confiscation de cette râpe à coing par les soldats serait pour moi une grande souffrance et, des années après, je me souviens encore de l'intensité de cette angoisse. Çetin alluma la radio. On y entendait la lecture de communiqués relatifs à la loi martiale émanant de divers centres de commandement. Liste des personnes recherchées, des interdictions, des personnes arrêtées… Je demandai à Çetin de changer de fréquence. Après quelques grésillements, nous trouvâmes quelque chose venant d'un très lointain pays et plus en accord avec mon état d'esprit. Pendant que nous écoutions en savourant notre plaisir, de petites gouttes de pluie se mirent à tomber sur le pare-brise.

Vingt minutes après le début de l'heure du couvre-feu, l'un des deux soldats revint vers nous et nous rendit nos papiers d'identité.

— C'est bon, vous pouvez y aller.

— Et si on se fait de nouveau arrêter parce que nous sommes dans la rue à une heure où il est interdit de circuler ?

— Vous n'aurez qu'à dire que c'est nous qui vous avons retenus.

488

Çetin mit le contact. Le soldat s'écarta pour nous laisser passer. Mais je descendis de voiture et m'avançai vers le camion militaire.

— Mon commandant, la râpe à coing de ma mère a dû rester là, je crois…

— Tiens, tu vois, tu n'es ni sourd ni muet, tu sais très bien parler quand tu veux.

— Monsieur, il est interdit d'être en possession d'un objet piquant et coupant, intervint l'autre soldat, d'un grade supérieur au précédent. Allez, tiens. Passe pour cette fois, mais qu'on ne t'y reprenne pas. Dis-moi, tu fais quoi dans la vie ?

— Je suis homme d'affaires.

— Tu paies bien tes impôts ?

— Oui.

Ils ne dirent rien de plus. J'étais un peu vexé, certes, mais ravi d'avoir récupéré la râpe. Au retour, alors que Çetin conduisait lentement et prudemment, j'eus conscience d'être heureux. Les rues désertes et sombres livrées aux hordes de chiens d'Istanbul, les avenues hérissées d'immeubles en béton dont la laideur et l'aspect délabré me minaient le moral la journée m'apparaissaient à présent empreintes de poésie et de mystère.

67

Eau de Cologne

Un midi du mois de janvier 1981, Feridun et moi nous retrouvâmes au Rejans pour un long déjeuner avec *lüfer* et raki afin de discuter de nos affaires. Feridun tournait des films publicitaires avec Yani, le caméraman qu'il avait rencontré au Pelür. Je n'y voyais pour ma part aucun inconvénient mais lui se plaignait d'avoir à faire ce boulot « uniquement pour l'argent ». J'aurais très bien pu ne pas comprendre en quoi cela lui posait de tels problèmes de conscience, lui qui semblait toujours si désinvolte et, très jeune, passé maître dans l'art de profiter au mieux des bons côtés de la vie ; mais ce que j'avais traversé m'avait très vite mûri et appris que, en réalité, la plupart des gens ne correspondaient pas forcément à l'image qu'ils donnaient.

— Il y a un scénario tout prêt, dit ensuite Feridun. Quitte à faire un boulot alimentaire, autant tourner ce film. Ce n'est pas la panacée, mais c'est une bonne opportunité.

La notion de scénario « tout prêt » ou « avec tout ce qu'il faut » dont j'avais déjà entendu parler de temps à autre au Pelür désignait un scénario ayant franchi le barrage de la censure et obtenu toutes les autorisations officielles de tournage. Quand très peu de scénarios susceptibles de plaire aux spectateurs parvenaient à passer le cap de la censure, producteurs et réalisateurs — qui devaient faire un ou deux films par an pour survivre — se rabattaient sur un scénario tout prêt auquel ils n'avaient jamais pensé pour ne pas rester à se tourner les pouces. Et ne pas savoir de quoi traitaient ces scénarios ne leur posait en général aucun problème, vu que, durant des années, à force d'arrondir les angles, d'élaguer et d'édulcorer

490

chaque idée un peu neuve et originale, la commission de censure avait fini par uniformiser tous les films.

— Est-ce un sujet convenable pour Füsun? demandai-je à Feridun.

— Pas du tout. C'est plus pour Papatya. Le rôle est plutôt léger, l'actrice devra se dénuder. Et c'est Tahir Tan qui doit tenir le rôle masculin principal.

— Tahir Tan? Impossible.

Nous nous mîmes alors à parler longuement de lui, comme pour ne pas aborder l'essentiel du sujet, à savoir que nous tournerions notre premier film avec Papatya au lieu de Füsun. Feridun soutint qu'il nous fallait oublier l'incident que Tahir Tan avait provoqué au restaurant Huzur et laisser de côté les sentiments. Nous nous fixâmes quelques instants. Dans quelle mesure pensait-il vraiment à Füsun? Je lui demandai de quoi parlait le film.

— Un homme riche séduit sa jolie cousine éloignée et puis l'abandonne. La jeune fille a perdu sa virginité et devient chanteuse pour se venger... Les chansons ont d'ailleurs été écrites pour Papatya... C'est Hayal Hayati qui devait tourner le film mais comme Papatya refusait d'être son esclave, il a vu rouge et laissé tomber. Le scénario est donc resté en plan. Pour nous, c'est une aubaine.

Le scénario, les chansons et tout le film dans son ensemble me paraissaient assez mauvais pour n'être adaptés ni à Füsun ni même à Feridun. Mais il avait l'air d'y tenir et comme j'étais d'avis qu'il serait bien de lui faire plaisir, quitte à ce que ma belle m'en tienne grief et me fusille du regard le soir au dîner, enhardi par le raki du déjeuner, j'acceptai d'investir dans le film.

En mai 1981, Feridun attaquait le tournage du « scénario tout prêt ». Ce film s'intitulait *Vies brisées*, d'après le roman de Halit Ziya, et retraçait l'histoire d'une famille sur une période de quatre-vingts ans. Mais il n'y avait aucune ressemblance entre cette saga familiale et amoureuse qui avait pour cadre les *konak* des élites ottomanes occidentalisées de la fin de l'Empire et ce scénario situant l'action dans les *gazino* des années 1970 et d'obscures ruelles boueuses. À force d'acharnement et de rancœur, notre héroïne finissait par devenir une star de la chanson et se venger de celui qui l'avait séduite — un rôle que Papatya interprétait avec ferveur —

mais, contrairement au roman, sa plus grande souffrance provenait non pas du mariage mais de l'impossibilité d'avoir pu y accéder.

Les premières prises du film avaient commencé dans l'ancien cinéma Peri où se tournaient toutes les scènes musicales et chantées ayant pour décor un *gazino*. Les rangées de fauteuils avaient été démontées et remplacées par des tables. Sans aller jusqu'à rivaliser avec celles des plus grands *gazino* de l'époque tels que le Maksim ou le Çakıl installé sous un immense chapiteau à Yenikapı, les dimensions de la vaste scène du cinéma étaient tout à fait honorables. Version stambouliote des cabarets français dont ils s'inspiraient, ces *gazino* musicaux offraient aux clients la possibilité de manger et boire tout en regardant chanteurs, fantaisistes, acrobates, prestidigitateurs et autres « attractions » se produire sur scène. Des années 1950 à la fin des années 1970, on y faisait de la musique aussi bien *alaturca* que *alafranga*, et y on tournait des films chantés. Dans tous les films turcs présentant ce genre de scènes, on voyait d'abord les héros parler d'eux-mêmes et de leurs souffrances dans un langage poétique et fleuri ; puis, des années plus tard, on les retrouvait de nouveau dans ces mêmes *gazino* mais pour connaître le triomphe cette fois, comme on le comprenait aux applaudissements à tout rompre et aux larmes des clients et des spectateurs.

Feridun m'avait expliqué les différentes méthodes employées par les producteurs de Yeşilçam afin de trouver à moindre coût les figurants qui tiendraient le rôle des riches spectateurs applaudissant à la sincérité des affres exprimées par ces jeunes miséreux : autrefois, lorsqu'il était généralement de règle que de vrais chanteurs tels Zeki Müren ou Emel Sayın interprètent leur propre rôle dans les films musicaux, quiconque était habillé en costume cravate et savait se tenir à table était admis à entrer pour jouer les spectateurs. Comme les gens se ruaient pour voir gratis ces grandes stars, les tables du *gazino* étaient vite remplies et c'est ainsi que la question des figurants était résolue sans avoir à débourser un centime. Ces dernières années, la tendance dans les films musicaux était moins d'employer des chanteurs connus que des acteurs à la renommée assez modeste comme Papatya. (Ces graines de star qui commençaient par tenir le rôle de chanteurs beaucoup plus célèbres dans le scénario qu'elles-mêmes ne l'étaient dans la vie finissaient, au bout de deux films, par combler cet écart de célébrité et, dès lors, par incarner à l'écran de pauvres chanteurs beaucoup moins célèbres qu'elles-mêmes ne l'étaient devenues à la ville. Muzaffer Bey m'avait expliqué que c'était afin d'éviter que le spectateur turc ne s'agace face à quelqu'un d'aussi riche et célèbre dans ses films que dans la vie. La force secrète d'un film reposait en effet sur la différence entre le statut réel de la star et celui qu'elle occupait dans la fiction. L'histoire racontée par le film n'étant d'ailleurs que celle de l'abolition de cet écart.) Vu que personne ne se mettait sur son trente et un et n'accourait dans le poussiéreux cinéma Peri pour écouter un illustre inconnu, la méthode consistait à offrir du kebab aux hommes en cravate et aux femmes à la tête dénudée qui voudraient bien remplir les tables du *gazino*. Dans nos soirées entre amis, Tayfun adorait parler et se gausser des films turcs qu'il avait vus par le passé dans les cinémas d'été ; après avoir imité les attitudes surfaites et affectées de ces pauvres en cravate qui prenaient la pose du riche une fois la panse pleine, avec la sincère indignation de qui subit une injustice, furieux, il répétait à l'envi que les riches turcs n'étaient absolument pas comme cela.

Mais au-delà de la fausse image qu'ils donnaient des riches, les figurants bon marché pouvaient être source de problèmes bien plus gênants d'après ce que Feridun m'avait raconté avant le début du tournage, en prenant des exemples du temps où il travaillait comme assistant. Après avoir terminé leur kebab, certains désiraient tout bonnement quitter le plateau en plein tournage, d'autres sortaient leur journal, d'autres encore plaisantaient et riaient avec leurs voisins (sans doute la meilleure chose à faire dans cette vie) au moment précis où l'interprète vedette entonnait les paroles les plus émouvantes de la chanson, quand ils ne s'endormaient pas carrément sur la table, lassés par l'attente.

La première fois que je passai sur le tournage de *Vies brisées*, je vis le régisseur rouge de colère en train de hurler sur les figurants qui regardaient la caméra. Comme un vrai producteur de film, j'observai quelque temps les choses de loin, en patron. Sur ces entrefaites, la voix de Feridun retentit. D'un seul coup, tout se para

493

de la magie mi-poétique mi-prosaïque propre aux films turcs et, micro à la main, Papatya se mit à marcher sur le podium qui s'avançait parmi les spectateurs.

Cinq ans plus tôt, Papatya tenait encore le rôle d'une astucieuse fillette au grand cœur parvenant à réconcilier ses parents qui s'étaient séparés en raison d'un malentendu dans un film que Feridun, Füsun et moi avions vu dans un cinéma d'été près du Pavillon des Tilleuls. Et voici que, à présent, elle s'était transformée (avec une rapidité symptomatique du destin de tous les enfants turcs) en une victime malmenée par la vie, furibonde et pétrie de souffrances. L'aura tragique de ce personnage de femme ayant perdu son innocence et par là même promise à un funeste destin lui allait comme un gant. En me remémorant l'enfance de Papatya et son ancienne candeur, je mesurais mieux ce qu'elle était devenue aujourd'hui; mais derrière le masque de colère et de lassitude qu'elle portait sur scène, je ne voyais que son enfance. Accompagnée par un orchestre fantôme — Feridun se débrouillerait en récupérant des chutes de films auprès d'autres réalisateurs —, elle marchait sur le podium comme un mannequin, approchait du seuil où la révolte désespérée frisait l'insurrection contre Dieu et nous affligeait avec sa soif de vengeance qui nous rappelait combien elle souffrait. Pendant le tournage de cette scène, toute l'assistance sentit qu'il y avait un joyau en Papatya, même mal dégrossi. Les figurants étaient sortis de leur torpeur et les garçons qui passaient entre les tables pour servir le kebab au début de la prise s'étaient arrêtés pour la regarder.

Papatya tenait son micro du bout des doigts, comme elle l'eût fait d'une pince à épiler. D'après le commentaire d'un journaliste que j'avais rencontré au Pelür, la nouveauté et l'originalité de ce geste — à travers lequel chaque grande star affirmait sa personnalité — étaient la preuve que Papatya deviendrait rapidement une célébrité. À cette époque, les *gazino* étaient passés du micro fixé sur un haut trépied au microphone à fil mobile qui permettait aux vedettes de circuler sur la scène et de s'avancer au milieu des spectateurs. L'inconvénient de cette innovation, c'est que tout en interprétant sa chanson sentimentale avec de grands gestes de rage et de remords et parfois des larmes dans les yeux, l'artiste était obligée de gérer le long fil de son micro telle la ménagère veillant à ce que le fil de son aspirateur ne s'accroche pas au coin des meubles. Bien qu'elle chantât en play-back et que le fil de son micro ne fût branché ni coincé nulle part, Papatya faisait comme s'il l'était et réglait cette difficulté d'un doux et gracieux mouvement. Des gestes qui ressemblaient à ceux d'une fillette faisant tourner la corde à sauter pour ses amies, me dit par la suite le même journaliste béat d'admiration.

Le tournage avançait rapidement, et, au moment de la pause, j'allai féliciter Papatya et Feridun en leur disant que tout se passait vraiment très bien. À peine ces paroles avaient-elles franchi mes lèvres que je me sentis comme ces producteurs qui occupaient les pages des journaux et des magazines. Peut-être parce que les journalistes présents prenaient des notes ! Reste que Feridun aussi semblait avoir quelque chose des metteurs en scène tels qu'ils apparaissaient dans la presse : le rythme rapide du tournage lui avait ôté son côté brouillon et enfantin ; en deux mois, on eût dit qu'il avait pris dix ans. Il donnait l'impression d'un homme fort, déterminé, capable d'aller jusqu'au bout de ce qu'il entreprenait et de qui pouvait même émaner une certaine dureté.

Ce jour-là, je sentis entre lui et Papatya sinon de la passion, du moins un fort attachement. Mais je ne pus en avoir le cœur net. En présence des journalistes, toutes les stars et starlettes laissaient entendre qu'elles avaient des relations amoureuses secrètes. Ou alors, le regard des journalistes de magazine était tellement à l'affût de l'interdit, du péché et de la faute qu'ils poussaient actrices et réalisateurs à les commettre. Pendant qu'on les photographiait, je me tins loin des objectifs. Des revues comme *Ses* ou *Hafta Sonu* qui abondaient en informations sur le cinéma, Füsun avait l'occasion de les lire chaque semaine. Je sentais que c'était par ces revues qu'elle découvrirait ce qui se passait entre Feridun et Papatya. À moins qu'elle ne soupçonne une histoire d'amour entre Papatya et le rôle masculin principal, Tahir Tan, ou même avec moi, le producteur ! Mais en réalité, nul besoin que quiconque évoque quoi que ce soit. Une fois qu'ils avaient décidé de ce qui ferait le plus vendre, des rédacteurs des pages cinéma lançaient la fausse nouvelle, l'enjolivaient et s'amusaient à broder autour. Parfois, ils annonçaient d'emblée et ouvertement la couleur aux acteurs qui se prêtaient alors complaisamment au jeu en prenant les poses nécessaires.

Je me réjouissais que Füsun soit loin de cette vie et de ce milieu mais, parallèlement, j'étais triste qu'elle ne puisse connaître cette animation et cette ambiance distrayante. En réalité, après avoir joué toutes sortes de femmes déchues dans les films et dans la vie — d'ailleurs, les deux se confondaient aux yeux du spectateur —, chaque actrice célèbre pouvait très bien poursuivre sa carrière cinématographique en s'abonnant aux rôles de dames de bonne famille drapées dans un voile de moralité. Se pouvait-il que Füsun y songe également ? Pour ce faire, il lui fallait se trouver un « parrain » de la pègre ou un homme riche et bravache ayant des fréquentations de ce genre. Dès qu'ils nouaient une relation avec une star, ils lui interdisaient d'embrasser et de se montrer dévêtue à l'écran. Ce qu'on entendait par le terme « se dévêtir » — que les lecteurs et les visiteurs du musée des siècles à venir ne s'y trompent pas — n'allait pas au-delà de montrer ses cuisses et ses épaules. Lorsqu'un parrain avait pris une actrice célèbre sous son aile, la publication d'informations dégradantes, moqueuses ou indécentes à son sujet devenait également prohibée. Un jeune reporter ignorant cette règle s'était fait tirer dans les jambes pour avoir écrit que la star à gros seins protégée par un grand caïd avait été danseuse à un très jeune âge et qui plus est la maîtresse entretenue d'un industriel connu.

Sur le plateau du film, autant je m'amusais, autant j'étais chagrin en pensant que Füsun était seule et désœuvrée dans son logis de Çukurcuma, à dix minutes de marche du cinéma Peri. Les journées de tournage se prolongeaient tard dans la soirée, jusqu'à l'heure du couvre-feu. À l'idée que Füsun puisse croire que je lui préférais le tournage si jamais ma place à table restait vide au dîner, je m'alarmais. Le soir, je sortais du cinéma Peri et rejoignais l'habitation des Keskin par les rues en pente pavées avec, dans le cœur, un sentiment où se mêlaient culpabilité et promesse de bonheur. Un jour, enfin, Füsun serait mienne. Et je me félicitais de la tenir à l'écart du monde du cinéma.

Je comprenais que désormais je lui étais également attaché par un sentiment de camaraderie dans la défaite qui me rendait encore plus heureux parfois que l'amour. Lorsque ce sentiment m'envahissait, les derniers rayons de soleil dans les rues de la ville, l'odeur d'humidité et de poussière émanant des vieux immeubles grecs, les vendeurs de pilaf aux pois chiches et de foie à l'albanaise, les gamins jouant au foot dans la rue et leur ballon qui roulait vers moi en bondissant sur les pavés, la salve d'applaudissements moqueurs qui retentissait quand, à l'approche de chez les Keskin, je le renvoyais d'un grand coup de pied… tout me rendait heureux.

Du plateau de tournage aux couloirs de Satsat, des cafés au foyer des Keskin, ce dont tout le monde parlait les derniers temps était le très fort taux d'intérêt accordé par les banquiers des *gecekondu*. L'inflation approchant les cent pour cent, les gens cherchaient à investir leur argent quelque part. Le soir, avant que les Keskin ne passent à table, c'est aussi de cela qu'on parlait. Tarık Bey me racontait que dans le café où il se rendait de temps à autre, quelques-uns achetaient de l'or au Grand Bazar, d'autres plaçaient leur argent auprès de banquiers offrant des taux d'intérêt de près de cent cinquante pour cent, mais que, hormis ceux-là, tout le monde vendait ses réserves d'or et clôturait son compte en banque ; il me sondait sur la question, cherchant à obtenir mon avis d'homme d'affaires.

Désormais, avec le tournage et le couvre-feu, Feridun passait rarement à la maison, et il ne donnait rien à Füsun de l'argent que je versais à Citron Films. C'est à ce moment-là que je commençai à laisser de l'argent en lieu et place de l'objet dont je m'étais emparé plutôt que d'en apporter un nouveau pour le remplacer, environ un mois après que j'eus pris sans vraiment m'en cacher un vieux jeu de cartes de Tarık Bey.

Je savais que pour tuer le temps Füsun se lisait l'avenir avec. Tarık Bey se servait d'un autre jeu quand il jouait au bésigue avec Tante Nesibe. Et si, une fois tous les trente-six du mois, cette dernière devait jouer aux cartes avec des invités (poker ou jeu des valets), ce n'était jamais celui-ci qu'elle sortait. Dans le jeu que j'avais « volé », certaines cartes avaient les coins abîmés, le dos taché, d'autres étaient cornées ou déchirées. Füsun avait expliqué en riant que c'était à ces taches et ces marques qu'elle reconnaissait telle ou telle carte, et que c'était justement grâce à cela que ses

497

prédictions se révélaient toujours exactes. J'avais humé ce jeu de cartes avec attention et, derrière sa propre odeur mêlée à celle de poussière et d'humidité, j'avais senti l'émanation de la main de Füsun. Tante Nesibe ayant remarqué mon intérêt pour ce jeu de cartes aux fragrances qui m'enivraient, je l'avais ouvertement glissé dans ma poche.

— Ma mère aussi se tire les cartes, dis-je, mais ce n'est guère probant. Il semble qu'on voit mieux son avenir avec ce jeu-là. Une fois que ma mère en connaîtra bien les marques et les pliures, elle aussi verra sortir sa bonne fortune. Elle s'ennuie beaucoup en ce moment.

— Transmets nos salutations à Vecihe Abla, dit Tante Nesibe.

Quand je lui dis que j'irais acheter un nouveau jeu de cartes dans la boutique d'Alaaddin à Nişantaşı, Tante Nesibe commença par me répondre qu'il était inutile de me donner cette peine. Puis, comme j'insistais, elle me parla alors d'un nouveau jeu de cartes qu'elle avait vu dans Beyoğlu.

Füsun était dans la pièce du fond. Un peu gêné, je posai dans un coin la petite liasse de billets que j'avais sortie de ma poche.

— Tante Nesibe, quand vous irez acheter ce nouveau jeu de cartes, pourriez-vous en prendre un pour vous et un pour ma mère, s'il vous plaît ? Ça lui fera plaisir d'avoir un jeu de cartes provenant de chez vous.

— Naturellement, répondit Tante Nesibe.

Dix jours plus tard, toujours en proie à la même étrange honte, je laissai quelques billets à la place de la nouvelle bouteille d'eau de Cologne PE-RE-JA que j'avais emportée. J'étais certain que, les premiers mois, Füsun n'était absolument pas au courant de ce troc objet-argent.

En réalité, cela faisait des années que j'emportais des flacons d'eau de Cologne de chez les Keskin pour les entasser dans l'immeuble Merhamet. Mais ils étaient soit déjà complètement vides, soit sur le point de l'être et de rejoindre la poubelle. Et personne ne s'intéressait aux bouteilles vides, hormis les gamins du quartier qui jouaient dans la rue.

L'eau de Cologne était offerte le soir très tard après le repas, et je m'en passais sur les mains, les joues et le front avec une ferveur, voire une espérance quasi sacrées. C'est toujours avec une certaine fascination que j'observais la gestuelle de Füsun et de ses parents pendant qu'ils en proposaient... Tarık Bey dévissait lentement le gros bouchon de la lourde bouteille d'eau de Cologne PE-RE-JA tout en gardant les yeux rivés sur la télévision, et nous savions que dès la première pause publicitaire il tendrait la bouteille à Füsun en disant : « Demande si quelqu'un en veut. » Füsun en versait d'abord sur les mains de son père ; comme s'il eût exécuté un geste thérapeutique, Tarık Bey se l'étalait jusqu'aux poignets, en aspirait profondément l'odeur tel celui retrouvant son souffle après une crise d'étouffement, puis, de temps à autre, humait longuement ses doigts. Tante Nesibe en prenait très peu et, avec de gracieux mouvements semblables à ceux que j'avais déjà vus chez ma mère, elle se frottait les mains l'une contre l'autre comme pour faire mousser un savon imaginaire. S'il était à la maison, Feridun était celui qui en consommait les plus grandes quantités ; ouvrant les deux paumes tel un assoiffé en plein désert, il s'en mouillait le visage avec l'avidité de qui se désaltère à longs traits. À travers tous ces gestes, je sentais que l'eau de Cologne véhiculait une signification qui allait au-delà de son odeur agréable et de la fraîcheur qu'elle procurait (parce que, même les froids soirs d'hiver, ce petit rituel se reproduisait).

À l'instar de l'eau de Cologne que l'assistant du chauffeur offrait à chacun des passagers au début d'un voyage en autobus, la nôtre aussi nous donnait le sentiment de former une communauté, de partager le même destin (impression que renforçaient encore les informations télévisées) ; bien que nous nous retrouvions chaque soir dans la même maison pour regarder la télévision, nous sentions que la vie était une aventure, qu'il était beau de faire quelque chose ensemble.

Quand arrivait mon tour et que j'ouvrais fébrilement les paumes en attendant que Füsun y verse l'eau de Cologne, nos regards se croisaient un instant. Alors, nous nous abîmions dans les yeux l'un de l'autre tel un couple d'amants mutuellement épris dès le premier regard. Tout en aspirant l'odeur de l'eau de Cologne versée dans mes mains, au lieu de baisser les paupières en direction de mes paumes, je continuais à la fixer. La densité, la détermination et la passion qu'il y avait dans mon regard lui faisaient quelquefois esquisser un sourire dont la trace flottait longuement à la commissure de ses lèvres. Dans ce sourire, je percevais une tendresse mêlée de moquerie à l'égard de mon état amoureux, de mon habitude de venir chaque soir et de la vie elle-même, mais je ne m'en offusquais pas. Au contraire, cela me rendait encore plus amoureux, me donnait envie de m'emparer de sa bouteille d'eau de Cologne Altın Damla et de l'emporter chez moi ; de toute façon, quand la bouteille serait vide ou presque lors d'une de mes prochaines visites, je la ferais discrètement disparaître dans la poche de mon manteau suspendu à la patère.

À l'époque où l'on tournait *Vies brisées*, vers sept heures du soir, juste avant la tombée de la nuit, quand je sortais du cinéma Peri et marchais en direction de Çukurcuma, j'avais parfois le sentiment que ce que j'étais en train de vivre en cet instant, je l'avais déjà vécu. Cette vie antérieure que je revivais à l'identique était aussi exempte de grands malheurs que de grands bonheurs. Mais elle était néanmoins porteuse de quelque chose qui me pesait, d'une tristesse qui jetait une ombre en moi... Sans doute parce que je connaissais la fin de l'histoire et savais que nulle grande victoire ni grand bonheur ne m'attendait. Au bout de ces six ans passés à se consumer d'amour pour Füsun, l'homme qui envisageait l'existence comme une aventure plaisante et ouverte était sur le point de se transformer en un être triste, renfermé sur lui-même et boudant la vie. J'étais peu à peu accablé par le sentiment que la vie n'avait plus rien à m'apporter.

— Füsun, on jette un œil à la cigogne ? disais-je durant ces soirées de printemps.

— Non, je n'ai rien fait de nouveau, rétorquait-elle d'un ton morne.

— Ah, mais pourquoi dis-tu cela ? intervint une fois Tante Nesibe. La cigogne prend son envol depuis notre cheminée de telle sorte que de là on aperçoit tout Istanbul, Kemal Bey.

— J'ai hâte de voir ça...

— Ce soir, je ne suis pas en train, répondait Füsun avec une totale franchise.

À ce moment-là, je voyais le cœur de Tarık Bey s'émouvoir et s'inquiéter pour sa fille qu'il désirait tendrement protéger. Sentir

500

que les paroles de Füsun exprimaient l'impasse non seulement de ce soir-là mais de la vie en général ne laissait pas de m'affecter, et je décidai que dorénavant je ne retournerais plus sur le tournage de *Vies brisées*. (Décision que j'appliquai quelque temps.) Cependant, la réponse de Füsun me rappelait aussi la guerre qu'elle menait depuis des années contre moi. Et je voyais dans les yeux de Tante Nesibe combien l'attitude de sa fille et la mienne la préoccupaient. Dès que nous sentions les ennuis et les difficultés de la vie jeter leur ombre en nous à l'image des nuages de pluie qui obscurcissaient le ciel en s'amoncelant au-dessus de Tophane, nous nous replions un moment dans le silence et faisions trois choses familières :

1. Nous regardions la télévision.
2. Chacun de nous se resservait un raki.
3. Nous allumions une nouvelle cigarette.

68

4 213 mégots

Au cours de ces huit ans passés à la table des Keskin, je récupérai 4 213 mégots de cigarettes fumées par Füsun. Chacun de ces
mégots — dont l'une des extrémités touchait ses lèvres de rose,
entrait dans sa bouche, s'humidifiait au contact de sa langue
comme me l'indiquait parfois l'état du filtre et s'imprimait joliment de la teinte de son rouge à lèvres — était une chose intime et
singulière, recelant le souvenir de moments heureux et de profondes douleurs. Pendant neuf ans, Füsun fuma toujours des Samsun.
Une marque de cigarettes que, par mimétisme, j'adoptai aussi peu
après avoir commencé à aller dîner chez les Keskin. Jusque-là, je
fumais des Marlboro Light que j'achetais auprès des *tombalacı* et
des marchands de cigarettes de contrebande qui les vendaient à la
sauvette au coin des rues. Je me souviens de la discussion que nous
avions eue, un soir, sur la similitude de goût, âcre et prononcé,
entre les Samsun et les Marlboro Light. Füsun avait déclaré que les
Samsun faisaient davantage tousser ; quant à moi, j'avais expliqué
qu'à force d'ajouter Dieu sait quels adjuvants chimiques et agents
de texture au tabac, les Américains avaient rendu les Marlboro très
nocives. Tarık Bey ne s'était pas encore installé à table et, les yeux
dans les yeux, nous nous offrions mutuellement des cigarettes de
nos paquets. Durant ces huit ans, je restai fidèle aux Samsun dont
Füsun et moi faisions grande consommation mais, histoire de ne
pas donner le mauvais exemple aux générations futures, je ne
m'attarderai que peu dans mon récit sur les détails de cette habitude si prisée dans les vieux films et les romans.

Une fois qu'elles avaient été allumées, authentiques Marlboro des États-Unis comme Marlboro de contrebande produites dans la République populaire de Bulgarie et introduites en Turquie par navires de trafiquants ou bateaux de pêche se consumaient jusqu'à la fin. Ce qui n'était pas le cas des Samsun dont le tabac était humide et plus grossier. En raison de la présence de brindilles, de nervures et de petits morceaux de tabac haché trop épais, Füsun faisait un peu rouler sa cigarette entre ses doigts pour la ramollir. Avant d'allumer la mienne, je la pressais également un peu entre mes doigts, reproduisant automatiquement ce geste que j'avais appris d'elle. Et si elle faisait de même à cet instant, j'adorais que nos regards se croisent.

Les premières années de mes visites chez les Keskin, Füsun fumait tout en prenant la pose de celle qui n'ose pas fumer devant son père. Elle gardait sa cigarette tournée vers l'intérieur de la paume comme pour la cacher, et au lieu d'utiliser le cendrier en faïence de Kütahya comme son père et moi, elle secouait sa cendre dans une soucoupe « sans que personne ne la voie ». Alors que son père, sa mère et moi rejetions notre fumée au hasard sans nous en soucier, Füsun tournait la tête à droite vers un point éloigné de la table et, comme si elle soufflait en vitesse un secret à l'oreille d'une camarade de classe, elle recrachait précipitamment au loin la fumée bleuâtre sortant de ses poumons. J'aimais beaucoup ce geste qui me rappelait nos leçons de mathématiques, l'expression de fausse honte, d'inquiétude et de culpabilité qui se peignait sur ses traits, et je me disais que je serais amoureux d'elle jusqu'à la fin de ma vie.

Ne pas fumer ni boire d'alcool devant son père, ne pas se vautrer sur sa chaise en croisant les jambes… toutes ces marques de respect dictées par le souci de se conformer aux règles de la famille traditionnelle s'estompèrent peu à peu au fil des ans. Évidemment, Tarık Bey voyait parfaitement que sa fille fumait, mais au lieu de réagir comme on l'eût attendu d'un père traditionnel, il semblait se satisfaire du respect dont elle enrobait ses gestes. J'étais extraordinairement heureux d'observer ces rituels et ce foisonnement de nuances auxquelles les anthropologues ne comprennent généralement rien. Jamais je n'ai jugé hypocrite cette culture du « faire comme si »; alors que j'observais les gestes gracieux et adorables de Füsun, je me rappelais que c'était justement parce que nous faisions tous « comme si » qu'il m'était possible de voir les Keskin tous les soirs, que c'était non pas le soupirant mais le riche parent venant rendre visite qui était admis à leur table et autorisé à voir leur fille.

En mon absence, Füsun fumait ses cigarettes quasiment jusqu'au filtre. Je le comprenais en voyant les mégots écrasés dans les cendriers de la maison avant mon arrivée. Je pouvais tout de suite faire la distinction entre les siens et ceux des autres. Cela tenait moins à la marque de la cigarette qu'à la façon dont Füsun l'avait éteinte, aux sentiments qui l'habitaient à ce moment-là. Quant aux soirs où je venais, elle fumait ses Samsun non pas jusqu'au filtre mais jusqu'à la moitié seulement, un peu comme Sibel et ses amies avec leurs longues et fines cigarettes américaines ultra light.

Parfois, elle éteignait nerveusement sa cigarette dans le cendrier. Parfois, il s'agissait moins d'un mouvement d'énervement que d'un geste d'impatience. Je l'avais souvent vue écraser son mégot avec une rage qui me mettait mal à l'aise. Certains jours, elle éteignait sa cigarette en la tapotant légèrement mais avec insistance au fond du cendrier. D'autres fois, alors que personne ne regardait, elle écrasait le mégot d'un geste ample, lent et puissant comme elle l'eût fait de la tête d'un serpent. J'avais l'impression que toute la colère qu'elle avait accumulée contre la vie, elle la passait sur ce mégot. Il lui arrivait également de l'écraser distraitement sans même un regard vers le cendrier alors qu'elle suivait un programme à la télévision ou écoutait la conversation qui se déroulait à table. Souvent aussi je la vis éteindre sa cigarette à la hâte à seule fin de s'en débarrasser avant de saisir une cuiller ou une carafe. Quelquefois, dans ses moments de gaieté et d'enjouement, elle pressait du bout de l'index l'extrémité de la cigarette dans le cendrier, comme si elle tuait un animal sans le faire souffrir. Lorsqu'elle était occupée dans la cuisine, elle passait sa cigarette sous l'eau du robinet et la jetait à la poubelle, exactement comme le faisait Tante Nesibe.

Toutes ces méthodes différentes et beaucoup d'autres encore donnaient à chacun des mégots passés entre les mains de Füsun une forme, une âme singulières. Quand je me retrouvais dans l'immeuble Merhamet, je les sortais de ma poche et les examinais attentivement. Ils m'évoquaient des tas de choses, par exemple de petits bonshommes bossus à la face noiraude, brisés, ployant l'échine devant l'injustice, ou encore d'étranges et inquiétants points d'inter-rogation. Parfois, ils me faisaient penser aux cheminées des bateaux des lignes maritimes urbaines ou à de petits coquillages. Quelque-fois aussi, ils m'apparaissaient comme des points d'exclamation qui me mettaient en garde, les signes avant-coureurs d'un danger imminent, des déchets nauséabonds ou des choses reflétant l'âme de Füsun, voire des bribes de cette âme… En goûtant légèrement la trace de rouge à lèvres restée à l'extrémité du filtre, je m'abîmais dans de profondes réflexions sur elle et sur la vie.

Je ne voudrais pas que, à la vue de l'étiquette figurant sous chacun de ces 4 213 mégots et précisant à quelle date je l'ai col-lecté, les lecteurs visitant mon musée aillent penser que j'ai chargé la vitrine de données inutiles : la forme de chaque mégot de ciga-rette résulte de l'extériorisation d'un sentiment éprouvé avec force par Füsun pendant qu'elle l'éteignait. Par exemple, les trois mégots que j'ai récupérés dans le cendrier de Füsun le 17 mai 1981, pre-mier jour du tournage de *Vies brisées* au cinéma Peri, me rappel-lent la façon qu'elle avait de se replier et de se renfermer sur elle-même mais aussi de ne pas aborder la question et de faire comme si de rien n'était.

L'un des deux mégots très écrasés que vous voyez ici fut éteint au moment où notre ami Ekrem du Pelür, l'acteur principal du film *Bonheur menteur* que nous regardions ces jours-là à la télévision (le célèbre Ekrem Güçlü interprète d'Abraham à une époque), lan-çait à sa petite amie pauvre : « La plus grande erreur dans la vie est d'en demander toujours plus et de ne pas savoir être heureux, Nur-ten ! » et que ladite Nurten gardait le silence et les yeux rivés droit devant elle. Quant au second mégot, il fut écrasé juste dix minutes après cette scène. (En moyenne, Füsun fumait une Samsun en neuf minutes.)

Les taches que l'on aperçoit sur ces autres mégots à l'aspect plutôt rectiligne proviennent de la glace à la cerise que Füsun avait mangée une chaude soirée d'été. C'est avec la même carriole à trois roues que le glacier Kamil Efendi arpentait lentement les rues pavées de Tophane et Çukurcuma en criant « Crème glacée ! »

en agitant sa sonnette pendant l'été et qu'il vendait du halva en hiver. Füsun m'avait raconté qu'il l'avait fait réparer par Beşir, le marchand de vélos chez qui elle emmenait sa propre bicyclette quand elle était gosse.

En voyant deux autres cigarettes et les dates inscrites au-dessous, je me souviens de ces soirs d'été où nous mangions des aubergines grillées au yaourt, où Füsun et moi regardions par la fenêtre ouverte. En de tels instants, Füsun prenait un petit cendrier à la main et y tapotait souvent la cendre de sa Samsun. Quand Füsun discutait avec moi devant la fenêtre, elle prenait toujours cette pose, et je l'imaginais alors dans une élégante réception. Elle aurait très bien pu, comme moi et comme tous les hommes turcs, jeter la cendre de sa cigarette par la fenêtre, écraser le mégot au bord de la fenêtre et le balancer en bas, ou même l'envoyer valser encore incandescent d'une pichenette et le regarder tournoyer dans l'obscurité. Mais non, Füsun n'avait aucun des gestes du fumeur habituel et je prenais exemple sur elle. Quelqu'un nous apercevant de loin nous eût pris pour deux personnes en train de discuter poliment afin de faire connaissance, un peu à l'écart dans une fête, dans un pays occidental où la femme n'avait pas obligation de se soustraire au regard. Pendant que nous regardions par la fenêtre ouverte sans échanger un seul regard, nous discutions en riant de la fin du film que nous venions de voir à la télévision, de l'accablante chaleur d'été, des enfants qui jouaient à cache-cache dans la rue. Sur ce, la légère brise qui se levait du côté du Bosphore charriait une enivrante odeur d'iode et de chèvrefeuille à laquelle se mêlaient celle des cheveux, de la peau de Füsun et une agréable fumée de cigarette.

Parfois, juste au moment où elle éteignait sa cigarette, nos regards se croisaient de façon impromptue. Absorbée par un poignant film d'amour ou sous l'empire de la musique et des images illustrant des événements dramatiques dans un documentaire sur la Seconde Guerre mondiale, Füsun éteignait sa cigarette d'un geste automatique, sans y prêter attention. Si, comme dans ce cas de figure, le hasard faisait que nous nous retrouvions yeux dans les yeux à cet instant-là, il passait comme un courant électrique entre nous, tous deux nous rappelions pourquoi j'étais assis à cette table, et la cigarette prenait une drôle de forme reflétant assez bien la confusion qui régnait dans notre tête. Puis, en entendant retentir la sirène d'un navire au loin, je tâchais de voir le monde, la vie, à travers les yeux de ceux qui se trouvaient sur ce bateau.

Plus tard, quand je prenais dans ma main ces mégots de cigarettes écrasés que je rapportais dans l'immeuble Merhamet, un seul ou plusieurs à la fois selon les soirs, je me remémorais certains instants du passé. En réalité, les cigarettes m'avaient permis de comprendre clairement que tous les objets que j'accumulais étaient en parfaite corrélation avec les fameux instants d'Aristote.

Désormais, grâce à un simple coup d'œil sur les objets que j'accumulais dans l'immeuble Merhamet, sans même avoir à les tenir en main, j'étais capable de me souvenir de Füsun, de notre passé, des soirées passées ensemble autour d'une table. Chacun des instants que j'associais à ces objets — une salière en porcelaine, un mètre de couturière plié en forme de chien, un ouvre-boîte à l'air effrayant ou l'incontournable bouteille d'huile de tournesol Batanay toujours présente dans la cuisine des Füsun — se répandait au fil des ans dans ma mémoire, dans un temps qui semblait très vaste. À mesure que je contemplais les objets ainsi que les mégots accumulés dans l'immeuble Merhamet, je me rappelais chacune des choses que nous faisions lorsque nous étions assis à la table des Füsun.

69

Parfois

Parfois, nous restions assis sans rien faire. Parfois, tout comme nous, Tarık Bey s'ennuyait devant la télévision et lisait son journal du coin de l'œil. Parfois, une voiture descendait bruyamment la côte en klaxonnant; à ce moment-là, nous nous taisions et tendions l'oreille jusqu'à ce qu'elle soit passée. Parfois, il pleuvait et nous écoutions le bruit des gouttes sur les vitres. Parfois, « Comme il fait chaud ! » disions-nous. Parfois, Tante Nesibe oubliait sa cigarette dans le cendrier et en allumait une autre dans la cuisine. Parfois, je parvenais à contempler la main de Füsun quinze ou vingt secondes d'affilée sans que personne ne s'en aperçoive, et je m'éprenais encore plus d'elle. Parfois, une femme apparaissait à l'écran dans une publicité vantant ce que nous étions en train de manger à table. Parfois, une déflagration se faisait entendre au loin. Parfois, Tante Nesibe ou Füsun se levait de table pour jeter quelques morceaux de charbon dans le poêle. Parfois, je pensais que j'apporterais un bracelet à Füsun et non pas une barrette à cheveux à ma prochaine visite. Parfois, j'oubliais en cours de route de quoi parlait le film que nous regardions et, tout en gardant les yeux sur l'écran, je me remémorais l'époque où j'étais à l'école primaire à Nişantaşı. « Allez, je vous prépare un tilleul ! » disait parfois Tante Nesibe. Parfois, Füsun bâillait si copieusement qu'elle paraissait oublier le monde entier et puiser dans les profondeurs de son âme une vie plus sereine, de même qu'on tirerait de l'eau d'un puits par une chaude journée d'été. Parfois, je m'exhortais en moi-même à me lever et prendre congé. Parfois, lorsque le barbier d'en face qui finissait toujours tard rabattait son rideau de fer après le départ de son dernier client, le bruit qui déchirait le silence de la nuit retentissait dans tout le quartier. Parfois, il y avait des coupures d'eau qui duraient deux jours. Parfois, dans le poêle à charbon, nous entendions un mouvement autre que celui des flammes. Parfois, je revenais chez eux le lendemain pour la simple raison que Tante Nesibe avait dit : « Vous aimez bien mes haricots à l'huile d'olive, revenez donc demain avant qu'il n'y en ait plus ! » Parfois, nous discutions de la rivalité entre Russes et Américains, de la guerre froide, des navires de guerre soviétiques qui traversaient le Bosphore la nuit, des sous-marins américains qui croisaient dans la Marmara et d'autres sujets de ce genre. « Qu'est-ce qu'il fait lourd, ce soir ! » disait parfois Tante Nesibe. Parfois, je voyais à sa mine que Füsun était plongée dans ses rêveries, j'avais envie de la rejoindre dans son pays imaginaire mais ma vie, moi-même, mon inertie, ma façon d'être assis à table… tout me semblait désespérant. Parfois, les objets sur la table prenaient à mes yeux la forme de montagnes, de vallées, de collines, de ravines et de plateaux. Parfois, nous éclations tous de rire au même moment à la vue de quelque chose de drôle à l'écran. Parfois, je jugeais assez dévalorisant pour nous tous de rester concentrés comme un seul homme devant la télévision. Parfois, voir le petit voisin Ali grimper sur les genoux de Füsun et se blottir contre elle me tapait sur les nerfs. Parfois, à voix basse, avec un air à la fois compassé, rusé et conspirateur, Tarık Bey et moi discutions entre hommes de points de détail à connaître concernant la situation économique. Parfois, Füsun montait à l'étage pour n'en plus redescendre avant longtemps, ce qui me rendait bien sûr très malheureux. Parfois, le téléphone sonnait, mais par erreur. « Mardi prochain, je ferai un dessert de courge », disait parfois Tante Nesibe. Parfois, un petit groupe de trois ou quatre jeunes gens descendait la côte vers Tophane en scandant des chants de supporters de foot. Parfois, j'aidais Füsun à remettre du charbon dans le poêle. Parfois, j'apercevais un cafard se carapater sur le sol de la cuisine. Parfois, je sentais Füsun retirer sa pantoufle sous la table. Parfois, le vigile soufflait dans son sifflet juste devant notre porte. Parfois, Füsun ou moi nous levions de notre siège et arrachions une à une les pages depuis longtemps oubliées du calendrier illustré. Parfois, à un moment où personne ne regardait, je reprenais une cuillerée de halva de semoule. Parfois, l'image de la télé perdait de sa netteté, Tarık Bey disait : « Ma fille, jette donc un œil », Füsun triturait un bouton derrière le poste et j'allais également vérifier ce qui se passait. Parfois, je me disais : « Je fume une dernière cigarette et j'y vais. » Parfois, j'oubliais totalement le Temps et m'étalais dans le présent comme sur un matelas douillet. Parfois, j'avais l'impression de percevoir les insectes, les microbes et les parasites qui nichaient dans le tapis. Parfois, entre deux émissions télévisées, Füsun sortait de l'eau fraîche du réfrigérateur et Tarık Bey allait aux toilettes. Parfois, on faisait une pleine casserole de courgettes, de tomates, d'aubergines et de poivrons farcis qu'on mangeait deux soirs de suite. Parfois, après le repas, Füsun se levait de table, se dirigeait vers la cage de Citron et devisait amicalement avec lui, si bien que je croyais que c'était à moi qu'elle s'adressait. Certains soirs d'été, une phalène entrait par la fenêtre en encorbellement et se mettait à tournoyer comme une folle, de plus en plus vite, autour de la lampe. Parfois, Tante Nesibe nous relatait une vieille histoire de quartier qu'elle venait juste d'apprendre, par exemple, que le père de l'électricien Efe était un célèbre bandit. Parfois, oubliant où j'étais, je perdais la maîtrise de moi-même et, comme si nous étions en tête à tête, je dévisageais longuement et amoureusement Füsun. Parfois, une voiture passait et c'est seulement au tremblement des vitres que nous le remarquions, tant elle faisait peu de bruit. Parfois, nous entendions l'appel à la prière de la mosquée Firuzağa. Parfois, Füsun quittait soudain la table pour aller se poster devant la fenêtre en encorbellement donnant sur la côte comme si elle guettait l'arrivée de quelqu'un attendu avec nostalgie, ce qui avait pour effet de me briser le cœur. Parfois, en regardant la télévision, j'avais la tête à autre chose, m'imaginant par exemple que nous étions les passagers d'un bateau se rencontrant dans la salle du restaurant. Parfois, en été, Tante Nesibe donnait également « un petit coup » dans la salle à manger du produit anti-moustique de marque « Place Nette » qu'elle pulvérisait dans les pièces du haut. Parfois, Tante Nesibe nous parlait de l'ancienne princesse iranienne Soraya, des souffrances de cette femme qui avait divorcé du shah parce qu'elle n'avait pu lui donner d'enfant et de la vie qu'elle avait menée par la suite dans la haute société européenne. « Ils nous ont encore sorti ce guignol ! » s'écriait parfois Tarık Bey en regardant la télévision. Parfois, Füsun s'habillait de la même façon deux jours consécutifs et me paraissait différente malgré tout. « Quelqu'un veut de la glace ? » demandait parfois Tante Nesibe. Parfois, je voyais quelqu'un de l'immeuble d'en face fumer une cigarette à sa fenêtre. Parfois, nous mangions de la friture d'anchois. Parfois, je constatais que les Keskin croyaient fermement qu'il y avait une justice et que, dans ce bas monde ou dans l'autre, les coupables finiraient irrémédiablement par trouver leur châtiment. Parfois, nous nous taisions un très long moment. Parfois, on eût dit que c'était non seulement nous mais toute la ville qui se drapait dans le silence. « Papa, ne picore pas au milieu du plat ! » disait parfois Füsun, et je sentais que, à cause de moi, même à table, ils n'étaient pas à leur aise. Parfois, je pensais exactement le contraire et trouvais tout le monde parfaitement décontracté. Parfois, après avoir allumé sa cigarette, Tante Nesibe était tellement absorbée par la télévision qu'elle oubliait d'éteindre l'allumette qu'elle avait dans la main, jusqu'à ce qu'elle se brûle. Parfois, nous mangions du gratin de pâtes. Parfois, un avion passait bruyamment dans le ciel nocturne en descendant vers l'aéroport de Yeşilköy. Parfois, Füsun portait une chemise dégageant son long cou et la naissance de ses seins, et tout en regardant la télévision, je veillais à ne pas laisser mes yeux s'égarer sur la blancheur de son beau décolleté. Parfois, je lui demandais comment marchait le dessin. Parfois, la télévision annonçait de la neige, mais il ne neigeait pas. Parfois, la sirène affolée d'un grand pétrolier retentissait douloureusement. Parfois, des armes crépitaient au loin. Parfois, le voisin d'à côté claquait si fort la porte de la rue que cela faisait trembler les tasses dans le buffet derrière moi. Parfois, le téléphone sonnait et, croyant qu'il s'agissait de la voix d'un canari femelle, Citron se mettait à chanter avec enthousiasme, nous faisant tous rire. Parfois un couple venait en visite, je me sentais un peu gêné. Parfois, Tarık Bey reprenait une vieille chanson en même temps que le Chœur féminin de la Société musicale d'Üsküdar qui passait à la télévision. Parfois, deux voitures se retrouvaient nez à nez au milieu de l'étroite ruelle et, aucun des deux chauffeurs ne voulant céder la priorité, ils en venaient rapidement aux insultes puis aux mains. Parfois, un mystérieux silence se faisait dans la maison, la rue et tout le quartier. Parfois, en plus des *börek* et du *lakerda*, je leur apportais aussi du *çiroz*. « Comme il fait froid aujourd'hui », disions-nous parfois. Parfois, à la fin du repas, Tarık Bey sortait ses pastilles à la menthe Ferah de sa poche et nous en offrait une à chacun en souriant. Parfois, deux chats commençaient d'abord par feuler sauvagement avant de se lancer dans une bataille furieuse devant la porte. Parfois, Füsun mettait tout de suite la broche ou les boucles d'oreilles que je lui avais apportées ce jour-là et, pendant le repas, je lui glissais tout bas que cela lui allait à ravir. Parfois, la scène de retrouvailles et de baiser du film d'amour que nous regardions à la télévision produisait sur nous un tel effet que nous avions l'impression de ne plus savoir où nous étions. Parfois, « J'ai mis très peu de sel, vous en rajouterez comme bon vous semble », disait Tante Nesibe. Parfois, des éclairs zébraient le ciel à l'horizon et le tonnerre grondait. Parfois, le son aigu de la sirène d'un ancien *vapur* du Bosphore nous vrillait le cœur. Parfois, un acteur que nous connaissions du Pelür et que nous mettions un peu en boîte apparaissait à l'écran dans un film, une série ou une publicité ; je cherchais alors le regard de Füsun, mais elle détournait les yeux. Parfois, il y avait des coupures d'électricité et nous voyions le bout incandescent de nos cigarettes dans l'obscurité. Parfois, quelqu'un passait devant la porte en sifflotant une vieille chanson. « Oh, j'ai beaucoup fumé ce soir », disait parfois Tante Nesibe. Parfois, le cou de Füsun attirait irrésistiblement mon regard et toute la soirée, sans non plus me contraindre à l'extrême, je me retenais de tourner les yeux dans cette direction. Parfois, il s'abattait un profond silence, « Un ange passe », disait Tante Nesibe. Parfois, l'un des briquets de Tarık Bey ne marchait pas et je pensais que le moment était venu de lui en offrir un nouveau. Parfois, Tante Nesibe allait chercher quelque chose dans le réfrigérateur et, en revenant, elle nous demandait ce qui s'était passé dans le film durant ce temps. Parfois, une nouvelle scène de ménage éclatait dans l'appartement juste en face dans la rue Dalgıç et, comme l'homme battait sa femme, on entendait des cris déchirants. Parfois, les soirs d'hiver, le marchand de *boza* agitait sa clochette et passait devant la porte en criant : « *Boo-zaaa*, de chez Vefa. » « Vous êtes très joyeux aujourd'hui ! » me disait parfois Tante Nesibe. Parfois, j'avais très envie de me pencher en direction de Füsun et de la toucher, et je me retenais difficilement. Parfois, surtout les soirs d'été, le vent se levait et les portes claquaient. Parfois, je pensais à Zaim, à Sibel et à mes anciens amis. Parfois, Tante Nesibe s'emportait contre les mouches qui commençaient à se poser sur les plats. Parfois, Tante Nesibe sortait de l'eau minérale du réfrigérateur pour Tarık Bey et me demandait si j'en voulais aussi. Parfois, avant même qu'il ne soit onze heures, le vigile passait devant la porte en faisant retentir son sifflet. Parfois, j'éprouvais une irrésistible envie de lui crier « Je t'aime ! » mais je ne pouvais que tendre mon briquet pour allumer sa cigarette. Parfois, je remarquais que le lilas que j'avais apporté lors d'une précédente visite était toujours dans son vase. Parfois, à la faveur d'un nouveau silence, on entendait s'ouvrir la fenêtre d'une maison voisine et quelqu'un jeter sa poubelle en bas. « Quelqu'un va bien finir ce dernier *köfte* ? » disait parfois Tante Nesibe. Parfois, en voyant les généraux à la télévision, je me rappelais mon service militaire. Parfois, je ressentais profondément l'insignifiance non seulement de ma personne mais de nous tous. « Devinez ce qu'il y a comme dessert ce soir », disait parfois Tante Nesibe. Parfois, Tarık Bey était pris d'une quinte de toux, Füsun se levait de sa chaise pour donner un verre d'eau à son père. Parfois, Füsun portait une broche que je lui avais offerte des années plus tôt. Parfois, je me mettais à croire que la télévision nous racontait tout autre chose que ce qu'elle nous montrait. Parfois, Füsun me posait une question sur l'homme de théâtre, de lettres ou le professeur qui était à l'écran. Parfois, moi aussi je remportais à la cuisine les assiettes sales qui étaient sur la table. Parfois, comme nous avions tous la bouche pleine, un silence s'abattait. Parfois, l'un de nous se mettait à bâiller, le bâillement se propageait rapidement aux autres et ce voyant, nous en parlions en riant. Parfois, Füsun était tellement captivée par le film qui passait à la télé que j'aurais aimé en être le héros. Parfois, l'odeur de viande grillée flottait dans la maison jusqu'à la fin de la soirée. Parfois, je pensais que j'étais très heureux pour la simple raison que j'étais assis au côté de Füsun. « Ce serait bien qu'on aille manger au bord du Bosphore un soir », proposais-je parfois. Parfois, j'étais envahi par le sentiment que la vie était non pas ailleurs mais précisément là, à cette table. Parfois, juste parce que la télévision évoquait le sujet, nous nous lancions dans des débats sur des questions dont nous ne savions rien, comme les tombes royales perdues d'Argentine, la gravité sur Mars, la durée pendant laquelle un humain pouvait rester sous l'eau sans respirer, pourquoi la moto était dangereuse à Istanbul, la formation des cheminées des fées à Ürgüp… Parfois, le vent soufflait violemment, ébranlait les fenêtres et provoquait un drôle de bruit dans le tuyau du poêle. Parfois, Tarık Bey rappelait que cinq cents ans plus tôt Mehmet le Conquérant avait rejoint la Corne d'Or avec ses galères en les faisant passer par l'actuelle rue Boğazkesen, cinquante mètres plus bas, et de s'exclamer : « Et le gars avait dix-neuf ans quand il a fait ça ! » Parfois, Füsun se levait de table après le repas pour aller voir Citron dans sa cage et je la rejoignais peu après. « J'ai bien fait de venir ce soir également », me disais-je parfois. Parfois, Tarık Bey envoyait Füsun à l'étage lui chercher les lunettes, le journal ou le billet de loterie qu'il avait oubliés dans sa chambre ; « N'oublie pas d'éteindre en descendant ! » lui lançait alors Tante Nesibe. Parfois, cette dernière disait que nous pourrions aller au mariage d'une cousine à Paris. Parfois, Tarık Bey nous ordonnait soudain de nous taire et nous indiquait le plafond des yeux pour que nous prêtions l'oreille au craquement qu'il avait entendu ; alors, nous écoutions tous ce bruit venant du dessus sans comprendre immédiatement s'il était provoqué par une souris ou un voleur. Parfois, « Le son de la télévision est assez fort ? » demandait Tante Nesibe à son mari car il entendait moins bien avec l'âge. Parfois, il y avait de très longs silences entre nous. Parfois, la neige tombait et restait sur le bord des fenêtres et les trottoirs. Parfois, il y avait des feux d'artifice, nous nous levions tous de table, contemplions autant que nous le pouvions les couleurs qui éclataient dans le ciel puis respirions l'odeur de poudre qui était entrée par les fenêtres ouvertes. « Je remplis votre verre, Kemal Bey ? » demandait parfois Tante Nesibe. Parfois, « On regarde tes dessins ? » disais-je à Füsun, et parfois, nous y allions ; chaque fois que nous regardions ensemble ce qu'elle avait fait, je comprenais que j'étais heureux.

70

Vies brisées

Un soir, une demi-heure avant le début du couvre-feu qui depuis une semaine avait été reporté à onze heures, Feridun fit son apparition. Cela faisait un bon moment que, prenant prétexte du film, il ne rentrait plus et disait dormir sur le plateau. Lorsqu'il entra dans l'appartement, il était ivre mort, visiblement tourmenté et très malheureux. En nous voyant tous assis autour de la table, il s'efforça de nous adresser quelques paroles affables qu'il ne put pousser bien loin. Il croisa le regard de Füsun et, tel le soldat vaincu rentrant au bercail après une longue et épuisante campagne, il marmotta quelques mots et monta dans sa chambre. Füsun aurait dû se lever aussitôt de table et rejoindre son mari à l'étage, mais elle n'en fit rien.

Les yeux fixés sur elle, je l'observais avec attention. Chose qui ne lui échappa pas. Elle alluma une cigarette et la fuma lentement, comme si de rien n'était. (Désormais, elle ne soufflait plus sa fumée sur le côté comme pour se cacher de Tarık Bey.) Elle l'éteignit d'un geste désinvolte. Quant à moi, j'étais saisi d'une crise d'incapacité à me lever. Cette maladie dont je croyais m'être débarrassé avait violemment récidivé.

À onze heures moins neuf, alors qu'elle portait une autre Samsun à ses lèvres — avec des mouvements quelque peu ralentis —, elle planta son regard dans le mien. En un instant, nous nous dîmes tellement de choses avec les yeux que j'eus l'impression que nous avions parlé toute une soirée durant des heures. Mon bras s'étira automatiquement dans sa direction pour lui donner du feu. Avec un geste que nul homme turc n'avait vu ailleurs que dans les films étrangers, Füsun retint un moment la main portant le briquet que je lui tendais.

J'allumai une cigarette moi aussi et fumai lentement, l'air parfaitement dégagé. Tout en sentant approcher à grands pas l'heure à laquelle il serait interdit de circuler. Consciente de la gravité de la situation, Tante Nesibe n'osait souffler mot. Tarık Bey avait forcément senti qu'il se tramait quelque chose d'étrange, mais il ne savait sur quoi il valait mieux fermer les yeux. Je sortis de chez eux à onze heures dix. Il me semble que c'est ce soir-là que je compris que Füsun et moi nous marierions. J'étais si heureux de sentir que finalement c'est à moi qu'irait sa préférence que j'oubliais le danger auquel je nous exposais, moi et mon chauffeur, en sortant dans la rue après l'heure autorisée. Après m'avoir déposé devant notre immeuble à Teşvikiye, Çetin Efendi laissait la voiture dans un garage de la rue Şair Nigâr à une minute de là et filait comme une ombre à travers le réseau de ruelles pour regagner son logis situé dans un ancien quartier de *gecekondu*. Comme un enfant surexcité, je fus incapable de dormir cette nuit-là.

Sept semaines plus tard, pendant la soirée de gala du film *Vies brisées* au cinéma Saray de Beyoğlu, j'étais chez les Keskin à Çukurcuma. En réalité, elle en tant qu'épouse du réalisateur et moi en tant que producteur (j'étais propriétaire de plus de la moitié des parts de Citron Films), Füsun et moi aurions dû participer à ce gala mais aucun de nous deux ne fit le déplacement. Vu qu'elle était brouillée avec Feridun, Füsun n'avait aucun besoin de se justifier. Son mari n'était quasiment pas rentré de tout l'été et vivait probablement avec Papatya. S'il repassait tous les quinze jours à Çukurcuma, c'était pour récupérer deux ou trois affaires, une chemise ou un bouquin. C'est seulement de façon indirecte, par certaines allusions de Tante Nesibe qui semblaient lui échapper par inadvertance, que j'étais au courant de ces visites et, malgré ma curiosité, jamais je ne m'autorisais à aborder ce sujet miné. Je voyais bien aux regards et aux attitudes de Füsun qu'elle avait interdit qu'on en parle devant moi. Mais c'est par Tante Nesibe que j'eus vent de la dispute qui avait éclaté entre eux lors d'une visite de Feridun.

Si je me rendais à la soirée de gala, Füsun l'apprendrait par les journaux ; je supposais qu'elle en serait attristée et ne manquerait

516

pas de me le faire payer. D'un autre côté, en tant que producteur du film, j'étais évidemment tenu d'y aller. Ce jour-là, après le déjeuner, j'avais demandé à ma secrétaire Zeynep Hanım de téléphoner à Citron Films pour faire savoir que, ma mère étant très malade, je ne pourrais pas sortir de la journée.

Le soir, vers l'heure où *Vies brisées* allait être projeté pour la première fois à la presse et aux cinéphiles stambouliotes, il pleuvait. Je dis à Çetin de venir me chercher à Teşvikiye et de me conduire chez les Keskin en prenant non par Tophane mais par Taksim et Galatasaray. En passant devant le cinéma Saray de Beyoğlu, à travers les gouttes de pluie sur les vitres de la voiture, j'aperçus plusieurs personnes élégamment vêtues s'abritant sous un parapluie, quelques annonces et de belles affiches imprimées aux frais de Citron Films, mais rien de cela ne ressemblait à la soirée d'inauguration que je m'étais imaginée quelques années plus tôt pour un film où Füsun aurait dû tenir la vedette.

Au dîner, personne chez les Keskin ne toucha mot de cette soirée. Tout en fumant comme des pompiers, Tarık Bey, Tante Nesibe, Füsun et moi mangeâmes des pâtes à la viande hachée, du *cacık*, de la salade de tomates, du fromage blanc et de la crème glacée Ömür que j'avais apportée de Nişantaşı et mise au congélateur dès mon arrivée; nous nous levâmes souvent pour regarder par la fenêtre la pluie battante qui coulait en bas de la côte de Çukurcuma. Durant toute la soirée, je pensai plusieurs fois à demander à Füsun comment allait le dessin mais, à voir son visage fermé et ses sourcils froncés, je sentis que ce n'était pas le moment.

En dépit des propos railleurs et dépréciatifs des critiques, *Vies brisées* fut plébiscité par les spectateurs et battit des records d'entrées, à Istanbul comme en province. Les dernières scènes où Papatya déplorait son noir destin dans deux chansons pleines de tristesse et de fureur tiraient des larmes aux femmes, notamment en province, et nombreux étaient ceux qui, jeunes comme vieux, sortaient avec les yeux gonflés des salles de cinéma à l'atmosphère humide et confinée. Le public réagissait avec enthousiasme quand, sourde à ses supplications, Papatya tuait le mauvais riche qui s'était joué de sa naïveté pour lui voler sa virginité alors qu'elle n'était encore qu'une enfant. Cette scène avait un grand impact sur les gens et devint rapidement célèbre, si bien que notre ami Ekrem Bey du Pelür qui jouait le mauvais riche ayant souillé l'honneur de l'héroïne — il était également connu pour ses rôles de prêtres byzantins et de comitadjis arméniens — ne sortit plus de chez lui durant quelque temps tant il en avait assez de croiser des citoyens prêts à lui cracher à la figure ou à le gifler. Le film était surtout salué pour avoir réussi à ramener dans les salles les foules qui s'en étaient éloignées pendant la période précédant le coup d'État militaire désormais qualifiée d'« années de terreur ». Le Pelür aussi avait retrouvé son animation ; voyant que le secteur s'acheminait vers une reprise, les gens de cinéma veillaient à passer chaque jour pour se montrer dans ce bar — sorte de marché où se rencontraient les membres de la profession et s'opéraient toutes sortes de transactions. Un soir de pluie et de vent de la fin du mois d'octobre, deux heures avant le début du couvre-feu, je m'y laissai de nouveau entraîner par Feridun et constatai que je jouissais d'un grand crédit, que « j'avais la cote », selon l'expression à la mode. La réussite commerciale de *Vies brisées* avait fait de moi un producteur à succès — intelligent et retors — si bien que des caméramans aux acteurs célèbres, le nombre de ceux qui désiraient s'asseoir à ma table pour devenir copains avec moi avait considérablement augmenté.

Je me rappelle qu'à la fin de la soirée j'étais étourdi par les compliments, l'intérêt qu'on me témoignait et le rakı, et que Feridun, Hayal Hayati, Papatya, Tahir Tan et moi étions tous assis à la même table. Au moins aussi ivre que moi, Ekrem Bey lançait à Papatya des plaisanteries égrillardes en référence à la scène de viol dont les journaux publiaient et republiaient des photos. Papatya rétorquait en riant qu'elle ne prenait nullement au sérieux les pauvres types « finis ». À un moment, elle avait en effet poussé Feridun à remettre en place et rosser le critique snobinard assis à la table d'à côté qui la raillait et qualifiait *Vies brisées* de « vil mélodrame », mais cela aussi avait fini par tomber dans les oubliettes.

Ekrem Bey raconta que, depuis le film, il recevait encore plus de propositions pour tourner des spots publicitaires pour les banques, que c'était à n'y rien comprendre car, généralement, les acteurs incarnant les méchants ne trouvaient pas d'emploi dans la publicité. Les banquiers offrant des taux d'intérêt à deux cents pour cent alimentaient toutes les conversations du jour. Comme ils utilisaient les visages connus de Yeşilçam pour les grandes campagnes publicitaires qu'ils faisaient dans la presse et à la télévision, les banquiers étaient bien vus du petit monde du cinéma. Me considérant comme un homme d'affaires à succès et moderne (« un homme d'affaires épris de culture est moderne », avait déclaré Hayal Hayati), les habitués éméchés du Pelür adoptaient un silence respectueux dès qu'on abordait ce genre de sujet et la plupart du temps me demandaient mon avis. Suite au grand nombre d'entrées fait par *Vies brisées*, on avait décrété que j'étais un homme qui voyait loin, un « capitaliste sans pitié », et oublié Füsun avec qui je venais des années plus tôt au Pelür pour faire d'elle une actrice célèbre. Lorsque je pensais à la rapidité avec laquelle ils avaient pu l'effacer de leur mémoire, l'amour que j'éprouvais pour elle s'embrasait douloureusement, j'avais envie de la voir le plus vite possible, je sentais que j'étais encore plus amoureux d'elle parce qu'elle n'avait pas été salie en se frottant à cet univers de honte et de misère et me persuadais une fois de plus que j'avais bien fait de la tenir à l'écart de tous ces gens mal intentionnés.

Pour les chansons du film, Papatya était doublée par une vieille chanteuse inconnue et amie de sa mère. Vu le succès du film, Papatya devait les reprendre elle-même pour en faire un disque. Nous décidâmes ce soir-là de soutenir cette entreprise et de tourner une suite à *Vies brisées*, au nom de Citron Films. Cette dernière décision émanait moins de nous que des salles de cinéma d'Anatolie et des distributeurs. L'insistance avec laquelle on nous réclamait ce deuxième film était telle que Feridun déclara que refuser serait contre nature (une autre expression cliché de l'époque). Le film se terminait par la mort de Papatya, qui connaissait le sort réservé à toutes les filles au grand cœur ou dépravées ayant perdu leur virginité et, par là, la chance d'accéder à une heureuse vie de famille. Comme solution, nous décidâmes que les balles tirées sur Papatya l'avaient non pas tuée mais blessée et qu'elle avait fait la morte pour échapper aux méchants. Le deuxième film commencerait à l'hôpital.

Trois jours plus tard, Papatya annonça dans une interview au

Milliyet que le tournage d'un second film allait débuter. Désormais, il paraissait quotidiennement une interview d'elle dans la presse. Les premiers jours de la sortie du film, les journaux avaient évoqué une secrète histoire d'amour entre elle et Tahir Tan, mais ce sujet avait fait long feu et Papatya niait à présent l'existence d'une telle relation. Feridun m'avait dit au téléphone que les acteurs les plus célèbres manifestaient leur désir de jouer avec Papatya et que, de toute façon, Tahir Tan n'était pas à la hauteur. Par ailleurs, Papatya avait commencé à raconter dans ses récentes interviews que son expérience avec les hommes n'était pas allée au-delà du baiser. Le plus grand souvenir qu'elle avait gardé, c'était le premier baiser qu'elle avait échangé avec un amour de jeunesse un jour d'été dans une vigne où bourdonnaient les abeilles. Hélas, ce jeune homme était tombé au champ d'honneur à Chypre en combattant contre les Grecs. Depuis, Papatya n'avait pu avoir de tendre relation avec un autre homme ; oui, seul un autre lieutenant parviendrait à lui faire oublier sa souffrance amoureuse. Quand Feridun lui avait dit qu'il n'aimait pas ce genre de reportages mensongers, Papatya avait rétorqué qu'elle le faisait pour que le film passe la censure. Feridun ne cherchait nullement à me cacher sa relation avec elle. Au fond, j'enviais secrètement son aptitude à n'être en conflit ni avec la vie ni avec personne, à prendre les choses comme elles venaient sans se mettre martel en tête et à toujours conserver son ingénue sincérité.

Le premier 45 tours de Papatya, intitulé *Vies brisées*, sortit la première semaine du mois de janvier 1982 et rencontra un certain succès, quoiqu'en moindre proportion que le film. Des affiches manuscrites furent collées sur les murs de la ville badigeonnés à la chaux depuis le putsch militaire et quelques modestes publicités parurent dans la presse. Mais comme la Commission de censure (répondant au doux nom de Conseil de surveillance de la musique) de la TRT, l'unique chaîne de télévision de Turquie sous le contrôle de l'État, jugeait le disque un peu frivole, la voix de Papatya ne passa ni à la télévision ni à la radio. Mais ce disque fut pour Papatya l'occasion d'accorder toute une série de nouvelles interviews faisant état de querelles et de polémiques (authentiques ou plus ou moins arrangées) qui ajoutèrent encore à sa notoriété.

Papatya se lançait dans des débats du genre « Une fille turque, moderne et kémaliste, doit-elle donner la priorité à son mari ou à son travail ? » ; devant le miroir de sa chambre à coucher (elle avait acheté des meubles mi-pop mi-turcs), avec un ours en peluche dans les bras, elle racontait qu'elle n'avait malheureusement pas encore rencontré l'homme de sa vie ; tandis qu'elle préparait des *börek* aux épinards dans la cuisine avec sa mère, posant pour l'occasion à la parfaite femme au foyer — il y avait le même plat en émail dans la cuisine des Füsun —, elle prenait soin de souligner qu'elle était beaucoup plus respectable et heureuse que ne l'était Lerzan, l'héroïne blessée et furieuse de *Vies brisées*. (Sans manquer d'ajouter que, « Naturellement, nous sommes toutes des Lerzan » !) Une fois, Feridun m'avait fièrement déclaré que Papatya était très professionnelle et ne prenait au sérieux aucune de ces interviews ni rien de ce qu'écrivaient les journaux et les revues. Contrairement à certaines starlettes et vedettes sans jugeote n'ayant pas dépassé le stade de l'amateurisme et que nous connaissions du Pelür, Papatya ne s'affligeait nullement de l'image erronée que donnait d'elle un magazine racontant n'importe quoi car, en inventant d'emblée ses propres mensonges, c'est elle qui contrôlait le jeu.

71

On ne vous voit plus, Kemal Bey

Pour la campagne promotionnelle estivale de notre soda national Meltem qui se trouvait alors soumis à la rude concurrence de Coca-Cola et de semblables grandes marques étrangères, Zaim décida de faire appel à Papatya — et à Feridun pour le tournage du clip —, et à cette occasion, je me heurtai une dernière fois à mon ancien cercle d'amis, dont je m'étais éloigné sans pour autant éprouver la moindre animosité.

Zaim savait parfaitement que Papatya était liée à Citron Films et c'est pour discuter amicalement de toutes ces questions que nous nous retrouvâmes un jour au Fuaye à l'heure du déjeuner.

— Coca-Cola vend sa marchandise à crédit aux détaillants, leur fournit gratuitement des panneaux de plexiglas, distribue des calendriers, des cadeaux… nous ne pouvons pas rivaliser, dit Zaim. Il suffit que les jeunes voient Maradona (la star du football de l'époque) un Coca- Cola à la main pour avoir envie de faire comme lui ; tu peux toujours leur dire que Meltem est moins cher, plus sain ou fabriqué en Turquie, ce qu'ils veulent, c'est du Coca…

— Ne te fâche pas, mais si je devais boire un seul soda, ce qui m'arrive tous les trente-six du mois, ce serait du Coca.

— Moi aussi, dit Zaim. Enfin, peu importe ce qu'on boit… Papatya nous permettra de nous renforcer en province. Mais comment est-elle ? Peut-on lui faire confiance ?

— Je ne sais pas. C'est une fille ambitieuse, elle vient d'un milieu pauvre. Sa mère est une ancienne chanteuse de *pavyon*… Quant à son père, mystère… Tu veux savoir quoi, au juste ?

— C'est que, avec les sommes que nous allons investir… Si

jamais on la voyait faire la danse du ventre dans un film porno ou, je ne sais pas, moi… si on la surprenait avec un homme marié, cela ne passerait absolument pas en province. Elle est avec le mari de ta Füsun, paraît-il.

Je n'appréciai pas du tout ce « ta Füsun » ni l'expression qui se peignit alors sur son visage, comme pour signifier « Tu connais ces gens de près à présent ».

— Meltem marche mieux en province ? demandai-je.

Lui qui se piquait d'être moderne et européanisé, il vivait fort mal que le soda qu'il avait lancé sur le marché avec Inge et de grandes campagnes publicitaires à l'occidentale ne rencontre plus le succès des débuts auprès des riches Stambouliotes et dans les grandes villes.

— Exactement, confirma Zaim. Tout simplement parce que en province les gens ont conservé un sens du goût intact et sont encore des Turcs authentiques ! Mais inutile de prendre la mouche et de balancer des piques… Je comprends très bien ce que tu ressens pour Füsun. Quoi qu'on dise, l'amour que tu vis depuis des années est quelque chose de parfaitement respectable à notre époque.

— Qui dit quoi ?

— Personne ne dit rien, répondit Zaim, circonspect.

Ce qui voulait également dire « la société t'a oublié ». Nous en éprouvâmes tous deux un léger malaise. J'aimais Zaim pour sa capacité à me dire les choses en face tout en veillant à ne pas me blesser.

De son côté, il lut dans mes yeux l'affection que j'avais pour lui et me sourit d'un air amical et réconfortant. Puis, haussant les sourcils, il me demanda :

— Alors, quoi de neuf ?

Je pouvais changer de sujet, Zaim me comprenait très bien. Reste que j'avais encore mal à l'idée d'être ainsi oublié par le cercle de mes anciens amis.

— Les choses s'annoncent bien, dis-je. Je vais épouser Füsun et c'est avec elle que je ferai mon retour dans la société… à condition que j'arrive à pardonner à ces langues de vipères.

— Ne t'en occupe pas, dit Zaim. En trois jours, tout sera oublié. Tu as l'air d'aller bien en effet, ça se voit à ta mine. En apprenant l'histoire de Feridun, j'ai tout de suite su que Füsun entendrait raison.

— Comment as-tu entendu parler de Feridun ?

— Aucune importance, dit Zaim.

— Alors, lançai-je pour passer à autre chose, pas de mariage à l'horizon ? As-tu quelqu'un de nouveau dans ta vie ?

— Tiens, Hilmi le Bâtard et sa femme Neslihan... lâcha Zaim, les yeux tournés vers la porte d'entrée.

— Ooooh, regarde donc qui est là ! s'exclama Hilmi en s'approchant de notre table.

Neslihan était comme lui du dernier chic. Très soucieux de sa mise, Hilmi le Bâtard ne faisait pas confiance aux tailleurs de Beyoğlu et ne portait que des vêtements de marque italienne. L'impression d'élégance et de richesse qu'ils dégageaient me plut. Mais je compris aussi qu'il me serait impossible de leur faire de grands sourires et de tout prendre sur un ton badin comme ils le désiraient. À un moment, j'eus le sentiment que Neslihan m'observait avec un regard un peu effrayé. Ruminant la chose, je leur serrai la main mais gardai mes distances. Bien mal m'en avait pris d'affirmer à Zaim que je m'apprêtais à faire mon retour dans la « société », en usant d'un ton péremptoire et de cet étrange vocable tout droit sorti des revues et magazines que lisait ma mère ; j'en rougissais à présent. J'avais envie de retourner à Çukurcuma, dans le monde où je vivais avec Füsun.

Le Fuaye était bondé et mes yeux glissèrent avec plaisir sur les pots de lavande de mer, les murs nus et les éclairages élégants comme si j'eusse contemplé un agréable souvenir. Mais le restaurant me parut avoir vieilli d'un seul coup. Füsun et moi pourrions-nous venir un jour nous installer à l'une de ces tables sans nous soucier de rien, juste pour le plaisir de vivre et d'être ensemble ? « Probablement », pensai-je.

— Te voilà plongé dans tes douces rêveries, dit Zaim.

— Non, je réfléchissais à Papatya et ton affaire.

— Vu qu'elle va jouer dans les publicités Meltem et devenir le nouveau visage de Meltem cet été, il faudra qu'elle se montre à nos réunions, à nos réceptions... Qu'en penses-tu ?

— Pourquoi me le demandes-tu ?

— Est-ce qu'elle saura bien se tenir, se comporter comme il faut ?

— Pourquoi se conduirait-elle mal ? C'est une actrice, une star qui plus est.

— C'est justement ce que je dis… Dans les films turcs, on voit souvent de ces acteurs qui jouent les riches de façon artificielle et stéréotypée… Évitons de faire de même.

Grâce à l'éducation inculquée par sa mère, Zaim employait la première personne du pluriel mais c'est bien « d'elle » qu'il parlait. C'est non seulement Papatya mais tous ceux qu'il jugeait issus d'une classe inférieure qu'il traitait de cette manière. Cependant, j'étais assez lucide et raisonnable pour me dire qu'il serait absurde de me fâcher contre l'étroitesse d'esprit de Zaim et de gâcher ma bonne humeur alors que nous étions tranquillement attablés au Fuaye.

Je demandai à Sadi, le maître d'hôtel que je connaissais depuis des années, quel poisson il nous conseillait.

— On ne vous voit plus, Kemal Bey, répondit-il. Madame votre mère non plus ne passe jamais.

— Depuis le décès de mon père, ma mère n'a plus le goût de sortir manger au restaurant.

— Vous devriez l'amener, Kemal Bey. Cela lui changerait les idées. Lorsque leur père est mort, les Karahan venaient déjeuner ici trois fois par semaine avec leur mère. Ils prenaient la table près de la fenêtre et tout en mangeant son bifteck, la dame passait agréablement le temps en observant les allées et venues sur le trottoir.

— C'est une ancienne femme du harem, dit Zaim. Une Tcherkesse aux yeux verts, et toujours très belle malgré ses soixante-dix ans. Que vas-tu nous servir comme poisson ?

Parfois, Sadi arborait une mine hésitante et pendant qu'il énumérait les noms des poissons, éperlan, loche, rouget, espadon, raie…, il jouait des sourcils et de la moustache, les haussant ou les abaissant, nous donnant ainsi des précisions sur la fraîcheur et la saveur de chacun d'eux. Parfois, il tranchait directement la question :

— Aujourd'hui, je vous servirai du bar poêlé, Zaim Bey. C'est tout ce que je peux vous conseiller.

— Et en accompagnement ?

— Des pommes vapeur, de la roquette… ce que vous voulez.

— Et en entrée ?

— Il y a du *lakerda* de cette année.

— Apporte aussi des oignons rouges, dit Zaim sans relever la tête du menu qu'il ouvrit à la page des boissons : Alors là, bravo… Pepsi, eau gazeuse d'Ankara et même Elvan… mais toujours pas de Meltem ! s'insurgea-t-il.

— Zaim Bey, vos gars viennent une fois nous les apporter et ensuite ils ne repassent plus. Les consignes attendent des semaines derrière la caisse.

— Tu as raison, notre système de distribution à Istanbul laisse à désirer, dit Zaim, et se tournant vers moi : Toi qui t'y connais, ça marche comment pour Satsat, comment faites-vous pour gérer correctement la distribution ?

— Oublie Satsat, répondis-je. Osman a fondé une nouvelle société en association avec Turgay et il nous a laminés. Il a les dents longues depuis la mort de mon père.

Que Sadi reste là à nous entendre parler de nos échecs respectifs agaça vivement Zaim :

— Apporte-nous donc un double raki Club et de la glace, lui lança-t-il.

Dès que Sadi eut tourné les talons, Zaim fronça les sourcils, dans l'attente de précisions :

— Ton cher frère Osman voudrait également travailler avec nous.

— Je ne m'en mêle pas, dis-je. Je ne vais pas me fâcher contre toi sous prétexte que tu collabores avec mon frère. Fais comme tu voudras. Quelles nouvelles, sinon ?

Au mot « nouvelles », Zaim comprit immédiatement que je voulais parler de la bonne société et il me raconta des tas d'anecdotes pour m'amuser. Cette fois, Güven le Naufrageur avait fait échouer un cargo rouillé sur la plage entre Tuzla et Bayramoğlu. Güven achetait au prix de la ferraille de vieux bateaux pourris et pollueurs, mis au rancart qu'il faisait venir de l'étranger ; par un jeu d'écritures, il faisait passer ces rebuts pour de vrais navires onéreux aux yeux de la bureaucratie et grâce à ses relations haut placées dans le gouvernement, il obtenait à coups de pots-de-vin des crédits sans intérêts auprès du Fonds de développement de la Marine turque ; puis il faisait sombrer les navires et touchait les indemnités de l'assurance publique Başak ; ensuite, il vendait l'épave échouée sur le littoral à ses amis ferrailleurs et c'est ainsi que, sans bouger de son bureau, il gagnait énormément d'argent. Dans les clubs privés, au bout de deux verres, Güven se vantait d'être le seul grand armateur qui n'avait jamais mis les pieds sur un bateau de sa vie.

— Le scandale provient non pas de ces micmacs mais du fait qu'il a fait échouer ce navire à peu de distance de la résidence d'été qu'il a achetée à sa maîtresse, histoire de ne pas avoir à trop s'éloigner. En découvrant le bateau échoué entre les plages et les jardins des résidences d'été, tout le monde a porté plainte en criant à la marée noire. Il paraît que sa maîtresse aussi est aux cent coups.

— Quoi d'autre ?

— Les Avunduk et les Mengerli ont confié leur argent au courtier Deniz et sont réduits à la faillite. On dit que c'est pour cela que les Avunduk ont précipitamment retiré leur fille du lycée Notre-Dame-de-Sion pour la marier.

— Mais elle est affreusement moche, dis-je. Quelle idée de se fier à ce courtier ! C'est sûrement le plus minable de tous… Je n'ai même jamais entendu son nom.

— Tu as placé de l'argent en banque, toi ? demanda Zaim. Y a-t-il quelqu'un de connu que tu juges digne de confiance ?

Nous savions que tous ceux qui s'improvisaient banquiers, après avoir exercé pour certains comme marchands de kebab, de pneus pour camions ou même de billets de loterie nationale, ne pourraient tenir dans le métier en proposant des taux d'intérêt si élevés. Mais certains autres, en faisant beaucoup de publicité et en accroissant rapidement le volume de leur activité, parvenaient sans problème à se maintenir à flot quelque temps. On disait que même les professeurs d'économie les plus méfiants envers ces charlatans qu'ils critiquaient durement dans les journaux se laissaient séduire par les taux d'intérêt exorbitants qu'ils proposaient et plaçaient auprès d'eux leur argent « ne serait-ce que pour un ou deux mois ».

— Je n'ai placé aucun fonds chez ces banquiers, dis-je. Ni moi ni mes sociétés.

— Les taux d'intérêt qu'ils proposent sont tellement élevés qu'il devient absurde de travailler. Si j'avais mis chez Kastelli l'argent que j'ai investi dans le soda Meltem, aujourd'hui, j'aurais doublé la mise.

Maintenant que, des années après, je me remémore notre conversation et la foule qui se pressait au Fuaye, je me souviens également du sentiment de vide et d'absurdité que j'avais éprouvé à ce moment-là. Mais à l'époque, je mettais cela sur le compte non pas de la stupidité ou, pour le dire poliment, du manque de réflexion de l'univers que je décris à présent mais d'une sorte de déplorable insouciance dont je ne m'inquiétais guère et même me revendiquais en riant.

— Meltem ne fait-il vraiment aucun profit?

J'avais posé la question comme cela, mais Zaim le prit mal.

— Il ne nous reste plus qu'à faire confiance à Papatya, dit-il. En espérant que nous n'aurons pas à le regretter. Pour le mariage de Mehmet et Nurcihan, j'aimerais que l'orchestre Les Feuilles d'Argent et Papatya interprètent la chanson de la publicité Meltem. Toute la presse sera là-bas, au Hilton.

Je gardai le silence, vexé. J'ignorais totalement que Mehmet et Nurcihan devaient se marier au Hilton.

— Je sais, ils ne t'ont pas invité, dit Zaim. Mais je pensais que tu étais au courant.

— Pourquoi ne suis-je pas invité?

— Cela a été un grand sujet de débat. Comme tu peux t'en douter, Sibel ne veut pas te voir. Elle dit que c'est elle ou toi. Sibel est la meilleure amie de Nurcihan. Par ailleurs, c'est elle qui lui a fait rencontrer Mehmet.

— Moi aussi, je suis un très bon ami de Mehmet. Et j'ai aussi ma part dans leur rencontre à tous les deux.

— C'est bon, inutile d'en faire toute une histoire.

— Pourquoi faudrait-il que ce soit Sibel qui ait le dernier mot? répliquai-je, sans me sentir très juste dans mes propos.

— Aux yeux de tous, Sibel a essuyé une grande injustice, dit Zaim. Après t'être fiancé avec elle, avoir vécu dans le même *yalı* au bord du Bosphore et partagé le même lit, tu l'as laissée tomber. Tout le monde ne parlait que de cela. Les mères ont brandi votre exemple comme un épouvantail pour effrayer leurs filles. Sibel n'y attachait aucune importance mais les gens étaient tristes pour elle. Et très remontés contre toi. Tu ne peux pas leur en vouloir d'être du côté de Sibel à présent.

— Je ne leur en veux pas, répondis-je.

Mais je leur en voulais. Nous attaquâmes nos poissons en silence, tout en sirotant notre raki. C'était la première fois que Zaim et moi ne parlions pas en mangeant ensemble au Fuaye. Je prêtai l'oreille au bruit des pas des serveurs, aux cliquetis des couverts, aux rires et aux conversations qui s'élevaient dans la salle en un continuel brouhaha. En colère, je décidai de ne plus jamais remettre les pieds au Fuaye. Mais à l'instant même où je me formulais cela, je savais que j'aimais cet endroit et n'avais pas de monde de rechange.

Zaim était en train de me raconter qu'il désirait acheter un bateau à moteur pour l'été mais qu'il cherchait d'abord une moto assez puissante pour le tracter et n'avait malheureusement rien trouvé dans les magasins de Karaköy.

— Bon, ça suffit, arrête de faire la tête maintenant ! s'exclama-t-il soudain. Inutile de se mettre dans des états pareils sous prétexte qu'on ne peut se rendre à un mariage au Hilton. Comme si tu n'y étais jamais allé.

— Je ne supporte pas d'être mis à l'écart par mes amis à cause de Sibel.

— Personne ne te met à l'écart.

— Et toi, qu'aurais-tu fait si tu avais dû prendre cette décision ?

— Quelle décision ? demanda Zaim d'un ton factice. Ah, j'ai compris. J'aurais évidemment voulu que tu viennes. On s'amuse plutôt bien dans les mariages avec toi.

— Ce n'est pas de cela que je te parle, c'est plus profond.

— Sibel est une fille très chouette, avec de rares qualités, dit Zaim. Tu as brisé son cœur et, surtout, tu l'as mise dans une très mauvaise posture vis-à-vis des autres. Reconnais-le donc au lieu de bouder et de me lancer des regards noirs. Crois-moi, Kemal, il te sera alors beaucoup plus facile de revenir à ton ancienne vie et de faire oublier cette histoire.

— C'est-à-dire que tu me tiens aussi pour le coupable, n'est-ce pas ? poursuivis-je en sachant pertinemment que je ne tarderais pas à regretter de m'être appesanti sur le sujet. Si la virginité a toujours autant d'importance, à quoi bon alors nous targuer d'être modernes et européens ? Faisons preuve d'un peu d'honnêteté.

— Tout le monde est honnête... Mais là où tu te trompes, c'est que tu en fais un problème personnel. Pour toi, pour moi, la virginité n'est peut-être pas très importante... Mais dans ce pays, pour une fille, si moderne et européanisée soit-elle, c'est quelque chose qui compte.

— Tu m'as dit que Sibel n'y attachait pas d'importance...

— Elle, peut-être, mais pas la société, dit Zaim. Je suis certain que toi non plus tu ne t'arrêtes pas à cela... Cependant, même si tu t'en fiches, il suffit que Beyaz Karanfil écrive des ragots extravagants sur toi et que tout le monde en parle pour que tu le vives très mal, n'est-ce pas ?

J'étais persuadé que Zaim choisissait sciemment les détails qui me mettraient en colère, notamment des expressions comme « ton ancienne vie ». S'il cherchait à me blesser, je pouvais très bien en faire autant. Une partie de mon esprit m'exhortait à la retenue et m'avertissait que je parlais sous l'effet des deux rakis que j'avais bus et risquais de regretter mes propos, mais j'étais très en colère :

— À vrai dire, mon cher Zaim, je trouve trop mercantile et franchement déplacé que Papatya et Les Feuilles d'Argent interprètent au Hilton la chanson de la dernière pub de Meltem.

— Mais elle a signé son engagement avec nous pour cette campagne publicitaire. Allez, allez, ne m'en veux pas...

— Ce sera vulgaire et du plus mauvais goût...

— Eh, c'est justement pour cela que nous avons choisi Papatya, rétorqua Zaim sans sourciller.

Je crus qu'il allait me dire que c'était le film produit par mes soins qui avait promu ce mauvais goût sur le marché. Mais Zaim avait bon fond ; une telle chose ne lui avait même pas effleuré l'esprit et il déclara qu'ils se débrouilleraient avec Papatya.

— Cependant, j'aimerais te dire ceci, en toute amitié, reprit-il, sérieux. Mon cher Kemal, ce ne sont pas ces gens qui t'ont mis à l'écart, c'est toi qui les as rejetés.

— Comment cela ? Qu'est-ce que j'ai fait ?

— Tu t'es replié sur toi-même. Tu as jugé que notre monde

n'était pas assez intéressant ni amusant et préféré faire quelque chose de profond, de plus significatif à tes yeux. Cet amour a été ton challenge. Ne nous en veux pas...

— Quoi de plus naturel ? Nous nous entendions merveilleusement au lit, ensuite, je me suis épris d'elle... Ainsi va l'amour. Et tu perçois un sens profond ayant trait à ce monde, à cet univers. Cela n'a rien à voir avec vous !

Les mots « avec vous » m'avaient échappé. Je sentis à un moment que Zaim était à mille lieues de moi et qu'il m'avait depuis long-temps rayé de ses tablettes. Il ne pouvait plus rester seul avec moi. Pendant qu'il m'écoutait, il faisait moins attention à ce que je disais qu'à ce qu'il raconterait aux copains. Je le lisais sur son visage. Or, en homme avisé, Zaim prenait habituellement garde à ce genre de choses, ce qui signifiait qu'il était en colère contre moi. Cela aussi, je le percevais. En voyant son regard se faire de plus en plus distant, je marquais moi aussi mes distances avec lui et mon passé.

— Tu es très sentimental, dit Zaim. C'est pour cela que j'ai de l'affection pour toi.

— Que pense Mehmet de tout cela ?

— Il t'aime beaucoup, tu le sais. Mais avec Nurcihan, il est heureux à un point que ni toi ni moi ne saurions imaginer. Et il refuse que le moindre problème ou quoi que ce soit vienne enta-cher ce bonheur sans nuage.

— Bien, répondis-je, décidé à clore le sujet.

Ce que Zaim comprit aussitôt.

— Ne réagis pas de façon si sentimentale, dit-il, sois raisonna-ble !

— D'accord, je suis raisonnable, répondis-je, et jusqu'à la fin du repas, nous ne parlâmes de rien d'autre susceptible de nous faire grincer des dents.

Zaim tenta à deux ou trois reprises de me dérider en relatant les commérages qui couraient dans la société et de détendre l'atmos-phère en plaisantant avec Hilmi le Bâtard et Neslihan au moment où ils passèrent à notre table avant de partir, mais rien n'y fit. L'élégance du couple me paraissait à présent complètement sur-faite. En moi, une rupture s'était opérée avec tout mon cercle d'amis. Cela m'attristait, certes, mais j'éprouvais surtout une grande fureur.

C'est moi qui réglai l'addition. Sur le seuil du Fuaye, juste au moment où Zaim et moi allions nous séparer, nous nous embrassâmes comme deux amis sachant qu'ils ne se verraient plus pendant des années à cause d'un long voyage. Puis nous partîmes chacun de son côté.

Deux semaines plus tard, Mehmet téléphona à Satsat, il se confondit en excuses de n'avoir pu m'inviter à son mariage au Hilton et me dit que Zaim et Sibel étaient ensemble depuis longtemps. Il pensait que j'étais informé de ce que tout le monde savait.

72

La vie, de même que l'amour...

Un soir au début de l'année 1983, juste au moment où les Keskin et moi nous apprêtions à passer à table, sentant que quelque chose n'était pas comme d'habitude, je balayai la salle à manger du regard. Les fauteuils n'avaient pas changé de place, aucun nouveau bibelot de chien ne trônait sur la télévision, mais j'éprouvais la même impression d'étrangeté que si les murs de la pièce avaient été peints en noir. À cette période, j'avais le sentiment croissant que la vie que je menais m'était tombée dessus fortuitement — de même que l'amour —, et relevait non pas de mes décisions et choix conscients mais du monde du rêve ; pour ne pas avoir à me battre contre elle ou m'y résigner totalement, je feignais d'ignorer la présence en moi de cette vision pessimiste de l'existence. Ou pour le dire autrement, je m'étais résolu à laisser les choses en l'état. Et c'est en vertu de cette même logique que je décidai de passer outre à l'étrange malaise qui m'envahissait dans la salle à manger.

La chaîne culturelle TRT 2 diffusait alors des films avec Grace Kelly en hommage à l'actrice récemment décédée. Tous les jeudis soir, notre célèbre ami Ekrem présentait le « film d'art » en lisant ses notes. Ces fiches qu'Ekrem Bey cachait derrière un vase rempli de roses pour dissimuler le tremblement de ses mains d'alcoolique étaient rédigées par un jeune critique de cinéma, très ami avec Feridun jusqu'à ce qu'ils se brouillent suite au papier sarcastique qu'il avait publié sur *Vies brisées*. Avant d'annoncer : « Et maintenant, le film », Ekrem Bey relevait la tête de ses notes au style ampoulé et intello qu'il lisait sans vraiment comprendre pour confier, comme s'il dévoilait un secret, qu'il avait rencontré l'élégante star américaine devenue princesse des années plus tôt dans un festival de cinéma et que cette dernière aimait beaucoup les Turcs — il arborait alors une mine romantique suggérant que la belle actrice et lui auraient pu vivre une grande histoire d'amour. Ayant beaucoup entendu parler de Grace Kelly par Feridun et son jeune ami critique les premières années de son mariage, Füsun n'aurait raté ces films pour rien au monde. Et comme je ne voulais pas rater le plaisir de contempler Füsun lorsqu'elle regardait cette magnifique actrice fragile et cependant rayonnante, je venais chaque jeudi soir prendre place à la table des Keskin.

Ce jeudi-là, nous regardâmes *Fenêtre sur cour* de Hitchcock. Loin de me faire oublier mon sentiment de malaise, le film ne fit que l'amplifier. C'était celui que, huit ans plus tôt, lorsque j'allai me réfugier au cinéma pour ne pas avoir à déjeuner avec les employés de Satsat, j'avais vu en pensant aux baisers que Füsun et moi échangions. Aujourd'hui, l'observer du coin de l'œil s'absorber dans l'histoire, trouver en elle quelque chose de la distinction et de la pureté de Grace Kelly ne m'offrait aucune consolation. En dépit de ce film ou à cause de lui, j'étais en effet en proie au sentiment sinon fréquent du moins récurrent qui m'assaillait pendant nos dîners à Çukurcuma. Celui de ne pouvoir sortir d'un rêve oppressant, comme si les murs d'une pièce se resserraient sur vous et que le temps se rétrécissait comme peau de chagrin.

J'ai énormément réfléchi à la meilleure façon de rendre visuellement palpable dans le musée de l'Innocence cette impression d'être dans un rêve, en tant que : a) état vécu ; b) vision par laquelle le monde nous apparaît comme un reflet illusoire.

a) En tant qu'état vécu, le sentiment d'être dans un rêve pourrait s'apparenter aux sensations provoquées par l'alcool ou le haschich. Mais seulement de loin. Cela ressemblerait un peu à une incapacité de vivre complètement l'instant présent. Combien de fois en dînant chez les Füsun n'ai-je pas eu l'impression de vivre le présent comme s'il s'agissait du passé… Et ce n'était pas dû au fait que nous avions déjà vu le film avec Grace Kelly que nous regardions en ce moment à la télévision, ou que nos conversations de table se ressemblaient toutes… Je ne me sentais pas vivre les choses ici et maintenant. J'avais plutôt l'impression de les regarder de loin. Alors que mon corps, comme s'il appartenait à un autre, semblait se mouvoir dans le temps présent sur une scène de théâtre, mon esprit restait en retrait et nous observait de loin, Füsun et moi. Ce que je vivais à cet instant-là était semblable à un souvenir. Il serait souhaitable que les visiteurs du musée de l'Innocence considèrent les boutons, les verres, les peignes de Füsun, les vieilles photos et tous les objets que j'y ai exposés non pas comme des choses existantes mais comme mes souvenirs.

b) Vivre l'instant présent comme un souvenir provient d'une illusion temporelle, aussi bien que spatiale, d'ailleurs. Le sentiment qui se rapprocherait le plus de cela, ce serait le malaise que généraient en moi des jeux comme les illusions d'optique que l'on trouvait dans les revues pour enfants quand j'étais petit et dont j'expose ici deux ou trois exemples, ou le jeu des sept erreurs. Dans mon enfance, des jeux comme « Trouvez la sortie de la galerie où se cache le roi ! », « Pour sortir du bois, par quel terrier le lapin doit-il passer ? » m'agaçaient autant qu'ils m'amusaient. Or, la septième année de mes visites chez les Keskin à l'heure du dîner, leur table commença à devenir pour moi un endroit de moins en moins divertissant et de plus en plus étouffant. Ce soir-là, Füsun le sentit.

— Qu'y a-t-il, Kemal ? Le film ne t'a pas plu ?

— Si.

— Le sujet n'est peut-être pas à ton goût.

— Au contraire, répondis-je, puis je me tus à nouveau.

Cependant, il était tellement rare que Füsun s'intéresse à mes états d'âme, surtout à table alors que ses parents nous écoutaient, que je me fendis de deux ou trois commentaires favorables sur le film et Grace Kelly.

— Tu n'as pas l'air bien ce soir, inutile de le cacher, Kemal, continua Füsun.

— À vrai dire... On dirait que quelque chose a changé dans cette maison, mais quoi... je n'arrive pas à mettre le doigt dessus.

Tous se mirent à rire.

— Citron a déménagé dans la pièce du fond, Kemal Bey, expliqua Tante Nesibe. Nous nous étonnions aussi que vous ne l'ayez pas encore remarqué.

— Sans blague ! m'exclamai-je. Comment se fait-il que je n'aie rien vu, moi qui aime tant Citron…

— Nous l'aimons beaucoup, nous aussi. J'ai décidé de le dessiner, c'est pourquoi j'ai emporté sa cage là-bas, dit fièrement Füsun.

— Tu as commencé ? Je peux voir le dessin ?

— Bien sûr.

Cela faisait longtemps que, par découragement et manque d'envie, elle avait laissé tomber sa série des oiseaux d'Istanbul. En passant dans la pièce du fond, avant Citron lui-même, je regardai le dessin auquel Füsun venait tout juste de s'atteler.

— Feridun ne m'apporte plus de photos d'oiseaux, dit Füsun. De mon côté, j'ai décidé de travailler d'après nature plutôt que d'après photos.

Sa placidité, sa façon de parler de Feridun comme de quelqu'un appartenant au passé me donna aussitôt le vertige. Mais je parvins à me dominer.

— Ça s'annonce drôlement bien, Füsun. Citron sera ton meilleur dessin. Parce que tu connais très bien ton modèle. Le mieux pour réussir en art, c'est de prendre pour sujet ce qu'on aime le plus.

— Mais je ne le traiterai pas de manière réaliste.

— C'est-à-dire ?

— Je ne représenterai pas la cage. Citron sera sur le bord de la fenêtre comme un oiseau venu s'y poser de lui-même.

Cette semaine-là, j'allai encore trois fois dîner chez les Keskin. Après le repas, nous nous retirions toujours dans la pièce du fond où nous discutions des détails de l'image en cours de réalisation. Hors de sa cage, Citron paraissait plus heureux et plus vivant sur le papier qu'en vrai. Si bien que, désormais, nous accordions moins d'attention au canari lui-même qu'à son portrait. Après avoir débattu avec une froide retenue et néanmoins en toute sincérité des problèmes du dessin, nous parlions chaque fois d'aller à Paris visiter les musées.

Le mardi soir, alors que nous regardions de nouveau le dessin de Citron, avec l'émoi fébrile d'un lycéen, je prononçai les paroles que j'avais préparées :

— Ma chérie, il est temps de quitter cette maison et de partir ensemble, murmurai-je. La vie est courte, les jours, les années

536

s'écoulent inexorablement. Partons ailleurs et soyons heureux tous les deux. (Füsun feignait de ne pas m'entendre mais Citron me répondit en émettant un bref cui-cui.) Nous n'avons plus rien à craindre à présent, plus rien ne nous retient. Partons d'ici, toi et moi, allons nous installer quelque part, chez nous, pour y vivre heureux jusqu'à la fin de notre vie. Tu as vingt-cinq ans, nous avons encore un demi-siècle devant nous, Füsun. Nous avons suffisamment souffert ces six dernières années pour avoir droit à ce bonheur de cinquante ans! Partons ensemble maintenant. Nous nous sommes assez butés comme ça.

— Ah? Nous nous butons? Je ne savais pas. Ne pose pas la main là, tu fais peur à l'oiseau.

— Pas du tout, regarde, il me mange dans la main. Nous le mettrons à la place d'honneur dans notre maison.

— Mon père doit se demander ce que nous faisons, dit-elle sur le ton de l'amie et de la confidente.

Le jeudi suivant, nous vîmes encore un film d'Hitchcock, *La Main au collet*. Durant tout le film, je regardai moins Grace Kelly que la façon dont Füsun la regardait. Du battement de la veine bleue dans le cou de ma belle au mouvement de sa main sur la table, de sa façon de rectifier ses cheveux à celle de tenir sa Samsun, tout en elle trahissait l'intérêt que la star devenue princesse lui inspirait.

— Tu sais, Kemal, Grace Kelly aussi était très mauvaise en mathématiques, me dit Füsun lorsque nous passâmes dans la pièce du fond pour regarder son dessin de Citron. Elle a d'abord été mannequin avant de devenir actrice. La seule chose que je lui jalouse, c'est qu'elle savait conduire.

En présentant le film, l'air de faire une confidence sur un être proche, Ekrem Bey avait déclaré aux spectateurs que la princesse était morte l'année précédente dans un accident de voiture sur la route qui avait servi de décor au film.

— Pourquoi l'envies-tu?

— Je ne sais pas. Peut-être parce que le fait de conduire la fait paraître forte, et libre.

— Je peux t'apprendre, si tu veux.

— Non, non, impossible.

— Füsun, je suis sûr que tu es très douée. Je peux t'apprendre assez de choses pour que tu puisses conduire tranquillement dans Istanbul et obtenir le permis en deux semaines. Il n'y a pas de quoi rougir. C'est Çetin qui m'a appris à conduire quand j'avais ton âge (ce n'était pas vrai). Tu auras juste à faire preuve de calme et de patience, c'est tout.

— Je suis de nature patiente, répondit Füsun, confiante.

73

Le permis de conduire de Füsun

Füsun et moi nous attelâmes à la préparation de son permis en avril 1983. Depuis la première fois que nous avions abordé la question sur un ton mi-sérieux mi-badin, cinq semaines marquées d'hésitations, de tergiversations et de silences s'étaient écoulées. Nous savions pertinemment que, au-delà de l'examen de conduite, c'était la proximité entre nous deux qui serait également mise à l'épreuve. Pour la seconde fois qui plus est. Et comme je supposais que Dieu ne nous accorderait pas de troisième chance, j'étais sous tension.

D'un autre côté, j'étais très heureux que Füsun me donne cette occasion en or d'être près d'elle. Ce que je veux souligner, c'est que j'espérais devenir plus tranquille, joyeux et optimiste au cours du processus. Après un long et sombre hiver, le soleil émergeait doucement de derrière les nuages.

Par un bel après-midi ensoleillé de printemps (le vendredi 15 avril 1983, trois jours après avoir fêté son vingt-sixième anniversaire avec le gâteau au chocolat que j'avais apporté de la pâtisserie Divan), je passai la chercher avec la Chevrolet devant la mosquée de Firuzağa pour notre première leçon de conduite. J'étais au volant et Füsun s'installa à côté de moi. J'avais trouvé plus judicieux de la retrouver dans un coin en amont de la côte de Çukurcuma, à cinq minutes de chez elle et loin des regards curieux des gens du quartier.

C'était la première fois depuis huit ans que nous allions seuls ensemble quelque part. J'étais évidemment très heureux mais aussi beaucoup trop tendu et anxieux pour vraiment me rendre compte de mon bonheur. J'avais l'impression moins de retrouver une nouvelle fois la fille pour laquelle j'endurais tant d'épreuves, avec laquelle je partageais tant de choses et de souffrances depuis huit ans que de me rendre à un premier rendez-vous avec une merveilleuse candidate au mariage que d'autres m'avaient dénichée et disaient parfaite pour moi.

Füsun avait mis une robe à motifs de fleurs et de feuilles dans les tons orangés et verts sur fond blanc qui lui allait à ravir. À l'instar d'un sportif mettant toujours le même survêtement pour l'entraînement, elle portait cette robe élégante qui lui arrivait au-dessous du genou et au col en V chaque fois que nous partions pour les leçons de conduite et, à la fin des cours, de même qu'un survêtement, la robe était trempée de sueur. Trois ans après avoir commencé ces cours, à la vue de cette robe suspendue dans l'armoire de Füsun, je me rappellerais avec envie ces heures tendues et enivrantes passées ensemble dans le parc de Yıldız, un peu au-delà du palais d'Abdülhamid, et, pour revivre ces instants, j'en humerais instinctivement les manches et le col pour y retrouver l'incomparable odeur de Füsun.

Les auréoles de sueur sur sa robe apparaissaient d'abord sous les aisselles pour joliment s'étendre jusqu'à sa poitrine, ses bras et son abdomen. Parfois, nous coupions le moteur dans un endroit dégagé du parc et transpirions légèrement sous les rayons d'un agréable soleil printanier, comme huit ans auparavant lorsque nous faisions l'amour dans l'immeuble Merhamet. Mais ce qui nous mettait en sueur, d'abord Füsun puis moi, c'était surtout notre propre climat intérieur, notre timidité, notre tension et notre stress. Dès qu'elle commettait une erreur — le pneu droit qui frottait contre le trottoir, la boîte de vitesses rappelant avec un grincement métallique l'existence de son engrenage ou le moteur qui calait — elle se fâchait, s'emportait et se retrouvait en nage. Surtout lorsqu'elle faisait patiner l'embrayage.

Füsun avait étudié chez elle les règles du code de la route et les connaissait pratiquement sur le bout des doigts, elle se débrouillait avec le volant mais, comme nombre d'apprentis conducteurs, elle avait beaucoup de mal avec le débrayage. Elle lançait tout doucement la voiture sur le parcours d'apprentissage, ralentissait au croisement, s'approchait prudemment du trottoir tel le capitaine faisant lentement accoster son bateau à l'embarcadère, et juste au moment où je lui disais : « Bravo, ma belle, tu es très douée », elle retirait trop vite le pied de la pédale d'embrayage et la voiture se mettait à tressauter comme un vieillard pris d'une folle quinte de toux. « Débraie, débraie, débraie ! » m'écriais-je. Mais dans son affolement, Füsun appuyait soit sur l'accélérateur soit sur le frein. Lorsqu'elle pressait l'accélérateur, les soubresauts de la voiture s'amplifiaient dangereusement avant de s'arrêter d'un seul coup. Je voyais la sueur perler sur son visage rougi et couler le long de son front, de son nez et de ses tempes.

— Ça suffit maintenant, disait-elle, honteuse. Je n'y arriverai jamais, je renonce ! De toute façon, je ne suis pas faite pour conduire.

Elle sortait rapidement de la voiture et s'éloignait. Parfois, elle descendait sans un mot, s'éloignait d'une cinquantaine de pas en s'épongeant avec un mouchoir et allumait une cigarette qu'elle fumait d'un air rageur. (Une fois, elle s'était aussitôt fait accoster par deux hommes qui croyaient qu'elle était seule.) Ou bien elle allumait une Samsun sans descendre de voiture, écrasait furieusement son mégot humide de sueur dans le cendrier et déclarait qu'elle n'obtiendrait pas le permis et n'en avait d'ailleurs aucune envie.

Avec le même empressement affolé que si c'était non seulement son permis mais tout notre bonheur à venir qui tombait à l'eau, je l'exhortais au calme et à la patience.

Sa robe lui collait aux épaules. Ses jolis bras, sa mine inquiète, ses sourcils froncés, son état de tension et de nervosité… je m'absorbais dans la contemplation de son beau corps trempé de sueur comme les jours de printemps où nous faisions l'amour. Peu après avoir pris place sur le siège du conducteur, les joues en feu sous l'effet de l'énervement, Füsun ouvrait les premiers boutons de sa robe pour avoir moins chaud mais transpirait davantage. En regardant son cou, ses tempes et l'arrière de ses oreilles humides de sueur, j'essayais de distinguer et de me remémorer ses superbes seins en forme de poire que je prenais dans ma bouche huit ans plus tôt. (Le soir même, dans ma chambre, après quelques verres de raki, je m'imaginais aussi la couleur fraise de ses mamelons.) Parfois, sentant que Füsun remarquait combien j'avais plaisir à la regarder pendant qu'elle conduisait et que, loin de mal le prendre, elle semblait même l'apprécier, mes sens s'échauffaient. Quand je me penchais vers elle pour lui montrer comment passer une vitesse sans forcer, ma main frôlait la sienne, son joli bras et même sa hanche, et je me disais que dans la voiture nos âmes s'unissaient avant nos corps. Puis Füsun retirait à nouveau trop tôt son pied de l'embrayage et la Chevrolet 56 se mettait à trépigner comme un malheureux cheval cerné par les flammes jusqu'à ce que le moteur s'arrête brusquement. C'est alors que nous remarquions le profond silence du parc, du pavillon un peu plus loin, du monde… Nous prêtions une oreille étonnée et ravie au bourdonnement d'un insecte au vol précoce et prenions conscience qu'être en vie en ce jour de printemps, dans ce parc, à Istanbul, était quelque chose de merveilleux.

Après l'instauration de la République, le grand jardin avec les pavillons qu'il abritait — ces lieux d'où, soustrait au monde, Abdülhamid dirigeait à une époque l'Empire ottoman et jouait comme un gosse avec des bateaux miniatures dans un vaste bassin (les Jeunes-Turcs avaient pensé mettre ce passe-temps à profit pour planifier un attentat contre le sultan) — fut transformé en parc public où les familles aisées se promenaient en voiture et où les apprentis conducteurs venaient s'entraîner. J'avais également entendu dire par des amis comme Hilmi le Bâtard, Tayfun ou Zaim que les couples audacieux et brûlant de désir mais sans point de chute venaient ici pour s'embrasser dans les endroits isolés, derrière les platanes et les marronniers centenaires. En apercevant certains de ces couples enlacés à l'abri des arbres, Füsun et moi nous drapions dans un long silence.

À la fin de notre séance de conduite qui n'excédait pas deux heures mais qui, comme nos ébats dans l'immeuble Merhamet, me paraissait durer bien plus longtemps, nous sentions s'abattre sur nous le calme succédant à la tempête.

— On va boire un thé à Emirgân ? proposais-je en franchissant la porte du parc.

— Oui, pourquoi pas, murmurait Füsun, telle une timide jeune fille.

J'éprouvais alors l'émoi du jeune homme heureux que son

542

premier rendez-vous avec la candidate au mariage lui ayant été présentée par les autres se déroule avec succès. Pendant que nous roulions sur la route longeant le Bosphore et que nous buvions notre thé dans la voiture garée sur la jetée bétonnée d'Emirgân, j'étais si heureux que j'étais incapable de décrocher un mot. Elle aussi, fatiguée par l'intensité de ce que nous venions de vivre, se taisait ou bien parlait de notre leçon et de la conduite.

J'avais bien tenté à une ou deux reprises de la toucher et de l'embrasser derrière les vitres de la Chevrolet embuées par la vapeur du thé mais, telle une jeune fille vertueuse et pétrie de principes refusant toute approche avant le mariage, Füsun m'avait gentiment repoussé. J'avais été heureux de constater que cela ne lui avait rien fait perdre de sa bonne humeur et qu'elle ne m'en voulait pas. Je crois même que, dans ma joie, il y avait quelque chose de la satisfaction du futur gendre provincial découvrant que celle qu'il envisage d'épouser a des principes.

En juin 1983, Füsun et moi sillonnâmes Istanbul presque en tous sens afin de rassembler les documents nécessaires pour l'examen. Un jour, après avoir fait la queue une demi-journée devant les guichets administratifs de l'Hôpital militaire de Kasımpaşa où, pour quelque extraordinaire raison, tous les candidats au permis se voyaient alors envoyés, puis devant la porte d'un médecin nerveux, nous finîmes par obtenir un certificat médical indiquant que les réflexes et le système nerveux de Füsun fonctionnaient harmonieusement ; ensuite, nous sortîmes nous promener dans les quartiers reculés et marchâmes jusqu'à la mosquée Piyalepaşa. Un autre jour, pour apaiser notre colère après avoir attendu quatre heures à l'Hôpital des premiers soins de Taksim sans même réussir à consulter le médecin, qui était rentré chez lui, nous allâmes dîner de bonne heure dans le petit restaurant russe de Gümüşsuyu. Une autre fois, en nous rendant à l'hôpital de Haydarpaşa où l'on nous avait orientés parce que le médecin ORL de Taksim était en congé, nous jetâmes des miettes de *simit* aux mouettes depuis le pont arrière du *vapur* à destination de Kadiköy. En attendant que soient traités les documents que nous avions déposés au guichet administratif de la faculté de médecine de Çapa, nous étions sortis marcher dans les rues et je me souviens qu'en déambulant à travers les ruelles et les rues en pente pavées, nous étions passés devant l'hôtel Fatih. Cet hôtel, où, sept ans plus tôt, les affres de l'amour m'avaient poussé à prendre une chambre et où j'avais appris la mort de mon père, m'apparut totalement différent ce jour-là, comme s'il eût été dans une autre ville.

Lorsque nous réussissions à obtenir un nouveau papier et à l'ajouter dans le dossier auréolé de taches de thé, de café, d'encre et de gras que nous transportions toujours avec nous, nous sortions tout joyeux de l'hôpital et allions manger dans un restaurant de quartier où nous savourions avec enthousiasme notre succès. Füsun fumait librement, sans se soucier ni se cacher de qui que ce soit ; elle tendait parfois la main vers le cendrier et se saisissait sans rien dire de ma cigarette pour y allumer la sienne comme l'eût fait un copain de régiment ; elle portait sur le monde qui l'entourait le regard optimiste de qui désire s'amuser. En voyant combien ma bien-aimée mal mariée était en réalité portée à flâner et rouler sa bosse, à observer la vie des autres et découvrir leur quartier, à s'étonner des facéties de la vie urbaine, à lier librement connaissance et sympathiser avec de nouvelles personnes, j'étais encore plus amoureux d'elle.

« Tu as vu cet homme, il porte un long miroir autour du cou », disait Füsun. Après avoir regardé ensemble les gamins du quartier jouer au football dans les rues pavées — son enjouement était plus profond que le mien —, elle allait acheter deux bouteilles de soda (il n'y avait toujours pas de Meltem !) à l'Épicerie Méditerranée. Füsun observait avec une curiosité enfantine l'homme chargé de pompes et de grandes barres de fer qui déambulait entre les vieilles maisons en bois en criant « Vidangeur ! » en direction des fenêtres grillagées, des balcons en béton et des étages du haut ; sur le *vapur* de Kadiköy, elle ne lâchait pas des yeux l'objet métallique servant aussi bien à éplucher les courgettes, à presser les citrons qu'à couper la viande dont un marchand d'ustensiles de cuisine vantait les mérites. Plus tard, dans la rue, « Tu as vu l'enfant ? disait-elle. Il est carrément en train d'étrangler son petit frère ! » À peine voyait-elle un attroupement à un carrefour ou sur la place juste devant un jardin d'enfants boueux qu'elle accourait en demandant : « Que se passe-t-il ? Que vend-on ? » Nous regardions d'un œil triste les

Gitans montreurs d'ours, les écoliers en blouse noire qui se battaient en roulant au milieu de la rue et les chiens restés collés l'un à l'autre en s'accouplant (sous les cris moqueurs et les regards gênés que leur lançaient les gens du quartier). Lorsque les pare-chocs de deux voitures se heurtaient et que les conducteurs descendaient avec une fureur qui donnait à penser qu'ils étaient prêts à se battre, qu'une balle en plastique orange dévalait la côte en bondissant depuis la cour de la mosquée, que tout le monde s'arrêtait sur l'avenue pour regarder les manœuvres d'une voiture si bruyante que l'immeuble d'à côté tremblait sur ses fondations ou bien la télévision allumée dans une vitrine, nous nous arrêtions aussi pour regarder avec les autres.

Comme si nous faisions à nouveau connaissance, je goûtais un profond plaisir à découvrir Istanbul avec elle, à voir chaque jour la ville et Füsun sous un nouvel aspect. Lorsque nous étions témoins du manque de moyens et de la désorganisation des hôpitaux, de la misère des vieux qui faisaient la queue de bon matin devant les hôpitaux universitaires pour voir un médecin, lorsque nous croisions des bouchers qui équarrissaient des bêtes à la hâte de façon illégale sur des terrains vagues à l'écart et en cachette de la mairie, j'avais le sentiment que les côtés sombres de la vie nous rapprochaient. Le caractère étrange, voire rebutant de notre histoire perdait de son importance comparé aux aspects sombres et effrayants de la ville et de ses habitants que nous percevions de plus en plus au fil de nos déambulations. La ville nous donnait à sentir le côté ordinaire de notre existence et nous apprenait à rester modestes sans céder à un quelconque sentiment de culpabilité. Dans les rues, à pied, en *dolmuş* ou en autobus, j'éprouvais en moi la force consolatrice qu'il y avait à se mêler à la foule, et dans le *vapur*, je regardais avec admiration Füsun discuter amicalement avec la vieille dame à foulard assise sur le siège d'à côté avec son petit-fils endormi dans ses bras.

Grâce à elle, tous les plaisirs et les embêtements qu'il y avait à se promener avec une jolie femme sans foulard en ce temps-là à Istanbul, je les vécus comme s'il se fût agi d'un merveilleux divertissement. Dès que nous mettions les pieds dans une administration publique, hôpital ou autre, toutes les têtes se tournaient dans sa direction. Au lieu de l'attitude méprisante et hautaine qu'ils jugeaient bon d'adopter envers les patients pauvres et les femmes âgées, les vieux fonctionnaires prenaient des airs d'employés consciencieux et respectueux des règles et s'adressaient à elle en l'appelant « Hanımefendi ! » malgré son jeune âge. Certains la vouvoyaient ostensiblement alors qu'ils tutoyaient les autres, d'autres osaient à peine regarder son visage. Il y avait également de jeunes médecins qui l'abordaient avec des manières de gentleman tout droit sorti des films européens en disant : « En quoi puis-je vous être utile ? », ainsi que des professeurs qui, ne m'ayant pas remarqué, jouaient les jolis cœurs en lui adressant des plaisanteries et des amabilités… Tout cela était dû au vent d'affolement qui soufflait parmi les fonctionnaires des administrations publiques soudain confrontés à la présence d'une jolie femme à la tête découverte. En face de Füsun, certains employés se perdaient en circonlocutions, d'autres se mettaient à bégayer et d'autres encore cherchaient désespérément à ses côtés la présence d'un homme avec qui établir la communication pour ne pas avoir à lui parler directement. Force m'était de partager le soulagement qu'ils éprouvaient en m'apercevant et en me plaçant aussitôt dans le rôle du mari.

— Füsun Hanım aurait besoin d'un rapport médical ORL pour s'inscrire à l'examen du permis de conduire. Nous avons été orientés ici depuis Beşiktaş.

— Le médecin n'est pas encore arrivé, répondait l'employé chargé de surveiller la foule dans le couloir, puis, soulevant la couverture du dossier que nous avions dans les mains, il y jetait un rapide coup d'œil. Faites enregistrer votre transfert au guichet, prenez un numéro et attendez votre tour. Comme tout le monde, personne ne peut y couper, ajoutait-il lorsque nous découvrions la longueur de la file d'attente qu'il nous indiquait des yeux.

Un jour où, prétextant je ne sais quoi, j'avais tenté de glisser un billet dans la main de l'employé, « Impossible, faisons comme tout le monde », s'était opposée Füsun.

Pendant que nous faisions la queue et discutions avec les fonctionnaires et les patients, il me plaisait de voir que les gens me prenaient pour son époux. « C'est parce qu'ils trouvent que nous allons bien ensemble », pensais-je, plutôt que de m'expliquer cela par le fait que jamais une femme ne se rendrait à l'hôpital en compagnie d'un homme avec qui elle n'était pas mariée. Une fois où nous étions sortis marcher dans les petites rues du quartier en attendant notre tour à la faculté de médecine Cerrahpaşa et que j'avais perdu Füsun, une vieille tante coiffée d'un foulard avait passé la tête par la fenêtre de sa maison en bois branlante pour me dire que « ma femme » était entrée chez l'épicier dans la rue d'à côté. Même si notre présence attirait l'attention dans ces quartiers reculés, personne ne semblait s'en tracasser. Les gamins nous suivaient, ou l'on nous prenait pour des touristes égarés. Parfois, un jeune homme tombé sous le charme de Füsun nous emboîtait le pas afin de pouvoir l'observer plus longtemps puis, croisant mon regard quelques rues plus loin, il s'éloignait gentiment, nous laissant enfin tranquilles. Il était fréquent que les habitants passent la tête par la fenêtre pour nous demander, les femmes à Füsun et les hommes à moi, quelle adresse nous cherchions et chez qui nous nous rendions. Une fois, voyant Füsun s'apprêter à manger une des prunes qu'elle venait d'acheter à un marchand, une tante bien intentionnée l'arrêta en disant : « Attends, ma fille, attends que je les aie lavées! »; elle bondit hors de chez elle, nous prit le sachet des mains, lava les prunes sur la pierre de l'évier dans sa cuisine du rez-de-chaussée, nous prépara un café et nous demanda qui nous étions et ce que nous cherchions par ici; lorsque je répondis que nous étions mariés et étions en quête d'une jolie maison en bois pour nous installer dans le quartier, elle en avertit tous les voisins.

Entre-temps, nous poursuivions nos éprouvantes leçons de conduite dans le parc Yıldız et nous préparions à l'examen écrit. Parfois, alors que nous étions installés dans un café pour tuer le temps, Füsun sortait de son sac des ouvrages comme *Le Guide de la conduite facile* ou *L'Examen du permis de conduire : questions et réponses*, et me lisait en riant un ou deux énoncés.

— Qu'est-ce qu'une route?

— Qu'est-ce que c'est?

— C'est une voie aménagée pour la circulation publique, disait Füsun moitié par cœur, moitié lisant. Bien, et qu'est-ce que la circulation?

Je bégayais la réponse que j'avais déjà entendue plusieurs fois :

— La circulation désigne le déplacement des piétons et des animaux…

— Il n'y a pas de « et » entre piétons et animaux, disait Füsun. La circulation désigne le déplacement des piétons, animaux, véhicules, tracteurs et machines mobiles sur la route.

J'aimais bien ce mode question/réponse qui me rappelait le collège, l'enseignement entièrement fondé sur la mémorisation, nos carnets de notes évaluant notre niveau et notre progression, et, tout joyeux, je posais à mon tour une question à Füsun :

— Qu'est-ce que l'amour ?

— Qu'est-ce que c'est ?

— L'amour est le nom donné au sentiment d'attachement éprouvé par Kemal pour Füsun qu'il ne quitte pas des yeux pendant qu'ils arpentent les rues, les trottoirs, les maisons, les jardins et les pièces et sont assis dans les cafés, les restaurants et attablés pour le dîner.

— Mmh… jolie réponse, disait Füsun. Mais que devient l'amour lorsque tu ne me vois pas ?

— Une terrible obsession, une maladie.

— Je ne vois pas en quoi tout cela peut être utile à l'examen de conduite ! rétorquait Füsun en prenant une attitude qui laissait entendre qu'elle ne pousserait pas plus loin ce genre de galant badinage avant le mariage, et je m'abstins dès lors de faire de telles plaisanteries.

L'examen du code de la route se tint à Beşiktaş, dans un petit palais où à une époque l'un des fils fous d'Abdülhamid, Numan Efendi, tuait le temps en écoutant les filles du harem jouer de l'oud et en peignant des vues impressionnistes du Bosphore. En attendant Füsun devant la porte de ce bâtiment converti en administration après la République et impossible à chauffer, je pensai une fois de plus avec regret que j'aurais dû l'attendre à la sortie de Taşkışla où elle planchait sur ses examens d'admission à l'université huit ans plus tôt. Et si j'avais annulé mes fiançailles avec Sibel au Hilton et envoyé ma mère demander pour moi la main de Füsun, nous aurions eu trois enfants depuis. Mais nous aurions encore le temps d'en faire trois et même davantage une fois que nous serions mariés, très prochainement. J'en étais tellement certain que lorsque Füsun sortit de l'examen en s'exclamant joyeusement : « J'ai tout fait ! », peu s'en fallut que je ne lui parle du nombre d'enfants que nous aurions, mais je m'abstins. Nous en étions encore à dîner tous ensemble le soir en famille devant la télévision, sans trop rire ni nous amuser.

Füsun obtint la note maximale à l'épreuve écrite mais rata complètement l'épreuve de conduite. Tous ceux qui passaient le permis de conduire se faisaient recaler la première fois afin qu'ils comprennent bien le sérieux de l'affaire, mais nous ne nous y étions pas suffisamment préparés. L'examen avait rapidement pris fin. Füsun était montée dans la Chevrolet en compagnie des trois hommes du jury, elle avait correctement démarré la voiture quand, au bout de quelques mètres, l'un des examinateurs lui lança de sa grosse voix caverneuse qu'elle n'avait pas regardé dans les rétroviseurs ; lorsque Füsun se tourna vers lui en disant « Pardon ? », on lui demanda aussitôt de s'arrêter et de descendre de voiture. Le conducteur ne devait pas se retourner vers l'arrière lorsqu'il était au volant. Les membres du jury descendirent du véhicule avec la précipitation de gens ne voulant surtout pas confier leur vie aux mains d'un si piètre conducteur, et Füsun fut blessée de ce traitement humiliant.

Ils lui donnèrent un nouveau rendez-vous fin juillet, pour le prochain examen de conduite qui aurait lieu quatre semaines plus tard. Notre état d'abattement suscita les rires de ceux qui connaissaient bien le fonctionnement du bureau qui délivrait les permis de conduire et des auto-écoles marchant à coups de pots-de-vin ; dans le café fait de bric et de broc (orné de quatre portraits d'Atatürk et d'une grande horloge murale) où tous les Stambouliotes convoqués à l'examen affluaient et venaient boire leur thé, on nous donna des tuyaux pour obtenir le permis de conduire. Si nous nous inscrivions dans une auto-école onéreuse où les leçons étaient dispensées par d'anciens agents de la circulation à la retraite (la présence aux cours n'était pas obligatoire) nous pouvions être reçus à l'examen parce que les examinateurs et nombre de policiers étaient partenaires de cette société. Ceux qui donnaient de l'argent à cette école où la police touchait des dividendes pouvaient passer l'épreuve de conduite avec une vieille Ford spécialement aménagée. Un gros trou avait été percé dans le plancher juste à côté du siège du conducteur et le candidat à qui l'on demandait de se garer dans un espace étroit pouvait voir la chaussée et les marquages au sol à travers cette ouverture ; s'il lisait en même temps le guide détaillé suspendu derrière le rétroviseur qui indiquait au niveau de quel marquage il fallait braquer à fond le volant à gauche et à hauteur de quel autre il fallait enclencher la marche arrière, il parvenait à effectuer son créneau à la perfection. On pouvait aussi remettre une grosse somme de la main à la main sans avoir à s'inscrire dans un cours. En tant qu'homme d'affaires, je ne savais que trop combien le bakchich était parfois incontournable. Cependant, comme Füsun soutenait avec véhémence qu'elle ne donnerait pas un sou aux flics qui l'avaient recalée, nous poursuivîmes nos leçons dans le parc de Yıldız.

Le manuel d'examen du permis de conduire faisait état de centaines de petites règles à appliquer en conduisant. Devant le jury, il ne suffisait pas que le candidat conduise bien, il fallait également qu'il prouve en accentuant ses gestes qu'il appliquait les règles — par exemple, mettre la main sur le rétroviseur pour bien montrer qu'il le regardait. Un vieux policier débonnaire et expérimenté l'avait ainsi expliqué à Füsun : « Ma fille, pendant l'examen, tu dois à la fois conduire et faire comme si tu conduisais. La première chose, c'est pour toi, et la seconde, c'est pour l'État. »

Les problèmes inhérents à l'examen m'apparaissaient dérisoires comparés au plaisir d'aller avec elle à Emirgân après notre leçon de conduite dans le parc, à l'heure où le soleil commençait à décliner, de garer la voiture au bord de la mer pour boire un café ou un soda, ou bien de nous installer dans un café de Rumeli Hisarı et de commander un thé préparé dans un samovar. Mais que les lecteurs n'aillent pas nous imaginer comme d'heureux amants enjoués.

— Nous sommes meilleurs dans ces leçons de conduite qu'en maths, dis-je une fois.

— On verra bien, répondit prudemment Füsun.

Parfois, pendant que nous buvions notre thé, nous restions assis sans rien dire, comme ces vieux couples mariés qui ont depuis longtemps épuisé tous les sujets de conversation. Avec la fascination des êtres malheureux rêvant à d'autres horizons, nous regardions passer les tankers russes et le *Samsun*, un *vapur* des lignes maritimes urbaines qui reliait Heybeliada ou poussait même parfois jusqu'en mer Noire.

Füsun fut également recalée au deuxième examen. Cette fois-ci, ils lui avaient demandé quelque chose de très difficile : se garer en marche arrière en haut d'une côte. Alors qu'elle faisait tousser et tressauter la Chevrolet, on lui ordonna aussitôt de descendre, sur le même ton méprisant que la première fois. En voyant la voiture revenir et l'examinateur à lunettes au volant, « La nana s'est fait recaler ! » s'écria quelqu'un parmi la foule d'hommes qui, de l'écrivain public au cafetier, du policier à la retraite au candidat au permis de conduire, regardaient de loin Füsun en train de passer l'examen ; j'entendis fuser deux ou trois rires.

Sur la route du retour, Füsun ne décrocha pas un mot. Sans lui demander son avis, je garai la voiture à Ortaköy. Nous nous installâmes dans un petit *meyhane* du centre-ville et je commandai deux rakis avec de la glace.

— La vie est courte, et elle est très belle, Füsun, dis-je après avoir bu quelques gorgées. Ne laisse pas ces mufles te tourmenter davantage.

— Pourquoi sont-ils si odieux ?

— Ils veulent de l'argent. Nous n'avons qu'à leur en donner.

— Les femmes sont-elles incapables de bien conduire, d'après toi ?

— C'est ce qu'ils pensent eux, pas moi.

— C'est ce que tout le monde pense…

— Ma chérie, je t'en prie, ne va pas encore t'obstiner et en faire une fixation.

J'aurais préféré que Füsun n'entende pas ces derniers mots.

— Je ne fais pas de fixation, Kemal. Seulement, il est impossible de courber l'échine quand on piétine ton honneur et ta fierté. Je vais te demander quelque chose. Écoute-moi sérieusement, s'il te plaît. Sache que je suis déterminée à obtenir mon permis de conduire sans verser de pots-de-vin. N'interviens surtout pas, Kemal. Ne t'avise pas de donner des bakchichs dans mon dos ou d'user du piston, je m'en rendrais compte et cela me blesserait.

— Bien, dis-je en baissant le nez.

Nous bûmes un autre raki sans trop parler. À cette heure en fin d'après-midi, le *meyhane* était vide. Des mouches impatientes et indécises se posaient sur les moules frites et les petits *köfte* aromatisés à l'origan et au cumin. Des années plus tard, je revins à Ortaköy pour revoir ce rustique *meyhane* dont le souvenir m'était si précieux, mais tout le bâtiment avait été démoli ; à la place avaient fleuri des boutiques de bijoux et de souvenirs pour touristes…

Ce soir-là, quand nous sortîmes du restaurant, je pris Füsun par le bras :

— Tu sais quoi, ma jolie, c'est la première fois depuis huit ans que nous mangeons en tête à tête dans un *meyhane*.

— Oui, répondit-elle, et la lueur qui brilla un instant dans ses yeux me rendit incroyablement heureux. Tiens, passe-moi la clef, c'est moi qui vais conduire.

— Bien sûr.

Elle peina un peu aux carrefours de Beşiktaş et Dolmabahçe mais, bien qu'elle ait un peu bu, elle conduisit sans encombre la Chevrolet jusque devant la mosquée de Firuzağa. Trois jours plus tard, quand je passai la chercher au même endroit pour son cours de conduite, elle voulut de nouveau prendre le volant mais je dus l'en dissuader car la ville grouillait de policiers. Quant à notre leçon, elle se déroula à merveille, malgré la chaleur.

Sur la route du retour, à la vue des eaux du Bosphore clapotant doucement sous le vent, nous regrettâmes de ne pas avoir pris nos maillots de bain.

La fois suivante, Füsun avait mis sous sa robe à fleurs le bikini bleu que j'expose ici. Après notre leçon de conduite, nous filâmes tout droit vers la plage de Tarabya et ce n'est qu'au moment de plonger dans l'eau que Füsun retira sa robe. Je jetai un furtif et timide coup d'œil sur ce joli corps que depuis huit ans… Au même instant, comme si elle me fuyait, Füsun courut se jeter dans la mer. Les gerbes de gouttelettes qu'elle faisait jaillir derrière elle, l'écume des vagues, la lumière irisée, le bleu marine du Bosphore, son bikini… tout cela forma une image qui s'imprima en moi de façon indélébile. Cette merveilleuse impression, cette teinte heureuse, j'ai plus tard passé des années à essayer de la retrouver dans les vieilles photographies et cartes postales que je dénichais parmi les nostalgiques collectionneurs d'Istanbul.

Je plongeai aussitôt dans le sillage de Füsun. Dans un coin de mon esprit, j'avais l'étrange sentiment que des monstres et d'affreuses créatures allaient l'attaquer, qu'il me fallait la rattraper et la protéger des ténébreux fonds marins. Je me rappelle avoir nagé de toutes mes forces à sa poursuite dans l'eau agitée, angoissé à l'idée de perdre mon bonheur, suffoquant dans la panique. Füsun avait disparu dans le Bosphore, entraînée par le courant ! J'eus alors envie de mourir moi aussi, ici, avec elle, sur-le-champ. Mais j'aperçus soudain Füsun surgir en face de moi entre les remous facétieux. Nous étions essoufflés. Nous nous sourîmes tels d'heureux amants. Mais quand j'essayai de la toucher et de m'approcher pour l'embrasser, son visage se ferma comme celui des jeunes filles vertueuses et, d'un air glacial, immédiatement, elle s'éloigna en nageant la brasse. Alors je la suivis, à la brasse aussi et observai les mouvements de ses jolies jambes, les douces courbes de ses hanches… Au bout d'un moment, je sentis que nous nous étions beaucoup trop éloignés du rivage.

— Arrête ! m'écriai-je. Cesse de fuir devant moi, les courants deviennent très forts ici, et s'ils nous emportent, nous mourrons tous les deux.

Faisant demi-tour, je pris peur en voyant la distance qui nous séparait de la terre ferme. Nous étions au milieu des eaux, et la baie de Tarabya, les restaurants dont le Huzur où nous allions tous ensemble à une époque, l'hôtel Tarabya, les voitures qui serpentaient le long de la route côtière, les minibus, les autobus rouges, les collines en arrière-plan, les quartiers de *gecekondu* sur les flancs de Büyükdere… toute la ville s'était réduite à un liseré.

C'est non seulement le Bosphore et la ville mais aussi la vie que j'avais laissés derrière moi et j'avais l'impression de tout contempler comme une miniature. Il y avait quelque chose de l'ordre du rêve dans cet éloignement entre moi, la ville et mon propre passé. Me retrouver avec Füsun au beau milieu de la ville et du Bosphore mais si loin de tous était un sentiment aussi effarant que la mort. Quand une grosse vague vint soudain surprendre Füsun et la ballotter à la surface de la mer agitée, elle poussa un petit cri, tendit le bras vers mon cou pour s'y agripper et se serra contre mon épaule. Je savais que seule la mort me séparerait d'elle désormais.

Sous prétexte qu'un transporteur de charbon approchait, Füsun s'écarta aussitôt après ce contact incandescent — cette embrassade, pourrait-on dire. Elle nageait très bien, très vite et j'eus du mal à la rattraper. Après avoir atteint la plage, elle s'éloigna vers une cabine. Contrairement aux amants à l'aise avec leur corps et celui de l'autre, nous étions incapables de nous regarder, aussi timides et réservés qu'un couple de jeunes personnes ayant fait connaissance par l'intermédiaire de leur famille dans le but de les marier.

À force de conduire dans le parc et parfois même en ville, Füsun avait fait de remarquables progrès, ce qui ne l'empêcha pas d'être encore recalée à l'examen du début du mois d'août.

— J'ai échoué, mais laisse tomber. Oublions ces affreux jojos, dit Füsun. On va à la mer ?

— Allons-y.

Comme nombre de candidats arrivés en fanfare à l'examen et se faisant photographier avec leurs copains de même que s'ils fêtaient leur départ au service militaire pour, au final, essuyer un échec, nous nous éloignâmes, Füsun au volant, la clope au bec, klaxonnant sauvagement. (Lorsque je revins des années plus tard sur les lieux, ce fut pour constater que ces collines pelées et pleines d'ordures qui servaient de circuit pour l'épreuve de conduite s'étaient couvertes de cités de luxe avec piscines.) Nous poursuivîmes les leçons de conduite au parc Yıldız jusqu'à la fin de l'été mais, désormais, le permis de conduire n'était plus qu'un prétexte pour nous retrouver, aller ensemble à la mer ou dans un *meyhane*. Il nous arriva plusieurs fois de louer une barque près de l'embarcadère de Bebek, de ramer jusqu'à un endroit suffisamment à l'écart des bancs de méduses et des flaques de mazout et de nous baigner dans le courant. Afin de ne pas être emportés, l'un de nous deux s'accrochait à la barque et retenait l'autre par la main. C'est surtout pour le plaisir de tenir Füsun par la main que j'aimais tant louer des barques à Bebek.

C'est moins sur le mode de l'enthousiasme que de la prudence que, tels deux vieux amis fatigués, nous vivions l'amour qui refleurissait après huit longues années. Ce que nous avions enduré au cours de ces huit années avait repoussé l'amour jusqu'au tréfonds de notre être. Cependant, même dans les moments où nous nous en occupions le moins, nous sentions sa présence. Mais voyant que Füsun refusait tout net de s'aventurer plus avant dans des rapprochements risqués hors mariage, je résistais à l'envie qui me taraudait de l'enlacer et de l'embrasser. Je m'étais même mis à penser que les couples qui perdaient le contrôle et avaient des rapports sexuels avant le mariage ne pourraient ensuite trouver le bonheur dans leur union, risquant au contraire de connaître angoisses et déceptions. Désormais, je considérais avec dédain certains de mes amis qui fréquentaient les maisons de rendez-vous et se vantaient de leurs turpitudes comme Hilmi le Bâtard, Tayfun ou Mehmet, qu'il m'arrivait de croiser à l'occasion. Et je me plaisais à imaginer que lorsque j'aurais épousé Füsun, je pourrais oublier mes obsessions et retrouver mon ancien cercle d'amis avec bonheur et maturité.

À la fin de l'été, Füsun repassa l'examen avec le même jury et fut de nouveau recalée. Elle maugréa comme toujours contre les préjugés habituels des hommes à propos des femmes au volant. Chaque fois que ce sujet revenait sur le tapis, son visage était empreint de la même expression que celle que je lui avais vue des années plus tôt quand elle me parlait des oncles vicieux qui la tripotaient dans son enfance.

Un jour en fin d'après-midi, nous croisâmes Faruk — l'ami de Mehmet — et sa fiancée en train de siroter leur Meltem (preuve que la campagne publicitaire avec Papatya avait porté ses fruits) dans un coin de la plage de Sarıyer où Füsun et moi étions allés après notre leçon de conduite. J'éprouvai soudain un étrange moment de gêne du fait non pas que Faruk était souvent venu au *yalı* d'Anadolu Hisarı en septembre 1975 et avait été un proche témoin de la vie que j'y menais avec Sibel, mais que Füsun et moi ne semblions guère heureux ni enjoués tandis que nous buvions nous aussi notre Meltem. Si nous étions si taciturnes, c'est parce que nous sentions que c'était la dernière fois que nous allions ensemble à la mer. Effectivement, un premier vol de cigognes passa le soir même au-dessus de nos têtes, nous rappelant que ce bel été touchait à sa fin. Quand les plages fermèrent une semaine plus tard avec les premières pluies, ni Füsun ni moi n'éprouvâmes l'envie d'aller conduire au parc Yıldız.

Après avoir été recalée encore trois fois, Füsun décrocha son permis de conduire au début de l'année 1984. Ayant compris qu'elle ne verserait décidément pas de pot-de-vin, ils s'étaient lassés de la voir. Ce soir-là, pour fêter l'événement, je l'emmenai avec Tante Nesibe et Tarık Bey au Maksim de Bebek pour écouter les anciennes chansons de Müzeyyen.

74

Tarık Bey

Ce soir-là au Maksim de Bebek, nous étions tous ivres. Müzeyyen Senar monta sur scène et, peu après, toute notre tablée entonnait avec elle certaines de ses chansons. Pendant que nous reprenions les refrains en chœur, nous nous regardions dans les yeux en souriant. C'est seulement maintenant, avec le recul des années, que je prends conscience que l'ambiance avait quelque chose d'une cérémonie d'adieu. En réalité, Tarık Bey prenait beaucoup plus de plaisir que sa fille à écouter Müzeyyen Senar. Mais je m'étais dit que Füsun serait contente de voir son père boire et chanter, et qu'elle aussi apprécierait d'entendre de la bouche de Müzeyyen des chansons comme *Personne ne te ressemble*. Autre fait que je trouvais digne d'être noté, c'est que, désormais, personne ne semblait déplorer ou juger étrange l'absence de Feridun. Je repensai avec bonheur à tout le temps que Füsun, sa mère, son père et moi avions passé ensemble.

Parfois, à la vue d'un immeuble menaçant ruine, de l'ancienne fillette devenue une femme imposante à forte poitrine avec des enfants ou bien d'un magasin auquel j'étais depuis toujours habitué et qui avait cessé son activité, j'étais pris d'affolement en constatant à quelle vitesse le temps s'était écoulé. À cette époque, j'eus un énorme pincement au cœur en voyant que la boutique Şanzelize avait fermé, non seulement parce que j'avais perdu mes souvenirs mais aussi parce que cela me donnait le sentiment d'avoir raté ma vie. Dans la vitrine où j'avais vu le sac Jenny Colon neuf ans plus tôt s'exposaient désormais saucisses italiennes, meules de fromage, sauces de salade, pâtes et boissons gazeuses de marque européenne faisant leur première apparition dans le pays.

Les récentes nouvelles concernant les mariages, les enfants et la famille ainsi que les derniers ragots que ma mère me relatait au dîner me mettaient mal à l'aise, bien que j'aie toujours beaucoup aimé prêter l'oreille à ce genre de récits. Tandis qu'elle me racontait avec enthousiasme que mon ami d'enfance Faruk le Rat venait d'avoir un deuxième enfant — qui plus est un garçon — depuis son mariage (trois ans!), l'idée que Füsun et moi étions passés à côté de la vie faisait s'envoler ma bonne humeur mais, sans rien remarquer, ma mère poursuivait sur sa lancée.

Depuis que Şaziment avait finalement marié sa grande fille au fils aîné des Karahan, chaque année en février, elle partait un mois au ski avec eux non pas à Uludağ mais en Suisse où elle emmenait également sa fille cadette. Là-bas, à l'hôtel, cette dernière s'était dégoté un riche prince arabe et au moment où Şaziment était sur le point de conclure le mariage, il s'était avéré que l'Arabe avait déjà une épouse dans son pays, et même un harem. Ma mère avait entendu dire par Esat Bey, son voisin de la maison de Suadiye, que, un jour d'hiver, on avait surpris le fils aîné des Halis de Ayvalık — tu sais, celui qui a le menton le plus long, précisa-t-elle avec un éclat de rire auquel je joignis le mien — avec la nourrice allemande dans la résidence d'été d'Erenköy. Le plus jeune fils de Maruf — le négociant de tabac, avec qui je jouais avec pelles et seaux dans le bac à sable quand nous étions enfants — s'était fait enlever par des terroristes puis relâcher après versement d'une rançon; ma mère n'en revenait pas que je n'aie pas eu vent de l'événement. Certes, l'affaire avait été rapidement étouffée avant que la presse ne s'en empare, mais comme les premiers temps la famille s'était montrée radine et avait refusé de payer la somme exigée, tout le monde en avait parlé pendant des mois, comment se faisait-il que je ne sois pas courant?

Je craignais que cette question ne cache une pique contre mes visites chez les Füsun; peut-être se rappelait-elle que lorsque je rentrais à la maison les soirs d'été avec un maillot de bain mouillé et qu'elle et Fatma Hanım me demandaient avec qui j'étais allé me baigner, j'essayais d'esquiver en disant que j'étais débordé de travail (or, ma mère devait savoir que la situation à Satsat n'était guère brillante); je déplorais de ne pas avoir réussi en neuf ans à parler avec elle, ne serait-ce qu'à demi-mot, de ma passion pour Füsun et, afin d'oublier mes tourments, je lui demandais de me raconter une nouvelle histoire encore plus divertissante. À l'instar de Mükerrem Hanım, une autre amie de ma mère du nom de Cemile Hanım, que Füsun, Feridun et moi avions rencontrée une fois au cinéma d'été Majestik, louait elle aussi son *konak* en bois vieux de quatre-vingts ans, dont l'entretien devenait de plus en plus difficile à assumer par la famille, pour le tournage de films historiques ; pendant un tournage, suite à un court-circuit, cette énorme et magnifique bâtisse était partie en fumée mais tout le monde prétendait que, en réalité, c'était la famille qui avait sciemment incendié le *konak* afin d'édifier un immeuble à la place… ma mère me relata un soir cette histoire avec une telle foule de détails que j'en déduisis qu'elle n'ignorait rien de ma proximité avec les gens de cinéma. C'est par Osman qu'elle devait le savoir.

Évitant d'évoquer ce qui risquait de me rappeler Sibel et les fiançailles, elle ne faisait nullement état des nouvelles cocasses que je pouvais lire dans les journaux comme celle à propos de l'ancien ministre des Affaires étrangères, Melikhan, mort d'une hémorragie cérébrale deux jours après une chute dans un bal où il s'était pris les pieds dans le tapis. Certaines informations que ma mère cherchait à m'occulter me revenaient aux oreilles par le coiffeur Basri de Nişantaşı. L'ami de mon père Fasih Fahir et sa femme Zarife avaient acheté une maison à Bodrum, Sabih l'Ours avait en réalité un très bon fond, mieux valait ne pas placer son argent dans l'or en ce moment, les prix allaient baisser, il y aurait beaucoup de tricheries dans les courses hippiques au printemps, bien qu'il n'ait plus un cheveu sur le caillou, le riche Turgay Bey avait gardé ses bonnes manières et passait encore régulièrement au salon, le Hilton lui avait proposé voici deux ans de travailler comme coiffeur-barbier de l'hôtel mais il avait refusé, parce qu'il avait des principes (il ne me précisa pas lesquels)… Après m'avoir raconté tout cela, il demandait de mes nouvelles et cherchait à me tirer les vers du nez. Je sentais avec agacement que Basri et ses riches clients de Nişantaşı étaient au courant de ma passion pour Füsun et, pour ne pas alimenter les ragots, j'allais parfois chez Cevat, l'ancien coiffeur de mon père installé à Beyoğlu qui me rapportait pour sa part des histoires sur les bandits du quartier (on commençait à employer le mot « mafia » à leur sujet) et les gens de cinéma. Par exemple, c'est par lui que j'appris que Papatya était avec le célèbre producteur Muzaffer. Tous ces informateurs et colporteurs de ragots ne me parlaient jamais de Sibel, de Zaim ni du mariage de Mehmet et Nurcihan. J'aurais dû en tirer la conclusion que tout le monde était parfaitement au courant de mes problèmes, mais non : je trouvais leur tact aussi naturel que leur empressement à m'entretenir des faillites de banquiers, sujet dont ils me savaient friand.

Cela me réjouissait, en effet, parce que ces histoires de faillites et d'arnaques dont j'entendais parler depuis deux ans à droite et à gauche par des amis ou au bureau montraient la bêtise des riches stambouliotes et de leurs maîtres d'Ankara. « Votre regretté père ne cessait de dire qu'on ne pouvait faire confiance à ces banquiers improvisés ! » répétait ma mère, qui aimait elle aussi aborder ce sujet parce que nous n'avions pas commis l'ineptie de leur confier notre argent comme d'autres riches de notre connaissance. (J'avais parfois le sentiment qu'Osman s'était fait souffler une partie de l'argent gagné dans ses nouvelles entreprises et qu'il le cachait à tout le monde.) Ma mère déplorait sincèrement que certaines familles avec qui elle conservait des liens d'affection et d'amitié — comme Kadri la Cuve dont à un moment elle avait pensé me faire épouser la fille, Cüneyt Bey et Feyzan Hanım, les Cevdet Bey et les Pamuk — se soient fait dépouiller, mais elle faisait mine de ne pas en revenir que les Lerzan aient pu confier la quasi-totalité de leur fortune à un prétendu banquier, le fils d'un homme travaillant comme comptable dans leur entreprise (et anciennement simple gardien), qui vivait encore récemment dans un *gecekondu*, sous prétexte qu'« il avait un bureau très simple, faisait de la réclame à la télévision et utilisait le carnet de chèques d'une banque digne de confiance » (mi-sérieuse mi-moqueuse, elle hochait la tête en battant des paupières comme si elle allait défaillir d'étonnement), puis elle partait d'un grand éclat de rire en s'exclamant : « Si au moins ils avaient choisi quelqu'un comme ce Kastelli qui copine avec tes artistes ! » Je ne m'appesantissais pas sur le « tes artistes »; lorsqu'elle s'étonnait que des personnes « si avisées et raisonnables » — y compris Zaim, comme le sait le lecteur — puissent faire preuve d'une telle imbécillité, j'abondais dans son sens.

Tarık Bey aussi était de ces gens que ma mère taxait d'idiotie. Il avait placé son argent chez l'investisseur Kastelli qui employait dans ses films publicitaires les célèbres acteurs que nous connaissions du Pelür. Comme Tarık Bey n'avait jamais rien laissé transparaître de son affliction, je pensais que la somme qu'il avait perdue deux ans plus tôt restait modique.

Le vendredi 9 mars 1984, deux mois après que Füsun eut décroché son permis de conduire, quand Çetin me déposa à Çukurcuma au moment du dîner, je vis que toutes les fenêtres et les rideaux étaient grands ouverts. Il y avait de la lumière aux deux étages. (Or, à l'heure du repas, Tante Nesibe ne supportait pas qu'une lampe reste allumée pour rien dans les pièces du haut et elle envoyait aussitôt Füsun l'éteindre pour éviter le gaspillage.)

Je montai, en m'attendant à me retrouver en pleine scène de ménage entre Feridun et Füsun. La table autour de laquelle nous nous installions et mangions depuis des années n'était pas dressée. La télévision était allumée et sur l'écran, en costume de grand vizir ottoman, notre ami l'acteur Ekrem Bey tenait une harangue contre les infidèles ; une vieille voisine et son mari regardaient le film du coin de l'œil, l'air démuni et désemparé.

— Kemal Bey, dit le voisin qui n'était autre que l'électricien Efe. Tarık Bey est décédé. Toutes nos condoléances.

Je grimpai l'escalier en courant et, instinctivement, au lieu de me diriger vers la chambre de Tarık Bey et Tante Nesibe, j'entrai dans celle de Füsun, cette petite pièce que je rêvais de voir depuis des années.

Ma bien-aimée était recroquevillée dans son lit, et elle pleurait. En m'apercevant, elle se reprit et se redressa. Je vins m'asseoir près d'elle. Nous nous serrâmes de toutes nos forces pendant un instant. Elle posa sa tête entre mon cou et ma poitrine, et se remit à pleurer à gros sanglots.

Mon Dieu, quel bonheur de la tenir dans mes bras ! J'éprouvai alors la profondeur et la beauté infinie du monde. Avec sa poitrine contre la mienne, sa tête sur mon épaule ; c'est non seulement elle mais le monde entier que j'avais l'impression de tenir dans mes bras. Ses sanglots m'attristaient et me touchaient profondément, mais me rendaient si heureux en même temps ! Je lui caressais tendrement les cheveux, presque avec le même soin que si je les peignais. Chaque fois que ma main effleurait son front à la racine des cheveux, Füsun se remettait à pleurer de plus belle.

Pour mieux partager sa douleur, je pensai à la mort de mon père. Mais en dépit de tout l'amour que je lui avais porté, il y avait toujours eu une tension, de la rivalité entre nous. Füsun avait aimé le sien sans réserve, d'un amour profond, évident et naturel, de même qu'on peut aimer le monde, le soleil, les rues ou son chez-soi. Ses larmes coulaient autant pour son père, me semblait-il, que pour l'état du monde, le cours de la vie.

— Ne t'inquiète pas, ma chérie, lui murmurai-je à l'oreille. Tout ira bien désormais, tout finira par s'arranger et nous serons très heureux.

— Je ne veux plus rien ! dit-elle avant de se remettre à pleurer plus fort encore.

Pendant que je sentais son corps secoué de sanglots entre mes bras, mon regard se promenait sur tout ce qu'il y avait dans la chambre, détaillant longuement l'armoire, les tiroirs, la petite commode, les livres de cinéma appartenant à Feridun. J'avais tellement désiré durant huit ans entrer dans cette pièce où Füsun conservait ses vêtements et toutes ses affaires…

Alors que les sanglots de Füsun redoublaient de violence, Tante Nesibe apparut :

— Ah, Kemal, dit-elle. Qu'allons-nous devenir à présent ? Comment pourrai-je vivre sans lui ?

Elle s'assit au bord du lit et se mit à pleurer.

Je passai la nuit à Çukurcuma. Je descendais parfois à l'étage du dessous et restais avec les voisins et les connaissances venus présenter leurs condoléances. Puis je remontais consoler Füsun qui pleurait dans sa chambre, je lui caressais les cheveux et lui donnais un mouchoir propre. Alors que la dépouille de son père gisait dans la chambre d'à côté et que, en bas, des tas de gens du voisinage buvaient du thé, fumaient et regardaient la télévision en silence, pour la première fois depuis neuf ans, Füsun et moi nous retrouvâmes allongés ensemble sur un lit, nous serrant de toutes nos forces l'un contre l'autre. Je humais l'odeur de son cou, de ses cheveux, de sa peau légèrement humide de sueur. Puis je descendais servir du thé aux personnes présentes.

Feridun, qui ignorait tout de la situation, ne rentra pas ce soir-là. Ce n'est que maintenant, après toutes ces années, que je me rends compte de la délicatesse dont firent preuve les voisins qui, outre le fait de trouver ma présence en ces lieux parfaitement naturelle, allèrent jusqu'à se comporter comme si j'étais le mari de Füsun. Préparer thé et café pour ces gens que je connaissais tous à force d'aller et venir à Çukurcuma, de les croiser en route ou sur le seuil des Keskin alors qu'ils arrivaient ou s'en allaient, vider les cendriers, servir des *börek* commandés en urgence chez le marchand du coin permettait à Füsun, Tante Nesibe et moi de nous distraire de notre chagrin. À un moment, dans la pièce du fond, trois hommes me donnèrent l'accolade — le menuisier laze qui avait son atelier dans la rue en pente, le fils aîné de Rahmi Efendi dont les visiteurs du musée se souviendront à cause de la prothèse de main et un vieil ami de Tarık Bey avec qui ce dernier jouait aux cartes l'après-midi — en me disant que la vie ne s'arrêtait pas avec la mort. J'eus honte en sentant que, au fond, malgré le chagrin que me causait le décès de Tarık Bey, j'étais très heureux ce soir-là et porté par un infini désir de vivre car j'étais à l'aube d'une nouvelle vie.

Quand l'investisseur chez qui il avait placé son argent fit faillite et s'enfuit à l'étranger en juin 1982, Tarık Bey commença à fréquenter une association fondée par d'autres « sinistrés bancaires » (un terme qu'affectionnaient les journaux). Leur but était de faire restituer par voie judiciaire leur argent aux retraités et petits fonctionnaires qui s'étaient fait arnaquer par ces banquiers, mais leur démarche restait un échec. Comme nous l'expliquait Tarık Bey certains soirs, en riant et l'air de ne pas prendre la chose au sérieux, les membres de l'association des sinistrés bancaires — un rassemblement d'idiots, disait-il — aboutissaient rarement à des décisions communes et passaient le plus clair de leur temps à se chamailler et à s'enliser dans des débats qui prenaient des allures de pugilat... Parfois, ils déposaient auprès du ministère, d'une banque ou d'un journal accordant quelque intérêt à cette affaire la requête qu'ils étaient finalement parvenus à rédiger à grands cris. Pendant ce temps, d'autres préféraient caillasser la banque, hurler et vociférer pour tâcher de faire entendre leurs revendications, allant parfois jusqu'à molester un employé. Après ces incidents où nombre de banquiers virent leurs bureaux et leurs domiciles saccagés et auxquels il s'était probablement retrouvé mêlé, Tarık Bey prit ses distances avec l'association ; mais l'été précédent, pendant que Füsun et moi planchions sur son permis et allions à la mer, il avait fini par y retourner. Et cet après-midi-là, sans doute suite à une forte contrariété, il était rentré avec une douleur dans la poitrine et était mort d'une crise cardiaque, comme le diagnostiqua en un clin d'œil le médecin qui arriva plus tard sur les lieux.

Füsun regrettait amèrement d'avoir été absente alors que son père était à l'agonie. Tarık Bey avait dû s'allonger sur son lit et longuement attendre le retour de sa femme et de sa fille. Ce jour-là, elles étaient allées chez un particulier à Moda pour coudre une robe en urgence. Malgré toute l'aide que j'apportais à la famille, je savais que Tante Nesibe prenait encore de temps à autre sa boîte à couture en bois peint pour travailler à la tâche dans certaines demeures. Contrairement à certains hommes, je ne considérais pas comme un affront personnel que Tante Nesibe continue à travailler et trouvais plutôt bien qu'elle poursuive son activité de couturière alors qu'elle n'en avait nul besoin. Mais chaque fois que j'apprenais que Füsun l'avait accompagnée, j'étais très mal à l'aise, me demandant avec inquiétude ce que ma beauté pouvait bien faire chez ces étrangers. Mais ces déplacements somme toute assez rares et dont elle faisait encore plus rarement mention constituaient à ses yeux une divertissante promenade — de même que les visites de sa mère chez nous à Suadiye, des années plus tôt. Elle parlait avec un tel enjouement de l'*ayran* qu'elles avaient bu sur le *vapur* de Kadıköy, des mouettes auxquelles elles avaient jeté des miettes de *simit*, du temps qui était superbe et de la magnificence du Bosphore que je n'arrivais pas à lui dire que, à l'avenir, lorsque nous serions mariés, nous vivrions parmi les riches et n'apprécierions guère de croiser l'une des personnes chez qui elle allait louer ses services de couturière.

Après minuit, quand tout le monde fut parti, je m'allongeai sur

564

le divan de la pièce du fond et m'assoupis. Pour la première fois de ma vie, dormir sous le même toit qu'elle... c'était un grand bonheur. Avant de m'endormir, j'entendis le cri de Citron dans sa cage, puis les sirènes des *vapur*.

Le lendemain, je m'éveillai alors que s'élevait la voix du muezzin appelant à la prière du matin et que s'intensifiait le son des sirènes venant du Bosphore. La traversée en *vapur* de Karaköy à Kadıköy que Füsun avait effectuée la veille s'était mêlée dans mon rêve au décès de Tarık Bey.

J'entendais également les cornes de brume. Toute la maison baignait dans l'étrange lumière nacrée propre aux journées de brouillard. Je montai doucement les marches, comme si je me mouvais dans un rêve blanc. Mère et fille dormaient enlacées dans le lit où Füsun et Feridun avaient passé leurs heureuses premières nuits de mariage. Je sentis que Tante Nesibe m'avait entendu. Je regardai de nouveau attentivement à l'intérieur de la chambre : Füsun dormait pour de bon, quant à Tante Nesibe, elle faisait semblant.

J'entrai dans l'autre chambre et, soulevant légèrement le drap qui recouvrait Tarık Bey, je regardai pour la première fois sa dépouille. Il était revêtu de la veste qu'il portait en allant à l'association des sinistrés bancaires. Il était devenu tout pâle et le sang avait reflué dans sa nuque. On eût dit que les taches, les grains de beauté et les rides de son visage avaient d'un seul coup augmenté avec la mort. Est-ce parce que son âme s'en était allée ou bien parce que son corps avait déjà commencé à se décomposer et se transformer ? L'effrayante présence du cadavre était beaucoup plus puissante que l'affection que j'avais pour Tarık Bey. Pour l'heure, j'étais moins enclin à l'empathie que tenté de fuir la mort. Cependant, je ne quittai pas la pièce.

J'aimais Tarık Bey parce qu'il était le père de Füsun et que nous avions passé des années à la même table, à boire et regarder ensemble la télévision. Mais comme il n'avait jamais été d'une absolue sincérité vis-à-vis de moi, je ne m'étais jamais départi d'une certaine distance à son égard. Sans totalement nous accepter, nous avions très bien su nous tolérer mutuellement.

À peine m'étais-je formulé cela que je compris que Tarık Bey, tout comme Tante Nesibe, était dès le départ au courant de mon amour pour Füsun. Je devrais d'ailleurs dire « je m'avouai » plutôt que « je compris ». Probablement savait-il depuis le début que je couchais avec sa fille tout juste âgée de dix-huit ans et me prenait-il pour un jeune riche au comportement désinvolte et irresponsable, un fieffé débauché… Il m'avait sûrement détesté d'avoir dû marier sa fille à un gendre sans argent et ne valant pas grand-chose ! Mais il ne me l'avait jamais montré. À moins que je n'aie pas voulu le voir. Il m'avait à la fois détesté et pardonné. Nous nous étions conduits comme des bandits, des voleurs dont l'amitié reposait sur un pacte réciproque de dissimulation de leurs fautes et de leurs infamies. Au bout de quelques années, cela nous avait fait passer du statut de maître de maison et d'invité à celui de complices.

À la vue des traits inertes de Tarık Bey, quelque chose surgissant du tréfonds de mon être me rappela le masque d'étonnement et d'effroi de mon père à l'approche de la mort. Cependant, c'est non pas la surprise mais la longue lutte qu'il avait dû livrer contre la crise cardiaque et la mort resserrant sur lui son étau qui se lisait sur le visage de Tarık Bey. Un coin de ses lèvres se crispait douloureusement vers le bas tandis que l'autre s'étirait en un léger rictus vers le haut. C'est à cette commissure ricanante qu'il plaçait une cigarette lorsqu'il était à table, avec un verre de raki devant lui. Or, la chambre était imprégnée non pas de la force des choses vécues ensemble mais du brouillard de la mort et du vide.

La lumière blanche qui emplissait la pièce provenait essentiellement de la partie à gauche de la fenêtre en encorbellement. En regardant dehors, j'aperçus la ruelle, elle était complètement vide. Comme cette avancée faisait saillie au-dessus de la rue, j'eus l'impression d'être suspendu au milieu de la chaussée. L'intersection avec la rue Boğazkesen un peu plus loin se distinguait à peine dans le brouillard. Tout le quartier dormait calfeutré dans la brume ; confiant, un chat passait d'un pas tranquille dans la rue.

Une photo encadrée de Tarık Bey entouré de ses élèves à l'époque où il était enseignant au lycée de Kars et prise lors d'une représentation de la pièce qu'ils avaient montée dans le célèbre théâtre de la ville datant de la période russe était accrochée à la tête du lit. La table de chevet me rappela étrangement mon père. Une odeur douceâtre où se mêlaient effluves de poussière, de médicaments, de sirop contre la toux et de vieux journaux jaunis s'exhalait du tiroir entrouvert. Dessus, j'aperçus un dentier dans un verre ainsi qu'un livre de Reşat Ekrem Koçu, un auteur qu'aimait beaucoup Tarık Bey. Le tiroir était encombré de vieux flacons de médicaments, de fume-cigarettes, de télégrammes, d'ordonnances et de certificats médicaux, de relevés bancaires, de factures de gaz et d'électricité, de vieilles boîtes de cachets, d'anciennes pièces de monnaie n'ayant plus cours et de mille autres babioles.

Je me rapatriai de bon matin à Nişantaşı avant que les gens n'affluent chez les Keskin. Ma mère était réveillée; elle prenait son petit déjeuner avec pain grillé, œuf, confiture et olives noires que Fatma Hanım lui avait servi au lit, sur un plateau posé à même un coussin maintenu sur ses genoux. Elle fut très heureuse de me voir. En apprenant la mort de Tarık Bey, non seulement sa bonne humeur s'envola mais elle fut sincèrement attristée. Car il était clair qu'elle compatissait à la douleur de Nesibe. Mais outre la tristesse, je sentis poindre en elle un sentiment plus profond. Un sentiment de colère.

— Je dois y retourner, dis-je. Çetin t'emmènera à l'enterrement.

— Je ne viendrai pas, mon fils.

— Pourquoi?

Elle commença par s'abriter derrière deux excuses absurdes. « Pourquoi n'y a-t-il pas de faire-part dans le journal, pourquoi une telle précipitation? » et « Pourquoi le cortège funèbre ne part-il pas de la mosquée de Teşvikiye? C'est ainsi que tout le monde fait », dit-elle. Je voyais pourtant qu'elle avait du chagrin et de l'affection pour Nesibe avec qui elle était bonne copine à une époque, lorsque toutes deux cousaient ensemble en riant et plaisantant. Mais un motif autre et plus profond la faisait s'entêter dans sa décision. Face à mon insistance et mon embarras, elle se mit en colère.

— Je n'irai pas à l'enterrement, et tu sais pourquoi? Parce que si je venais, tu te marierais avec cette fille.

— Que vas-tu t'imaginer? Elle est déjà mariée.

— Je sais. Je ferai de la peine à Nesibe. Mais je me rends très bien compte de ce qu'il se passe depuis des années. Si jamais tu t'obstinais à vouloir l'épouser, sache que ce serait très mal vu par l'entourage.

567

— Maman, à quoi bon nous soucier de ce que diront les autres ?

— N'interprète surtout pas mes propos de travers, dit ma mère en abandonnant avec gravité le couteau plein de beurre et sa tranche de pain grillé au bord du plateau, puis, plongeant ses yeux au fond des miens : Évidemment, le jugement des autres au fond importe peu. Ce qui compte, c'est l'authenticité et la justesse de nos sentiments. Je ne vois aucune objection à cela, mon fils. Tu as aimé une femme… Très bien. Mais elle, t'a-t-elle aimé ? Que s'est-il passé en huit ans ? Pourquoi n'a-t-elle toujours pas quitté son mari ?

— Elle va le faire bientôt, je le sais, rétorquai-je, gêné.

— Regarde, ton père aussi s'était entiché d'une malheureuse de l'âge de cette fille… Il lui avait même acheté un appartement. Mais il a su garder la chose secrète, il ne s'est pas ridiculisé comme toi aux yeux des autres. Même son meilleur ami n'était pas au courant. Fatma, nous discutons un peu tous les deux, lança-t-elle à l'adresse de Fatma Hanım qui entrait dans la chambre et ressortit aussitôt en refermant la porte derrière elle. Votre regretté père était un homme fort, intelligent et d'une grande courtoisie, ce qui ne l'empêchait pas d'avoir ses faiblesses et ses inclinations, dit ma mère. Il y a des années, quand tu m'as demandé la clef de l'appartement de l'immeuble Merhamet, je te l'ai donnée mais, pensant que tu avais les mêmes faiblesses que ton père, je t'ai mis en garde, je t'ai dit de faire bien attention. Je te l'ai bien dit, n'est-ce pas ? Mais toi, tu ne m'as pas écoutée. Bon, tu pourrais me répondre que c'est ta faute et que Nesibe n'a rien à voir là-dedans. Mais ce que je ne pardonne pas, à elle et à sa fille, c'est de t'infliger cette torture pendant dix ans.

— Bon, répondis-je sans prendre la peine de préciser que c'était huit ans et non pas dix. Je trouverai quelque chose à leur dire pour t'excuser.

— Mon fils, tu ne seras jamais heureux avec cette fille. Tu le serais déjà si la chose avait dû se faire. Et toi non plus, tu ne devrais pas aller à cet enterrement.

Loin de me convaincre que j'avais gâché ma vie, les paroles de ma mère m'annonçaient la bonne nouvelle que je serais bientôt heureux avec Füsun, un sentiment qui m'habitait constamment ces temps-ci. C'est pourquoi je ne me fâchai pas contre elle et parvins même à l'écouter en souriant, en espérant partir rejoindre Füsun au plus tôt.

Voyant que ses paroles restaient sans effet, ma mère s'emporta :

— L'amour est une chose impossible dans un pays où hommes et femmes ne peuvent se côtoyer, se fréquenter et discuter ensemble, assena-t-elle. Et tu sais pourquoi ? Parce que dès qu'une femme s'intéresse à eux, les hommes lui sautent dessus comme des bêtes affamées, sans faire de détail. C'est ancré dans leurs habitudes ; ensuite, ils prennent cela pour dc l'amour. Comment l'amour pourrait-il exister dans de pareilles conditions ? Ne va pas t'illusionner.

Elle avait finalement réussi à me mettre en colère.

— Bien maman, j'y vais.

— Les femmes ne peuvent pas assister à la prière funèbre faite dans les mosquées de quartier, expliqua-t-elle comme s'il s'agissait de la principale raison de son refus de venir.

Deux heures plus tard, tandis que la foule se dispersait après la cérémonie funèbre qui s'était tenue dans la mosquée Firuzağa, il y avait aussi des femmes parmi les personnes qui serraient Tante Nesibe dans leurs bras, mais elles n'étaient pas nombreuses. Je me souviens d'avoir aperçu Ceyda et Şenay Hanım, la propriétaire de la boutique Şanzelize. Feridun était alors à côté de moi, les yeux cachés derrière de grosses lunettes noires.

Les jours suivants, je me rendis chaque soir de bonne heure à Çukurcuma. Mais j'éprouvais un profond malaise à table et dans cette maison. Comme si la gravité et l'artificialité de la situation étaient apparues au grand jour. Tarık Bey était le plus apte de nous tous à fermer les yeux sur ce qui se passait et à « faire semblant ». En son absence, nous étions désormais incapables d'être naturels et de retrouver la feinte désinvolture que nous avions adoptée pendant les dîners que nous avions partagés au cours de ces huit ans.

75

La pâtisserie İnci

Par une journée pluvieuse du début du mois d'avril, après avoir passé la matinée à la maison à bavarder avec ma mère, je me rendis à Satsat vers midi. Je buvais mon café en lisant le journal quand je reçus un coup de téléphone de Tante Nesibe. Elle me demanda de ne pas venir, que des commérages couraient dans le quartier ; pour l'instant, elle ne pouvait pas tout m'expliquer au téléphone mais elle avait de bonnes nouvelles pour moi. Comme ma secrétaire Zeynep Hanım entendait notre conversation depuis la pièce d'à côté, je réprimai mon envie de demander à Tante Nesibe de quoi il s'agissait.

Finalement, au bout de deux jours pendant lesquels je me rongeai de curiosité, je vis Tante Nesibe débarquer à Satsat en fin de matinée. Malgré tout le temps que j'avais passé en sa compagnie pendant les huit dernières années, cela me fit tellement bizarre de la voir dans mon bureau que je restai un moment à la regarder du même œil vide que si j'eusse considéré un client de province ou de lointains quartiers d'Istanbul se présentant par erreur à cet étage pour rendre un produit Satsat défectueux, prendre un calendrier ou un cendrier gratuits à l'emblème de la société.

Zeynep Hanım avait rapidement compris que la visiteuse était quelqu'un de très important pour moi — qu'elle l'ait perçu à mon état ou soit au courant de quelque chose. Lorsqu'elle nous demanda comment nous désirions notre Nescafé, « Je prendrai un café turc s'il y en a, ma fille », lui répondit Tante Nesibe.

Je fermai la porte qui séparait les deux pièces. Tante Nesibe s'assit en face de mon bureau et me regarda droit dans les yeux.

— Tout s'est arrangé, lança-t-elle d'un ton qui semblait moins m'annoncer une bonne nouvelle que signifier que la vie était très simple, au fond. Füsun et Feridun se séparent. Si tu lui cèdes Citron Films — à Feridun —, l'affaire se résoudra gentiment. C'est aussi ce que souhaite Füsun. Mais d'abord, il faudra que vous discutiez tous les deux.

— Qui ? Feridun et moi ?

— Non, Füsun et toi.

Après avoir lu le premier mouvement de joie sur mon visage, elle alluma une cigarette, croisa les jambes et me fit le récit des événements en savourant son plaisir, mais sans en rajouter. Deux jours avant, Feridun était rentré ivre, il s'était séparé de Papatya et voulait revenir au bercail, avec Füsun ; naturellement, cette dernière avait refusé. Une dispute avait éclaté, les cris avaient malheureusement été entendus dans tout le quartier, c'était la honte vis-à-vis des voisins. Ce qui expliquait que Tante Nesibe m'ait demandé de ne pas venir… Ensuite, Feridun avait téléphoné ; Tante Nesibe et lui s'étaient retrouvés dans Beyoğlu pour discuter. Mari et femme avaient pris la décision de se séparer.

— J'ai changé le verrou de la porte du bas, dit Tante Nesibe après un silence. Ce n'est plus chez lui, désormais.

Non seulement les bruyants autobus qui passaient devant Satsat mais aussi le monde entier me donnèrent un moment l'impression de s'être drapés dans le silence. En me voyant fasciné, oublieux de ma cigarette allumée, Tante Nesibe me retraça de nouveau toute l'histoire en entrant davantage dans les détails.

— Je n'en ai jamais voulu à ce garçon, dit-elle avec l'air de quelqu'un sûr de son fait qui s'attendait dès le départ à une telle issue. Il a très bon cœur, certes, mais il est aussi très faible… Quelle mère voudrait d'un tel gendre pour sa fille… reprit-elle, puis elle s'interrompit.

Je m'attendais à ce qu'elle poursuive avec une phrase comme « Mais nous n'avions pas le choix » ou quelque chose d'approchant, mais elle me tint un tout autre discours :

— Moi aussi, j'ai un peu connu cela. Dans ce pays, il est très dur d'être une belle femme, plus dur encore que d'être une jolie fille… Toi non plus, Kemal, tu n'es pas sans savoir que les hommes font du mal aux femmes qu'ils n'ont pas réussi à posséder. Feridun a su protéger Füsun de ce genre de fâcheuses mésaventures…

Je me demandai un instant si je figurais ou non au tableau de ces déboires.

— Naturellement, toute cette histoire n'aurait pas dû autant durer, lança-t-elle ensuite.

Je me taisais, à la fois surpris et rasséréné face au tour étrange que prenait ma vie, comme si je le remarquais pour la première fois.

— Évidemment, Citron Films revient de droit à Feridun ! dis-je un peu plus tard. Je parlerai avec lui. N'est-il pas fâché contre moi ?

— Non, répondit Tante Nesibe, puis, fronçant les sourcils : Mais Füsun tient à avoir une discussion sérieuse avec toi. Elle a beaucoup de choses à te dire.

Nous décidâmes sur-le-champ que Füsun et moi nous retrouverions trois jours plus tard, à deux heures, à la pâtisserie İnci de Beyoğlu. Apparemment mal à l'aise et pressée de quitter cet environnement qui ne lui était pas familier, Tante Nesibe ne s'attarda pas davantage et prit congé sans cacher toutefois son contentement.

Le lundi 9 avril 1984, quand j'arrivai à Beyoğlu en tout début d'après-midi pour mon rendez-vous avec Füsun, j'étais aussi heureux et fébrile qu'un jeune homme qui va retrouver la lycéenne dont il rêve depuis des mois. Je n'avais pas réussi à fermer l'œil de la nuit tant j'étais impatient ; à Satsat, j'avais eu du mal à attendre midi et demandé assez tôt à Çetin de me déposer à Taksim. La place de Taksim était ensoleillée, mais la fraîcheur de l'avenue İstiklal toujours à l'ombre, les vitrines, les halls de cinéma, l'odeur d'humidité et de poussière des passages dans lesquels j'entrais avec ma mère quand j'étais enfant me firent du bien. Les souvenirs et la promesse d'un avenir heureux me faisaient tourner la tête, j'étais dans les mêmes dispositions optimistes que la foule venue là pour manger quelque chose de bon, voir un film et faire du shopping.

J'entrai à Vakko, Beymen et une ou deux autres boutiques en quête d'un cadeau pour Füsun mais je ne sus quoi acheter. Je marchais en direction de Tünel pour apaiser mon agitation quand, une demi-heure avant l'heure de notre rendez-vous, j'aperçus Füsun devant l'immeuble Mısır. Elle était vêtue d'une fraîche et printanière robe blanche à gros pois, et portait une paire de lunettes de soleil très classe ainsi que les boucles d'oreilles de mon père. Elle regardait une vitrine et ne m'avait pas remarqué.

— Tiens, quelle heureuse coïncidence !

— Ah... Bonjour, Kemal ! Comment vas-tu ?

— Il fait tellement beau... je me suis éclipsé du bureau, répondis-je comme si nous n'avions nullement prévu de nous retrouver une demi-heure plus tard et nous croisions de façon totalement fortuite. On fait quelques pas ?

— Je dois d'abord trouver des boutons pour ma mère, dit Füsun. Il faut qu'elle réponde à une commande pressante et, après notre rendez-vous, je rentrerai pour l'aider à terminer. On jette un œil dans le Aynalı Pasaj pour voir si on lui trouve des boutons en bois ?

Nous entrâmes aussi dans d'autres passages où nous écumâmes nombre de boutiques. Il m'était très agréable de contempler Füsun regarder des modèles de boutons multicolores, parler avec les boutiquiers, leur poser des questions et essayer de créer un assortiment d'anciens boutons.

Elle arrêta son choix sur une série de vieux boutons en bois et me les montra :

— Qu'en penses-tu ?

— Ils sont beaux.

— Bien.

Elle régla les boutons que je retrouverais neuf mois plus tard chez elle dans sa commode, encore emballés dans leur sachet en papier.

— Allons marcher un peu, lui dis-je. Depuis huit ans je rêve de te croiser dans Beyoğlu et de me promener avec toi.

— Ah bon ? C'est vrai ?

— Oui, c'est vrai...

Nous déambulâmes quelque temps sans rien dire. Comme elle, je regardais de temps à autre les vitrines mais c'est moins les choses qui y étaient exposées que le reflet de sa beauté dans les vitres que je guettais. Dans la foule de Beyoğlu, elle attirait le regard non seulement des hommes mais aussi des femmes, ce que Füsun semblait apprécier.

— Allons manger une pâtisserie, si tu veux, proposai-je.

Avant que Füsun n'ait pu répondre, une femme émergeant de la foule poussa un cri de joie et l'enlaça. C'était Ceyda. Elle était accompagnée de ses deux fils, l'un âgé de huit ou neuf ans et l'autre un peu plus jeune. Pendant que les deux amies discutaient, les gamins en culottes courtes et chaussettes blanches, respirant la santé et aux grands yeux pétillant de vie comme leur mère, m'observèrent avec curiosité.

— Comme c'est bien de vous voir ensemble tous les deux ! dit Ceyda.

— On vient juste de se croiser… dit Füsun.

— Vous allez très bien ensemble, dit Ceyda.

Puis elles échangèrent quelques propos à voix basse.

— Maman, je m'ennuie, allez, on y va, allez… se mit à geindre le plus grand.

Lorsqu'il était encore dans le ventre de sa mère huit ans plus tôt, Ceyda et moi discutions de mes déboires amoureux dans le parc de Taşlık, les yeux tournés vers Dolmabahçe. Mais ce souvenir ne suscita en moi ni émotion ni tristesse particulière.

Quand Ceyda fut repartie, nous ralentîmes le pas devant le cinéma Saray. Papatya était à l'affiche du film *La Partition impossible*. Ces douze derniers mois, en tenant le premier rôle dans exactement dix-sept films et romans-photos, Papatya avait battu un record mondial à en croire les journaux. Les magazines racontaient que Hollywood lui faisait des propositions pour des rôles principaux et, son manuel d'initiation *Longman* à la main, Papatya jouait le jeu en faisant croire qu'elle prenait des cours d'anglais et affirmant qu'elle ferait tout ce qui était en son pouvoir pour représenter dignement la Turquie. Füsun remarqua que je scrutais son visage pendant qu'elle regardait les photos affichées dans le hall.

— Allons-y à présent, dis-je.

— Ne t'inquiète pas, je ne suis pas jalouse de Papatya, répondit-elle d'un ton serein et détaché.

Nous nous remîmes à marcher en silence, en regardant les vitrines.

574

— Ça te va très bien, les lunettes de soleil, dis-je. On entre manger des profiteroles ?

Nous étions devant la pâtisserie İnci exactement à l'heure dite. Nous nous dirigeâmes tout droit vers le fond où se trouvait une table libre comme j'en rêvais depuis trois jours. Nous nous y installâmes et commandâmes les célèbres profiteroles de cette pâtisserie.

— Ce n'est pas par coquetterie que je porte ces lunettes, dit Füsun. Mais quand je pense à mon père, les larmes me montent aux yeux. Et j'espère que tu as bien compris que je ne suis pas jalouse de Papatya, n'est-ce pas ?

— J'ai compris.

— Mais j'ai de l'estime pour elle, continua-t-elle. Elle avait une idée en tête, elle s'est obstinée comme les Américains dans les films, et elle a réussi. Moi, je n'ai pas pu devenir actrice mais ce n'est pas cela qui m'afflige le plus. Je m'en veux surtout de n'avoir su m'obstiner et me battre comme elle pour obtenir ce que je voulais dans la vie.

— Je me bats depuis neuf ans, mais l'obstination ne fait pas tout.

— Possible, répondit-elle d'un ton froid. Tu as parlé avec ma mère, paraît-il. Parlons tous les deux, à présent.

D'un geste décidé, elle sortit une cigarette et, tandis qu'elle l'allumait à la flamme de mon briquet, je la regardai dans les yeux. Baissant la voix afin que personne ne nous entende dans cette petite pâtisserie, je lui redis combien je l'aimais, que le pire était derrière nous et que, malgré tout le temps perdu, un grand bonheur nous attendait.

— C'est ainsi que je vois les choses, moi aussi, dit-elle avec circonspection.

Derrière ses gestes tendus et l'expression artificielle qui se peignait sur son visage, je sentais en elle se déchaîner une tourmente qu'elle employait toutes ses forces à réprimer. Autant j'étais touché de voir avec quelle détermination elle usait de sa volonté pour que tout aille bien, autant je redoutais la violence de ses tempêtes.

— Quand j'aurai officiellement divorcé d'avec Feridun, je veux voir tous les gens de ton entourage, tes amis, ta famille, et être copine avec tout le monde, déclara-t-elle à la façon de la première de la classe énonçant crânement ce qu'elle veut faire plus tard. Je ne suis pas pressée. Les choses se feront tout doucement… Après mon divorce, il faudra que ta mère vienne chez nous demander ma main pour toi. Nos deux mères s'entendent très bien, mais la tienne devra d'abord téléphoner pour s'excuser de ne pas être venue à l'enterrement de mon père.

— Elle était très malade.

— Oui, je sais.

Nous nous tûmes un instant et prîmes une bouchée de nos profiteroles. Je regardai avec amour sa jolie bouche emplie de chocolat et de crème.

— J'aimerais que tu croies ce que je vais te dire et que tu agisses en conséquence. Durant tout notre mariage, il n'y a jamais eu de relations conjugales entre Feridun et moi. Il est indispensable que tu le croies ! De ce point de vue, je suis vierge. Et de toute ma vie je ne connaîtrai pas d'autre homme que toi. Oublions les deux mois que nous avons vécus il y a neuf ans. (Il manquait en réalité deux jours pour faire un mois et demi, chers lecteurs.) Faisons comme si nous venions de nous rencontrer. Autrement dit, comme dans les films, j'ai été mariée mais je suis toujours vierge.

— Je comprends, répondis-je en fronçant les sourcils, car bien qu'elle ait parlé avec un léger sourire, j'avais parfaitement perçu le sérieux de ses exigences.

— Cela contribuera encore plus à notre bonheur, dit-elle, l'air empreint de sagesse. Et je désire autre chose. D'ailleurs, c'était ton idée et non pas la mienne. Je veux que nous voyagions en voiture en Europe. Ma mère aussi devra venir avec nous à Paris. Nous irons voir de la peinture et visiter les musées. C'est là-bas que j'aimerais constituer mon trousseau pour chez nous.

Aux mots « chez nous », j'esquissai un sourire. Füsun arborait elle aussi une expression souriante aux antipodes du ton impérieux de ses paroles, tel un commandant distingué énonçant avec humour ses justes revendications après une longue bataille d'où il est finalement sorti vainqueur.

— Je veux un grand et somptueux mariage au Hilton, comme tout le monde ! Tout sera fait selon les règles, avec une organisa-

tion irréprochable, dit-elle, les sourcils froncés, l'air sérieux et
dénué de toute émotion, comme si elle n'avait conservé aucun
souvenir de mes fiançailles neuf ans plus tôt et désirait uniquement
les meilleures noces qui soient.

— Je le souhaite exactement ainsi, dis-je.

Nous nous tûmes un instant.

La petite pâtisserie İnci, qui constituait une étape importante de
nos promenades lorsque ma mère et moi venions à Beyoğlu dans
mon enfance, n'avait pas changé depuis trente ans. Mais elle était
beaucoup plus bondée, et il était difficile de parler.

À la faveur d'un mystérieux silence, je murmurai à Füsun que je
l'aimais énormément, que je ferais tout ce qu'elle voulait, que je
ne désirais rien d'autre en ce monde que passer la fin de ma vie
avec elle.

— Vraiment? dit-elle du même air enfantin que lorsque nous
travaillions les mathématiques.

Elle-même était assez résolue et confiante pour rire de ce mot.
Elle alluma une cigarette d'un geste étudié et m'énuméra ses autres
desiderata. Je devrais ne rien lui cacher, partager tous mes secrets
avec elle et répondre en toute honnêteté à toutes les questions
qu'elle me poserait sur mon passé.

Les traits sévères et déterminés de Füsun, la vieille machine à
glace de la pâtisserie, les sourcils froncés d'Atatürk sur la photo
encadrée au mur, tout ce que je voyais se gravait dans ma mémoire
en même temps que ces paroles. Nous prîmes la décision de célébrer nos fiançailles en famille avant d'aller à Paris. Nous parlâmes
de Feridun avec respect.

Nous revînmes une fois de plus sur le fait que nous n'aurions
aucune relation sexuelle avant le mariage.

— Si jamais tu essaies de me forcer, tu n'obtiendras rien.

— Je sais, dis-je. D'ailleurs, je voulais me marier avec toi par
intermédiaire, de façon traditionnelle.

— C'est un peu l'idée, dit-elle, sûre d'elle.

Elle ajoute que désormais, comme il n'y avait plus d'homme à
la maison, il serait mal vu dans le quartier que je vienne les voir
tous les soirs (tous les soirs!).

— Bien sûr, le quartier est un prétexte. Maintenant que mon

père n'est plus là, la conversation ne sera plus aussi agréable. Et je suis très triste.

Je crus un moment qu'elle allait pleurer, mais elle se retint. Les portes battantes ne se refermaient plus tant la pâtisserie était bondée. Des lycéens très bruyants, en veste bleu marine et fine cravate, avaient assailli les lieux. Ils riaient et se chamaillaient. Nous nous levâmes sans tarder davantage. Goûtant au plaisir de marcher au côté de Füsun dans la foule de Beyoğlu, sans un mot, je la raccompagnai jusqu'à l'entrée de la rue Çukurcuma.

76

Les cinémas de Beyoğlu

Nous réussîmes à rester fidèles à l'esprit de tout ce dont nous avions parlé dans la pâtisserie İnci. Füsun trouva aussitôt un avocat en la personne d'un de mes amis du service militaire qui vivait à Fatih, dans un univers tout autre que mon milieu de Nişantaşı. Le couple ayant choisi de se séparer par consentement mutuel, l'affaire était d'ailleurs plutôt facile à traiter. À un moment, Feridun avait même pensé me demander conseil pour trouver un avocat, me rapporta Füsun en riant. Je ne pouvais plus aller la voir le soir à Çukurcuma, mais tous les deux jours, nous nous retrouvions à Beyoğlu dans l'après-midi pour aller au cinéma.

Déjà tout jeune, j'aimais beaucoup la fraîcheur des cinémas de Beyoğlu quand le premier soleil de printemps réchauffait l'avenue. Füsun et moi nous retrouvions devant Galatasaray ; de là, les yeux sur les affiches, nous partions en quête d'un cinéma. Nous achetions nos billets et nous plongions dans la salle obscure, fraîche et quasi déserte ; à la lueur provenant de l'écran, nous allions nous asseoir quelque part au fond, à l'écart des regards et, nous prenant la main, avec la tranquillité des gens ayant l'éternité devant eux, nous nous absorbions dans le film.

Au début de l'été, les cinémas commençaient à projeter deux, voire trois films pour le prix d'un seul billet. Une fois, alors que je m'asseyais en tirant sur mon pantalon au niveau du genou, posais le journal et la revue dont j'étais encombré sur le siège d'à côté et, de ce fait, tardais à prendre la jolie main de Füsun, je sentis sa menotte surgir tel un moineau impatient et s'ouvrir sur mon

579

ventre l'air de dire « Où es-tu ? » ; plus rapide que mon esprit, ma main s'en empara aussitôt pour la serrer avec affection.

Dans les cinémas de Beyoğlu où l'on pouvait voir l'été deux films (Emek, Fitaş, Atlas) ou trois (Rüya, Alkazar, Lâle), ce n'est que lorsque les lumières se rallumaient entre deux films — et non pendant le traditionnel entracte comme en hiver — que l'on pouvait découvrir à quoi ressemblaient les autres spectateurs sous les lampes falotes de ces vastes salles sentant l'humidité et la poussière. Hommes seuls recroquevillés ou presque couchés dans leur fauteuil, aux vêtements aussi froissés que le journal chiffonné qu'ils tenaient dans leurs mains ; vieillards assoupis dans un coin ; spectateurs songeurs peinant à s'extraire de l'univers imaginaire des films pour revenir au monde terne et ordinaire de la salle de cinéma… Tout en observant les gens qui nous entouraient, Füsun et moi discutions tout bas de choses et d'autres. (Nous ne nous tenions jamais la main quand les lumières étaient allumées.) C'est durant l'un de ces entractes que, dans une loge du cinéma Saray, Füsun m'annonça dans un murmure ce que j'attendais depuis huit ans :

— L'avocat a récupéré l'acte de divorce, dit-elle. Désormais, je suis officiellement divorcée.

La scène, les rideaux, les spectateurs assoupis et disséminés dans les fauteuils de la sombre salle du cinéma Saray dont les peintures écaillées et les dorures du plafond n'avaient plus rien de leur lustre d'antan se gravèrent à jamais dans ma mémoire ; il y a encore dix ans de cela, à l'exemple du parc de Yıldız, loges et balcons de salles de cinéma comme l'Atlas ou le Saray servaient de refuge aux couples pour se tenir la main et s'embrasser. Mais Füsun refusait de se laisser embrasser et tolérait uniquement que je pose ma main sur sa jambe et ses genoux.

Ma dernière entrevue avec Feridun se passa bien. Je devais cependant en garder un mauvais souvenir, chose à laquelle je ne m'attendais pas. L'affirmation de Füsun selon laquelle elle n'avait eu aucune relation avec lui pendant ces huit années de mariage ainsi que sa demande expresse que je la croie sur parole m'avaient quelque peu chaviré. Car, dans un recoin de ma tête, comme beaucoup d'hommes amoureux d'une femme mariée, j'en étais secrètement persuadé. C'est grâce à cette croyance — un point subtil d'une importance considérable dans mon histoire — que mon amour pour Füsun avait pu subsister si longtemps.

Ce qui eût été impossible si j'avais clairement envisagé que leur couple puisse connaître une vie sexuelle épanouie (je m'y étais essayé une ou deux fois mais ma douleur fut telle que je n'avais plus tenté l'expérience). Dès que Füsun avait exigé de moi que j'admette sans condition la véracité de ce dont je cherchais à me persuader depuis des années, j'avais aussitôt eu l'impression qu'on voulait me faire avaler des couleuvres. Mais vu que Feridun l'avait quittée dans leur sixième année de mariage, j'arrivais mieux à accepter la vérité. Reste que dès que je pensais à cela, j'éprouvais envers lui une colère et une jalousie insoutenables, une irrépressible envie de l'humilier. L'absence de ce genre de sentiment à son encontre pendant huit ans nous avait permis de passer cette longue période quasiment sans conflit. À présent, je comprenais très bien que si Feridun avait réussi à me supporter, notamment les premières années, c'était grâce à l'heureuse vie sexuelle qu'il connaissait dans son couple. Comme tout homme heureux avec sa femme mais aimant avoir une vie sociale et passer du temps au café à bavarder avec ses amis, Feridun avait eu besoin de sortir le soir. Je pouvais clairement lire dans ses yeux que j'avais fait obstacle au bonheur que Füsun et lui partageaient les premières années de leur mariage — une autre donnée que je n'avais pas voulu voir — mais je n'en éprouvai aucune culpabilité.

À l'occasion de ma dernière entrevue avec Feridun, la jalousie silencieuse que j'enfouissais en moi depuis huit ans comme au fin fond de l'abîme remonta à la surface. Je compris que, désormais, il me faudrait définitivement couper les ponts avec Feridun, de même que je l'avais fait avec certains anciens amis. Sachant quels liens amicaux et fraternels j'avais entretenus avec ce garçon que son amour pour Füsun avait longtemps fait souffrir bien avant moi, certains pourraient trouver étrange que je nourrisse une telle colère envers lui au moment précis où les choses se clarifiaient. Je clorai ce sujet en disant que, maintenant, je commençais à comprendre Feridun qui m'était toujours apparu comme une énigme.

Je perçus dans son regard de la jalousie quant à mon futur bonheur avec Füsun. Mais avec tout le raki que nous avions bu durant ce dernier et long déjeuner à l'hôtel Divan, nous étions plutôt calmes ; après avoir discuté les détails du transfert de Citron Films à Feridun, nous passâmes à un autre sujet qui eut le mérite de dissiper la tension et de nous réjouir. Il devait bientôt attaquer le tournage de son film d'art *Pluie bleue*.

J'avais tellement bu ce jour-là que je rentrai directement à la maison sans passer par Satsat. Se demandant ce qu'il m'arrivait, ma mère vint jusqu'à mon lit et, avant de sombrer dans le sommeil, je me souviens de lui avoir dit : « La vie est belle ! » Deux jours plus tard, en fin d'après-midi alors que l'orage grondait au loin, Çetin nous conduisit, ma mère et moi, en voiture jusqu'à Çukurcuma. Ma mère faisait mine d'avoir oublié qu'elle avait refusé d'aller à l'enterrement de Tarık Bey. Elle n'était pas sereine pour autant et, comme chaque fois qu'elle était en proie à une grande tension nerveuse, elle ne cessa de parler durant tout le trajet. « Ah, comme ils ont bien arrangé les trottoirs par ici, dit-elle à l'approche de chez les Füsun. J'ai toujours eu envie de voir ces quartiers, quelle jolie rue, quels jolis endroits. » Au moment où nous entrions, une bourrasque de vent froid annonçant la pluie souleva la poussière au-dessus des pavés.

Ma mère avait auparavant appelé Tante Nesibe pour lui présenter ses condoléances et elles s'étaient parlé plusieurs fois au téléphone. Ce qui n'empêcha pas notre visite de « demande en mariage » de tourner d'emblée à la visite de condoléances pour Tarık Bey. Cependant, chacun de nous sentit qu'il se jouait quelque chose de plus profond. Après avoir échangé des civilités et de douces paroles — « Ce coin est vraiment ravissant, vous me manquiez tellement, nous étions si tristes… » — Tante Nesibe et ma mère se tombèrent dans les bras et se mirent à pleurer. Füsun s'éclipsa à l'étage.

Quand la foudre tomba quelque part à proximité, les deux femmes toujours enlacées se redressèrent dans un sursaut. « Mon Dieu ! » s'exclama ma mère. Plus tard, alors que le tonnerre grondait encore et qu'une forte averse commençait à s'abattre, Füsun, femme divorcée de vingt-sept ans, nous servit le café qu'elle apportait sur un plateau, avec l'attitude réservée et polie d'une jeune fille de dix-huit ans à l'occasion de la visite d'une marieuse.

582

— Nesibe, ta fille est vraiment ton portrait craché! s'exclama ma mère. Aussi intelligente et souriante que toi... Et c'est devenu une vraie beauté!

— Füsun est beaucoup plus intelligente que moi.

— Mon cher Mümtaz aussi avait coutume de dire qu'Osman et Kemal étaient plus intelligents que lui, quant à savoir s'il le pensait vraiment... Comme si les nouvelles générations étaient forcément plus intelligentes que nous...

— Les filles, oui, c'est certain, répondit Tante Nesibe. Tu sais ce que je regrette le plus dans ma vie, Vecihe? (Cette fois, pour quelque étrange raison, elle n'avait pas dit « Vecihe Abla ».)

Elle raconta qu'elle avait eu très envie à un moment d'ouvrir une boutique où elle aurait vendu des vêtements de sa propre confection et se serait fait un nom mais qu'elle n'avait malheureusement pas eu l'audace d'aller jusqu'au bout de son idée, puis elle finit par récriminer contre « ceux qui ne savent même pas tenir correctement une paire de ciseaux ni faufiler et qui se retrouvent maintenant à la tête de célèbres maisons de couture ».

Nous nous dirigeâmes tous vers la fenêtre pour regarder l'eau s'écouler le long de la rue en pente.

— Notre regretté Tarık Bey avait une grande affection pour Kemal, dit Tante Nesibe lorsque nous passâmes à table. « Attendons encore un peu, disait-il. Peut-être que Kemal Bey va arriver. »

Je sentis que ces paroles déplaisaient fortement à ma mère.

— Kemal sait parfaitement ce qu'il veut.

— C'est comme Füsun. Elle aussi est très déterminée, dit Tante Nesibe.

— Ils ont d'ailleurs pris leur décision, répondit ma mère.

Mais l'échange concernant la demande en mariage n'alla pas plus loin.

Tante Nesibe, Füsun et moi avions pris un verre de raki; ma mère, qui buvait rarement, en demanda un, elle aussi, et au bout de deux gorgées, elle était toute guillerette — moins sous l'effet du raki que de son odeur, pour reprendre l'expression de mon père. Elle se rappela les nuits qu'elle et Tante Nesibe passaient à travailler jusqu'au matin pour lui coudre des robes de soirée. Prenant toutes deux plaisir au sujet, elles se remémorèrent les noces et la mode de l'époque.

— La robe plissée de Vecihe était devenue si célèbre que d'autres femmes de Nişantaşı m'ont demandé la même. Elles avaient trouvé le même tissu à Paris, elles sont venues me l'apporter et l'ont posé devant moi, mais je n'ai pas fait leur robe, raconta Tante Nesibe.

Quand Füsun se leva de table et se dirigea vers la cage de Citron avec l'air d'accomplir un rituel, je lui emboîtai le pas.

— Pour l'amour du ciel, ce n'est pas l'heure de vous occuper de cet oiseau alors que nous sommes en plein repas ! nous lança ma mère. Vous aurez tout le temps de vous voir, ne vous inquiétez pas… Hop, hop, hop… Attendez un peu, je vous interdis de vous rasseoir avant de vous être lavé les mains.

Je montai dans la salle de bains à l'étage. Füsun pouvait très bien se laver les mains en bas, dans la cuisine, mais elle me suivit. En haut de l'escalier, je la retins par le bras, je la regardai au fond des yeux et l'embrassai fougueusement sur la bouche. Ce fut un baiser d'une dizaine de secondes, profond et abasourdissant. Neuf ans plus tôt, nous nous embrassions comme des enfants. Mais avec la densité, la force et la maturité acquises ces neuf dernières années, ce baiser était très loin de l'enfance. Füsun fut la première à redescendre en courant.

Nous finîmes de dîner, sans excès de joie et en surveillant chacune des paroles qui sortaient de notre bouche. Dès que la pluie s'arrêta, ma mère et moi prîmes congé sans nous attarder.

— Maman, tu as oublié de faire la demande en mariage, lui dis-je dans la voiture, sur la route du retour.

— Tu es venu les voir combien de fois toutes ces années ? demanda-t-elle, puis, voyant que je gardais le silence, elle reprit : souvent apparemment… Nesibe a dit quelque chose qui m'a un peu froissée. C'est que tu as partagé si peu de dîners avec ta mère depuis tant d'années… mais ne t'en fais pas, mon fils — elle me caressa le bras —, je ne suis pas vexée. Seulement, je n'ai pas pu agir comme si nous venions demander la main d'une lycéenne. Ce n'est plus une gamine, elle a été mariée, divorcée… Elle a la tête sur les épaules et sait parfaitement ce qu'elle fait. Vous avez déjà discuté entre vous et décidé de tout. Quel besoin de jouer la comédie… Ce n'est même pas la peine de vous fiancer, à mon avis… Au lieu de faire traîner les choses en longueur, mariez-vous tout de suite avant que les gens ne se mettent à jaser… Inutile par ailleurs d'aller en Europe. On trouve tout dans les boutiques de Nişantaşı, pourquoi devriez-vous aller à Paris…

Devant mon silence, elle abandonna le sujet.

Une fois à la maison, avant de regagner sa chambre et de se coucher, ma mère me dit :

— Tu avais raison. Cette femme est belle, intelligente… elle fera une bonne épouse pour toi. Mais elle donne l'impression d'avoir beaucoup souffert… Fais attention que la colère qu'elle porte au fond d'elle, la rancune ou je ne sais quoi, ne vienne vous empoisonner l'existence.

— Mais non !

Grâce au profond sentiment qui nous attachait à la vie, à Istanbul, aux rues, aux êtres et à toute chose, nous nous rapprochions au contraire de plus en plus l'un de l'autre. Parfois, lorsque je lui tenais la main au cinéma, je la sentais frémir légèrement. Désormais, il lui arrivait d'appuyer son épaule contre la mienne, ou même d'y poser doucement la tête. Afin qu'elle s'abandonne davantage, je m'enfonçais dans mon fauteuil, je prenais ses mains entre les miennes, je lui caressais doucement la jambe. À présent, Füsun ne refusait plus de s'asseoir dans les loges où elle rechignait à s'installer les premières semaines. Quand je lui tenais la main, tel un médecin prenant le pouls de son patient et percevant les plus intimes élancements de douleur au bout de ses doigts, je pouvais suivre les diverses réactions émotionnelles que provoquait en elle le film que nous regardions, si bien que mon plaisir de spectateur s'en trouvait redoublé.

Pendant les entractes, nous abordions prudemment la question des préparatifs du voyage en Europe et envisagions peu à peu de paraître ensemble en société, mais je ne dis rien des remarques de ma mère concernant les fiançailles. Je voyais bien que ces fiançailles risquaient d'être un fiasco, de générer un malaise au sein même de la famille et de nourrir de nombreux ragots — que nous décidions de convier beaucoup de monde ou de n'inviter personne, notre choix serait de toute façon critiqué. Je sentais que Füsun aussi en venait peu à peu aux mêmes conclusions et, en raison d'inquiétudes semblables, elle évitait le sujet. C'est ainsi que, presque sans parler, nous décidâmes de ne pas nous fiancer et de nous marier directement dès notre retour d'Europe. Pendant que nous fumions notre cigarette à l'entracte ou assis face à face dans les pâtisseries de Beyoğlu où nous avions commencé à avoir nos habitudes, tous deux préférions de beaucoup bavarder des voyages que nous projetions de faire. Füsun avait acheté un ouvrage écrit pour les Turcs intitulé *L'Europe en voiture*, et elle venait toujours au cinéma avec le livre sous le bras. Je me souviens que nous le feuilletions en discutant des itinéraires. Nous décidâmes qu'après une première halte d'une nuit à Edirne, nous prendrions ensuite par la Yougoslavie puis l'Autriche. Füsun aimait beaucoup regarder les vues de Paris dans mes guides, « Nous irons aussi à Vienne ! » s'exclamait-elle. Quelquefois, alors qu'elle observait les paysages d'Europe qui illustraient son livre, elle s'enfermait dans un étrange mutisme et rêvassait tristement.

— Que se passe-t-il, chérie, à quoi penses-tu ?
— Je ne sais pas, répondait-elle.

Comme c'était la première fois de leur vie qu'ils sortiraient de Turquie, Tante Nesibe, Füsun et Çetin devaient faire faire leur premier passeport. Afin de leur épargner le supplice des démarches administratives et des interminables files d'attente, j'avais confié cette tâche au commissaire Selami, en charge de ces affaires à Satsat. (Les lecteurs attentifs se souviendront sans doute que, huit ans plus tôt, j'avais demandé à ce commissaire à la retraite de retrouver Füsun et la famille Keskin dont j'avais perdu la trace.) C'est à cette occasion que je pris conscience que, tout à mon histoire d'amour, je n'étais pas sorti de Turquie depuis neuf ans et n'en ressentais même plus le besoin. Pourtant, à une période, n'importe quel prétexte était bon pour partir à l'étranger tous les trois ou quatre mois, et je me sentais très malheureux si jamais je ne le faisais pas.

Par une chaude journée d'été, nous nous rendîmes au service des passeports de la préfecture d'Istanbul à Bab-ı Ali pour signer des documents. Comme nombre de grandes bâtisses héritées de l'époque ottomane, cet ancien édifice où avaient résidé ministres, vizirs et pachas des dernières années de l'Empire et qui fut le théâtre de tant d'attaques, d'assassinats politiques et autres événements tragiques racontés dans les manuels scolaires d'histoire, avait perdu son lustre et sa magnificence pour se transformer en un lieu où des milliers de personnes braillaient et se querellaient en faisant la queue dans les escaliers et les couloirs dans l'attente d'un document, d'un coup de tampon et d'une signature. Il faisait tellement chaud que nos papiers s'étaient aussitôt ramollis dans nos mains moites.

En fin d'après-midi, on nous envoya au Sansaryan Han de Sirkeci pour y récupérer un autre document. Nous descendions la pente de Bab-ı Ali quand soudain, un peu plus haut que l'ancien café Meserret, Füsun nous faussa compagnie et alla s'asseoir seule à une table chez un petit marchand de thé.

— Qu'est-ce qu'elle a encore… demanda Tante Nesibe.

J'entrai dans le café pendant qu'elle et Çetin Efendi attendaient à l'extérieur.

— Que se passe-t-il, ma chérie, demandai-je. Tu es fatiguée?

— Je renonce, je ne veux plus partir en Europe, répondit Füsun en tirant nerveusement sur sa cigarette. Allez-y, vous. Faites les démarches pour vos passeports. Moi, je n'ai plus le cœur ni la force pour cela.

— Ma chérie, tiens bon, le plus dur est fait. Nous sommes quasiment arrivés au bout de nos peines.

Ma beauté fit un peu de résistance mais, bon gré mal gré, elle finit par venir avec nous. Nous vécûmes une autre petite crise semblable au consulat d'Autriche où nous voulions obtenir un visa. Afin de leur éviter les difficultés de l'attente et d'humiliants affronts dans les entretiens, j'avais préparé des bulletins de salaire montrant que Tante Nesibe, Füsun et Çetin occupaient à Satsat un emploi hautement qualifié et très bien rémunéré. Ils nous accordèrent à tous un visa mais, à cause de son jeune âge, ils eurent des soupçons concernant Füsun et la convoquèrent à un entretien. Je l'accompagnai.

Six mois plus tôt, suite à la mort d'un fonctionnaire du consulat suisse abattu de quatre balles dans la tête par un individu excédé de voir ses demandes de visa refusées depuis des années, les services des visas des consulats d'Istanbul avaient adopté des mesures de sécurité extrêmement sévères. Désormais, ce n'est plus face à face mais par téléphone, séparés par des grillages et des vitres pare-balles que les demandeurs de visa, tels les condamnés dans les films américains, pouvaient s'entretenir avec les fonctionnaires européens. Une multitude de gens jouant des coudes pour entrer dans la cour ou le jardin et se rapprocher du bureau des visas s'agglutinaient devant les consulats. Les fonctionnaires turcs (surtout ceux du consulat d'Allemagne, dont on disait qu'ils étaient en deux jours devenus encore plus allemands que les Allemands) houspillaient et rudoyaient ces foules qui ne se rangeaient pas en file ; après avoir jeté un œil sur la tenue vestimentaire de certains, ils les congédiaient d'un « Toi, pas la peine que tu entres » et procédaient ainsi à un premier écrémage. Ceux qui décrochaient un rendez-vous étaient pratiquement fous de joie. Une fois à l'intérieur, devant les vitres pare-balles des guichets, tels des étudiants passant un examen difficile, ils attendaient nerveusement, silencieux et dociles comme des agneaux.

Comme nous bénéficiions d'un piston, Füsun n'eut pas à faire la queue. Confiante et souriante, elle se rendit directement à son rendez-vous. Elle en ressortit tout aussi rapidement, cramoisie, et sans m'adresser un seul regard, elle se dirigea tout droit vers la sortie. Dehors, je la rattrapai alors qu'elle ralentissait le pas pour allumer une cigarette. Je lui demandai ce qui s'était passé mais n'obtins aucune réponse. Nous entrâmes nous asseoir au Palais du Sandwich et des Rafraîchissements, et là, elle me dit :

— Je ne veux pas aller en Europe, je renonce.

— Que s'est-il passé ? On ne t'a pas donné ton visa ?

— Il m'a posé des questions sur tout, il a fouillé toute ma vie. Il m'a même demandé pourquoi j'avais divorcé. Et même de quoi je vivais puisque j'étais sans mari et sans travail. Je ne pars pas en Europe. Je n'en veux pas de leur visa.

— Je trouverai une autre solution, dis-je. Ou alors, nous partirons en bateau et passerons par l'Italie.

— Kemal, je t'assure que j'ai renoncé à ce voyage en Europe. En plus, je ne parle aucune langue étrangère, j'ai trop honte.

— Ma chérie, cela nous fera découvrir d'autres horizons…

Ailleurs, les gens vivent autrement, plus heureux… Nous marcherons dans leurs rues en nous tenant par la main. Le monde ne s'arrête pas à la Turquie.

— Il faudrait donc que je voie un peu l'Europe pour être digne de toi, c'est cela? Mais j'ai aussi renoncé à me marier avec toi.

— Füsun, nous serons très heureux à Paris.

— Tu sais très bien combien je suis têtue. N'insiste pas, Kemal. Sinon, je m'entêterai encore plus.

N'empêche que j'insistai et des années plus tard, lorsque j'y repensais et en éprouvais d'amers remords, je me souvenais aussi que j'avais souvent caressé le rêve secret de faire l'amour avec Füsun dans une chambre d'hôtel pendant le voyage. Au bout d'une semaine, nous obtînmes son visa grâce à l'intervention de Selim le Snob qui importait du papier d'Autriche. C'est aussi ces jours-là que les démarches de mise en conformité de la voiture furent achevées. J'éprouvai une étrange fierté, une sorte d'orgueil d'époux lorsque, dans une loge du cinéma Saray, je tendis à Füsun son passeport aux pages colorées par les visas des pays que nous traverserions pour rejoindre Paris. Bien des années auparavant, quand je voyais des fantômes de Füsun à chaque coin d'Istanbul, j'en avais aussi rencontré un au cinéma Saray. En prenant son passeport, Füsun commença par rire puis, fronçant les sourcils, elle tourna les pages et examina les visas un par un.

Par le biais d'une agence de voyages, je fis réserver trois grandes chambres à l'Hôtel du Nord de Paris. Une pour Füsun et sa mère, une pour Çetin Efendi et une pour moi. Lorsque j'allais voir Sibel à l'époque où elle étudiait à la Sorbonne — à l'université, je veux dire —, je séjournais dans d'autres hôtels. Mais à l'image des étudiants fantasmant sur les endroits où ils iraient plus tard quand ils seraient riches, j'avais toujours rêvé qu'un beau jour je descendrais dans ce vieil hôtel tout droit sorti d'un film et du monde du souvenir pour y passer d'heureux moments.

— Ce n'est pas la peine. Mariez-vous et vous partirez ensuite, disait ma mère. Toi, tu auras grand plaisir à voyager avec la fille que tu aimes, d'accord… Mais Nesibe et Çetin Efendi? Ils n'ont rien à faire avec vous… Commencez par vous marier, puis vous prendrez l'avion et irez tranquillement passer votre lune de miel à

Paris, rien que tous les deux. J'en informerai moi-même Beyaz Karanfil. Il en parlera sur deux colonnes dans la rubrique « Société », il écrira l'histoire comme un conte romantique, un plaisant commérage qui ravira tout le monde et, en deux jours, tout sera oublié. De toute façon, ce vieux monde a bien changé. Les riches provinciaux sont partout désormais. Et puis, comment vais-je faire sans Çetin ? Qui donc me conduira ici ou là ?

— Ma chère maman, tu n'es pas sortie plus de deux fois cet été de la maison et du jardin de Suadiye. Ne t'inquiète pas, nous serons de retour dans le courant du mois de septembre. Je te promets que Çetin te reconduira à Nişantaşı début octobre… Et Tante Nesibe te choisira une robe pour le mariage.

77

Le Grand Hôtel Sémiramis

Le 27 août 1984, à midi et quart, Çetin et moi arrivâmes avec la Chevrolet à Çukurcuma pour notre départ en Europe. Exactement neuf ans et quatre mois s'étaient écoulés depuis que Füsun et moi nous étions croisés la première fois dans la boutique Şanzelize, mais je n'y fis pas attention, pas plus que je ne réfléchis à la façon dont ma vie et ma personnalité avaient changé pendant ce temps-là. À cause des interminables conseils et des larmes de ma mère ainsi que des bouchons, nous étions en retard. J'avais envie de clore ce chapitre de ma vie et de prendre la route le plus vite possible. Après une longue attente, pendant que Çetin Efendi chargeait les valises de Füsun et de Tante Nesibe dans le coffre, j'étais agacé par les enfants qui s'étaient attroupés autour de la voiture et les regards des voisins que je saluais d'un sourire, et j'éprouvais en même temps une fierté que j'avais du mal à me cacher à moi-même. Alors que la voiture descendait vers Tophane, Füsun aperçut Ali qui rentrait du foot et agita la main dans sa direction. Je me dis que bientôt Füsun et moi aurions un fils qui lui ressemblerait.

Sur le pont de Galata, nous ouvrîmes les vitres et respirâmes avec joie l'odeur d'Istanbul, faite d'un mélange d'iode, d'algues, d'excréments d'oiseaux, de fumée de charbon, de gaz d'échappement et de tilleul. Füsun et Tante Nesibe étaient assises à l'arrière. J'étais devant au côté de Çetin et, comme j'en rêvais depuis des jours, pendant que la voiture traversait Aksaray, les remparts, les quartiers périphériques, en cahotant sur les pavés, je me retournais et regardais Füsun avec bonheur.

En dehors de la ville, tandis que nous roulions quelque part dans la périphérie de Bakırköy entre fabriques, hangars, nouveaux quartiers et motels, l'usine de textile de Turgay Bey à qui j'avais rendu visite neuf ans plus tôt accrocha mon regard, mais je fus incapable de vraiment me rappeler la souffrance que la jalousie m'avait infligée ce jour-là. Dès que la voiture sortit d'Istanbul, tous les tourments que j'endurais depuis des années pour Füsun se transformèrent en une histoire d'amour pouvant être résumée en une phrase. D'ailleurs, les histoires d'amour qui se terminent bien ne méritent pas plus que quelques phrases! C'est peut-être pourquoi le silence s'installait peu à peu dans la voiture à mesure que nous nous éloignions d'Istanbul. Tante Nesibe, qui ne cessait de plaisanter au début, de demander : « Mon Dieu, on n'a pas oublié ceci, n'est-ce pas? » et qui commentait de quelques mots admiratifs tout ce qu'elle voyait par la vitre — même les vieux chevaux efflanqués qui paissaient dans les prés —, s'était assoupie avant même que nous ayons atteint le pont de Büyükçekmece.

Pendant que Çetin Efendi faisait le plein d'essence dans une station à la sortie de Çatalca, Füsun et sa mère descendirent de voiture. Elles achetèrent un paquet de fromage régional auprès de la vieille vendeuse du coin, s'installèrent à une table du café d'à côté et dégustèrent leur fromage avec des *simit* et du thé. Je m'assis avec elles en me disant qu'à ce rythme notre voyage en Europe nous prendrait non pas des semaines mais probablement des mois. Mais loin de moi l'idée de m'en plaindre! Assis face à Füsun, je la regardais sans parler tandis que je sentais se diffuser dans mon ventre et ma poitrine un léger élancement du même ordre que celui que je ressentais lorsque, adolescent, dans les boums ou au début de l'été, je croisais une très jolie fille. C'était non pas la cuisante douleur de l'amour mais une douce impatience amoureuse.

À huit heures moins vingt, le soleil qui nous faisait de l'œil se coucha au-dessus des champs de tournesol. Peu après que Çetin eut allumé les phares de la voiture, Tante Nesibe déclara : « Pour l'amour du ciel, les enfants, nous n'allons pas rouler dans une obscurité pareille! »

Sur la route à deux voies, les camions arrivaient sur nous sans baisser leurs feux. Après Babaeski, le Grand Hôtel Sémiramis dont les néons violets clignotaient dans l'obscurité me sembla un bon endroit pour passer la nuit. Je demandai à Çetin de ralentir, la voiture fit demi-tour devant la station Türk Petrol à proximité (un chien aboya) et lorsqu'elle stoppa devant l'hôtel, mon cœur, certain que ce serait ici que se produirait ce dont je rêvais depuis huit ans, se mit à battre la chamade.

Nous demandâmes une chambre pour Füsun et Tante Nesibe, une pour Çetin Efendi et une pour moi à l'officier en retraite (au mur était accrochée une photo de lui le montrant en uniforme, portant les armes et l'air heureux) qui s'occupait de la réception de cet hôtel de trois étages, propre et sans prétention, son nom mis à part. Dans ma chambre, je m'allongeai sur le lit et, les yeux rivés au plafond, je sentis que dormir seul chaque nuit durant ce long voyage alors que Füsun était dans la chambre à côté risquait de me paraître encore plus dur que l'union attendue pendant neuf ans.

En bas, quand elle entra dans la petite salle à manger, je vis que l'allure de Füsun correspondait parfaitement à la surprise que je lui avais préparée. Comme si l'hôtel était un endroit luxueux de la fin du dix-neuvième siècle dans une bourgade de bord de mer et qu'elle descendait dîner dans le salon très chic tendu de rideaux en velours, Füsun avait soigneusement retouché son maquillage, mis du parfum que je lui avais acheté des années plus tôt (Soleil Noir dont j'expose ici le flacon) et cette robe du même rouge que celui de son rouge à lèvres. L'éclat de sa robe mettait en valeur sa beauté et la brillance de sa chevelure brune. Les enfants curieux et les pères concupiscents des familles d'ouvriers fatigués revenant d'Allemagne se tournaient régulièrement pour la regarder.

— Ce rouge te va très bien, dit Tante Nesibe. Ce sera encore mieux à l'hôtel et dans les rues de Paris. Mais ne t'habille pas ainsi tous les soirs pendant le voyage.

Tante Nesibe me lança un coup d'œil pour que je dise que j'étais du même avis, mais je ne soufflai mot. Ce n'était pas seulement parce que, en réalité, je désirais que Füsun porte tous les soirs cette robe qui lui allait à merveille... J'étais tendu comme un jeune amoureux qui sent le bonheur tout proche mais craint encore qu'il ne lui échappe ; je n'avais nulle envie de parler. Je sentais que Füsun, assise en face de moi, était dans le même état. Elle évitait mon regard, fumait maladroitement, comme une lycéenne novice, et soufflait sa fumée sur le côté.

Pendant que nous regardions la carte assez simple de l'hôtel, visée par la mairie de Babaeski, il se fit un long et étrange silence, comme si nous passions en revue les neuf années que nous avions laissées derrière nous.

Quand le serveur arriva, longtemps après, je commandai une bouteille de Yeni Rakı.

— Toi aussi, tu peux boire ce soir, nous trinquerons ensemble, Çetin Efendi, dis-je. De toute façon, tu n'auras pas à me raccompagner à la maison après le repas.

— Franchement, chapeau, Çetin Bey, vous avez beaucoup attendu, dit Tante Nesibe avec un sincère sentiment d'estime et, me lançant un coup d'œil : Il n'y a pas de cœur ni de forteresse que l'humain ne gagne grâce à la patience et la résignation, n'est-ce pas ?

Quand le rakı arriva, je servis généreusement Füsun au même titre que tout le monde et ce faisant, je la regardai au fond des yeux. Il me plaisait de voir qu'elle fumait sa cigarette en en fixant l'extrémité, comme à son habitude quand elle était tendue et énervée. Nous commençâmes tous, y compris Tante Nesibe, à boire notre rakı avec des glaçons comme si c'était un élixir. Je me détendis au bout de quelques instants.

Le monde était beau en réalité, on eût dit que je venais juste de m'en rendre compte. Je savais très bien désormais que je pourrais caresser le corps délicat de Füsun, ses longs bras, ses jolis seins jusqu'à la fin de ma vie, dormir pendant des années en enfouissant ma tête contre son cou et en respirant son odeur.

Comme dans mes moments de bonheur quand j'étais enfant, je fis exprès d'oublier ce qui me rendait heureux et posai un regard neuf sur le monde en trouvant beau tout ce qui m'entourait : au mur, une photo d'Atatürk, très élégant dans son frac ; à côté, un paysage de Suisse, une vue du pont du Bosphore, et un souvenir remontant à neuf ans, une photo d'Inge en train de boire du soda Meltem. Je vis une pendule indiquant neuf heures vingt et, sur le mur de la réception, un panneau précisant « Le livret de famille est demandé aux couples mariés ».

— Aujourd'hui, ils passent *Les Pentes venteuses*, dit Tante Nesibe. On demande de régler la télévision?

— Nous avons le temps, maman, répondit Füsun.

Un couple étranger âgé d'une trentaine d'années entra dans la salle à manger. Tout le monde se tourna et les regarda ; ils nous saluèrent poliment. Ils étaient français. En ces années-là, peu de touristes occidentaux visitaient la Turquie mais la plupart d'entre eux venaient en voiture.

Lorsque l'heure arriva, le propriétaire de l'hôtel, sa femme portant le foulard et leurs deux grandes filles, la tête découverte — j'avais vu que l'une d'elles travaillait à la cuisine —, réglèrent la télévision et, tournant le dos aux clients, ils se mirent à regarder la série.

— Kemal Bey, vous ne verrez rien de là-bas, venez près de moi, dit Tante Nesibe.

Assis dans l'étroit espace entre Tante Nesibe et Füsun où j'avais tiré ma chaise, je me mis à regarder *Les Pentes venteuses* dont l'action se déroulait sur les collines d'Istanbul. Mais je ne peux pas dire que je comprenais ce que je voyais. Le bras nu de Füsun était fortement appuyé contre le mien ! Mon bras gauche collé contre le sien était en feu, surtout la partie supérieure. J'avais les yeux sur l'écran mais mon âme semblait être entrée dans celle de Füsun.

En moi, un autre œil voyait son cou, ses jolis seins, leur mamelon couleur fraise, la blancheur de son ventre. De son côté, Füsun pressait de plus en plus fortement son bras contre le mien. Elle écrasait ses cigarettes dans un cendrier où était écrit « Huile de tournesol Soleil couchant » mais je n'y prêtais aucune attention, pas plus qu'à ses mégots à l'extrémité teintée de rouge à lèvres.

Lorsque l'épisode de la série fut terminé, on éteignit la télévision. La fille aînée du propriétaire de l'hôtel alluma la radio et trouva une douce musique qui plaisait aux Français. Je trébuchai en ramenant ma chaise à sa place initiale. J'avais beaucoup bu. Füsun aussi avait bu trois verres de raki, j'avais compté du coin de l'œil.

— Nous avons oublié de trinquer, dit Çetin Efendi.

— C'est vrai, trinquons alors, répondis-je. D'ailleurs, le moment est venu d'accomplir une petite cérémonie. Çetin Efendi, c'est toi qui nous passeras au doigt notre bague de fiançailles.

Je sortis l'écrin des bagues que j'avais achetées au Grand Bazar une semaine plus tôt et l'ouvris.

— Vous faites bien, monsieur, dit Çetin Efendi en se mettant immédiatement dans l'ambiance. On ne peut se marier sans s'être préalablement fiancé. Montrez-moi un peu vos doigts…

Füsun avait déjà tendu la main, en souriant mais avec émotion.

— C'est sans retour, dit Çetin Efendi. Je sais que vous serez très heureux… Donnez-moi votre main, Kemal Bey.

Il nous passa nos bagues de fiançailles en un seul geste. Des applaudissements retentirent. Les Français de la table d'à côté nous regardaient, deux ou trois autres clients un peu ensommeillés se joignirent à eux. Füsun souriait d'un air très doux, elle regardait la bague à son doigt comme si elle faisait son choix chez un bijoutier.

— Sa taille correspond-elle à ton doigt, chérie ?

— Oui, répondit-elle sans cacher son sourire.

— Elle te va très bien.

— Oui.

— Danse, danse ! s'exclamèrent les Français.

— C'est vrai ça, allez ! dit Tante Nesibe.

La musique diffusée par la radio était adaptée pour la danse. Serais-je capable de tenir debout ?

Nous nous levâmes en même temps. Tenant Füsun par la taille, je l'enlaçai. Je sentais ses hanches et sa colonne vertébrale sous mes doigts.

Füsun avait l'esprit plus clair que moi. Prenant cette danse au sérieux, elle se serra avec émotion contre moi. J'avais envie de lui murmurer à l'oreille combien je l'aimais mais je fus pris de timidité.

Nous étions très éméchés tous les deux, mais quelque chose nous empêchait de nous laisser aller. Peu après, nous regagnâmes notre place. Les Français nous applaudirent de nouveau.

— Bon, je vais me coucher, dit Çetin Efendi. Je vérifierai le moteur demain. Nous partons de bonne heure, n'est-ce pas ?

Si Çetin ne s'était pas levé d'un seul coup, Tante Nesibe serait peut-être restée encore un peu.

— Çetin Efendi, donne-moi les clefs de la voiture, dis-je.

— Kemal Bey, nous avons tous beaucoup bu, ce soir, ne prenez surtout pas le volant.

— Ma sacoche est restée dans le coffre, je voudrais récupérer mon livre.

Je pris la clef qu'il me tendait. Çetin Efendi se ressaisit en une fraction de seconde et se plia en une de ces courbettes exagérément respectueuses dont il gratifiait mon père.

— Maman, comment on fait pour la clef de la chambre? demanda Füsun.

— Je ne fermerai pas la porte à clef, dit Tante Nesibe.

— Je peux monter avec toi et prendre la clef.

— Ne te presse pas. Je la laisserai sur la porte à l'intérieur, répondit Tante Nesibe. Tu rentreras quand tu voudras.

Le départ de Tante Nesibe et de Çetin Efendi nous apporta du soulagement, mais aussi plus de tension. Comme une jeune mariée se retrouvant pour la première fois seule en présence du mari avec qui elle allait passer toute son existence, Füsun évitait mon regard. Mais je sentais que cela était dû à autre chose qu'à de la simple timidité. J'eus envie de la toucher. Je tendis le bras pour lui donner du feu.

— Tu prévoyais de te retirer pour lire dans ta chambre? demanda Füsun, l'air de se préparer à partir.

— Non, chérie, je pensais que nous pourrions peut-être faire un tour en voiture.

— Nous avons trop bu, Kemal, impossible.

— Faisons une promenade tous les deux.

— Allez, il est temps de monter te coucher.

— Tu as peur que je provoque un accident?

— Je n'ai pas peur.

— Dans ce cas, partons en voiture, prenons un chemin de traverse et disparaissons dans les collines et les bois.

— Impossible, monte te coucher. Moi, j'y vais.

— Le soir de nos fiançailles, tu t'en vas comme ça en me laissant tout seul à table?

— Non, tu vois bien que je suis encore là, dit-elle. En fait, cela me plaît beaucoup de rester ici.

Les Français nous observaient depuis leur table. Cela devait faire une demi-heure que nous étions assis sans parler. De temps à autre, nous nous retrouvions les yeux dans les yeux mais nos regards étaient tournés vers l'intérieur. Sur l'écran de mon esprit passait un film étrange fait de souvenirs, de peurs, de désir et de beaucoup d'images dont je ne comprenais guère la signification. Un peu plus tard, une grosse mouche noire marchant sur la table entre nos verres entra dans le film. Ma main, celle avec laquelle Füsun tenait sa cigarette, les verres et même les Français entraient et sortaient du film. Malgré ma profonde ivresse due à l'alcool et à l'amour, je voulais voir une logique dans ce film, que le monde entier sache qu'il n'y avait rien d'autre que de l'amour et du bonheur entre Füsun et moi. Je devais résoudre ce problème avec la même vitesse que celle de la mouche qui avançait entre les assiettes. Je souris aux Français afin de leur montrer combien nous étions heureux, et ils nous sourirent de la même façon.

— Souris-leur, toi aussi.

— J'ai souri, c'est bon, dit Füsun. Que veux-tu que je fasse de plus, la danse du ventre?

Oubliant que Füsun était très saoule, je prenais tout ce qu'elle disait au sérieux et m'en attristais. Mais mon bonheur semblait inébranlable. J'étais entré dans ce profond état d'esprit où l'on ressent en soi la cohésion et l'unité du monde. C'était précisément cela que m'inspirait le film qui défilait dans ma tête, avec mouche et souvenirs. Ce que j'avais éprouvé pendant des années pour Füsun, tous les tourments que j'avais endurés pour elle, cela constituait un tout dans ma tête avec le chaos et la beauté du monde; ce sentiment de complétude et d'achèvement m'apparaissait extraordinairement beau et m'insufflait une profonde sérénité. Puis je me focalisai sur la mouche, me demandant comment elle pouvait marcher si vite sans s'emmêler les pattes. Puis la mouche disparut.

Je tenais la main de Füsun dans la mienne au-dessus de la table; je sentais que le sentiment de beauté et de sérénité qui m'habitait était passé en elle par ma main et circulait d'elle vers moi. La jolie main gauche de Füsun était comme un animal fatigué, ma main droite l'avait retournée, était brutalement montée dessus et semblait l'écraser. Le monde entier tourbillonnait dans ma tête, dans nos têtes.

— On danse? demandai-je.

— Non...

— Pourquoi?

— Pas maintenant, je n'en ai pas envie ! répondit Füsun. Rester assis comme ça me suffit.

Comprenant qu'elle parlait de nos mains, je souris. Le temps semblait s'être arrêté. J'avais l'impression que nous étions assis depuis des heures main dans la main et, en même temps, le sentiment que nous venions seulement d'arriver. À un moment, j'oubliai ce que nous faisions là. Ensuite, je me rendis compte qu'il ne restait personne d'autre que nous dans le restaurant.

— Les Français sont partis.

— Ils ne sont pas français, dit Füsun.

— Comment le sais-tu ?

— J'ai vu la plaque d'immatriculation de leur voiture. Ils viennent d'Athènes.

— Où as-tu vu leur voiture ?

— Ils vont fermer, allons-y maintenant.

— Mais on est encore là !

— Tu as raison.

Nous restâmes encore un peu ainsi, main dans la main.

Elle sortit délicatement une cigarette de son paquet, l'alluma adroitement d'une seule main, et la fuma lentement en me souriant. Cela me sembla durer des heures. Un nouveau film avait commencé dans ma tête quand Füsun retira sa main et se leva. Je lui emboîtai le pas. Les yeux rivés sur sa robe rouge, je gravis les marches avec précaution, sans tituber.

— Ta chambre est de ce côté-là, dit Füsun.

— Je t'accompagne d'abord jusqu'à la tienne, chez ta mère.

— Non, va directement dans ta chambre, murmura-t-elle.

— Cela m'attriste énormément, tu ne me fais pas confiance. Comment pourras-tu passer toute ta vie avec moi ?

— Je ne sais pas, dit-elle. Allez, va dans ta chambre.

— C'était une très belle soirée. Je suis très heureux. Nous connaîtrons un tel bonheur à chaque instant jusqu'à la fin de notre vie, crois-moi.

Elle vit que je m'approchais pour l'embrasser et elle fut la première à m'enlacer. Je l'embrassai de toutes mes forces, avec rudesse presque. Nous échangeâmes un très long baiser. Lorsque j'ouvris les yeux à un moment, j'aperçus un portrait d'Atatürk dans le couloir étroit et bas de plafond. Je me souviens d'avoir supplié Füsun entre deux baisers pour qu'elle vienne dans ma chambre.

Un toussotement d'avertissement retentit dans l'une des chambres. On tourna le verrou d'une porte.

Füsun s'échappa de mes bras et disparut à l'angle du couloir.

J'entrai dans ma chambre et me jetai sur le lit tout habillé.

78

Pluie d'été

La chambre n'était pas plongée dans une obscurité totale, les lumières de la route d'Edirne et de la station d'essence filtraient à l'intérieur. Y avait-il une forêt plus loin ? J'eus l'impression qu'un éclair zébra le ciel dans le lointain. Mon esprit était complètement ouvert sur le monde, réceptif à tout.

Il s'écoula beaucoup de temps. On frappa à la porte, je me levai pour aller ouvrir.

— Ma mère a fermé la porte à clef, dit Füsun.

Elle essayait de me distinguer dans l'obscurité. Je la pris par la main et l'entraînai à l'intérieur. Je m'allongeai sur le lit, je l'attirai près de moi et l'enlaçai. Elle se blottit contre moi comme un chat qui chercherait un abri. Elle posa sa tête sur ma poitrine. Elle me serrait fortement, comme si nous devions être d'autant plus heureux qu'elle se blottirait davantage, elle tremblait. On eût dit que si je ne l'embrassais pas sur-le-champ, elle mourrait, comme dans les contes. Je me souviens que nous nous sommes embrassés, que nous avons tiré sur les pans de sa robe rouge déjà très froissée pour la retirer, que nous avons échangé de longs et fougueux baisers, que nous revenions régulièrement à plus de modération à cause de la gêne que suscitait en nous le sommier qui grinçait, que j'étais très excité par ses cheveux qui tombaient en cascade sur mon visage et mon torse ; mais ces précisions ne doivent pas laisser penser que nous étions pleinement conscients de ce que nous vivions et que je me rappelle clairement chacun de ces instants.

En raison de l'alcool, de la tension et de l'émotion, c'est seulement longtemps après les avoir vécus que je remarquai de quoi avaient été faits ces instants. L'empressement à vivre sans perdre de temps ce que j'attendais depuis des années, le plaisir qu'il me fallait prendre à faire l'amour avaient réduit à une impression générale chacun de ces doux instants qui se confondaient. On eût dit que quelque chose me traversait en dehors de ma volonté, mais je supposais que je pouvais les vivre et les orienter à mon gré comme cela se passait dans les rêves.

Nous étions entrés sous les draps et je me souviens que ma peau s'embrasait au contact de la sienne. Je sentis avec fascination que je revivais les souvenirs de nos ébats remontant à neuf ans, que je croyais avoir oubliés ainsi que nombre d'autres détails de cette heureuse époque. L'aspiration au bonheur que je refoulais en moi depuis des années mêlée au sentiment de joie et de victoire provoqué par la réalisation de mes désirs (j'avais déjà happé chacun de ses seins dans ma bouche) rendait flou ce que je vivais et tout se mêlait, les émotions et les plaisirs. Pendant que je me disais dans un coin de ma tête que j'avais fini par obtenir ce que je voulais, ses gémissements, sa façon enfantine de se serrer contre moi, un éclat de lumière sur sa peau veloutée, tout de Füsun générait en moi tendresse et admiration. À un moment, Füsun s'assit sur mes genoux, et dans la lueur des phares d'un camion qui passait bruyamment sur la route (le profond et dense bourdonnement de son moteur fatigué nous imitait), nous nous regardâmes avec joie et bonheur au fond des yeux, et je me souviens très bien de cet instant sans pareil. Puis, un vent fort se leva subitement, tout se mit à trembler, une porte claqua à proximité, les feuilles des arbres se mirent à bruisser comme si elles partageaient un secret avec nous. L'éclat bleuté d'un éclair au loin illumina brièvement la chambre.

À mesure que nous faisions l'amour avec un désir croissant, notre passé, notre avenir, nos souvenirs et le bonheur grandissant de cet instant se confondaient. En sueur et tâchant de retenir nos cris, nous allâmes jusqu'au bout. J'étais content du monde, de ma vie, de tout. Tout était beau et avait du sens. Füsun s'était étroitement blottie contre moi et, la tête appuyée contre son cou, je m'assoupis en respirant son doux parfum.

Plus tard, dans mon rêve, je vis d'heureuses images de bonheur. Je présente ici aux visiteurs du musée ces images oniriques. La mer dont je rêvai était d'un bleu indigo comme dans mon enfance. Lorsque nous allions dans notre maison de Suadiye au début de l'été, les souvenirs des promenades en barque, des heureux moments où je faisais du kayak, des soirées où nous sortions pêcher m'emplissaient d'une agréable impatience. La mer houleuse de mon rêve semblait éveiller en moi ce bonheur de début d'été. Puis je vis de doux nuages qui avançaient lentement vers moi, l'un ressemblait à mon père; je vis un bateau sombrant lentement dans l'océan démonté, des images sépia rappelant les romans illustrés de mon enfance, des souvenirs sombres, vagues et effrayants. Tout cela avait un goût de souvenirs oubliés puis redécouverts. Des vues d'Istanbul des anciens films, des rues enneigées, des cartes postales en noir et blanc défilèrent devant mes yeux.

Ces images vues en rêve m'apprenaient que le bonheur de vivre était absolument inséparable du plaisir de voir ce monde.

Puis je fus assailli par une forte bourrasque qui anima toutes ces visions et glaça mon dos en sueur. Les feuilles des acacias tournoyaient dans le vent comme si elles répandaient de la lumière de tous côtés et émettaient un agréable bruissement. Le vent se faisant de plus en plus enragé, ce bruissement de feuillage se transforma en un hululement menaçant. Un long grondement de tonnerre retentit. Le bruit fut si violent que je m'éveillai.

— Tu dormais tellement bien, dit Füsun, et elle m'embrassa.

— J'ai dormi combien de temps?

— Je ne sais pas, moi aussi je viens juste de me réveiller à cause du tonnerre.

— Tu as eu peur? demandai-je en la serrant et l'attirant contre moi.

— Non, je n'ai pas eu peur.

— La pluie ne va pas tarder…

Elle appuya sa tête dans le creux de mon épaule. De là où nous étions couchés, dans l'obscurité, nous regardâmes longuement dehors par la fenêtre, sans parler. Au loin, le ciel nuageux s'illuminait d'un éclat violet et rosâtre. On eût dit que ceux qui voyageaient en autobus et dans les bruyants camions sur la route Istanbul-Edirne ne voyaient pas l'orage qui grondait dans le lointain et que nous étions les seuls à avoir conscience de cet étrange coin du monde.

La lueur des phares des véhicules qui passaient sur la route arrivait avant le bruit dans la chambre, grandissait sur le mur qui était à notre droite et éclairait la pièce ; à l'instant où nous entendions le bruit du véhicule, la lumière changeait de forme et disparaissait.

De temps en temps, nous nous embrassions. Puis, comme des enfants se divertissant avec un kaléidoscope, nous contemplions de nouveau les jeux de lumière sur le mur. Sous les draps, nous avions les jambes allongées côte à côte, comme mari et femme.

D'abord, nous nous caressâmes doucement, en partant de nouveau à la découverte l'un de l'autre. Maintenant que la première ivresse était passée, faire l'amour était beaucoup plus beau et significatif. J'embrassai longuement ses seins, son cou dont la peau sentait si bon. Dans les années d'adolescence où je découvrais l'irrépressible puissance du désir sexuel, je me souviens d'avoir pensé la chose suivante, avec une sorte d'étonnement et de fascination : si quelqu'un est marié avec une belle femme, il fait l'amour avec elle du matin au soir, il n'a plus le temps pour autre chose. La même réflexion enfantine me traversa l'esprit. Nous avions un temps infini devant nous. Le monde était un endroit proche du paradis mais plongé dans la pénombre.

Dans la lumière puissante des feux de route d'un autobus, je vis les lèvres douces et attirantes de Füsun, l'expression de son visage montrant qu'elle était partie très loin de ce monde. Ce sentiment resta en moi longtemps après que les phares de l'autobus eurent disparu. Ensuite, j'embrassai son ventre. Un silence intermittent s'emparait de la route. Nous pouvions alors entendre une cigale striduler à proximité. Étaient-ce les coassements d'une grenouille qui me parvenaient de plus loin ou bien étais-je capable au contact de Füsun de percevoir les subtiles voix intérieures du monde, le bruissement des herbes, le bourdonnement profond et presque imperceptible émanant des entrailles de la terre, le mouvement d'inspiration et d'expiration de la nature que je n'avais jamais remarqué, je ne sais. J'embrassai longuement son ventre, je promenais mes lèvres sur sa peau de velours. Tel un plongeon catmarin remontant à la surface, je relevais la tête et, dans la lumière constamment changeante, j'essayais d'attraper le regard de Füsun. Il y avait aussi des moustiques qui venaient me piquer le dos et que nous entendions bourdonner.

Nous nous aimâmes longtemps en savourant le plaisir de nous redécouvrir. Tandis que, au fil de l'amour, nous répétions les mêmes gestes, les émotions de faire de nouveau connaissance avec elle se gravaient de façon indélébile dans un coin de ma tête et se classifiaient ainsi en même temps :

1. La première expérience heureuse fut de revivre avec joie certains comportements qui lui étaient propres et que j'avais découverts neuf ans plus tôt, en 1975, en faisant l'amour avec Füsun pendant quarante-quatre jours. Ses gémissements, son regard innocent et tendre, ses sourcils qui se fronçaient avec intérêt, l'harmonie particulière qui apparaissait entre nous pendant que je lui tenais fermement les hanches et que les diverses parties de nos corps s'emboîtaient comme les pièces d'un seul instrument, sa bouche s'ouvrant comme une fleur vers mes lèvres tandis que nous nous embrassions... je m'en étais souvent souvenu durant ces neuf années, j'en avais rêvé et j'avais fortement désiré le revivre.

2. Il y avait aussi beaucoup de détails dont je n'avais pas rêvé parce que je les avais oubliés et dont je m'étonnais en les redécouvrant chez Füsun : sa façon de m'enserrer les poignets du bout des doigts ; le grain de beauté qu'elle avait juste derrière l'épaule (nombre d'autres grains de beauté étaient situés à des endroits que je me rappelais), ses yeux qui se troublaient à l'acmé du plaisir et son regard qui se focalisait sur l'une des petites choses qui nous entouraient (la montre posée sur la table ou la courbe du tuyau de poêle au niveau du plafond), ma supposition qu'elle s'éloignait de moi quand ses bras qui m'enlaçaient fortement se relâchaient puis sa façon de me serrer soudain encore plus fort... je me les rappelai en une nuit. Ces gestes et ces petites manies que j'avais oubliés avaient aussitôt transformé en une activité réelle et parfaitement de ce monde nos ébats amoureux dont j'avais fait un fantasme irréel à force d'en rêver.

3. Quant à certains gestes nouveaux que je ne lui avais jamais connus, ils m'étonnaient et généraient en moi inquiétude et jalousie. Sa façon de me planter ses ongles dans le

dos, de s'arrêter un instant et de devenir pensive au moment le plus torride de nos ébats comme si elle essayait d'évaluer le sens de ce qu'elle vivait et le plaisir qu'elle prenait, ou bien de s'immobiliser d'un seul coup comme si elle s'était assoupie et de rester ainsi, ou encore de me mordre le bras, l'épaule comme si elle voulait me faire mal, tout cela me donnait à sentir que Füsun n'était plus la Füsun d'avant. Pendant ces quarante-quatre jours datant de neuf ans, elle n'était pas restée chez moi toute la nuit ; c'est peut-être pour cela que ce que nous vivions m'apparaissait nouveau, pensai-je à un moment. Mais dans ses mouvements brutaux, son soudain retrait dans ses pensées, il y avait une colère qui m'angoissait.

4. Désormais, elle était quelqu'un d'autre. Dans cette nouvelle personne demeurait la Füsun que j'avais connue et aimée à dix-huit ans mais on eût dit que, comme l'écorce d'un arbre, les années qui s'étaient écoulées avaient relégué très loin la jeune pousse qui était à l'intérieur. J'aimais davantage à présent la Füsun qui était allongée à mon côté que la jeune fille que j'avais rencontrée des années auparavant. J'étais content que les années soient passées, que nous ayons tous deux gagné en intelligence, en profondeur et en expérience.

De grosses gouttes de pluie commencèrent à s'abattre sur les vitres et le rebord des fenêtres. Le tonnerre grondait. Tout en écoutant le bruit de cette violente averse d'été, nous nous serrâmes l'un contre l'autre. Je m'assoupis.

Lorsque je m'éveillai, la pluie s'était arrêtée, Füsun n'était plus près de moi. Elle était debout et remettait sa robe rouge.

— Tu retournes dans ta chambre ? demandai-je. Ne pars pas, s'il te plaît.

— Je vais chercher une bouteille d'eau, dit-elle. Nous avons beaucoup bu hier soir, j'ai affreusement soif.

— Moi aussi, dis-je. Reste ici, j'ai vu de l'eau dans le placard du restaurant en bas.

Mais le temps que je me lève, elle ouvrit la porte et sortit sans bruit. Pensant qu'elle reviendrait bien vite, je m'endormis comme un bienheureux.

Le voyage vers un autre monde

Quand je m'éveillai longtemps après, Füsun n'était toujours pas revenue dans la chambre. Pensant qu'elle était retournée auprès de sa mère, je sortis du lit et, regardant par la fenêtre, j'allumai une cigarette. Le soleil n'était pas encore levé, tout était plongé dans la pénombre, on devinait seulement une vague lueur. Une odeur de terre mouillée entrait par la fenêtre ouverte. Les néons de la station-service un peu plus loin, la lumière de l'enseigne du Grand Hôtel Sémiramis se reflétaient sur les endroits humides au bord de la route goudronnée et sur les pare-chocs de la Chevrolet garée à proximité.

Je vis que le restaurant où nous avions dîné la veille et nous étions fiancés était pourvu d'un petit jardin donnant sur la route. Les chaises et les coussins qui s'y trouvaient avaient pris la pluie. Sous la lumière diffusée par une ampoule nue fixée à un figuier, j'aperçus Füsun assise sur un banc. Légèrement tournée de mon côté, elle attendait le lever de soleil en fumant une cigarette.

Je sautai dans mes vêtements et descendis aussitôt.

— Bonjour, ma belle, murmurai-je.

Elle ne dit rien et se contenta de hocher la tête, comme quelqu'un plongé dans ses pensées et en proie à un grand tourment. Sur la chaise à côté du banc, j'aperçus un verre de raki.

— En prenant de l'eau, j'ai aussi trouvé une bouteille ouverte, dit-elle.

Durant une fraction de seconde apparut sur son visage une expression rappelant qu'elle était bien la fille de feu Tarık Bey.

— Comment ne pas boire, le plus beau matin du monde ? dis-je.

Il fera chaud sur la route, nous dormirons toute la journée dans la voiture. Puis-je m'asseoir près de vous, jeune demoiselle?

— Je ne suis plus une demoiselle à présent.

Je m'assis près d'elle sans répondre et pendant que nous regardions le paysage en face de nous, je lui tins la main comme si nous étions au cinéma Saray.

Sans échanger un mot durant un long moment, nous regardâmes le jour qui se levait peu à peu. Des éclairs violets zébraient encore le ciel dans le lointain, des nuages orangés déversaient leur pluie quelque part sur les Balkans. Un bus interville passa bruyamment. Nous suivîmes le rouge de ses feux arrière jusqu'à ce qu'il disparaisse.

Remuant amicalement la queue, un chien aux oreilles noires venant de la station-service s'approcha lentement de nous. C'était un chien ordinaire, sans particularité ni race précise. Commençant par moi, il nous renifla tous les deux et posa son museau sur les genoux de Füsun.

— Tu as la cote, dis-je.

Mais Füsun ne répondit pas.

— Il a aboyé trois fois de suite hier quand nous sommes arrivés, dis-je. Tu as remarqué… à un moment, vous aviez le même chien en bibelot sur la télévision.

— Tu l'as volé et emporté.

— On ne peut pas considérer cela comme du vol. Ta mère, ton père, vous tous le saviez dès la première année.

— Oui.

— Que disaient-ils?

— Rien. Mon père se faisait du mouron. Ma mère faisait comme si cela n'avait aucune importance. Et moi, je voulais devenir une star de cinéma.

— Tu le deviendras.

— Kemal, c'est un mensonge, toi non plus tu n'y crois pas, dit-elle sérieusement. Cela m'agace beaucoup chez toi que tu sois capable de mentir aussi facilement.

— Pourquoi dis-tu cela?

— Tu sais très bien que tu ne feras jamais de moi une actrice. Ce n'est plus la peine.

— Pourquoi donc ? Si tu le veux vraiment, cela adviendra.

— Je l'ai vraiment désiré durant des années, Kemal. Tu le sais très bien.

Le chien eut un mouvement d'affection dans sa direction.

— Il ressemble comme deux gouttes d'eau à ce bibelot de chien, dis-je. Il a le pelage légèrement jaune et les oreilles noires.

— Que faisais-tu de tous ces chiens, ces peignes, ces montres, ces cigarettes... ?

— Cela me consolait, répondis-je en me mettant un peu en colère. Tout est entreposé dans l'immeuble Merhamet et constitue une grande collection. Je n'en ai pas honte devant toi. Quand nous rentrerons à Istanbul, j'aimerais te la montrer.

Elle sourit en me regardant. Avec tendresse, mais aussi avec l'ironie que méritaient mon histoire et mon obsession.

— Tu cherches de nouveau à m'entraîner dans ta garçonnière ? dit-elle ensuite.

— Ce n'est plus la peine, répondis-je avec colère, en reprenant sa phrase.

— Tu as raison. Hier soir, tu m'as bernée. Tu as pris mon trésor le plus précieux avant le mariage, tu m'as possédée. Les gars comme toi ne se marient pas ensuite. Tu es de ce type, toi.

— C'est vrai, dis-je entre colère et comédie. J'ai attendu cela pendant neuf ans, j'en ai payé le prix. Pourquoi me marierais-je à présent ?

Mais nous étions encore main dans la main. Pour adoucir le jeu avant qu'il ne devienne plus sérieux, je me penchai vers elle et l'embrassai de toutes mes forces. Füsun accepta d'abord de s'abandonner au baiser, puis elle détourna la bouche.

— En réalité, j'aimerais te tuer, dit-elle en se levant.

— Parce que tu sais combien je t'aime.

Je ne sais pas si elle entendit ou pas. Elle était fâchée, elle boudait, et s'en allait en claquant sèchement des talons, ma beauté ivre.

Elle n'entra pas à l'hôtel. Le chien la suivait. Ils se dirigèrent vers la route et se mirent à marcher en direction d'Edirne. Je terminai le fond de raki que Füsun avait laissé dans son verre (je faisais parfois la même chose chez eux à Çukurcuma quand personne ne regardait). Je les suivis des yeux durant un long moment. Comme la route s'étirait tout droit, presque à l'infini, en direction d'Edirne et que la robe rouge de Füsun se distinguait de mieux en mieux à mesure que le jour se levait, j'eus l'impression qu'il était impossible de la perdre de vue.

Mais au bout d'un moment, je n'entendis plus le bruit de ses pas venant de la plaine. Dès que disparut la tache rouge que constituait Füsun marchant vers l'infini, comme à la fin des films de Yeşilçam, je me sentis inquiet.

Peu après, j'aperçus de nouveau cette tache rouge. Ma beauté en colère marchait encore. Il s'éveilla en moi une tendresse extraordinaire. Le reste de ma vie se passerait à faire l'amour avec elle comme cette nuit, et aussi à me chamailler avec elle comme un peu avant. Mais je désirais ardemment moins de disputes, gagner son cœur et la rendre heureuse.

La circulation augmentait sur la route Edirne-Istanbul. Ils ne laisseraient pas tranquille une jolie femme vêtue d'une robe rouge, avec de belles jambes, marchant seule au bord de la route. Avant que la plaisanterie ne tourne au vinaigre, je montai dans la Chevrolet 56 et partis à sa poursuite.

Un kilomètre et demi plus loin, j'aperçus le chien sous un chêne. Il était assis et attendait Füsun. Mon sang se glaça. Je ralentis.

Je vis des jardins, des champs de tournesol, de petites fermes. « Tomates Altat », clamait un énorme panneau publicitaire. Le centre de la lettre « O » était devenu une cible, déchiquetée par les balles tirées depuis les voitures, et le pourtour des impacts avait rouillé.

En voyant apparaître une minute plus tard une tache rouge à l'horizon, je ne pus réprimer un éclat de rire, tant j'étais heureux. En approchant, je ralentis. Elle marchait à droite de la route, l'air furieux et boudeur. Elle ne s'arrêta pas en me voyant. Je me penchai vers la portière droite et baissai la vitre.

— Allez, ma chérie. Monte, nous rentrons, nous allons être en retard.

Elle ne répondit pas.

— Füsun, je t'assure que nous avons beaucoup de route à faire aujourd'hui.

— Je ne viens pas, allez-y si vous voulez, dit-elle comme une enfant butée et sans ralentir le pas.

Je roulais à la même vitesse qu'elle marchait et lui parlais depuis le siège du conducteur.

— Füsun, ma chérie, regarde la beauté de ce monde, de ce merveilleux univers, dis-je. Cela n'a aucun sens de s'empoisonner la vie avec des disputes et des colères.

— Tu ne comprends rien.

— Qu'est-ce que je ne comprends pas?

— Je n'ai pas pu vivre ma vie à cause de toi, Kemal, dit-elle. Je voulais réellement devenir actrice.

— Je m'excuse.

— Qu'est-ce que ça veut dire, je m'excuse? dit-elle, furieuse.

Parfois, la vitesse de la voiture et la sienne ne correspondaient pas, nous ne nous comprenions pas.

— Je m'excuse, répétai-je en criant cette fois, croyant qu'elle n'avait pas compris.

— Feridun et toi avez tout fait pour m'empêcher de jouer dans les films. C'est de cela que tu t'excuses?

— Tu tenais vraiment à devenir comme Papatya, comme les femmes saoules du Pelür?

— De toute façon, nous sommes tout le temps saouls à présent, rétorqua-t-elle. En plus, je n'aurais pas été comme elles. Mais vous, par crainte que je devienne célèbre et vous échappe, vous m'avez sans cesse jalousement enfermée à la maison.

— J'ai eu peur que tu t'engages sur ces chemins alors que tu n'avais pas d'homme fort à tes côtés, Füsun…

— Quoi?

Elle était réellement très en colère.

— Allez, ma chérie, monte. Nous en reparlerons ce soir devant un verre. Je t'aime tant, je t'aime énormément. Une merveilleuse existence nous attend. S'il te plaît, viens.

— À une condition, dit-elle avec le même air enfantin que des années plus tôt, lorsqu'elle m'avait demandé de rapporter le tricycle chez elle.

— Laquelle?

— C'est moi qui conduis.

— En Bulgarie, les agents de la circulation sont encore plus corrompus que chez nous. Il paraît qu'il y a beaucoup de trafic…

— Non, non… dit-elle. Je veux conduire maintenant, pour rentrer à l'hôtel.

J'arrêtai aussitôt la voiture, ouvris la portière et descendis. En changeant de place, j'attrapai Füsun devant le capot et l'embrassai de toutes mes forces. Elle me passa les deux bras autour du cou et se blottit fortement contre moi en pressant ses jolis seins contre ma poitrine, j'en fus abasourdi.

Elle s'installa au volant. Avec une attention rappelant nos premières leçons de conduite dans le parc de Yıldız, elle mit le contact, desserra le frein à main et démarra. Comme Grace Kelly dans *La Main au collet*, elle laissa reposer son coude gauche sur la vitre ouverte.

Nous avançâmes lentement, en quête d'un endroit où faire demi-tour. Elle voulut tourner en une seule fois au croisement d'un chemin de terre boueux et de la route, mais la voiture s'arrêta en hoquetant.

— Fais attention au débrayage, dis-je.

— Tu n'as même pas remarqué ma boucle.

— Quelle boucle?

Elle avait redémarré et nous rebroussions chemin.

— Ne va pas si vite! Quelle boucle?

— À mon oreille… geignit-elle d'une voix à moitié éteinte comme quelqu'un s'éveillant d'une anesthésie.

Elle portait à l'oreille droite la boucle qu'elle avait perdue. L'avait-elle déjà quand nous faisions l'amour? Pourquoi ne l'avais-je pas remarquée?

La voiture avait pris beaucoup de vitesse.

— Ralentis un peu! m'écriai-je, mais elle appuyait à fond sur l'accélérateur.

Beaucoup plus loin, le chien ami arrivait au milieu de la route comme s'il avait reconnu la voiture et Füsun. Je voulais que le chien se rende compte que Füsun accélérait à fond et se mette sur le côté, mais il ne le fit pas.

Nous roulions très vite, de plus en plus vite. Pour avertir le chien, Füsun se mit à klaxonner.

La voiture fit un écart à droite, puis à gauche, mais le chien était encore loin. Sur ce, elle se mit à suivre sans chavirer une ligne droite, comme un bateau à voile se redressant soudain entre les vagues au moment où le vent retombe. Mais cette ligne déviait légèrement de la route. Je compris que nous nous dirigions à toute vitesse non pas en direction de l'hôtel mais vers le platane qui était au bord de la route un peu plus loin et que l'accident était inévitable.

À ce moment-là, je sentis profondément que nous touchions au terme du bonheur et que l'heure était venue de quitter ce bel univers. Nous roulions à fond en direction du platane. C'est Füsun qui nous avait orientés ainsi. Je ne me voyais pas d'autre avenir que le sien, désormais. Où que nous allions, nous y allions ensemble, et nous étions passés à côté du bonheur en ce monde. C'était terriblement dommage, mais apparemment inévitable.

— Attention! criai-je malgré tout, instinctivement, comme si Füsun ne se rendait compte de rien. En réalité, je criais comme quelqu'un voulant se réveiller d'un cauchemar, retrouver une belle vie ordinaire. Selon moi, Füsun était un peu ivre, mais en roulant à cent cinq kilomètres/heure droit sur un platane de cent cinq ans elle savait parfaitement ce qu'elle faisait. Je compris que c'était la fin de notre vie.

La Chevrolet vieille d'un quart de siècle de mon père percuta à toute vitesse et de toute sa puissance le platane à gauche de la route.

Au-delà du platane, au milieu d'un champ de tournesols, il y avait une petite fabrique qui produisait l'huile de tournesol de marque Soleil couchant que la famille Keskin utilisait depuis des années. Peu avant l'accident, quand la voiture prenait de la vitesse, Füsun et moi l'avions remarqué.

Toucher un à un les morceaux de la Chevrolet que je retrouvai des mois plus tard à l'état d'épave et certains rêves que je fis par la suite me rappelèrent que nos regards s'étaient croisés.

Durant ce dernier échange de regards qui dura deux ou trois secondes, Füsun, qui savait qu'elle allait mourir, m'exprima avec des yeux suppliants que jamais elle n'avait voulu mourir et qu'elle tenait terriblement à la vie. Quant à moi, comme je pensais que j'allais mourir, je souris seulement à ma jolie fiancée, à l'amour de ma vie, avec la joie de partir ensemble en voyage pour un autre monde.

Ce qui se passa ensuite, je ne m'en souvins pas du tout ni durant les mois où je restai à l'hôpital ni les années qui suivirent ; je recollai les morceaux avec ce que me racontaient les autres, les rapports, les témoins que j'allai retrouver des mois plus tard sur le lieu de l'accident.

Füsun mourut une poignée de secondes après le choc, à cause de l'impact du volant qui lui entra dans la poitrine, et coincée dans la carrosserie de la voiture qui s'était écrasée comme une boîte de conserve. Sa tête avait frappé le pare-brise de plein fouet. (C'était quinze ans avant le port obligatoire de la ceinture de sécurité en Turquie.) Selon le rapport établi après l'accident et que j'expose ici, elle avait eu la boîte crânienne défoncée, l'enveloppe de ce cerveau dont les merveilles m'avaient toujours fasciné endommagée et subi le coup du lapin. En dehors des fractures des côtes et des coupures sur son front, aucune altération n'était à déplorer sur son beau corps, dans ses yeux tristes, sur ses lèvres magnifiques, sur sa grande langue rose, ses joues veloutées, ses épaules, la peau soyeuse de son cou, de sa poitrine, de sa nuque et de son ventre, ses longues jambes, ses pieds qui me faisaient toujours sourire chaque fois que je les voyais, sur ses bras délicats couleur de miel, les grains de beauté et le fin duvet brun qui couvraient sa peau, les courbes de ses hanches et son âme près de laquelle j'avais envie d'être à chaque instant.

80

Après l'accident

Je voudrais terminer mon histoire en racontant sans m'étendre la vingtaine d'années qui suivit. Si j'avais réchappé de l'accident, c'est parce que j'avais ouvert la vitre côté passager pour discuter avec Füsun tout en roulant à sa hauteur, et juste avant le choc, j'avais instinctivement passé mon bras à l'extérieur. J'avais eu de petites hémorragies cérébrales et étais tombé dans le coma. Une ambulance avait réussi à me transporter à temps jusqu'à la faculté de médecine de Çapa où l'on m'avait placé sous respirateur artificiel.

Je suis resté un mois en service de soin intensif, sans parler. Les mots ne me venaient pas à l'esprit, le monde s'était figé. Je me souviens des visites que Berrin et ma mère me rendaient avec des larmes plein les yeux tandis que j'étais alité, des tuyaux dans la bouche. Osman lui-même se montrait affectueux bien qu'il flottât de temps à autre sur son visage une expression qui signifiait « Je l'avais bien dit ».

Le regard exprimant à la fois la tristesse et le blâme que Zaim, Tayfun, Mehmet et d'autres amis posaient sur moi, je le devais au procès-verbal rédigé par les agents de la circulation qui mentionnait comme cause de l'accident l'état d'ébriété du conducteur (le rôle du chien n'avait pas été remarqué) ainsi qu'aux journaux qui relataient la nouvelle en en rajoutant honteusement. Les employés de Satsat se montraient cependant respectueux, voire sentimentaux.

Au bout de six semaines, on commença à me rééduquer à la marche. Réapprendre à marcher ressemblait un peu à recommencer à vivre. Dans cette nouvelle vie, je pensais constamment à Füsun. Mais cela ne correspondait plus comme jadis à un désir orienté vers l'avenir ; Füsun devenait peu à peu une image liée au passé et aux souvenirs. C'était terriblement douloureux et, à présent, ma souffrance provenait non plus de mon désir pour elle mais de mon auto-apitoiement. C'est en cheminant sur la ligne de partage ténue entre penser et se souvenir, douleur et sens de la perte que je parvins à l'idée du musée.

Je cherchais consolation dans la lecture d'auteurs comme Proust et Montaigne. Le soir, face à ma mère au dîner, la carafe jaune entre nous, je regardais la télévision d'un œil distrait. Pour ma mère, la mort de Füsun était un peu comme celle de mon père. Comme nous avions tous deux perdu des êtres chers, nous pouvions tranquillement ruminer et blâmer les autres. De plus, derrière chacun de ces deux décès, il y avait des verres de raki embués ainsi que la révélation d'un autre monde que chacun des disparus portait secrètement en lui. Autant ma mère n'appréciait pas ce deuxième élément, autant j'avais envie d'en parler.

Les premiers mois après ma sortie de l'hôpital, ce sentiment surgissait en moi lorsque je me rendais à l'immeuble Merhamet, m'asseyais sur le lit où Füsun et moi avions fait l'amour et regardais en fumant les objets qui m'entouraient. Je sentais que si je racontais mon histoire, je pourrais atténuer ma souffrance. Et pour ce faire, il me fallait révéler ma collection.

J'aurais bien aimé en parler à Zaim. Mais en janvier 1985, j'appris par Hilmi le Bâtard que Sibel et lui étaient très heureux ensemble et qu'ils attendaient un enfant. Il me raconta également que Nurcihan et Sibel s'étaient brouillées pour des vétilles. Vu que j'accordais de l'importance à mon histoire et n'avais nulle envie d'être perçu par les autres comme une personne brisée et écrasée je n'allais plus dans les restaurants et les clubs fréquentés par les habitués du Fuaye et du Garaj. La première et dernière fois que je mis les pieds au Şamdan, le nouveau lieu à la mode, je poussai le bouchon un peu loin afin de donner une autre image et de paraître joyeux : je passai mon temps à rire aux éclats, à faire de l'humour, à taquiner Tayyar, l'ancien serveur du Pelür, ce qui donna lieu à des tas de commérages sur mon compte du genre : « Il s'est enfin délivré de cette fille. »

Un jour où je croisai Mehmet dans une rue de Nişantaşı, nous convînmes de nous retrouver pour aller dîner un soir « entre hommes ». Les *meyhane* du Bosphore étaient désormais devenus des lieux où l'on pouvait se rendre chaque soir sans cérémonie particulière. Sentant ma curiosité, Mehmet commença par me parler des anciens amis et de ce qu'ils devenaient. Il me raconta que Nurcihan et lui étaient allés à Uludağ avec Tayfun et sa femme Figen ; que, suite à l'inflation, Faruk (le Faruk que Füsun et moi avions rencontré sur la plage de Sarıyer) avait des dettes en dollars et était en fait menacé par une inéluctable faillite qu'il réussissait à reporter grâce aux emprunts que les banques lui consentaient ; que Nurcihan et Sibel étant en froid, lui-même ne voyait plus Zaim bien qu'il n'ait aucun problème avec lui. Sans que je n'aie à poser la question, il m'expliqua que Sibel trouvait Nurcihan beaucoup trop vieux jeu à son goût et lui balançait des piques parce qu'elle allait écouter des chansons *alaturca* dans les *gazino* où se produisaient des artistes comme Müzeyyen Senar ou Zeki Müren et qu'elle jeûnait pour le ramadan (« Nurcihan fait le ramadan ? » demandai-je avec un sourire incrédule). Je sentis aussitôt que la cause essentielle du différend entre les deux anciennes amies n'était pas là. Pensant que je désirais réintégrer l'univers qui avait été le mien, Mehmet cherchait à me mettre de son côté mais c'était un faux calcul. Six mois après le décès de Füsun, j'avais clairement compris que jamais je ne reviendrais dans ce monde.

Au bout de quelques verres de raki, Mehmet avoua que malgré tout l'amour et le respect qu'il avait pour elle (ce deuxième sentiment était devenu encore plus important à présent), il avait moins de désir pour Nurcihan depuis la naissance de leur enfant. Ils avaient connu une grande passion, s'étaient mariés, mais avec l'arrivée de l'enfant, en peu de temps, tout était redevenu comme avant et Mehmet avait retrouvé ses anciennes habitudes. Parfois, il sortait seul dans de nouveaux lieux de distraction. D'autres fois, laissant l'enfant chez sa grand-mère paternelle, Nurcihan et lui sortaient tous les deux. Afin de me mettre du baume au cœur et de me changer les idées, Mehmet décida de me montrer les derniers lieux et restaurants à la mode fréquentés par les riches et les publicitaires et me conduisit dans les nouveaux quartiers de la ville.

Un autre soir, Nurcihan se joignit à nous ; dans un grand et récent quartier qui avait émergé en un an derrière Etiler, nous mangeâmes un plat indéfinissable présenté comme de la cuisine américaine. Nurcihan ne parla pas de Sibel et ne me demanda pas ce que je ressentais après la mort de Füsun. Mais elle dit quelque chose qui m'alla droit au cœur; au milieu du repas, de but en blanc, elle me déclara que viendrait un jour où je serais très heureux, qu'elle le sentait. Ces propos me firent davantage sentir que mes possibilités de bonheur dans la vie étaient taries. Mehmet était toujours le même, mais avec Nurcihan, j'avais l'impression de rencontrer une nouvelle personne comme si tous les souvenirs que nous avions en commun s'étaient effacés. Je percevais également que ce sentiment était lié à l'atmosphère du restaurant, à ces nouvelles rues que je n'aimais pas du tout.

Ces rues et ces étranges quartiers en béton qui poussaient comme des champignons accentuaient ce que j'avais éprouvé sitôt sorti de l'hôpital, l'impression qu'Istanbul se transformait en un lieu radicalement différent depuis la mort de Füsun. Je peux affirmer à présent que c'est ce sentiment qui eut le plus d'impact pour me préparer aux longs voyages qui devaient durer des années.

C'est seulement lorsque je rendais visite à Tante Nesibe que j'avais l'impression qu'Istanbul était encore l'ancien Istanbul que j'aimais. Après mes premières visites que nous passions à pleurer ensemble, un soir, sans se perdre en bavardages, Tante Nesibe me dit que je pouvais entrer dans la chambre de Füsun, regarder et fouiller à ma guise et prendre tout ce que je voulais.

Avant de monter, je fis ce que Füsun et moi avions depuis longtemps transformé en rituel : je m'approchai de la cage de Citron et vérifiai qu'il avait à boire et à manger. Tout ce qui rappelait à Tante Nesibe les choses que nous faisions à l'heure du dîner, les conversations que nous avions en regardant la télévision et tout ce que nous avions partagé à table pendant huit ans lui faisait venir les larmes aux yeux.

Larmes… Silences… Comme nous souvenir de Füsun nous était difficile à tous deux, j'essayais d'abréger le plus possible les obligations avant de monter dans sa chambre. Toutes les deux semaines, je me rendais à leur logement de Çukurcuma en traversant Beyoğlu à pied; je dînais silencieusement avec Tante Nesibe en tâchant de ne pas parler de Füsun, je m'occupais de Citron qui vieillissait et devenait de plus en plus taciturne, contemplais chacun des tableaux d'oiseaux que Füsun avait réalisés ; sous prétexte de me laver les mains, je montais à l'étage puis, le cœur battant, j'entrais dans la chambre de Füsun, ouvrais placards et tiroirs et fouillais à l'intérieur.

Füsun avait rangé dans les tiroirs des petites armoires de sa chambre les peignes, brosses à cheveux, miroirs de poche, broches en forme de papillon, boucles d'oreilles et tout ce que je lui avais apporté le soir comme cadeaux au cours de toutes ces années. Retrouver au fond des tiroirs les mouchoirs, les chaussettes de tombola que je ne me souvenais même plus lui avoir offerts, les boutons en bois que nous avions achetés je crois pour sa mère, ses barrettes (et la Mustang miniature que lui avait offerte Turgay Bey), les lettres d'amour que je lui avais écrites et fait transmettre par Ceyda, engendrait en moi une grande fatigue morale et je n'arrivais pas à rester plus d'une demi-heure devant les placards et les tiroirs imprégnés de l'odeur de Füsun. Parfois, je m'asseyais au bord du lit et me reposais en fumant une cigarette ; d'autres fois, je regardais par la fenêtre, par-delà l'un de ces balcons sur lesquels elle avait représenté ses oiseaux ; parfois encore, je prenais un ou deux peignes, une paire de chaussettes, et les emportais.

Je comprenais à présent qu'il me fallait rassembler en un même endroit tous ces objets liés à Füsun, aussi bien ceux que j'avais entassés dès le début sans préméditation que ceux que je récupérais délibérément dans sa chambre, voire dans toute la maison ; mais où, je n'en savais rien. C'est seulement lorsque je commençai à voyager et à visiter les petits musées à travers le monde que je trouvai la réponse à cette question.

Pendant l'hiver 1986, un soir de neige après le dîner, alors que je passais de nouveau en revue les broches en forme de papillon, les boucles d'oreilles et les bijoux que je lui avais offerts en vain des années durant, dans un coin, rangées dans une boîte, j'aperçus les deux boucles en forme de papillon avec la lettre *F* que Füsun portait au moment de l'accident ; or, elle avait affirmé pendant des années que l'une d'elles était perdue. Je les pris et redescendis.

— Tante Nesibe, ces boucles viennent juste de retrouver leur place dans la boîte à bijoux de Füsun.

— Mon cher Kemal, afin de t'épargner de la tristesse, j'avais mis de côté sa robe rouge, ses chaussures et tout ce qu'elle portait ce jour-là de sorte que tu ne les voies pas. Je me suis dit qu'il était temps de les remettre à leur place, et tu l'as immédiatement remarqué.

— Elle avait les deux boucles d'oreilles sur elle?

— Ce soir-là, dans cet hôtel, avant de te rejoindre dans ta chambre, elle est repassée par la nôtre. D'un seul coup, elle a sorti ces boucles de son sac et les a mises. Je l'observais en faisant semblant de dormir. Lorsqu'elle est ressortie, je n'ai rien dit. Je voulais que vous soyez enfin heureux.

Je ne jugeai pas utile de lui dire que Füsun m'avait déclaré que sa mère avait fermé la porte à clef. Comment n'avais-je pas remarqué ces boucles d'oreilles pendant que nous faisions l'amour?

— Tante Nesibe, voici des années, je vous ai demandé si vous n'aviez pas vu l'une de ces boucles que je disais avoir oubliée devant le miroir de la salle de bains la première fois que j'étais venu chez vous, vous vous rappelez?

— Ah, franchement, je n'en sais rien, ne va pas remuer le couteau dans la plaie et me faire encore pleurer, mon garçon. La seule chose qu'elle m'a dite, c'est que, une fois à Paris, elle voulait mettre une paire de boucles d'oreilles et te faire une surprise. Ma petite Füsun avait tellement envie d'aller à Paris…

Tante Nesibe fondit en larmes. Puis elle s'excusa de pleurer ainsi.

Le lendemain, je réservai une chambre à l'Hôtel du Nord. Le soir, j'annonçai à ma mère que je partais pour Paris et que ce voyage me ferait du bien.

— Parfait, approuva-t-elle. Tu en profiteras pour t'occuper un peu des affaires de Satsat. Il ne faudrait pas qu'Osman mette la main sur tout.

81

Le musée de l'Innocence

Je ne pus répliquer à ma mère que ce n'est pas pour le travail que j'allais à Paris. Car si elle m'avait demandé quel était le motif de ce voyage, je n'aurais su que répondre. Moi-même, je ne tenais pas non plus à le connaître. Sur la route de l'aéroport, j'étais persuadé que ce voyage était une lubie liée à ma négligence envers les boucles d'oreilles de Füsun et à l'expiation de mes fautes.

Mais dès que je fus dans l'avion, je compris que j'avais entrepris ce voyage à la fois pour oublier et pour rêver. Chaque coin d'Istanbul grouillait de signes qui me la rappelaient. Alors que l'avion avait à peine décollé, je m'aperçus qu'il m'était plus aisé de réfléchir à Füsun et à mon histoire, de les envisager de façon globale et plus profonde. Quand j'étais à Istanbul, je voyais les choses à travers le prisme de mon obsession mais, dans l'avion, j'étais capable de considérer cette obsession et Füsun de l'extérieur.

J'éprouvai la même consolation et profonde compréhension en déambulant dans les musées. Je parle non pas de lieux imposants et bondés comme le Louvre ou Beaubourg mais des musées peu fréquentés que je trouvais souvent sur ma route, des collections que personne ne venait voir. Je me sentais merveilleusement bien en arpentant les salles de lieux comme le musée Édith Piaf fondé par un de ses admirateurs et que je pus visiter sur rendez-vous (j'y vis des brosses à cheveux, des peignes, des ours en peluche), le musée de la Préfecture de Police où je passai toute une journée, ou encore le musée Jacquemart-André où tableaux et objets se côtoyaient de façon très singulière (j'y vis des chaises vides, des lustres, des espaces intérieurs impressionnants et déserts). Dans la salle la plus reculée, j'échappais au regard des gardiens de musée qui me surveillaient en suivant le bruit de mes pas ; quand de l'extérieur me parvenaient le bourdonnement de la capitale, le bruit de la circulation et des travaux, je me sentais tout proche de la ville et de ses foules mais dans un tout autre univers ; je me rendais compte que ma souffrance s'atténuait au contact de l'étrangeté de ce nouveau monde à l'ambiance intemporelle et cela me consolait.

Parfois, porté par ce sentiment de consolation, je sentais que je pourrais également rassembler ma propre collection autour d'une histoire ; cette vie que tous, à commencer par ma mère et mon frère, pensaient que j'avais gâchée, je m'imaginais avec bonheur pouvoir l'exposer et la raconter à travers mon récit et ce qui restait de Füsun, dans un musée qui édifierait tout le monde.

Le musée Nissim de Camondo où je me rendis parce que je savais que son fondateur était un Levantin originaire d'Istanbul m'apporta une certaine libération en me montrant que je pourrais moi aussi fièrement exposer les ensembles d'assiettes et de couverts ayant appartenu aux Keskin ou encore la collection de salières que j'avais constituée en sept ans. Au musée de la Poste, je vis que je pourrais exposer les lettres que j'avais écrites à Füsun et celles qu'elle m'avait adressées ; dans le micromusée du Service des objets trouvés, je me rendis compte que tout ce que j'avais accumulé et qui me rappelait Füsun — par exemple le dentier de Tarık Bey, ses boîtes de médicaments et ses factures — était en fait digne d'être exposé. Dans la maison-musée Maurice Ravel située en dehors de la capitale et où je me rendis en une heure en taxi, j'eus presque les larmes aux yeux en voyant la brosse à dents, les tasses à café, les bibelots, les poupées, les jouets du célèbre compositeur ainsi qu'un rossignol en métal qui chantait dans une cage, me rappelant soudain Citron. En visitant ces musées parisiens, je n'avais nullement honte de ma collection de l'immeuble Merhamet. Je passais peu à peu du type honteux des objets qu'il récupérait à celui du fier collectionneur.

Je ne réfléchissais pas aux transformations qui s'opéraient dans mon âme en ces termes ; je me sentais simplement heureux en entrant dans les musées et je rêvais de pouvoir raconter mon histoire par le biais des objets. Un soir où je buvais seul au bar de l'Hôtel du Nord en regardant les inconnus qui m'entouraient, comme n'importe quel Turc se retrouvant à l'étranger (et ayant fait quelques études, et quelque peu aisé), je me surpris à me demander ce que ces Européens pouvaient bien penser de moi et de nous autres Turcs.

Ensuite, je me demandai comment je pourrais expliquer ce que j'éprouvais pour Füsun à quelqu'un qui ne connaissait pas Istanbul, Nişantaşı et Çukurcuma. Je me voyais comme un individu parti pour de lointains pays et y ayant passé de longues années : comme si j'avais vécu parmi les autochtones de Nouvelle-Zélande et étais tombé amoureux d'une fille tandis que j'observais leurs façons de travailler, de se reposer, de se divertir (et de parler en regardant la télévision) et leurs coutumes. Mes observations et l'amour que je vivais s'étaient totalement imbriqués.

À présent, tel un anthropologue, c'est seulement en exposant ustensiles de cuisine, bijoux et colifichets, vêtements, photos et tout ce que j'avais collecté que je pourrais donner un sens aux années que j'avais vécues.

Les derniers jours de mon séjour à Paris, je décidai de me rendre au musée Gustave Moreau, un peintre dont Proust avait parlé avec affection. Les oiseaux dessinés par Füsun à l'esprit, je pensais y passer un peu de temps. Je n'aimai guère les tableaux historiques au style classique et maniéré de Moreau mais le musée me plut. Le peintre avait consacré les dernières années de sa vie à transformer la maison familiale où il avait passé la majeure partie de son existence en un musée où, après sa mort, des milliers d'œuvres seraient exposées dans l'ancienne habitation et les deux étages qui lui servaient d'atelier. Ce faisant, cette demeure s'est transformée en une sorte de maison de souvenirs où chacun des objets qu'elle abrite rayonne d'un sens particulier, en un musée sentimental. Tandis que, faisant grincer le plancher, je déambulais dans les salles de la maison-musée où tous les gardiens sommeillaient, je fus happé par une impression que je pourrais presque qualifier de mystique. (Au cours des vingt années suivantes, je revins voir ce musée à sept reprises, et chaque fois que je marchais lentement dans ces pièces, j'éprouvais le même sentiment d'humilité.)

En rentrant à Istanbul, je filai tout droit chez Tante Nesibe. Je lui parlai brièvement de mon séjour et des musées parisiens, et peu après m'être attablé avec elle pour dîner, j'abordai le sujet qui m'occupait l'esprit.

— Cela fait des années que j'emporte des objets de cette maison, vous le savez, Tante Nesibe, dis-je avec l'aisance d'un ancien malade désormais capable de sourire de la pathologie dont il s'est débarrassé. Maintenant, c'est la maison elle-même, c'est tout l'immeuble que je veux.

— Comment cela?

— Vendez-moi l'appartement, le bâtiment au complet avec tous les objets qu'il contient.

— Et moi, que vais-je devenir?

Nous en discutâmes à la fois sérieusement et avec humour. J'expliquai d'un ton solennel que je voulais faire quelque chose en mémoire de Füsun dans ce lieu. Je ne manquai pas de représenter à Tante Nesibe que désormais elle serait malheureuse, à allumer toute seule son poêle dans cette maison. Je lui dis qu'elle pourrait aussi rester si elle le désirait. Tante Nesibe pleura un peu à l'idée de finir sa vie toute seule. Je lui dis que j'avais trouvé un appartement très bien dans la rue Kuyulu Bostan où ils habitaient jadis, à Nişantaşı.

— Dans quel immeuble? demanda-t-elle.

Un mois plus tard, dans le plus joli coin de la rue Kuyulu Bostan, un peu plus loin que l'ancienne habitation des Füsun (juste en face du bureau du tabac, du marchand de journaux et de la boutique du misérable Oncle Vicelard), nous procédâmes à l'achat d'un grand appartement pour Tante Nesibe. De son côté, cette dernière me céda l'immeuble de Çukurcuma, avec le rez-de-chaussée et tout ce qui se trouvait dans la maison. Comme me l'avait conseillé l'ami avocat qui s'était occupé du divorce de Füsun, nous fîmes également établir par un notaire l'inventaire des meubles et des objets.

Tante Nesibe ne se pressa pas pour intégrer son nouveau logement de Nişantaşı. Avec mon aide, elle emportait quelques affaires telle une jeune fille préparant tout doucement son trousseau, elle installait des lampes, mais chaque fois qu'elle me voyait, elle répétait en souriant que jamais elle ne pourrait partir de Çukurcuma.

— Kemal, mon fils, je n'arrive pas à laisser cette maison et mes souvenirs, qu'allons-nous faire?

— Eh bien, nous allons transformer cette maison en un lieu d'exposition pour nos souvenirs, Tante Nesibe, lui répondais-je.

Comme je partais pour des voyages de plus en plus longs, je la voyais moins à présent. Parce que je ne savais pas exactement ce que j'allais faire de la maison, des objets ainsi que de chacune de ces choses appartenant à Füsun et sur lesquelles je n'avais même pas le courage de poser les yeux.

Mon séjour initial à Paris servit de modèle à mes autres voyages. En arrivant dans une nouvelle ville, je commençais par m'installer dans un ancien mais confortable hôtel du centre que j'avais réservé depuis Istanbul ; puis, en prenant tout mon temps, sans faire l'impasse sur aucun, comme un élève appliqué et consciencieux s'acquittant sans faute de ses devoirs, je visitais tous les musées de premier plan de la ville dont j'avais préalablement pris connaissance dans les livres et les guides, je ratissais les marchés aux puces, les brocantes et certains magasins d'antiquités, j'y achetais parfois une salière, un cendrier, un tire-bouchon exactement identiques à ceux de chez les Keskin ou n'importe quel objet qui me plaisait. À Rio de Janeiro, à Hambourg, à Bakou, à Kyoto ou à Lisbonne, quel que soit le coin du monde où je me trouve, le soir à l'heure du dîner, je marchais longuement dans les petites rues des quartiers excentrés. Je regardais par les fenêtres ouvertes les intérieurs, les familles attablées devant la télévision pendant que les mères s'occupaient du repas dans la cuisine attenante à la salle à manger, comme chez les Füsun, les enfants, les pères, les jeunes femmes mariées et leurs désespérants époux, et même de riches cousins éloignés amoureux de la fille de la maison.

Le matin, je prenais mon petit déjeuner à l'hôtel sans me presser, je tuais le temps dans les rues et les cafés jusqu'à l'heure d'ouverture des petits musées, j'envoyais une carte postale à ma mère et à Tante Nesibe, jetais un œil sur les journaux locaux et tâchais de voir ce qu'il se passait dans le monde et à Istanbul, et à onze heures, mon cahier à la main et plein d'optimisme, je commençais ma visite des musées.

Dans les salles du musée de la Ville d'Helsinki où je m'étais rendu par une froide et pluvieuse matinée, je tombai sur des anciens flacons de médicaments similaires à ceux que j'avais trouvés dans

625

les tiroirs de Tarık Bey. En France, alors que j'arpentais les salles sentant l'humidité d'un ancien atelier de chapeaux transformé en musée dans la ville de Chazelles-sur-Lyon (j'étais le seul et unique visiteur), je vis la réplique exacte des chapeaux de mes parents. À Stuttgart, dans le musée régional du Wurtemberg installé dans le Vieux Château de la ville, alors que je regardais les jeux de cartes, les bagues, les rivières de diamants, les échiquiers et les peintures à l'huile, je pensais avec inspiration que les objets des Keskin et l'amour que j'éprouvais pour Füsun méritaient parfaitement, eux aussi, d'être présentés avec un tel faste. Dans le sud de la France, je passai une journée entière dans le musée international de la Parfumerie de la ville de Grasse, considérée comme la capitale mondiale du parfum, à essayer de me remémorer l'odeur de Füsun. Dans l'Ancienne Pinacothèque de Munich dont l'escalier me servirait plus tard de modèle pour mon propre musée, le tableau intitulé *Le Sacrifice d'Abraham* de Rembrandt me rappela le sens essentiel de cette histoire que j'avais racontée à Füsun des années plus tôt : donner ce que nous avons de plus précieux sans rien attendre en retour. Au musée de la Vie romantique à Paris, je restai longtemps à contempler avec un frisson le briquet, les bijoux, les boucles d'oreilles de George Sand ainsi qu'une mèche de cheveux agrafée sur un papier. À Göteborg, je restai patiemment assis devant les assiettes et les vases en porcelaine rapportés par la Compagnie suédoise des Indes orientales, désormais musée de la Ville. Quand, en mars 1987, je trouvai fermée la porte du petit musée de la Ville de Brevik où je m'étais rendu sur les conseils d'un camarade d'école travaillant à l'ambassade de Turquie à Oslo, je retournai passer la nuit dans la capitale norvégienne mais comme je tenais à tout prix à voir la poste datant de trois siècles, le studio de photographie et l'ancienne pharmacie, je revins à Brevik le lendemain. Sis dans un bâtiment ayant servi un temps de prison, le musée de la Mer de Trieste fut l'un des premiers lieux à me donner l'idée d'ajouter la maquette de l'un des bateaux du Bosphore (le *Kalender*, par exemple), auxquels les souvenirs de Füsun étaient inextricablement liés, aux objets que j'avais déjà collectés. En déambulant au milieu des touristes en short dans le musée des Papillons et des Insectes de La Ceiba sur la côte Caraïbe du Honduras — j'avais dû

626

faire des pieds et des mains pour obtenir un visa —, je songeai à la possibilité d'exposer comme une véritable collection de papillons les broches que j'avais offertes durant des années à Füsun et même à appliquer le même traitement aux moustiques, mouches et taons trouvés dans la maison des Keskin. En Chine, dans le musée de la Médecine chinoise de la ville de Hangzhou, j'eus l'impression de me retrouver devant les boîtes de médicaments de Tarık Bey. À Paris, j'eus la fierté de constater que la collection du récent musée du Tabac était beaucoup plus maigre que celle que j'avais pu constituer en huit ans. Par une agréable matinée de printemps à Aix-en-Provence, je me souviens d'avoir regardé les étagères, pots et objets exposés dans les salles claires du musée-atelier Paul Cézanne avec admiration et un bonheur infini. Dans le propret musée de la Maison Rockox à Anvers, je compris une nouvelle fois que c'est dans les calmes et petites maisons-musées où le passé hantait comme un fantôme les objets que je trouvais une beauté et une consolation qui me reliaient à la vie. Mais pour accepter et aimer ma propre collection de l'immeuble Merhamet au point de réussir à l'exhiber avec fierté, me fallait-il aller au musée Freud à Vienne et voir sa foisonnante collection de statues et d'objets anciens? Était-ce la nostalgie du coiffeur Basri ou de Cevat le Bavard qui me poussait à aller visiter l'ancienne boutique de coiffeur au Museum of London chaque fois que je passais par Londres au cours de ces premiers voyages? Dans le musée Florence Nightingale installé sur le site d'un hôpital et que j'étais allé visiter en espérant y voir des photos ou des objets datant de son séjour à Istanbul où la célèbre infirmière était arrivée pendant la guerre de Crimée, je ne découvris rien qui me rappelât Istanbul mais une barrette à cheveux dont Füsun possédait exactement le même modèle. En France, dans le musée du Temps installé dans un ancien palais de la ville de Besançon, tout en écoutant le profond silence qui régnait entre le tic-tac des horloges, je m'abîmai dans des réflexions sur les musées et le temps. Dans le musée Teyler de Haarlem aux Pays-Bas, tandis que je déambulais dans le silence en regardant les minéraux, fossiles, médailles, pièces de monnaie et anciens outils présentés dans de vieilles vitrines en bois, à un moment, sous le coup d'une subite inspiration, je crus pouvoir

627

exprimer ce qui donnait du sens à mon existence et m'apportait une profonde consolation mais, de même que l'amour, ce qui m'attachait à ces lieux se déroba à ma tentative de définition. J'éprouvai le même bonheur en contemplant les lettres, peintures à l'huile, pièces de monnaie et objets quotidiens exposés dans le musée du Fort Saint-George à Madras — la première forteresse construite en Inde par les Anglais — tandis que, dans une chaleur moite, un énorme ventilateur tournait au-dessus de ma tête. C'est en visitant le musée de Castelvecchio à Vérone, en gravissant les marches et voyant la lumière tomber comme un voile de soie sur les sculptures grâce à l'architecte Carlo Scarpa que pour la première fois je perçus clairement à quoi pouvait être dû le bonheur que me procuraient les musées : cela tenait non seulement à leurs collections mais aussi à l'équilibre dans la disposition des images et des objets. Mais à Berlin, le bâtiment Martin Gropius qui abrita un temps le musée des Arts décoratifs m'enseigna que le contraire aussi pouvait être exact ; avec de l'intelligence et de l'humour n'importe quel objet pouvait être collecté, il fallait conserver tout ce que nous aimions et chaque chose concernant ceux que nous aimions ; même si nous n'avions ni maison ni musée, la poésie de la collection que nous avions constituée serait la demeure de ces objets. À la Galerie des Offices à Florence, le tableau du Caravage intitulé *Le Sacrifice d'Isaac* me fit d'abord venir les larmes aux yeux parce que je n'avais pu le voir avec Füsun, puis il me montra que la leçon à tirer de l'histoire du sacrifice d'Abraham était que l'on pouvait substituer un autre objet à celui de notre affection, et que c'est pour cela que j'étais si attaché aux objets de Füsun que j'avais rassemblés durant des années. Dans la maison-musée de Sir John Soane où je me rendais chaque fois que je passais à Londres et dont j'adorais le côté encombré et hétéroclite, je restais des heures assis seul dans un coin à écouter la rumeur de la ville et à penser avec bonheur qu'un jour, moi aussi, j'exposerais de la sorte les objets de Füsun et que cette dernière me sourirait depuis le monde des anges. Mais c'est l'atmosphère sentimentale du dernier étage du musée Frederic Marès de Barcelone foisonnant de barrettes à cheveux, boucles d'oreilles, jeux de cartes, clefs, éventails, flacons de parfum, mouchoirs, broches, colliers, sacs et bracelets

628

qui me montra ce que je pourrais faire des derniers effets de Füsun. Ce lieu me revint en mémoire dans le musée du Gant à Manhattan, au cours de mon premier périple aux États-Unis, qui dura plus de cinq mois et où je visitai deux cent soixante-treize musées. Dans le Museum of Jurassic Technology de Los Angeles, j'éprouvai le sentiment qui m'avait déjà saisi dans certains musées, cette impression récurrente de me trouver dans un espace-temps tout autre que celui dans lequel vivait le reste de l'humanité. Au musée Ava Gardner de la ville de Smithfield en Caroline du Nord où je volai une affiche d'exposition qui montrait la star posant dans une publicité pour un service de porcelaine, je fus pris d'une telle nostalgie pour Füsun en voyant les photos d'Ava lorsqu'elle était écolière, ses chemises de nuit, ses gants et ses bottes, que j'eus envie d'abréger mon voyage et de rentrer à Istanbul. Après avoir consacré deux journées entières à voir la collection de canettes de bière et de soda du musée des Canettes et de la Publicité qui venait d'ouvrir aux environs de Nashville — mais qui ferma par la suite —, je me souviens d'avoir de nouveau désiré rentrer chez moi, mais je continuai. Ce n'est que cinq semaines plus tard, en voyant dans le musée de la Tragédie dans l'Histoire américaine de St. Augustine en Floride — qui serait lui aussi voué à disparaître — l'épave de la Buick modèle 1966 à la carrosserie défoncée et rouillée à bord de laquelle la célèbre Jayne Mansfield avait trouvé la mort dans un accident de la route en 1967 que je parvins enfin à me décider à rentrer à Istanbul. Je comprenais que le musée personnel d'un authentique collectionneur devait être l'endroit où il vivait.

Je ne restai pas longtemps à Istanbul. En voyant notre Chevrolet 1956 sous un figuier dans un terrain vague à l'arrière de l'atelier du réparateur de Chevrolet Şevket Usta que j'avais trouvé du côté de Maslak grâce aux indications de Çetin Efendi, je fus soudain assailli par une intense émotion. Le coffre était ouvert, les poules de la basse-cour d'à côté se promenaient dans l'épave rouillée, les enfants jouaient autour... Comme l'avait précisé Şevket Usta, certaines parties de la voiture étaient restées intactes ; des pièces comme le bouchon du réservoir d'essence, la boîte de vitesses ou les manivelles des vitres arrière avaient été récupérées pour d'autres modèles 56 dont la plupart étaient encore en service à Istanbul comme taxis ou *dolmuş*. Je passai la tête dans la voiture, près du tableau de bord dont les aiguilles, les boutons et le volant à l'état de ruine fonctionnaient parfaitement à une époque et, en sentant l'odeur du revêtement des sièges chauffant légèrement sous le soleil, j'eus l'impression de vaciller un instant. Je touchai instinctivement le vieux volant que je connaissais depuis mon enfance mais, sous le poids des souvenirs, je fus envahi par une immense fatigue.

— Que se passe-t-il, Kemal Bey ? Venez donc vous asseoir par ici, me dit Çetin Efendi d'un ton compréhensif. Les enfants, vous voulez bien nous apporter un verre d'eau ?

Pour la première fois depuis la mort de Füsun, je faillis pleurer en public. Je me ressaisis aussitôt. Un apprenti aux vêtements aussi noirs que ceux d'un charbonnier et couverts de taches d'huile mais aux mains d'une propreté irréprochable nous apporta du thé sur un plateau où il était écrit « Chypre turque » (je le précise par habitude ; le visiteur du musée de l'Innocence le chercherait en vain) et, au terme d'un bref marchandage, nous récupérâmes la voiture de mon père.

— Où allons-nous la mettre à présent ? demanda Çetin Efendi.

— Je voudrais vivre avec cette voiture sous le même toit jusqu'à la fin de ma vie, répondis-je.

Je l'avais dit en riant, mais Çetin Efendi perçut ce qu'il y avait de sincère dans ce désir et m'épargna la fameuse phrase que me servaient les autres : « La vie ne s'arrête pas avec la défunte, Kemal Bey. » S'il l'avait prononcée, je lui aurais dit que le musée de l'Innocence était un lieu fondé pour vivre avec les morts. Comme je n'avais pas eu l'occasion d'assener la réponse que j'avais préparée, je dis crânement :

— Il y a aussi beaucoup de choses dans l'immeuble Merhamet. Je veux tout rassembler sous le même toit et vivre avec.

J'avais pas mal de héros de l'aventure muséale à qui m'identifier. Nombreux sont ceux qui, à l'instar de Gustave Moreau, transformèrent les demeures où ils vécurent avec leurs collections les dernières années de leur existence en musées qui ouvriraient leurs portes après leur mort. J'aimais les lieux qu'ils avaient fondés. Et pour voir les centaines de musées que j'affectionnais ainsi que les milliers d'autres que je n'avais pas encore visités et qui m'intriguaient, je poursuivis mes voyages.

82

Les collectionneurs

Au fil de mes voyages autour du monde et de mes expériences à Istanbul, j'ai pu faire le constat suivant : il existe deux types de collectionneurs.

1. Les Orgueilleux, qui tirent fierté de leur collection et désirent l'exposer (généralement issus de la civilisation occidentale).
2. Les Honteux, qui cachent dans un coin ce qu'ils accumulent (un cas de figure en dehors de la modernité).

Pour les Orgueilleux, les musées représentent un aboutissement naturel de leurs collections. Quel que soit son point de départ, une collection est faite pour finalement être exposée dans un musée. Je l'ai beaucoup vu dans les récits officiels des petits musées privés américains : dans la présentation du musée des Canettes et de la Publicité, il était écrit que Tom avait ramassé par terre sa première canette de soda dans son enfance, un jour en rentrant de l'école. Ensuite, il en avait récupéré une autre, puis une troisième et, au bout d'un moment, son objectif fut d'accumuler toutes les canettes de soda existantes et de les exposer dans un musée.

Les Honteux quant à eux accumulent pour accumuler. Pour eux comme pour les collectionneurs tirant fierté de leur marotte, accumuler des objets constitue au départ une réponse à une souffrance, un problème ou une obscure pulsion, une consolation, voire un remède — comme le lecteur le déduira de ma propre situation. Mais la société dans laquelle évoluent les Honteux n'accordant pas d'importance aux musées ni aux collections, le fait d'accumuler est perçu comme une honte à cacher et non comme une activité estimable concourant à l'accroissement de la connaissance. Au pays des Honteux en effet, les collections sont le signe non pas d'un savoir profitable mais uniquement d'une blessure honteuse.

Quand je recherchai pour le musée de l'Innocence les affiches, les photos exposées dans les cinémas et les billets des films que nous avions vus durant l'été 1976, les collectionneurs stambouliotes d'objets de cinéma avec qui je nouai des relations les premiers mois de l'année 1992 me révélèrent aussitôt ce qu'était ce sombre sentiment de honte propre à celui qui accumule des objets et que j'aurais plusieurs fois l'occasion de voir dans maints endroits de la ville.

Au terme d'un marchandage serré, après avoir accepté de me vendre les photos de films comme *Les Affres de l'amour cessent avec la mort* et *Entre deux feux* destinées à l'affichage dans les halls de cinéma et m'avoir exprimé son contentement que je m'intéresse à sa collection, Hıfzı Bey commença à se justifier :

— Cela me coûte beaucoup de me séparer de ces objets que j'aime tant, Kemal Bey. Mais que ceux qui se moquent de moi et de ma passion, et qui me reprochent d'encombrer la maison avec toutes ces saletés voient donc que quelqu'un issu d'une bonne famille et cultivé comme vous l'êtes accorde de la valeur à ce que je conserve. Je ne bois pas, je ne fume pas, je ne joue pas, je ne cours pas... Mon seul vice, c'est de collectionner des photos d'acteurs et de films... Vous voulez les photos prises sur le bateau *Kalender* pendant le tournage de *Entendez le cri de ma mère* dans lequel Papatya a joué quand elle était toute jeune ? Elle a une robe à fines bretelles, les épaules dénudées... Si jamais vous voulez jeter un œil sur les photos du film *Le Palais noir* abandonné en cours de route parce que l'acteur principal Tahir Tan s'est suicidé, et que je suis le seul jusqu'à présent à avoir vues, passez donc ce soir dans mon galetas. Par ailleurs, j'ai aussi des photos de *Station centrale*, l'un des premiers films de la génération turco-allemande dans lequel Inge, le mannequin allemand employé dans la campagne de lancement du premier soda turc aux fruits, interprète le rôle d'une Allemande au grand cœur, turcophile et amoureuse

632

du personnage joué par Ekrem Güçlü ; ce sont les scènes de baisers qui étaient affichées dans les halls de cinéma.

Quand je lui demandai auprès de qui d'autre je pourrais me procurer les images de films qui m'intéressaient, Hıfzı Bey m'expliqua qu'il y avait pléthore de collectionneurs dont le logement était plein à craquer de photos, de films et d'affiches. Lorsque chutes de films, monceaux de papiers, de photos, de journaux et de revues accumulés finissaient par chasser leurs proches, ces collectionneurs (qui ne s'étaient pour la plupart jamais mariés) se mettaient à ramasser tout ce qu'ils trouvaient, transformant rapidement leur habitation en véritable maison poubelle. Certains collectionneurs célèbres étaient forcément en possession de ce que je cherchais mais le plus dur serait de parvenir à remettre la main dessus ; leur antre était tellement bondé qu'il devenait presque impossible d'y pénétrer.

Mais devant mon insistance, Hıfzı Bey finit par céder et par m'introduire dans certaines de ces maisons poubelles de l'Istanbul des années 1990 dont les amateurs parlaient comme d'une légende.

C'est dans ces taudis que je m'employai à dénicher nombre des photos de halls de cinéma que j'exposerais dans mon musée, des vues d'Istanbul, des cartes postales, des billets de cinéma, des menus de restaurant que je n'avais pas pensé à conserver en leur temps, des boîtes de conserve rouillées, de vieilles pages de journaux, des sachets en papier portant des logos de société, des boîtes de médicaments, des bouteilles, des photos de la vie quotidienne de la ville évoquant bien plus l'Istanbul que Füsun et moi avions connu que les photos d'acteurs célèbres. Dans une vieille habitation de deux étages du quartier de Tarlabaşı, assis sur une chaise en plastique au milieu de montagnes d'objets et de papiers, le propriétaire à l'apparence relativement normale me déclara fièrement qu'il possédait quarante-deux mille sept cent quarante-deux pièces.

La honte que j'avais ressentie dans cette maison, je l'éprouvai à nouveau à Üsküdar, en regardant la collection d'un agent du gaz à la retraite qui vivait seul avec sa mère alitée dans la seule pièce chauffée de leur logement où j'avais difficilement réussi à me glisser. (Il était impossible d'entrer dans les autres pièces gelées parce qu'elles étaient bondées d'objets : j'aperçus de loin de vieilles lampes, des boîtes de détergent et certains jouets de mon enfance.) Ce qui me faisait honte était non pas de voir la mère de cet ancien employé du gaz constamment le houspiller et l'humilier, mais de savoir que tous ces objets, fourmillant des souvenirs de personnes qui avaient déambulé à une époque dans les rues d'Istanbul, vécu dans ses bâtisses et dont la plupart étaient mortes aujourd'hui, allaient disparaître sans pouvoir entrer dans un musée, être classifiées ni trouver place dans un cadre ou une vitrine. J'avais entendu le récit du drame survenu dix ans plus tôt d'un photographe grec qui, après avoir photographié durant quarante ans mariages, fiançailles, naissances, réunions professionnelles et *meyhane* de Beyoğlu, avait dû brûler dans la chaudière d'un immeuble toute sa collection de négatifs parce qu'il ne savait où les stocker et ne trouvait pas preneur. Même gratuitement, personne n'avait voulu des photos de noces, de festivités et d'assemblées de toute une ville. Les occupants de ces maisons poubelles devenaient un sujet de moquerie dans l'immeuble et le quartier ; en raison de leur solitude, de leur mauvais caractère et de leur habitude de fouiller les poubelles et les carrioles des brocanteurs, on en avait peur. Sur un ton dépourvu d'affliction, l'air de rendre compte d'une réalité de la vie, Hıfzı Bey m'avait raconté que, après leur décès, les monceaux d'objets qu'ils avaient accumulés chez eux étaient brûlés avec une colère empreinte de religiosité sur un terrain vague du quartier (l'aire sur laquelle on tuait les moutons pour la fête du sacrifice), ou bien donnés à un brocanteur ou un éboueur.

En décembre 1996, à Tophane, à sept minutes à pied de chez les Keskin, un homme solitaire appelé Necdet Sans-Nom et grand récupérateur d'objets (appellation erronée pour « collectionneur ») mourut écrasé sous les piles de papiers et vieilles affaires qu'il accumulait dans son petit logement mais on le découvrit seulement quatre mois plus tard quand, avec la chaleur croissante, l'odeur émanant de chez lui devint insupportable. La porte d'entrée étant bloquée par les choses amoncelées, les pompiers durent passer par la fenêtre. Lorsque l'événement fut relaté dans les journaux sur un ton oscillant entre humour et effroi, la peur qu'inspiraient ces récupérateurs de tout et n'importe quoi ne fit qu'augmenter chez les Stambouliotes. Il me revient un autre détail étrange — et que le lecteur ne jugera pas superflu, j'espère — que je dois à la capacité que j'avais alors de réfléchir en même temps à tout ce qui concernait Füsun. Vers la fin de la soirée des fiançailles au Hilton, quand le thème du spiritisme fut abordé, c'est de Necdet Sans-Nom dont le cadavre pourrirait sous les monceaux d'objets et de papiers qui l'avaient écrasé que Füsun parla, et elle le croyait déjà mort.

Le sentiment de se livrer à une activité infamante qu'il valait mieux cacher et la profonde honte qui en découlait, je les perçus également dans les yeux d'autres collectionneurs qui apportèrent une grande contribution à mon musée et à la mémoire de Füsun, et je tiens à les citer avec reconnaissance. J'ai déjà fait mention de Halit Bey le Malade, le collectionneur de cartes postales le plus célèbre d'Istanbul que je rencontrai à l'époque où, entre 1995 et 1999, je m'étais mis en tête de trouver une carte postale de chaque quartier et de chaque rue où j'étais passé avec Füsun. Un collectionneur refusant catégoriquement de voir son nom apparaître dans notre livre et dont j'expose avec joie la collection de clefs et de poignées de portes soutenait que chaque Stambouliote (masculin, voulait-il dire) en touchait environ vingt mille différentes au cours de sa vie ; ce qui m'avait convaincu que « la main de la personne que j'aimais » avait forcément dû effleurer un grand nombre de celles dont j'avais fait l'acquisition. Toute ma reconnaissance va également à un collectionneur du nom de Siyami Bey, qui consacra les trente dernières années de son existence à retrouver les clichés qui avaient été faits de chaque bateau traversant le Bosphore depuis l'invention de la photographie ; je le remercie d'avoir partagé avec moi ceux qu'il possédait en double, de m'avoir offert la possibilité de montrer aux visiteurs de mon musée ces photos de bateaux dont j'entendais les sirènes quand je pensais à Füsun ou marchais avec elle et, tel un Occidental, d'avoir exhibé sans honte sa collection. Après avoir âprement marchandé chacune de ses pièces, un autre collectionneur, qui préfère taire son nom et à qui je dois des remerciements pour sa collection de petits médaillons en papier que l'on épinglait au col dans les enterrements entre les années 1975 et 1980, me posa la question essentielle et quelque peu teintée de mépris que j'avais maintes fois entendue de la part de ces gens. Je lui répondis ce que je disais à tout le monde :

— Je fais un musée.

— D'accord, mais ce n'est pas ce que je demande. Pour quelle raison veux-tu tout cela ?

Cette question signifiait que quiconque avait la manie de collectionner des choses pour lui-même cachait forcément une peine de cœur, une profonde souffrance, une blessure psychologique difficile à cerner. Quel était mon problème ? Avais-je perdu un être cher, souffrais-je de n'avoir pu agrafer son portrait à mon col lors de son enterrement ? Ou bien ma profonde affliction était-elle aussi honteuse et ineffable que celle de la personne qui m'interrogeait ?

Dans l'Istanbul des années 1990, non seulement les musées personnels ne connaissaient aucun essor mais, non contents de se vouer secrètement un mutuel mépris à cause de leurs obsessions, les collectionneurs ne rataient jamais une occasion de médire ouvertement les uns des autres. La jalousie du collectionneur s'en mêlant, ces dénigrements ne faisaient qu'empirer. On commençait à savoir que Tante Nesibe avait déménagé à Nişantaşı et, grâce à la célérité de l'architecte İhsan, que je caressais le projet de transformer l'ancien immeuble des Keskin en musée — en « vrai musée privé comme en Europe ! » — et que j'étais fortuné. J'espérais que cela suffirait à radoucir les collectionneurs stambouliotes à l'attitude dédaigneuse. Car au lieu de me voir comme un être en proie à une profonde et secrète blessure, autrement dit aussi fêlé qu'eux, ils pouvaient se dire que si je collectionnais des objets, c'est tout simplement parce que j'étais riche et désirais faire un musée juste pour la gloire, comme en Occident.

Sur l'insistance de Hıfzı Bey et dans l'espoir de tomber sur quelque chose susceptible de me rappeler Füsun et de trouver sa place dans mon histoire, je me rendis à l'une des réunions de l'Association des amateurs d'objets récupérables, récemment fondée et première du genre en Turquie. Dans la petite salle que l'association avait louée pour la matinée, j'eus l'impression de me retrouver parmi les brebis galeuses de la société. Les membres de l'association dont le nom de certains m'était déjà connu en tant que collectionneurs (sept personnes, dont Suphi le Givré, que le lecteur connaît déjà) me traitèrent avec un mépris encore plus grand que celui qu'ils réservaient à leurs congénères stambouliotes. Ils me parlèrent très peu et me vexèrent affreusement en se comportant avec moi comme si j'étais quelqu'un de suspect, un espion, un étranger. Comme Hıfzı Bey me l'expliqua plus tard, l'air de s'excuser, le fait que je cherche remède à ma peine dans des objets alors même que j'étais riche suscitait en eux un sentiment de colère, de dégoût et de désespérance face à la vie. Parce qu'ils avaient la naïveté de croire que si un jour ils devenaient riches, leur maladive manie d'accumuler prendrait fin. À mesure que l'histoire de mon amour pour Füsun leur revenait aux oreilles, ces premiers sérieux collectionneurs stambouliotes m'apportèrent peu à peu leur aide et s'ouvrirent à moi de leurs efforts pour refaire surface.

Avant de déménager les affaires de l'immeuble Merhamet à Çukurcuma, je pris en photo l'ensemble de ma collection entassée dans la chambre où Füsun et moi faisions l'amour vingt ans plus tôt. (Désormais, le bruit d'un système de ventilation avait remplacé les cris et les insultes des gamins qui jouaient au football dans l'arrière-cour.) Lorsque ces objets rejoignirent tous les autres — ceux que j'avais rapportés de mes voyages, ceux déjà présents chez les Keskin, ceux que j'avais trouvés dans les maisons poubelles, auprès des membres de l'association et des gens qui avaient été mêlés à mon histoire — dans la maison-musée de Çukurcuma, l'idée qui m'était venue pendant mes périples à l'étranger, notamment dans les marchés aux puces, ressurgit devant moi sous forme d'image :

Tous ces objets, ces salières, bibelots de chien, dés à coudre, crayons, pinces à cheveux ou cendriers se dispersaient en silence dans le monde comme les groupes de cigognes qui survolaient Istanbul deux fois par an pour la migration. Dans les marchés aux puces d'Athènes et de Rome, j'avais vu exactement le même briquet que celui que j'avais acheté à Füsun et d'autres briquets fort semblables dans les magasins de Paris et de Beyrouth. Cette salière restée deux ans durant sur la table des Keskin était produite dans une fabrique d'Istanbul, je l'avais revue dans les restaurants de quartiers excentrés de la ville mais également dans un restaurant musulman de New Delhi, dans une cantine des vieux quartiers du Caire, sur les bâches en plastique que les brocanteurs étalaient sur les trottoirs de Barcelone les jours de marché, et à Rome, dans une banale boutique d'ustensiles de cuisine. Quelqu'un avait produit

637

cette salière quelque part ; le modèle avait été repris, reproduit dans des matières semblables et lancé sur le marché d'autres pays ; au sud de la Méditerranée et notamment dans les Balkans, des millions de copies de cette salière avaient participé à la vie quotidienne de millions de familles durant de longues années. Comment ce modèle de salière avait-il pu atteindre des coins si lointains du monde restait un mystère du même ordre que la façon dont les oiseaux migrateurs parvenaient à communiquer entre eux et à suivre chaque fois la même route. Puis, tel le vent du nord rejetant une foule d'objets sur le rivage, une autre vague de salières emportait les anciennes pour en laisser de nouvelles à la place ; et sans même se rendre compte du lien sentimental qui les liait à ces objets avec lesquels ils avaient passé une importante partie de leur existence, la plupart des gens les oubliaient.

J'avais emporté ma collection ainsi que le sommier, le matelas à l'odeur de moisi et les draps bleus du lit sur lequel Füsun et moi faisions l'amour dans l'immeuble Merhamet sous les combles de la bâtisse que nous avions réaménagée en musée. Ce sombre et humide espace sous les toits qui abritait le réservoir d'eau et où souris, araignées et cafards se promenaient à leur guise à l'époque où les Keskin vivaient ici était devenu une pièce propre, claire et donnant sur les étoiles. Le soir où je bus trois verres de raki après y avoir installé le lit, j'eus envie de dormir là-bas, en serrant contre moi tous les objets qui me rappelaient Füsun, enveloppé et baigné dans leur atmosphère sentimentale. Un soir de printemps, j'ouvris la nouvelle porte de la rue Dalgıç avec ma propre clef, entrai dans cette maison qui se métamorphosait en un musée dont l'agencement intérieur allait désormais se modifiant, je gravis tout doucement comme un fantôme le long escalier droit et, une fois arrivé sous les combles, je me jetai sur le lit et m'endormis.

Certains remplissent d'objets l'endroit où ils vivent et le transforment en musée vers la fin de leur vie. Quant à moi, avec mon lit, ma chambre et ma présence, je tâchais de refaire une maison dans une habitation qui avait été transformée en musée. Que peut-il y avoir de plus beau que de dormir dans le même endroit que les objets auxquels nous sommes attachés par des souvenirs et de profonds liens sentimentaux !

Les soirs de printemps et d'été notamment, je commençai à passer plus souvent la nuit dans cet étage sous les combles. Grâce à la grande ouverture que l'architecte İhsan avait pratiquée au centre de la bâtisse, je ressentais en moi la forte présence non seulement de chacun des objets de ma collection mais aussi de tout l'édifice. Les vrais musées sont des endroits où le Temps devient Espace.

Ma progressive installation dans les combles de mon musée ne plut guère à ma mère; mais voyant que je déjeunais souvent avec elle, qu'en dehors de Zaim et de Sibel je renouais avec certains de mes anciens amis, que l'été j'allais à Suadiye et faisais des excursions en bateau sur les îles des Princes, et comme elle pensait que c'était pour moi la seule façon de surmonter la douleur de la perte de Füsun, elle ne souffla mot; et contrairement à tout l'entourage, elle trouvait parfaitement naturel que je fonde dans l'ancienne habitation des Keskin un musée constitué d'objets appartenant à notre vie et retraçant l'histoire de mon amour pour Füsun.

— Tu peux prendre les vieilles affaires qui sont dans mon armoire, il y en a aussi dans les tiroirs… Les sacs, ces chapeaux, je ne les porterai plus… les anciens trucs de ton père… Prends aussi mes aiguilles à tricoter, les boutons… Ce n'est pas à soixante-dix ans que je vais me remettre à coudre, disait-elle.

Lorsque j'étais à Istanbul, je voyais également une fois par mois Tante Nesibe qui semblait contente de son nouveau cadre de vie et de son appartement. Un jour, je lui racontai avec enthousiasme que, au terme de l'accord qu'il avait établi avec la ville de Berlin, Heinz Berggruen dont je venais de visiter le musée avait obtenu d'occuper jusqu'à son dernier jour l'étage sous les toits du bâtiment qui abritait la collection qu'il avait constituée tout au long de sa vie.

— Ce qui veut dire qu'en se promenant dans le musée, dans les escaliers ou les salles d'exposition, les gens peuvent croiser le fondateur de la collection avant sa mort. C'est bizarre, non?

— Que Dieu vous accorde longue vie, Kemal Bey, répondit Tante Nesibe en allumant une autre cigarette.

Puis elle se mit à pleurer à cause de Füsun et, sans essuyer les larmes qui coulaient sur ses joues, la cigarette aux lèvres, elle me sourit.

83

Bonheur

Une nuit, dans ma petite chambre sans rideau sous les toits de la maison de Çukurcuma, éveillé par un rayon de lune, je me levai et jetai un œil en bas, par la grande ouverture créée au centre du musée. Le rai de lumière argentée qui s'infiltrait par les fenêtres de mon petit musée dont je pensais parfois qu'il ne serait jamais achevé donnait une dimension effrayante à cet espace vide et à l'ensemble de la bâtisse, qui semblait se perdre dans l'infini. Aux étages du dessous dont chacun courait comme un balcon le long de l'ouverture centrale, la collection que j'avais constituée pendant trente ans demeurait globalement dans l'ombre. Les meubles et les objets que Füsun et la famille Keskin avaient utilisés dans cette maison, la carcasse de la Chevrolet rouillée… du poêle au réfrigérateur, de la table autour de laquelle nous avions dîné ensemble pendant huit ans à la télévision, je pouvais apercevoir chaque pièce et, tel un maître chaman sachant capter l'âme des choses, je sentais en moi frémir leurs histoires.

Cette nuit-là, je compris qu'il faudrait établir un catalogue relatant en détail l'histoire de chacun des objets de mon musée. Ce qui conduirait forcément à faire le récit de mon amour pour Füsun et de la fascination qu'elle exerçait sur moi.

Dans l'ombre que modelait le clair de lune, tous ces objets semblaient suspendus dans le vide et, tels les atomes insécables d'Aristote, se faire le symbole d'un instant indivisible. De même que le trait qui reliait chaque instant était le Temps selon Aristote, je comprenais que le trait qui relierait tous ces objets serait un récit. Autrement dit, je pourrais confier la rédaction du catalogue de mon musée à un écrivain qui y travaillerait comme s'il s'agissait d'un roman. Je n'étais nullement tenté de m'essayer moi-même à un tel livre. Qui donc pourrait s'acquitter de cette tâche à ma place ?

C'est ainsi que j'en vins à faire appel à M. Orhan Pamuk qui, avec mon aval, rédigea ce livre en parlant par ma bouche. Son père et son oncle avaient travaillé un temps avec mon père et les nôtres. Il était issu d'une vieille famille de Nişantaşı qui avait perdu sa fortune et j'avais pensé qu'il serait parfaitement à même de bien saisir l'arrière-plan de mon histoire. J'avais entendu parler de lui comme d'un homme consciencieux, d'un très grand sérieux et ayant la passion de raconter des histoires.

J'avais veillé à soigneusement préparer notre premier entretien. Avant de lui parler de Füsun, je lui dis que ces quinze dernières années j'avais visité mille sept cent quarante-trois musées à travers le monde, que je collectionnais les billets d'entrée et, pensant que cela l'intéresserait, je l'entretins des musées des écrivains qu'il aimait : dans le musée Dostoïevski à Saint-Pétersbourg, sans doute aurait-il souri en découvrant que la seule pièce authentique était un chapeau conservé sous une cloche de verre avec une étiquette précisant « Appartint réellement à Dostoïevski ». Dans la même ville, que disait-il du fait que durant l'époque stalinienne la maison qu'avait occupée Nabokov et désormais transformée en musée avait abrité les bureaux de la commission locale de censure ? Je lui racontai que dans le musée Marcel Proust à Illiers-Combray, voir les portraits des personnes qui lui avaient servi de modèles pour ses personnages de roman m'avait davantage renseigné sur le monde dans lequel vivait l'écrivain que sur son univers romanesque. Non, les musées d'écrivains ne me paraissaient nullement ineptes. Par exemple, concernant la maison de Spinoza de la petite ville hollandaise de Rijnsburg, j'avais trouvé très judicieux que toutes les œuvres de l'auteur dont les titres étaient répertoriés dans le procès-verbal dressé après sa mort soient rassemblées au complet et exposées en fonction de leur importance, comme c'était l'habitude au dix-septième. Dans le musée Rabindranath Tagore dont l'odeur d'humidité et de poussière me rappelait les premiers musées de la période kémaliste, comme j'avais été heureux de passer toute la journée à regarder les aquarelles de l'écrivain et à

déambuler dans les salles labyrinthiques en écoutant le bourdonnement incessant de Calcutta ! Je lui parlai des photographies que
j'avais vues dans la maison de Pirandello dans la ville sicilienne
d'Agrigente et qui me rappelaient tellement celles de ma famille,
des panoramas sur la ville qu'offraient les fenêtres du musée Strind-
berg de Stockholm, de l'impression de familiarité que m'inspira
la petite maison triste de quatre étages qu'Edgar Allan Poe avait
partagée à Baltimore avec sa tante et sa cousine de dix ans qui plus
tard deviendrait sa femme. (De tous les endroits que j'ai visités, de
par ses dimensions et son atmosphère, sa forme et le nombre de ses
pièces, la maison-musée Edgar Allan Poe située dans un quartier
pauvre aujourd'hui à la périphérie de la ville de Baltimore est celle
qui ressemble le plus à la maison des Keskin.) Je déclarai à Orhan
Bey que la plus belle maison d'écrivain que j'aie vue dans ma vie
était le musée Mario Praz à Rome. Si jamais il lui prenait comme
moi l'envie de demander un rendez-vous pour la visiter, il fallait
absolument qu'il lise aussi l'ouvrage dans lequel ce grand histo-
rien du romantisme, qui nourrissait une passion égale pour la peinture et la littérature, racontait salle par salle, objet par objet,
l'histoire de sa merveilleuse collection… La maison natale de
Flaubert à Rouen étant remplie de livres de médecine de son père,
ce n'était pas la peine de se rendre dans le musée Flaubert et d'Histoire de la Médecine qui la jouxtait. Puis, plongeant mon regard
dans celui d'Orhan Bey :

— Vous savez certainement par sa correspondance que Flaubert
cachait dans un tiroir un mouchoir, une pantoufle et une mèche de
cheveux de Louise Colet, qui l'inspirait lorsqu'il écrivait *Madame
Bovary* et avec qui il faisait l'amour dans les hôtels de la bourgade
et les calèches comme dans son roman. De temps à autre, il ressortait ces objets, les caressait et, contemplant la pantoufle de sa maîtresse, il rêvait à sa démarche.

— Je l'ignorais, répondit-il. Mais cela me plaît beaucoup.

— J'ai aussi aimé une femme au point de cacher ses mouchoirs,
ses barrettes, ses mèches de cheveux et toutes ses affaires, de chercher consolation à leur contact pendant des années, Orhan Bey.
Puis-je vous raconter mon histoire en toute sincérité ?

— Naturellement, je vous en prie.

642

Lors de ce premier entretien qui se passa au Hünkâr, le restaurant qui avait succédé à l'ancien Fuaye, de manière aussi spontanée que désordonnée, passant d'une chose à l'autre, je lui relatai trois heures durant toute mon histoire. J'étais en proie à une extrême fébrilité, j'avais bu trois doubles rakis et m'employais avec enthousiasme, me semble-t-il, à rendre banal ce qui m'était arrivé.

— Je connaissais Füsun, dit Orhan Bey. J'ai également souvenir d'elle à la soirée des fiançailles au Hilton. Sa mort m'a fait beaucoup de peine. Elle travaillait dans cette boutique, là, un peu plus loin. J'ai même dansé avec elle pendant vos fiançailles.

— Ah, c'est vrai ? C'était quelqu'un d'extraordinaire, quelle belle personne, n'est-ce pas… Je parle moins de sa beauté physique qu'intérieure, Orhan Bey. De quoi avez-vous discuté en dansant ?

— Vous dites avoir conservé tout ce qui la concernait, j'aimerais beaucoup jeter un œil sur ces objets.

Il vint d'abord à Çukurcuma et, sans cacher son émotion, il témoigna un sincère intérêt à ma collection entreposée dans l'ancienne habitation transformée en musée. Il tendait parfois la main vers un objet, par exemple l'une des chaussures jaunes que portait Füsun la première fois que je l'avais vue dans la boutique Şanzelize, m'interrogeait sur son histoire et je la lui racontais.

Ensuite, nous nous mîmes au travail de façon plus systématique. Pendant les périodes où j'étais à Istanbul, il venait à l'étage sous les combles une fois par semaine, me demandait pour quelle raison objets et photos que j'avais classés de mémoire dans le musée devaient prendre place dans des boîtes ou des vitrines correspondant à des chapitres similaires dans le roman, et c'est avec plaisir que je lui répondais. L'attention avec laquelle il écoutait chacune de mes paroles et prenait des notes me rendait heureux et m'emplissait de fierté.

— Ce serait bien à présent que vous terminiez ce roman et que les curieux puissent venir le livre sous le bras visiter mon musée. Pendant qu'ils déambuleront en regardant chacune des vitrines afin d'éprouver au plus près mon amour pour Füsun, je sortirai en pyjama de ma chambre sous les toits et viendrai me mêler à eux.

— Vous non plus, Kemal Bey, vous n'arrivez pas à terminer votre musée, me répondait Orhan Bey.

— C'est qu'il y a encore beaucoup de musées que je n'ai pas vus dans le monde, rétorquais-je en souriant.

Et pour la énième fois, j'essayais de lui expliquer le profond effet psychologique qu'avaient sur moi le silence et le calme des musées, les raisons pour lesquelles j'éprouvais un tel bonheur à visiter un mardi un musée oublié au fin fond d'un quartier paumé à l'autre bout du monde en tâchant d'échapper au regard des gardiens. Dès que je rentrais de voyage, j'appelais aussitôt Orhan Bey, je lui parlais des lieux que j'avais vus et lui montrais les billets, les brochures et dépliants que j'avais conservés, un objet bon marché ou les panneaux signalétiques que j'avais fait disparaître dans ma poche dans certains musées que j'affectionnais particulièrement.

C'est encore suite à l'un de ces voyages que, après lui avoir fait le récit de ce que j'avais vu, je lui demandai où en était le roman.

— J'écris le livre à la première personne du singulier, me dit Orhan Bey.

— C'est-à-dire ?

— Dans le livre, c'est vous qui racontez votre histoire en disant « je », Kemal Bey. Je parle par votre bouche. Je m'applique beaucoup ces temps-ci à me mettre à votre place, à devenir vous.

— Je comprends, dis-je. Mais vous, Orhan Bey, avez-vous déjà vécu une telle histoire d'amour ?

— Mmmh… Mon cas personnel n'est pas le sujet qui nous intéresse, éluda-t-il.

Après une longue séance de travail, nous montâmes boire du raki au dernier étage du musée. J'étais fatigué de lui parler de Füsun et de ce que j'avais vécu. Lorsqu'il fut reparti, je m'allongeai sur le lit où Füsun et moi faisions l'amour à une époque (cela remontait à plus d'un quart de siècle) et réfléchis à ce que je trouvais dérangeant dans le fait qu'il raconte l'histoire par ma bouche.

Je ne doutais pas que l'histoire resterait la mienne et qu'il la relaterait fidèlement, mais ce qui me paraissait bizarre, c'était de faire entendre ma voix par la sienne. Je voyais cela comme une sorte de faiblesse, d'impuissance. Désormais, il me semblait tout naturel que ce soit moi qui raconte mon histoire aux visiteurs en leur montrant les objets de ma collection, je m'imaginais d'ailleurs souvent en train de le faire dès que, une fois achevé, mon musée ouvrirait ses portes. Mais j'étais terriblement irrité à l'idée qu'Orhan Bey se substitue à moi et parle à ma place.

C'est dans cette disposition d'esprit que, deux jours plus tard, je l'interrogeai sur Füsun. Nous nous étions de nouveau retrouvés le soir à l'étage sous le toit du musée et sirotions déjà un verre de raki.

— Orhan Bey, pourriez-vous me parler du moment où vous avez dansé avec Füsun pendant mes fiançailles ?

Il opposa encore quelque résistance, gêné, je crois. Mais dès que nous eûmes descendu un autre verre, Orhan Bey me raconta avec une telle sincérité comment Füsun et lui avaient dansé ensemble un quart de siècle plus tôt que je lui fis aussitôt confiance, forcé d'admettre l'évidence : il raconterait mon histoire bien mieux que moi.

C'est alors que je décidai que j'avais suffisamment parlé et que, désormais, l'heure était venue de lui confier le soin d'achever mon récit. Du paragraphe suivant jusqu'à la fin du livre, le narrateur sera donc Orhan Bey. Je suis certain que pour ces dernières pages il usera de la même sincère attention que celle qu'il avait témoignée à Füsun lors de cette fameuse danse. Au revoir !

Bonjour, je suis Orhan Pamuk ! Avec la permission de Kemal Bey, je commencerai donc par cet épisode : Füsun était la plus jolie fille de la soirée et nombreux étaient les hommes à se mettre sur les rangs pour danser avec elle. À cette époque, je n'étais pas assez beau, hâbleur, sûr de moi ou, que sais-je encore, assez mûr — en dépit de mes cinq ans de plus qu'elle — pour attirer son attention. J'avais l'esprit empli d'idées moralistes, de livres, de romans qui m'empêchaient de profiter pleinement de cette soirée. Quant à elle, comme vous le savez, elle avait bien d'autres soucis en tête.

Elle accepta néanmoins mon invitation et, tandis que nous nous dirigions vers la piste, elle devant et moi sur ses talons, à la vue de sa taille élancée, de ses épaules nues, de son dos superbe et du sourire fugace qui passa sur ses lèvres, je me pris à rêver. Sa main était légère mais chaude. Lorsqu'elle posa l'autre main sur mon épaule, j'éprouvai une soudaine fierté, comme si ce geste était non pas dicté par les besoins de la danse mais une marque particulière d'intimité. À mesure que nous tournions en nous déhanchant légèrement, j'étais troublé par la vigueur qui émanait de son corps très droit, de ses épaules et sa poitrine, et plus je m'efforçais de résister à cette attirance, plus les rêves que je tâchais de réprimer se bousculaient à un rythme effréné devant mes yeux : nous quittions la piste et regagnions le bar main dans la main ; nous tombions follement amoureux l'un de l'autre ; nous nous embrassions sous les arbres un peu plus loin ; nous nous mariions !

La première chose que je lui dis — et ce à seule fin de dire quelque chose — était on ne peut plus banale (« Je vous aperçois quelquefois dans le magasin quand je passe par là, à Nişantaşı ») et ne fit que lui rappeler qu'elle était une jolie petite vendeuse. Elle ne releva même pas. D'ailleurs, à la moitié du premier morceau, elle commençait déjà à s'ennuyer et à observer les autres convives par-dessus son épaule — les gens assis autour des tables, qui dansait avec qui, avec qui riaient et discutaient les nombreux hommes qui lui tournaient autour, quelles étaient les jolies femmes —, réfléchissant à ce qu'elle ferait après.

Sous l'index et le majeur de ma main droite posée respectueusement un peu au-dessus de sa jolie hanche, je sentais les mouvements de sa colonne vertébrale jusqu'à la moindre oscillation. Elle se tenait étrangement droite, en une posture follement séduisante... J'en garderais le souvenir des années. À certains moments, au bout de mes doigts, je sentais ses os, son sang pulser dans son corps, sa vitalité, son attention se porter subitement sur autre chose, le frémissement de ses organes, la délicatesse de son squelette, et c'est avec peine que je me retenais de la serrer de toutes mes forces contre moi.

Alors que la foule envahissait la piste, un couple de danseurs nous heurta par-derrière, poussant nos corps l'un contre l'autre. Suite à ce bouleversant contact, je gardai longuement le silence. À la vue de son cou, de sa chevelure, je sentais combien il me serait facile de me laisser happer par le bonheur qu'elle pourrait m'offrir, d'oublier mes livres et mon désir d'être écrivain. J'avais vingt-trois ans et j'entrais dans une rage folle lorsque mes amis et les bourgeois de Nişantaşı qui apprenaient ma décision de devenir romancier me disaient en riant que, à mon âge, je ne connaissais rien de la vie ni des êtres humains. Trente ans plus tard, alors que je corrige ces lignes, j'aimerais ajouter que ces gens avaient au fond parfaitement raison. Si j'avais eu un minimum d'expérience de la vie, j'aurais tout fait pour capter l'attention de Füsun pendant cette danse, je me serais débrouillé pour qu'elle s'intéresse à moi et pour ne pas bêtement laisser filer cette opportunité entre mes doigts.

— Je suis fatiguée, dit-elle. Puis-je retourner m'asseoir après le deuxième morceau ?

Avec une galanterie apprise dans les films, je la raccompagnai jusqu'à sa table quand j'eus soudain un sursaut :

— Quelle foule épuisante, lançai-je d'un ton un peu snob. Et si nous montions pour discuter tranquillement quelque part ?

Elle ne m'avait pas bien entendu à cause du bruit, mais à ma mine, elle comprit aussitôt ce que je voulais.

— Je dois rester un peu avec mes parents, répondit-elle avant de s'éloigner poliment.

Voyant que j'interrompais là mon récit, Kemal Bey me félicita aussitôt.

— Oui, c'est exactement l'attitude de Füsun, vous l'avez très bien saisie ! s'exclama-t-il. Et je vous remercie d'avoir eu le courage et l'honnêteté de parler des détails blessants pour la fierté. Eh oui, Orhan Bey, car c'est bien de fierté qu'il s'agit. Avec mon musée, j'aimerais montrer non seulement aux Turcs mais à tous les peuples de la terre que nous devons être fiers de l'existence que nous menons. Je l'ai constaté au cours de mes nombreux voyages : alors que les Occidentaux sont enclins à s'enorgueillir, la grande majorité du monde vit dans la honte. Or, il suffit qu'elles soient exposées dans un musée pour que les choses dont nous avons honte deviennent aussitôt des objets de fierté.

Ce fut le premier des discours que, après quelques verres, Kemal Bey prit l'habitude de m'assener sur un ton pontifiant au milieu de la nuit, dans la petite chambre qu'il occupait sous les combles de son musée. Comme à Istanbul un instinct commun faisait que tous ceux qui voyaient un écrivain en face d'eux se lançaient dans de grands discours pédagogiques, je ne m'en formalisai pas trop mais, sur la question du contenu et de la forme du livre, je nageais moi aussi en pleine confusion (pour reprendre une expression fréquemment employée par Kemal Bey).

— Savez-vous qui m'a le mieux appris que le sujet essentiel des musées était la fierté, Orhan Bey? me dit Kemal Bey un soir où nous nous étions de nouveau retrouvés dans sa chambre sous les toits. Eh bien, ce sont les gardiens de musée… N'importe où dans le monde, les gardiens de musée ont toujours répondu avec fierté et passion à mes questions. Dans le musée Staline à Gori en Géorgie, une vieille employée m'a expliqué pendant près d'une heure combien Staline était un grand homme. Au Portugal, dans le Musée romantique de Porto, un très sympathique gardien m'a raconté longuement et en détail que, en 1849, le roi Carlo Alberto de Sardaigne en exil a passé les trois derniers mois de sa vie dans cette maison et que ce bref séjour a exercé une profonde influence sur le romantisme portugais. Orhan Bey, dans notre musée aussi il faudrait que les gardiens expliquent avec une sincère fierté aux visiteurs qui auraient des questions l'histoire de la collection de Kemal Basmacı, son amour pour Füsun et la signification de ces objets. Merci de faire également figurer ce point dans le livre. Le rôle des gardiens de musée consiste non pas comme on le croit à veiller sur les objets (naturellement, il va sans dire qu'il faut protéger jusqu'à la fin tout ce qui a trait à Füsun!), à faire respecter le silence et rappeler à l'ordre ceux qui s'embrassent ou mâchent du chewing-gum, mais à faire sentir au visiteur qu'il se trouve dans un sanctuaire où pudeur, respect et humilité sont requis au même titre que dans une mosquée. Les gardiens du musée de l'Innocence devront porter un costume en velours marron foncé conformément à l'ambiance de la collection et aux goûts de Füsun, une chemise rose clair, une cravate imprimée spéciale — avec le motif des boucles de Füsun — et bien sûr ne jamais chapitrer les visiteurs qui mâcheraient du chewing-gum ou s'embrasseraient. Le musée de l'Innocence devra toujours rester ouvert aux amoureux qui cherchent désespérément un endroit où s'embrasser dans Istanbul.

Parfois, j'en avais assez de ce ton impérieux et pontifiant que Kemal Bey adoptait après deux verres et qui rappelait les écrivains engagés des années 1970; j'arrêtais de prendre des notes et refusais de le voir les jours suivants. Mais les méandres de l'histoire de Füsun et l'ambiance particulière constituée par les objets du musée m'attiraient assez pour que, au bout de quelque temps, j'aie de nouveau envie de retourner sous les combles et d'écouter les discours de cet homme fatigué qui buvait à mesure qu'il se rappelait Füsun, et qui cédait à l'exaltation à mesure qu'il buvait.

— N'oubliez surtout pas la logique de mon musée, Orhan Bey : l'ensemble de la collection, chaque vitrine, chaque pièce doit être visible depuis chaque point de l'espace d'exposition, disait-il. Comme tous les objets — et donc mon histoire — peuvent être appréhendés simultanément de plusieurs points de vue, le visiteur perdra le sens du Temps. C'est la plus grande consolation qui soit. Dans les musées poétiques fondés sur une impulsion du cœur et organisés selon une réflexion rigoureuse, c'est parce que le Temps s'annihile que nous trouvons la consolation, et non parce que nous sommes en présence des vieux objets que nous aimons. Écrivez aussi cela dans votre livre, s'il vous plaît. Inutile de dissimuler comment je vous en ai passé commande ni de quelle façon vous vous y êtes pris pour l'écrire. Lorsque le travail sera terminé, vous nous donnerez aussi les brouillons et vos carnets de notes pour que nous les exposions. Combien de temps cela durera-t-il encore ? Les lecteurs du livre tiendront sûrement comme vous à venir ici pour voir les mèches de cheveux, les vêtements de Füsun et tout le reste de la collection. Mettez une carte à la fin du roman afin que les curieux puissent facilement se repérer dans les rues d'Istanbul pour trouver tout seuls leur chemin jusqu'à notre musée. Ainsi, en passant par les mêmes rues que celles que j'empruntais et en découvrant les mêmes vues que celles auxquelles j'étais habitué, les gens qui connaissent mon histoire avec Füsun s'en souviendront. Que les lecteurs bénéficient d'une entrée gratuite dans notre musée. Pour ce faire, le mieux est de placer un billet dans les pages. Le visiteur qui viendra le livre à la main n'aura qu'à le présenter à l'agent posté à l'entrée qui y apposera un coup de tampon pour l'estampiller.

— Où mettre ce billet ?

— Nous n'avons qu'à le mettre ici !

MUSÉE DE L'INNOCENCE

BON POUR UNE ENTRÉE

— Merci. Et nous ajouterons un index à la fin de l'ouvrage, Orhan Bey. C'est grâce à vous que je me suis rappelé que tant de gens nous connaissaient et étaient au courant de notre histoire. Même moi, j'ai un mal fou à retenir leurs noms.

En réalité, il ne plaisait guère à Kemal Bey que je recherche ceux qui apparaissaient dans le récit, mais il s'inclinait devant le métier du romancier. Parfois, il était curieux de savoir ce que racontaient et devenaient certaines des personnes que j'avais retrouvées ; d'autres fois, cela le laissait totalement indifférent et il ne comprenait même pas pourquoi je m'y intéressais.

Par exemple, il ne voyait vraiment pas pourquoi j'avais écrit à Abdülkerim Bey, l'ancien franchisé de Satsat à Kayseri, et jugé bon de le rencontrer à l'occasion de l'un de ses passages à Istanbul. Ce dernier avait laissé tomber Satsat pour travailler avec la société Tekyay créée par Osman et Turgay Bey, et il me parla de l'histoire de Kemal Bey comme d'une triste et lamentable histoire d'amour qui avait conduit Satsat à la faillite.

J'avais également réussi à discuter avec Sühendan Yıldız (la Traître Sühendan connue à une époque pour ses rôles de mauvaises femmes), témoin des premiers mois où Kemal Bey fréquentait le Pelür. Elle me parla de lui comme d'un homme seul et désemparé, comme tout le monde raide dingue de Füsun, mais vu qu'elle n'avait guère de sympathie pour les riches qui se mêlaient aux gens de cinéma afin de se dégoter de jolies filles, elle ne s'était pas vraiment apitoyée sur lui. C'est surtout Füsun qui lui faisait de la peine, avec son désir forcené de devenir actrice et de jouer dans les films. Même si elle avait réussi à percer, au milieu de tous ces

650

loups, elle aurait de toute façon mal fini. Elle n'avait jamais compris pourquoi Füsun s'était mariée avec « ce gros » (Feridun). Quant au petit-fils pour qui elle tricotait un pull en trois couleurs dans un coin du Pelür, il était maintenant âgé de trente ans et riait beaucoup en voyant à la télé les films dans lesquels jouait sa grand-mère maternelle, s'étonnant qu'Istanbul fût si pauvre à l'époque.

Le barbier Basri de Nişantaşı était aussi celui chez lequel j'allais à un moment. Il poursuivait toujours son activité et parlait moins de Kemal Bey que de son père qu'il évoquait avec affection et respect. Le regretté Mümtaz Bey était un homme spirituel, amusant, généreux et qui avait le cœur sur la main. Le barbier Basri ne m'apprit rien de nouveau qui me parût digne d'être noté, idem pour Hilmi le Bâtard et son épouse Neslihan, Hayal Hayati ou cet autre habitué du Pelür qu'était Salih Sarılı. Ayla, la voisine du rez-de-chaussée que Füsun cachait à Kemal, habitait à présent dans une petite rue de Beşiktaş avec son mari ingénieur et ses quatre enfants dont le plus grand était à l'université. Elle me raconta qu'elle appréciait beaucoup la compagnie de Füsun, son côté rieur et plein de vie, la manière et les choses dont elle parlait jusqu'aux imitations auxquelles elle se livrait mais que Füsun n'avait malheureusement pas été si proche d'elle qu'elle l'aurait souhaité. Les deux filles aimaient bien se pomponner, sortir ensemble dans Beyoğlu et aller au cinéma. Une de leurs amies du quartier travaillait comme ouvreuse au Théâtre Dormen et les faisait entrer pour qu'elles assistent aux répétitions. Ensuite, elles s'installaient quelque part pour manger un sandwich et boire un *ayran*, se protégeant mutuellement contre les hommes importuns et un peu trop collants. Parfois, comme si elles pensaient réellement acheter, elles s'amusaient à essayer des vêtements à Vakko ou d'autres élégants magasins. Alors qu'elles étaient en train de rire, ou au beau milieu d'un film ou d'une discussion, Füsun se retranchait soudain dans ses pensées et perdait sa bonne humeur, mais jamais elle ne s'était ouverte à Ayla de ce qui la tracassait. Tout le quartier savait que Kemal Bey leur rendait souvent visite, qu'il était très riche et un peu fêlé mais personne n'allait jusqu'à parler d'amour. À l'époque, comme tout le monde à Çukurcuma, Ayla ignorait totalement ce qui s'était passé entre Füsun et Kemal des années plus tôt. De toute façon, à présent, elle n'avait plus aucun lien avec ce quartier.

Après avoir écrit pendant vingt ans dans la rubrique des potins mondains, Beyaz Karanfil s'était hissé à la direction du supplément magazine de l'un des plus grands journaux de Turquie. Il était par ailleurs rédacteur en chef d'un mensuel people consacré à la scandaleuse actualité amoureuse des stars locales de films et de séries télévisées. Comme la plupart des journalistes qui ternissent l'image des gens ou leur pourrissent la vie en publiant tout et n'importe quoi à leur sujet, il avait complètement et sincèrement oublié ce qu'il avait écrit sur Kemal. Il le saluait et transmettait ses plus profonds respects à sa vénérable mère Vecihe Hanım à qui, encore récemment, il téléphonait de temps à autre pour prendre de ses nouvelles. Quant à moi, je l'avais sûrement contacté pour un livre ayant pour cadre le milieu artistique et donc voué à devenir un best-seller, et il se disait prêt à m'apporter toute l'aide dont j'aurais besoin : savais-je que le rejeton du mariage raté entre le producteur Muzaffer et Papatya, actrice célèbre en son temps, était devenu le jeune patron de l'une des plus grandes agences de tourisme d'Allemagne ?

Feridun avait totalement coupé avec le milieu du cinéma et fondé une florissante agence de publicité. Le fait qu'il l'ait baptisée « Pluie Bleue » me fit penser qu'il n'avait pas renoncé à ses rêves de jeunesse mais je ne posai pas la moindre question sur ce film resté à l'état de projet. Feridun tournait des films publicitaires footballistiques et chauvins, montrant que le monde entier tremblait devant le succès des biscuits, blue-jeans, rasoirs et gros bras *made in Turkey*. Il était au courant du projet de musée de Kemal Bey mais c'est par moi qu'il apprit que j'écrivais un livre sur Füsun. Avec une franchise renversante, il me raconta qu'il était tombé amoureux une seule fois dans sa vie mais qu'à ce moment-là Füsun ne lui avait prêté aucune attention. Pour ne pas avoir à connaître la même douleur, il avait fait très attention à ne surtout pas retomber amoureux après leur mariage. Car il savait très bien que si Füsun se mariait avec lui, c'était par obligation. J'appréciai son honnêteté. Au moment où je sortais de son élégant bureau, sans se départir de son exquise courtoisie, il me demanda de transmettre ses salutations à Kemal Bey et, fronçant les sourcils, il me mit en garde : « Sachez qu'au moindre propos infamant au sujet de Füsun, vous aurez affaire à moi, Orhan Bey. Tenez-vous-le pour dit. » Puis, il adopta un air tranquille et dégagé qui lui correspondait parfaitement. Son agence venait d'obtenir le marché pour la campagne de publicité de Bora, le nouveau produit d'une grande société de soda sur lequel les anciens inventeurs de Meltem planchaient depuis des années ; l'autorisais-je à utiliser la première phrase de mon livre *La Vie nouvelle* dans ses publicités ?

Avec ses indemnités de retraite, Çetin Efendi avait acheté un taxi qu'il louait à un autre chauffeur mais quelquefois, malgré son grand âge, il prenait lui-même le volant et faisait le taxi dans Istanbul. Le jour où nous nous retrouvâmes à une station de taxis à Beşiktaş, il me raconta que Kemal était resté le même depuis son enfance et sa jeunesse : en réalité, c'était quelqu'un qui aimait profondément la vie, ouvert aux autres et au monde, d'un naturel optimiste et bon enfant. De ce point de vue, il pouvait paraître étrange que toute sa vie se soit passée sous l'emprise d'une sombre passion. Mais si j'avais connu Füsun, j'aurais compris que c'est justement parce que Kemal Bey aimait autant la vie qu'il était si amoureux de cette femme. Füsun et Kemal étaient au fond des êtres très bons, très purs, et ils allaient très bien ensemble. Mais Dieu ne leur avait pas permis d'être réunis et nous autres étions vraiment mal placés pour en juger.

Quand je retrouvai Kemal à son retour d'un long voyage, je l'écoutai d'abord me parler des nouveaux musées qu'il avait vus puis je lui répétai mot pour mot les propos tenus par Çetin Efendi, notamment au sujet de Füsun.

— Un beau jour, les visiteurs de notre musée découvriront notre histoire et saisiront d'emblée quelle personne elle était, Orhan Bey, répondit-il. (Nous avions déjà un verre à la main et, désormais, j'avais grand plaisir à boire avec lui.) À la vue de tous ces objets disposés sur leurs étagères, dans des boîtes et des vitrines, en se rendant compte de l'attention avec laquelle j'ai observé Füsun huit ans durant à l'heure du dîner, sa main, son bras, l'ondulation de ses cheveux, sa manière d'écraser ses mégots de cigarettes, de froncer les sourcils, de sourire, ses mouchoirs, ses barrettes à cheveux, ses chaussures, la cuiller qu'elle tenait à la main, tout... (« Mais vous n'avez pas mentionné ses boucles d'oreilles, Kemal Bey », me retins-je de rétorquer), les visiteurs sentiront que l'amour est fait d'une constante attention, d'une immense tendresse… Je vous prie de terminer ce livre à présent, écrivez également que la mise en lumière de tous les objets du musée devra se faire par le biais d'un éclairage tamisé venant de l'intérieur des vitrines, en adéquation avec la tendresse et l'attention que j'accorde à chacun d'eux. Au fil de leur déambulation parmi ces objets, les visiteurs éprouveront un respect croissant envers mon amour pour Füsun, ils le compareront avec leurs propres souvenirs. Afin qu'ils puissent vivre cette expérience et se laisser tranquillement imprégner par les sensations émanant de chacune des pièces exposées, des photos des coins d'Istanbul où nous nous promenions main dans la main et de l'ensemble de la collection, une affluence excessive dans le musée de l'Innocence est à proscrire. J'interdis qu'il s'y trouve plus de cinquante personnes à la fois. D'ailleurs, il faudra que groupes et scolaires prennent rendez-vous. En Occident, les musées sont de plus en plus bondés, Orhan Bey. Le dimanche, les Européens vont tous se promener dans les grands musées en famille, de la même façon que nous, à une époque, nous allions faire un tour en voiture au bord du Bosphore. Ils s'installent dans le restaurant du musée pour déjeuner, rire et discuter comme nous-mêmes le faisions dans les *meyhane* en bord de mer. Dans un de ses livres, Proust raconte que, après le décès de sa tante, ses meubles furent donnés à une maison de passe et que chaque fois qu'il y voyait ces tables et ces fauteuils, il avait l'impression de les entendre pleurer. Pendant que les foules dominicales se promènent dans les musées, les objets pleurent, Orhan Bey. La chance de ceux qui peuplent mon musée, c'est qu'ils seront toujours chez eux. Face à la vogue occidentale du musée, je crains fort que les riches turcs, qui manquent de culture et d'assurance, ne cèdent à l'imitation et n'aspirent à ouvrir des musées d'art moderne avec restaurant et tout… Or, nationalement parlant, nous n'avons aucune connaissance, aucun goût ni aucune aptitude pour l'art pictural. C'est sa propre vie que le peuple turc doit exposer dans ses musées, et non pas de mauvaises imitations de l'art occidental. Nos musées doivent exhiber notre vraie vie et non les fantasmes d'occidentalisation des riches. Mon

654

musée est le produit de toute une vie, la mienne et celle de Füsun, et tout ce que je vous raconte est réel, Orhan Bey. Il se peut que certains points ne paraissent pas assez clairs aux yeux du lecteur et du visiteur, car malgré la grande sincérité avec laquelle je vous ai raconté ma vie, mon histoire, je ne saurais dire dans quelle mesure j'ai pu l'appréhender dans sa totalité. Je laisse le soin aux scientifiques de demain de l'expliquer dans les articles qu'ils écriront pour *Innocence*, la revue de notre musée. C'est également grâce à eux que nous découvrirons quels étaient les liens structurels entre les brosses et les pinces à cheveux de Füsun et feu Citron, le canari. Aux jeunes générations qui trouveraient le trait forcé et douteraient de la véracité des peines et des tourments que nous avons endurés, de notre faculté à nous contenter d'un échange de regards à table le soir au dîner ainsi que du bonheur de nous tenir la main à la plage ou au cinéma, les gardiens du musée devront expliquer que tout ce que nous avons vécu est parfaitement authentique. Mais ne vous en faites pas, notre amour sera très bien compris par les futures générations, je n'ai aucun doute à ce sujet. Je suis sûr que, dans cinquante ans, lorsqu'ils contempleront les vêtements de Füsun, les salières, les pendules, les menus de restaurant, les vieilles photos d'Istanbul, nos jouets d'enfance et maints autres objets de notre musée, les joyeux étudiants qui viendront en autobus de Kayseri, les touristes japonais armés de leur appareil photo qui feront la queue devant la porte, les femmes seules et les heureux amants de l'heureuse Istanbul de cette future époque qui entreront au hasard de leurs pérégrinations éprouveront profondément ce qu'était notre amour et ce que nous avons vécu. J'espère que le public du musée de l'Innocence viendra aussi visiter nos expositions temporaires et découvrir les photos de bateaux, capsules de soda, boîtes d'allumettes, pinces à linge, cartes postales, photos d'artistes de cinéma et autres célébrités, boucles d'oreilles et tout ce que récupéraient mes malheureux frères stambouliotes obsédés par leurs collections que j'ai rencontrés dans leur maison poubelle et les réunions associatives. L'histoire de ces expositions, de ces collections, devrait également être relatée dans des catalogues et des romans. Pendant qu'ils regarderont ces objets, les visiteurs se remémoreront avec un humble respect l'amour de Füsun et Kemal, et ils comprendront que, comme pour Medjnoun et Leïla ou Hüsn et Aşk, cette histoire est non seulement celle des amants mais aussi celle de tout un monde, l'histoire d'Istanbul. Un autre raki, Orhan Bey ?

Le 12 avril 2007, date du cinquantième anniversaire de la naissance de Füsun alors que lui-même était âgé de soixante-deux ans, Kemal Basmacı, le héros de notre roman et le fondateur de notre musée, mourut d'une crise cardiaque à l'aube dans son sommeil, dans une vaste chambre donnant sur la Via Manzoni, dans le Grand Hôtel de Milan où il avait ses habitudes lorsqu'il allait dans cette ville. Il se rendait à Milan à chaque occasion afin, selon ses mots, de « vivre » le musée Bagatti Valsecchi dont il disait : « C'est l'un des cinq musées les plus importants de ma vie ! » (À sa mort, il en avait visité exactement 5 723.) (« Les musées sont faits : 1. non pas pour visiter mais pour sentir et vivre ; 2. c'est la collection qui constitue l'âme de ce qui sera ressenti ; 3. en l'absence de collection, il s'agit non pas d'un musée mais d'un lieu d'exposition » sont ses dernières importantes réflexions dont j'ai pris note.) Ce qui fascinait Kemal Bey dans cette demeure historique du dix-neuvième siècle de style Renaissance et transformée au vingtième siècle en musée, c'est que la merveilleuse collection rassemblée par les deux frères (lits anciens, lampes, miroirs, céramiques, récipients en verre, en métal et orfèvrerie remontant pour la plupart au seizième siècle) constituait le cadre ordinaire de leur quotidien.

La plupart des personnes dont j'ai mentionné le nom dans l'index à la fin de notre ouvrage assistèrent aux funérailles de Kemal Bey à la mosquée Teşvikiye. Vecihe Hanım, quant à elle, resta sur le balcon d'où elle avait coutume de suivre les enterrements ; elle s'était couvert la tête d'un foulard. Depuis la cour de la mosquée, nous pouvions la voir pleurer son fils à chaudes larmes…

Durant les mois qui suivirent l'enterrement, les proches de Kemal Bey qui refusaient jusque-là de me voir manifestèrent à tour de rôle — et selon un ordre d'une étrange logique — l'envie de me rencontrer. Cette méfiance, je la devais au fait qu'ils étaient persuadés, à tort, que dans chacun de mes livres dont l'action se déroulait à Nişantaşı, je m'en prenais cruellement à tout le monde. Commérages et accusations allaient hélas bon train dans ce sens : il paraît que je montrais sous un mauvais jour non seulement ma mère, mon frère aîné, mon oncle et toute la famille mais aussi de respectables habitants de Nişantaşı — par exemple le fameux Cevdet Bey, ses fils et sa famille, mon ami le poète Ka, le renommé Alaaddin et son magasin, et même le célèbre chroniqueur Celâl Salik qui était mort assassiné et pour lequel j'avais une immense admiration — ainsi que nombre de responsables du gouvernement et d'autorités religieuses. Sans même avoir lu mes livres, Zaim et Sibel avaient peur de moi. Zaim était devenu encore plus riche qu'il ne l'était dans sa jeunesse. En tant que soda, Meltem avait disparu du marché, mais ce nom perdurait sous forme de grande société. Je fus magnifiquement reçu dans leur superbe maison des hauteurs de Bebek avec vue sur le Bosphore. Ils me dirent qu'ils se réjouissaient que je prenne la plume pour retracer l'histoire de Kemal Bey (de leur côté, les proches de Füsun disaient que j'écrivais la vie de Füsun). Mais je devais également les écouter pour ne pas relater les choses selon un unique point de vue.

Il fallait d'abord qu'ils me parlent du hasard incroyable qui les avait fait croiser Kemal Bey dans une rue de Milan, dans l'après-midi du 11 avril, une demi-journée avant sa mort. (Je sentis aussitôt que c'est pour cela qu'ils m'avaient appelé.) Zaim, Sibel et leurs deux filles attablées avec nous pour le dîner — l'une de vingt ans (Gül), l'autre de dix-huit (Ebru), toutes deux aussi belles qu'intelligentes — étaient partis trois jours pour Milan se promener et se changer les idées. Alors que la joyeuse petite famille marchait en regardant les vitrines avec à la main un cornet de glace à l'orange, à la fraise ou au melon, Kemal fut le premier à les apercevoir. Tout d'abord, il avait seulement vu Gül, et il s'était approché avec stupeur de la jeune fille qui était vraiment le portrait craché de sa mère en lui lançant : « Sibel, Sibel ! Bonjour, je suis Kemal. »

— Gül est tout moi lorsque j'avais vingt ans. De plus, ce jour-là, elle avait mis l'étole en maille que je portais à cette époque, dit Sibel Hanım en souriant fièrement. Quant à Kemal, il était très fatigué, négligé dans sa mise, il paraissait malheureux, au bout du rouleau. Cela m'a fait énormément de peine de le voir dans cet état, Orhan Bey. Je n'étais pas la seule, Zaim aussi en a été très attristé. Celui qui aimait tant la vie et avec qui je m'étais fiancée au

Hilton, ce garçon toujours enjoué, agréable, joyeux et blagueur avait cédé la place à un vieillard coupé du monde et retranché de la vie, la mine sombre et la cigarette au bec. S'il n'avait pas adressé la parole à Gül, nous ne l'aurions pas reconnu. On ne peut pas dire qu'il avait vieilli, il semblait être directement passé au stade de vieillard. Cela m'a fichu un sacré coup. D'autant plus que c'était la première fois que je le revoyais depuis je ne sais combien d'années.

— Exactement trente et un ans depuis la dernière fois que vous aviez dîné ensemble au Fuaye.

Un lourd silence s'abattit.

— Il vous a tout raconté ! finit par dire Sibel, l'air douloureux.

Alors que le silence se prolongeait, je compris en quoi consistait l'essentiel du message qu'ils voulaient me faire passer : Zaim et Sibel désiraient que le lecteur sache qu'ils étaient très heureux et menaient une vie normale et bien plus belle qu'avant.

Mais pendant que nous sirotions notre cognac après que les filles se furent retirées dans leur chambre, je compris qu'il y avait autre chose que mari et femme avaient du mal à exprimer. Au deuxième cognac, sans tourner autour du pot comme Zaim, Sibel m'expliqua le problème avec une franchise qui força mon admiration :

— À la fin de l'été 1975, quand Kemal me fit l'aveu de sa maladie, c'est-à-dire qu'il était très gravement amoureux de Füsun Hanım, je pris mon fiancé en pitié et décidai de l'aider. Armés des meilleures intentions, nous passâmes un mois (c'était trois mois, en réalité) dans notre *yalı* d'Anadolu Hisarı pour le guérir de cette passion. À vrai dire, cela n'a plus grande importance à présent… Des sujets comme celui de la virginité ne préoccupent plus guère les jeunes d'aujourd'hui (cela non plus, ce n'était pas vrai), mais je vous demanderai quand même expressément de ne pas faire mention dans votre livre de cette période très humiliante pour moi… Cette question peut sans doute paraître dérisoire mais elle a été une cause de brouille avec ma meilleure amie Nurcihan parce qu'elle faisait des commérages à ce sujet. Les filles non plus ne se formaliseront pas en l'apprenant, mais il y a leurs amis, les mauvaises langues… S'il vous plaît, n'allez pas nous mettre dans une situation blessante…

Zaim me déclara qu'il avait toujours beaucoup aimé Kemal, que c'était quelqu'un d'une grande sincérité, qu'il avait toujours recherché son amitié et qu'il lui manquait.

— C'est vrai que Kemal a conservé toutes les affaires de cette Füsun Hanım, c'est vrai qu'il fonde un musée ? me demanda-t-il ensuite, entre admiration et effroi.

— Oui, répondis-je. Et je vais m'en faire le promoteur avec mon livre.

Lorsque très tard dans la soirée je pris congé en riant et bavardant avec eux, je me mis un instant à la place de Kemal. S'il avait été encore là et gardé des liens d'amitié avec Sibel et Zaim (ce qui eût été parfaitement possible), il avait ressenti la même chose que moi — à la fois satisfait de son existence solitaire et coupable.

— Orhan Bey, me dit Zaim sur le pas de la porte, merci de respecter ce que vous a demandé Sibel. Quant à moi, au nom de la société Meltem, j'aimerais apporter mon soutien à ce musée.

Ce soir-là, je compris qu'il serait vain de parler avec d'autres témoins : je voulais écrire l'histoire de Kemal Bey non pas telle que les autres la voyaient mais comme lui me l'avait racontée.

Pour la simple raison que j'étais d'un caractère obstiné, je me rendis à Milan et découvris pourquoi Kemal Bey était si abattu le jour où il avait croisé Sibel, Zaim et leurs filles : il sortait tout juste du musée Bagatti Valsecchi qu'il avait trouvé dans un grand état de délabrement et qui, pour récupérer des subsides, donnait en location une partie de ses bâtiments à la célèbre marque Jenny Colon. Le personnel d'accueil et de surveillance du musée, qui était totalement féminin et toujours tout de noir vêtu, avait paraît-il les yeux embués de larmes et, à en croire l'administration, cela avait beaucoup affecté le monsieur turc qui venait quasiment chaque année visiter le musée.

Cette précision contribua à me conforter dans ma conviction que, désormais, je n'avais plus besoin d'écouter les papotages de qui que ce soit pour terminer mon livre. La seule personne que j'aurais beaucoup aimé voir et entendre, c'était Füsun. Mais avant de me rendre auprès de ses proches, j'acceptai les invitations de tous ceux à qui mon livre faisait peur et qui insistaient pour que je passe les voir — juste pour le plaisir de discuter et dîner avec eux.

C'est ainsi que, au cours d'un dîner qui s'en trouva de fait écourté, je reçus d'Osman le conseil de carrément renoncer à écrire cette histoire. Certes, Satsat avait périclité à cause de l'incurie de son regretté frère, mais toutes les sociétés fondées par leur père Mümtaz Bey étaient aujourd'hui les fers de lance de l'exportation turque en pleine croissance. Un tel livre donnerait forcément lieu à toutes sortes de vexations et de ragots, il permettrait à leurs nombreux ennemis de tourner la Holding Basmacı en dérision et offrirait naturellement aux Européens une occasion supplémentaire de se moquer des Turcs et de les dénigrer. Je gardai malgré tout de cette soirée un bon souvenir car, dans la cuisine, Berrin me remit en cachette une bille ayant appartenu à Kemal lorsqu'il était petit.

Quant à Tante Nesibe, que Kemal Bey m'avait présentée, elle ne m'apprit rien de nouveau lorsque j'allai la voir dans son appartement de la rue Kuyulu Bostan. Désormais elle pleurait constamment et Füsun et Kemal, dont elle disait qu'il était son seul gendre. Elle ne parla du musée qu'une seule fois. Elle avait une ancienne râpe à coing, elle avait voulu faire de la confiture mais n'arrivait pas à remettre la main dessus. Peut-être qu'elle était restée dans le musée. Je devais le savoir, pourrais-je la lui apporter la prochaine fois que je viendrais ? Au moment où elle me raccompagnait sur le seuil de la porte, elle se mit à pleurer en disant : « Vous me faites penser à Kemal, Orhan Bey. »

Ceyda, qui était la plus proche confidente de Füsun et, selon moi, celle qui comprenait le mieux Kemal, m'avait été présentée par ce dernier six mois avant sa disparition. Le désir que Ceyda Hanım, grande lectrice de romans, avait manifesté de me rencontrer n'y était naturellement pas pour rien. Ses deux fils avaient autour de la trentaine, tous deux étaient mariés et ingénieurs ; ses belles-filles, qu'elle aimait beaucoup et dont elle nous montra les photos, lui avaient déjà donné sept petits-enfants. Le riche mari de Ceyda qui me parut beaucoup plus vieux qu'elle, un peu ivre et légèrement gâteux (le fils des Sedirci !) ne s'intéressa ni à nous, ni à notre histoire, ni même à la quantité de raki que Kemal et moi ingurgitions.

Ceyda nous raconta en riant que Füsun avait bien trouvé la boucle d'oreille que Kemal avait laissée dans la salle de bains le soir

660

de sa première visite à Çukurcuma, qu'elle lui en avait aussitôt parlé et que, histoire de le punir, toutes deux avaient décidé que Füsun soutiendrait n'avoir rien vu ressemblant de près ou de loin à sa boucle. Comme nombre d'autres secrets de Füsun, Kemal Bey avait déjà entendu cette histoire de la bouche de Ceyda des années plus tôt. En l'écoutant, je me contentais de sourire tristement et elle nous resservit un double raki.

— Ceyda, dit ensuite Kemal, pour prendre des nouvelles de Füsun, je vous ai toujours retrouvée à Maçka, dans le parc Taşlık. Et pendant que vous me parliez d'elle, j'avais constamment les yeux sur Dolmabahçe, vu depuis Maçka. Dernièrement, j'ai constaté que j'avais pas mal d'images de cette vue dans ma collection.

Comme c'est par la photographie que nous avions abordé le sujet — et en partie en raison de ma présence, je pense —, Ceyda Hanım nous dit que récemment elle avait trouvé une photo que ni Füsun ni Kemal Bey n'avaient jamais vue. Cela nous mit en émoi. Cette photo avait été prise en 1973, dans les coulisses le soir de la finale du concours de beauté du *Milliyet* alors que Hakan Serinkan soufflait à Füsun les questions de culture générale qu'il lui poserait sur scène. Le célèbre chanteur qui était désormais député d'un parti islamiste en pinçait pas mal pour elle à l'époque.

— Malheureusement, ni Füsun ni moi n'avons réussi à nous qualifier, Orhan Bey, mais ce soir-là, comme de vraies collégiennes, nous avons ri jusqu'à en avoir les larmes aux yeux, dit Ceyda. C'est justement à ce moment-là que cette photo a été prise.

Dès qu'il posa les yeux sur la pâle photographie qu'elle avait sortie et placée d'un geste vif sur la table basse en bois, Kemal Bey devint blanc comme un linge et s'emmura dans un long silence.

Le mari de Ceyda n'appréciant pas du tout cette histoire de concours de beauté, nous ne pûmes la regarder plus longtemps. Mais à la fin de la soirée, Ceyda qui était comme toujours très compréhensive l'offrit à Kemal Bey.

En sortant de chez eux, dans le silence de la nuit, Kemal Bey et moi fîmes le trajet à pied de Maçka jusqu'à Nişantaşı.

— Je vous raccompagne jusqu'à l'immeuble Pamuk, me dit-il. Ce soir, je n'irai pas au musée, je resterai à Teşvikiye avec ma mère.

Mais à cinq pâtés de maisons de l'immeuble Pamuk, alors que nous passions devant l'immeuble Merhamet, il s'arrêta et sourit.

— Orhan Bey, j'ai lu *Neige* jusqu'au bout, dit-il. Comme je n'aime pas la politique, j'avoue avoir eu un peu de mal, ne m'en veuillez pas. Mais la fin m'a beaucoup plu. Et comme le héros de ce livre, j'aimerais bien moi aussi m'adresser directement au lecteur à la fin du roman. Puis-je avoir un tel droit ? Quand votre livre sera-t-il terminé ?

— Après votre musée, répondis-je (c'était désormais devenu une plaisanterie entre nous). Que désirez-vous dire au lecteur ?

— Contrairement au héros de *Neige* qui soutient que personne ne pourra nous comprendre de loin, je suis d'avis que les visiteurs de mon musée et les lecteurs de votre livre nous comprendront. C'est autre chose que je voudrais dire.

À peine avait-il prononcé ces mots qu'il sortit la photo de Füsun de sa poche et, sous la lumière falote du réverbère devant l'immeuble Merhamet, il la regarda avec amour. Je le rejoignis.

— Elle est belle, n'est-ce pas ? dit-il, de même que son père l'avait fait à son adresse une trentaine d'années plus tôt.

Ensemble, nous nous penchâmes sur cette ancienne photo de Füsun en maillot noir portant le numéro 9 pour contempler avec admiration, amour et respect ses bras couleur miel, son visage plus triste que joyeux, son corps superbe et la densité humaine qui se peignait sur ses traits, avec une force qui nous frappait encore même trente-quatre ans après.

— Kemal Bey, s'il vous plaît, vous devez absolument mettre cette photo dans votre musée, lui dis-je.

— Orhan Bey, s'il vous plaît, les dernières paroles que je souhaite voir transcrire dans le livre sont les suivantes, ne les oubliez pas…

— Je n'oublierai pas.

Il embrassa avec amour la photo de Füsun et la rangea soigneusement dans la poche supérieure de sa veste. Puis, il m'adressa un sourire victorieux :

— Que tout le monde le sache, j'ai mené une vie très heureuse.

Février 2001 — août 2003

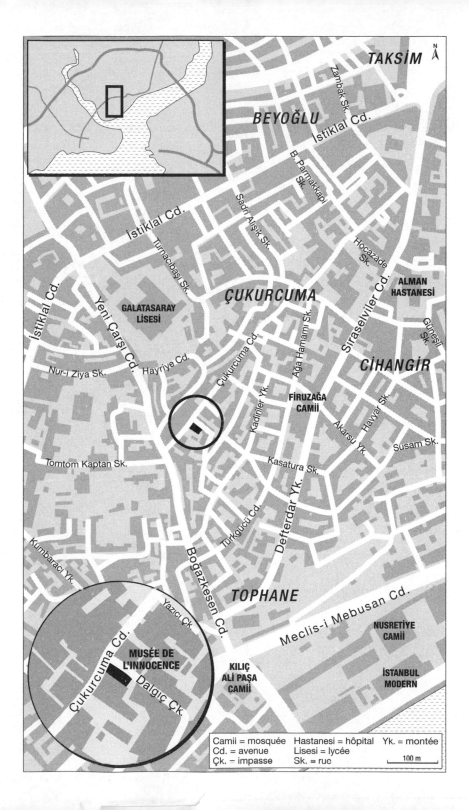

TAKSİM

N

BEYOĞLU

Zambak Sk.

İstiklal Cd.

İstiklal Cd.

B. Parmakkapı Sk.

Sadri Alışık Sk.

Turnacıbaşı Sk.

Hocazade Sk.

İstiklal Cd.

ÇUKURCUMA

ALMAN
HASTANESİ

GALATASARAY
LİSESİ

Yeni Çarşı Cd.

Sıraselviler Cd.

Güneşli Sk.

Nur-i Ziya Sk.

Hayriye Cd.

Çukurcuma Cd.

Ağa Hamamı Sk.

CİHANGİR

Kadiriler Yk.

FİRUZAĞA
CAMİİ

Havyar Sk.

Akarsu Yk.

Susam Sk.

Tomtom Kaptan Sk.

Kasatura Sk.

Türkgücü Cd.

Defterdar Yk.

Kumbaracı Yk.

Boğazkesen Cd.

TOPHANE

Meclis-i Mebusan Cd.

NUSRETİYE
CAMİİ

Yazıcı Çk.

MUSÉE DE
L'INNOCENCE

KILIÇ
ALİ PAŞA
CAMİİ

İSTANBUL
MODERN

Çukurcuma Cd.

Dalgıç Çk.

Camii = mosquée	Hastanesi = hôpital	Yk. = montée
Cd. = avenue	Lisesi = lycée	
Çk. – impasse	Sk. = rue	100 m

INDEX DES PERSONNAGES

ERGUN (footballeur) : 65.
ESAT Bey : 333, 335, 558.
ETHEM Kemal : 19, 20, 138, 414.

FARİS (Kaptanoğlu) : 107, 108.
FARUK le Rat : 145, 409, 410, 555, 558, 617.
FASİH Fahir : 145, 559.
FATMA Girik : 341.
FATMA Hanım : 43, 54, 106, 113, 126, 145, 203, 294, 298-300, 317, 480, 481, 558, 567, 568.
FAZILA Hanım : 141.
FERİDUN : 305-307, 310, 314, 322, 325, 326, 328-330, 336, 340-344, 348, 351, 358-360, 364, 369, 374, 376, 386-388, 390-394, 398-404, 411, 414, 422, 425-433, 438-443, 451-453, 460, 461, 466, 467, 475, 490-495, 497, 499, 515, 516, 518-522, 524, 533, 534, 536, 557, 559, 561-563, 565, 569, 571, 572, 575-577, 579-582, 611, 651, 652.
FEUILLES D'ARGENT (orchestre) : 148, 150, 157, 159, 162, 173, 177-179, 181, 227, 409, 528, 530.
FEYZAN : 144, 560.
FİGEN : 288, 473, 617.

GÜL : 657, 658.
GÜVEN le Naufrageur : 168, 282, 526, 527.

HAKAN Serinkan : 83, 202, 385, 661.
HALİS (famille) : 143, 558.
HALİT Bey le Malade : 140, 635.
HANİFE Hanım : 202.
HARUN Bey : 144.
HAYAL Hayati : 422-425, 430, 440, 442, 491, 518, 519, 651.
HAYDAR : 260, 417.
HIFZI Bey : 66, 632-634, 636, 637.
HİCABİ Bey : 142.
HİCRİ Bey : 320.

HİLMİ le Bâtard : 83, 90, 95, 282, 286, 298, 409, 524, 531, 542, 555, 616, 651.
HÜLYA : 149.
HÜLYA Koçyiğit : 343.

INGE : 50, 95, 110, 166, 197, 206, 271, 450, 523, 594, 632.
IŞIKÇI (famille) : 333.

İHSAN (Bilgin) l'Architecte : 636, 639.
İPEK İsmet : 15, 112.
İZAK Bey : 178.

KA : 657.
KADRİ la Cuve : 65, 144, 560.
KAMİL Efendi (glacier) : 505.
KAPTANOĞLU (famille) : 107, 108.
KARAHAN (famille) : 395, 525, 558.
KAZIM (boucher) : 56, 394, 395.
KENAN : 105, 156, 164, 172-179, 183, 184, 187, 192, 194, 198, 207, 220, 223, 260, 261, 297, 298, 334, 450, 451.
KESKİN (les) : voir Nesibe (la tante) et Tarik Bey.

LATİF (marchand de börek) : 375.
LECLERCQ : 286.
LEFTER (footballeur) : 65.
LERZAN (famille) : 106, 560.
LOURDİNGUE Bey : 80, 81.
LUXE Şermin : 145, 171.

MACİDE : 145.
MADAM Mualla : 112.
MARUF : 145, 558.
MEHMET : 52, 88, 95, 151-153, 158, 159, 163-167, 169-173, 176, 179, 180, 196, 198, 205, 226, 244, 246, 247, 261, 263-266, 270, 271, 274, 279-281, 298, 319, 396, 408-410, 437, 462, 473, 486, 528, 531, 532, 555, 560, 615-618.

Composé par Firmin-Didot
et achevé d'imprimer
par Normandie Roto Impression s.a.s.
61250 Lonrai, le 7 mars 2011
Dépôt légal : mars 2011
Numéro d'imprimeur : 110982
ISBN 978-2-07-078659-6 / Imprimé en France

154848